HELENE SOMMERFELD

DIE ÄRZTIN

Das Licht der Welt

— ROMAN —

Rowohlt Taschenbuch Verlag

3. Auflage August 2018

Originalausgabe
Veröffentlicht im Rowohlt Taschenbuch Verlag,
Reinbek bei Hamburg, Mai 2018

Umschlaggestaltung und Motive:
Hauptmann & Kompanie Werbeagentur, Zürich

Satz Garamond Premier Pro PostScript, InDesign,
bei Dörlemann Satz, Lemförde
Druck und Bindung
CPI books GmbH, Leck, Germany
ISBN 978 3 499 27399 5

Nun muß ich sitzen so fein und klar
Gleich einem artigen Kinde,
Und darf nur heimlich lösen mein Haar
Und lassen es flattern im Winde.

aus: *Am Turme*
von Annette von Droste-Hülshoff
(1797–1848)

DIE WICHTIGSTEN PERSONEN

Familie Petersen

Gustav * 1840, Gärtner auf Schloss Freystetten

Karla * 1842, seine Frau, Köchin und Mamsell

Antonia «Tonja» * 1862, beider Erstgeborene

Ricarda «Rica» * 1863, beider Tochter

Rosamunde «Rosel» * 1865, beider Tochter

Familie von Freystetten

Franz * 1805, Graf und einstiger General

Raimund * 1838, sein Sohn

Henriette * 1842, seine Tochter, Ärztin

Luise * 1842, Raimunds Ehefrau

Florentine «Flora» * 1862, Raimunds und Luises Tochter

Friedemann * 1864, Raimunds und Luises Sohn

Käthe Hausmann * 1843, Ärztin, Henriettes Studienfreundin

Georg Kögler * 1851, Käthes Cousin, Rechtsanwalt

Franziska Biberti, * 1843, Henriettes Studienfreundin

Emilie Solm, * 1841, Henriettes Studienfreundin

Eleonore Singer * 1864, Ricardas Freundin

Kumari Kallstadt * 1864, Ricardas Freundin

Siegfried Thomasius * 1860, Student der Medizin

Malwine Merger, * 1850, Henriettes Haushälterin

ALS DAS EIS BRACH

Weihnachten 1876

Dem Tod, mit dem sie sich ihr Leben lang einen erbitterten Kampf lieferte, begegnete Ricarda zum ersten Mal am Weihnachtstag des Jahres 1876 auf dem See am Schloss, als sie mit dem Hund spielte.

Das dreizehnjährige Mädchen genoss den Zauber, der über der Landschaft lag. Das winterliche Licht der tief stehenden Sonne färbte die sonst kaum wahrnehmbaren Hügel der brandenburgischen Weite mit zarten Pastelltönen. Ein mildes Orange, das ins Gelbe überging, ein hingetuschtes Rosa und ein schwirrendes Blau, das am Horizont mit dem sphärischen Weiß des Himmels und dem schweren Weiß auf der Erde verschmolz. Dazwischen die großen Gruppen kahler, noch junger Bäume, die der Vater gepflanzt hatte und von denen er behauptete, sie würden einmal im Park wie Waldinseln in einem Meer aus Gras wirken. Aber der Vater sagte auch, dass Rica einmal eine schöne Frau werden würde. Das allerdings erschien ihr noch unvorstellbarer.

Mit einem kurzen Bellen forderte Berta Rica auf, das Spiel mit ihr fortzuführen. Sie hob einen kurzen Ast auf und schleuderte ihn mit aller Kraft auf den zugefrorenen See. Mit hellem Sirren schlitterte das Holz über das Eis. Die junge Hündin stürmte ihm nach in Richtung Schloss. Der einstöckige, dreiflügelige Bau lag einige hundert Meter entfernt verträumt in der märchenhaft schönen Landschaft. Diese schmalere, durch mehrere sanfte Biegungen geformte Seite des Sees ließ die Distanz größer erscheinen. In zwei Stunden, zum Nachmittagstee, würde es im Gartensaal das traditionelle Weihnachtskonzert geben und Ricarda in der Schlossküche helfen müssen. Umso kostbarer war dieser Augenblick, in dem sie unbeschwert den Weihnachtsnachmittag genießen konnte.

Die Weimaraner Hündin, deren silbergraues Fell so anmutig glänzte, brachte den Ast zurück und legte ihn schwanzwedelnd ab. Nun betrat auch Ricarda das Eis und wandte sich der anderen Seeseite zu. Hier hatte sie Schwimmen gelernt und seitdem jeden Sommer die Züge gezählt, die sie zur Durchquerung brauchte. Im letzten Sommer waren es 187 gewesen. Jetzt war der See eine grandiose Schlittschuhbahn. Ihr Vater und seine zwei Gehilfen hatten die Fläche vor zwei Tagen gefegt; seitdem hatte es nicht mehr geschneit.

Ricarda schleuderte den Ast diesmal in die Richtung, wo ihre Schwester Antonia mit Florentine, der Tochter des Grafen, in diesem Moment Schlittschuh lief. Doch der Wurf erreichte gerade mal die Seemitte. Rica besaß keine Schlittschuhe, was sie ganz in Ordnung fand, denn sie hatte überhaupt keine Lust, dauernd hinzufallen. Während sie dem übermütigen Hund nachsah, beobachtete sie die zwei weit entfernten Mädchen, die ein Jahr älter waren als sie.

Ricarda kannte Florentine kaum, sie besuchte eine Schule in England und kam nur an den Weihnachtstagen nach Hause. Das lag so weit außerhalb von Ricardas Vorstellungskraft, dass sie nicht einmal auf dem Globus nachgesehen hatte, wo England war. Mit den neuen kanadischen Schlittschuhen, die sie am Heiligen Abend von ihrer Tante geschenkt bekommen hatte, stellte Florentine sich zumindest geschickt an.

«Sieh nur, das sind die ersten, deren Kufen am Lederstiefel befestigt sind», hatte Florentine Antonia stolz erklärt. Von Ricarda hatte sie keine Notiz genommen.

Florentine beherrschte damit bereits kleine Sprünge, und auch die eine oder andere Pirouette gelang ihr ganz gut. Und als sie stürzte, rappelte sie sich wieder auf. Das Lachen über ihr Missgeschick klang so über den See, wie Florentines ganzes Wesen war: hell, leicht, unbeschwert. Es schien nichts zu geben, das Florentine nicht konnte. Rica fiel es nicht im Traum ein, deshalb auf die Tochter des Grafen eifersüchtig zu sein. Sie und Antonia waren eben nur die Töchter des Obergärtners und der Köchin. Allerdings war Antonia das Hausmädchen von Florentines Mutter und genoss deren Wohlwollen. Deshalb hatte sie Florentines ausgediente Schlittschuhe zu Weihnachten geschenkt bekommen.

Manchmal ärgerte sich Ricarda, dass sie nicht das gewinnende Wesen ihrer älteren Schwester hatte. Während Rica die dicken schwarzen Haare der Mutter hatte, war Tonjas Haar rotblond wie jenes des Vaters, und das ließ sie viel sonniger erscheinen. Jedoch nicht so flirrend wie Flora.

Die Holzplatten mit den daran befindlichen Eisenkufen waren unter Antonias Lederstiefel gebunden, und das zusätzliche Gewicht schien das Laufen auf ungewohnte Weise zu erschweren. Selbst aus der Entfernung konnte Rica sehen, wie sehr ihre Schwester sich um Haltung bemühte. Es sah aus, als klebten die Kufen sie auf dem Eis fest, anstatt sie so zu beflügeln wie Florentine, die sich weit von ihr entfernt hatte. Aber noch war Tonja nicht gestürzt. So kannte Rica ihre Schwester – was sie tat, machte sie langsam und gründlich;

schon bald, daran hatte Rica keinen Zweifel, würde Antonia den Bogen raushaben und ebenfalls mit Anmut dahingleiten.

Aus der Tiefe des Parks näherte sich nun ein Pferdeschlitten dem Schloss. Wer darin saß, war wegen der Entfernung nicht zu erkennen. Da ein anderer Hund nebenherlief, war Ricarda sicher, dass ihr Vater den Aushilfskutscher spielte. Als Berta sie mit einem erneuten Bellen aufforderte, den Ast zu werfen, bückte sie sich danach. Im selben Augenblick hörte sie den Schrei, den sie ihr Leben lang nicht vergessen sollte. Er kam vom See, war grell, sehr kurz und voller Panik.

Von ihrem Standpunkt aus konnte Ricarda jetzt nur noch Antonia sehen. Mit den schweren Eisen an den Füßen eilte sie zu jener Stelle, an der die junge Komtess gerade noch gewesen war. Rica hingegen kam nicht so schnell vorwärts, wie sie wollte. Immer wieder verlor sie auf dem glatten Eis die Balance, fing sich gerade noch und stürmte weiter. Berta war ihr um Längen voraus.

«Was ist passiert?», rief Ricarda ihrer Schwester zu. Sie war noch viel zu weit entfernt und erkannte nur, dass Florentine verschwunden blieb.

«Flora ist eingebrochen!», rief Tonja zurück.

Das kann nicht sein, dachte Ricarda.

Seit einer Woche hatte es mehrere Grade unter null. Der Vater protokollierte seit Jahren die Temperatur, es war eine seiner Leidenschaften. Und heute hatte es um zwölf Uhr mittags minus 10,5 Grad gehabt. Dass das Eis bei derartigem Dauerfrost brechen konnte, hielt Rica für unmöglich. Überdies hätte ihr Vater die Eisfläche gesperrt!

Inzwischen hatte Antonia offensichtlich die Stelle erreicht, an der Florentine eingebrochen war. Mit den schweren Schlittschuhen an den Füßen kniete sie sich hin.

«Ich hole Flora raus!», rief sie Ricarda zu.

«Tonja, sei vorsichtig!», warnte sie.

Ihr Gefühl sagte ihr, dass ihre Schwester sich gerade selbst in große Gefahr begab. Doch sie war immer noch zu weit entfernt, um helfen zu können.

Antonia legte sich flach aufs Eis und streckte beide Hände hinab ins eiskalte Wasser. Endlich war Rica dem Unglücksort nah genug gekommen, um Florentines Arme und ihren Kopf aus dem Wasser auftauchen zu sehen.

Florentine schmückte ihre Kleidung stets mit Blumen, zu jeder Jahreszeit. Heute war es eine eingestickte Sonnenblume, die ihre elfenbeinfarbene Mütze zierte.

«Gleich hab ich dich!», rief Antonia.

Bevor Rica begriff, was geschah, wurde ihre Schwester von der um ihr Leben kämpfenden Florentine ins Wasser gezogen und verschwand ohne einen einzigen Ton.

Berta stand bellend neben dem Unglücksort, als Rica nun selbst eintraf. Mit einem Blick erkannte sie, dass das Eis nicht zufällig gebrochen sein konnte. In die einen halben Meter dicke Eisschicht hatte jemand ein etwa einen Quadratmeter großes Loch hineingeschnitten. Über Nacht hatte sich zwar eine neue Schicht gebildet, doch die war geborsten, als Florentine eine Pirouette gedreht hatte. Eisstücke trieben in dem dunklen Wasser.

Außer Atem kniete sich Ricarda neben das Loch im Eis. Nur kurz blickte Antonia aus der Tiefe zu ihr empor. Im selben Moment drückte Florentine sie nach unten, um selbst nach oben zu gelangen. Sie gab einen gurgelnden Laut von sich, der nicht zu verstehen war.

«Tonja!», rief Rica.

Trotz all der Sorge um das Leben der Schwester überkam Rica eine gespenstische Ruhe. Mit dem beherrschten Befehlston, den sie ihrem Vater abgelauscht hatte, sagte Rica zu dem Hund: «Berta! Pass auf!»

Die bernsteinfarbenen Augen der Hündin fixierten sie aufmerksam. Rica deutete auf das Schloss, wohin sie soeben ihren Vater im Pferdeschlitten hatte fahren sehen. Vermutlich wollte er zum danebengelegenen Marstall.

«Berta, hol Vater! Gib Laut! Hol Vater!»

Dass Berta über solche Fähigkeiten verfügte, konnte sie nur hoffen ...

Aus dem eisigen Wasser tauchten Florentines in Fäustlingen steckende Hände auf und griffen ins Leere. Der Blick aus ihren vor Angst geweiteten blauen Augen schrie: Hilf mir! Daneben sah Rica das Gesicht ihrer Schwester. Aus ihrem Mund stiegen Blasen, aber es gelang ihr nicht, nach Luft zu schnappen. Florentines Überlebenskampf ließ Antonia keinen Platz.

Ich darf nicht auch ins Wasser gezogen werden, dachte Rica, sonst sterben wir alle.

Sie blickte sich um. Erst jetzt entdeckte sie die Holzleiter, die nicht weit entfernt auf dem Eis lag. Als warte sie nur darauf, zur Rettung benutzt zu werden.

«Ich hol euch raus! Haltet durch!»

Keuchend schleifte sie die schwere Leiter über das Eis. Tief war der See hier nicht, aber stehen konnte man an dieser Stelle offenbar schon nicht mehr. Sie legte sich flach auf den Bauch und schob die Leiter in das schwarze Wasser hinein, wo sie im schlammigen Untergrund Halt fand.

Aber das Wasser war gespenstisch ruhig! Floras Kopf mit

der Sonnenblume pendelte kraftlos hin und her. Noch ein Stück tiefer trieb Tonja, die Arme von sich gestreckt.

«Ich komme!», schrie Rica.

Ohne zu zögern, kletterte sie ins eiskalte Wasser. Während sie sich mit einer Hand an den Leitersprossen festhielt, bugsierte sie Flora mühsam zurück aufs Eis. Dann kletterte sie erneut ins Wasser.

Wo war ihre Schwester? Ricarda nahm eine Bewegung wahr, und für die Länge eines Wimpernschlags schien Antonias schneeweiße Hand noch einmal ganz nah zu sein. Rica versuchte, sie zu ergreifen. Aber Tonja schwebte davon.

Erst jetzt fühlte Rica die eiskalten Nadelstiche des Todes. Mit letzter Kraft kletterte sie die Leiter hoch und schob sich auf das Eis. Sie blickte in Florentines Gesicht. Es war unwirklich schneeweiß. Gleichzeitig trat Blut aus einer Verletzung über dem linken Auge und rann quer über ihr Gesicht aufs Eis.

Ricarda war überzeugt, dass auch Flora tot war. Erschöpft und vor Kälte zitternd, schloss sie die Augen und blieb einfach nur liegen.

«Rica! Was ist geschehen?»

Sie vernahm die Stimme ihres Vaters und fühlte die warme Zunge des Hundes in ihrem Gesicht.

«Mein Gott, da ist ja Flora!»

Als Rica langsam die Augen öffnete, erkannte sie Komtess Henriette und fragte sich, woher Floras Tante plötzlich kam.

«Hast du Flora da rausgeholt?», fragte sie.

«Ja. Tonja ist noch drin.»

«Was? Tonja? Im Wasser?»

Ihr Vater zog seinen langen dunklen Lodenmantel aus,

legte ihn um Ricarda und kletterte ohne Zögern ins eiskalte Wasser. Die Komtess kniete sich mit einem Bein aufs Eis, winkelte das andere an und legte sich Florentine so übers Knie, dass deren Kopf nach unten hing. Sie griff in Floras Mund und drückte fest auf ihren Rücken. Gurgelnd erbrach sie einen Schwall Wasser. Das alles ging unglaublich schnell.

Rica rutschte an das schwarze Loch heran, doch von ihrem Vater war nichts zu sehen. Er war unter das Eis getaucht, aber sie war sicher, er wusste, was er tat.

«Wir müssen Florentine zum Schlitten tragen. Kannst du mir helfen?»

Ricarda nickte stumm.

«Ich nehme ihren Oberkörper, du nimmst die Beine.»

Der Vater hatte den von einem schwarzen Pferd gezogenen Schlitten dicht an die zugefrorene Fläche herangelenkt. Rica hielt Florentines Kniekehlen gepackt. Die Stahlkufen ihrer Schlittschuhe blitzten wie Messer in der Sonne.

«Wir legen sie erst mal neben die Kutsche», sagte die Komtess und streifte ihren hellbraunen Pelzmantel ab, um Flora daraufzubetten.

«Ich muss Florentines Atmung in Gang bringen. Dafür bewege ich ihre Arme. Du greifst währenddessen in ihren Mund und hältst ihre Zunge fest. Hast du das verstanden?»

«Ja, Komtess.»

Ihre Blicke trafen sich nur eine Sekunde lang, aber in dieser Sekunde spürte Rica, dass sie von nun an kein Kind mehr sein würde.

«Es hängt sehr viel von dir ab. Aber du schaffst das», sagte die Komtess ruhig. Sie reichte Ricarda ein Seidentaschentuch und öffnete Florentines Mund. «Damit hältst du ihre Zunge fest. Aber lass sie nicht los, sonst erstickt Flora.»

Die Komtess packte Florentines Arme und zog sie über ihren Kopf, um sie anschließend wieder seitlich nach unten zu führen. Hin und wieder legte sie ihre Hände auf Floras Brust und drückte darauf.

«Tut ihr das nicht weh?», wandte Rica schwach ein.

«Du glaubst nicht, was der menschliche Körper aushält», erwiderte die Komtess, während sie mit voller Kraft darum kämpfte, dass ihre Nichte wieder zu atmen begann. «Spätestens wenn du ein Kind bekommst, wirst du es selbst erfahren.»

Plötzlich zog Florentine die Luft mit einem erschreckten Laut ein.

«Zunge loslassen! Richte sie auf», befahl die Komtess und begann, Florentines Körper zu massieren.

«Florentine, hörst du mich?», fragte die Komtess und schlug ihrer Nichte vorsichtig auf die blassen Wangen.

Während Florentine hustete, klopfte Ricarda ihr auf den Rücken.

«Ich friere», flüsterte Florentine endlich.

«Flora, du lebst!», antwortete die Komtess und wickelte sie ganz in ihren wärmenden Pelz.

Vom See her näherte sich Ricas Vater schweren Schrittes durch den Schnee, die leblose Antonia in seinen Armen. Seine Kleidung war tropfnass. An seinen Haaren, dem Bart, den Augenbrauen hingen Eisperlen. Seine Lippen waren blau. Er legte Antonia zwischen die beiden Bankreihen auf den Schlitten. Auf der einen Bank saß Komtess Henriette mit Florentine auf dem Schoß. Auf der anderen drückte sich Ricarda in die Ecke. Sie schloss die Augen, als der Vater Tonja mit einer Decke zudeckte.

Ruckelnd fuhr der Schlitten an.

«Lebst du noch?»

Ricarda wurde davon wach, dass heftig an ihren dicken Zöpfen gezogen wurde. Sobald sie die Augen aufschlug, sah sie in das runde, rotbackige Gesicht ihrer kleinen Schwester Rosel.

«Tonja ist tot. Warum hast du ihr nicht geholfen?», fragte die Elfjährige. «Flora hast du doch auch gerettet.»

Zwei Bilder tauchten aus der Erinnerung auf: Antonia, die im dunklen Wasser unter das Eis davonschwebte. Und Antonia, die vom Vater in den Schlitten gelegt wurde.

Ricardas Magen krampfte sich zusammen.

«Es war so kalt», sagte sie leise.

Rosel legte die Hand auf die Stirn der Schwester. «Jetzt bist du ganz warm.»

Jede Zudecke, die entbehrt werden konnte, hatten die Eltern um Ricarda gewickelt. Dazwischen hatten sie im Kochherd erhitzte Backsteine gelegt. Unter dem Gewicht konnte Ricarda kaum atmen und versuchte, sich frei zu machen.

Rosel drückte sie zurück. «Du darfst nicht aufstehen, hat Mutter gesagt. Du musst warten, bis die Komtess es erlaubt.»

Bis zu diesem Weihnachten hatte Ricarda Komtess Henriette – so weit sie sich erinnerte – erst ein Mal getroffen. Auch da war es um Florentine gegangen. Im Frühling vor zwei Jahren hatte die Komtess ihre Nichte abgeholt, um sie nach England zu begleiten, wo Florentine seitdem zur Schule ging.

Die Komtess war wirklich eine ungewöhnliche Frau. Sie hatte sich Flora einfach wie einen Sack übers Knie gelegt! Und auf welche Weise sie sie behandelt hatte! Wieso wusste die Komtess solche Dinge? Und wie ruhig sie dabei vorgegangen war ... Wenn ich doch nur so ruhig hätte sein können! Ich hätte nicht aufgeben dürfen und Tonja retten müssen, dachte Rica.

«Was habt ihr mit Tonja gemacht?», fragte sie ihre kleine Schwester.

«Weiß nicht.»

Das Bett neben Ricarda war leer. Antonias Bett ...

Rosel folgte dem Blick ihrer Schwester. «Meinst du, ich darf da heute Nacht schon schlafen?»

Rosels Kastenbettchen, ebenso wie die Matratzen ihrer Geschwister mit Stroh ausgestopft, stand am Fußende der beiden anderen und war viel kürzer. Rosel konnte sich beim Schlafen nie ganz ausstrecken.

«Dir ist bestimmt kalt. Leg dich zu mir. Dann gebe ich dir von meinen Decken ab.»

«Danke, Rica.»

Ricarda rückte zur Wand, die Kleinere schob sich daneben.

Plötzlich kam Rica ein Gedanke: «Müssen wir nicht in der Schlossküche helfen?»

«Das Fest ist vorbei. Die Frau Gräfin hat Mutter frei gegeben wegen Tonja. Emmi arbeitet für Mutter in der Küche. Und ich hatte für Antonia ausgeholfen.»

«Und für mich. Danke dir, Rosel.»

Das Weihnachtskonzert hatte also trotzdem stattgefunden. Zu mehr als dieser nüchternen Schlussfolgerung war sie in diesem Moment nicht fähig.

Schon nach kurzer Zeit spürte die hellwache Ricarda das immer schwerer werdende Köpfchen ihrer Schwester auf der Schulter und hörte gleich darauf deren regelmäßige Atemzüge. Sobald sie die Augen schloss, sah sie Antonias bleiches, von blutigen Schnitten übersätes Gesicht im Wasser treiben.

Das Zimmer wurde von einer einzigen Kerze erhellt, deren leichtes Flackern den Eindruck erweckte, als zitterten die Wände. Bislang hatte Rica dieses Zittern gemocht, aber heute krampfte es ihre Brust zusammen. Es gab ihr das Gefühl, alles könnte von einem Moment auf den anderen verschwinden, sich auflösen. Dass, wenn sie die Augen schlösse, selbst dieser kleine Raum verschwinden würde.

Sie erinnerte sich, was Antonia an diesem Morgen gesagt hatte. Es war noch dunkel gewesen, und sie hatten die Kerze angezündet, um Licht zu haben. Antonia war aufgekratzt, als die silbernen Kufen ihres Weihnachtsgeschenks im Kerzenschein glänzten wie das Versprechen eines neuen Abenteuers.

«Ich werde über das Eis schweben, Rica. Du wirst schon sehen! Ich werde fliegen.»

Ricarda blieb still liegen, damit sie Rosel nicht aufweckte. So konnte sie sich die Tränen nicht aus dem Gesicht wischen. Alles drehte sich um sie herum, und Rica drückte sich an ihre kleine Schwester.

Die Tür zur Kammer wurde vorsichtig geöffnet, das Licht aus der Wohnstube, in der auch das Bett der Eltern stand, fiel hinein. Die Mutter betrat den Raum und fühlte Ricardas Stirn.

«Rosel schläft ganz fest», flüsterte Ricarda.

«Und du?», fragte die Mutter.

«Kann nicht.»

Die Mutter legte Rosel in Tonjas Bett.

«Gib ihr von meinen Decken», sagte Ricarda. «Mir ist warm genug.»

Die Mutter beugte sich zu ihr herunter. «Du bist ein tapferes Mädchen, Ricarda.»

Jetzt konnte sie sich nicht mehr beherrschen: «Nein, das bin ich nicht, Mutter! Ich hätte Tonja retten müssen.»

«Wenn Gott gewollt hätte, dass du Tonja rettest, hätte Er dir die Kraft dazu gegeben, Ricarda.»

«Gott kann doch nicht gewollt haben, dass Tonja stirbt. Heute ist Weihnachten!»

Karla Petersen setzte sich vorsichtig auf die schmale Bettwange und strich ihrer Zweitgeborenen die schweren, dunklen Haare aus dem Gesicht.

«Nichts auf Erden geschieht gegen Gottes Willen, Ricarda.»

«Dann wollte Gott, dass Tonja stirbt?»

«Ja, das wollte Er, Ricarda. Wir werden niemals wissen, warum.»

«Mutter, ich glaube, Gott hat nicht das Loch ins Eis gemacht.»

«Du frevelst Gott!», ermahnte die Mutter sie streng.

Ricarda senkte den Blick. «Vergib mir, Mutter.»

Nach einer Weile fragte Karla Petersen sehr leise: «Wie meinst du das: ein Loch ins Eis gemacht?»

Zum zweiten Mal an diesem Tag spürte die Dreizehnjährige, dass sie eine unsichtbare Grenze übertreten hatte – jene zwischen der Welt der Erwachsenen und der Kinder. Sie konnte die Folgen ihrer altklugen Bemerkung nicht abschätzen, aber sie ahnte, dass sie das Loch nicht hätte erwähnen dürfen.

Sie wandte den Kopf ab. «Ich bin nur ein dummes Mädchen.»

«Dein Vater sagt immer, dass du zu viel denkst, Rica.» Sie nahm Ricas heißen Kopf in beide Hände. «Ich liebe deinen Vater. Aber das stimmt nicht. Gott hat uns einen Kopf gegeben, damit wir ihn zum Denken benutzen und nicht nur zum Essen. Also: Warum sagst du, dass jemand ein Loch ins

Eis geschnitten hat? Das wäre nämlich ein Verbrechen, weil er Tonjas Leben auf dem Gewissen hätte.»

Ricarda saß im Nachthemd und in eine Decke gewickelt auf der Bank am Kochherd und umklammerte mit beiden Händen die warme Milch. Die Mutter war bereits vor Stunden ins Schloss gegangen, um in der Küche zu arbeiten. Der Vater legte Holz im Herd nach. Es war noch früh am Morgen, aber draußen stritten bereits die ersten Sonnenstrahlen mit dem Dunkel der Nacht. Gustav Petersen öffnete schwungvoll, als es an der Haustür klopfte.

«Guten Morgen, Komtess, das ist sehr freundlich von Ihnen, dass Sie noch einmal nach Ricarda sehen», sagte er.

«Petersen, guten Morgen!»

Mit der gleichen resoluten Art, mit der die Komtess sich Florentine übers Knie gelegt hatte, streckte sie dem Obergärtner die Hand entgegen.

«Wie geht es unserem tapferen Mädchen?»

Komtess Henriette stellte ihre schwer aussehende Tasche auf den Boden und legte ihren hellen Pelzmantel ab. Darunter trug sie ein wollenes, zweiteiliges Reitkostüm und hohe Stiefel. Sie klappte die Tasche auf und förderte ein seltsames Gerät zutage. Sie bemerkte Ricardas fragenden Blick.

«Das ist ein Stethoskop. In Deutschland haben das nicht viele Ärzte. Lässt du mich mal an deinen Rücken, ja? Wenn du ganz tief ein- und ausatmest, höre ich, ob deine Lungen gesund sind.»

«Sind Sie denn ein Arzt?» Die Frage platzte aus Rica förmlich heraus. Sie hatte nie zuvor gehört, dass eine Frau ein Arzt sein konnte.

«Ricarda, so etwas fragt man nicht!»

«Lassen Sie nur, Petersen, ist doch gut, wenn Ihre Tochter neugierig ist. Sie wird sich gestern schon gewundert haben, was ich mit Florentine angestellt habe. Stimmt's, Ricarda?»

Das Mädchen nickte. «Antonia konnten Sie nicht mehr lebendig machen.»

«Die Medizin ist eine Wissenschaft, die man erlernen kann. Ich habe das zehn Jahre lang getan, um mich nun Ärztin nennen zu dürfen. Aber Wunder kann ich nicht vollbringen, auch wenn ich wünschte, es wäre anders. Und jetzt still sein und tief ein- und ausatmen.»

Nachdem die Komtess das Stethoskop an mehreren Stellen aufgesetzt hatte, legte sie Ricarda die Decke wieder sorgfältig um.

Sie blickte Ricas Vater an, als sie sagte: «Das haben Sie und Ihre Frau gut gemacht, Petersen. Ricarda hat sich keine Lungenentzündung geholt. Aber sie muss sich weiterhin warm halten. Ich horche sie morgen noch einmal ab.»

Sie zog sich den warmen Pelz über.

«Petersen, mein Vater hat den Wunsch geäußert, Ricarda heute Nachmittag zu danken. Wären Sie so freundlich und würden veranlassen, dass sie um vier Uhr bei ihm ist?»

Der Vater verbeugte sich leicht. «Es wird uns eine Ehre sein, Komtess.»

«Ricarda hat bewiesen, dass sie groß genug ist, um das allein zu schaffen, nicht wahr, Petersen?»

«Gewiss, Komtess, das hat sie», erwiderte der Vater nach einer etwas zu langen Pause.

Nachdem die Komtess gegangen war, nahm er seine Tätigkeit wieder auf. «Graf Franz hat mir nie erzählt, dass seine Tochter ein *Arzt* ist», sagte er mehr zu sich selbst.

So fasziniert Ricarda auch von der Komtess und ihrem ungewöhnlichen Beruf war, für sie zählte nur, dass auch ein Arzt Antonia nicht hatte retten können.

Karla fand alles so vor, wie Rica es ihr nachts geschildert hatte. Allerdings hatte das Eis die Bruchstelle wieder verschlossen. Wie erstarrt blickte die trauernde Mutter auf den dünneren Eispanzer, durch den das dunkle Wasser schimmerte, das ihrem Kind das Leben genommen hatte.

Irgendwann riss sie sich von dem Anblick los. Denn sie wollte sich nicht der Trauer hingeben; sie musste verstehen, was geschehen war. Es war offensichtlich, dass Rica recht hatte: Jemand hatte ein Loch ins Eis gesägt. Auch die Leiter lag noch in der Nähe.

Aber wozu? Zur Gewinnung von Eis, um damit Speisen zu kühlen? Oder zum Eisfischen? Als Mamsell und Köchin wusste sie, dass niemand Eis gebracht und dass es zum Heiligen Abend keinen Fisch gegeben hatte. Konnten also Fischdiebe dafür verantwortlich sein, dass ihre Tochter sterben musste? Unsinn, die hätten sich nicht die Mühe gemacht, ein derart akkurates Loch zu stemmen! Das dauerte viel zu lange. Vor allem brauchte ein Eisfischer nur Stock und Schnur und keine Leiter.

Der Schnee rund um die Unglücksstelle war von zahllosen Fußspuren übersät. Die meisten führten an das Ufer, wo noch die Äpfel des Schlittenpferdes lagen. Aber es gab auch andere Fußstapfen, die zur nördlichen Seite des Sees führten, tief hinein in den Schlosspark.

Karla war so gut wie nie dort. Ihr fehlte die Zeit für Spaziergänge durch das riesige Reich, das ihr Mann in den vergangenen fünfzehn Jahren für die Grafenfamilie geplant und angelegt hatte.

Dazu zählt auch der Teich, dachte Karla bitter. Hätte Gustav ihn nicht angelegt, wäre unser Kind nicht ertrunken.

Karla folgte den Fußspuren, und nach wenigen Minuten stand sie vor einem aus Feldsteinen errichteten Häuschen, das in einer Senke verborgen lag. Die Kiefern ringsum gaben ihm einen romantischen Anschein. Karla drückte die Türklinke nieder. Es war offen.

In einem Raum, nicht viel größer als ihre eigene Wohnstube, standen Holzliegen mit Schafswolldecken, in der Mitte ein offener Kamin, am Boden davor Bären- und Wolfsfelle. Dazwischen lagen ein paar leere Flaschen Champagner, von der Kellerei Heidsieck aus Reims. In der ersten Dezemberwoche hatte sie als Mamsell die Lieferung von mehreren Kisten quittieren müssen.

Die herumliegenden Flaschen waren fachgerecht mit einem Säbel an der schmalsten Stelle des Halses geköpft worden. Eine Kunstfertigkeit, die Graf Raimund gelegentlich seinen Gästen im Schloss vorzuführen beliebte. Damit war es für Karla bewiesen, dass Graf Raimund und seine Freunde das Loch ins Eis gesägt hatten, um sich abzukühlen. Es wäre seine Pflicht gewesen, die Stelle anschließend abzusichern.

«Möge Gott dich strafen …!», entfuhr es Karla.

Über ihre eigenen Worte erschrocken, bekreuzigte sie sich mehrmals.

Sie verließ gerade das Häuschen, als sie das Schnauben eines Pferdes hörte. Hastig zog sie die Tür ins Schloss, huschte ums Haus herum und versteckte sich dahinter.

Komtess Henriette glitt elegant aus dem Sattel. Sie musterte die vielen Fußspuren.

«Jemand hier?», rief sie.

Karla hielt den Atem an.

Mit Komtess Henriette hatte sie bislang nur wenig zu tun gehabt. Ihr Leben verlief in Dimensionen, die selbst Karla, deren Mutter aus dem fernen Spanien kam, unvorstellbar erschienen. Es hieß, sie habe in Amerika studiert und sei in der ganzen Welt zu Hause, aber das Schloss würde sie seit Jahren meiden. Irgendetwas schien in der Jugend der Komtess hier geschehen zu sein, das sie belastete. Aber das war lange bevor Gustav und Karla vom alten Grafen nach Freystetten geholt worden waren.

Mochte sie als Mamsell auch nicht viel über die Komtess wissen, so war sie sich in einem Punkt sicher: Henriette war die Schwester des Grafen und sie, Karla, die Mutter des Opfers. Somit stand sie auf der anderen Seite, auf jener, auf der man nicht gewinnen konnte.

Das beschwerliche Laufen durch den hohen Schnee hatte Karla außer Atmen gebracht. Doch sie spürte keine Anstrengung, denn ihre Gedanken kreisten um die Frage, wie sie mit dem umgehen sollte, was sie gerade herausgefunden hatte. Sie stieß die ebenerdig an der Schmalseite des Schlosses gelegene Dienstbotentür auf, klopfte den Schnee von den Schuhen und hängte ihren Mantel an den Haken gleich vorn beim Eingang.

Hier unten im Souterrain war noch die Geschichte des Schlosses zu erkennen, seine breiten Fundamente, die niedrigen runden Gewölbe, in denen es immer kühl und feucht war. Das alles passte nicht zu den eleganten beiden oberen Schlossetagen, die teilweise Jahrhunderte später entstanden waren. Von der Dunkelheit, in der die Dienerschaft lebte, hatten die Herrschaften keine Ahnung. Sie kamen so gut wie nie herunter.

Karla öffnete die Tür zur Hauptküche und erstarrte. Direkt vor ihr stand Gräfin Luise, eine Decke um die Schultern gelegt, die sie mit vor der Brust gekreuzten Armen um sich schlang.

Die Frauen hatten fast die gleiche Größe, beide waren vierunddreißig Jahre alt. Die körperliche Arbeit hatte aus Karla eine Frau mit breiten Schultern und festen Armen geformt. Die zierliche Gräfin, deren kastanienbraune Locken gerade leicht derangiert wirkten, sah viel jünger aus. Sie wirkte selbstbewusst und stolz.

«Guten Morgen, Durchlaucht.» Karla knickste tief.

«Woher kommst du?», fragte die Gräfin ohne jede Vorrede.

«Durchlaucht, Antonia …»

«Das weiß ich doch.» Luises zarte weiße Hand wischte durch die Luft, als verscheuchte sie eine Fliege. «Ich habe meinen Gästen erzählt, dass dein Flan unvergleichlich ist. Ich wollte ihn heute zum Frühstück servieren lassen.»

Karlas Küche funktionierte wie ein Uhrwerk. Einen Flan zu machen dauerte 75 Minuten.

«Hätten Sie es mich nur gestern Abend wissen …»

«Da warst du fort, und heute Morgen kommst du anderthalb Stunden zu spät.»

Karla spürte eine Wut in sich aufsteigen, die kurz davor stand, aus ihr herauszubrechen. Doch sie biss die Zähne zusammen und schwieg.

Luise hielt dem überraschend entschlossenen Blick der Köchin nicht stand.

«Dann mach den Flan eben zu Mittag als Nachtisch», sagte sie hastig und schob sich an Karla vorbei.

«Selbstverständlich, Durchlaucht.»

Karla nahm die blütenweiße Schürze vom Haken, streifte sich den Nackenbügel über und versuchte, sich die Schleife am Rücken zu binden. Etwas, das sie viele tausend Mal getan hatte. Es gelang ihr nicht; ihre eiskalten Hände zitterten vor Wut. Sie riss sich die Schürze vom Hals, warf sie auf den nächstbesten Tisch und stützte sich mit beiden Händen daran ab.

So selten die Gelegenheiten waren, zu denen eine Komtess in die Küche kam, so selten war es umgekehrt. Karla hatte den ganzen Tag an nichts anderes als den sinnlosen Tod ihrer Tochter denken können. Als sie am Mittag gegen halb eins in den kleinen Salon gerufen wurde, hoffte sie daher, dass das Grafenpaar vielleicht die Aussprache suchte.

Diese Hoffnung verflüchtigte sich in dem Moment, als Karla den Salon betrat.

Der halbrunde Raum mit weinroter Seidentapete und Mobiliar aus hellem Kirschbaumholz, war das extravaganteste und neueste Zimmer des Schlosses, aber auch sehr klein. Der Tisch, an dem allenfalls Dessert und Wein gereicht wurden, bot nur Platz für vier Personen: zwei Herren, die Karla nie zuvor gesehen hatte, sowie Graf Raimund und Gräfin Luise.

Die Kleidung des Grafen wirkte auf Karla, als habe er sich in eine Art Schneeflocke verwandeln wollen – der Rock aus weißer Seide, Spitzen an den Ärmeln und am Kragen. Geradezu grotesk wirkte der Kontrast zu seinem Kopf – das rote Haar mit Pomade gebändigt, die Gesichtshaut fast so rot wie ein Hummer im Kochtopf.

Karla sah das Champagnerglas in seiner Hand und verstand.

«La reine de la cuisine à Freystetten, Madame Klara!»

Karlas Französisch war nicht besonders gut. Dass Graf Raimund sie seinen beiden Freunden als *Königin der Küche* vorgestellt hatte, hätte sie jedoch an jedem anderen Tag der vergangenen fünfzehn Jahre wenigstens zu einem Lächeln gebracht.

«*Freystetten, c'est le cul du monde, mes amis. Mais nous avons Madame Klara et son flan*. Hahaha!»

Freystetten ist der Arsch der Welt? Hatte sie das richtig verstanden? Hatte Graf Raimund gerade eben genau das über den Stammsitz seiner Familie gesagt?

Karla spürte einen derben Klaps auf den Po.

«*Mais il est si beau, ce cul de Klara*. Hahaha!» Der glupschäugige Bursche, der zu Raimunds Linken saß, lachte sich halb tot.

«*Ah, non, le tien, mon cher, c'est le plus beau du tout le pays!*»

Graf Raimund hatte einen Witz gemacht. Nicht etwa Karlas Hintern war der schönste im ganzen Land, sondern jener des Glupschäugigen.

«Was mein Gemahl zu sagen versucht, Karla, ist, dass der Flan wirklich hervorragend war. Wir haben zwar leider ein wenig länger darauf warten müssen, aber das Warten hat sich gelohnt.»

«Genau das versuche ich zu sagen, meine liebe Luise. Wie poetisch: liebe Luise! Das geht nur auf Deutsch. *Chère* Luise, das ist nicht dasselbe, liebe Luise.»

Der Graf machte eine Pause, legte den Kopf etwas zur Seite, klapperte mit den Wimpern. «Schöne Luise, wollte ich sagen.»

Die beiden Männer am Tisch guckten etwas verständnislos und entschlossen sich zu lachen.

«Sie dürfen gehen, Karla», sagte Luise.

Graf Raimund hob sein Champagnerglas. «*À Klara!*» Die beiden Männer schlossen sich seinem Toast an.

Es waren keine vierundzwanzig Stunden vergangen, seitdem Karla ihre Tochter verloren hatte.

Sie wollte schon wortlos abtreten, doch dann hielt sie inne und drehte sich noch einmal um.

«Danke für Ihr Lob für den Pudding, Durchlaucht.» Die Empörung über die erfahrene Demütigung machte es ihr schwer, sich angemessen auszudrücken. «Ich wünsche Ihrer Tochter, dass sie nie so frieren muss wie meine Antonia.»

Graf Raimund hielt sein Champagnerglas noch immer in die Höhe. Er sah Karla verständnislos an.

«Danke, nett von Ihnen, Klara.»

«Karla, Durchlaucht.»

«Sagte ich doch.»

Bevor der wartende Diener die Champagnerflasche aus dem silbernen Eimer nehmen konnte, griff Raimund danach und goss zuerst dem Glupschäugigen ein. Schon im nächsten Moment nahm die Runde ihr Gespräch wieder auf.

Das Zimmer von Graf Franz hatte sieben Fenster. Vier nach Osten, drei nach Süden, wo die Sonne schon so tief stand, dass sie die Felder berührte. In dem riesigen hellen Raum lag der Graf in einem Bett, das an der Wand im Dunklen stand. Es war nicht so groß, wie Ricarda sich ein Grafenbett vorgestellt hatte. Man hatte dem Schlossherren ein paar Kissen in den Rücken geschoben, sodass er sie ansehen konnte. Der Graf war erschreckend blass, sein Kopf ungewohnt kahl, der Backenbart buschiger als früher. Doch das Lächeln, das er Rica schenkte, war von der gleichen Warmherzigkeit wie immer.

«Ricarda, meine Kleine, komm her! Lass dich ansehen.» Seine Stimme klang schwach, aber sein Lächeln wurde noch breiter. «Oh, du bist wie deine Mutter. Sie hat spanisches Blut, das weißt du.» Er hob den Finger. «Spanier sind temperamentvoll. Und große Eroberer.»

Das hatte der alte Graf schon einige Male zu Ricarda gesagt, aber niemand hatte ihr bislang erklärt, was er damit meinte.

«Setz dich zu mir.»

Franz von Freystetten hatte einen Hocker neben sein Bett stellen lassen.

«Danke, Durchlaucht. Darf ich stehen bleiben?»

«Natürlich darfst du das, wenn du dich dann wohler fühlst.»

Der alte Herr lachte. «Da sind wir nun, Ricarda. Du am Anfang deines Lebensweges. Und ich am Ende.»

Der Graf machte eine lange Pause. Er sah durch eines seiner vielen Fenster hinaus in das Weiß aus Himmel und Landschaft, dann schien er sich daran zu erinnern, dass noch jemand im Raum war.

«Auch für dich wird der Tag kommen, an dem du zurücksiehst auf dein Leben. Ich bete zu Gott, dass dieser Tag in weiter Ferne liegt.»

Er sah sie aufmerksam an, und Ricarda senkte ihren Blick. Der alte Herr konnte seine Gefühle nur schwer beherrschen.

«Du hast das Leben eines anderen Menschen gerettet, Ricarda. Das habe ich in all den Jahren auf dieser Erde nicht getan. Ich war Soldat. Ich musste töten.»

Das Mädchen begriff nicht, wovon der Graf sprach; sie kannte ihn als jemanden, der Schmetterlinge sammelte, trocknete, aufspießte und in Glaskästen ausstellte. Der wundervolle Weimaraner Hunde züchtete. Der Brutkästen für Fledermäuse in die Bäume seines Parks hängte. Als jemanden, der dabei im Herbst von der Leiter gestürzt war. Und den sie seit dem Unfall nicht mehr gesehen hatte. Bis zu diesem Augenblick.

Sie hatte ihren Vater irgendwann einmal sagen hören, dass der Graf wohl niemals mehr sein Bett würde verlassen können. Sie hatte sich eigentlich keine Gedanken über das Schicksal des Schlossherren gemacht; er war sehr alt, und alte Menschen starben eben.

Das empfand sie jetzt, als sie vor ihm stand und er nicht mehr größer als sie war, ganz anders. Plötzlich tat ihr der alte Graf leid. Er würde bald sterben müssen, und er wusste es. Antonia hatte es nicht gewusst, der Tod hatte sie einfach mitgenommen.

«Ricarda?»

«Durchlaucht, Entschuldigung. Ich habe wieder zu viel gedacht.»

Der alte Mann lächelte. «Oh nein, Kind, du denkst nicht zu viel. Sonst hättest du nicht tun können, was du getan hast. Das Haus Freystetten steht in deiner Schuld. Ohne dich würde meine Enkelin nicht mehr leben.»

Neben seinem Bett stand eine Klingel, die er nur kurz bewegte. Eine Tür in der Wand öffnete sich wie durch Geisterhand; in der gelb und weiß gestreiften Seidentapete war sie unsichtbar eingebettet.

«Krompholz, sagen Sie meiner Tochter, sie möchte bitte kommen. Danke.»

Ricarda kannte den Sekretär Krompholz. Mit dem engsten Vertrauten des alten Grafen musste ihre Mutter alles besprechen, was die Haushaltsführung betraf. Ricarda hielt ihn für sehr alt, denn er hatte schlohweißes Haar und viele Falten im Gesicht.

«Selbstverständlich, Durchlaucht.» Krompholz verneigte sich und zog die Tür wieder zu.

Ricarda starrte verlegen auf die Spitzen ihrer braunen Lederstiefel, die unter dem schwarzen Kleid hervorlugten. Sie besaß nur dieses eine Paar, das Antonia im Vorjahr getragen hatte. Der Mutter war es gelungen, sie über Nacht zu trocknen.

Würde sie jene Stiefel, in denen Tonja gestern gestorben war, im nächsten Winter tragen?

«Ricarda?»

Sie zuckte zusammen. «Entschuldigung, Durchlaucht!»

«Deine liebe Schwester Antonia kam jeden Nachmittag für zwei Stunden zu mir und las mir vor. Du kannst doch lesen?»

Antonia hatte nicht viel davon erzählt, was sie an den Nachmittagen beim alten Grafen getan hatte.

«In Rechnen bin ich besser, Durchlaucht.»

«Gut, dann wollen wir rechnen!» Der alte Herr lachte müde. «Aber vielleicht kannst du mir auch hin und wieder vorlesen?»

«Gewiss, Durchlaucht.»

Deshalb war sie hier? Um ihre Schwester zu ersetzen, kaum dass sie tot war? Am liebsten wäre Ricarda aus dem Raum gestürzt. Daran war natürlich nicht zu denken. Eben wurde die hohe Doppelflügeltür zum Gang geöffnet.

Die edle Dame im lichtblau schimmernden, durch Korsage und viele Lagen Röcke auf das mehrfache Volumen seiner Trägerin aufgebauschten Kleid brachte Ricarda nur schwerlich in Verbindung mit Floras Lebensretterin. So zart das Seidenkleid seine Trägerin auch erscheinen ließ, so entschlossen war der Schritt, mit dem sie auf ihren Vater und Ricarda zueilte. Sie trug das flachsblonde Haar in neuester Kürassmode hochgesteckt. Beim Gehen breitete sie die Arme etwas aus, als wollte sie die Umgebung umarmen.

«Vater, du hast mich rufen lassen. Verzeih. Es ging nicht schneller.»

Mit je einer Hand schnappte sie sich einen Stuhl und stellte beide vor das Bett ihres Vaters. Mit der gleichen eleganten Bewegung nahm sie Platz und klopfte kurz auf die Sitzfläche des anderen Stuhls.

«Alle Welt spricht von dir, Ricarda. Setz dich!»

Dieser energischen Person nicht zu Willen zu sein, kam nicht in Frage. Langsam und mit schwerem Herzen folgte Ricarda der Aufforderung.

«Das ist alles ein bisschen viel für dich, nicht wahr?»

Von irgendwo aus den Tiefen ihrer Kleidung förderte die Komtess ein frisches Spitzentaschentuch zutage und tupfte in Ricardas Gesicht herum. Ricarda war die Berührung unangenehm, und sie drückte sich gegen die harte Stuhllehne.

«Du darfst das Tuch behalten.»

Während Ricarda sich mit dem nach Rosenwasser duftenden Tuch durchs Gesicht fuhr, musterte sie verstohlen die Komtess neben sich. Sie war sehr schlank, und in ihrem Körper lag eine Spannung, als würde sie jeden Augenblick aufspringen wollen.

«Wie geht es Komtess Florentine?», fragte Ricarda so höflich, wie es erwartet wurde.

«Sie ist schon wieder auf den Beinen, kurz jedenfalls. Sie braucht viel Ruhe.»

«Dann wird sie wieder gesund?»

«Da bin ich sehr zuversichtlich. Sie hatte aufgehört zu atmen. Ich habe ihre Lungen dazu gebracht, ihren Körper wieder mit Luft zu versorgen. Wie es die Aufgabe einer Ärztin ist, denn das ist mein Beruf.»

Während sie sprach, kam es Rica so vor, als richte die Komtess ihre Worte nicht an sie, sondern an ihren Vater. Zumindest sah sie nur ihn dabei an.

Der kranke alte Herr schien mit seinen Gedanken ganz woanders zu sein. «Henriette, meine Liebe», sagte er schließlich mit einer Stimme, deren Müdigkeit sich deutlich vom Elan der Tochter unterschied, «Worte allein genügen nicht, um diesem Kind dafür zu danken, das Leben meiner Enkelin gerettet zu haben.» Er sah nun Rica an. «Ricarda, Komtess Henriette wird ein Auge auf deinen weiteren Lebensweg haben. Denn ich werde es leider nicht mehr können. Sie wird dich unterstützen und fördern, um dir den Dank der Grafen von Freystetten zu beweisen.»

Ricarda wusste nicht, was sie von dieser Ankündigung halten sollte. Das Leben der Grafenfamilie und jenes ihrer eigenen waren bisher nebeneinanderher verlaufen. Die einen herrschten, die anderen dienten, nur so kannte sie es. Wenn die fremde Komtess sie nun *fördern* würde – was bedeutete das?

Auch Henriette selbst war vom Vorpreschen ihres Vaters überrascht. Die Kleine war in einem entscheidenden Augenblick eindeutig über sich hinausgewachsen. Dafür schuldete man ihr Dank, keine Frage. In welcher Form, darüber musste man in Ruhe nachdenken. Aber es gab keine Notwendigkeit, deshalb ihr ohnehin ausgefülltes Leben und jenes des Kindes miteinander zu verknüpfen. Aber gut, der Vater neigte zu der

Sentimentalität alter Männer, die nicht mehr selbst handeln konnten.

Der todkranke Graf blickte seine eigene Tochter fragend an. «Henriette, du sagst nichts dazu?»

«Dein Vorschlag ist großherzig, Vater. Deinen Worten sollen meine Taten folgen», erwiderte sie.

Obwohl Ricarda die Komtess nicht kannte, sah sie deren maskenhaftem Lächeln an, wie unwohl sie sich fühlte. Entsprechend gespielt erschien ihr die Geste der eleganten Dame, mit der sie nach ihrer Hand griff, um zu sagen: «Du bist ein gutes Mädchen.»

Gegen zehn Uhr hatte sich Henriette in die Bibliothek im Erdgeschoss zurückgezogen, wie sie es fast jeden Abend tat, wenn sie für die Feiertage aus Berlin nach Freystetten kam. Der Raum war heimelig klein und stammte noch aus der Zeit, als das Schloss eine Burg gewesen war. Die in die Wände eingebauten Bücherschränke enthielten ein paar hundert Werke. Schon sehr lange empfand sie Freystetten nicht mehr als ihr Zuhause, aber dieser Raum vermittelte ihr das Gefühl von Geborgenheit. Als Kind hatte sie das Wissen, das in den vielen Buchdeckeln schlummerte, eingeschüchtert. Inzwischen wusste sie, dass diese Bücher nur einen winzigen Bruchteil von dem Wissen enthielten, das sie sich aneignen wollte.

Sie schrieb die mahnenden Worte ihres Vaters in ihr Tagebuch und fragte sich, wie der alte Herr sich das wohl vorstellen mochte: *Ricarda unterstützen und fördern*. Am naheliegendsten war es wohl, man legte Geld auf die Seite, damit das Mädchen eine anständige Aussteuer bekäme. In ein paar Jahren würde sie ohnehin heiraten.

Es klopfte so zart, dass sie nur eine Damenhand als Urheberin vermuten konnte. Es war Luise, und Henriette sah ihrer Schwägerin an, dass dieser Tag ihr zugesetzt hatte. Für sich selbst hatte sie entschieden, alles erst mal aufzuschreiben, darüber zu schlafen und erst dann etwas zu unternehmen.

«Jette, ich halte das nicht aus», klagte Luise schon, als sie mit ausgebreiteten Armen auf Henriette zuflog. Henriette stand rasch auf, ließ sich umarmen und schloss erst mal die Tür.

Sie hatte es vor Jahren mit Luise ausprobiert: Die Diener draußen konnten tatsächlich nicht verstehen, was drinnen gesprochen wurde, wenn die Tür geschlossen war. «Eine feste Burg ist unsere Bibliothek», hatten sie damals gekichert. Lange lag diese Unbeschwertheit zurück, viel zu lange …

«Was hat er denn nun wieder gemacht?», fragte Henriette.

Damit konnte nur Raimund gemeint sein. Doch Henriette war klar, dass seine Frau vom wahren Vergehen ihres Mannes keine Ahnung hatte.

Luises weiße Hand flatterte durch die Luft. «Ich will gar nicht über ihn reden, Jette! Diese beiden Vollidioten, die er aus Paris hergeschleppt hat! Einer nennt sich Poet, der andere Maler. Bei ihm hat Raimund ein Bild in Auftrag gegeben.» Sie verdrehte die Augen. «Vom Schloss. Dabei sind wir hier seiner Meinung nach am – du glaubst es nicht! – Arsch der Welt.»

«Raimund erkennt durchaus ein Talent, Luise», wandte Henriette vorsichtig ein.

«Wenn's einen schönen Hintern hat!»

«Das ist nichts Neues, Lou. Was regt dich daran so auf?»

Mit einem Schlag war Luises aufgesetzte Heiterkeit verflogen. Sie setzte sich Henriette gegenüber an den kleinen sechseckigen Rosenholztisch mit den filigranen Intarsien.

«Ich denke, wir müssen Karla entlassen», sagte Luise.

Das kam so überraschend, dass Henriette erst mal sprachlos war. «Hast du darüber schon mit Raimund gesprochen?»

«Ich wollte zuerst deinen Rat hören.»

«Was hat Karla dir getan?»

«Jette, sie ist aufsässig. Wenn du wüsstest, wie unangemessen sie sich heute beim Mittagessen aufgeführt hat!»

«Wie unerfreulich. Aber Lou, dann musst du die ganze Familie Petersen entlassen. Das ist dir schon klar?»

«Du meinst: alle?» Luise guckte entsetzt. «Nein, Jette! Nur Karla!»

Henriette sah es ihrer Freundin aus Kindertagen an: Sie hatte wieder einmal nicht weit genug gedacht. Sie liebte Luise wie eine Schwester, aber leider gab es eine unüberbrückbare Kluft zwischen ihrem liebreizendem Äußeren und ihrem karg ausgestatteten Inneren.

«Das wird kaum möglich sein, Luise. Vater hat Petersen und Karla einst zusammen eingestellt», erklärte Henriette geduldig. «Und du weißt doch, wie viel Petersen dem alten Herrn bedeutet.»

In den letzten fünfzehn Jahren hatten der alte Graf und sein Gärtner so ziemlich jeden Tag gemeinsam verbracht. Ein wenig wirkten sie auf Henriette wie Vater und Sohn. Petersen als Ersatz für Friedrich sozusagen, seinen Lieblingssohn, den ihm vor fünfzehn Jahren eine Kugel geraubt hatte. Raimund, der übriggebliebene, hatte diesen Platz im Herzen des Schlossherren nie einnehmen können. Und es schließlich nicht mehr gewollt. Henriette hatte schon sehr lange nicht mehr an ihren Bruder Friedrich denken müssen, den Ältesten der drei Geschwister, der so sinnlos im Duell zu Tode gekommen war.

«Du hast völlig recht, Jette. Petersen kann man unmöglich entlassen», sagte Luise mit Bestimmtheit.

«Also wirst du über Karlas Gefühlsschwankungen großzügig hinwegsehen?», fragte Henriette milde.

«Sie braucht ja schließlich Zeit, um Antonias Tod zu verkraften. Nicht wahr?», meinte Luise plötzlich voller Verständnis.

«Du sagst es, Lou», erwiderte Henriette und blickte ihre Freundin irritiert an. Wahrscheinlich war Luise wegen des Unglücks, bei dem ihr eigenes Kind fast gestorben wäre, auch selbst innerlich ein wenig unaufgeräumt.

Wozu sollte es gut sein, immer nur im Bett zu liegen? Es ging ihr doch schon längst wieder gut!

Florentine kroch unter dem dicken Daunen-Plumeau hervor. Vor dem Fenster hing ein dichter Vorhang aus Schneeflocken, doch ihr Zimmer im Seitenflügel des ersten Stocks war angenehm warm. Sie hatte noch fest geschlafen, als eines der Dienstmädchen den Ofen früh am Morgen mit neuen Holzscheiten befüllt hatte. Flora griff nach der Klingel auf dem Nachttisch.

«Womit kann ich der Komtess dienen?»

Das Dienstmädchen war leise eingetreten und knickste. Sie war blasser als die Tapete und hatte tiefe Augenschatten.

«Hilf mir, mein Haar zu machen. Oder nein, besser: Geh zuerst hinunter zur Mamsell und sag ihr, dass ich zwei weiche Eier, eine Scheibe Brot mit Butter und zwei Äpfel wünsche. Und dann komm wieder und mach mein Haar.»

«Sofort, Komtess.»

Florentine setzte sich vor den Frisiertisch neben ihrem Bett. Mit beiden Händen griff sie sich in ihre vollen, leicht gelockten, rötlichen Haare und schlug sie nach oben auf den Kopf.

«Komtess, womit kann ich dienen!» Sie streckte ihrem Spiegelbild die Zunge entgegen.

Sie starrte auf ihre leicht abstehenden Ohren. Im Winter, wenn die Sommersprossen auf dem Nasenrücken und unter den Augen kaum sichtbar waren, mochte sie ihr Spiegelbild eher als im Sommer. Sie beugte sich vor, denn sie meinte, einen Schatten auf der Stirn ausgemacht zu haben. Sie betrachtete sich intensiver im Spiegel und bemerkte, dass über ihrem linken Auge tatsächlich eine etwa zwei Zentimeter lange Schramme war. Die vergangenen Tage waren wie ausgelöscht. Nichts. Es war alles weg. Sosehr sie sich auch anstrengte, das Letzte, an das sie sich erinnern konnte, war, dass Antonia ihr geholfen hatte, die neuen kanadischen Schlittschuhe anzuziehen. Dann war sie in ihrem Bett aufgewacht, in Decken gepackt, Beine und Brust mit Wärmflaschen versehen.

Seitdem hatte man ihr ständig heiße Suppe eingeflößt und irgendeine Medizin gegeben. Tante Jette hatte sie mehrmals aufgesucht, ihren Puls gefühlt, ihre Temperatur gemessen und ihre Lungen abgehorcht. Doch selbst die Tante, die stets die Ruhe in Person war, wollte ihr nicht erklären, was denn eigentlich geschehen war: «Nicht jetzt, Flora. Alles zu seiner Zeit. Erst muss deine Gesundheit stabil sein.»

Damit das auch gewährleistet war, hatte man ihr Zimmer von außen abgeschlossen. Es war, als hätte sie die Pest.

Als der Schlüssel herumgedreht wurde, trat Tante Jette ein, ein Tablett elegant balancierend. Flora sah mit einem Blick, dass alles darauf war, was sie sich erbeten hatte. Plus eine kleine rosarote Rose.

«Es ist angerichtet», sagte die Tante lächelnd.

Henriette stellte das Tablett auf ein Tischchen und fühlte erst Florentines Puls, dann legte sie ihr die kühle Hand auf die Stirn.

«Das sieht ja alles schon sehr gut aus», sagte sie.

«Tante Henriette, warum habe ich vergessen, was Weihnachten passiert ist?»

Florentine bekam Angst, als sie ihre Tante mit ihren Gefühlen kämpfen sah: Ihr Kinn zitterte, was nur selten vorkam.

«Du bist im Eis eingebrochen. Ich musste dich ins Leben zurückholen, Flora.»

Henriette strich mit den Händen über die Wangen ihres Patenkindes.

Florentine starrte ihre Tante fassungslos an. «Ins Leben …? Wie meinst du das?»

«Zuerst versuchte Antonia, dich aus dem Eis herauszuziehen. Das gelang ihr nicht. Dann kam Ricarda zu Hilfe. Sie ist ins eisige Wasser gestiegen. Und hat dich herausgeholt. Aber das dauerte sehr lange.»

«Lange?», fragte Flora.

«Wir wissen nicht, wie lange. Nur ihr drei Mädchen wart dort und Berta. Ricarda war so klug und schickte den Hund …»

Henriettes Stimme versagte. Sie atmete tief, rang um ihre Fassung.

Dass sie in irgendeiner Weise am Weihnachtstag etwas mit Ricarda unternommen hatte, daran konnte Florentine sich nicht erinnern.

«Petersen und ich kamen erst dazu, als du und Ricarda auf dem Eis lagen. Antonia war noch im Wasser. Ricardas Kraft hatte nicht gereicht, um euch beide herauszuholen.»

«Antonia ist ...?», fragte sie leise.

«Ja, sie ist gestorben. Morgen ist ihre Beerdigung.»

Florentine stand langsam auf. Vor dem Fenster herrschte nach wie vor dichtes Schneetreiben.

«Und warum weiß ich das alles nicht mehr?»

Sie ertrug den Anblick des hell leuchtenden Schnees nicht und schloss die Augen. Sie versuchte, sich an Antonias Gesicht zu erinnern, aber es zeigte sich nicht.

«Nachdem ich dich wiederbelebt hatte, hast du sogar gesprochen. Ich war so erleichtert, weil ich wusste: Du überlebst. Du wiederholtest immer wieder, dass du frierst. Kannst du dich an gar nichts mehr erinnern?»

Flora schüttelte den Kopf.

«Wir wissen noch nicht, wie unser Gehirn genau funktioniert», erklärte Henriette. «Was wir aber wissen, ist, dass es Blut braucht, um zu arbeiten.»

Florentine setzte sich neben ihre Tante. Wenn sie jemanden in der Familie bewunderte, dann sie.

«Durch die grausame Kälte», fuhr Henriette fort, «wurde dein Gehirn nicht mehr ausreichend mit Blut versorgt. Du hast das Bewusstsein verloren.» Sie sah ihre Nichte mitfühlend an. «Das ist eine sehr gute Eigenschaft unseres Gehirns. Es schützt uns vor bösen Erinnerungen.»

Henriette hätte keine bessere Formulierung finden können, um ihre Nichte vor der Wahrheit über Antonias Todesumstände zu beschützen.

Graf Raimund hatte es sich auf der Chaiselongue in seinem Zimmer bequem gemacht. Sein Oberkörper ruhte auf dem angehobenen Kopfteil, ein Bein in der dreiviertellangen Hose hatte er angewinkelt, das andere ausgestreckt. Henriette saß kerzengerade neben ihrem Bruder auf einem Stuhl. Sie verbot sich den Gedanken, dass er mit seinen kurzen Beinen eine denkbar lächerliche Figur abgab, wenn er versuchte, sich wie ein römischer Adonis zu geben.

«Du meinst also allen Ernstes, das alles ginge dich nichts an?», sagte sie mit gedämpfter Stimme.

«Was erwartest du, Jette? Niemand konnte ahnen, dass so etwas passiert.»

«Ein Mensch mit Verantwortungsgefühl hätte die Stelle abgesichert!»

«Ach, Jette, du bist immer so pathetisch! Flo lebt doch!»

«Du bist ein Idiot! Antonia hatte ihr Leben noch vor sich. Wie kannst du so kaltherzig über ihren Tod hinweggehen?»

«Ich kann sie nicht wieder lebendig machen, Jette. Wie oft soll ich dir das noch sagen?»

«Wir müssen etwas für Petersens tun, Raimund. Das ist Vaters Wunsch.»

«Ja, mit dir redet er. Mit mir tut er das seit zehn Jahren nicht mehr. Aber es ist mir einerlei. Ich führe mein Leben so, wie ich es möchte.»

«Ich habe das nicht erwähnt, damit du weißt, dass es Vaters Wunsch ist. Sondern weil es moralisch das mindeste ist, was man tun kann.»

«Willst du ihnen Geld geben? Phantastische Idee. Dann weiß jeder: Freystettens kaufen sich frei. Mach nur!»

«Natürlich brauchen wir eine elegantere Lösung. Eine, die nicht so direkt mit dem Unglück in Verbindung gebracht wird. Ich dachte, wenn man Ricarda …»

«Ricarda? Wer ist das jetzt schon wieder? Egal. Meinen Segen hast du. Ich zahle deine Lösung», unterbrach er.

Henriette hatte Mühe, ihren Zorn zurückzuhalten. Gern

hätte sie ihrem Bruder gesagt, dass sie ihn für ein verwöhntes, unreifes Kind hielt. Aber das hatte sie schließlich schon vor Jahren getan, und genützt hatte es nichts. Raimund ließ sich nicht verbiegen.

«Willst du wirklich morgen nach Paris zurückfahren?», fragte sie gereizt.

«Maurice, Charles und ich sind auf einem entzückenden Silvesterball eingeladen. Was glaubst du denn, wie lange man braucht, bis man in Paris ist?»

Henriettes Blick fiel auf eine Staffelei, auf der ein angefangenes Gemälde stand. Es zeigte ohne Zweifel Schloss Freystetten. Der Maler hatte die Perspektive so gewählt, dass der See im Vordergrund lag. Das musste das Bild sein, von dem Luise erzählt hatte. Sie schloss die Augen, wandte sich ab.

«Nimm wenigstens morgen früh an der Beerdigung teil. Bitte!», sagte sie und ging zur Tür.

«Chérie, ich weine in der Kutsche. Adieu!»

Raimund streckte die Beine auf der Chaiselongue aus und winkte ihr zu, wobei er nur die Finger bewegte. Henriette zog die Tür zu, ohne die Klinke zu drücken. Der dadurch entstehende dezente Knall war das Äußerste, was sie sich in diesem Haus an Protest gestattete.

Als Frau und gar als jüngste Schwester hatte sie keine Rechte an Freystetten. Wodurch sich ein Problem abzeichnete: Dem Vater ging es immer schlechter, und nach seinem Tod würde Raimund alles zufallen. Doch ihr vier Jahre älterer Bruder hielt sich hier selten auf und hatte weder das Interesse noch die Fähigkeiten, um ein Schloss zu führen. Henriette wusste von einer Grafenfamilie, deren Schloss nur eine Reitstunde entfernt war, dass deren jahrhundertealter Familienbesitz unter ähnlichen Umständen rasend schnell bankrottgegangen und inzwischen verkauft worden war.

Für Ricarda hatte es so gut wie keinen Sonntag gegeben, an dem sie nicht neben ihrer Mutter und den beiden Schwestern in der kleinen Dorfkirche gesessen und der Predigt von Pfarrer Gutschmid gelauscht hätte. War die weniger nach ihrem Geschmack gewesen, hatte sie die Zeit eben anders genutzt. Es gab zu jeder Seite des Ganges acht Sitzreihen, in jeder davon konnten sechs Gläubige Platz finden. Was sie mit der Zahl 96 alles anstellen konnte! Damit hatte sich manch langweilige Predigt überbrücken lassen ... Doch jetzt dachte sie nur an Antonia, deren heller Holzsarg vor dem Altar stand, umgeben von einer Menge an Blumen, wie Ricarda sie nie gesehen hatte.

Die Frauen, zwischen denen sie saß, schluchzten, sodass sie selbst kaum aufhören konnte zu weinen. Neben ihr die Mutter, das Gesicht hinter einem schwarzen Tüllschleier verborgen. Auf der anderen Seite des Ganges – inmitten der Männer des Dorfes – saß ihr Vater mit einem Gesicht aus Stein, das er schon seit Tagen trug.

Als Letzte hatte die Grafenfamilie die Kirche betreten: die Schwägerinnen Henriette und Luise sowie Florentine in schwarzen Tüllcapes, ihr kleiner Bruder Friedemann in schwarzem Gehrock.

In den Reihen hinter ihr wurde getuschelt: «Sieht ihm ähnlich, dem roten Graf, reist lieber ab.»

«Ist ja nur die Gärtnerstochter.»

Eine Frau sagte empört: «Der Sarg sollte nicht zu sein!»

Der Brauch verlangte, dass die Gemeindemitglieder sich noch einmal am offenen Sarg verabschieden konnten. Natürlich hatte die Mutter es so gewollt. Doch Pfarrer Gutschmid hatte sich geweigert. «Antonias Gesicht ist arg verletzt», hatte er gesagt. «Wir sollten sie so in Erinnerung behalten, wie sie war.»

Nun predigte der Pfarrer über Nächstenliebe und wie sehr er Antonia geschätzt habe und dass Gott sie so sehr liebe, dass er sie nun so früh zu sich geholt habe. An der Stelle schluchzte die Mutter so laut auf, dass der Pfarrer kurz unterbrach. Anschließend konnte sich Ricarda auf nichts anderes konzentrieren als auf ihre Mutter, die zitterte, als fröre sie. Sie umklammerte ihre Hand so fest, als könnte sie damit verhindern, dass ihr Schmerz sie verschwinden ließe.

Am offenen Grab, für das der Pfarrer gleich in der dritten Reihe hinter dem Chor einen wahren Ehrenplatz gefunden hatte, stützte der Vater die Mutter. Der Sarg wurde ins Erdreich hinabgelassen, und einer nach dem anderen warf drei Schaufeln Erde hinein. Jedem Mitglied seiner Familie hatte Vater Gustav eine weiße Rose in die Hand gedrückt.

Diese Rose ist wie Tonjas Leben, dachte Ricarda. Sie ist so wunderschön, aber wurde einfach abgeschnitten, bevor ihre Blüte sich öffnen konnte. So viel fiel ihr ein, was sie Tonja noch sagen wollte. Doch am meisten ärgerte sie sich darüber, dass sie ihr am Heiligen Abend nicht richtig für den schönen Schal gedankt hatte, den die Schwester ihr in wochenlanger Arbeit gehäkelt hatte. Stattdessen hatte sie bemängelt, er wäre zu lang geraten. Sie warf die Rose in das Grab und zog den Schal enger um sich.

In diesem Moment spürte Ricarda, dass Florentine sie anstarrte. Die beiden Mädchen hatten sich seit dem Unglück nicht gesprochen. Ricarda bemerkte, dass Komtess Henriette ihrer Nichte einen winzigen Schubs gab.

Auch der Pfarrer schien in das eingeweiht zu sein, was bevorstand: «Reicht euch die Hände, Mädchen.»

Die Kinder zögerten, fühlten sich von allen beobachtet.

Als Ricarda Florentines feuchte Hand in der ihren spürte, flüsterte Florentine kaum hörbar: «Danke, Ricarda, dass ich noch lebe.»

Die Kirchenstimme des Pfarrers donnerte über den Friedhof: «Möge der Tod eurer Schwester und Freundin ein Band der Liebe zwischen euch flechten. Ein Band, das der allmächtige Gott mit seiner Güte beschützt. Amen.»

Florentine erwiderte laut: «Amen.»

Für Ricarda war es selbstverständlich, das zu wiederholen.

Ein *Band der Liebe* hatte sie mit Tonja verbunden. Mit all den Widersprüchen, die ein Mädchen ihres Alters empfand, wenn es um eine größere Schwester ging. Die Grafentochter war ihr bislang gleichgültig gewesen. Wenn sie ihr künftig begegnen würde, würde sie an Tonjas Tod denken, davon war sie überzeugt. Wie sollte es ihr gelingen, ausgerechnet Florentine zu lieben, die das Band zwischen ihr und Antonia getrennt hatte?

Florentine lief von einer Seite ihres Zimmers zur anderen. Henriette hatte das Gefühl, einem Raubtier im Käfig zuzusehen.

«Ich muss hier weg, Tante Jette», sagte sie schon wieder.

«Und ich habe dir gesagt: Ich bleibe bis nach Silvester.»

«Das willst du doch gar nicht. Du kannst Freystetten nicht ausstehen. Das hast du selbst gesagt.»

«Unser Gespräch dreht sich im Kreis, Flora.» Henriettes Lächeln war liebevoll, obwohl ihre Geduld gerade zu Ende ging. «Sehr oft im Leben geht es nicht darum, was man will.

Wir haben Pflichten und kommen ihnen nach. Eine Diskussion darüber ist unmöglich.»

«Ich habe mich, so wie du es wolltest, bei Ricarda bedankt. Alle waren Zeuge.» Florentine setzte sich vor ihren Schminkspiegel. Sie beugte sich vor und betrachtete die Verletzung über dem linken Auge. «Das wird wirklich eine Narbe.»

«Sie wird dich immer daran erinnern, Gott dafür zu danken, dass du noch lebst. Für den Rest gibt es Puder.» Henriette trat hinter ihre Nichte und ordnete deren rötliche Haarpracht.

«Ich ertrage die Stimmung hier nicht, Tante Jette. Diese Düsternis. Antonias Tod, der kranke Großvater. Ich muss fort. Silvester in Berlin ... Seit zwei Jahren wohnst du dort. Aber ich durfte dich noch nie besuchen.»

«Du übertreibst wie immer. Unser Palais hat dich nie interessiert.»

«Ich war ein Kind. Aber jetzt bin ich es nicht mehr. Nach Silvester wird keine Zeit dafür bleiben, weil ich zurück nach Brighton muss. Bitte.»

Florentine blickte ihre Tante von unten aus ihren leicht schräg stehenden grünen Augen an. Henriette liebte und hasste es gleichermaßen, wenn sie das tat.

«Bis zu deiner Abreise solltest du ein wenig Zeit mit Ricarda verbringen, Flora. Das bist du ihr schuldig.»

«Ja, Tante Jette», antwortete sie gehorsam.

Sie hatte nicht die Absicht, die Bekanntschaft oder gar die Freundschaft der Tochter eines Gärtners und einer Köchin zu gewinnen. Nachdem ihre Tante gegangen war, kämmte Florentine ihr Haar. Dann legte sie die Bürste beiseite und studierte vor dem Spiegel Gesichtsausdrücke ein. Sie suchte das perfekte Lächeln, mit dem sie alle bezaubern konnte.

Das Schloss mit seinen auf drei Gebäudeflügel verteilten siebenundvierzig Zimmern war ein schwer zu überblickender Koloss. Und dennoch musste man nur ein Mitglied des zwei Dutzend Köpfe zählenden Personals fragen, wer von der Familie sich gerade wo aufhielt – und man erfuhr es. Henriette ging die aus rötlichem Elbsandstein gehauenen Stufen des neuen Seitenflügels hoch, der ihrem Vater vorbehalten war, während Raimunds Familie den anderen Flügel bewohnte; Graf Franz mochte keinen Kinderlärm.

«Komtess, die kleine Petersen ist noch bei Ihrem Herrn Vater», sagte Sekretär Krompholz, als sie im ersten Stock ankam. «Aber der Arzt wurde schon gerufen.»

«Der Arzt? Geht es ihm schlechter?» Ich bin selbst Ärztin, hätte sie sagen mögen.

«Die Beine machen Durchlaucht zu schaffen», erwiderte Krompholz.

Nach einem symbolischen Klopfen betrat Henriette den hellen Raum, den sie für einen der schönsten des Schlosses hielt. Ihr Vater lag im Bett, lächelnd. Ricarda saß auf einem Stuhl davor, auch auf ihrem Gesicht ein glückliches Lächeln. Sobald sie Henriette eintreten sah, sprang sie auf.

Der Schlossherr wandte sich an seine Tochter. «Jette, stell dir vor, die kleine Ricarda kannte bis gestern keine Primzahlen. Und jetzt suchen wir gerade den 900er-Bereich ab. Wo waren wir, Ricarda?»

«994 ist keine Primzahl, Durchlaucht», sagte das Mädchen.

«Da haben sich ja die zwei Richtigen gefunden.»

Henriette erinnerte sich daran, wie ihr Vater und Ricardas Vater über Pläne für den Schlosspark gebeugt saßen. Dass ein Landschaftsgestalter Mathematik beherrschen muss, hatte sie dadurch erst erfahren. Offensichtlich kam seine Tochter nach ihm.

«Du hast Schmerzen in den Beinen, sagt Krompholz», wechselte sie das Thema.

«Mach dir keine Sorgen, Unkraut vergeht nicht.»

«Lass mich das Bein wenigstens ansehen.»

«Jungheinrich macht das schon», sagte ihr Vater.

Krompholz ließ nun den Landarzt hinein. Henriette kannte Dr. Jungheinrich seit ihrer Kindheit. Gerade deshalb hatte sie größte Zweifel, ob er der richtige Mann war, um ihren Vater zu behandeln. Nur ganz kurz erhaschte sie einen Blick auf das Bein ihres Vaters, als Jungheinrich die Bettdecke zurückschlug. Es war rot und dick geschwollen.

Wenn Jungheinrich ihn jetzt falsch behandelte, konnte ihr Vater in Lebensgefahr geraten. Aber ehe sie darauf hinweisen konnte, bat ihr Vater sie, während der Untersuchung draußen zu warten. Sie war ebenso unerwünscht wie das dreizehnjährige Mädchen.

Henriette wartete fast eine Stunde im Nebenzimmer, bis der alte Arzt seine Konsultation abgeschlossen hatte.

«Nun, Doktor, wie geht es dem Vater?» Sie wusste, dass er es nicht akzeptieren würde, wenn sie versuchte, mit ihm von Arzt zu Arzt zu sprechen.

«Ich habe Durchlaucht massiert und zur Ader gelassen», erwiderte Jungheinrich. «Das Personal soll Durchlaucht stützen, damit er ein paar Schritte tue. Und man soll Durchlaucht gelegentlich in den Rollstuhl setzen und ihn herumfahren. Durchlaucht ist kein junger Mann, aber das wird schon. Er scherzte über die wohl ganz erstaunliche Rechenbegabung der kleinen Petersen. Das Kind tut ihm gut.»

Henriette hörte nur noch halb zu und entließ den Arzt mit ein paar verbindlichen Worten, die aber nicht von Herzen kommen konnten.

Denn es war gut möglich, dass der Dorfarzt gerade verhängnisvolle Fehler gemacht hatte. Die rote Schwellung des Beins konnte von einer Thrombose stammen. Massierte man das Bein, würde der Thrombus sich eventuell lösen und zur Lunge aufsteigen. Doch die Theorie nutzte nichts. Der Vater hätte sich von ihr untersuchen lassen müssen! Sie wusste ja nicht einmal, was seine Grundbeschwerden waren. Nach dem zu urteilen, was Jungheinrich im Herbst mit spärlichen Worten gesagt hatte, hatte der Vater sich vermutlich beim Sturz von der Leiter das Becken gebrochen.

Unkraut vergeht nicht.

Und ob es vergeht, dachte Henriette. Frag deinen Lieblingsgärtner, der wird dir sagen, dass Unkraut sehr wohl vergänglich ist. Wie alles, das Gott geschaffen hat.

Ricarda war keine geübte Vorleserin, das hatte sie Durchlaucht auch heute, am Silvestermorgen, wieder gesagt. Noch war sie im ersten Kapitel, las gerade: «Nun gibt es in der ...», und da kam sie ins Stocken, «Mineralogie», sie atmete durch und sah schon das nächste Hindernis vor sich: «... viele halbgriechische, halb-lita...»

«Lateinisch, Ricarda. Latein ist die Sprache der Wissenschaft.»

Mit dem Lesen beschäftigt, hatte sie nicht mitbekommen, dass die Komtess eingetreten war. Sie legte ihr die Hand auf die Schulter. «Nicht aufstehen, sonst verlierst du den Faden vollkommen. Ihr macht euch also auf die Reise zum Mittelpunkt der Erde. Du wirst es mögen, Vater», sagte sie. «Und du auch, wenn du erst etwas geübter im Lesen bist», fügte sie an Ricarda gewandt hinzu.

«Wir reisen langsam», erwiderte der Graf. «Ich hoffe, wir erreichen unser Ziel.»

«Es ist ein herrlicher Morgen. Ich reite für eine Stunde aus. Vorher wollte ich wissen, wie es dir geht.»

Henriette trug bereits Reitkostüm und Stiefel.

«Ich werde dir zusehen, Henriette, wenn du da hinten entlangreitest. Das wollte ich eigentlich immer: dich in diesem Park reiten sehen. Heute tust du mir endlich diesen Gefallen.»

Henriette beugte sich zu ihrem Vater herunter, der im Rollstuhl am Fenster saß. «Soll ich dich nicht doch einmal untersuchen, Vater? Geht es dir wirklich gut?»

Es ging ihm nicht gut, das hatte Ricarda schon gesehen, als sie eine halbe Stunde zuvor in sein Zimmer gekommen war. Er konnte sich kaum aufrecht halten, griff immer wieder an sein Bein, verzog das Gesicht, als hätte er Schmerzen. Wusste er, dass Ricarda ihn beobachtete, tat der Graf, als wäre nichts.

«Jette, du bist eine gute Tochter, aber Jungheinrich hat mich doch behandelt. Jetzt geh und reite durch den Park.»

Ricarda sah der Komtess an, dass die nicht gehen wollte. Sie klopfte mit der Reitgerte gegen ihre Stiefel, ihr Kinn zitterte. Dann gab sie sich einen Ruck.

«Ricarda, du rufst mich sofort, wenn etwas mit dem Grafen sein sollte.»

«Ja, Komtess, gewiss.»

Die Komtess verharrte noch einen Moment unschlüssig, machte einen weiteren Anlauf, sagte: «Vater …», sah, dass jeder Hinweis auf ihre Fähigkeiten an ihm abprallen würde, und verließ mit einem kaum hörbaren Aufstöhnen den Raum.

Der Graf begann zu husten. Das kam öfter vor, und Ricarda benutzte jedes Mal sein Husten dazu, bevorstehende Wortklippen ausfindig zu machen. Diesmal steigerte sich der Husten jedoch zu einer solchen Intensität, dass sie das Buch zu Boden legte.

«Durchlaucht?», flüsterte sie. Dann, etwas entschlossener: «Durchlaucht, soll ich Hilfe holen?»

Erst jetzt traute sie sich, aufzustehen und vorsichtig zum Rollstuhl zu gehen, wo der alte Mann sich an die Brust griff. Die Anstrengung des Hustens ließ seine Augen hervortreten.

Du rufst mich sofort ..., hörte sie die Komtess sagen.

Ganz weit hinten im Park sah Ricarda sie tatsächlich reiten, elegant schwebte ihr muskulöser Körper im Sattel.

«Durchlaucht, ich muss Hilfe holen», sagte sie zum Grafen.

Sie zerrte an den weit oben am Rahmen angebrachten Griffen der Fensterflügel, die sich kaum drehen ließen. Als es ihr gelang, schrie sie aus Leibeskräften.

«Zu Hilfe!»

Da verschwand die Komtess aber bereits hinter einem Hügel.

Ricarda wandte sich dem alten Mann zu, der ihre Hand zu fassen bekam. Ganz kurz nur, dann ließ er los und sagte etwas, das sie nicht verstand. Sie beugte sich zu ihm herunter, und da griff er noch einmal nach ihr, zog sie mit seiner letzten Kraft heran und flüsterte etwas.

«Mach etwas ...», hörte sie und meinte, der Graf würde sie bitten, jetzt endlich etwas zu unternehmen, aber da sagte er noch vier Worte: «... Kostbares aus deinem Leben.»

Blutiger Schaum trat aus seinem Mund hervor, sein Kopf

sackte auf die Brust, und die Spannung wich aus seinem Körper.

Ricarda rannte zur Tür, riss sie auf und schrie ins Treppenhaus: «Hilfe! Schnell! Zu Hilfe!»

Die Kerze auf Antonias Grab war die einzige, die in der dunklen Nacht schwach flackerte. Niemand sonst in Freystetten stellte den Toten ein Ewiges Licht aufs Grab. Es wies Karla den Weg zu ihrer Tochter. Sie zündete eine mitgebrachte Kerze daran an und ersetzte die fast heruntergebrannte, um damit die Sträuße und Kränze zu beleuchten. Wegen der Kälte hatte sich alles frisch gehalten.

Gustav und seine zwei Helfer hatten die meisten Sträuße gebunden und Kränze geflochten. Den schönsten Kranz hatten sie natürlich der Grafenfamilie gegeben.

In ewiger Dankbarkeit, stand auf der Schleife.

«Unser Kind stirbt. Und mein Mann darf in eurem Namen einen Kranz binden», sagte sie halblaut.

Der Kranz lag prominent in der Mitte vor dem Grab. Er störte dort. Karla hob ihn hoch und legte ihn mit etwas zu viel Schwung zur Seite, sodass er auf dem Nachbargrab landete. Sie achtete nicht darauf. Mit dem kleinen Rest der zweiten Kerze in der Hand stand sie lange reglos. Erst lief das Wachs auf ihre Finger, und sie reagierte nicht. Dann kippte der Docht durch den geschmolzenen Boden in ihre nackte Hand. Da ließ sie den kleinen Rest Wachs in den Schnee fallen. Sie kniete nieder, holte die hölzerne Rosenkranzkette heraus und begann zu beten.

Erst das *Vaterunser*, dann drei *Ave Maria*, anschließend das *Ehre sei dem Vater*. Sodann sprach sie halblaut fünfzig Mal das *Ave Maria*, unterbrochen von vier *Vaterunser* und einem

Ehre sei dem Vater. Dass es zu schneien begonnen hatte, nahm sie gar nicht wahr.

Karlas Rosenkranzgebet hatte noch längst nicht geendet, als Gustav seine Frau endlich fand. Sie kniete kerzengerade, den Oberkörper aufgerichtet, die bloßen Hände vor der Brust gefaltet. Als er sie so sah, eine kleine Schneehaube auf dem von einem schwarzen Tuch bedeckten Kopf, dachte er im ersten Moment, es könnte ein Heiligenschein sein. Vorsichtig trat Gustav hinter sie, als sie mit immer noch nicht ermüdeter Stimme betete.

«Gesegnet bist du unter den Frauen, und gesegnet ist die Frucht deines Leibes, weil du den Retter unserer Seelen geboren hast.»

Da sagte er laut: «Amen», obwohl er weder Katholik noch gläubig war. Karla sah sich um, schien ihn aber nicht zu erkennen. Er half ihr hoch und spürte die eisige Kälte ihrer Finger.

«Karla, du wirst krank, wenn du hier im Schnee und bei der Kälte ... Du hast noch zwei Töchter. Sie brauchen dich», sagte er mit Nachdruck.

Seine Frau drehte sich zu ihm, er konnte ihr Gesicht wegen der Finsternis jedoch nicht erkennen. «Unser Kind liegt nicht einmal in geweihter Erde, Gustav. Ich bin die Einzige, die helfen kann, dass ihre Seele in den Himmel findet.»

«Das ist ein Friedhof, Karla, auch wenn er nicht katholisch ist», widersprach Gustav. «Morgen wird hier auch Graf Franz beigesetzt.»

Sie stieß seine Hand fort und stolperte mit steifen Knien vor ihm her. «Sie haben Antonia umgebracht! Deine Grafen und Komtessen sind keine gottesfürchtigen Menschen!»

Seit fünfzehn Jahren lebten sie in dieser kleinen Gemeinde.

Gustav hatte angenommen, Karla wäre hier glücklich. Gewiss, Antonias Tod war schrecklich. Aber es war ein Unfall. Seine Frau schien nicht ganz bei Trost zu sein. Niemand hatte das Kind umgebracht.

Mitte Januar war der Schnee verschwunden, es hatte Plusgrade, die Wege waren vollgesogen vom Tauwasser. Der Park war eine schlammige, braungrüne Masse, nichts, wohin man einen Fuß setzen würde. Eine der Flügeltüren des Gartensaals stand leicht offen, und Henriette hörte das Singen der Vögel draußen im Park, der so weit entfernt schien.

Das Werk der letzten Jahre des Vaters, so würde man später wohl einmal sagen, wenn man von Graf Franz von Freystetten sprach. Henriette hatte niemals etwas mit diesem Park anfangen können. Es war eine ironische Laune des Schicksals, dass ihr Vater sie ausgerechnet in der Stunde seines Todes da draußen hatte reiten sehen wollen. Während sie an seiner Seite hätte sein sollen. Sein Tod hatte sie gezwungen, länger als geplant auf dem Schloss zu bleiben. Doch morgen, nach der Eröffnung des Testaments, würde sie nach Berlin zurückfahren, wo ihre Arztpraxis wartete.

Während der Notar in seinen Unterlagen blätterte, kämpfte der aus Paris zurückgekehrte Raimund gegen ein Gähnen an. Luise, direkt neben ihr, hielt ihre Hand, nicht die ihres Mannes. Auf der anderen Seite ihres Bruders saß Florentines kleiner Bruder Friedemann. Florentine selbst war schon längst wieder in Brighton. Für ein Mädchen gab es hier nichts zu holen. Erbberechtigt waren nur die Männer, Weiber waren Staffage. Henriette ärgerte sich darüber schon lange nicht mehr.

Die Verlesung des Testaments war eine Überraschung.

Dass ihr Vater so konsequent war, hatte sie denn doch nicht erwartet: Nicht eine Mark, nicht einen Schlossstein, nichts von den riesigen Ländereien vermachte der Vater seinem Sohn Raimund. Ihr Bruder ging leer aus; das Einzige, was er gewann, war der Titel. Der Etikette nach war er nun ein Graf und nicht nur ein «Erbgraf» – aber das hatte noch nie jemanden interessiert.

Der alte Graf hatte Raimund nie für einen *richtigen Mann* gehalten, denn *richtige Männer* waren nur Soldaten. Raimund hingegen hatte sich stets als Künstler gesehen. Er hatte eine Reihe von Plastiken erschaffen, doch nach dem überraschenden Tod seines älteren Bruders war sein Interesse an der Bildhauerei schlagartig erloschen. Seine letzte Arbeit, eine Statue, hatte er nicht beendet. Henriette hatte den Grund nie herausgefunden. Seit einigen Jahren besaß Raimund eine Galerie in Paris, in der er Gemälde zeitgenössischer Künstler wie jenem verkaufte, mit dem er Weihnachten in Freystetten gewesen war. Ob Raimund damit Geld verdiente, wusste seine Schwester nicht. Man traf sich nur hier und ging ansonsten völlig getrennte Wege.

Das gesamte Erbe ging also an Friedemann. Der zwölf Jahre alte Junge – so hatte es Luise ihr erzählt – hatte das Interesse des Großvaters für Schmetterlinge und Fledermäuse geteilt. Henriette hielt ihn für einen lieben Jungen, still, aufmerksam. Ob er einmal Offizier wie der Großvater wurde? Oder ein Künstler wie der Vater?

Es war ihr unmöglich, sich auf den Knaben einen Reim zu machen. Mit Kindern kannte sie sich nicht aus, und jetzt, mit vierunddreißig, war das Thema ohnehin erledigt. Ihr Leben war bunt und prall gefüllt, auch ohne Kind.

An der folgenden Testamentspassage freute Henriette, dass

ihre jährliche Apanage genauso hoch war wie die Unterstützung für ihren Bruder. Außerdem hatte ihr der Vater das neu erbaute Haus am Berliner Prachtboulevard Unter den Linden vermacht, in dem sie seit fast zwei Jahren wohnte. Sie war somit lebenslang abgesichert, aber das Familienschloss hatte nun keinen Herren mehr. Bis der kleine Friedemann volljährig war – neun lange Jahre! Eine so aufwendige Besitzung würde das nicht überstehen.

Nachdem jener Teil des Testaments verlesen war, der die Familie betraf, wurden Obergärtner Petersen und Sekretär Krompholz hereingerufen. Mit unbewegten Mienen lauschten sie dem letzten Willen ihres Arbeitgebers, den der Notar verlas.

«Gustav Petersen, ich bestimme dich hiermit zum Verwalter auf Lebenszeit. Der treue Krompholz möge dir bei allem gewissenhaft zur Hand gehen.» Der Notar räusperte sich. «Es folgt noch eine persönliche Notiz von Durchlaucht: ‹Petersen, du warst mir wie ein Sohn. Setze in meinem Sinne fort, was wir gemeinsam begonnen haben.›»

Für einige Sekunden herrschte eisiges Schweigen. Als Erster stand Raimund auf. Alle erwarteten, dass er etwas Bedeutendes sagen oder zumindest seiner Verärgerung Luft machen würde. Stattdessen sagte er nur: «Gehabt euch wohl.»

Er ging lächelnd aus dem Raum, in dem er gerade die vermutlich schwerste Niederlage seines bisherigen Lebens erlitten hatte. Gleichzeitig war es einer der wenigen Momente, in denen Henriette auf ihren Bruder stolz war. Sie war überzeugt, ihr Vater wäre es auch ein wenig gewesen, denn wahre Größe zeigte sich erst in der Niederlage.

«Ricarda, Emmi soll heute kochen. Sag ihr, ich bin krank», sagte die Mutter früh am Morgen.

Das hörte Ricarda nun schon den dritten Tag in Folge von ihrer Mutter. Sie lag in der vom Vater gut eingeheizten Wohnstube unter Decken und rührte sich nicht.

«Soll ich zum Doktor laufen?»

Statt zu antworten, erwiderte die Mutter: «Geh arbeiten. Nimm Rosel mit.»

Ricarda zog ihrer Schwester noch eine Mütze auf den Kopf, bevor sie nach draußen gingen.

Rosel knuffte sie in die Seite. «Ich bin kein kleines Kind!»

«Es ist wieder kalt geworden», sagte Ricarda.

Sie hatte die Temperaturkurve im Notizbuch ihres Vaters studiert. 2,5 Grad, hatte er um halb sechs in der Früh eingetragen.

Die Schwestern mussten das Schloss umrunden, um vom Dienstboteneingang aus in die Küche zu gelangen. Wie leer das Anwesen jetzt war. Alle waren fort, auch Komtess Henriette war vor einer Woche abgereist. Das riesige Schloss – nur für Gräfin Luise und den jungen Erbgraf Friedemann. Und natürlich die vielen Bediensteten, aber an die dachte Ricarda jetzt nicht.

«Ist eure Mutter noch krank?», fragte Emmi sofort.

Ricarda und Rosel nickten stumm.

«Ich habe Pfannkuchen gemacht.»

Emmis Lächeln war herzlich und ihre Pfannkuchen sehr dick und süß. Die Mädchen mochten die rundliche Köchin, die selbst drei Kinder hatte und durch nichts aus der Ruhe zu bringen war.

Rosel musste nach dem Frühstück in der Wäscherei mitarbeiten. Ricarda half in der Küche, Bouillonsuppe mit Kfößchen und Schnitzel mit Blumenkohl für das Mittagsessen zu bereiten. Sie arbeitete gern, doch noch mehr freute sie sich auf den Schulunterricht um neun. Seitdem Florentine im Ausland zur Schule ging, wurden die Töchter des Gärtners gemeinsam mit Friedemann von einem Hauslehrer unterrichtet.

«Er ist sonst so allein», hatte Ricarda die Gräfin einmal sagen hören.

Der Unterricht fand in einem schmucklosen Zimmer in Gräfin Luises Gebäudeflügel statt. Antonia war bislang die Älteste des kleinen Kreises gewesen. Der Anblick ihres leeren Stuhls bedrückte Ricarda.

Friedemann und Rosamunde waren nicht besonders schnell im Rechnen, doch Ricarda war darauf bedacht, sich nicht anmerken zu lassen, dass sie sich langweilte. Als sie aus dem Fenster schielte, sah sie ihre Mutter die Auffahrt hinabgehen. Wenig später stieg sie gegenüber die zwölf Stufen hinauf, die vom Weg zum Kirchhof führten.

Sie geht schon wieder zu Tonjas Grab. Jeden Tag tut sie das, dachte Ricarda. Doch zum Arbeiten war sie zu krank. Und nun begann es auch noch zu regnen!

Ricarda konnte sich nicht mehr konzentrieren. Sie dachte nur noch daran, dass ihre Mutter auf der kalten Erde kniete, völlig ungeschützt vor den Unbilden des Wetters.

Nachdem die drei Stunden Unterricht um waren, kehrte sie zu Emmi in die Küche zurück, wo sie helfen sollte, das Mittagessen zu bereiten, das pünktlich um Viertel nach zwölf serviert werden musste. Für den Nachtisch bereitete Emmi gerade gefüllte Apfelkrapfen.

«Emmi», sagte Ricarda, während sie den Blumenkohl blanchierte, «es regnet immer noch. Ich glaube, die Mutter ist noch am Grab.»

«Statt zu lernen, hast du wieder zum Friedhof geguckt?»

«Warum betet die Mutter so viel, Emmi?»

«Mir sind auch schon drei Kinder gestorben», antwortete Emmi, ohne mit der Arbeit innezuhalten. «Das ist eine schwere Zeit, Rica. Deine Mutter hat mir jedes Mal geholfen. Jetzt müssen wir zu ihr halten.» Sie tauchte die Krapfen ins siedende Öl. «Sag einem der Dienstmädchen, dass serviert werden kann. Und dann versuch, deine Mutter nach Hause zu bringen. Ich komme hier zurecht.»

Eine eiskalte Mischung aus Graupel und Regen peitschte von Osten. Zunächst meinte Ricarda, die Mutter wäre doch nicht mehr da. Als sie näher kam, entdeckte sie ein schwarzes Bündel Stoff, das sich ganz langsam um Antonias Grab herum bewegte. Ihr Verstand weigerte sich zu glauben, was sie sah: Ihre Mutter rutschte auf den Knien um Antonias Grab und murmelte Unverständliches.

Was Ricarda sah, krampfte ihr Herz zusammen. Der kalte Regen begann, auch ihre Kleidung zu durchweichen. Wie nass musste erst die Mutter sein!

«Mutter, es ist kalt. Kommst du mit nach Hause?»

Die Mutter sah sie an und schüttelte den Kopf. «Nein, Kind, ich muss Buße tun.» Dann rutschte sie weiter über den schlammigen Boden.

Es stand ihr nicht zu, der Mutter zuzureden, innezuhalten. Hilflos wandte Ricarda sich ab und bat im Pfarrhaus um Rat.

Der Pfarrer sagte nur: «Deine Mutter hat eben einen sehr starken Glauben. Geh heim und lass sie ihren Frieden mit Gott machen.»

Auf gut Glück suchte Ricarda ihren Vater in der Orangerie. Dort sagte einer der Helfer, der Vater sei im Schloss: «Die Gräfin hatte nach ihm geschickt. Sie wollte, dass er mit ihr zu Mittag isst.»

Sie hatte noch nie mitbekommen, dass der Vater im Schloss aß!

«Durchlaucht hat jetzt, wo dein Vater Verwalter ist, viel mit ihm zu besprechen», war Emmis Kommentar dazu.

Der Vater speiste mit Gräfin Luise, und die Mutter rutschte im Matsch um Antonias Grab! Ricarda wusste, dass das so nicht richtig war. Erst Tonjas Tod und dann der Tod des alten Grafen. Freystetten war aus den Fugen geraten.

Sechs Wochen lang hatte Ricarda untätig zusehen müssen, wie ihre Mutter immer kranker wurde. Dann hatte Doktor Jungheinrich die Mutter wieder einmal untersucht und zum Vater gesagt: «Karla hat die Grübelsucht des Weibes. Das kann schon mal vorkommen nach dem Tod eines Kindes.» Der Vater hatte schweigend genickt. Aber Ricarda hatte sich gefragt: Können ein so hohes Fieber und ein so starker Husten von der *Grübelsucht* kommen? Und sie hatte sich an den Tod des alten Grafen erinnert – und es mit der Angst bekommen. Daraufhin hatte sie sich ein Herz gefasst und einen Brief an die Komtess in Berlin geschrieben, den sie Gräfin Luise gegeben hatte, mit der Bitte, ihn an die Komtess weiterzuleiten.

Wenige Tage nur waren seitdem vergangen, und nun untersuchte die Komtess die Mutter gründlich in der Wohnstube. Sie maß Temperatur und horchte sie ab. Dann griff sie in ihre große Tasche, holte ein Glas hervor und hielt es Ricardas Mutter vor den Mund.

«Huste und spuck da rein, Karla, ja, feste ... gut.»

Sie verschloss das Glas und ließ es in ihrer Tasche verschwinden.

«Wie lange hast du schon Fieber?», fragte die Komtess.

Als die Mutter nichts antwortete, sagte Ricarda: «Es werden bald drei Wochen, Komtess. Glauben Sie auch, dass Mutter an der Grübelsucht des Weibes leidet?»

«Nein, Ricarda. Es war richtig, mich um Hilfe zu bitten. Deine Mutter kann stolz auf dich sein», sagte die Komtess. «Wo kann ich mir die Hände waschen?» Auf Ricardas verwunderten Blick setzte sie hinzu: «Immer Hände waschen, wenn ihr bei der Mutter wart. Hygiene ist das oberste Gebot, wenn man Umgang mit Kranken hat.»

Was mochte *Hygiene* sein?, fragte sich Ricarda. Sie goss Wasser in die Waschschüssel und reichte der Komtess eine Seife, das Handtuch lag bereit.

«Das ist nicht frisch gewaschen, Ricarda», tadelte die Komtess.

Ricarda suchte sofort ein neues heraus. Seitdem die Mutter nicht mehr arbeiten konnte, war der Haushalt etwas vernachlässigt.

«Deine Mutter braucht frische Luft», sagte die Ärztin. «Hier drin ist es zu stickig.»

Henriette wollte schon die kleine Gärtnerwohnung verlassen, als sie Ricardas Blick in ihrem Rücken fühlte. Ihr kam ein Gedanke. Dieses wissbegierige Mädchen mit den dicken schwarzen Zöpfen, das gegen alle erdenklichen Widerstände ankämpfte, um das Leben seiner Mutter zu retten … Hatte sie sich nicht eine Belohnung verdient?

«Wenn du willst, Ricarda, kommst du mit mir in mein Zimmer im Schloss, und ich zeige dir, wie man mikroskopiert.»

«Ja», antwortete Ricarda, ohne die geringste Vorstellung zu haben, was die Komtess meinen könnte.

Ricarda konnte kaum Schritt halten, als sie neben der Komtess zum Schloss lief. So viele Fragen brannten ihr auf der Zunge, während sie die lange Schlossauffahrt entlanggingen, an dessen einer Seite das Gebäude der Bediensteten lag.

«Darf ich etwas sagen, Komtess?», fragte Ricarda.

Henriette sah zu dem neben ihr hereilenden Mädchen herab. Erst in diesem Moment erinnerte sie sich an die Forderung ihres Vaters, sich der Kleinen gegenüber erkenntlich zu zeigen. Allerdings war ihr bislang nichts Besseres als die Aussteuer eingefallen. «Was möchtest du denn sagen?», fragte sie.

«Ich hatte so Angst um meine Mutter, weil mich ihre Art zu atmen an etwas erinnert», begann Ricarda. «Komtess, wie Sie damals Florentine gepackt haben ... Sie haben die Luft in sie zurückgetan. Ich kann das nicht richtig sagen. Verzeihen Sie meine Ungeschicktheit mit Worten. Aber das mit meiner Mutter ... Wenn sie atmet. Da ist so ein Pfeifen ... Ich weiß nicht, wie ich das beschreiben soll. Als ob das wäre wie bei Flora ...»

«Das habe ich gehört, das Pfeifen.» Henriette betrachtete das Mädchen etwas genauer. Sie war anders als die Bauernmädchen aus der Gegend. Ein Mädchen, das sich darüber Gedanken machte, wie Atmung funktionierte! Das war durchaus bemerkenswert. «Sprich weiter, Ricarda.»

«Ich atme ein und kriege Luft. Meine Mutter kann das nicht. Sie hustet manchmal Blut. Aber wie kann Blut da sein, wo eigentlich Luft ist?» Sie hob die Schultern. «Ich dachte mir das so.»

«Da ist nichts Dummes an dem, was du sagst. Ich werde dir erklären, wie es funktioniert, Ricarda», sagte die Komtess. Und während sie zum Schloss gingen, nahm eine Idee in Henriettes Kopf Gestalt an. Ob sie für dieses Kind mehr tun konnte, als nur eine Aussteuer zu finanzieren?

Henriette hatte sich entschlossen, Luise wieder in die kleine Bibliothek zu bitten, um ungestört das entscheidende Gespräch mit ihrer Schwägerin zu führen.

Luise und sie wurden beide dieses Jahr fünfunddreißig. Henriette, die den Frühling liebte, im Mai und Luise im August. Wie der Sommer sieht sie auch wieder aus, dachte Henriette, als Luise leichtfüßig in die Bibliothek schwebte.

«Schlechte Nachrichten, Lou. Alles deutet darauf hin, dass Karla an Tuberkulose erkrankt ist.»

«Oh nein, die Arme! Sag, kann sie jemanden angesteckt haben?»

«Bleibe ruhig, meine Liebe. Ich habe mit allen gesprochen. Karla hat schon so lange nicht mehr in die Küche gearbeitet, dass keine Gefahr besteht.»

«Aber irgendwo muss das doch herkommen!»

Die ehrliche Antwort war erschreckend: Die tiefreligiöse Karla hatte so lange am Grab ihrer Tochter getrauert, bis sie sich eine Lungenentzündung geholt hatte. Und der Ehemann hatte sich zu wenig um ihr Wohl gesorgt. «Wichtig ist, dafür zu sorgen, dass Karla gesund wird. Ich habe einen Vorschlag», sagte Henriette. «Eine gute Freundin von mir, Käthe Hausmann, mit der ich in Zürich studiert habe, empfiehlt eine Kureinrichtung in Garmisch, die von Klosterschwestern gegründet wurde.»

«Garmisch? Das liegt an der See?»

«Nein, in den Alpen. Und wenn es wirklich Tuberkulose ist, wird diese Kur nicht Wochen dauern, sondern Monate. Das hängt von der Verfassung der Erkrankten ab.»

«Oh!», machte Luise, und ein Leuchten trat in ihr Gesicht.

«Aber ich wollte noch etwas mit dir besprechen, Lou. Du hattest ja Ricardas Brief an mich auf den Weg gebracht. Die Schilderung der Krankheit ihrer Mutter hat mich beeindruckt. Inzwischen habe ich das Mädchen ein wenig beobachtet, und in mir ist ein Plan gereift. Ich möchte Ricarda mit nach Berlin nehmen», sagte sie. «Sie soll eine Ausbildung bekommen und bei mir wohnen. Denn wenn ihre Mutter nicht hier ist, wird es ohnehin schwierig für sie.»

Luise musterte ihre Freundin. «Du willst sie wie eine Tochter aufnehmen, Jette?»

«Aber nicht doch!» Henriette wehrte lachend ab. «Eher wie ein Mündel, und auch nur auf Zeit. Vaters Wunsch war es, dass ich mich um das Kind kümmere.»

«Du hast kaum Umgang mit Kindern», gab Luise zu bedenken.

«Meine Haushälterin, die gute Frau Merger, ist mehrfache Mutter. Sie wird wissen, was zu tun ist», erwiderte Henriette.

«Ich glaube, Ricarda ist kein einfaches Mädchen. Sie denkt zu viel, heißt es.»

Gerade das war es, was Henriette so an dem Mädchen faszinierte. Doch sie unterließ es, auf Luises Bemerkung einzugehen. Ihre Schwägerin hätte diesen Einwand vermutlich nicht verstanden.

«Du kannst sie nicht einfach zurückgeben, wenn sie nicht deinen Anforderungen entspricht, Jette.»

Ja, sie übernahm eine große Verantwortung, gestand Henriette sich ein. Doch sie war entschlossen, ihr gewachsen zu sein. Schließlich hatte sie ihr Leben lang Neues versucht. Warum sollte sie nicht einmal die Mutterrolle ausprobieren? Für eine Weile zumindest.

DAS HAUS UNTER DEN LINDEN

März 1877

Wohl nicht eine Minute schlief Ricarda in dieser Nacht. Von einer Seite zur anderen wälzte sie sich, starrte mit offenen Augen in die schwarze Nacht. Berlin! Am nächsten Tag in der Frühe sollte sie mit der Komtess aufbrechen. Fort aus dem schönen, stillen Freystetten, hinein in die große Stadt, über die sie gar nichts wusste.

Vor einigen Jahren war der Vater für ein paar Tage dorthin gefahren, und als Ricarda ihn nach seiner Rückkehr ausgefragt hatte, war seine wortkarge Antwort gewesen: «Es stinkt dort, es ist laut, und es gibt zu viele Menschen.»

Und dort sollte sie künftig leben?

Plötzlich schlich sich unter der Türritze ein schwacher Lichtschein hindurch in den kleinen Raum, in dem ihres und Rosels Betten standen. Der Vater hatte die Öllampe entzündet. Ricardas Herz begann wie wild zu schlagen. War der Morgen schon gekommen?

Ängstlich lauschte sie auf die Geräusche aus der Wohnstube. Der Vater schürte das Feuer. Das untrügliche Zeichen für den Beginn eines neuen Tages. Ricardas Magen krampfte sich zusammen, ein Frösteln durchlief ihren Körper, und auf rätselhafte Weise entfloh ihr ein Aufschluchzen, obwohl sie sich doch so sehr vorgenommen hatte, stark zu sein.

«Weinst du?», fragte Rosel.

Sie hatte also auch nicht geschlafen!

«Nein, tue ich nicht.»

«Tust du doch. Erst stirbt Tonja, dann muss Mutter ins Krankenhaus ...»

Ricarda hörte, dass ihre kleine Schwester selbst in Tränen ausbrach.

«... und jetzt gehst du auch noch weg. Ich bin ganz allein, Rica. Ich will, dass alles wieder ist wie früher!»

So wird es nie wieder sein, dachte Ricarda und wischte sich die Tränen aus dem Gesicht. «Ich komme zu Besuch, Rosel.»

«Du weißt nicht, ob du das darfst. Die Komtess ist so streng. Jeder muss tun, was sie sagt», hielt Rosel ihr entgegen.

Im nächsten Moment lag die Kleine neben ihr im Bett und kuschelte sich an sie. «Ich werde dich so vermissen, Rica. Kannst du nicht doch bleiben?»

Mit Verzweiflung erinnerte sich Ricarda an das entscheidende Gespräch mit ihrem Vater. «Die Komtess sagt, sie will dich als Mündel mit nach Berlin nehmen. Wenn sie das sagt, wird das auch so gemacht», hatte der Vater gesagt. Er hatte sie nicht angesehen, sondern mit verschränkten Armen vor ihr gestanden. Was er davon hielt, dass seine Tochter ins laute, stinkende Berlin zog, erfuhr Ricarda nicht. Und natürlich fragte er sie nicht, ob sie einverstanden war. «Du sollst jetzt zu ihr gehen», meinte er nur noch.

Die Komtess empfing sie in ihren Privatzimmern. «Du bekommst die Chance auf ein anderes Leben», sagte sie und lächelte Ricarda freundlich an.

Ich will kein anderes Leben, dachte Ricarda, während sie die Komtess von einer guten Schule und einem eigenen Zimmer in ihrer Wohnung sprechen hörte. Als Ricarda danach in die Gärtnerwohnung zurückkehrte, lag ein Leinensack auf ihrem Bett. Der Vater sagte, dass sie da alles hineinpacken sollte.

Jetzt öffnete der Vater die Tür zur Schlafkammer. Seine große Gestalt füllte den Türrahmen fast völlig aus.

«Aufstehen, Ricarda», sagte er. «Wir sollten die Komtess nicht warten lassen.»

«Ricarda, es wird Zeit! Reiß dich los», sagte Komtess Henriette. Die Ungeduld war ihrer Stimme deutlich anzuhören. Sie saß bereits in der Kutsche, deren Schlag offen stand. Aber Ricarda drückte immer noch Berta an sich. Die Hündin sah sie aus ihren bernsteinfarbenen Augen an und verstand nichts von dem, was gerade vor sich ging. Die kleine Rosel lehnte sich an den Vater, beide hatten die Arme vor der Brust verschränkt. Der Vater, groß und stark wie ein Baum und ebenso erstarrt. Das Schwesterchen zerbrechlich und hilflos.

Ricarda ließ den Hund los und drückte Rosel und den Vater ein letztes Mal. «Bis bald.» Mehr brachte sie nicht hervor, wenn sie nicht erneut in Tränen ausbrechen wollte.

«Der Zug wartet nicht, Ricarda», mahnte die Komtess.

Ricarda war noch nie mit der gräflichen Kutsche gefahren. Tiefblau glänzte der Lack, an den Türen das Wappen der Freystettens mit den gekreuzten Schwertern und dem Adler. Ricarda stellte noch einmal ihren Leinensack ab, in dem fast alles war, was sie besaß, und winkte ihrem Vater und Rosel mit beiden Händen. Dann legte sie den Sack in die Kutsche, stieg ein und schloss die Augen ganz fest, als sich das Gefährt langsam in Bewegung setzte.

«Ich war elf Jahre alt», hörte Ricarda die Komtess sagen,

«als ich das fühlte, was du gerade fühlst, Ricarda. Es ist, als würde dir die Luft abgeschnürt, nicht wahr? Damals fuhr ich auch nach Berlin. Es gab noch keinen Zug, mit dem man wie heute nur zwei Stunden brauchte. Man hatte nur die Kutsche. Die schaukelte mich acht Stunden lang über ausgefahrene Sandwege. Und ich dachte die ganze Zeit nur: Warum? Ich konnte nichts anderes denken. Ich weinte nicht, nein, das konnte ich nicht mehr. Ich hatte alle Tränen am Grab meiner Mutter vergossen.»

Ricarda wusste so gut wie nichts über die Komtess, die ihr gegenübersaß und reglos aus dem Fenster starrte. Als wäre sie allein in der Kutsche und spräche nur mit sich selbst.

«Während die Kutsche mich schaukelte, sah ich meine Mutter vor mir. Sie war eine stolze, schöne Frau gewesen. Bis sie krank wurde. Ihr Gesicht war geschwollen, sprechen konnte sie nicht mehr, und sie stank entsetzlich aus dem Mund. Ihre Zähne waren faulig, und ein Quacksalber, der nicht wusste, was er tat, zog sie ihr. Der Eiter war überall. Meine Mutter starb an einer Vergiftung des Blutes. Vorher litt sie tagelang Höllenqualen. Und ich saß in dieser Kutsche und wusste plötzlich, was ich mit meinem Leben anfangen wollte. Nie wieder sollte ein Mensch, den ich liebte, so qualvoll sterben müssen.»

Die Komtess fuhr sich mit einem Tuch über die Augen.

Plötzlich sah sie Ricarda mit einem so harten Blick an, dass ihr Angst wurde.

«Aus Leid darf nicht neues Leid entstehen, sondern eine neue Kraft muss daraus erwachsen. Wenn du dich jetzt gerade fragst, warum du mit mir in der Kutsche sitzt und deine Schwester und dein Vater zurückbleiben, dann denk an deine Mutter.»

«Ja, Komtess.»

«Ich mache dir Angst, wenn ich so rede. Verzeih. Ich wollte dir nur Mut machen.»

«Das machen Sie», sagte Ricarda mit kläglicher Stimme, doch sie dachte das Gegenteil. Wie sie wohl mit der fremden Komtess zurechtkommen würde? Das war gewiss eine kluge Frau, aber sie wirkte manchmal sehr streng! Obwohl: Sie schien ein gutes Herz zu haben, hatte Flora und auch der Mutter geholfen. Dann wieder war sie in manchen Momenten völlig unnahbar. Ängstlich dachte Ricarda an Berlin und all das, was sie dort erwartete.

Willi, der gräfliche Kutscher, hielt die Kutsche direkt vor dem Bahnhof in Gusow an. Ein paar Reisende standen vor dem Backsteinbau, die sie argwöhnisch ansahen. Auf den Dörfern in der dünn besiedelten Mark Brandenburg lebten so wenige Menschen, dass jeder wusste, wer im Schloss wohnte und arbeitete. Ricarda meinte, deren Gedanken lesen zu können: Was macht die Gärtnertochter bei der Komtess in der Kutsche? Will die etwa nach Berlin?

Willi gab Ricarda ein in Zeitungspapier gewickeltes Päckchen. «Von meine Frau», sagte er nur. «Emmi sagt, du sollst auf dir aufpassen inne große Stadt.»

«Danke.»

Willi schleppte die beiden großen Koffer der Komtess in das schlichte Bahnhofsgebäude hinein. Ricarda trottete mit ihrem Sack auf dem Rücken hinterher. Am Billettverkauf verlangte die Komtess zwei Karten erster Klasse. Erst als die Komtess schnurstracks quer durch das Vestibül zum Wartesaal erster und zweiter Klasse ging und den Wartesaal dritter ignorierte, wurde Ricarda klar, dass auch sie erster Klasse reisen würde. Im Wartesaal standen einige Herren und Damen herum, in deren Mitte Komtess Henriette auffiel.

Die Damen trugen meistens die neueste Mode, Kürass-Kleider mit langer Schleppe und aufgebauschtem Rock. Die Komtess hingegen war in ein Reisekostüm gekleidet, mit einer weißen Rüschenbluse, kurzer Jacke und langem Rock, der sogar die Schuhe unten herausblitzen ließ. Sie verzichtete auf Korsett, Polster, Schleppe und trug im Gegensatz zu den herausgeputzten Mitreisenden fast keinen Schmuck. Wieder fiel Ricarda auf, wie gerade sie sich hielt, stets war ihr Rücken aufrecht, der Kopf leicht angehoben. Unwillkürlich versuchte sie, diese Haltung nachzuahmen, merkte aber schon bald, wie sie wieder in sich zusammensackte.

«Deine erste Bahnfahrt, Ricarda, du musst alles genau studieren», sagte die Komtess und nahm sie bei der Hand. Sie wirkte selbst ein wenig aufgeregt. «Wir gehen raus auf den *Perron*, damit du die Lokomotive einfahren sehen kannst. Aber erschrick nicht, sie ist sehr laut.»

«Sie haben sich ein neues Dienstmädchen geholt», stellte ein Offizier fest, der neben ihnen wartete. «Sie sollten es mit Mädchen aus Ostpreußen ausprobieren. Die sind anspruchsloser.»

«Danke für den Rat, Herr Leutnant. Aber Ricarda ist mein Mündel.» Da war es wieder, dieses Wort, das ihr Vater schon gebraucht hatte und das Ricarda nicht kannte.

Die schwarze Lokomotive tauchte aus ihrem eigenen Dampf auf, pfiff, quietschte und tutete, dass es in den Ohren schmerzte.

Tausend Fragen stürmten auf Ricarda ein, als sie neben der Komtess im Abteil saß. Noch zwei weitere Damen, deren ausladende Kleider viel Platz beanspruchten, saßen neben ihnen, aber sie taten so, als gäbe es Ricarda nicht. Draußen zog die langsam aus dem Winterschlaf erwachende Landschaft vorbei. Die Vorstellung, der Waggon könnte umfallen, machte ihr ein wenig Angst.

«Du darfst das ruhig essen», sagte die Komtess und deutete auf das Päckchen, an dem sich Ricarda mehr festhielt, als dass sie es hielt.

Emmi hatte Stullen mit Blutwurst gemacht, die köstlich dufteten. Doch die strengen Blicke der mitreisenden Damen erstickten jeden Appetit.

«Ich bin gar nicht hungrig», sagte Ricarda und versteckte die Brote unter ihrem Mantel.

«Landei, haste Tomaten auf den Augen!»

Der heftige Schlag gegen die Schulter ließ Ricarda nach vorn stolpern. Sie hatte nicht einmal gesehen, wem sie im Wege gewesen war.

«Pass doch uff!», knurrte ein Dienstmann, der sich zwei Koffer aufgeladen hatte und gebückt dem Ausgang zustrebte.

Wo immer sie auf dem Bahnsteig auch stand und ging, Ricarda hatte das Gefühl, im Wege zu sein. Die Damen aus ihrem Zugabteil schritten gemächlich mit pompös schwingenden Hinterteilen, ihre Schleppen durch den Staub ziehend, auf den Ausgang zu, aber sie selbst passte nicht ins Bild, war weder Dienstmädchen noch Herrschaft.

«Jibt et wieda Krieg!?», rief direkt neben ihr ein Junge in Ricardas Alter.

Sie zuckte nicht nur wegen des plötzlichen Aufschreis zusammen.

Aber da rief der Junge schon: «Ziehen die Russen gegen die Osmanen? Lest die Vossische!»

Erst jetzt wurde ihr klar, was dem Jungen auf der Seele brannte: Er musste Zeitungen verkaufen. Seine vollmundige Ansage verfing offenkundig bei einigen Passanten, die ihm halfen, den dicken Stapel in seinem Arm zu verringern.

Die Komtess erteilte einem Dienstmann bereits den Auftrag, wohin ihr Gepäck gebracht werden durfte. Staunend sah Ricarda zu, wie der Mann auch ihren Beutel auf seinen Karren lud und mit schnellen Schritten davoneilte. Ob sie ihre Sachen je wiedersehen würde?

«Wir nehmen die Pferdedroschke», sagte Henriette munter. «Da kannst du viel von Berlin sehen.»

Gewiss, sie war bei einem Schloss aufgewachsen, einem stattlichen Gebäude. Doch hier war schon der Ostbahnhof, zu dem sie staunend aufblickte, größer als der Freystettener Prachtbau. Sie traute ihren Augen nicht, wie viele solcher großen Häuser überall standen. Und wie viele gebaut wurden! In schwindelerregender Höhe kletterten Bauarbeiter in Gerüsten herum.

«Es heißt, dass noch dieses Jahr eine Million Menschen in Berlin leben werden», sagte Henriette.

Ricarda sah sie mit offenem Mund an. «Wirklich? Was machen die alle hier?»

«Biste wohl neu in Berlin, wa?», mischte sich der Kutscher ein.

Die Komtess lächelte nachsichtig.

Ricarda dachte an die kleine Freystettener Kirche und die Gottesdienste, während derer sie die Gemeindemitglieder abgezählt hatte. Sie fühlte sich so unbedeutend! Was sollte sie denn hier?

Was sie jedoch wirklich störte, war der durchdringende Geruch nach Fäkalien. Gewiss, in Freystetten liefen die Abwässer auch die Wege entlang, aber es waren eben wesentlich weniger. Hier verliefen offene, in der Kälte dampfende Abwässerkanäle parallel zum Fahrdamm. *Es stinkt, es ist laut, und es gibt zu viele Menschen.* Als Ricarda die Worte des Vaters in den Sinn kamen, spürte sie ein Ziehen im Magen, aber sie versuchte, sich nichts anmerken zu lassen.

«Sieh nur, das ist das Berliner Schloss», sagte Henriette nach einer Weile.

«Wohnt da der Kaiser?»

«Nee, Mädchen», antwortete der Kutscher erneut ungefragt, «unser Kaiser, der wohnt 'ne Nummer kleener. Pass mal uff, gleich wirste ihn seh'n.»

«An jedem Mittag steht er am Fenster seines Arbeitszimmers und sieht dem Großen Wachaufzug zu», erklärte Henriette.

Der Kutscher stoppte das Gefährt in der Nähe der Neuen Wache. Während preußische Soldaten in zackigem Schritt mit erhobenen Gewehren marschierten, stand am Eckfenster eines Palais ein sehr alter Mann in Uniform.

«Hat et jut, unser Kaiser, kann kieken und winken», sagte der Kutscher.

Die Kutsche fuhr die breite, gepflasterte Straße weiter entlang. Ricarda beeindruckte diese Allee mit ihren alten Bäumen, die in vier Reihen parallel angeordnet waren. Die Stadt wirkte hier entspannt, und der Geruch nach Fäkalien war kaum wahrnehmbar.

Nicht weit von dort, wo der Kaiser aus seinem Fenster gewinkt hatte, stoppte die Kutsche.

«Wir sind da», sagte die Komtess.

Ricarda blickte an einem vierstöckigen Haus empor, das zwischen anderen eingereiht stand. Mit energischen Schritten eilte eine resolut wirkende Frau aus dem Eingang auf die Kutsche zu.

«Willkommen zu Hause, Komtess. Ihre Koffer wurden jerade jebracht.» Die Frau, die Ricarda für etwas älter als die Komtess hielt, knickste vor ihrer Herrschaft.

«Malwine, das ist Ricarda. Sie wird bei uns wohnen.» Henriette sah Ricarda an. «Frau Merger führt meinen Haushalt. Sie ist meine linke und meine rechte Hand.»

«Danke, Komtess, zu liebenswürdig. Die Komtess macht so viele Sachen, dass ihre eigenen zwei Hände nicht ausreichen.» Sie blickte kurz zu Ricarda: «Willkommen.»

In Ricardas Ohren klang das sehr unterkühlt. Hoffentlich habe ich nicht zu viel mit Frau Merger zu tun, dachte sie.

Ein Portier in Livree öffnete die Tür, und Ricarda folgte der Komtess und Frau Merger durch das weite Foyer im Erdgeschoss zu einer breiten Treppe hinauf in die anderen Etagen. Wie im Erdgeschoss gab es auch im ersten Stockwerk zwei verglaste Flügeltüren sowie auf beiden Seiten unscheinbare Seiteneingänge.

«Möchten Se ein spätes Mittagessen, Komtess?», fragte Frau Merger.

«Es duftet so gut, Malwine. Ich glaube, Ricarda und ich vertragen durchaus etwas zu essen, sobald wir uns frisch gemacht haben.»

«Ick werde Guste rufen. Sie wird dem Frollein ihr Zimmer zeigen», sagte Malwine.

Die Komtess zog sich zurück, und Malwine verschwand hinter einer Tür. Ricarda stand im weiten, von einem Fenster erhellten Eingangsbereich und fühlte sich etwas verloren. Nach einer Weile erschien ein Mädchen, das nicht viel älter als sie selbst war. Sie trug die schwarze Kleidung eines Dienstmädchens mit weißer Schürze und Haube.

«Ick bin Auguste. Soll dir uff dein Zimmer bringen.»

Sie führte Ricarda durch lange, recht dunkle Gänge, bis sie am Ende eines Flures eine Tür öffnete. «Det is et.»

Ricarda sah in einen Raum, der größer als die Wohnstube der Eltern war. Ein Bett mit Nachttisch, ein Schrank, ein Tisch mit Stühlen und sogar eine Frisierkommode standen darin. Rica starrte das Wunder an.

«Das ist mein Zimmer?», fragte sie ungläubig. Was sollte sie mit so viel Platz um sich herum anfangen?

Auguste zuckte ratlos mit den Schultern.

Auf dem Tisch im Zimmer entdeckte sie etwas, das dort nicht hinzugehören schien – ihr Leinensack, der ihre wenigen Kleidungsstücke enthielt. Er hatte also zu ihr gefunden oder sie zu ihm, wie auch immer. Sie ging in den mit Eichendielen versehenen Raum, der nun ihrer sein sollte, und blickte sich überwältigt um.

Da sah sie ein Mädchen in einem etwas schäbigen schwarzen Mantel mit einer über die Ohren gezogenen Wollmütze vor sich stehen, das hier auch nicht hingehörte. Sie erschrak, bis sie begriff, dass das ja sie selbst im Spiegel war. Eilig zog sie die Mütze vom Kopf, umklammerte sie mit beiden Händen vor dem Bauch. Der in dunklem Holz gerahmte Spiegel zeigte sie von Kopf bis Fuß. So hatte sie sich noch nie gesehen, denn solche Spiegel gab es zu Hause nicht.

Am Vorabend hatte sie ihre braunen Schuhe eine halbe Stunde lang mit Schuhwichse blank gewienert. Sie wollte doch einen guten Eindruck machen in der großen Stadt. Nun waren die schönen Schuhe ganz schmutzig, weil ihr schon am Ostbahnhof Leute draufgetreten waren.

«Soll ick dich die Wohnung zeigen?», fragte Auguste.

Ein paar Türen von ihrem Zimmer entfernt lag ein weiß gefliester Raum, wie Ricarda ihn noch nie gesehen hatte.

«Det isset Badezimmer», sagte Auguste und ging zu einem an der Wand befestigten Becken, drehte an einem Hahn, aus dem Wasser lief.

Ricarda trat neugierig näher heran und bestaunte die Konstruktion. «Woher kommt das Wasser?» Sie bückte sich und stellte fest, dass es auch wieder durch ein Rohr im Boden ablief. «Und wo geht es hin?»

«Unter den Linden hat schon Abfluss. Da jeht allet rin, wat aus die Häuser kommt. Is janz wat Neues!»

Dann ging sie zu einer im Raum stehenden Wanne.

«Da drin badet die Herrschaft!», sagte sie, übers ganze Gesicht strahlend. «Und jetzt det Wasserklosett.» Auguste lief an Ricarda vorbei zu einer Tür nebenan, die sie öffnete. «Kiek mal!» Sie zog an einer Kette, und Ricarda hörte es rauschen. «Wasserspülung. So wat hat nich' mal Seine Majestät im Palais, sagt Frau Merger!»

Ricarda brauchte einen Moment, bis sie begriff, was Auguste ihr gerade vorführte. «Das benutze ich auch?», fragte sie.

«Benutzen wir alle. Und hier is och noch 'n Waschbecken mit fließend Wasser.» Das Dienstmädchen öffnete noch einen Hahn. «Da ist die Herrschaft janz dolle hinterher, dat wir immer Hände waschen. Und immer mit die Seife, nich vajessen!»

Danach betraten die beiden die Küche, wo Frau Merger an einem Gerät arbeitete, das offenkundig zum Kochen da war. Das mit spiegelblanken weißen Fliesen belegte Ding mit sechs verschieden großen Türen an der Front und sechs Heizplatten oben erschien Ricarda riesengroß. Es duftete köstlich nach Rindsbouillon.

«Det is 'n janz doller Ofen. Unten kannste in vaschiedenen Etagen gleichzeitig backen und oben kochen. Und obendrein heizt er och noch die Küche!» Das Mädchen strahlte Ricarda an.

«Guste, haste Quasselwasser jetrunken! Leg lieber mal Holz nach! Und sag nich du zu det Frollein. Det is eene von die Herrschaften.» Sie musterte Ricarda abschätzig. «Och wenn se nich so aussieht. Aba die wird schon noch rausjeputzt von die Komtess.» Sie wandte sich an Auguste: «Wenn de mit die Ofen fertig bist, fragste die Komtess, ob wir servieren können.» Als das Mädchen der Aufforderung nachkam, rief Malwine streng: «Guste, haste nich wat vajessn?»

Auguste drehte um und ging zu einem Becken, über dem ebenfalls ein Hahn angebracht war, mit dem man das Wasser aus der Wand fließen lassen konnte. Sie wusch sich gründlich die Hände und eilte hinaus.

«Wie alt sind Se denn, Frollein Ricarda?», fragte Frau Merger.

«Ich bin vierzehn geworden. Vorletzte Woche hatte ich Geburtstag.»

«So jenau muss ick det nu och nich wissen. So wat wie Ihnen hab ick zu Hause. Meine Älteste, det is die Mine. Zwölf is die. Arbeiten muss die. Jeden Tach, den der Herrjott jeschehn lässt. Und Frieda, det is meene Zweite, die arbeitet, seit se acht is, bei nem Schneider im Wedding im Keller. Keen Licht und keene Luft. Schönet Leben haben die, fast wie Prinzessinnen.»

Ich bin doch auch nicht auf Rosen gebettet, dachte Ricarda, aber sie traute sich nicht zu widersprechen. «Das tut mir leid», sagte sie stattdessen eingeschüchtert. «Kann ich Ihnen in der Küche helfen, Frau Merger?»

«Dafür hab ick die Guste.» Malwine Merger hatte sich längst wieder ihrem Herd zugewandt und steckte den Löffel in einen der Kochtöpfe, um zu kosten.

Der Blumenschmuck für das Speisezimmer wurde am Vormittag gebracht. Wurde in Freystetten abends diniert, hatte Ricardas Vater für fröhliche Farben zu sorgen. Hier jedoch wurden ausschließlich weiße Blumen gebracht, Nelken und Callas in kleinen Arrangements. Ricarda dachte, es müsse sich um einen Irrtum handeln, es sollte doch keine Trauerfeier werden.

«Die Komtess wünscht et jenau so», sagte Frau Merger und bezahlte den Burschen, der die Lieferung gebracht hatte. «Heute is der letzte Sonnabend im Monat, da trifft sich regelmäßig der weiße Kreis.»

In dem dunkel möblierten Speisezimmer wirkten die Sträuße sehr ernst, aber auch elegant. Die Speisenfolge hingegen fand Ricarda für einen gräflichen Haushalt eher schlicht: Kerbelsuppe, Ochsenfleisch mit Kartoffelbrei, anschließend Apfelkompott mit Pfannkuchen.

Die eintreffenden Damen hatten bleiche Gesichter, trugen kaum Schmuck und waren dunkel gekleidet, meist im Kostüm ohne Korsett, die Haare streng gescheitelt und zu einem Dutt im Nacken zusammengefasst. Fast alle hatten das Alter der Komtess und wurden mit Wangenküssen begrüßt. Ricarda musste knicksend danebenstehen.

Bei vier der fünf Damen sagte die Komtess: «Meine Liebe, das ist Ricarda. Mein Mündel. Sie wird sich nachher vorstellen.»

«Oh, ich bin sehr gespannt, dich in einer neuen Rolle zu erleben», sagte eine. «Eine großartige Aufgabe, die du dir auferlegt hast», sagte eine andere.

Bei der zuletzt eintreffenden Dame meinte die Komtess: «Helene, dies ist sie: Ricarda.»

Nur diese Dame reichte ihr die Hand.

«Ich freue mich, Sie kennenzulernen, Ricarda. Wir werden uns in nächster Zeit sehr oft sehen.»

«Fräulein Lange wird dich in Deutsch unterrichten», führte die Komtess aus.

Eingeschüchtert von der großen Frau, die auf sie herabblickte, traute sich Ricarda nicht, etwas zu fragen.

«Ricarda, in diesem Haus darfst du immer sprechen, wenn du sicher bist, dass deine Frage angemessen ist», sagte die Komtess.

Was heißt angemessen, dachte Ricarda und nutzte mit rasend klopfendem Herz die Gelegenheit, es herauszufinden. «Dürfen Frauen in einer richtigen Schule unterrichten?»

Fräulein Lange lächelte, und Ricarda mochte ihr breites, offenes Lächeln, das die Strenge aus ihrem Gesicht vertrieb. «Ja, das dürfen wir. Es ist der einzige Beruf, den Frauen ausüben dürfen, bei dem sie nur ihren Verstand benutzen.»

Die Komtess lachte. «Ach, Helene, wie du das wieder gesagt hast!» Sie legte die Hand auf den Arm ihres Gastes und führte sie zum Esszimmer. «Die Berufstätigkeit der Frau soll auch unser Thema heute sein.» An der Schwelle drehte sie sich noch einmal um. «Ricarda, komm bitte in einer Stunde zu uns.»

Henriette vertraute blind darauf, dass Malwine zuverlässig die Arrangements für den «weißen Kreis am Sonnabend» gestaltete. Sie nahm sich nie die Zeit, vorher alles zu überprüfen. Als sie nun mit ihren fünf Gästen das Speisezimmer betrat, fand sie alles vor wie gewünscht. An der Stirnseite des Tischs, wo heute niemand saß, stand die kleine Plastik einer nackten Frau, die in die Lektüre eines Buchs vertieft war. Henriette liebte es, solche Symbolik zu inszenieren, denn Kalliope war die Muse der Wissenschaft und Philosophie.

Der «weiße Kreis» bestand aus vier festen Mitgliedern, zwei weitere Damen kamen als Gäste hinzu. Eine davon war dieses Mal Hope Adams, eine extrem junge Engländerin, deren Mutter Deutsche war. Sie studierte in Leipzig und hatte eine für die Mode sehr ungewöhnliche Frisur. Sie trug das Haar kurzgeschnitten wie ein junger Mann.

Eine kleine rundliche Dame war mit Abstand die älteste der Anwesenden. Deshalb stellte Henriette zunächst sie vor: «Lucie Crains gerade eröffnete Mädchenschule genießt den besten Ruf. Mein eigenes Mündel – Sie werden sie nachher besser kennenlernen – wird die Crain'schen Anstalten besuchen, und meine Freundin Helene Lange unterrichtet dort. Von der Ältesten zur Jüngsten: Hope, bevor wir alle an dieser Frage ersticken ... Warum diese aparte Frisur? Verraten Sie es uns?»

Die junge Frau blieb vollkommen ernst. «Ich ziehe mir sogar Hosen und einen Gehrock an, wenn ich in die Universität gehe. Wie Sie alle wissen, dürfen Frauen in Deutschland nicht studieren. Also habe ich mir gesagt: Wenn die Männer das so haben wollen, dann bekommen sie es, und ich bekomme, was ich will. Es zeigt gleichzeitig, wie unsinnig diese Vorschrift ist. Unter meiner Kleidung bleibe ich eine Frau. Und im Kopf habe ich dasselbe wie die Männer: ein Gehirn!»

Die Damen klopften ihren Beifall auf die Tischplatte. Was Malwine Merger irrtümlich als Signal interpretierte, die Ochsenbrust zu servieren. «Hier ist det einzige männliche Wesen im Raum: 'n Ochse. Lassen Se sich's jut schmecken.»

Sobald sie gegangen war, fragte Minna Cauer, die wie Helene und Henriette zu den Gründerinnen des Kreises gehörte: «Jette, du hast in Zürich studiert. Warum hast du es nicht wie Hope gemacht?»

«Ich hatte das große Glück eines vermögenden Elternhauses, das meine Studien in Amerika und Zürich bezahlt hat», sagte sie. «Bildung ist den Privilegierten vorbehalten. Aber wir werden erleben, dass dieses Privileg fällt. Dafür kämpfen wir alle. Denn Frauen dürfen nicht weniger wert sein als Männer. Denkt nur an den Zölibatszwang.»

«Man stelle sich vor, der Staat würde mit den Männern so umspringen wie mit den Frauen», sagte Helene. «Dann wäre es jedem Lehrer verboten zu heiraten! Der gesunde Menschenverstand müsste den Männern doch sagen, dass das Zölibat für Lehrerinnen abgeschafft gehört!»

«An privaten Schulen gilt es ja nicht», warf Lucie ein.

Allerdings wusste Henriette, dass die Crain'schen Anstalten stets so knapp an Einnahmen waren, dass Helenes Gehalt fast nicht reichte, um über die Runden zu kommen.

«Die Ausnahmen der wenigen privat beschäftigten Lehrerinnen ändern nichts an der Tatsache, dass der Staat eine Frau entlässt, die sich verheiratet», sagte Minna. «Mein Mann unterrichtet, ich darf das nicht. Das gibt mir die Kraft, dafür zu kämpfen, dass es anders wird. So denke ich darüber nach, einen Verein zu gründen, der für Frauenrechte eintritt.»

«Eine gute Idee», sagte Helene.

Doch Lucie schloss sich nicht an. «Die Idee ist zu unterstützen», sagte sie. «Aber der offene Kampf mit der Obrigkeit schadet der Sache.»

«Lucie, ich respektiere Ihre Position», erwiderte Minna. «Wenn Frauen jedoch nicht offen die Missstände benennen, werden die meisten Mütter und Ehefrauen bleiben. Einen Beruf auszuüben wird immer so sein wie das Füttern der Vögel im Park. Die Männer werfen uns einen Brosamen hin. Doch den Laib behalten sie in Händen.»

Ins Speisezimmer zu gehen und sich den schwarz gekleideten, streng blickenden Damen zu stellen ... Ricarda war bewusst, dass das eine große Ehre war. Eine Gärtnerstochter wurde zu Damen der Gesellschaft gebeten. Aber: Was sollte sie denn da sagen? Ihr Kopf war vollkommen leer. Als eine Stunde vorbei war und Malwine das Apfelkompott serviert hatte, kam sie zurück.

«Die Komtess sagt, dass Se nu kommen sollen, Frollein.»

Ricarda ging zögerlich auf die sechs Damen zu, die sie freundlich ansahen, und knickste.

«Setz dich doch, Ricarda!» Die Komtess deutete auf einen Stuhl neben sich an der Stirnseite. «Von deinem lieben Vater geht das Wort, du dächtest zu viel. Ich habe meinen Freundinnen gesagt, dass ich es gut finde, dass du viel denkst. Nun siehst du hier nur Frauen, die denken. Ängstigt dich das?»

Ja, natürlich, dachte Ricarda, denn die Damen wirkten durchaus einschüchternd auf sie. Aber sie schüttelte tapfer den Kopf. «Gott hat uns einen Kopf gegeben, damit wir ihn zum Denken benutzen und nicht nur zum Essen, sagt meine Mutter.»

Die Damen tauschten überraschte Blicke.

«Ihre Mutter ist Lehrerin?», fragte die Jüngste der Frauen.

«Nein, Köchin.»

«Und zwar eine sehr gute», bestätigte die Komtess. «Aber deine Mutter ist auch Mamsell, nicht wahr. Sie hat eine Menge Aufgaben.»

«Möchten Sie auch Köchin werden?», fragte Fräulein Lange, die Ricardas neue Lehrerin werden sollte.

Die Frage hatte sie überrumpelt. Darüber, was aus ihrem Leben werden sollte, hatte sie nie nachgedacht. «Köchin ist eine gute Arbeit», erwiderte sie nach kurzem Zögern. «Darf ich noch etwas fragen?»

«Aber gewiss doch! Alles, was du fragen willst.»

«Können Frauen so gut denken wie Männer?»

Einige Damen lachten oder lächelten, und Ricarda hatte den Eindruck, dass sie eine sehr dumme Frage gestellt hatte.

«Verzeihung, wie töricht. Natürlich können Männer besser denken», schob sie schnell nach.

«Nein! Nein! Nein!», riefen alle Damen aufgebracht.

«Die neuesten Erkenntnisse der Wissenschaft besagen», führte die Komtess aus, «dass das weibliche Gehirn so groß ist wie das männliche. Es gibt somit keinen Grund zu der Annahme, dass es weniger leisten kann.»

«Die Gehirne mögen gleich groß sein», sagte die Älteste der Damen. «Aber die Courage, mit der ein Mann seine Ziele verfolgt, fehlt den meisten Frauen.»

«Nun noch einmal die Frage an dich: Möchtest du auch Köchin werden wie deine Mutter?», fragte die jüngste Frau am Tisch, die ihre Haare wie ein junger Mann trug.

So vieles hätte Ricarda auf diese Frage antworten mögen. Das ging jedoch nicht mit einem Ja oder Nein. Denn natürlich hatte bereits der kurze Einblick in das Leben der Komtess ihr gezeigt, dass es viel mehr gab, als in einer Kellerküche ein fabelhaftes Essen zuzubereiten, das im Salon oder im Gartensaal bei Kerzenschein und Musik verspeist wurde. Es ging auch nicht um Dienen und Bedientwerden. Die Frauen, die sie musterten, standen für etwas ganz anderes, das Ricarda noch nicht benennen konnte. Aber eines erkannte sie jetzt schon: Frauen konnten mehr erreichen, als in einer Küche zu stehen.

Mach etwas Kostbares aus deinem Leben. Das waren die letzten Worte des sterbenden Grafen gewesen. Sie hätte jetzt gern gefragt, was das in diesem Zusammenhang bedeutete – *kostbar*. Aber das traute sie sich nicht.

«Ich fürchte, wir schüchtern Fräulein Petersen gerade ein wenig ein. Sie hat Zeit herauszufinden, wer sie ist und was sie will», sagte Fräulein Lange und lächelte verständnisvoll. Und damit entließ man Ricarda.

«Hast du schon konkrete Pläne mit dem Kind?», fragte Helene, sobald Ricarda die Salontür hinter sich geschlossen hatte. «Wie lange wird sie überhaupt bei dir bleiben?»

«Ihre Mutter muss für eine Weile kuren. So lange darf sie auf jeden Fall bleiben.» Henriette lehnte sich in ihrem Sessel zurück. «Ob ich Pläne mit ihr habe? Es kommt darauf an, wie verständig ein Mädchen wie sie ist. Um das herauszufinden, werde ich auch auf deine Hilfe angewiesen sein, liebe Freundin. Denn du wirst sie ja unterrichten.»

Malwine konnte Henriettes Plan nichts abgewinnen. «Aber, Komtess», sagte sie, «der Tuchhändler kann wie immer ins Haus kommen. Es bereitet doch nur unnötige Umstände, wenn Sie sich bemühen.»

«Diese Umstände liebe ich, Malwine! Es ist ein strahlender Frühlingstag, und Ricarda hat sich noch nicht in der Friedrichstadt umgesehen. Das ist eine willkommene Gelegenheit.»

Während Malwine Merger mürrisch den Kopf schüttelnd von dannen zog, gab Ricarda der Komtess stillschweigend recht. Seit einer Woche war sie in der großen Stadt, aber sie hatte noch keinen Fuß hinunter auf die Straße gesetzt. Stattdessen saß sie den ganzen Tag am Fenster ihres Zimmers, das nach hinten hinaus zum kleinen Garten ging, und strickte an einem Schal für ihre Mutter, die in den bayerischen Bergen gewiss fror, wie der Vater gesagt hatte. Schon zwei Briefe hatte sie ihr geschrieben, aber bislang hatte die Mutter noch nicht geantwortet.

An der Seite der in der aktuellen Mode gekleideten Komtess trat sie vors Haus. Auf der Kopfsteinpflasterstraße, die wohl zehnmal so breit war wie der Sandweg durch ihr Heimatdorf, klapperten eilige Kutschen vorbei. Es flanierten jedoch auch ein paar Damen gemächlich den Boulevard entlang. In der nächsten Querstraße, die schmaler und mit höheren Häusern bebaut war, ging es turbulent zu. Eilige Fuhrwerkslenker, Lieferanten mit Handwagen und Dienstboten riefen sich in deftigster Sprache Gemeinheiten zu. Hier war die große Stadt so hektisch, wie Ricarda sie in den ersten Minuten nach ihrer Ankunft erlebt hatte. Wer langsam ging, wurde angerempelt. Zum Glück bog die Komtess schon bald in ruhige Querstraßen ab.

«Als Erstes musst du den Gendarmenmarkt sehen, den schönsten Platz in der Friedrichstadt, ach, wahrscheinlich von ganz Berlin», sagte die Komtess. Sie wirkte aufgekratzt.

Ein weiter, von großen Rasenrabatten und Springbrunnen

symmetrisch geteilter Platz zwischen zwei Kirchen sollte ein Markt sein?

«Hier wird ja gar nichts verkauft!», rief Ricarda.

«Du möchtest einen richtigen Markt sehen? Gut! Machen wir auch noch.» Die Komtess deutete auf das Gebäude, neben dem sie gerade standen. «Das ist das Königliche Schauspielhaus. Was meinst du, wollen wir uns einmal gemeinsam ein Theaterstück ansehen?»

Die Komtess hatte sie ein paar Tage zuvor in ihrer Bibliothek auf das *Brockhaus Conversations Lexikon* aufmerksam gemacht. Durch Zufall hatte Ricarda dabei etwas über Theater gelesen, aber auch über die eleganten Säle, in denen die Aufführungen stattfanden.

«Ich kann nicht», sagte sie.

«Warum nicht, Ricarda?»

Sie sah an sich herunter, und die Komtess verstand.

«Das Problem werden wir noch lösen!»

Sie blickte zu dem Kind neben sich herab, das mehr auf seine Schuhspitzen zu sehen schien, als dass es die Pracht Berlins wahrnahm. Auf was hatte sie sich eingelassen! Aber es bereitete ihr eine unbändige Freude, dieses Mädchen an eine völlig fremde Welt heranzuführen. Seit einer Ewigkeit war sie nicht mehr in «Gersons Bazar» gewesen. Dabei wohnte sie mitten in der pulsierenden Stadt! So ein junger Mensch brachte letzten Endes auch etwas Abwechslung ins Leben.

An dem kleinen Werderschen Markt, der von drei- und viergeschossigen Häusern umstanden war, hielt die Komtess auf den prächtigsten Palast zu. Ricarda fühlte sich so unwohl, dass es ihre Begleiterin bemerkte.

«Keine Sorge, Ricarda, Gersons Bazar ist ein Konfektionsgeschäft. Hier kaufen wir Kleider für dich. Und was sie nicht haben, das wird vor Ort gefertigt. Hier arbeiten wohl hundert Schneider und Schneiderinnen.»

Livrierte Diener öffneten unter für Ricardas Empfinden viel zu vielen Verbeugungen die Türen, und dann befand sie sich in einem von einer weiten Glaskuppel überspannten Innenhof, um den herum Arkadengänge führten. Elegante Damen mit breiten Hüten und ausgepolsterten Hinterteilen glitten majestätisch durch die Weiten des Konfektionsgeschäfts und wurden von Bediensteten wie schwarze Vögel umflattert.

Ricarda fühlte sich fehl am Platz. Was sollte sie hier? Sie wäre am liebsten davongelaufen. Doch daran war nicht zu denken, denn zwei der schwarzen Vögel umschwirrten bereits die Komtess, die ihre Wünsche darlegte. Ricarda suchte vergebens eine Ritze im Boden, durch die sie verschwinden konnte.

«Danke. Wir brauchen einen Moment für uns», sagte Henriette, als ihr Blick auf Ricarda fiel. Das Glücksgefühl, Ricarda eine neue Welt zeigen zu können, hatte sie etwas übersehen lassen: Die Kleine kam vom Dorf, kaum jemand hatte ihr dort Beachtung geschenkt. Und hier stürzten Wildfremde auf sie zu.

Henriette nahm Ricarda bei der Hand. «Wir tun einfach so, als wollten wir gar nichts kaufen. Schlendern herum und gucken, was die Leute so machen. Bist du einverstanden?»

Ricarda fiel ein Stein vom Herzen. Während sie an der Seite der Komtess durch die Hallen schlenderte, bestaunte sie das Geschehen. Kleider wurden von jungen Damen vorgeführt, während ältere Damen, die Köpfe skeptisch zur Seite geneigt, durch ihre Lorgnetten kritisch die Stoffe beäugten oder neidisch auf die jungen Trägerinnen blickten. Schneiderinnen nahmen Maß, eilfertige Herren präsentierten edle Stoffe, die sie ballenweise über Tische kullern ließen. Es duftete nach schweren weichen Parfüms und Puder, nach Staub und Kreide, die über Stoffbahnen fuhr. Ein Gewirr von Stimmen lag über allem, nicht nur Deutsch wurde gesprochen, auch fremde Sprachen waren zu hören. Es war eine Geschäftigkeit, die trotz aller Schnelligkeit nicht hektisch, sondern konzentriert wirkte.

Es war unvergleichlich!

Gerade stand sie vor dem Tisch einer jungen Verkäuferin, die einer Kundin die Vorzüge der angebotenen Knöpfe erklärte. Mit Seide würden sie überzogen, damit sie ins Gesamtbild des Kleides passen: «Purpur ist die Farbe der Saison, gnädige Frau.»

Ricarda fragte sich, weshalb Knöpfe mit Seide überzogen wurden. War das nicht entsetzlich teuer und unsinnig obendrein? Hatten Knöpfe nicht den Zweck, ein Kleidungsstück zu verschließen?

Sie drehte sich um und sah die Komtess im Gespräch mit zwei der allgegenwärtigen schwarzen Verkäufervögel. Die hatten geöltes und gescheiteltes Haar, gezwirbelte Bärte, trugen Weste und Gehrock. Genau so hätten sie in Freystetten zum Nachmittagstee kommen können. Und hier verkauften sie in dieser Aufmachung Kleider?

Wohin hatte die Komtess sie nur geführt! Ricarda dachte an Rosel, den Vater und die Mutter. Wie sollte sie ihnen all das begreiflich machen?

Die Komtess hatte wunderbare Kleidung für sie gekauft. Ein neues blaues schmal geschnittenes Kleid und einen farblich dazu passenden Stadtmantel trug sie bereits. Sie hatte viel anprobieren müssen: Schulkleider in gedeckten Farben, Hauskleider mit dazugehörigen Schürzen und einige Unterkleider aus Kattun, ein Kleid aus edler Seide im Prinzessinnenstil für den Abend sowie ein Kleid aus blauer Atlasseide mit aufgesetzten Volants für die kleine Nachmittagsgesellschaft. Auch an neue Schuhe hatte die Komtess gedacht. Sie passten wie angegossen und waren aus feinem Leder. Zum ersten Mal bekam Ricarda ein Paar Schuhe, das nicht bereits getragen war. Sie musste auch Handschuhe anprobieren, von denen gleich ein halbes Dutzend bestellt wurde. Ein blaues Hütchen mit Federn darauf sollte ihre Ausgehgarderobe vervollständigen.

Sonst hatte eine Schneiderin für Ricarda und ihre Schwestern nur ein Mal im Jahr neue Kleider gefertigt. Alles wurde aufgetragen, Kleider wurden mehrmals geändert, sodass man ein ganzes Jahr nichts Neues nähen musste. Jetzt hatte Rica so viele neue Sachen bekommen, dass sie sie gar nicht aufzählen konnte. Wie sehr sich Rosel wohl gefreut hätte, wenn sie nur eines von diesen Kleidern hätte haben dürfen, dachte Ricarda.

Die Einkäufe wurden in das Haus Unter den Linden geliefert. Im Leben der Komtess gab es dienstbare Geister für alles. Und Rica war plötzlich Teil dieses luxuriösen Lebens. Es gefiel ihr, aber trotzdem war auch ein Gefühl in ihr, das sie nicht benennen konnte, das sie aber an Tonja denken ließ.

Nun waren sie zum Dönhoffplatz unterwegs, denn die Komtess hatte es versprochen: Ricarda würde auch einen richtigen Markt zu Gesicht bekommen.

«Die Marktweiber, Ricarda, sieh, hier sind sie!», sagte die Komtess.

Dicke, in zahllose Tücher gewickelte Frauen hockten neben Kohlköpfen, Körben voller Äpfel und Kartoffeln am Boden, Männer priesen lauthals frischen Fisch an, die Metzger boten Schweineschwänze und Rinderbeine feil, dunkel in geronnenem Blut in Blechwannen, die am Boden standen, wo Hunderte Menschen vorbeigingen und ausspuckten. Ein fetter Kerl hatte einen Bauchladen, aus dem er Bänder verkaufte. Hände griffen zu, ließen fallen. Es stank. War hektisch. Rüpelhaft. Immerzu wurde sie gestoßen, aber man nannte sie «Frollein», denn sie sah ja jetzt so aus, als wäre sie etwas Besseres.

«Kieken Se nich so traurich, Frollein, und nehmen Se 'nen Appel! Für Ihnen, Jnädije, vier Pfund von Else ihre Äppel?»

«Und zwei Dutzend Eier, wenn sie frisch sind», antwortete Henriette.

«Saß heute Morjen noch die Henne druff. Macht 'ne Mark und vierzig Pfennige.»

Schon sprang ein kleiner Junge auf, der neben der Händlerin gekauert hatte. Ricarda schätzte ihn auf vier Jahre. Die Komtess sagte ihm, wohin er die Waren liefern solle. Er setzte sich eine Weidenkiepe auf den Rücken, die fast so groß war wie er selbst, und eilte damit davon.

Die Komtess führte sie ein paar Schritte weiter zur Schleusenbrücke, die den Spreekanal überquerte. Rechter Hand befand sich ein langgestrecktes Haus. Aus dessen Arkadengängen duftete es nach Kaffee, ein Geruch, den Ricarda aus Schloss Freystetten kannte. Allerdings gab es nur für die Herrschaften Kaffee.

Ein livrierter Diener öffnete die Tür des Café Josty und führte sie an einen Tisch. Ein Klavierspieler machte leise Musik, die Menschen unterhielten sich mit gedämpfter Stimme.

Und das nur ein paar Schritte vom lärmenden Markt entfernt. Berlin ist eine seltsame Stadt, dachte Ricarda, so voller gegensätzlicher Eindrücke.

«Gönnen wir uns etwas Gutes!», sagte die Komtess, als der Ober kam, um die Bestellung aufzunehmen. «Was hältst du von Apfelkuchen mit Schlagsahne? Dazu eine Tasse heiße Schokolade!»

Von der fremden Atmosphäre eingeschüchtert, nickte Ricarda stumm. Am Nachbartisch wurde einer Dame gerade Kaffee serviert. Sie saß neben Menschen, die Kaffee tranken! Sie, das Mädchen aus dem Gärtnerhaus.

«Ach, wir nehmen beide das Gleiche, Herr Ober!»

«Sehr gern, Komtess!»

Offensichtlich kannte man sie hier, folgerte Ricarda. «Sie sind so gut zu mir, Komtess. Das habe ich doch gar nicht verdient.»

«Jeder hat verdient, dass man gut zu ihm ist. Außerdem sehe ich dir dein Heimweh an der Nasenspitze an. Ich verstehe das sehr gut. Es ist alles so anders hier als zu Hause. Aber verzweifle deshalb nicht, Ricarda. Unsere Wurzeln sind in Freystetten. Aber wir haben Arme, die wie die Zweige eines alten Baumes in die Luft greifen. Sie erreichen andere Menschen, du wirst es erleben. Schon morgen beginnt ein ganz neuer Teil deines Lebens. Und glaube mir: Es wird dir gefallen. Du wirst eine der wichtigsten Erfahrungen deines Lebens machen.»

«Für die Komtess und das gnädige Fräulein zweimal Apfelkuchen mit und zweimal heiße Schokolade», sagte der Ober.

«Welche Erfahrung meinen Sie?»

«Wir beide trinken Schokolade, weil wir beide Schokolade mögen. Und so wird es morgen in der Schule sein. Du wirst feststellen, dass es Mädchen gibt, die wie du sind. Voller Wissensdurst.»

Ricarda führte die Tasse vorsichtig mit beiden Händen an den Mund und probierte. Sie hatte nie zuvor heiße Schokolade getrunken, aber das verriet sie nicht. Sie schmeckte das Süße und das Bittere darin. Es schmeckte ungewohnt. Sie nahm noch einen Schluck und fand, es war der beste Geschmack, den sie je auf der Zunge gehabt hatte.

Wollte die Komtess eine Kutsche benutzen, so lief Dienstmädchen Auguste zur Ecke Friedrichstraße, wo stets Kutscher auf Kundschaft warteten. Zumeist hatte Auguste den Auftrag, eine Kutsche zweiter Klasse zu besorgen, also eine, die von nur einem Pferd gezogen wurde. Wollte die Komtess flotter unterwegs sein, nahm sie erster Klasse.

An diesem Morgen, an dem Ricarda das erste Mal zur Schule gehen sollte, hörte Ricarda die Komtess sagen: «Auguste, ich denke, wir nehmen erster.»

Kurz darauf wartete eine zweispännige Kutsche vor dem Haus.

«Komtess, wohin soll's denn jehn?», fragte der Kutscher und hielt den Schlag auf.

«Landgrafenstraße in Tiergarten zu den Crain'schen Lehranstalten, bitte.»

«Is mir 'n Vajnügen!»

Ricarda hatte sich an die vielen Lagen Stoff des Schulkleides noch nicht gewöhnt. Sie fand es furchtbar umständlich, in die Kutsche einzusteigen, ohne das Kleid zu beschädigen.

«Darf ich etwas fragen?», sagte sie, sobald sie es geschafft hatte, das Gefährt zu erklimmen.

«Wenn du mir versprichst, mich nicht mehr zu fragen, ob du fragen darfst, solange wir allein sind.» Henriette lächelte.

«Wie machen Sie das nur, mit den modischen Kleidern einzusteigen?»

Die Komtess seufzte. «Früher war es noch viel schlimmer! Da bildete ein fester Reif einen Kreis um die Hüfte. Damit konnte man sich gar nicht richtig bewegen. Und die langen Schleppen, die den Dreck von der Straße nur so anzogen! Ich war erleichtert, als das vorbei war, aber die neue Mode, sich in enge Korsetts schnüren zu lassen, ist keinen Deut besser!» Die Komtess blickte aus dem Fenster. «Sieh dir die Herren an, wie munter sie ausschreiten. Dagegen die Damen: Puppen, keine Menschen! Also genieße die Zeit der Jugend, meine Liebe.» Sie seufzte erneut. «Abgesehen davon gebe ich dir recht – wir müssen das Einsteigen üben.»

«Ich wusste nicht, dass Kleidung für die Menschen so wichtig ist», sagte Ricarda. «Gestern die Marktfrau sagte *Frolleinchen*. Ich dachte, es wäre ein Scherz. Doch der Ober kurz danach: *gnädiges Fräulein*. Das geschah in der einen Stunde, in der ich in neuer Kleidung herumspazierte. Zuvor nie!»

«Halte die Augen weiterhin so offen, und du lernst schon durch das, was um dich herum geschieht.»

«Dann muss ich eine Frage stellen, die gewiss sehr ...»

Die Komtess hob die Hand, um sie unterbrechen. «Wir sind unter uns. Wie gesagt, du brauchst dich für keine Frage zu rechtfertigen.»

Ricarda nahm dennoch etwas inneren Anlauf. «Ihr Bruder ist ein Graf. Warum sind Sie keine Gräfin? Das wollte ich schon immer wissen.»

Einen Moment lang guckte die Komtess sie überrascht an,

dann lachte sie. «Das ist Etikette, so nennt man das. Gesellschaftliche Umgangsformen sehen es nicht vor, dass eine Gräfin keinen Graf hat. Deshalb weicht man auf ein französisches Lehnwort aus, das das Gleiche bedeutet, nämlich Gräfin.» Sie lächelte. «Ebenso verhält es sich mit Frau und Fräulein. Nur die verehelichte Frau darf Frau genannt werden, alle anderen sind etwas Kleineres, ein Fräulein eben.»

«Das klingt kompliziert.»

«Ach, eine Zahnextraktion ist interessanter! Am frühen Abend werde ich übrigens praktizieren. Wenn du willst, darfst du zusehen.»

Sie waren mittlerweile eine ziemlich weite Strecke gefahren. Ins Gespräch vertieft, hatte Ricarda nicht auf den Weg geachtet. Nun sah sie auf der einen Seite einen Wald und auf der anderen vereinzelte schlossartige Häuser.

Henriette bemerkte Ricardas Blick. «Der Park hier heißt Tiergarten. Gegenüber sind die Villen sehr angesehener Bürger. Ich bin zuversichtlich, in nächster Zeit wirst du alles bestens erkunden. Wir sind nämlich ganz nah an deiner Schule.»

«Ich war doch noch nie in einer Schule. Ist das wie beim Hauslehrer?»

«So ähnlich. Aber du bist klug genug, um zu erkennen, wie du dich verhalten musst», erwiderte die Komtess.

Die Kutsche hielt kurz darauf vor einem Haus mit breiter Treppe und Säulenportal. Fein gekleidete junge Damen gingen mit ihren eleganten Eltern hinein. Sie sahen alle aus wie Fürsten, Grafen oder sonstige Adlige. Ricarda hatte das deutliche Gefühl, am falschen Ort zu sein. Der Kutscher öffnete und reichte ihr die Hand, sie griff vor Aufregung daneben, doch der Mann hielt sie in letzter Sekunde.

Das war knapp, dachte sie errötend.

Ihr Fuß fand die Stufe, doch der zweite trat auf eine der vielen Lagen Stoff, aus denen ihr Kleid bestand. Und ehe sie sichs versah, lag sie vor der Kutsche am Boden.

Sie war weich gefallen, denn an dieser Stelle war der Boden matschig. Sie kämpfte mit Tränen der Wut über ihre Ungeschicklichkeit und ließ sich vom Kutscher aufhelfen. Was mit den vielen Stoffen sehr schwierig war. Schließlich spürte sie die kräftige Hand der Komtess unter ihrer Achsel, die sie nach oben zog.

«Wir sollten wirklich das Aussteigen üben», sagte die Komtess spitz.

Ricarda sah an sich herunter. Ihr neues Kleid war von oben bis unten verdreckt. Was für ein Einstand, dachte sie.

Zehn Bänke standen in dem kleinen Raum mit den hohen Fenstern. Daran saßen fünfzehn Mädchen, die Ricarda ansahen. Sie hatten sich so gesetzt, dass noch zwei Bänke frei waren. In einer Bank saß ein einzelnes Mädchen, das rein äußerlich aus der Gruppe hervorstach. Sie war die Einzige, die nicht grinste. Den anderen schien Ricardas Aufmachung so gut zu gefallen, dass sie nicht aufhören wollten zu kichern.

Es war nicht einfach gewesen, in der Eile das Kleid vom Dreck zu befreien. Eigentlich war es sogar unmöglich gewesen, Ricarda hatte die Matschflecken nur noch mehr verschmiert. Das Ungemach hatte obendrein zur Folge, dass Ricarda jetzt als Letzte eintraf.

Doch Lucie Crain, die kleine, gemütlich runde Gründerin der Schule, die Ricarda vom *Weißen Kreis* kannte, stellte nicht sie vor, sondern die sie begleitende Komtess: «Bitte begrüßen Sie eine Gönnerin unserer Schule, Komtess Freystetten. Ihr Großvater war der Staatskanzler Seiner Majestät König Friedrich Wilhelm III., und sie ist die erste Ärztin aus Berlin. Eine wahrhaftige Frau Doktor der Medizin, ausgebildet an den Universitäten Neujork im fernen Amerika und Zürich in der Schweiz. Ein Vorbild für alle jungen Damen, die nach Bildung streben.»

Ricarda hörte die staunenden Ohs und Ahs ihrer künftigen Mitschülerinnen. Sie starrten die Komtess, deren Kleider heute durch ein gebrochenes Bordeauxrot Erhabenheit ausstrahlten, mit offenen Mündern an. Die Komtess bedankte sich und verließ das Klassenzimmer. Nach ihrem glanzvollen Auftritt fühlte sich Ricarda in ihrem schmutzigen Kleid noch unwohler.

«Wie wir alle sehen, gab es ein Malheur. Aber das ist kein Grund zu kichern, das kann jeder zustoßen.»

Lucie Crain hatte es nur gut gemeint, aber ein Mädchen, das in der ersten Reihe saß, sagte sofort: «Jeder, die sich vom Dorf in die Stadt verirrt.»

Ricarda wusste nicht so recht, was sie von der Dunkelblonden halten sollte. In ihrer Art erinnerte sie an Florentine, war aber molliger als diese. Wieso legte das fremde Mädchen ihr gegenüber eine solche Feindseligkeit an den Tag? Nur weil sie sich etwas ungeschickt benahm?

Lucie Crain überging die Bemerkung. «Fräulein Petersen, Ihr Platz ist neben Fräulein Kallstadt.»

Das auffällige Mädchen, das allein in der Bank saß, hatte sie schon die ganze Zeit über angesehen. Ricarda trat an die Bank und knickste. Das Mädchen lächelte scheu. Ricarda war nicht klar, wie sie sich verhalten sollte, und so sagte sie einfach nur ihren Vornamen.

«Ich bin Kumari», erwiderte das Mädchen.

Ihre Haut war dunkler als die der anderen, etwa so, wie Ricarda aussah, wenn sie den Sommer in Freystetten an der frischen Luft verbracht hatte.

«Kumari ist ein schöner Name», sagte sie.

«Meine Mutter kommt aus Ceylon. Sie gab mir diesen Namen.»

«Meine Mutter kommt aus Spanien. Sie hat mir meinen Namen gegeben.»

Die beiden Mädchen sahen sich einen Moment lang ratlos an, dann kicherten sie leise.

«Wo ist Ceylon?», fragte Ricarda.

«Wo ist Spanien?», fragte Kumari.

Das Mädchen wirkte so warmherzig, dass Ricarda für einen Moment die Blicke der anderen vergaß, die wie Nadelstiche waren.

Vorn im Raum klopfte Fräulein Crain mit einem Hämmerchen aufs Pult. «Meine Damen, wir begrüßen Ihre Deutschlehrerin, Fräulein Lange.»

Fräulein Lange sah genauso aus wie bei ihrem Besuch im Salon der Komtess, ernst, aber ihre Augen blickten wohlwollend auf die kleine Klasse. Die Mädchen hatten nacheinander aus der Bank zu treten, zu knicksen und ihre Namen zu sagen. Ricarda konnte sich die Namen selbst nicht merken und fragte sich, wie Fräulein Lange das wohl machte.

«Damit ich Sie kennenlerne, heben Sie bitte die Hand, wenn ich ein paar Fragen stelle. Zunächst: Wer weiß, wer Johann Wolfgang von Goethe ist?», fragte Helene Lange.

Alle hoben den Arm. Bis auf Kumari.

«Fräulein Petersen, bitte nennen Sie uns den Titel eines der Werke Herrn von Goethes.»

Schlagartige Leere breitete sich in Ricardas Kopf aus; gar nichts fiel ihr zu dieser Frage ein. Leises Kichern aus den anderen Reihen war zu hören.

Die hübsche Blonde flüsterte etwas zu laut: «Mit Schweinefutter kennt sie sich besser aus.»

Fräulein Lange überging Ricardas Versagen: «Wer von den Damen hat das Schauspiel *Iphigenie auf Tauris* gelesen oder als Theaterstück gesehen?»

Um sich herum sah Ricarda erhobene Hände. Sie tauschte einen Seitenblick mit Kumari und schlug die Augen nieder. Sie wäre am liebsten unter den Tisch gekrochen.

«So ein gebildeter Kreis junger Damen!», sagte die Lehrerin. «Kramen wir in unserer Erinnerung: Aus welchem Land kommt sie?»

Zwei Mädchen hoben den Arm, und Fräulein Lange deutete auf das vorlaute Mädchen im dunklen Kleid: «Fräulein Singer, bitte.»

«Iphigenie ist eine Griechin.»

«Richtig, Fräulein Singer.»

Fräulein Lange schlug ein Buch auf und las laut vor: «Oh wie beschämt gesteh ich, dass ich dir mit stillem Widerwillen diene, Göttin, dir meiner Retterin.» Sie legte das Buch zur Seite. «Meine Damen, das ist die Ausgangssituation des Stücks: Iphigenie wurde vor dem Tod gerettet. Dafür ist sie dankbar und arbeitet auf Tauris für ihre Retterin, die Göttin Diana, als Priesterin. Aber sie tut es ungern. Weil sie krank ist vor Heimweh. Mit anderen Worten: Wenn Sie sich mit Iphigenie beschäftigen, werden Sie gelegentlich in einen Spiegel sehen.»

Ricarda und Kumari tauschten ratlose Blicke.

«Vielleicht kann mir bis morgen jemand sagen, weshalb

gerade Iphigenie für uns Frauen so eine wichtige Theatergestalt ist. Das ist Ihre Aufgabe.»

Als der Unterricht beendet war, folgte Ricarda den anderen Mädchen zum Ausgang. Sie spürte, wie sich eine Hand an ihren Arm schob, und ließ sich unterhaken.

«Wie machst du das mit der Hausaufgabe?», fragte Kumari.

Sie war um einen ganzen Kopf kleiner als Ricarda.

«Die Komtess hat so viele Bücher», erwiderte sie. Ich hoffe, sie hat auch dieses, dachte sie.

Kumari blickte sie ratlos an. «Mein Vater hat kaum Bücher.»

Sie gingen die wenigen Stufen zum Straßenniveau hinunter, wo eine Kutsche nach der anderen vorfuhr und die Schülerinnen aufnahm. In diesem Augenblick ging Fräulein Lange an den beiden vorbei und blieb kurz stehen.

«Nun, wie war der erste Schultag?»

«Gut», log Ricarda. Sie zögerte, ob sie die Frage stellen durfte, die ihr auf der Seele brannte. Doch hatte die Komtess sie nicht ermutigt, munter zu fragen? «Fräulein Lange, wo bekommen wir die I… auf …»

«Iphigenie auf Tauris. Ich habe leider nur ein Exemplar, das ich dir gern leihe, Ricarda. Ob Kumari und du gemeinsam lernen könnt?»

Kumaris heftiges Kopfnicken war eindeutig. «Ich wohne nur wenige Schritte von hier in der Kurfürstenstraße. Magst du mitkommen, Ricarda? Das wäre schön!»

«Aber ich werde erwartet.» Was eigentlich eine Umschreibung war für: Ich bin viel zu verdreckt, um noch irgendwohin zu gehen.

«Das ist kein Problem, Ricarda. Ich treffe Komtess Freystetten gleich bei einer gemeinsamen Freundin. Ich werde ihr berichten. Sei unbesorgt, ich kenne die Familie Kallstadt. Du bist dort gut aufgehoben.» Sie lächelte Kumari mit einem Zwinkern zu. «Grüße Friedrich von mir!»

Kaum war sie gegangen, fragte Ricarda: «Du hast einen Bruder?»

Kumari grinste breit.

Es war ein unbekanntes Gefühl, untergehakt von der zarten kleinen Kumari durch die fremden Berliner Straßen zu flanieren. Aber ein schönes! Als begänne mit diesem kleinen Spaziergang durch ein noch unbekanntes Viertel ein Stück neuer Freiheit. Die Kurfürstenstraße war anders als die herrschaftliche Lindenallee. Kleine, ländliche Häuser wechselten sich mit eleganten neuen ab, und es stank furchtbar aus offenen Gräben, in denen Schmutzwasser träge floss. Hier störte es gewiss niemanden, wie schmutzig jemandes Kleidung war.

Um das Haus zu erreichen, in dem Kumari wohnte, mussten die Mädchen über einen Brettersteg gehen, unter dem die Brühe träge dahinfloss. Doch Ricarda nahm das nur am Rande wahr, zu sehr war sie in das Gespräch mit Kumari vertieft.

«Du warst monatelang mit einem Schiff unterwegs?», fragte sie. «Schläft man auch auf dem Schiff?»

«Ja, natürlich! Manchmal siehst du wochenlang kein Land.»

«Wie furchtbar! Nur Wasser?»

«Das ist schön, weil es schaukelt.» Sie grinste. «Wenn es zu sehr schaukelt, dann ... spuckt man alles aus, was man gegessen hat.» Wieder grinste sie.

Ricarda mochte ihr Grinsen. Sie hatte dabei auf den Wangen halbmondförmige Grübchen, die ihr rundes Gesicht noch weicher machten.

«Mein Vater», fuhr Kumari fort, «sagt, dass die Reise nach Ceylon vor acht Jahren mehr als doppelt so lange gedauert hat. Da mussten die Schiffe Afrika umfahren. Jetzt gibt es den Suezkanal, der führt mitten durch die arabische Wüste. Zu beiden Seiten Sand, und man fährt mit dem Schiff hindurch.»

Ricarda konnte sich das nicht vorstellen – mit einem Schiff durch die Wüste fahren! Kumari hingegen hatte zuvor nie von Herrn von Goethe gehört.

Im ersten Stock öffnete eine kleine dunkelhäutige Frau, die Kumari liebevoll in die Arme schloss und in einer fremden Sprache intensiv und schnell zu ihr sprach. Als sie Ricarda entdeckte, legte sie zur Begrüßung die Hände unterhalb des Kinns aneinander und neigte lächelnd den Kopf.

«Willkommen in unserem Haus», sagte sie langsam und überdeutlich.

Kumaris Mutter war kaum größer als ihre Tochter, ihre Haut war dunkler, und die Stoffe, in die sie gekleidet war, leuchteten bunt und schimmernd.

«Friedrich! Friedrich!», rief eine Stimme seltsam krächzend aus der Tiefe der dunklen Wohnung.

«Sei still!», rief Kumari, und aus der Wohnung ertönte das krächzende Echo: «Sei still!»

Kumari nahm Ricardas Hand und zog sie auf eine so unkompliziert frische Art mit sich in die Wohnung, dass Ricarda vergaß, hier fremd zu sein. Der Wohnsalon war riesig, die Decke hoch, aber es war sehr dunkel, überall standen Palmen, die jenen in der Orangerie ähnelten, die ihr Vater in Freystetten angelegt hatte.

«Jetzt kannst du Friedrich kennenlernen. Friedrich, sag: Guten Tag!»

«Guten Tag.»

Für einen Moment erstarrte Ricarda, dann lachte sie los.

In einem goldenen, kuppelförmigen Käfig saß ein leuchtend roter Vogel mit einem gewaltigen krummen Schnabel. Er legte den Kopf leicht schief und betrachtete Ricarda aus blassgrünlichen Augen.

«Friedrich», krächzte der Vogel.

«Ricarda», antwortete sie spaßeshalber.

«Carda», sagte der Vogel.

«Der Vogel kann sprechen? Wie ist das möglich?»

«Mein Vater reist durch die ganze Welt. Er handelt mit Tieren, die er an zoologische Gärten verkauft», sagte Kumari. «Friedrich ist ein Papagei, den hat er aus Brasilien mitgebracht.» Sie grinste. «Mein Vater war lange mit dem Schiff unterwegs. Da hat er gemerkt, dass Friedrich sprechen kann.»

«Wo ist Brasilien?»

«In Südamerika. Da war ich noch nicht. Ich habe in Ceylon, Siam und Australien gelebt. Aber da war ich ein Baby.»

Die Komtess hatte sie ermutigt, sie solle fragen. Aber das war jetzt doch zu viel: Weder hatte sie die Namen der Länder je gehört noch das Wort *Baby*. Sie umklammerte Fräulein Langes schmales Büchlein in ihrer Hand.

«Wollen wir …», sie sah rasch nach dem Titel des Schauspiels, «*Iphigenie auf Tauris* lesen?»

«Möchtest du zuvor etwas essen? Meine Mutter hat gekocht», sagte Kumari. «Magst du Blumenkohl-Curry?»

«Curry! Curry!», rief der Papagei.

«Ja», sagte Ricarda so höflich, wie man es ihr beigebracht hatte, obwohl sie keine Ahnung hatte, was Kumari meinte.

Das Lernen mit Kumari hatte drei Stunden gedauert, denn der neuen Freundin waren viele Worte fremd. Ricarda hatte geduldig erklärt. Nun eilte sie die Treppen in den ersten Stock des Hauses Unter den Linden hinauf, wo Frau Merger öffnete.

«Bin ich zu spät?»

Frau Merger blickte streng. «Ziehen Se sich um und waschen Se Ihnen jründlich die Bakterien vonne Hände und dann gehen Se ins Sprechzimmer.»

Die Wohnung bestand aus zwei Teilen. Der kleinere war der Behandlung der Patienten vorbehalten und wurde durch ein Wartezimmer mit vier Stühlen betreten. Der eigentliche Untersuchungsraum war von dort durch eine Schiebetür erreichbar, gegen die Ricarda jetzt zaghaft klopfte.

«Komm nur rein, ich richte gerade die Instrumente für die Zahnextraktion her.»

Auf einem Tischchen hatte die Ärztin auf einem sauberen Tuch glänzende Instrumente bereitgelegt. Daneben stand ein komfortabel wirkender Stuhl. Henriette zeigte ihrem staunenden Zögling, dass man ihn verstellen konnte, sodass die zu behandelnde Person nahezu lag.

«Ein neues Modell, das ich mir aus London schicken ließ.»

«Ist das weit weg, dieses London?», fragte Ricarda.

«Warum fragst du?» Henriette sah sie überrascht an. Sie hatte erwartet, Ricarda würde eher etwas über die bevorstehende Behandlung wissen wollen.

«Ich komme gerade von einer neuen Kommilitonin, Kumari. Sie spricht Englisch mit ihrer Mutter. Ihr Vater verkauft Löwen an Zoos, gerade ist er in London.»

Helene Lange hatte ihr bei einem Treffen vorhin erzählt, dass Ricarda sich bereits mit einem Mädchen angefreundet hatte. Die Crain'sche Schule war wohl in unerwarteter Hinsicht ein Glücksgriff für das Mädchen vom Lande: Durch ihre Mitschülerinnen wurde Ricardas Horizont geweitet.

«Das ist die Hauptstadt von England. Da ist man einige Tage unterwegs. Florentine lebt nicht weit von dort. Am besten sprichst du einmal mit ihr darüber, wenn ihr euch wieder in Freystetten trefft.» Henriette schaltete zwei Gaslampen ein, deren Licht den zuvor gemütlichen Raum grell ausleuchtete.

Hell schimmerte nun neben dem dunklen Schreibtisch ein Skelett, was Ricarda erschrecken ließ. «Der sieht aus wie ein Gespenst!»

Henriette lachte. «So sehen wir alle aus, wenn man uns von Haut, Sehnen, Muskeln, Blut, Gedärm und sonstigen Innereien befreit. An einem Skelett kannst du die menschliche Anatomie studieren. Hier, sieh mal den Unterarm. Wusstest du, dass da zwei Knochen drin sind? Elle und Speiche.»

Ricarda betastete ihren Arm. «Das spürt man gar nicht!»

«Und nun der Mund. Sieh dir seine Zähne an und befühle deine. Siehst du, ihr seid verwandt! Übrigens begleitete mich Anton während meines ganzen Studiums. Er ist sehr geduldig. Wenn du etwas über deine Knochen wissen willst, frag Anton.»

Er überragte Ricarda noch um eine halbe Haupteslänge, und so konnte sie gut in seinen Kopf blicken.

«Antons Skelett besteht nur aus Knochen?»

«Ja.»

«Also sind seine Zähne Knochen?»

Die Logik des Mädchens war bemerkenswert! «Sehr richtig. Zähne gehören zu den Knochen. Deshalb ist das Entfernen eines Zahnes so schmerzhaft. Sei froh, dass du das noch nicht erfahren hast! Wenn man also ein Loch im Zahn hat, dann ...»

Sie wartete, bis Ricarda den Satz beendete.

«Dann hat man ein Loch im Knochen!»

«Darum ist das so gefährlich für die Gesundheit. Aber das weiß kaum jemand.»

Die Glocke neben der Wohnungstür wurde geschlagen.

«Bei der Patientin, die jetzt kommt, wirst du es erleben.»

Aus einem dunklen Eichenholzschrank neben der Tür holte die Komtess einen Stickrahmen, ein weißes Tuch und mehrere Lagen Watte und legte alles zu den Instrumenten am Behandlungsstuhl. Ein Fläschchen stellte sie dazu.

«Das brauchen wir für die Narkose. Weißt du, was das ist?»

Ricarda schüttelte den Kopf.

«Die Patientin wird mit Ether aus diesem Fläschchen betäubt, damit sie keine Schmerzen spürt. Das ist eine neue Methode aus Amerika, bei der man sehr vorsichtig vorgehen muss. Gibt man zu viel Ether, können Patienten sterben. Was leider manchmal schon geschehen ist. Also: allergrößte Vorsicht damit! Das darf nur ich anfassen.»

Erst als sie die Worte ausgesprochen hatte, wurde Henriette bewusst, was sie gesagt hatte. Das Mädchen sollte doch eigentlich nur Zuschauerin sein. Allerdings machte sie einen so gelehrigen Eindruck, dass sie sich hinreißen ließ zu sagen: «Aber ich könnte dabei Hilfe gebrauchen. Du hältst den Rahmen und ziehst ihn weg, wenn ich es dir sage.» Sie platzierte weitere Instrumente auf dem Tischchen am Stuhl. «Du magst mir doch helfen, oder?»

«Ja, gern!» Das war so aufregend, Ricarda schwirrte der Kopf. Gleichzeitig spürte sie, dass ihr Magen mit dem scharfen Curry, das sie bei Kumari gegessen hatte, schwer zu kämpfen hatte.

Es klopfte nun an der Schiebetür, und Frau Merger sagte: «Komtess, die Dame is einjetroffen.»

Die Patientin war eine stattliche, schwarz gekleidete Dame mit weiten Röcken und einem großen Hut, der ihr Gesicht verschattete. Sie presste sich ein Tuch an die Wange und stöhnte leise. In ihrer Begleitung waren eine junge Frau, die den Blick gesenkt hielt, und ein kräftiger junger Mann.

«Willkommen, Hochwohlgeboren. Ihre Zofe und der Leibwächter dürfen Platz nehmen und warten. Malwine, reichen Sie bitte etwas zu trinken.»

Henriette führte die Frau, die in eine Wolke köstlichen Parfüms gehüllt war, zum Behandlungsstuhl. Ricarda knickste.

«Nehmen Sie Platz, meine Liebe!»

Henriette bedeutete Ricarda, ihr zu folgen. Hinter einem Sichtschirm, der mit weißer Seide bespannt war, befand sich ein Waschbecken, an dem sich Henriette die Hände wusch. Ricarda stand mit einem sauberen Handtuch bereit, und die Komtess lächelte ihr zu.

«Du lernst schnell. Und jetzt du.»

Während Ricarda sich die Hände wusch, sagte Henriette: «Du hältst den Rahmen mit ausgestreckten Armen über das Gesicht der Patientin, bis ich sage, dass du ihn wegziehst. Den Ether nicht einatmen.»

Henriette kehrte zur Patientin zurück und erklärte auch

ihr das Vorgehen. Sie begutachtete mit einem kleinen Spiegel den gesamten Mundraum und bat sie, auf einen Beißkorken zu beißen. Als Henriette sie aufforderte, ging Ricarda wie gewünscht vor. Der Mund der Patientin verströmte einen üblen Geruch, und jener des Ethers war so stechend, dass es Ricarda den Magen umdrehte. Sie wandte sich ab, um dem Gestank zu entkommen. Aber das war kaum möglich!

Die Patientin schloss bald die Augen und schien gleich darauf eingeschlafen zu sein. Henriette fühlte ihren Puls, anschließend schob sie eine Klammer zwischen die Kiefer und entfernte den Beißkorken. Das helle Licht ließ gut erkennen, wie entsetzlich es um die Zähne der Patientin bestellt war.

«Die Dame gehört der höchsten Gesellschaft an, Ricarda. Selbst sie pflegt ihre Zähne nicht. Aber dazu gleich. Ah, da ist er ja schon.»

Triumphierend hielt sie den schwarzen Zahn mitsamt Wurzel mit der Zange fest und zeigte ihn Ricarda. Sie starrte auf den verfaulten Zahn, an dem Blut und Eiter hingen, und im selben Moment spürte sie, dass das zu viel für ihren Magen war! Sie schaffte es gerade noch, sich wegzudrehen, jedoch nicht mehr bis zu dem schönen Spülbecken. Schon lag das gelbe, halb verdaute Curry hässlich verteilt auf dem Eichenparkett.

«Das ist aber sehr gelb», kommentierte die Komtess kühl.

Ricarda brach in Tränen aus. «Verzeihen Sie, Komtess. Es tut mir so leid!», stammelte sie.

«Davon gehe ich aus, Ricarda. Gut, dass die Patientin narkotisiert ist. Und jetzt reiß dich zusammen. Nur schwache Weiber heulen. Wir machen weiter. Konzentrier dich.»

Sie legte den schwarzen Zahn in ein Gefäß auf dem Tischchen.

«Halt die Schale dort – ja, genau, die – dicht an das Gesicht der Patientin. Gut so.»

Ricarda konnte kaum etwas erkennen, weil sich die Tränen der Scham und der Wut über ihr Versagen nicht einfach so stoppen ließen. Und der Würgereiz war auch keinesfalls verschwunden.

Der Komtess schien der üble Geruch rein gar nichts auszumachen. «Den Eiter- und Blutfluss spülen wir vorsichtig aus», sagte sie. «Fang das sorgfältig mit der Schale auf. Jetzt tamponieren wir die Wunde mit fest zusammengerollten und ausgekochten Stoffstücken, die wir anschließend entsorgen. Alle Instrumente werden später ausgekocht. Denn das ist das Wichtigste: Zusätzliche Bakterien aus einer offenen Wunde fernzuhalten.»

Immer noch mit dem Würgereiz und den Tränen kämpfend, beobachtete Ricarda, wie die Komtess konzentriert arbeitete und gleichzeitig alles erklärte. Sie entfernte vorsichtig die Kieferklammer und reichte sie Ricarda.

«Auch das tust du in die Schale mit den auszukochenden Gegenständen. Und jetzt beeilst du dich, den Dreck da wegzumachen.»

Die Ärztin fühlte den Puls ihrer Patientin, während Ricarda sich beeilte, Wasser in einen Eimer zu füllen.

«Hol dir Auguste zu Hilfe. Ich muss die Patientin wecken.»

Ricarda sauste hinaus und prallte im Flur fast gegen Frau Merger. «Wo ist Auguste? Die muss mir schnell helfen.»

Frau Merger rümpfte angewidert die Nase. «Guste is Besorgungen machen. Jetzt muss ick den Schweinkram wohl wegmachen.» Sie schob Ricarda zur Seite. «Machen Se Ihnen selbst sauber, dit werden Se ja hoffentlich hinkriegen.»

Als Ricarda zurückkam, war Frau Meger gerade fertig mit dem Wischen des Bodens, und die Komtess klopfte sanft auf die Hände der Patientin.

«Hochwohlgeboren, Sie haben es überstanden!»

«Bin ich tot?»

«Aber meine Liebe, Sie wollen mich doch nicht ruinieren!», sagte die Komtess mit einem Lächeln in der Stimme. «Ich gebe Ihnen jetzt ein paar Tropfen Schmerztinktur aus Morphium.» Während sie die Tinktur in ein Glas Wasser tropfte, sagte sie: «Wir müssen dringend über den Zustand Ihrer Zähne sprechen, damit Ihr Leben angenehmer wird.»

Sie half ihrer Patientin, sich in dem Stuhl aufzurichten. Die Dame schien allmählich wahrzunehmen, wo sie sich befand.

«Ach, Komtess, ich fühle mich so anders. Ich kann jetzt gar nicht gleich aufstehen.»

Sie erblickte Ricarda. «Wer ist das?»

«Seien Sie unbesorgt. Ricarda hat mir assistiert. Sie wird über Ihren Besuch kein Wort verlieren.»

Ricarda hatte ohnehin keine Ahnung, wer die Dame war.

Die Komtess reichte der Patientin ein Bündel. «Hier drin befindet sich ein Stöckchen mit Pferdeborsten. Dies benutzen Sie bitte künftig zum Reinigen Ihrer Zähne. In dem kleinen Gefäß ist ein Mittel, mit dem Sie Ihre Zähne abreiben sollten. Beides zusammen wenden Sie bitte morgens und abends an. Und wenn es Ihr Wohlgefallen findet, so empfehlen Sie es bitte weiter. Im Sinne Ihrer Familie und lieben Angehörigen.»

Die Dame stand langsam auf und sagte etwas schwer verständlich: «Sie sind ein Engel! Extraktion ohne Schmerzen!»

«Heute bitte nur Wasser trinken, und morgen sehen wir uns wieder zur Kontrolle. Es wäre schön, wir besprächen dann, was wir sonst noch tun können zum Erhalt Ihrer Zähne.»

Die Komtess gab Ricarda mit den Augen ein Zeichen, die Schiebetür zu öffnen. Im Wartezimmer sprangen der kräftige Mann und die junge Zofe von ihren Stühlen auf und eilten ihrer Dienstherrin zu Hilfe.

Nochmals sah die Dame Ricarda an. Und im Blick dieser Frau bemerkte sie etwas, das sie nicht erwartet hatte: tiefe Dankbarkeit.

Sobald Ricarda mit der Komtess allein war, sagte sie: «Es tut mir leid, dass ich mich so danebenbenommen habe. Ich bewundere Sie, dass Sie sich nicht aus der Ruhe haben bringen lassen.»

«Du sollst mich nicht bewundern. Lerne von mir, das reicht vollkommen. Ich zum Beispiel esse grundsätzlich nichts, bevor ich solche Zähne ziehe. Ich denke, das wirst du künftig ebenso halten.»

War das ein Tadel? Ricarda wusste es nicht. Die Komtess hatte eine Art, die gleichzeitig ermutigte und verwirrte. *Nur schwache Weiber heulen*, hatte sie in einem Ton gesagt, der durch und durch gegangen war. Schwäche war wohl das Letzte, was sie sich leisten durfte, wenn sie vor der Komtess bestehen wollte.

«Ach, Komtess, da ham Se ja mal wieda 'ne schöne Sauerei anjerichtet!»

Malwine Merger ließ die blutigen Zangen, den Kieferspreizer und die anderen Instrumente in einen Bottich mit kochendem Wasser gleiten, der auf dem großen Herd in der

Küche stand. In einem anderen Topf kochte sie neue Stoffstreifen aus.

«Du weißt, eine Stunde kochen lassen, Malwine», sagte die Komtess. Sie wandte sich Ricarda zu. «Bist du müde? Oder wollen wir über die Behandlung sprechen?»

«Ich bin gar nicht müde!»

«Dann zeige ich dir das Allerheiligste. Komm!»

Das *Allerheiligste* war ein kleineres Zimmer, das sich an den Behandlungsraum anschloss. Hier stand ein großer Tisch mit zwei Mikroskopen, wie Ricarda schon ein ähnliches im Schlosszimmer der Komtess gesehen hatte. Es gab jedoch nur einen Stuhl. Die Komtess nahm nicht darauf Platz, sondern forderte Ricarda auf, sich zu setzen.

«Im Prinzip hast du dich heute sehr gelehrig angestellt, Ricarda», sagte sie, jetzt deutlich milder gestimmt. «Für die Zukunft werden wir einen Eimer in Griffweite haben.»

«Es wird nicht wieder vorkommen, Komtess!»

«Das kannst du nur hoffen, aber du kannst nicht davon ausgehen, dass es so sein wird.»

Blitzschnell schossen die Worte aus dem Mund der Komtess, und jedes einzelne traf Ricarda wie ein spitzer Pfeil. Sie wusste nicht, wie ihr geschah.

«Übrigens war das gerade die Gemahlin eines der wohlhabendsten Männer Deutschlands», fuhr sie fort. «Ich habe große Absichten mit ihr. Ich möchte sie zur Botschafterin machen, dass die Damen unseres jungen Deutschlands auf eine gute Zahnpflege achtgeben. Das zu erreichen, Ricarda ... Du stellst dir nicht vor, wie wichtig das ist!»

«Wegen Ihrer Frau Mutter.»

«Genauso ist es! Was meinst du, wie viele Menschen sterben, weil die Gesundheitsfürsorge so schlecht ist? Frau von

Bleichröders Gemahl ist Ratgeber unseres Reichkanzlers von Bismarck. Stell dir nur vor», sagte die offensichtlich aufgewühlte Komtess, «welchen Einfluss eine Dame der höchsten Gesellschaft auf die Gesundheit des gesamten deutschen Volkes nehmen könnte!» Henriette sah Ricarda an, dass sie nicht folgen konnte. «Du weißt doch hoffentlich, wer Reichskanzler von Bismarck ist?»

Ricarda schüttelte eingeschüchtert den Kopf. Wie wenig sie doch wusste! Und wie viel man von ihr verlangte.

Henriette versuchte, sich nicht anmerken zu lassen, dass das Unwissen der Gärtnerstochter sie ein wenig erschütterte. Sie musste unbedingt mit Luise über den Hauslehrer sprechen. Was brachte der den Kindern denn bei?

Mit gespielter Nachsicht erklärte sie: «Seine Majestät pflegt zu scherzen: Ich bin Kaiser unter Herrn von Bismarck. Demnach ist wohl niemandes Einfluss größer als der Herrn von Bismarcks.»

«Dann kann Ihre Patientin also auf die Obrigkeit einwirken?»

«Jetzt hast du es verstanden, Ricarda. Frauen haben nur indirekt die Möglichkeit, auf Politik Einfluss zu nehmen. Aber ein Atem, der nicht mehr faulig ist, wird gewiss helfen, etwas in der Richtung zu bewirken.»

Als Ricarda nach diesem ereignisreichen Tag ins Bett sank, war sie verwirrt. Die Komtess war in einem Moment freundlich und im anderen abweisend. Nie war vorherzusehen, wann welche Stimmung über sie kam. Doch darin lag auch etwas Aufregendes, immerzu war alles neu. Und dann die ungewöhnliche Patientin! Hatte sie das richtig verstanden: Konnte der faule Zahn dieser Frau tatsächlich die Geschicke des ganzen Landes beeinflussen? Es war unvorstellbar.

«Aufstehen», sagte Frau Merger unwirsch.

Ricarda rieb sich die Augen und ging ins Bad, das durch eine Gaslampe in der Deckenmitte beleuchtet wurde. Nach einer Woche hatte sie sich an den Luxus eines Wasserhahns zwar bereits gewöhnt, doch die harten Zeiten, als sie im Winter aus dem Brunnen hinter dem Haus eiskaltes Wasser hochpumpen musste, hatte sie noch deutlich vor Augen. Würde Rosel dieses Jahr ihre Aufgaben übernehmen? Der Gedanke an ihre kleine Schwester versetzte Ricarda einen Stich. Lieber nicht an zu Hause denken.

Sie nahm die Pferdehaarzahnbürste und streute das Zahnpulver darauf. Die Komtess hatte ihr am Vorabend erklärt, woraus das Pulver bestand: pulverisierte und zu Asche verbrannte Knochen, Muschelschalen, Bimssteinmehl und Natron. Das klang nicht verlockend, aber eine entscheidende Zutat machte es sogar recht angenehm: Pfefferminz. Doch Ricarda war sicher, sie hätte das Zahnpulver auch ohne Pfefferminzgeschmack verwendet, denn es war ein erhebendes Gefühl, etwas benutzen zu dürfen, das noch kaum jemand kannte.

Während Frau Merger Ricardas Haare ruppig zu schweren Zöpfen flocht, hochsteckte und Schleifen hineinband, die zum Karomuster ihres Kleides passten, erzählte Ricarda ihr vom Zahnpulver.

«Ach, Jottchen, Frollein, wat meinen Se denn, wie unsereiner det machen soll mit die viele Kinder!», rief sie. «Ick bin schon froh, wenn se alle jenug zum Futtern haben. Nun soll ick sie die Zähne och noch mit die Pferdehaarbürste traktieren?»

Sie zeigte auf die neuen weißen Handschuhe, die für Ricarda bereitlagen. «Vergessen Se nich, fürs Ausgehen Handschuh anzuziehen, hat die Komtess mich uffgetragen Sie zu sagen!», sagte Frau Merger.

Ricarda betrachtete sich in dem großen Spiegel ihres Zimmers. Ihre neue Aufmachung gefiel ihr durchaus. Auch die Veränderungen in ihrem Leben fand sie interessant und manche davon sogar schön. Aber sie war längst noch nicht so weit, sich in diesem Haus, in der Schule oder gar der Stadt wohlzufühlen. Hätte sie die Wahl, wäre sie wohl sofort nach Freystetten zurückgekehrt.

An diesem zweiten Schultag hatte Frau Merger die Aufgabe, Ricarda zu Fuß zur Schule zu begleiten. An allen anderen Tagen würde Ricarda den Weg allein gehen müssen, was sie sich noch nicht ganz vorstellen konnte; die große Stadt machte ihr Angst. Doch man würde ihr keine Wahl lassen. So verzichtete sie lieber darauf, sich mit der unwirschen Haushälterin zu unterhalten, und versuchte, sich alle Ecken, an denen sie abbogen, gut einzuprägen, um sich später nicht zu verlaufen. Deutlicher als aus dem Kutschfenster nahm sie die Unterschiede zwischen den guten und weniger guten Ecken der Stadt wahr.

«Hier gehen Se am besten 'n bisschen flotter», riet Malwine Merger in einer weniger guten Gegend.

Ricarda sah Kinder, die in der Aprilkälte ohne Schuhe herumliefen und blaue Lippen hatten, hörte den bellenden Husten einer mageren Mutter, die eines ihrer dünnen Kinder auf dem Rücken schleppte und das andere an der Hand hinter sich herzog, während sich das dritte am Rockzipfel festhielt. Als die Frau auf Ricardas Höhe war, schimpfte sie mit dem Kleinkind. Sie hatte kaum noch Zähne im Mund.

«Wussten Sie, dass Zähne Knochen sind?», fragte Ricarda Malwine.

«Deshalb kann man damit so jut Knochen abnagen!»

«Wenn im Knochen ein Loch ist, bildet sich ein Gift, sagt die Komtess. Das Gift macht den ganzen Körper krank», gab Ricarda ihr neues Wissen preis.

«Was Se nicht alles wissen, sind wohl janz ’ne Schlaue», lautete Frau Mergers Kommentar, und Ricarda hatte das Gefühl, etwas sehr Dummes gesagt zu haben.

Fräulein Langes Blick glitt über die Köpfe der Mädchen. «Nun, ist es Ihnen gelungen, meine gestrige Frage zu beantworten?»

«Diana ist die Göttin der Frauen, und Iphigenie wird von Diana beschützt. Ohne Diana wäre Iphigenie tot», antwortete Eleonore, das vorlaute Mädchen, über das Ricarda sich schon am Vortag geärgert hatte.

«Vor wem muss Iphigenie beschützt werden?», fragte die Lehrerin.

Nur Eleonore meldete sich.

Doch die Frage ging an Kumari. «Fräulein Kallstadt, wollen Sie es versuchen?»

Ricarda wusste, dass die neue Freundin hätte antworten können. Denn darüber hatten sie beide sich am Vortag die Köpfe zerbrochen und eine unglaubliche Antwort gefunden. Doch jetzt schüttelte Kumari stumm den Kopf.

«Fräulein Petersen? Sie?»

«Der eigene Vater? Er wollte sie töten? Aber das erscheint mir so unsinnig», sagte Ricarda.

«Warum scheint das unsinnig zu sein? Wer weiß die Antwort?», fragte die Lehrerin.

Wieder schwiegen alle. Nur Ricarda hob die Hand. «Wegen des Windes, aber das verstehe ich nicht.»

Die Klasse lachte.

«Unser Landei mit seiner Negerin!», flüsterte Eleonore halblaut ihrer Banknachbarin zu.

Fräulein Lange trat vor Eleonores Bank und sah auf sie herab.

«Fräulein Petersen hat recht, Fräulein Singer. Es ist zwar unglaublich, aber dieser Vater opferte tatsächlich seine älteste Tochter. Denn Agamemnon ist ein Krieger, dem jedes Mittel recht ist. In diesem Moment braucht er Wind, der die Segel seiner Schiffe bläht. Zuständig für Wind ist Diana, die Göttin des Krieges und der Jagd. Sie will er auf seine Seite ziehen, indem er Iphigenie opfert. Doch die Göttin Diana wendet einen Zaubertrick an: Sie lässt eine Wolke aufziehen, und Iphigenie verschwindet darin spurlos. Denn Diana will nicht, dass Iphigenie stirbt. Warum nicht?»

Schweigen. Niemand wusste eine Antwort. Ricarda erinnerte sich, wie schwer es ihr gefallen war, die Worte des Dichters zu verstehen. Es war ihr nicht wirklich gelungen, aber sie mochte Iphigenie, die fern der Heimat lebte und nun einen fremden König heiraten sollte.

Plötzlich ahnte sie, was Iphigenie und sie gemeinsam hatten.

«Ja, Fräulein Petersen?»

Dass sie die Hand wohl schon eine Weile gehoben hatte, war ihr nicht bewusst gewesen.

«Die Komtess will, dass Iphigenie ihr dient. Sie soll werden wie sie.»

Für einen Moment herrschte Schweigen, dann sagte Eleonore halblaut: «Oh, unser Landei hat große Pläne!»

Erst jetzt begriff Ricarda, dass sie sich versprochen hatte, und lief knallrot an.

Fräulein Lange überging die angespannte Situation mit einer neuen Frage: «Was lehrt uns Dianas Verhalten somit?»

Die Klasse war mit der Antwort überfordert.

Fräulein Lange baute sich vor der vorlauten Eleonore auf: «Warum quäle ich Sie mit solch einer Geschichte? Um Sie zu langweilen? Nein! Ich will Sie anregen, über den Zusammenhalt von Frauen nachzudenken. Männer wollen keine starken Frauen. Wenn Frauen sich auch noch gegenseitig schwächen, wohin führt das? Fräulein Singer, Ihre Antwort wollen wir alle hören.»

Die vorlaute Mitschülerin schlug die Augen nieder und schwieg.

Es war Mai geworden, als Ricarda auf dem Tisch in ihrem Zimmer einen Brief fand, dessen Umschlag mit verspielter Schrift verriet, dass er von Eleonore Singer stammte. Das Verhältnis zwischen ihr und der Mitschülerin hatte sich seit *Iphigenie* ein wenig gebessert, denn mit allen anderen in der Klasse kam Ricarda gut zurecht. So unterließ Eleonore zwar ihre Zwischenbemerkungen, aber man sprach auch nicht viel miteinander. Nun von ihr einen Brief zu bekommen, war verwirrend. Ricarda öffnete das Kuvert und zog eine Einladung hervor.

Liebe Mitschülerin Ricarda! Ich feiere meinen 14. Geburtstag. Dazu möchte ich Dich einladen, diesen Tag mit mir und meiner Familie auf der Pfaueninsel zu verbringen.

«Die spinnt ja», sagte Ricarda halblaut und warf den Brief kurz entschlossen in den Papierkorb. Gelegentlich erinnerte Eleonores Benehmen sie noch immer an Florentine, denn sie hatte die gleiche Art, sich in den Vordergrund zu spielen, mit der Ricarda sich nicht anfreunden konnte.

Am Abend legte die Komtess denselben Brief vor Ricarda auf den zum Abendbrot gedeckten Tisch im Esszimmer. «Warum wirfst du das weg?»

Ricarda hob ratlos die Schultern. «Darf ich das denn nicht?»

«Eine Frage mit einer Gegenfrage zu beantworten, ziemt sich nicht.»

«Verzeihung, Komtess.» Was sollte sie denn nur antworten? Dass Eleonore Singer eine dumme Gans war, mit der sie keine freie Sekunde verbringen wollte? Das würde sich wohl auch nicht gehören.

«Ich bekomme also keine angemessene Antwort?», hakte die Komtess nach.

«Ich mag das Mädchen nicht, Komtess.» Ricarda errötete.

«Eine ehrliche Antwort. Geht es noch genauer?»

Meistens war das Zusammenleben mit der Komtess angenehm. Aber es gab auch Tage wie diesen, an denen ihre rechthaberische Art anstrengend war. Dann musste jedes Wort auf die Goldwaage gelegt werden, bevor es ausgesprochen werden durfte.

«Ich dachte, wenn ich etwas wegwerfe, erklärt das meine Haltung», sagte Ricarda.

«Das war eine präzise Antwort, der jegliche Emotion fehlte. So soll es sein, Ricarda. Malwine, nun hätten wir gern die Spargelsuppe und möchten dann für uns sein.»

Malwine wurde nur selten vor die Tür geschickt, wenn die Komtess und Ricarda aßen. Insofern ahnte Ricarda, dass etwas Unangenehmes folgen würde. Dabei duftete die Spargelsuppe so köstlich!

Zum Glück durfte sie erst aufessen, bevor die Komtess die

Unterhaltung fortführte: «Du gehst nicht nur in die Schule, um aus Büchern zu lernen. Dazu gehören die Menschen, mit denen gemeinsam du dieses Wissen erwirbst. Bedenke bitte: Dies ist keine x-beliebige Schule. Die Mädchen, die sie besuchen, stammen aus guten Häusern. Ihre Eltern wollen, dass aus ihren Töchtern etwas Besonderes wird. Gäbest du dir nur etwas Mühe, so hättest auch du die Chance dazu. Darum wäre es wichtig, dass du in diesen Kreisen Freundschaften aufbaust.»

Ricarda begriff nicht, worauf dieses Gespräch hinauslief.

«Ja, Komtess. Aber Kumari ist eine wunderbare Freundin.»

«Du brauchst mehr als eine Freundin. Was meinst du, weshalb du ausgerechnet auf diese Schule gehst? Weil Helene Lange und ich schon sehr lange gute Freundinnen sind. Das ahnten wir nicht, als wir uns das erste Mal trafen. Aber wir lernten einander kennen und schätzen, und nun halten wir zueinander. Darum gib auch denen eine Chance, mit denen es schwierig beginnt. Lerne sie außerhalb der Schule kennen. Danach kannst du immer noch deine Schlussfolgerungen ziehen.»

Die Komtess schob den Brief wieder zu Ricarda hin. Sie hob das vor ihr stehende Glöckchen, mit dem sie Malwine zurückholte.

Ricarda war der Appetit vergangen, denn ihr stand somit ein Ausflug mit Eleonore Singer bevor.

Eine Woche später waren zwei Kutschen voll mit Mädchen unterwegs zur Pfaueninsel, denn das Geburtstagskind hatte die gesamte Klasse eingeladen; allerdings waren nur acht Mädchen der Einladung gefolgt. Nicht jede war bereit, die lange Fahrtzeit von sechs Stunden auf sich zu nehmen. Man war morgens um neun gestartet und wollte erst abends um sechs wieder zurück sein! Hätte die Komtess sie nicht so eindringlich ins Gebet genommen, wäre auch Ricarda nicht mitgefahren. Nun saß sie mit Kumari und Eleonore sowie einem weiteren Mädchen namens Margarete in der ersten Mädchenkutsche, die zweite folgte ihnen. Eleonores Eltern und ihr Bruder fuhren vorneweg, zwei weitere Kutschen mit Personal bildeten den Abschluss.

Schon seit Ewigkeiten schaukelten sie über staubige Wege. Das städtische Berlin lag lange hinter ihnen, und Kumari wurde nicht müde, sich über den Frühling zu freuen. Ihre unkomplizierte Art nahm die Spannung, die zu Beginn der Fahrt in der Luft gelegen hatte.

«Seht nur die vielen kleinen Knospen an den Bäumen. Das ist ein Wunder. Alles ist erst ganz kahl, und plötzlich sind diese winzig kleinen Blättchen da!»

Ricarda sah Kumari von der Seite an. Dieses Strahlen im Gesicht der Freundin!

«Worüber du dich freuen kannst», merkte Eleonore spitz an.

«In Ceylon gibt es keinen Winter», erwiderte Kumari, aber sie wirkte nicht gekränkt. «Aber Schnee liebe ich auch.»

«Das verstehe ich gar nicht. Schnee ist kalt», meinte Eleonore und unterhielt sich fortan nur mit Margarete, einem zarten Mädchen mit weizenblonden Locken.

Endlich setzte eine Fähre die Kutschen über, und jetzt verstand Ricarda, weshalb Eleonore hier feiern wollte. Die Insel lag inmitten der romantisch rauschenden Havel, war bestanden von uralten Eichen, und überall spazierten Rad schlagende Pfauen herum, als wären sie aus einem Traumbild in die Wirklichkeit hineingezaubert worden. An einer Stelle, von der aus man einen weiten Blick über den Fluss hatte, stand ein winziges Schloss, das eher eine Ruine war und wie gemalt wirkte.

«Das ist so kaputt gebaut worden», erzählte Eleonore, an Margarete gewandt. «Es war ein Liebesschloss für den König.» Sie kicherte. «Hier traf er sich mit seiner Mätresse. Eine Bürgerliche!»

«Da mussten sie aber weit fahren, wenn sie sich treffen wollten», sagte Kumari. Es schien ihr nichts auszumachen, dass Eleonore sie und Ricarda nicht weiter beachtete.

Die Mädchen kicherten verlegen, und Eleonore fuhr fort: «Sie hatten ganz viele Kinder zusammen, der König und seine geheime Liebe.»

«So sehr haben sie sich geliebt! Wie schön!» Margarete seufzte hingebungsvoll.

«Ich finde es sehr nett von dir, Eleonore, dass du uns eingeladen hast», sagte Ricarda, um überhaupt etwas zu sagen.

«Eigentlich war das die Idee meiner Mutter», gestand das Geburtstagskind.

«Weil du Freundinnen finden sollst?», fragte Ricarda eingedenk des Gesprächs mit der Komtess.

Eleonore nickte.

«Seid ihr denn keine Freundinnen, Margarete?», fragte Kumari.

Die zarte Blone schüttelte den Kopf. «Mein Vater ist nur Apotheker.»

Eine Antwort, die Ricarda erst begriff, als Eleonore meinte: «Meine Mutter entscheidet, mit wem ich Umgang habe. Sie sagt, in unseren Kreisen muss das so sein.»

Ricarda tat die Mitschülerin jetzt sogar ein wenig leid. Was sie selbst als unangenehme Bevormundung durch die Komtess empfunden hatte, war offenbar Eleonores Alltag. Eine Freundin durfte nur sein, wer einen gesellschaftlichen Aufstieg versprach.

Auf einer Wiese vor dem Palmenhaus stellten die Bediensteten Stühle und Tische auf. Das Palmenhaus selbst war ein ungewöhnliches Gebäude aus schlanken Holzstreben, die elegante haushohe Fenster rahmten, ohne jeden Schnörkel.

«Eleonore, du darfst deinen Klassenkameradinnen jetzt das Palmenhaus zeigen», sagte Frau Singer. «Aber seid umsichtig und beschmutzt euch nicht.»

Während die anderen Mädchen versuchten, die umherstolzierenden Pfauen zu fangen, machten nur Eleonore, Margarete, Kumari und Ricarda von diesem Angebot Gebrauch. Die feuchte Luft ließ Tropfen von den Blättern kullern und war gleichzeitig so warm, dass die Mädchen ihre Mäntel ablegten.

Ricarda fühlte sich wie in einer Art von Paradies. Unzählige Palmen in ungekannten Größen und Formen wurden überragt von einer Palme, die so hoch war, dass ihr Wipfel in eine ins Dach eingesetzte Kuppel ragte. Auf Wegen aus kunstvoll verzierten Steinplatten entdeckten die Mädchen Kaffeebüsche, und an Stauden hingen in dicken Dolden krumme Früchte. Kumari brach ein paar heraus. Sie schälte die erste und reichte sie Eleonore.

«Für dich zum Geburtstag. Das ist eine Banane. Das kann man essen», sagte sie.

Eleonore wehrte ab. «Danke, aber das darf ich nicht.»

«Weshalb nicht?», fragte Kumari erstaunt.

«Ich esse nur, was meine Mutter mir erlaubt.»

«Bananen sind nicht giftig!», protestierte Kumari. «Die darf man essen.» Zum Beweis biss sie selbst ab.

«Das ist nicht der Grund», sagte Eleonore und schlug die Augen nieder. «Meine Mutter sagt, ich bin zu dick.»

«Das stimmt nicht!», rief Ricarda spontan. «Du bist nicht dick!»

«So einfach ist das nicht.» Eleonore schüttelte heftig den Kopf. «Meine Mutter sucht für mich einen Bräutigam.»

«Jetzt schon?», rief Ricarda. Mit solchen Gedanken hatte sie sich noch nie herumgeschlagen.

«Sucht die Komtess für dich denn noch niemanden?», fragte Margarete überrascht.

Ricarda musste lachen. «Ganz gewiss nicht! Sie will, dass ich eine gute Ausbildung bekomme.»

«Wir alle gehen nur deshalb auf diese Schule», sagte Eleonore. «Dann sind wir eine bessere Partie.»

«Du meinst: zum Heiraten?» Ricarda glaubte, nicht richtig zu hören. «So ein Unsinn! Ich suche mir mal selbst einen Mann aus. Der muss mich nehmen, wie ich bin», sagte Ricarda. Sie grinste. «Oder wie ich dann sein werde. Denn im Moment will ich mit dem Thema wirklich nichts zu tun haben.»

Margarete musterte sie, als hätte sie eine ansteckende Krankheit. «Du weißt aber schon, dass es eine Zeit braucht, bis der richtige Bräutigam gefunden ist, und dann ist man zwei Jahre lang verlobt, muss die Hochzeit vorbereiten und all das.» Margarete wirkte ernsthaft besorgt. «So vergehen leicht drei bis vier Jahre. Und mit achtzehn musst du spätestens heiraten, wenn du nicht als alte Jungfer enden willst. Wie sieht das denn sonst aus?»

«Die Komtess hat nie geheiratet», sagte Ricarda nachdenklich. «Sie hat studiert und zieht die Zähne von Frauen, die wohl großen Einfluss haben.» Sie biss von der Banane ab, die Kumari ihr gereicht hatte. «Schmeckt lecker.»

Eleonore brach sich ein kleines Stück von ihrer ab und ließ es sich auf der Zunge zergehen. «Du bist schon ziemlich anders als die anderen Mädchen», sagte sie.

«Findest du das schlimm?»

«Eigentlich nicht», antwortete Eleonore und schob sich ein zweites Stückchen in den Mund. Ein klein wenig lächelte sie Ricarda dabei zu.

Kumari verließ das Palmenhaus schließlich als Erste. Sie setzte sich auf die Stufen und stützte den Kopf in beide Hände.

«Was ist mit dir? Geht es dir nicht gut? Ist es wegen dieses Geredes über Männer und Heiraten und dünn sein?»

«Nein.» Ohne Vorwarnung brach Kumari in Tränen aus. «Es ist der Geruch.»

«Der im Palmenhaus?» Es war schon erstaunlich, wie unterschiedlich die Mädchen auf diese eigentümliche Insel reagierten, dachte Ricarda. War dies vielleicht ein verzauberter Ort?

Kumari nickte heftig. «Es riecht wie in Ceylon nach einem Regenguss.» Wieder übermannten sie ihre Gefühle. «Ich habe so Heimweh. Meine Mutter weint nur, seitdem wir hier sind.» Kumari konnte sich kaum beruhigen.

Ihre Traurigkeit erinnerte Ricarda daran, dass sie ihre eigene Familie nun auch schon seit ein paar Wochen nicht gesehen hatte. Ihrem Vater hätte das Palmenhaus gewiss gefallen.

Ricarda setzte sich neben ihre Freundin. «Warum fährst du nicht einmal mit deiner Mutter hierher und zeigst ihr das hier?», fragte sie. «Vielleicht hilft ihr das ein bisschen.»

Kumari nickte. «Weißt du, was die beiden da gesagt haben über das Heiraten … Wenn ich nicht hier in Berlin, sondern zu Hause wäre, würde meine Mutter mir auch einen Bräutigam suchen.» Sie lehnte den Kopf gegen Ricardas Schulter. Mit Tränen in den Augen lächelte sie ihr zu. «Ich bin wirklich froh, mit dir hier zu sein.»

Jetzt gesellten sich auch Eleonore und Margarete zu ihnen. Von der Wiese her winkten die anderen Mädchen sie zum bereitstehenden Picknick heran.

«Sag ihnen, ich komme gleich, Margarete», bat Eleonore. «Such dir doch schon mal einen Platz.»

Margarete ging fröhlich davon, und Eleonore setzte sich neben Ricarda und Kumari auf die Stufen.

«Ich will gar keinen Ehemann», sagte sie unvermittelt. «Es ist so schrecklich, dass meine Mutter nicht aufhört mit dem Thema. Dauernd gibt sie Empfänge, und dann begutachten mich junge Männer und wissen nicht, was sie sagen sollen. Ich will doch nur lernen, um nicht dumm zu sein. Und nicht, um am Ende als Ehefrau und Mutter zu Hause zu sitzen.» Sie seufzte.

Das Gespräch wurde jäh unterbrochen, als Eleonores ein Jahr älterer Bruder Emanuel auf hölzernen Stelzen auf die Mädchen zukam. Er hatte sie sich unter die Schuhe gebunden, obwohl er ansonsten wie ein Erwachsener gekleidet war, in Gehrock und mit weißem Hemd und Fliege. Seine Wangen waren gerötet, die Haare fielen ihm ins Gesicht, und er sah sehr glücklich aus.

«Was ist denn mit euch los? Zu Tisch!», rief er.

Kumari und Ricarda nahmen das Geburtstagskind in ihre Mitte.

«Der Kopf ist zum Denken da und nicht nur zum Essen,

sagt meine Mutter immer», sagte Ricarda. «Aber hin und wieder kann ein gutes Essen die trüben Gedanken vertreiben.»

Die acht Klassenkameradinnen saßen steif und förmlich auf gusseisernen Gartenstühlen vor der festlich mit Silberbesteck, Porzellan und weißer Damasttischdecke gedeckten Tafel.

«Eleonore, gefällt dir dein Geburtstag?», fragte Herr Singer.

«Herr Vater, ich danke Ihnen für diesen schönen Tag», antwortete sie.

«Lore, nimm nicht so viel von der Gänseleber. Denk an deine Figur», sagte ihre Mutter.

Ihr Vater wendete sich an Ricarda: «Sie sind das Mündel der Komtess Freystetten, nicht wahr?»

Sie nickte.

«Eine ganz erstaunliche Dame, wie man hört. Und man hört viel über sie. Ein Freund berichtete mir, dass seine Gemahlin Patientin der Komtess ist.»

Ricarda wusste nichts zu antworten. Sie erinnerte sich nur daran, dass die Komtess ihr eingeschärft hatte, die Namen ihrer Patientinnen nicht zu erwähnen. Was nicht schwer war – sie hatte sie ohnehin bereits vergessen.

Das, was bei Tisch gesprochen wurde, nannte man Konversation machen, hatte Ricarda bereits in Freystetten gelernt. In ihrer neuen Schule sollten darauf künftig sogar zwei Unterrichtsstunden pro Woche verwendet werden. Leider stand dafür noch keine Lehrerin zur Verfügung. Nichts bedauerte Ricarda in diesem Moment mehr, wo Eleonores Vater, ihre Mutter und ihr Bruder sie in Gegenwart der halben Klasse erwartungsvoll ansahen.

«Ich bin sehr glücklich, dass Komtess Henriette mich bei sich wohnen lässt», antwortete sie schließlich und hatte das Gefühl, dass alle erleichtert waren, dass ihr doch noch eine Antwort in den Sinn gekommen war.

«Wo haben Sie denn zuvor gewohnt, mein liebes Kind?», fragte nun Eleonores Mutter.

«Im Schloss Freystetten», sagte sie, glücklich, wieder sicheres Terrain erreicht zu haben.

«So sind Sie auch eine junge Dame von Adel?», fragte die Mutter mit gewinnendem Lächeln.

«Nein, nein, mein Vater ist in Freystetten der Obergärtner.»

Sie sah in den Gesichtern der Herrschaften, dass sie soeben in der gesellschaftlichen Anerkennung um einige Stufen gefallen war.

«Dann wissen Sie das hier in der Tat zu schätzen», sagte Eleonores Mutter mit einem Lächeln, das Ricarda frösteln ließ.

«Und Sie, Fräulein Kallstadt, geht es Ihnen wie Fräulein Petersen?», erkundigte sich Eleonores Vater.

«Ja, es ist schön hier. Danke», erwiderte Kumari leise.

«Was macht Ihr Herr Vater, wenn es gestattet ist zu fragen?», übernahm die Mutter.

«Er handelt mit Tieren», sagte Kumari.

«Welcher Art? Rinder? Schweine?», fragte Frau Singer.

Die Mitschülerinnen gluckten. Ricarda spürte Kumaris Verunsicherung und wäre am liebsten gemeinsam mit ihrer zarten Freundin davongelaufen. Doch Kumari schien die unterschwellige Beleidigung nicht wahrzunehmen. Sie schüttelte lachend den Kopf. «Andere Tiere. Wie Löwen oder Affen. Mein Vater reist dafür durch die ganze Welt.»

«Ist Ihr Herr Vater etwa Jakob Kallstadt?», fragte Eleonores Vater.

«Ja», sagte Kumari.

Nun wandte sich Herr Singer an die übrige Klasse. «Herr Kallstadt hat unserem Zoo gerade erst zwei wunderbare Elefanten aus Indien geschenkt.»

«Mein Gemahl ist im Vorstand des Berliner Zoos», ergänzte Frau Singer mit stolzem Lächeln.

Plötzlich begriff Ricarda: Eleonore war wirklich zu bedauern. Ihre Eltern waren Menschen, die andere nur nach dem äußeren Schein beurteilten. Ein Mann, der mit Tieren handelte, stand deshalb über einem Schweine-Händler, weil er den Zoo von Eleonores Vater mit Elefanten bestückte.

Etwas später trat Eleonores Mutter neben Ricarda und nahm sie bei der Hand, um sie ein Stück weit fortzuführen.

«Meinen Sie, Sie könnten mir einen kleinen Gefallen tun?»

Jetzt, so ganz aus der Nähe, roch Ricarda den Atem der Dame, der jenem der einflussreichen Dame von vor ein paar Wochen glich.

«Natürlich, Frau Singer.»

«Die Komtess behandelt doch in ihrer eigenen Wohnung?»

«Wir wohnen Unter den Linden.»

«Legen Sie ein gutes Wort für mich ein, dass die Komtess mir einen Termin gewährt?»

«Selbstverständlich. Darf ich Eleonore Bescheid sagen, wann?»

«Das wollen wir lieber unter uns handhaben. Die Komtess möchte mir bitte einen Boten schicken.»

Egal, wie fein die Leute auch tun, dachte Ricarda. Verfaulte Zähne gab es hinter der schönsten Fassade.

Als Ricarda am Abend dieses langen Tages das Haus Unter den Linden erreichte, fuhr gerade eine Kutsche ab, und eine andere hielt, der eine elegante Dame entstieg. Ricarda und sie erreichten gleichzeitig die Eingangstür, die vom Portier geöffnet wurde, der sich tief verneigte. Die beiden kurz nacheinander ankommenden Damen begrüßten sich wie gute Bekannte, gingen aber noch nicht die breite Treppe nach oben. Ricarda erreichte die Wohnungstür, als unten bereits eine dritte Dame eintraf. Frau Merger öffnete.

«Gibt die Komtess wieder einen Salon?», fragte Ricarda.

«Heute ist doch der Kreis der Hygieia!», rief die herbeieilende Komtess in jener Aufgekratztheit, die Ricarda an ihr mochte. «Weißt du, wer das war?»

«Eine griechische Gottheit?» Bei einem derart seltsamen Namen lag man mit dieser Vermutung meistens richtig. «Sie wird wohl etwas mit Reinlichkeit zu tun haben.»

«Sehr gut. Woher weißt du das?»

«Damals, in der Wohnung meiner Eltern. Wissen Sie noch? Sie wiesen mich auf die Hygiene hin, und ich gab Ihnen ein sauberes Handtuch.»

«Ja, ich erinnere mich.»

Die Türglocke wurde bereits geschlagen.

«Komtess, bevor ich es vergesse», sagte Ricarda rasch, «Eleonores Mutter, Frau Singer, möchte, dass Sie ihre Zähne behandeln.»

«Ich schicke ihr einen Boten. Wie war es überhaupt?»

Da die Komtess in Eile war, musste die Antwort kurz sein: «Lehrreich.»

Die Komtess stutzte. «Dann hatte ich recht? Du musstest sie tatsächlich nur besser kennenlernen, um sie als Freundin zu gewinnen?»

«Auf jeden Fall braucht Eleonore eine Freundin, die sie versteht.»

«Das klingt wie ein guter Anfang», meinte die Komtess und eilte ihren Besucherinnen entgegen.

Da Henriette sich entschieden hatte, ihre Gäste in klassischer Salonatmosphäre zu empfangen, konnten die Damen zwanglos auf Sesseln Platz nehmen. In diesem Kreis wurde eine Statuette der Hygieia in der Raummitte von zwei kleinen Palmen gerahmt. Neben der majestätischen Anrichte, die nahezu die halbe Breitseite des Salons beanspruchte, saß Auguste auf einem Stuhl in der Ecke, die Hände im Schoß auf der weißen Schürze, den Kopf gesenkt. Edle Liköre standen bereit.

«Ich freue mich, hier sein zu dürfen, Komtess», sagte Baronin Bleichröder.

Ihrer Patientin verdankte Henriette die Anwesenheit des wichtigsten Mitglieds dieses Kreises. Die Gemahlin des Reichskanzlers, Fürstin Johanna von Bismarck, galt Salons gegenüber als reserviert. Dass die hagere, hochgewachsene Mittfünfzigerin gekommen war, bewies Henriette, dass Baronin Bleichröder tatsächlich ein Türöffner war. Und das alles wegen eines faulen Zahnes. Nun ja: und natürlich wegen des richtigen Gemahls. Henriette wartete, bis die Fürstin ihr die Hand reichte, die sie ergriff, wobei sie tief knickste.

«Hoheit, ich fühle mich geehrt», sagte sie.

«Komtess, als die Ältere möchte ich Sie bitten, dass wir in diesem Kreise auf allzu viele Förmlichkeiten verzichten.»

«Mit tiefem Respekt! Dann möchte ich gleich die Gelegenheit nutzen, um alle vorzustellen. Ich gehe so vor, wie Sie sich gerade gesetzt haben: Johanna von Bismarck, Rosalie Virchow, Emma von Bleichröder, Emilie Solm, Franziska Biberti.» Sie lächelte. «Die meisten kennen sich, aber mir ging es gleichzeitig darum, Verbindungen zu knüpfen, die so bislang nicht bestanden.»

«Sie sind wie eine Spinne, meine Liebe, die ein Netz webt. Das gefällt mir. Männer haben ihre Bünde. Die fehlen uns Frauen», sagte Baronin Bleichröder.

«Danke für das Kompliment. Frau Virchow», wandte sie sich an die Älteste, «Ihr Gemahl ist uns Ärztinnen ein leuchtendes Beispiel. Mit *uns* meine ich Emilie Solm und Franziska Biberti, mit denen ich in Zürich Medizin studiert habe.»

Henriette ging hinüber zur Anrichte.

«Haben Sie schon einmal Eierlikör gekostet? Ein Herr in Aachen hat ihn erst kürzlich erfunden. Auguste kredenzt Ihnen gern ein wenig davon.»

Als jede der Damen ein winziges Glas in der Hand hielt, sagte Henriette: «Es wäre erstrebenswert, wenn wir Frauen nicht alle Gebiete der Gesundheit den Herren überließen.» Sie blickte Emilie Solm an. «Beginnen möchte ich heute mit den Plänen von dir und Franziska. Ihr beiden tragt euch mit einem Gedanken, der unsere Unterstützung verdient. Franziska, du hattest diese wundervolle Idee!»

Henriette wusste von der von der Insel Rügen stammenden Franziska, die ein Jahr jünger als sie war, dass sie eine Weile brauchte, bis sie in der Runde auftaute.

«Es geht um das, was du gerade sagtest, Jette. Wir Frauen stehen zurück, wo wir für unsere eigenen Geschicke eintreten könnten.»

Franziska Biberti, eine herbe Schönheit mit hohen Wangenknochen und kristallblauen wachen Augen unter dunklen Augenbrauen, atmete durch, ihre Wangen glühten.

«Solm und mir schwebt die Gründung einer Klinik für Frauen vor, in der sie von Frauen behandelt werden», sagte Franziska Biberti. «Keine Heimlichkeit. Keine falsche Scham, die Frauen in den Momenten schadet, in denen es um ihr Leben geht. Wie viele Frauen sterben, weil ein Mann sie untersuchen soll, und sie verweigern es deshalb! Das passiert heute, in dieser Stadt, jetzt gerade.»

Für einen Moment herrschte Schweigen. Das Schweigen, das folgt, wenn ein Tabu offen ausgesprochen wird, dachte Henriette.

«Es wird schwierig werden, diesen wahrhaft bedenkenswerten Ansatz in die Tat umzusetzen», sagte Fürstin Bismarck schließlich. «Die Herren werden es nicht schätzen, wenn Frauen als Ärzte wirken. Gleichwohl: Ihr Anliegen hat meine Herzenswärme.»

Henriette sah ihrer Freundin an, dass sie sich eine euphorischere Reaktion gewünscht hätte. Gleichzeitig war sie überzeugt, dass schon diese wenigen Worte einen Hoffnungsschimmer bedeuteten.

Ricarda konnte nicht schlafen. Der Besuch auf der Pfaueninsel hatte die unterdrückte Sehnsucht nach zu Hause geweckt. Wie es Rosel und dem Vater wohl erging? Ob sich die Gesundheit der Mutter in den fernen Alpen schon gebessert hatte? Sie stand auf und holte ihr Briefpapier aus der Nachttischschublade. In einem Brief an ihren Vater erzählte sie vom Palmenhaus. In Gedanken sah sie die Weite des Freystettener Schlossparks vor sich. Jetzt standen die Bäume in voller Pracht, und der Vater würde mit Berta an seiner Seite durch den Park reiten, um sich an seiner Arbeit zu erfreuen. In einem weiteren Brief berichtete sie der Mutter von ihrer neuen Freundin Kumari, die aus einer Gegend der Welt nach Berlin gekommen war, die so exotisch sein musste, dass es nicht vorstellbar war.

Wie mag es Dir gehen, Mutter? Ich wünsche mir so für Dich, dass es Dir in den Bergen gut geht. Leider habe ich noch immer keinen Brief von Dir bekommen. Schreib mir doch einmal!

Sie verschloss die Kuverts und ging zur Küche, um sich ein Glas Wasser zu holen. Als sie Stimmen hörte, blieb sie im Flur stehen. Eindeutig erkannte sie die Komtess, die beiden anderen weiblichen Stimmen jedoch nicht. Doch wieso plauderte die Komtess mit Gästen in der Küche? In diesem Moment betrat Frau Merger die Wohnung durch die Eingangstür und erschrak, als sie Ricarda im nur von einer Gaslampe erleuchteten Flur entdeckte.

«Wollen Se mir ins Grab bringen!»

«Entschuldigung. Ich wollte mir nur Wasser holen.»

Jetzt erkannte sie, dass Frau Merger mit einer großen Metallkanne Bier geholt hatte.

«Kommen Se mit. Die beißen nich, die Damen.»

In ihrem langen weißen Nachthemd und mit den offenen, lockigen pechschwarzen Haaren fühlte sich Ricarda unwohl. Sie huschte hinter Frau Merger in die Küche und hielt ein Glas unter den Wasserhahn.

«Wer ist denn heute unser Nachtgespenst?», hörte sie schon die Komtess scherzen. «Tritt doch näher, Ricarda!»

Alle drei Damen hatten glühende Wangen, ihre Kleidung war etwas unordentlich, aber sie sahen sehr vergnügt aus, wie sie da um den Küchentisch saßen. Sie knickste, als die Komtess sie den beiden Besucherinnen vorstellte.

«Du siehst drei Freundinnen, die sich gerade an ihre gemeinsame Studentinnen-Zeit erinnern.»

«Wir waren sehr genügsam, Jette!», rief Franziska.

«Es gab vor allem Bücher und Staub auf Büchern, aber es war eine wunderbare Zeit», sagte Emilie.

Ricarda fand, die beiden sahen sich ein wenig ähnlich. Sie hatten schmale, bleiche Gesichter, deren Wangen gerade gerötet waren, und ihre Kleidung war so schmucklos wie die von Bäuerinnen.

«Sind Sie etwa alle Ärztinnen?», fragte Ricarda, die vor Neugier platzte.

«Doktor Biberti und Doktor Solm wollen ein Krankenhaus für Frauen eröffnen.»

«Das *werden* wir!», bekräftigte Doktor Biberti.

Als die drei Freundinnen wieder unter sich waren, fragte sie: «Wer ist dieses junge Mädchen, Jette? Was hast du mit ihr vor?» Sie lachte. «Spielst du etwa Mutter?»

«Nichts liegt mir ferner, Franzi! Während ihre Mutter eine Kur machen muss, lasse ich ihr die Schulbildung zukommen, die ihr sonst verwehrt bliebe. Was die Zukunft bringt, wird sich zeigen», erwiderte Henriette. Denn im Moment wusste sie in der Tat noch nicht, wie lange das Mädchen bei ihr bleiben und was aus ihr werden sollte. Vom wissenschaftlichen Standpunkt aus betrachtet hätte die ehrliche Antwort wohl gelautet: Es ist ein Experiment, dessen Ausgang ich nicht kenne.

Zwei Frauen, die ein Krankenhaus eröffnen? Das war unglaublich, dachte Ricarda, als sie in ihr Zimmer zurückging. Die Komtess war nicht die einzige Ärztin, die für die Rechte der Frauen kämpfte. Ihre beiden Freundinnen hatten ebenso verwegene Träume. Ein Krankenhaus von Frauen für Frauen. Wie gern würde sie dabei sein und dort mitarbeiten.

Aber das war nur so ein ganz leiser Gedanke, der sich irgendwo in ihrem Kopf zu Wort meldete. Und dem sie sofort den Mund verbot. Sogar die Komtess hatte ins Ausland gehen müssen, um Ärztin werden zu können. Und dann erst sie – Tochter von Gärtner und Köchin. Es war vermessen, sich so etwas auch nur zu wünschen.

Hellwach richtete sie sich in ihrem Bett auf. Warum eigentlich verbot sie sich die Vorstellung, wie die Komtess Ärztin werden zu können? Für was lebte denn ein Mensch, wenn er keinen Traum hatte? Gab es überhaupt einen Traum, der edler war als der, Menschen zu helfen? Sie sah die Komtess, wie sie Florentines Leben rettete. Ein Mensch, der es mit dem Tod aufnahm ... und siegreich war!

Etwas Erstrebenswerteres gab es wohl kaum. Allerdings, das wurde Ricarda nun klar, nicht für Menschen wie sie. Das war nun einmal die bittere Wahrheit.

DER LÖWE IM HINTERHOF

Juli 1878

Ricarda hatte sich an den Anblick gewöhnt. Wenn sie aus der Schule oder von ihren Freundinnen nach Hause kam, hielt entweder gerade eine Kutsche oder fuhr ab. Das Haus Unter den Linden hatte sich in den bald anderthalb Jahren, die sie dort nun schon wohnte, nicht nur zu einem gesellschaftlichen Mittelpunkt entwickelt. Die Komtess galt überdies als die Ärztin der Damen der gehobenen oder höchsten Gesellschaft. Sogar die meisten Mütter ihrer Mitschülerinnen suchten sie auf. Einige ihrer Kommilitoninnen drückten Ricarda einfach einen Zettel in die Hand, auf dem ein Terminwunsch notiert war. Manchmal ging der Botendienst ihr ein wenig auf die Nerven, doch sie ließ sich nichts anmerken. Sie verdankte der Komtess alles, was gerade in ihrem Leben geschah, und sie selbst hätte den kleinsten Protest als reine Undankbarkeit ihrer Gönnerin gegenüber empfunden.

Aber es gab auch Mütter, denen Ricarda zu Hause nicht begegnen wollte. Leider gehörte Eleonores Mutter dazu. Heute war wieder so ein Tag – Frau Singer hatte um vier Uhr nachmittags einen Termin. Es war herrliches Sommerwetter, die Sonnenstrahlen brachen sich im üppig grünen Blätterdach des Großen Tiergartens, und elegant gekleidete Paare flanierten über die breiten Wege. An den schönen Tagen war dies Ricardas normaler Schulweg.

«Edles Fräulein, darf ich's wagen, Ihnen Geleit anzutragen?»

Leicht erhitzt, mit funkelnden Augen, die dunklen Locken frech in der Stirn, stand Emanuel Singer plötzlich vor ihr. Schon wieder!

Tatsächlich hatte sich in den letzten Monaten entwickelt, was Ricarda nicht für möglich gehalten hatte: Seine Schwester Eleonore und Ricarda waren gute, wenngleich auch nicht sehr enge Freundinnen geworden, und gelegentlich durfte Ricarda sogar Lore in deren Villa am Tiergarten besuchen. Dabei war Emanuel auf Ricarda aufmerksam geworden.

«Ich habe meinen Faust inzwischen gelesen! Ging nicht gut aus fürs arme Gretchen. Also bitte!», sagte Ricarda.

Solche Formulierungen gingen ihr inzwischen locker über die Lippen. Die eineinviertel Jahre Großstadt hatten das einst schüchterne Mädchen vom Land erkennen lassen, dass sie sich mit stiller Zurückhaltung gegen die frechen Berliner Schnauzen nicht behaupten konnte.

«Ach komm schon, Rica!»

Sie blieb stehen und sah den Jungen offener an, als es im Benimmunterricht gelehrt wurde. Aber sie hatte ja auch nicht die Absicht, eine Gräfin zu werden. Die Etikette zu kennen war gut und schön, doch sie wusste, dass es manchmal angebracht war, sie zu ignorieren.

«Emanuel, wir können Freunde sein. Doch ich möchte nicht, dass du mich auf dem Weg nach Hause abpasst. Das geziemt sich nicht.»

Sie schob ihn vorsichtig zur Seite und setzte ihren Weg fort.

«Wann können wir uns denn dann treffen? Gibt es eine Möglichkeit?»

«Treffen? Wozu?»

«Ist dir noch nie der Gedanke gekommen, dass das Leben nicht nur aus Lernen besteht?» Er kniete mit einem Bein nieder und blickte lachend zu ihr auf. «Rica, du bist die Liebe meines Lebens.»

«Du bist sechzehn. In den nächsten sechzig Jahren kann noch viel passieren.»

Sie ließ ihn knien und eilte davon. Was war das jetzt gewesen?, fragte sie sich. Und warum raste ihr Herz? So eine Dummheit, schalt sie sich. Ich bin fünfzehn, ich kann nicht zulassen, dass ein Junge mir Avancen macht. Noch dazu Lores Bruder! Die Freundschaft zu Lore schien Ricarda noch lange nicht stabil genug, um sie auf die Probe zu stellen. Ganz anders war die Freundschaft zu Kumari, die aus tiefstem Herzen kam.

Ob sie mit der Komtess darüber sprechen sollte? Sie verwarf den Gedanken: Das war zu intim. Doch mit wem dann? Wer wusste Rat in solchen Fragen?

Sie eilte durchs Brandenburger Tor und über den Pariser Platz und dachte, dass sie ihrer Mutter gern davon erzählen würde. Doch sie wusste, dass das unmöglich war. Gesehen hatten sie sich nicht, seit die Mutter Freystetten verlassen hatte. Nur alle halbe Jahr kam von ihr ein Brief; zu wenig, um Gefühle zu teilen. Das Schreiben lag der Mutter eben nicht. Sie war noch immer in der Kur und schrieb, dass sie viel bete. So war dieses erste Weihnachten ohne die Mutter ganz anders als sonst gewesen, denn der Vater war kein Mann, der Gemütlichkeit verbreiten konnte. Am meisten hatte Ricarda die Veränderung zu schaffen gemacht, die mit ihrer kleinen

Schwester Rosel vor sich gegangen war. Es schien fast so, als neide Rosel ihr, dass sie in Berlin leben durfte. Am Ende war Ricarda sogar froh, als die Komtess kurz nach dem Fest wieder abreiste und sie mitnahm.

Außer Kumari hatte sie keine Vertraute. Doch die kannte sich mit wilden jungen Verehrern noch weniger aus als sie selbst. Ob sie die Komtess in ihre Gefühlswelt einweihen konnte? Ausgerechnet sie, die Emotionen für eine Krankheit zu halten schien? Vielleicht muss ich es einfach mal versuchen, überlegte Ricarda.

Es war schon eine Weile her, dass Henriette die Zähne von Jessica Singer behandelt hatte. Die Bankiersgattin – das hatte sie in den Gesprächen erfahren – war ein Jahr jünger als sie. Damit endeten die Gemeinsamkeiten. Die Komtess war zu höflich, um sich anmerken zu lassen, dass sie eine Frau langweilte, deren Interessen ausschließlich der Gemahl und das gesellschaftliche Leben waren. Nicht einmal die eigenen Kinder schienen Jessica Singer zu interessieren. Aber immerhin: Die Sache mit der Pferdehaarbürste und dem Zahnpulver hatte sie sofort angenommen. Das war auch dringend notwendig gewesen. Zwei Zähne hatte Frau Singer in Henriettes Praxis gelassen. Nebst einer stattlichen Summe Geld.

«Liebe Komtess, ich bin Ihnen so dankbar, dass …»

Jessica Singer hatte es bis ins Sprechzimmer geschafft, aber nun ging ihr die Luft aus. Sie musste sich erst mal setzen.

Gewohnheitsmäßig ergriff Henriette das Handgelenk der Patientin und fühlte ihren Puls.

«Ist Ihnen nicht wohl? Ihr Puls ist viel zu hoch. Sind Sie sehr gehetzt?»

Frau Singer schüttelte den Kopf. Erst jetzt fiel Henriette

auf, dass die Patientin verändert wirkte. Aber in welcher Art, konnte sie nicht sagen, es war einfach zu lange her, dass man sich gesehen hatte.

Plötzlich brach Frau Singer in Tränen aus. «Ich denke, ich bin in der Hoffnung.»

«Das ist doch ein Grund zur Freude. Wann hatten Sie denn Ihre letzte Regelblutung?»

«Das wird wohl Mitte Februar gewesen sein», erwiderte Jessica Singer leise. «Sie sind eine richtige Ärztin, nicht wahr?»

«Meine Examina werden im Kaiserreich nicht anerkannt. Deswegen steht auf dem Schild an meiner Tür *Dr. med. Zürich*. Ich nenne Ihnen gern einen Kollegen, der Sie betreut.»

«Nein, nein! Ich will, dass Sie das machen!»

Henriette bat die Patientin, hinter dem Vorhang abzulegen, und folgte ihr, um dabei behilflich zu sein. Sie trug ein aufwendig aufgeplustertes Kürass-Kleid mit langem Fischbein-Korsett, das so eng geschnürt war, dass die Schwangerschaft einfach weggedrückt wurde. Andere Frauen hatten in diesem Zustand schon einen richtigen Bauch. Die Ärztin horchte mit dem Stethoskop die Herztöne des Kindes und richtete sich auf.

«Das klingt gut und regelmäßig. Aber Sie sollten dringend Ihre Garderobe den anderen Umständen anpassen. Das Kind braucht Platz. Sie riskieren seine Gesundheit, wenn Sie sich so schnüren.»

«Ich weiß.»

Henriette stutzte. Das klang, als wollte sie ihr Kind nicht. «Frau Singer, worauf läuft das hier hinaus?»

«Sie dürfen nicht über das sprechen, was in Ihren Räumen geschieht, richtig?»

Henriette nickte. Sie wünschte sich, in den nächsten Minuten nicht genau das zu hören zu bekommen, was sie befürchtete. Ihre Hoffnung wurde enttäuscht: Es kam noch schlimmer.

«Ihr Gemahl hat Ihnen demnach in den letzten sechs Monaten nicht mehr beigewohnt?», fasste sie die tränenreiche Schilderung der Patientin kurz zusammen. «Demzufolge weiß er auch nichts von dem, was in Ihrem Leib vonstattengeht. Und Baronin Bleichröders Sohn verhält sich der Tatsache gegenüber desinteressiert, dass er Vater wird?»

Die Situation der Patientin war in der Tat delikat. Ihr Liebhaber war der Sohn des einflussreichen Arbeitgebers ihres Mannes. Das war Frau Singer allerdings schon *vorher* bekannt gewesen.

«Sie kennen alle diese Leute. Es ist mir so peinlich, Komtess!»

«Darüber müssen Sie sich nicht den Kopf zerbrechen. Ich bin Salonnière und Ärztin. Das hat sich bislang sehr gut ergänzt, aber ich kann das eine vom anderen trennen.»

Wie sehr wünschte sie sich gerade jetzt, dass dem nicht so wäre. Welche Ziele erreichbar wären! Dynastien waren durch die Intrigen von Ärzten gestürzt worden, die in die Geheimnisse der Frauen Einblick hatten. Henriette faszinierten solche Geschichten, aber persönlich war das nicht ihre Sache.

«Wir werden einen Weg finden. Was empfinden Sie denn für ihn?»

«Komtess! Sie sind sehr direkt.»

«Es geht um etwas sehr Direktes.»

Jessica Singer wandte den Blick beschämt ab. «Ich bin viel zu alt für ihn und verheiratet obendrein. Dieses Kind darf es nicht geben.»

«Kein Arzt und keine Ärztin wird ein lebensfähiges Kind abtreiben, Frau Singer. Abgesehen davon wäre ein solches Vorgehen für Sie selbst lebensgefährlich.»

Ein Kind in diesem Alter war ein besonderes Geschenk für die Mutter! Die Frische der Jugend, die sie selbst jeden Morgen sich im Spiegel verabschieden sah, kehrte noch einmal zurück. Nicht einmal mit einem Seufzer verriet Henriette ihre Gefühle.

«Sie sollten Ihren Mann bitten, für vier Monate eine Kur machen zu dürfen. Er möge mich dazu um Rat fragen, und ich werde in Ihrem Sinn sprechen.»

«Eine Kur? Wie meinen Sie das, Komtess?»

Mit dem gütigen Lächeln der verständnisvollen Ärztin sagte sie: «Eine Kur bis zum Ende der Schwangerschaft wird Ihnen guttun. Sie werden ein paar Monate in den Bergen bleiben und anschließend rank und schlank zu Ihrem glücklichen Gemahl heimkehren.»

«Und das …?» Sie deutete auf ihren Bauch.

«Das Kind wird ohne Sie leben müssen und können. Darum achten Sie ab sofort gut darauf. Sie tragen die Verantwortung dafür, dass es gesund zur Welt kommt.»

«Wo werde ich diese Kur verbringen?»

«Das werde ich Ihnen noch mitteilen. Sie werden niemals Dritten gegenüber ein Wort über meine Hilfe verlieren. Sonst läge ein dunkler Schatten über unserer Freundschaft.»

Nachdem Frau Singer gegangen war, setzte sich Henriette an den Schreibtisch in ihrem *Allerheiligsten* und formulierte ein Telegramm. Sie überlegte, ob sie Auguste beauftragen sollte, es zu besorgen. Doch dann fand sie, dass ihr die paar Schritte bis zum Kaiserlichen Telegraphenamt in der Französischen Straße guttun würden.

Die Kutsche der Singers stand nicht vor dem Haus. Ricarda atmete erleichtert auf. Demnach war Eleonores Mutter wohl schon fort. Der Portier riss die Tür auf, verbeugte sich wie gewöhnlich. Ricarda war inzwischen überzeugt, dass er sie für eine Komtess, Prinzessin oder Ähnliches hielt. Es spornte sie jedes Mal an, den Rücken durchzudrücken und artig den Kopf zu neigen, um zu grüßen. Sie betrat die unterste Stufe, als sie die Komtess von oben kommen sah.

«Sie gehen aus?», fragte sie.

«Nur bis zum Telegraphenamt, um einer Freundin eine Nachricht zu übermitteln.» Sie erreichte Ricarda, blieb stehen. «Du siehst verändert aus. Ist etwas geschehen?»

Der Portier machte einen langen Hals.

«Darf ich Sie ein Stück begleiten?», fragte Ricarda.

Kaum standen sie auf dem belebten Boulevard, blickte die Komtess sich verwundert um. «Was für ein schöner Tag. Ich habe gar nichts davon mitbekommen. Und dieser Duft! Ist das nicht herrlich?»

Jetzt im Sommer gefiel Ricarda die Straße in der Tat am besten. Die Linden hatten ihr Blätterdach zur vollen Pracht entfaltet, und ihre kleinen Blüten verströmten ein betörend süßes Aroma.

«Wir sollten anschließend in ein Café gehen. Was denkst du? Hast du Zeit?»

«Kommen keine weiteren Patientinnen heute?»

«Erst in zwei Stunden, aber nur eine Dame.»

Das war in der Tat ein ungewöhnlicher Arbeitstag für die Komtess. Es ging bei ihr eigentlich immer zu wie in einem Taubenschlag. Ricarda hatte Mitschülerinnen schon scherzen hören, dass es in Mode gekommen sei, bei der Komtess seine Wehwehchen pflegen zu lassen.

«Heute um acht trifft sich der Büchersalon. Der braucht am wenigsten Vorbereitung. Die Damen lesen so viel und sind glücklich, ihre Meinung kundzutun. Ich komme ja kaum zum Lesen. Das ist der Nachteil des vielen Arbeitens. Doch der Salon hält mich auf der Höhe der Zeit.»

Während die Komtess plaudernd durch die Straßen ging, beobachtete Ricarda sie mit heimlicher Bewunderung. Sie sprach und bewegte sich mit einer Selbstsicherheit, neben der sich Ricarda unbedeutend fühlte. Ob man lernen konnte, so aufzutreten?, fragte sie sich. Auch im neuen Telegraphenamt, in dem Ricarda zuvor nie gewesen war, wichen die Herren sofort zur Seite, als sie die Halle betrat. Der Beamte hinter dem schmiedeeisernen Gitter begrüßte sie dienernd.

«An Doktor Hausmann in München, Komtess. Is mir 'n Vergnügen. Macht zehn Pfennige.»

«Das ist alles riesig hier, nicht wahr», sagte die Komtess, als sie Ricardas staunenden Blick bemerkte.

Unter einer weiten, wie Arkadengänge geformten Glasdecke standen Hunderte Telegraphen, an denen Angestellte saßen und schrieben.

«Von hier aus kannst du in Kontakt mit der ganzen Welt treten. Und vor allem: Die Welt kann mit dir in Kontakt treten. Das macht eine kommende Weltstadt aus, und wir werden ein Teil davon sein. Aber genug davon. Heute ist ein Tag für ein Eis im Café Kranzler!»

An dem Café war Ricarda schon unzählige Male vorbeigekommen, lag es doch schräg gegenüber vom Wohnhaus der Komtess. Vor allem in den milden Jahreszeiten hatte sie sehnsuchtsvoll auf das elegante Publikum geblickt, das auf der sogenannten *Rampe*, einem vom Bürgersteig abteilten Stück des

Boulevards Unter den Linden, saß. Jetzt, wo sie dort neben der Komtess saß, fand sie es etwas zu laut. Die Stimmen der vielen Gäste webten einen dichten Klangteppich, in dem es schwerfiel, einen eigenen Gedanken zu fassen. Als sie das der Komtess sagte, lachte sie.

«Ich weiß, was du meinst! Daran gewöhnst du dich. Du bist jetzt eine Großstädterin.» Sie beugte sich vor zu ihr und sagte vertraulich: «Du vermisst Freystetten immer noch, richtig?»

«Vor allem die Ruhe dort. Darum gehe ich so gern durch den Großen Tiergarten nach Hause. Das tut gut.»

Der Ober servierte zwei mit Apfelspalten, Erdbeeren, Keksen und Sahne verzierte *Wiener Becher* mit Vanilleeis, die wie kleine Kunstwerke aussahen. Ricarda wusste gar nicht, wie man so etwas aß. Sie wartete, bis die Komtess es vormachte.

«Du sahst vorhin so aufgewühlt aus», sagte die Komtess, «als du nach Hause kamst. Ist auf deinem Heimweg etwas geschehen, das dein Herz bewegt?»

«Woher wissen Sie das?»

«Ach, Ricarda, es ist Sommer, du bist bildhübsch, blühende fünfzehn Jahre jung und spaziertest allein durch den Tiergarten.» Sie sah Ricarda mit einem Lächeln an, das fast liebevoll wirkte.

«Bildhübsch bin ich nicht», widersprach sie mit gesenktem, errötetem Kopf.

«Du weißt es noch nicht, aber die jungen Männer sehen es schon. Willst du ihn wiedersehen, den jungen Mann?»

Ricarda schüttelte den Kopf. «Aber es wird wohl geschehen. Er ist Lores Bruder.»

«Der junge Singer. So, so.» Die Komtess nahm einen Löffel Schlagsahne und ließ ihn im Mund zergehen. «Die Frage ist: Gefällt er dir? Wenn nein, dann sage es ihm so höflich es dir möglich ist. Dieses Rumgetändel stiehlt sonst nur deine Zeit. Wenn ja, dann freu dich, dass dich jemand mag. Da ist nichts Falsches dran.»

«Das ist es ja: Ich weiß es nicht. Wie findet man das heraus?»

Die Komtess seufzte. «Es ist schon so lange her, dass ich mir selbst diese Frage gestellt habe. Ich bin in vielem bewandert. In Liebesdingen eher weniger.»

«Sie haben nie heiraten wollen?»

Ricarda erschrak über die Indiskretion ihrer Frage, doch die Komtess nahm nur einen Löffel Eis und schmeckte dem Vanillearoma nach, bevor sie antwortete.

«Wenn ich es recht betrachte: nein», sagte sie. «Mit zwanzig war ich verlobt. Ich arbeitete damals in London als Lehrerin. Und er verlangte naturgemäß, dass ich aufhöre zu arbeiten, wenn er mich heiratet. Es war eine schwere Entscheidung über mein weiteres Leben. Aber bereut habe ich sie nie. Ich wäre sonst heute nicht die, die ich aus mir gemacht habe. Aber der Preis ist, keine Kinder zu haben.»

Die Komtess verstummte, ihr Blick schweifte in die Ferne, und Ricarda erkannte in diesem kostbaren Moment, dass im Herzen ihrer Gönnerin eine tiefe Wunde verborgen war.

«Das geht nie zusammen: verheiratet sein und einen Beruf haben?»

«Ich zumindest habe bisher keine Frau getroffen, der das gelungen wäre. Aber alles verändert sich so schnell. Ich bin Optimistin und überzeugt: Es wird eine Zeit kommen, in der Frauen nicht nur deshalb Chancen verwehrt werden, weil sie Frauen sind. Du bist so jung, du hast Zeit, deine Entscheidungen gut abzuwägen. Nutze diese Zeit, um dich zu bilden, damit du eine dieser Frauen sein kannst, die mehr erreichen, als ein treusorgendes Weib zu sein.» Sie seufzte und lächelte. «Jetzt habe ich eine Ansprache gehalten. Lass uns zurückkommen zu deinem Verehrer.»

Die Komtess nahm eine Erdbeere und ließ sie sich auf der Zunge zergehen. «Ich denke, ich kann deine Frage beantworten: Wie finde ich heraus, ob er der Richtige ist? Sieh dir seine Eltern an. Wenn du die magst, ist er der Richtige, denn er wird von seinen Eltern geprägt, und irgendwann wird er sein wie seine Mutter oder sein Vater.»

Ricarda hätte sich fast verschluckt an dem Eis, das sie gerade im Mund hatte.

Die Komtess sah sie erstaunt an. «Bin ich dir zu nahe getreten, Ricarda?»

«Nein, das war eine hilfreiche Antwort. Ich weiß, was ich tun muss.»

Die Komtess strich kurz über ihren Handrücken. «Das denke ich auch», sagte sie mit leisem Lächeln.

In der Kurfürstenstraße roch es nie angenehm. Besonders jetzt, im Sommer, stank es entsetzlich aus den offenen Rinnen vor den Häusern, in denen träge Abwässer trüb schwappten. Dennoch begleitete Ricarda ihre Freundin Kumari an mindestens zwei Tagen der Woche nach Hause, wo sie gemeinsam lernten. Ricarda freute sich darauf, dass Friedrich sie jedes Mal mit seinem krächzenden *Carda* begrüßte. Zu Kumaris Gegenbesuch war es noch nicht gekommen, da deren Mutter grundsätzlich nicht gestattete, dass ihre Tochter fremde Wohnungen aufsuchte.

Als sie heute die Hauseinfahrt betrat, in der seitlich der Eingang lag, bemerkte sie einen stechenden Geruch, der alle anderen stechenden Gerüche der Gegend übertraf. Sie hielt sich die Nase zu und wollte mit Kumari rasch die Treppe hinauf, als sie ein markerschütterndes Brüllen hörte.

«Was ist denn das?», fragte sie.

«Gestern hat mein Vater Löwen mitgebracht», antwortete Kumari, als wäre es das Selbstverständlichste der Welt.

«Löwen, richtige Löwen?»

«Komm, ich zeig sie dir.»

Im Hof befanden sich im Rechteck angeordnete flache Stallungen sowie eine Remise, die ein Fuhrunternehmer für seine Kutschen nutzte. Jetzt stand einer dieser mit hohen Gittern bewehrten Wagen mitten im Hof, mehrere Männer bemühten sich darum, die Hinterachse zu reparieren. Das Gebrüll stammte aus einer der Stallungen. Davor hatte sich eine johlende Kinderschar versammelt, halbnackt oder in abgerissenen Kleidern. Von den Löwen war nichts zu sehen, und Ricarda verspürte einen tiefen Widerwillen, sich in ihrem sauberen Schulkleid unter die verdreckte Kinderschar zu mischen.

Kumari gab ihr ein Zeichen, ihr zu folgen. Die beiden betraten den Nachbarstall, in dem es ebenfalls entsetzlich stank. Sobald der Löwe brüllte, hallte sein Ruf in dem niedrigen Gemäuer ohrenbetäubend wider.

Der Boden war voller Stroh und die Fenster so flach, dass Ricarda kaum etwas erkennen konnte. Sie prallte gegen Kumari, die auf etwas deutete. Im Halbdunkel erkannte Ricarda einen Käfig aus dicken Eisenrohren, darin ein Schatten, reglos. Plötzlich ein Fauchen. Ricarda zuckte zurück. «Was ist das?»

«Die Löwin.»

Sobald Ricardas Augen sich an die Dunkelheit gewöhnt

hatten, erkannte sie das im Käfig stehende Weibchen. Immer wieder riss die Löwin das Maul weit auf und fauchte die beiden Mädchen an. Vor ihr lag ein Tierkadaver. Der stickig heiße Raum war voller Schmeißfliegen. Ricardas Herz raste vor Aufregung und Ekel.

Kumari ging voraus in den Nachbarstall, aus dem der infernalische Gestank herrührte. Auch hier ein schweres Gitter, Hitze, Fliegen. Darin der Löwe, der zwei Schritte zur Querwand ging, umdrehte, zwei Schritte zur anderen Seite lief, stehen blieb, brüllte, wieder lief. Es war ein großes Tier mit hellem Fell und dunkler Mähne. Ihm gegenüber die Schar kreischender Kinder, die durch die obere Luke der zweigeteilten Tür zu ihm sahen und ihn mit Rufen provozierten.

In einem Moment, in dem es etwas stiller war, sprach Ricarda aus, was sie dachte: «Ich möchte nicht der Löwe sein.»

«Ich auch nicht», sagte Kumari.

«Wie lange muss er hier noch bleiben?»

«Beide sollten schon in Leipzig sein», antwortete Kumari, als sie die Stallungen verlassen hatten. «Dort hat vor vier Wochen ein neuer Zoo eröffnet, dem mein Vater schon viele Tiere verkauft hat. Aber dann ging der Käfigwagen kaputt.»

«Wo kommen die Löwen her?»

«Aus Afrika.»

Fräulein Lange hatte im letzten Winter damit begonnen, ihre Schülerinnen auch in Geographie zu unterrichten. Für Afrika war dabei nicht viel Zeit geblieben. Sehr viel mehr, als dass dort die Sonne ganz besonders heiß schien, es wilde Tiere gab und die Menschen *Neger* genannt wurden, hatte Ricarda sich nicht gemerkt. Afrika schien für Fräulein Lange auch nicht wichtig gewesen zu sein.

«Willst du noch die Affen sehen?», fragte Kumari mit blitzenden Augen. «Die sind süß.»

Auf der anderen Seite des Hofs sperrte Kumari die Tür zu einem weiteren ehemaligen Pferdestall auf, winkte Ricarda hinein und zog die Tür sofort wieder zu, damit die Kinder nichts mitbekamen. In zwei Käfigen hockten getrennt voneinander zwei kleine Äffchen und sprangen auf, als die Mädchen eintraten. Daneben standen noch vier weitere leere Käfige.

«Die anderen Affen hat mein Vater wohl heute verkauft», sagte sie. «Er kennt einen Mann, der Affen dressiert und dann an die Leierkastenmänner weiterverkauft.»

Ein kleiner Affe streckte seine Pfote durch die Stäbe, als bäte er um etwas zu essen. Ricarda ergriff seine winzige, trockene Hand. Zum Glück hatte sie noch zwei Apfelspalten in der Pausenbrottasche, die sie ihm geben konnte.

«Morgen sind die hier gewiss auch weg. Mein Vater sagt, er kann gar nicht so viele herschaffen, wie er verkaufen könnte», sagte Kumari, als die beiden über den Hof zum Haus gingen.

«Ist dein Vater zu Hause?», fragte Ricarda, als sie die Wohnung im ersten Stock betraten.

«Er ist zum Hamburger Bahnhof gefahren. Er holt die Nubier.»

«Sind das auch wilde Tiere?»

«Nein, das sind Menschen aus Afrika. Ich habe die auch noch nie gesehen. Ich bin ganz gespannt. Die fahren dann auch weiter nach Leipzig.»

«Kümmern die sich um die Löwen?»

«Nein, die wurden gerade in Hamburg bei der Völkerschau ausgestellt. Mein Vater sagt, sie bleiben nur kurz in Leipzig wegen der Werbung für die Löwen. Wenn die Nubier da sind, kommen mehr Zuschauer in den Zoo. Das wirkt echter, die Löwen und die Afrikaner zusammen, sagt er.»

«Dann handelt dein Vater also auch mit Menschen», stellte Ricarda fest.

Kumari antwortete mit ihrem dunklen Lachen. «Ach, Rica! Die Nubier freuen sich doch, dass sie mal bei uns sein dürfen. Und in Berlin ist es doch jetzt auch schön warm.» Schwungvoll hakte sie sich bei ihrer Freundin ein. «Ich bin ja auch hier.»

Die beiden Mädchen saßen in Kumaris Zimmer über ihre Bücher gebeugt und halfen sich gegenseitig durch den Lernstoff, als es klopfte. Kumaris Mutter steckte den Kopf zur Tür herein. Da Frau Kallstadt sich sonst selten zeigte, hatte Ricarda während ihrer Besuche so gut wie nie mit ihr zu tun gehabt. Kumaris Mutter sagte etwas in ihrer Sprache zu ihrer Tochter, von der Ricarda inzwischen wusste, dass es Singhalesisch war.

«Ich bin gleich zurück, Rica», sagte Kumari und eilte hinaus. Als sie nach einer Weile zurückkam, wirkte sie verändert. Auf Ricas Nachfrage sagte sie: «Wir haben Besuch. Meine Tante ist aus Ceylon gekommen.»

«Da wird sich deine Mutter freuen! Dann ist sie nicht so allein.» Mit etwas Verzögerung fiel ihr ein: «Wollen wir aufhören? Möchtest du mit deiner Tante Zeit verbringen?»

«Nein, du sollst nicht gehen! Meine Tante ist krank geworden, darum ist meine Mutter in Sorge. Denn meine Tante soll morgen ein Teil der Völkerschau in unserem Berliner Zoo sein.»

«Ach, dann ist sie deshalb gekommen?»

«Mein Vater hat eine Gruppe von Singhalesen unter Vertrag. Sie reisen durch Europa und sind gestern zu sechst aus

Wien zurückgekommen. Meine Tante tritt dabei als Mutter auf. Sie spielen Familie, obwohl sie sich vorher nicht kannten.»

Ricarda begriff gar nichts, aber nachdem Kumari ihr erklärt hatte, dass es darum ging, den Zuschauern zu zeigen, wie eine *exotische* Familie in Ceylon lebt, fragte sie: «Das heißt, deine Tante wird ausgestellt wie die Tiere im Zoo?»

Für einen Moment stutzte Kumari, dann sagte sie mit Verunsicherung in der Stimme: «Ja.»

«Welche Krankheit hat deine Tante denn?»

«Sie hat Fieber und rote Flecken, die sich an unterschiedlichen Stellen in kleine Pusteln mit so gelbem Wasser an der Spitze verwandeln.»

«Soll ich die Komtess fragen, ob sie deine Tante untersuchen kann?»

Kumari sah Ricarda mit einem erleichterten Strahlen an. «Oh, wenn du das tun könntest, das wäre schön.»

So richtig wollte es Ricarda nun nicht mehr gelingen, sich zu konzentrieren. Ihre Gedanken schweiften immer wieder ab zu Kumaris Tante in einem der Nebenzimmer, die krank und fern ihrer Heimat Hilfe brauchte.

Als sie schließlich Kumaris Zimmer verließen, standen mitten im Flur drei große schlanke Männer mit dunkler Haut, in langen Hosen, weißen Hemden, Gehröcken und mit Zylinder in der Hand. Daneben Kumaris Vater, ein ebenso gekleideter, rundlicher weißer Mann, anderthalb Köpfe kleiner.

«Ich wusste gar nicht, dass du zu Besuch bist, Rica», sagte er. «Sieh nur, wir haben Gäste.»

Ricarda knickste verlegen.

«Sie kommen aus Afrika, nicht wahr?», fragte sie die freundlich lächelnden Fremden.

«Rica, die verstehen nix!» Herr Kallstadt lachte. «Sind aber ganz nett, lachen viel und sind anspruchslos.»

«Ich wollte gerade gehen, Herr Kallstadt. Kumari sagte, ihre Tante sei sehr krank. Ich könnte Frau Doktor Freystetten bitten, nach ihr zu sehen.»

«Das ist lieb, aber bemüh dich nicht. Die wird schon wieder gesund.» Er wandte sich den drei großen Männern zu. *«Come on, boys!»*

Kumari und Rica tauschten einen ratlosen Blick.

Mit den vielen Eindrücken aus dem Hause Kallstadt im Kopf kehrte Ricarda am späten Nachmittag heim. Bereits im Flur hörte sie zwei fremde Stimmen, die sich mit der Komtess unterhielten.

Da rief die Komtess schon: «Ricarda, komm bitte zu uns!»

Im Salon erwarteten sie eine elegante Dame und ein Herr, die überaus freundlich wirkten.

«Das ist Ricarda. Sie mausert sich gerade zu einer jungen Dame. Rica, das ist meine beste Freundin Käthe Hausmann, wir haben gemeinsam in Zürich studiert. Auch sie ist Ärztin. Und dies ist ihr Cousin aus München, Herr Georg Kögler, Doktor der Jurisprudenz.»

Ricarda war das Treffen in diesem Augenblick nicht ganz recht. Sie brannte eigentlich auf eine Unterredung wegen Kumaris kranker Tante, denn sie verstand Herrn Kallstadts Weigerung, ärztlichen Rat einzuholen, nicht. Trotzdem knickste sie vorschriftsmäßig und setzte das Lächeln auf, das erwartet wurde.

«Grüß Gott», sagte Georg Kögler, eine Begrüßung, die Ricarda bislang nicht kannte.

Herr Kögler war ein stattlicher Mann, dessen Alter Ricarda kaum einschätzen konnte. Sein halbes Gesicht verschwand hinter einem gepflegten Bart, sein Haupthaar war dünn, seine Wangen leicht gerötet, die Augen wach und freundlich. Frau Hausmann unterschied sich äußerlich von den übrigen Freundinnen der Komtess; ihr Gesicht war weicher, die braunen Locken nicht so streng zurückgekämmt, das Kleid in einem hellen Grün.

Ricarda schlug den neu angelernten Plauderton an. «Aus München kommen Sie? Das war gewiss eine weite Fahrt.»

«Wer nach Berlin will, muss das auf sich nehmen.»

Ein ungewollter Seufzer entfloh Ricardas Brust. «Ich habe etwas auf dem Herzen, und das müsste ich unbedingt dringend mit der Komtess besprechen», sagte sie.

«Ja?» Henriette blickte leicht irritiert. «Du würdest es nicht ansprechen, wenn es nicht so dringend wäre.»

Da die Komtess keine Anstalten machte, mit ihr kurz aus dem Zimmer zu gehen, begann Ricarda, etwas stockend von Kumaris kranker Tante zu erzählen. Alles andere ließ sie weg.

«Das sind die Pocken!» Käthe Hausmann schlug sich die Hand entsetzt vor den Mund.

«Aber muss nicht jeder geimpft sein?», fragte Ricarda.

Sie selbst war mit elf Jahren zusammen mit ihrer Familie geimpft worden, ein Jahr bevor das Impfgesetz beschlossen worden war.

«Du sagst, die Dame käme aus Ceylon. Wir können davon ausgehen, dass man in Ceylon nicht gegen Pocken impft», gab Henriette zu bedenken.

«Eigentlich kommt sie gerade aus Wien», schob Ricarda nach. «Da ist sie zuvor mit fünf anderen Singhalesen aufgetreten.»

«Die Völkerschau in Wien. Davon habe ich gelesen. Ein großer Erfolg», sagte Georg Kögler.

«In Wien grassieren die Pocken, meine Lieben. Österreich-Ungarn hat nicht dieselben Vorschriften wie das Deutsche Reich», sagte Käthe.

«Umso mehr freue ich mich, dass du den Mut gefunden hast, einen aktuellen medizinischen Notfall über die gesellschaftlichen Konventionen zu stellen», stellte die Komtess klar und blickte ihre Freundin an. «Oder Käthe?»

«Absolut! Ich bin beeindruckt», sagte Käthe. «Das zeugt von Weitsicht und auch Courage. Jetzt muss gehandelt werden. Diese Frau muss ins Krankenhaus, bevor sie andere ansteckt. Das duldet keinen Aufschub.»

«Ich fahre jetzt zu Kallstadts», sagte die Komtess. «Ricarda, du kümmerst dich um meine Gäste.»

Ricarda schoss das Blut ins Gesicht. «Selbstverständlich, Komtess!» Und wie macht man das?, dachte sie.

Als Henriette in der Kurfürstenstraße mit der Arzttasche in der Hand aus der Kutsche stieg, fragte sie sich, wie Ricarda das aushielt. Dieser Gestank! Virchow hatte recht, der Ausbau der Kanalisation in Berlin ging zu schleppend voran. Man war hier einen Steinwurf vom Zoologischen Garten entfernt, den Menschen von überall her besuchten, und musste sich schämen für sein Berlin. Sie hielt sich ein Taschentuch mit Rosenduft unter die Nase und blickte kurz in den Hof, der voller Menschen war, die sich vor der Stalltür drängelten. Vom Gebrüll des Löwen war nichts mehr zu hören. Umso lauter verlangten die Menschen, dass der Löwe wieder brüllen möge.

Herr Kallstadt öffnete ihr persönlich. Offensichtlich war er nur mäßig erstaunt, sie zu sehen.

«Komtess, es ist mir eine Ehre!»

«Meinerseits! Herr Kallstadt, ich überfalle Sie ungern, aber ein Fall von Pocken ist meldepflichtig.»

«Pocken, Komtess? Wie kommen Sie auf diesen Gedanken?»

Das selbstbewusste Auftreten des gedrungenen Mannes verunsicherte sie kurz. Doch sie vertraute darauf, dass Ricarda nicht übertrieben hatte.

«Das Einfachste ist, ich mache mir selbst ein Bild.»

Herr Kallstadt stimmte ein tiefes Lachen an. «Bei aller Ehrfurcht vor Ihrem Stand und Ihrem Wissen: Dies ist mein Haus. Ich heiße Sie darin bei anderer Gelegenheit gern willkommen. Aber heute nicht. Ich habe Besuch.»

Mit solcher Feindseligkeit hatte sie nicht gerechnet.

«Ich werde nicht gehen, bevor ich die Dame gesehen habe, Herr Kallstadt», sagte sie in festem Vertrauen auf Ricardas Urteilsfähigkeit. «In Wien grassieren die Pocken. Eine Dame aus Ceylon dürfte wohl kaum dagegen geimpft sein. Und morgen sollen die Berliner diese Dame sehen. Wenn Sie mir den Zutritt verweigern, werde ich in spätestens einer Stunde zurückkommen. Aber nicht allein.»

«Dritte Tür rechts», brummte Herr Kallstadt und trat zur Seite.

Die zarte Ceylonesin saß trotz der hochsommerlichen Wärme des Abends schlotternd in der Kutsche. Immer wieder versuchte ihre Schwester, sie zuzudecken. Doch Henriette hinderte sie daran. Sie war froh, so lange in England gelebt zu haben, dass sie nun den beiden Ceylonesinnen klarmachen konnte, dass die Pusteln Luft brauchten.

Nur eine der beiden Schwestern, Kumaris Mutter, sprach

ein einfaches Englisch, die Kranke hingegen so gut wie gar nicht. Die Singhalesin Thusali reiste seit bald einem Jahr durch Europa. Es gibt also Menschen, die aus ihrer Umgebung gerissen wurden, um zur Schau gestellt zu werden, erkannte Henriette mit Entsetzen.

Henriettes Ziel lag auf der anderen Spreeseite in Berlins industriellster Gegend, noch hinter *Borsigs Maschinenbaufabrik*, der Porzellanmanufaktur und der *Actienbrauerei Moabit*. Im *Städtischen Baracken Lazarett* kannte sich Henriette nicht aus. Sie wusste nur, dass es sechs Jahre zuvor von Rudolf Virchow gegründet worden war für an Cholera, Typhus oder Pocken erkrankte Personen. Zwischen jungen Bäumen standen zahlreiche aus Fachwerk errichtete Baracken, die wenig einladend wirkten. Einige davon wurden bereits abgerissen, um einem Neubau Platz zu machen.

An einer Schranke stoppte der Kutscher. «Jetzt müssen die Damen lofen!»

Henriette trug einem Mann in abgeschabter grauer Jacke mit dem Wort *Wärter* auf der Brust ihr Anliegen vor.

«Pocken haben wir hier nich mehr, Frollein.»

«Ich bin Ärztin», sagte sie, «und bringe eine Frau, die Pocken im Anfangsstadium hat.»

«Weiber sind keine Ärzte!»

Sie wusste, dass es keinen Sinn hatte, mit dem Mann zu diskutieren. Wärter war kein Beruf, für den man eine medizinische Vorbildung brauchte. Eigentlich durfte man sich nur nicht vor Krankheiten ekeln.

Die beiden Ceylonesinnen trugen leichte, bunte Tücher, die sie um Kopf und Schulter geschlungen hatten. Henriette bat Thusali, dem Wachmann kurz ihr Gesicht zu zeigen, wo die Pocken deutlich zu erkennen waren.

«Was soll das sein?», fragte der Wärter.

«Pocken, guter Mann. Möchten Sie zufällig auch welche?», fragte Henriette freundlich lächelnd.

Der Mann wich entsetzt zurück und wies den Weg. Die Erfahrung mit ihm ließ es ihr ratsam erscheinen, sich nicht sofort als Ärztin erkennen zu geben. So bat sie die oberste Krankenwärterin nur darum, sich Thusali anzusehen.

«Wo ham Se det Weib her? Was machn Se mit der?», herrschte die Wärterin sie an.

«Sie kommt aus Wien. Es ist zu vermuten, dass sie sich bei der dortigen Pocken-Epidemie angesteckt hat.»

«Woher wolln Se n det so jenau wissen?»

«Könnten Sie bitte einen Arzt benachrichtigen?»

«Die kommt jetzt erst mal mit!» Sie deutete auf Thusali.

«Sie spricht hauptsächlich Singhalesisch und leider nur wenig Englisch.»

«Was Se nich allet wissen!»

Henriette lächelte und kochte innerlich. Wieso war es mit Wärterinnen immer dasselbe? Sie waren meistens eigensinnig und unfreundlich. Während ihrer Ausbildung hatte sie fast nur unangenehme Erfahrungen mit ihnen gehabt. Käthe und sie waren zu dem Schluss gekommen, dass wohl auch Neid eine Rolle spielte, denn die Wärterinnen schufteten hart für wenig Lohn. Die meisten Ärzte hingegen schwebten überheblich durch die vollen Krankensäle. Was also sollte sie als Frau berechtigen, sich über ihresgleichen zu stellen? Diese Überlegungen hatten sie dazu gebracht, sich bei drohenden Konfrontationen zurückzunehmen.

Gemeinsam mit den beiden Frauen wartete sie eine Zeitlang, bis endlich ein Mann im weißen Kittel, der wohl ihr Alter hatte, auftauchte.

«Sie haben das Weib hierhergebracht? Wer ist das?», fragte der Arzt streng. Dass er es mit einer Kollegin zu tun hatte, ahnte er nicht.

Henriette legte die Umstände dar und schloss: «Es sind noch weitere Personen gestern nach Berlin gekommen. Inwiefern diese ebenfalls infiziert sind, entzieht sich meiner Kenntnis.»

Während ihres Vortrags hatte sich die Körperhaltung des Arztes verändert. Von einer latenten Aggression war sie in Abwehr übergegangen, wie seine vor der Brust gekreuzten Arme zeigten. «Woher wissen Sie das? Wer sind Sie?»

«Entschuldigung. Wir hatten nicht die Gelegenheit, uns vorzustellen. Henriette von Freystetten.»

«Gestatten: Doktor Feldmann, Heinrich. Aber was haben Sie mit diesen Leuten zu schaffen?»

«Man rief mich hinzu, weil ich Ärztin bin.»

Sie wusste, welche Fragen sich anschließen würden, und sie beantwortete alle.

«Na ja», murmelte Feldmann dann. «Mein Fachgebiet sind nicht die Seuchen, sondern die inneren Organe. Außerdem können wir nicht sicher sein, dass es wirklich die Pocken sind. Es gibt eigentlich keine Fälle von Pocken mehr. Darum wird das alles hier bald abgerissen. Zurzeit steht für die Unterbringung nur noch eine allgemeine Infektionsstation zur Verfügung, die nicht belegt ist.»

«Dann können Sie diese Frau hier behandeln?»

«Seuchengefahr ist keine Frage des Könnens, sondern des Müssens. Die sprechen kein Deutsch, nicht wahr?», fragte er und blickte auf Kumaris Mutter, die danebenstand.

«Es ist gewiss besser, wenn auch Frau Kallstadt aufgenommen wird.»

Sie übersetzte die Unterhaltung ins Englische.

«Sie beherrschen auch die englische Sprache?», fragte Feldmann verwundert.

«Ich habe unter anderem in den USA studiert, weil es ...»

«Ein gutes Medizinstudium kann Ihnen nur in Deutschland zuteilwerden.»

Sie lächelte. «Frauen leider nicht, Herr Kollege.»

«Ich denke nicht, dass wir Kollegen sind.»

«Wie erfreulich, dass Sie denken können.» Sie wechselte das Thema. «Herr Kollege, was erscheint Ihnen angebracht im Falle der weiteren Verdachtsfälle?»

«Da schicken wir einen Schutzmann hin. Geben Sie mir die Adresse. Ich kümmere mich darum.»

Als sie später das Krankenhausgelände verließ und eine Kutsche suchte, dachte sie an Ricarda und deren Freundschaft zu Kumari. Herr Kallstadt würde gewiss nicht beglückt sein über den Verlauf der Dinge.

Als sie endlich einen Kutscher gefunden hatte, sagte sie: «Pariser Platz.» Der Mann trieb sein Pferd an, doch da kam ihr eine Idee, die all den Ärger von gerade eben verblassen ließ. «Kutscher, ich hab's mir anders überlegt. Zuerst in die Kanonierstraße, Ecke Französische.»

So schwer war es gar nicht, mit zwei Erwachsenen ein Salon-Gespräch zu führen, stellte Ricarda fest. Aber vielleicht lag es auch an Käthe Hausmanns natürlicher Art, die ihr unkompliziert angeboten hatte: «Darf ich du zu dir sagen? Nenne mich ruhig Käthe.»

Jetzt sagte Käthe: «Es ist schön zu hören, dass es dir inzwischen in Berlin gefällt. Und Henriette lässt dich sogar gelegentlich helfen?»

«Ich stelle mich sehr ungeschickt an», gab Ricarda zu.

«Sicher hast du dir schon Gedanken gemacht, was du nach der Schule machen wirst.»

Ihren heimlichen Traum, Ärztin zu werden, hatte Ricarda nicht vergessen. Aber nicht einmal ihren Freundinnen gegenüber hatte sie ihn verraten. Denn jede hielt sie für eine Realistin, die mit beiden Beinen fest auf dem Boden stand. Und so sagte sie jetzt, was fast alle Mädchen aus ihrer Klasse auf diese Frage antworteten: «Lehrerin wäre wohl ein guter Beruf für mich.»

«Tatsächlich?» Frau Hausmann schien überrascht. «Warum?»

Ricarda war ihrerseits erstaunt, dass jemand ihre Antwort nicht für selbstverständlich hielt. Doch es gelang ihr, das zu überspielen: «Ich werde nie meine erste Unterrichtsstunde bei Fräulein Lange vergessen. Wie wenig ich wusste! Und wie wenig ich immer noch weiß. Als gäbe es da hinter der Tür Räume, von denen ich wüsste, dass sie da sind. Aber sie bleiben mir verschlossen. Den Schlüssel zu all diesen Räumen zu finden – wie wunderbar wäre das!»

«Helene Lange, nicht wahr? Ja, ich kenne sie ein wenig.» In Käthe Hausmanns Blick lag Wohlwollen. «Sie ist gewiss eine Inspiration für junge Mädchen.»

«Bestimmt treffen Sie bald einen jungen Mann und werden heiraten. Ihre Kinder werden eine gebildete Mutter haben», sagte Herr Kögler.

Oh, wie Ricarda dieses Thema verabscheute! Kürzlich erst war Eleonore in Tränen ausgebrochen und hatte sich kaum mehr beruhigen lassen. Denn noch kurz bevor sie zu einer Kur aufbrach, hatte ihre Mutter ihr noch einmal einen neuen Verehrer präsentiert. Ein Mann, der ein treusorgendes Weib suchte und dem Eleonore nichts abgewinnen konnte.

Entsprechend heftig fiel jetzt Ricardas Reaktion aus: «Es ist doch ungerecht, wenn eine Lehrerin ehelos bleiben muss! Ein Mann hingegen darf heiraten und seinen Beruf ausüben. Da verzichte ich lieber aufs Heiraten!»

«Aber wer soll denn die Kinder betreuen, wenn die Mutter arbeitet?», fragte Herr Kögler.

Ricarda seufzte. «Aber, kann denn nicht ...» Sie brach ab.

«Natürlich könnten die Männer sich um Kinder kümmern. Warum soll das unausgesprochen bleiben?», fragte Käthe.

«Na ja», widersprach Georg Kögler mit der tiefen Stimme eines selbstbewussten Mannes, «weil es Fräulein Ricarda dann so ergeht wie dir, Käthe: Scheidung.»

Käthe blickte ihren Cousin mit vor Zorn funkelnden Augen an. «Schauen wir erst mal, ob die Anna sich so einfach in die Rolle der Hausfrau fügen wird.» Zu Ricarda gewandt erklärte sie: «Herr Kögler wird unsere gemeinsame Cousine heiraten. Unser Urgroßvater hat eine reiche Nachkommenschaft.»

«Ihre künftige Frau hat keinen Beruf?», fragte Ricarda. «Was wird sie denn dann den ganzen Tag tun?»

Georg rutschte unbehaglich in seinem Sessel. «Was weiß denn ich. Was Frauen halt so machen.»

Meine Mutter hat gearbeitet und mich und meine Schwestern obendrein versorgt, dachte Ricarda, und die aufsteigende Erinnerung schnürte ihr den Hals zu. «Ich habe meine Pflichten als Gastgeberin vernachlässigt. Darf ich Cognac anbieten?», fragte sie.

«Dürfte ich Sie um ein Glas Bier bitten?», fragte Herr Kögler.

«Georgs Familie gehört die größte Brauerei Bayerns, und er ist Syndikus beim Brauerbund», erklärte Käthe. «Er selbst braut zwar kein Bier, aber er weiß, wie man die Leute dazu bringt, welches zu trinken.»

«Man wird es wohl holen müssen.» Ricarda stand auf.

Käthe hielt Ricarda zurück. «Als Gastgeberin musst du nicht selbst gehen. Ich glaube, meine Freundin Henriette würde ein Dienstmädchen schicken, um Bier zu holen.»

Bislang hatte Ricarda Frau Merger nie einen Auftrag gegeben. Aber es musste wohl sein. Allerdings hatte sie die Haushälterin seit dem Morgen nicht gesehen.

«Auguste, wo ist eigentlich Frau Merger? Hat die Komtess ihr heute frei gegeben?», fragte Ricarda, als sie das Mädchen in der Küche antraf.

Normalerweise wartete die Haushälterin, bis alle Gäste gegangen waren. Noch dazu, wo diese beiden wohl über Nacht blieben.

Auguste schüttelte den Kopf. «Nee, jnädijes Frollein. Die is in der Früh jegangen und nich wiederjekommen.»

«Ist das nicht ungewöhnlich?»

Darauf wusste das Dienstmädchen keine Antwort. Oder sie wollte keine geben. Schon im Schloss hatte Ricarda gelernt, dass auch das zum Umgang miteinander gehörte: Die Herrschaft teilte ihr Wissen nicht mit den Bediensteten – und umgekehrt. Solche Situationen erinnerten Ricarda daran, dass sie nun auf der anderen Seite stand. Somit kam sie nicht umhin, den Auftrag direkt erteilen zu müssen. Die Antwort enthielt wieder das *gnädige Fräulein*, an das Ricarda sich nicht gewöhnen konnte.

Die große Standuhr im Salon hatte schon neun Uhr geschlagen, als Ricarda endlich die Wohnungstür gehen hörte.

«Jette wird in der Zwischenzeit doch nicht ganz Berlin gegen Pocken geimpft haben», sagte Käthe lachend.

Die Komtess kam in Begleitung von Franziska Biberti und Emilie Solm nach Hause. Seitdem sie vor mehr als einem Jahr den Hygieia-Kreis mitgegründet hatten, waren beide regelmäßig einmal im Monat zu Gast. Ricarda knickste, und die beiden sich so ähnlich sehenden Ärztinnen nickten ihr freundlich zu und umarmten Käthe wie eine verlorene Schwester.

«Als Jette sagte, du bist da, haben wir alles stehen und liegen gelassen. Welch eine Freude!», rief Emilie.

«Und ich bleibe euch sogar erhalten, meine Lieben. Ich lasse mich gerade scheiden und will hier in Berlin neu anfangen.»

Die Komtess strahlte. «Das ist ja wunderbar, Käthe! Ich habe Platz genug, du darfst gern bleiben.»

«Dann sind wir alle wieder vereint! Wir müssen unbedingt etwas gemeinsam auf die Beine stellen», sagte Franziska Biberti.

«Ich habe da so eine Idee, auf die mich gerade eben eine Wärterin im Lazarett brachte», erwiderte die Komtess. «Die Frau hatte keine Ahnung von ihrer Arbeit. Was den städtischen Krankenhäusern fehlt, ist eine Ausbildungsstätte für Frauen, die in der Pflege arbeiten. Damit sie wenigstens die Grundlagen kennen. Hat eine Patientin eine schwere Lungenentzündung oder Husten? Wird sie sterben, oder kann man ihr helfen?»

«Es wäre phantastisch, wenn es Frauen gäbe, die Verantwortung übernehmen können, weil sie genau das in einer profunden Ausbildung gelernt haben», pflichtete Doktor Biberti ihr bei.

«Da haben Sie ja große Pläne, meine Damen. Ich drücke Ihnen die Daumen.» Georg zog sich damit zurück. Auch Ricarda verabschiedete sich mit dem Hinweis auf die Schule am nächsten Morgen. Da Frau Merger ausfiel, sammelte sie noch rasch das benutzte Geschirr ein.

«Jette schrieb mir neulich von euren Plänen für ein Krankenhaus. Wie weit seid ihr damit?», fragte Käthe Hausmann.

«Man lässt uns nirgendwo etwas mieten», antwortete Doktor Solm. «Wir können ausschließlich Hausbesuche machen bei mittellosen Frauen, Dienstboten und Arbeiterinnen. Obwohl, da fällt mir gerade ein: Gestern behandelte ich sogar eine Dame aus gehobenen Kreisen. Sie sagte, dass ihr Gemahl einen guten Zahnarzt suche und keinen finde. Ich gab ihr deine Adresse, Jette.»

«Das wäre der erste Mann, der sich freiwillig von einer Ärztin die Zähne behandeln ließe!»

Die Komtess lachte, und Ricarda schloss die Salontür hinter sich. Jetzt hatte die Komtess drei ihrer Studienfreundinnen um sich. Vier Ärztinnen, unglaublich! Aber am nettesten schien ihr die Münchnerin zu sein, Käthe. Wenn sie hier wohnte – vielleicht wäre die Stimmung in diesem Haus dann nicht immer so ernst.

Am nächsten Morgen war Ricarda schon sehr früh auf den Beinen, weil sie noch lernen wollte. In der Küche begegnete ihr Auguste, die sich sofort an sie wandte: «Verzeihen Se, wenn ick Se was frage.» Das Dienstmädchen blickte zu Boden und knetete die Hände. «Weil Se doch jefragt haben wegen Frau Merger.»

«Sie ist immer noch nicht wieder hier? Ist sie krank, braucht sie Hilfe?»

Auguste nickte so schwach, dass es kaum zu erkennen war.

«Mit der Mine is was nich in Ordnung, jnädijes Frollein.»

Ricarda hatte bislang kaum mit Frau Merger über deren eigene Angelegenheiten gesprochen. Die Haushälterin hatte jedes Gespräch im Keim erstickt.

«Mine ist ihre Tochter?» Sie überlegte. «Die ist doch ungefähr zwei Jahre jünger als ich. Dreizehn, nicht wahr?»

«Aber Sie dürfen et der Komtess nich sagen.»

«Ist ja gut, Auguste. Mach ich nicht. Also?»

«Es gab ein Unglück mit der Mine», brachte Auguste hervor.

Wenig später trat Ricarda in ihrem lindgrünen sommerlichen Schulkleid mit dem weißen Spitzenbesatz am Rundkragen auf die Straße. Gleich anschließend an den Besuch bei Frau Merger wollte sie in die Schule gehen. Allzu groß war der Umweg nicht, und sie war früh dran, also würde sie es trotzdem schaffen, pünktlich im Unterricht zu sein, hoffte sie.

Unter den Linden schlummerte noch. Kaum war sie jedoch um die Ecke in die Friedrichstraße eingebogen, herrschte bereits reger Verkehr. Bauern bugsierten ihre schweren Gefährte, mit denen sie mitten in der Nacht auf dem Land aufgebrochen waren, durch die Straße. Händler mit Handkarren umfuhren die sperrigen, teilweise vierspännigen Bauernfuhrwerke, kamen sich gegenseitig in die Quere, beschimpften einander und eilten weiter.

Hier oben, wo die feine Dorotheenstadt in die Friedrichstadt überging, waren die Läden und Hotels elegant. Ricardas

Ziel jedoch lag viele Querstraßen südlich in einer Gegend, in der sie sonst nichts zu suchen hatte. Nicht nur die Häuser waren vergammelt und teilweise baufällig, davor lungerten Menschen herum, offenbar weil sie keinen Schlafplatz hatten. Nachlässig gekleidete Frauen traten ihr in den Weg, nach Alkohol stinkend, wankend, riefen ihr nach, dass sie sich wohl verlaufen habe.

Es war dieselbe Straße, an deren Ecke sie kürzlich im *Kranzler* ein Eis gegessen hatte und die immer erbärmlicher wurde, je weiter sie ihr folgte. In der Nacht hatten die Metzger geschlachtet, das frische Blut, vermengt mit Wasser, lief die Straße entlang und hatte sich mit dem nächtlichen Regen vermischt. Die ersten Sonnenstrahlen erfassten große Wasserlachen, bildeten einen Nebelfilm, der sich über den Dreck der Straße legte. Ricarda lief zickzack, um die schönen neuen Schnürschuhe nicht in den vielen Pfützen zu verdrecken.

«Gehst wohl zum Tanzen, feinet Frollein!», grölte ihr eine Frau nach.

Was mache ich hier?, fragte Ricarda sich. Während sie immer weiterlief, dachte sie, dass sie kaum etwas über die Haushälterin wusste. Und wie selbstverständlich es gleichzeitig war, dass Frau Merger ihr Essen kochte, ihre Kleider richtete, ihre Frisur machte. Aufgaben, die früher ihre Mutter übernommen hatte.

«Sie müssen janz bis ans Ende vonne Friedrichstraße, bis zum Belle Alliance Platz», hatte Auguste ihr gesagt.

Ricarda erreichte den Platz mit seinen weiten Rasenrabatten. In der Mitte stand eine Säule, auf deren Spitze eine Victoria-Statue einen Siegerkranz über die Stadt hielt. Herrschaftliche und weniger teure Häuser säumten den Platz, mal größer, mal kleiner. Ricarda dachte schon, sie wäre falsch. So schrecklich eng das untere Ende der Friedrichstraße war, so frei und luftig war es hier.

Als sie die Hausnummern absuchte und schließlich die 236 gefunden hatte, ging sie durch eine schmale Einfahrt in einen Hof, an den sich ein weiterer und dann noch einer anschloss. Höfe, in die kaum Licht und Luft kamen, weil sie von allen Seiten mehrstöckig umbaut waren. Schon jetzt am frühen Morgen schrien Kinder, riefen Mütter, rumpelten Männer mit Handkarren vorbei, knufften sie, brummten: «Mach dir ma dünne!», und spuckten auf den Boden. Ein Leierkastenmann schob sein Wägelchen über den unebenen Boden, sein Äffchen war an einem Strick festgebunden und wollte sich befreien. Nach einem Klaps aufs Köpfchen setzte sich das Tierchen auf den Leierkasten und guckte ängstlich um sich.

Ricarda wusste nicht, wohin. Als ihr eine dünne Frau entgegenkam, fragte sie nach Frau Merger.

«Wat woll'n Se von die?»

«Ich will sie besuchen.»

Die dünne Frau musterte Ricarda von oben bis unten.

«Na ja, wenn Se meinen. Dritter Hof links.»

Der dritte Hof war nicht schlimmer oder besser, vielleicht lauter, weil hier Blechschmiede im Freien hämmerten, die Kühle des Morgens nutzend. Ricarda tippte einen der Männer auf die nackte Schulter.

«Malwine Merger, wo find ich die?»

Seine Lippen hielten Blechnägel, die seine flinken Finger in etwas Undefinierbares schlugen. Er deutete mit einer leichten Kopfdrehung auf einen Kellereingang und hämmerte weiter.

Trotz der frühen Stunde saßen zwei blasse, noch kleine Kinder mit großen hungrigen Augen im dreckigen Hof auf der Kellertreppe. Der Junge und das etwas ältere Mädchen verhielten sich sehr leise und machten Ricarda sofort Platz, als sie an ihnen vorbei zur Tür strebte.

Frau Merger wohnt mit ihrer Familie im Keller, dachte sie erschüttert.

Ricarda ging die drei, vier Stufen hinab in den feuchten Keller. Schon von außen hatte sie gesehen, dass die Fenster der Wohnung nur knapp über die Oberfläche des Hofs ragten. Auf einem Zettel, den ein Nagel in der rissigen Holztür hielt, stand *Merger*. Es war seltsam still.

Ricarda hob die Hand, um zu klopfen, und nahm all ihren Mut zusammen. Sie war dabei, sich in das Leben eines Menschen einzumischen, der bislang alles andere als freundlich zu ihr gewesen war. War das wirklich eine gute Idee? Andererseits waren Frau Merger und ihre Tochter in Not, sonst hätte Auguste sie nicht um Hilfe gebeten.

«Frau Merger? Ricarda Petersen ist hier.»

Nichts passierte, und Ricarda befürchtete, dass ihr Fehler noch größer war als angenommen. Sie drängte sich nicht nur einfach in Malwines Leben, sondern in das ihrer Familie. Vier Kinder, ein Mann. Die sie alle nicht kannten.

Noch einmal klopfen? Nein, der Mut dazu fehlte ihr.

Sie sollte gehen. Sofort. In die Schule. Die Zeit würde reichen, obwohl es knapp war.

«Frau Merger?», hörte sie sich sagen und glaubte selbst kaum, dass sie das jetzt tat. «Man macht sich Sorgen um Sie!»

Sie wollte gerade gehen, da wurde die Tür einen Spaltbreit geöffnet.

«Wat tun Se denn hier!» Malwine starrte sie entsetzt an. «Gehn Se weg.» Sie schloss die Tür.

Ricarda starrte gegen die abblätternde Farbe. «Was ist denn los, Frau Merger? Was soll ich denn der Komtess sagen?» Sie fühlte sich völlig hilflos.

Die Tür wurde wieder geöffnet. Frau Merger packte Ricardas Hand und zog sie hinein. Es ging noch mal zwei weitere Stufen nach unten und roch stark nach Moder.

«Kommen Se rin, die Nachbarn kieken schon.»

Draußen war es schon hell gewesen, hier unten in dem von drei flachen Fenstern kaum erhellten Raum musste eine Ölfunzel für zusätzliche Helligkeit sorgen. Sie stand auf einem Tisch im hinteren Teil des Raums. Dort hingen ein paar wenige Töpfe an der Wand, eine Waschschüssel mit Krug stand am Boden. Der Verputz von Wand und Decke war teilweise schon heruntergefallen.

Am anderen Ende des kleinen Raums bemerkte Ricarda ein blasses Mädchengesicht, aus dem sie in tiefen Höhlen liegende Augen anstarrten. Unwillkürlich wich sie einen halben Schritt zurück. Und dann nahm sie den seltsamen Geruch wahr, der nichts mit dem Moder zu tun hatte. Und sie hörte ein schreckliches Stöhnen.

«Et jeht ihr nich jut, der Mine», sagte Malwine. «Darum konnt ick jestern nich kommen. Und heute och nich.»

Vorsichtig, um im Halbdunkel nicht gegen etwas zu stoßen, tastete sich Ricarda vorwärts in jene Richtung, aus der das Stöhnen kam.

«Mine? Ich bin Rica. Verstehst du mich?»

Ein undefinierbarer Laut kam als Antwort.

«Was ist denn mit dir?»

Wieder dieser seltsame Ton, der kaum noch menschlich klang.

«Sie blutet. Janz dolle. Ick gloob, det se stirbt.»

«Warum haben Sie nicht die Komtess gerufen?»

«Ach, Frollein Ricarda, det sind Dinge, die kennen Se nich und sollen Se nich kennen. Die passieren. Is nich recht, det se passieren. Aber Mine verliert nu det janze Blut.»

«Das kann man doch nicht geschehen lassen, Frau Merger! Ich werde die Komtess holen.»

«Nee, werden Se nich. Der liebe Jott will det so. Und is auch zu spät. Die Mine hat sich jepikt, und nun blutet sie.»

Ricarda begriff kein einziges Wort. «Dagegen kann man doch etwas machen!»

«Nee», sagte Malwine. «Für unsereiner is det eben so. Gehen Se. Wenn Se wat für mir tun wollen, sagen Se die Komtess, ick bin krank und komm morjen wieder. Sagen Se aber nischt von Mine. Und nu gehn Se.»

Keinen einzigen klaren Gedanken konnte Ricarda in der Schule fassen. Kumari fragte sie, weshalb sie so bekümmert wirkte, aber sie fand keine Worte, um zu beschreiben, was sie an diesem Morgen erlebt hatte. Immer wieder kreisten ihre Gedanken um dieselben Fragen. Hatte sie einen Fehler gemacht, als sie Frau Mergers Aufforderung gefolgt war, einfach zu verschwinden? Hätte sie nicht doch die Komtess informieren müssen? Vielleicht hätte sie Mine helfen können.

Als sie im Haus Unter den Linden ankam, hatte die Komtess Patienten. Käthe assistiere, sagte Auguste. Ihr teilte Ricarda nur mit, dass Frau Merger morgen wieder arbeiten würde.

Und wieder einmal saß Ricarda zwischen zwei Stühlen, war weder Herrschaft noch Personal, wusste jetzt von einer Katastrophe, die das Personal betraf und von der die Herrschaft nichts wissen sollte. Schließlich hätte Auguste sich sonst beizeiten an die Komtess gewandt, die Frau Mergers Tochter gewiss geholfen hätte.

«Wo ist eigentlich Malwine?», fragte die Komtess etwas später. «Könnte mir bitte jemand sagen, was hier los ist?»

Ricarda hatte auf diese Frage gewartet. «Sie ist krank.»

«Woher weißt du das?»

Nein, so ging das nicht. Eine einfache Lüge half nicht. «Komtess, können wir ungestört reden?»

«Gewiss.» Das klang sehr kurz angebunden.

Sie gingen ins *Allerheiligste*, diesen kleinen Raum, der so viel Geborgenheit gab.

«Ich war heute ganz in der Früh vor der Schule bei Frau Merger und ...»

«Woher weißt du, wo sie wohnt?» Die Komtess gab sich keine Mühe, ihre schlechte Laune zu verbergen.

«Das möchte ich für mich behalten. Es ist nicht weit von hier. Als ich ankam, da lag ihre Tochter Mine gerade totenbleich in ihrem Bett ...»

«Ja, und?»

«Frau Merger sagte: Mine hat sich gepikt, und nun blutet sie. Ich weiß nicht, was das heißt. Mine hatte den Strohsack des Bettes mit ihrem Blut durchtränkt. Sie konnte nicht mehr sprechen. Sie war so schwach. Und Frau Merger wollte unbedingt, dass ich gehe.»

Die Komtess verharrte schweigend, starrte erst Ricarda an, dann ins Leere.

«Oh mein Gott, es tut mir so leid, dass du das miterleben musstest», flüsterte sie.

Ricarda hob die Schultern. «Ich konnte nur zusehen. Jedes Wort wäre falsch gewesen. Mine ist ihr ältestes Kind, hatte Frau Merger mir einmal gesagt.»

Die Komtess umarmte Rica und drückte sie lange fest an sich, was sie nie zuvorgetan hatte.

«Du bist wirklich eine erstaunliche Person, Rica», sagte sie in einem Ton, der sowohl nach leiser Bewunderung als auch leichter Verstimmung klang. «Dennoch: In Angelegenheiten, die das Personal betreffen, solltest du dich nicht einmischen.»

«Mit Verlaub, Komtess, Mine ist zwei Jahre jünger als ich. Sie ist es, die betroffen ist. Ich bin da nur hineingestolpert.»

«Das stimmt natürlich», sagte die Komtess. Zum ersten Mal hatte Ricarda das Gefühl, die in allen Situationen so überlegen agierende Komtess wäre ratlos.

Die Tür ging auf, und Käthe – im derben grauen Arbeitskleid und mit Schürze kaum wiederzuerkennen – trat ein, wich aber wieder zurück, als sie Ricarda erblickte. «Entschuldigt, ich wollte nicht stören.»

«Du kommst mir recht, Käthe», sagte die Komtess. «Ich verliere gerade ein wenig den Boden unter den Füßen. Ricarda hat von einem schrecklichen Erlebnis am frühen Morgen berichtet, dessen Zeugin sie werden musste. Ricarda, ich denke, Käthe sollte das auch erfahren.»

Ricarda überließ es der Komtess, ihrer Freundin eine Zusammenfassung zu geben.

«Wir müssen etwas unternehmen», war Käthes spontane Reaktion. «Ich fahre sofort hin. Vielleicht kann man dem Kind ja noch helfen! Obwohl natürlich viel Zeit verloren ging.»

«Ich begleite dich, Käthe.»

«Auf keinen Fall, Jette! Dich kennt die halbe Stadt. Das kannst du nicht riskieren, bei einer verpfuschten Abtreibung ...»

«Käthe, bitte!», mahnte die Komtess mit einem angedeuteten Seitenblick auf Ricarda.

«Verpfuschte Abtreibung, was heißt das?», fragte Ricarda.

Die Komtess blickte ihre Freundin an und schüttelte den Kopf mit der Absicht, sie am Reden zu hindern.

«Jette, Ricarda kann nicht mehr in Watte gepackt werden, dafür ist es zu spät.» Käthe holte kurz tief Luft. «Die medizinische Seite mal ganz beiseitegelassen: Wieso ist ein Kind von dreizehn Jahren überhaupt schwanger? Da stimmt etwas nicht. Rica, gib mir die Adresse, bitte. Ich geh da jetzt hin!»

Für Ricarda setzte sich das Puzzle allmählich zusammen. Mine hatte ein Kind erwartet!

«Hat Mine sich in den Bauch gestochen, um das Kind zu töten, das darin wuchs?», fragte Ricarda erschüttert.

«Ich befürchte, dass es so gewesen ist», sagte Käthe.

In diesem Moment wurde die Wohnungstürglocke geschlagen.

«Mein erster männlicher Patient. Den habe ich ja ganz vergessen!», rief die Komtess.

Im Sprechzimmer legte Ricarda die Instrumente zurecht. Das Ether-Fläschchen durfte sie seit ein paar Monaten selbst aus dem Schrank holen. Sie platzierte die ausgekochten und hart gerollten Stoffstücke auf das Tischchen.

«Sehr gut», lobte Henriette. «Bittest du den Patienten herein?»

«Selbstverständlich, Komtess.»

Sie wollte schon gehen, als ihre Gönnerin sie zurückhielt.

«Es ist besser, du nennst mich in Anwesenheit von Patienten künftig Doktor. Denn nicht die Komtess behandelt sie, sondern die Ärztin.»

«Ja, das ist viel logischer, Doktor.»

Henriette verbarg ihr Lächeln. Dieses Mädchen mit seiner Logik! Gleichzeitig hatte die Kleine Herz und Mut. Eine seltene Kombination.

Ricarda stellte den Patienten vor, wie sie es eingeübt hatten. Wenn die Komtess die Namen von Patienten nicht kannte, war es ihre Aufgabe, diese im Vorraum zu erfragen.

«Doktor von Freystetten, Herr Julius Bötzow.»

Der großgewachsene Herr mit dem stattlichen dunklen Vollbart war ausgesprochen stilsicher gekleidet. Henriette sah ihm an, dass er vermögend war, obwohl es nur Kleinigkeiten waren, die dies verrieten. Der edle Stoff der Kleidung, die dezente Perlennadel, die die schmale Fliege hielt, die kurze Goldkette der Uhr, die in der Westentasche Platz fand. Der Blick dieses Mannes sagte ihr, dass er gewohnt war, Befehle zu erteilen, doch ein Militär war er nicht. Ein Geschäftsmann. Vielleicht ihr eigenes Alter? Solche Männer hatten normalerweise große Vorbehalte gegen Ärztinnen ...

«Es freut mich, dass Sie zu mir gefunden haben», sagte sie.

«Oh, ich hoffe, das kann ich auch sagen, wenn ich Ihr Haus verlasse!»

Sein Lächeln drückte Zurückhaltung und Neugier gleichzeitig aus.

«Zahnärzte kommen selten umhin, ihren Patienten weh zu tun.»

«Hauptsache, ich überlebe. Es gibt eine Menge Leute, die mich noch brauchen!»

«Meine Freundin, Doktor Biberti, hat Ihre Frau Gemahlin vor kurzem kennengelernt, wie sie sagte. Das muss ein ungewöhnliches Zusammentreffen gewesen sein», umschrieb sie den Umstand, dass Franziska für so gut wie keinen Lohn nur Arbeiterinnen behandelte.

«Meine Brauerei ist gegenwärtig noch in der Alten Schönhauser Straße. Doktor Biberti war so freundlich, einige unserer Arbeiterinnen dort zu behandeln, was meine Gattin veranlasst hatte. So kamen die beiden Damen ins Gespräch. Und Doktor Biberti hält wohl sehr viel von Ihnen.»

«Wir haben uns in Zürich während des Studiums schätzen gelernt. Jetzt sind wir hier wieder vereint.»

Sie führte Bötzow zum Patientenstuhl, den er mit wohlwollendem Blick betrachtete. Sie nickte Ricarda kurz zu, die auf dieses stumme Zeichen hin die edle Kleidung des Patienten mit einem festen Stoff abdeckte.

«Da Sie so schnell zu mir gefunden haben, quält Sie ein dringendes Problem, Herr Bötzow?»

Der Patient öffnete den Mund, und Ricarda richtete das Licht so, dass sie alles gut sehen konnte.

«Ich würde gern mit einer kurzen Zahnreinigung beginnen, bevor wir uns daranmachen, uns um Ihren Weisheitszahn hinten links zu kümmern.»

«Wird das schmerzhaft?»

«Teil eins: ein wenig. Teil zwei: Ich denke, ja, aber da gibt es viel schlimmere Fälle. Für beides brauchen wir Fräulein Ricarda, die mir assistiert.»

Bei ihren Patientinnen hatte es sich bewährt, das Gespräch so zu führen, dass die sich stets darauf konzentrierten, endlich wieder sprechen zu können. Das lenkte offenbar ab. So wollte sie auch mit ihrem ersten männlichen Patienten vorgehen.

Während sie die Zahnreinigung anging, fragte sie: «Sie sagten, Ihre Brauerei sei gegenwärtig in der Alten Schönhauser. Das heißt, Sie verlegen eine ganze Brauerei? Das muss eine Herkulesaufgabe sein!»

Als die Zahnreinigung abgeschlossen war, hatte Herr Bötzow in den kurzen Behandlungspausen berichtet, dass der Berliner Biermarkt seit ein paar Jahren im Umbruch sei und er selbst am erfolgreichsten darauf reagiert habe. Die neue Biersorte, die untergärig hergestellt werde, müsse bei niedrigeren Temperaturen gebraut werden, was am alten Standort nicht hinreichend möglich sei. Deshalb errichte er gerade an der Prenzlauer Chaussee eine neue Brauerei.

«Was machen Sie denn mit der alten? Reißen Sie die Gebäude alle ab?»

«Nur teilweise. Ich werde dort Wohnungen bauen lassen. Die Stadt wächst so schnell. Mit Wohnungen verdient man gutes Geld. Und die alte Fabrik hat noch viel Platz für Gewerbe ...»

Henriette horchte auf. Das waren äußerst interessante Informationen. Nun galt es, etwas damit anzufangen. Sie richtete sich auf und legte ihrem Patienten eine Hand auf den Arm. «Ich muss Sie kurz unterbrechen. Jetzt kommt der Weisheitszahn dran. Der muss leider raus.»

«Das besondere Fläschchen?», fragte Ricarda aufmerksam.

Henriette schüttelte den Kopf. Sie spürte, dass sie einen Versuch wagen musste. Einen, bei dem sie keinen Ether brauchte, sondern die ungeteilte Aufmerksamkeit ihres Patienten. Während sie den armen Mann jeder Gegenrede beraubte, erzählte sie von Franziskas und Emilies Plänen, ein Krankenhaus für Frauen zu eröffnen.

«Leider gibt es da ein Problem …» Sie machte eine kurze Pause, sagte: «So – und jetzt kurz tapfer sein!»

Und riss den Zahn.

«Sehen Sie, da ist er. Ricarda, wir spülen die Wunde. Herr Bötzow, bitte ausspucken in die Schale, die Ricarda Ihnen reicht. Gut. Ricarda, jetzt die Tamponage.» Henriette fuhr in ihrem begonnenen Gedanken fort: «Meine Freundinnen finden niemanden, der ihnen geeignete Räumlichkeiten vermieten will. Denn sie sind Frauen. Und Frauen können ja keine Ärzte sein, wie wir beide wissen.» Sie lächelte schelmisch. «Fände sich also jemand, der in einem Arbeiterviertel ein Quartier vermietete, würde dieser Jemand nicht nur sich selbst einen großen Gefallen tun. Wegen der Arbeiterinnen, die weniger häufig erkranken. Wegen des guten Gefühls, Menschen geholfen zu haben. Es soll ja auch nicht umsonst sein, meine Freundinnen werden Miete zahlen. Ricarda, die Tamponage kann jetzt raus. Herr Bötzow, fühlen Sie sich gut?»

Der Patient tastete mit der Zunge die neue Lücke in seinem Mund ab. «Bleibt das so?»

«Das Zahnfleisch wächst darüber. Weisheitszähne sind ein Geschenk des lieben Gottes an die Zahnärzte. Ansonsten sind sie nutzlos.»

«Ich habe kaum Schmerzen. Wie machen Sie das?»

«Ich wollte schon immer Menschen helfen, und ich mag meinen Beruf. Das ist alles. Ach so: heute nichts mehr essen. Bier zu trinken dürfte erlaubt sein.»

Bötzow sah sie noch einen Moment an, einen Moment zu lang – unter normalen Umständen. Henriette versuchte, in seinen Augen zu lesen, ob das, was sie ihm gesagt hatte, bei ihm angekommen war. Sie wusste es nicht, aber sie fand, für heute hatte sie gesagt, was sie sagen musste. Sie würde nicht mehr auf das Thema einer Frauenklinik zurückkommen. Dieser Mann fühlte sich voller Tatendrang. Henriette sah es deutlich. Er hatte einen Zahn verloren, ohne leiden zu müssen. Womit konnte man einen Mann mehr beeindrucken?

Der lange laue Sommerabend ging seinem Ende zu, als Ricarda und die Komtess in Malwines Küche die Instrumente und Tamponagen auskochten. Das Fenster stand offen, die Vögel sangen, der Duft der Linden erfüllte den Raum.

«Glauben Sie, Herr Bötzow wird Doktor Biberti und Doktor Solm Räume vermieten?», fragte Ricarda.

Die Komtess drückte weiteren Stoff ins brodelnde Wasser.

«Ich hoffe es. Aber das Eigentliche, was ich dir vermitteln wollte, ist etwas anderes: Nutze die Gelegenheit, wenn du meinst, dass sie günstig ist. Zögere nicht, sondern greif zu, versuch dein Glück. Genau das ist deine Stärke, ich weiß es. Du bist heute Morgen einfach losmarschiert, um zu helfen. Das Gleiche habe ich mit den Mitteln getan, die mir zu Gebote stehen. Ich kann nicht einfach Malwine fragen: Wie geht es dir? Die Frage allein würde sie beschämen. Sie würde sofort denken, sie machte einen schlechten Eindruck auf mich. Ich bin Komtess, und glaub mir: Auch das hat seine Schattenseiten.»

«Wären Sie keine Komtess, wäre ich nicht hier.»

«Das ist wohl wahr. Dann werden wir unsere Rollen spielen müssen in der Art, wie der liebe Gott es für uns vorgesehen hat», erwiderte die Komtess. «Geh jetzt schlafen, morgen wird Schule sein.»

Ricarda wollte sich schon fortschicken lassen, als ihr klarwurde, wie wenig Logik in diesem Tag liegen würde, wenn sie nicht sagen würde, was ihr durch den Kopf ging. «Wenn Herr Bötzow Platz hat für die Frauenklinik, können Sie ihn dann fragen, ob er eine bessere Wohnung für Frau Merger und ihre Familie hat? Wo sie wohnt, ist alles feucht und dunkel und eng und ohne Hoffnung.»

«Ja, Ricarda, das ist eine gute Idee.»

Sie ließ die Komtess, die nachdenklich die Tamponagen auskochte, allein und prallte im Korridor auf den gerade heimkehrenden Georg Kögler.

«Jessas, na, Ricarda! Sie haben mich gewaltig erschreckt!» Er lachte. «Gerade hab ich den Kollegen Bötzow hier vorm Haus getroffen. So ein Zufall! Der Brauereikönig von Berlin spaziert da herum.»

«Der Brauereikönig?», fragte sie verblüfft.

«Ja, freilich! Er hat die größte in Berlin und meine Familie die größte in München. Da kennt man sich.»

«Ich fürchte, ich habe gerade den Weisheitszahn des Berliner Brauereikönigs in den Müll geworfen», sagte Ricarda und sah den bayerischen Brauereikönig mit gespielter Ratlosigkeit an.

«Dann war das gar kein Zufall, dass ich den Bötzow traf?»

«Wenn Doktor von Freystetten auch Ihnen einen Weisheitszahn zieht, Herr Kögler, ist es auf keinen Fall mehr einer. Gute Nacht.»

Sie knickste und ging.

Henriette war in heißen Wasserdampf gehüllt, aber Hitze und Feuchtigkeit hinderten sie nicht, sich zu fragen: Wie war es möglich, dass die Einsichten eines so jungen Menschen sie derart erschüttern konnten? Die kleine Gärtnerstochter öffnete ihr die Augen für Umstände, die sie selbst eigentlich längst hätte sehen müssen. Ausgerechnet sie als Ärztin hatte nie darüber nachgedacht, wie ihre wichtigste Angestellte lebte. Ausgeblendet hatte sie es.

Sie hörte die Schritte im Gang, aber es war Georg und nicht Käthe. Er erzählte ihr von seiner Begegnung mit Bötzow, sie hörte kaum hin, wurde erst aufmerksam, als er sagte, dass er leider morgen der Geschäfte wegen nach München zurückkehren müsse. «Ich war zwar nur kurz da, aber es hat mir hier gefallen, Jette», sagte Georg. «Mit der Ricarda hast du ein richtiges Wildpferd. Bin mal gespannt, was aus der wird.»

Wie erzieht man eigentlich eine Heranwachsende?, fragte sich Henriette, als Georg gegangen war. Musste sie Ricardas «Mundwerk» bremsen, oder war es genau richtig, wie es war? Sie beschloss, sich demnächst mit Helene Lange zu beraten, und zog sich mit Jane Austens *Stolz und Vorurteil* ins Lesezimmer zurück, um auf Käthes Heimkehr zu warten.

Die Freundin kam wenig später und sah erschreckend aus. Die Frisur in Auflösung begriffen, ein Ärmel ihres Kleides fast abgerissen, das Gesicht verschmutzt, die Wangen gerötet. Aber ihr Blick war kämpferisch. Henriette sah Käthe an, dass sie wieder mal eine Schlacht geschlagen hatte. Doch wie die Siegerin sah sie nicht aus. Henriette hielt es für klüger, nichts zu fragen, und schenkte ihr stattdessen einen Cognac ein.

«So ein unfassbares Elend, in dem die Menschen da leben! Für Mine konnte ich natürlich nichts mehr tun, das war ja zu erwarten gewesen. Irgendwann am Nachmittag ist sie gestorben, sagt Frau Merger.» Käthe nahm einen großen

Schluck Cognac. «Ihre Tochter arbeitete bei einem Anwalt und dessen Frau in der Leipziger Straße als Hausmädchen. So wie Auguste bei dir. Geschlafen wurde im Hängeboden im Flur des Dienstbotentrakts. Der Herr Anwalt machte ihr schöne Augen ... Ein Kind noch, ein törichtes Kind mit dem Leib eines zu früh erblühenden Weibes. Die freute sich sogar über die erste Aufmerksamkeit, die ihr im Leben zuteilwurde. Irgendwann merkte sie, dass was mit ihr nicht stimmte. Sie sagte es ihrer Mutter aber erst letzte Woche. Malwine blieb ruhig. Macht nichts, wo sechse satt werden, werden auch sieben satt, sagte sie ihr. Aber Mine wusste: Das stimmt nicht. Sie wurden schon jetzt nicht satt.»

In einer Pause ihres Monologs warf Henriette ein: «Ich hatte mir sowieso vorgenommen, ihren Lohn zu erhöhen.»

«Ich mache doch dir keinen Vorwurf. Malwine sagt, ihr Mann versäuft das Geld. Selbst wenn du Malwines Lohn erhöhst, kommt davon nichts bei ihr und den Kindern an. Sie muss ihm sagen, wann sie Geld bekommt, dann steht er vorn an der Ecke Friedrichstraße und nimmt es ihr ab. Dagegen kann man nicht mal etwas unternehmen, weil ja bekanntlich jeder Mann per Gesetz seiner Frau verbieten kann zu arbeiten.» Sie genehmigte sich noch einen Schluck Cognac.

Henriette musterte ihre Freundin besorgt. «Du bist in einem Zustand, wie ich dich selten erlebt habe.»

«Ich mich auch nicht, Jette!» Sie sah an sich herunter. «Der Dreck, das ist Erde. Graberde.»

«Du hast Mine ...?»

«Malwine und ich, wir haben dieses arme Geschöpf auf einem Handkarren zum Friedhof vor dem Halleschen Tor gefahren. Man macht dort nicht viel Federlesen. Hat solch ein Menschenkind schon im Leben zu wenig, dann erst recht nach dem Tod.» Käthe nahm einen letzten Schluck Cognac und erhob sich. «Ich brauche jetzt ein Bad», sagte sie.

Der Herbst neigte sich dem Ende zu, die Linden hatten ihre goldgelben Blätter fast vollständig abgeworfen. Ricarda kehrte gerade heim von einem Besuch bei Kumari, wo sie und Eleonore, die inzwischen nur noch Lore gerufen wurde, fleißig gelernt hatten. Die drei Mädchen waren inzwischen enge Freundinnen geworden, die auch ihren Kummer teilten. In diesem Punkt war Lore gerade ihr Sorgenkind. Offensichtlich wurde ihre soeben aus der Kur zurückgekehrte Mutter von wechselhaften Launen bestimmt, die auch das Leben ihrer Tochter vergällten. Sie hatte sich einen fünf Jahre älteren Herrn für Lore in den Kopf gesetzt. Er arbeitete in der Bank ihres Vaters.

Aber Lores Urteil war eindeutig: «Ein stinkendes Scheusal!» Die Erinnerung an Lores Gesichtsausdruck ließ Ricarda grinsen.

Ach ja, die Mütter! Kumaris Mama verging immer noch vor Heimweh, doch wenigstens hatte Ricardas Mutter endlich geschrieben, dass sie wohl zu Ostern nach Hause käme. Nach zwei Jahren Kur!

«Du kannst Gott nur danken, dass sie ihre Krankheit überlebt hat», hatte die Komtess geantwortet.

Ricarda hing ihren Übergangsmantel an die Garderobe und wollte eben in ihr Zimmer gehen, als Frau Merger ihr in den Weg trat. «Kommen Se mal mit.»

Sie folgte ihr in die Küche. Dort stand auf dem Tisch ein Napfkuchen aus Schokolade.

«Is für Sie. Weil Se 'n jutet Wort für mir einjelegt haben. Morjen ziehn wir in die Alte Schönhauser.»

Sie reichte Ricarda den Kuchen.

«Ich freue mich so für Sie, Frau Merger. Danke.»

Die Komtess hatte ihr kein Wort davon verraten, dass sie tatsächlich für Frau Mergers Familie eine neue Wohnung gefunden hatte. Nur beiläufig erwähnt hatte sie, dass ihre Freundinnen Solm und Biberti endlich einen Platz für ihre kleine Frauenklinik hatten – und zwar in der aufgelassenen Brauerei des Patienten Bötzow. Die Eröffnung lag nun auch schon wieder einige Wochen zurück.

«Essen wir gemeinsam vom Kuchen?», fragte Ricarda.

«Ick hab so ville um die Ohren. Und morjen bin ick denn sowieso nich da», sagte Frau Merger und eilte hinaus. Allein wollte Ricarda den Kuchen nicht anschneiden und beschloss, ihn am nächsten Tag in die Schule mitzunehmen.

Die Komtess war schon eine erstaunliche Frau, dachte Ricarda. Still und leise griff sie in Schicksale ein. Das hatte sie ja auch damals bei ihr getan, und Ricarda war darüber anfangs nicht erfreut gewesen. Nun jedoch konnte sie sich nicht mehr vorstellen, in Freystetten zu leben. Zum Glück hatte die Komtess bis jetzt mit keinem Wort erwähnt, dass Ricarda zurückmüsse, wenn ihre Mutter wieder daheim wäre. Aber diese Unterhaltung würde wohl bald bevorstehen ...

Kumari und Lore verlassen, die Schule beenden, ein Leben auf dem Dorf, morgens hinter das Haus gehen und Wasser aus dem Brunnen holen ... Würde die Zeit zurückgedreht werden? Dann wäre ihr Leben in Berlin vorbei wie ein schöner Traum. Ricarda brauchte Gewissheit, wie es mit ihr in Zukunft weiterging. Sie musste das Gespräch mit der Komtess suchen. Gleichzeitig wollte sie nichts weniger als das.

DAS FREMDE ZUHAUSE

April 1879

Der frisch gefallene Pulverschnee, im Licht der Gaslaternen hell wie Sternenstaub funkelnd, wurde von den Schleppen der Komtess und Florentine aufgewirbelt, die vor Ricarda und Käthe langsam über den Gendarmenmarkt schritten. Noch hatte Ricarda den Geruch des Theaters in der Nase, diesen leicht süßlichen Duft nach Puder und Parfüm, nach Staub und Sägespänen, doch die klare Schneeluft wehte ihn langsam fort. Die Bilder dieses Abends wirkten jedoch noch in ihr nach, diese seltsamen Gestalten, die von der Phantasie eines Schriftstellers erschaffen und von Schauspielern zum Leben erweckt worden waren. Quasimodo, Esmeralda – was für Namen, welche Schicksale! Ein Missgestalteter, selbst taub, verzückt eine ganze Stadt mit seinem Glockengeläut. Eine Zigeunerin, von den Bürgern verachtet, wird von den Männern angehimmelt.

«Quasimodo ist ein solch abscheuliches Monster. Ich habe mich so gefürchtet. Ein sehr romantischer großer Unfug, aber zerstreuend. Findet ihr nicht auch?»

Florentine hatte sich im Gehen umgewandt, um auch Ricarda und Käthe einbeziehen zu können in ihre Gedanken.

«Das Stück sagt auch, dass jeder liebenswert ist. Egal, wie

er aussieht oder was er ist. Das hat mir gut gefallen», erwiderte Ricarda.

Florentines Gerede ärgerte sie. So ein schöner Abend, der erste, den sie in einem Theater verbracht hatte. Obwohl die Komtess das schon vor bald zwei Jahren versprochen hatte, als nur sie beide erstmals am Schauspielhaus vorbeiflaniert waren.

«Ricarda, du spitzt das gleich so zu. Ich wollte doch nur amüsant sein.»

«Ich kann eben nicht amüsant sein, Florentine. Ich bin keine Schauspielerin.»

«Ihr beiden seid wirklich wie Feuer und Wasser!», meinte Henriette.

«Danke, Tante Jette. Du sagst es. Ich brenne, und Ricarda löscht sofort!» Sie lachte.

«Rica, wie hat es dir denn nun gefallen?», fragte Henriette.

Die kleine Gruppe hatte Unter den Linden erreicht und steuerte auf ihr Zuhause zu.

«Erst mal danke für den Abend, Komtess. Ich mochte es so sehr! Theater verzaubert. Es ist wundervoll.»

«Dann machen wir beiden das bald wieder», sagte Käthe vertraut zu Ricarda. «Mir geht es nämlich genauso. Ich war zuletzt vor Jahren im Theater.»

«Und wir beide gehen bald in Neujork ins Theater, Tante Jette! Neujork muss wundervoll sein! Die größte Stadt der Welt und wir mittendrin, Tante Jette!»

Sie drehte sich im Kreis wie eine Ballerina, ihr weites Abendkleid mit der langen Schleppe und der dazu passende Mantel beschrieben einen Kreis im Straßendreck.

Das Kleid war aus lindgrüner Seide, hochgeschlossen mit

einem winzigen Spitzenbesatz, der ihren Schwanenhals noch länger wirken ließ, darüber das rotgoldene Haar, in dem eine weiße Rose wie ein Krönchen steckte. Selbst Ricarda, die mit Staunen über das pompöse Theater beschäftigt gewesen war, hatte bemerkt, dass wohl alle Herren ihre Blicke auf Florentine gerichtet hatten. Erst da war ihr bewusst geworden, dass sie unsichtbar war in ihrem schlichten dunkelroten Abendkleid. Gerade das hatte sie in diesem Augenblick ganz besonders genossen. Sie hatte alles genau beobachten können, ohne selbst Interesse zu erwecken.

«Erst mal müssen wir die lange Atlantik-Passage überstehen, Flora», sagte Henriette. «Das ist um diese Jahreszeit nicht lustig. Die Wellen spielen mit dem Dampfer wie mit einer Nussschale. Einmal habe ich meine Kabine tagelang nicht verlassen.»

«Es wird ein großes Abenteuer, Tante Jette. Ach, und die Fahrt über den Ärmelkanal war diesmal auch gar nicht so schlimm.» Sie drückte Henriette an sich. «Ich bin ja bei dir, Tante Jette.»

Das war jetzt das mindestens hundertste Mal, dass sie an diesem Abend *Tante Jette* gesagt hatte. Als wollte sie unbedingt klarstellen, dass nur sie einen Anspruch auf die Komtess hatte, dachte Ricarda.

Vor einer Woche war Florentine im Haus Unter den Linden eingetroffen, hatte stolz das Abschlusszeugnis ihres Internats im englischen Brighton herumgezeigt und sich seither nach Kräften bemüht, der Komtess nicht mehr von der Seite zu weichen. Tante hier, Tante da. Es war ein leicht zu durchschauendes Schauspiel, das sie bot. Aber Ricarda konnte es verstehen. Nach so langer Zeit endlich wieder jemanden aus der eigenen Familie um sich zu haben, war eine Kostbarkeit.

Ende des Monats wollte die Komtess ihre Nichte nach Amerika begleiten und alte Freundinnen treffen. Da Käthe in Berlin blieb und die Praxis allein führte, freute sich Ricarda sogar ein wenig auf ein vermutlich entspanntes Vierteljahr. Zuvor standen die Ostertage an, die sie alle drei zurück nach Freystetten führen würden.

Als sich ihr Blick in der Weite der Landschaft verlor, genoss Ricarda die Fahrt in ihr altes Zuhause. Schon so lange lebte sie in der Stadt, und es war so gekommen, wie die Komtess es prophezeit hatte: Freystetten war wie ihre Wurzeln, aber die Äste griffen in die Berliner Luft. Die – das hoffte sie zumindest inständig – ihre Zukunft war. Das launische Aprilwetter belohnte sie mit klarem Frühlingslicht. Morgen würde Pfarrer Gutschmid den Ostergottesdienst in der kleinen Kirche halten. Vor allem aber war Ricarda gespannt auf das Wiedersehen mit ihrer Mutter.

Und Florentine redete und redete. Mit noch größerer Geschwindigkeit als das Rattern der Zugräder über die Eisenbahnschwellen.

«In Brighton spricht man über nichts anderes, Tante Jette. Eine gebildete Dame von Stand will heute Ärztin werden. So wie du. England ist viel weiter als das Deutsche Reich. Ist doch empörend, dass ich bis ins ferne Amerika reisen muss, um eine Ausbildung bekommen zu können, wie jeder Mann sie in Berlin erhält. Was denkst du, Ricarda? Du sagst gar nichts.»

Sie zwang sich, Florentine mit einem freundlichen Lächeln anzusehen. «Weil ich deine Ansichten in diesem Punkt teile, Florentine.»

«Ach, das klingt doch sehr distanziert, Ricarda. Findest du nicht auch, Tante Jette?»

«Ich glaube, Rica war gerade mit ihren Gedanken ganz woanders, Flora.» Die Komtess lächelte Ricarda zu.

«Deine Rica. Du kennst sie eben sehr gut, Tante Jette.»

Ricarda hatte das Gefühl, ein Messer in die Rippen gerammt zu bekommen.

«Flora, was höre ich da heraus?»

«Verzeih, Tante Jette.» Florentine zog die Luft geräuschvoll ein und blickte aus dem Fenster.

So, wie Flora den Kopf nun hielt, erkannte Ricarda die Narbe über Florentines linkem Auge besonders deutlich. Sie war etwas länger als ein Fingerglied, leicht gezackt wie ein feiner Riss. Bei normaler Beleuchtung fiel sie kaum auf. Doch sie weckte die Erinnerung an diesen furchtbaren Moment, als Florentines Gesicht direkt vor ihr auf dem eisigen See gelegen hatte. Bleich, aus dieser Wunde blutend. Sie hatte das Gefühl, ihr Herz würde von einer Faust zusammengedrückt. Warum nur ertrug sie Florentines Nähe noch immer so schwer?

«Ich habe daran gedacht, wie es sein wird, meine Mutter nach zwei Jahren wiederzusehen, Florentine. Ich wollte nicht distanziert klingen. Im Gegenteil», sagte Ricarda so versöhnlich, wie sie konnte. «Ich würde sogar sehr gern wissen, für welchen Aspekt der Medizin du dich interessierst.»

«Verstehe ich nicht. Für alle natürlich.» Florentine klang beleidigt.

Ricarda hatte das Gefühl, gegen eine Wand zu rennen, wenn sie mit Florentine sprach. «Nun ja, die Komtess ist Zahnärztin, Käthe und Doktor Solm haben sich auf Frauenleiden spezialisiert, Doktor Biberti vor allem auf innere Organe.»

«Das wird sich zeigen, Ricarda. Dafür studiert man doch, oder?»

«Ich wusste so gut wie nichts über Medizin, als ich mit dem Studium begann», pflichtete die Komtess ihrer Nichte bei und lächelte ihr zu. «Wer sich bildet, verändert seine Interessen.»

In der riesigen Weite der Mark lief ein Bauer an der Egge hinter seinem Pferd über das Feld. Tage würde er brauchen, um Furche an Furche zu reihen. Während über ihm am blassblauen Himmel die Wildgänse zogen. Und Berlin? Ein einziges Gewusel, in dem man den Einzelnen nicht wahrnahm.

«Willst du auch einmal einen wichtigen Beruf ergreifen, wie ich es vorhabe?», fragte Florentine.

«Ja, natürlich, meine Mutter hat ja auch einen Beruf erlernt.»

«Dann wirst du auch Köchin?», fragte Florentine, und Ricarda meinte wieder, dass da eine Spitze war, die sich gegen sie richtete.

«Das kann ich nicht allein entscheiden. Ich könnte mir vorstellen, Lehrerin zu sein.» Sie sah der Komtess an, dass die überrascht war über ihre Antwort. Doch was sonst hätte sie sagen sollen? Ich möchte auch Medizin studieren. Ich möchte werden wie Sie, Komtess. Sie wusste, dass sie niemals das erreichen konnte, was Florentine offen stand. Und sie ärgerte sich über sich selbst, über dieses dumme Gefühl der Eifersucht, das in ihr nagte. Und so sinnlos war, weil es zu nichts führte. Eine Lehrerin wie Frau Lange zu sein, das war auch ein ehrbarer und nutzbringender Beruf. Alles andere war Träumerei, der es an jeder Logik fehlte.

«Du assistierst meiner Tante so viel in der Praxis, sagt Frau Hausmann. Ist dir noch nie der Gedanke gekommen, selbst Ärztin zu werden?», fragte Florentine.

Warum fragst du nicht, ob ich Lust habe, wie ein Vogel

durch die Lüfte zu gleiten?, dachte Ricarda. Doch sie wollte auf Florentines Provokation nicht eingehen. Stattdessen bot sich jetzt die Gelegenheit, die Frage zu stellen, die sie schon so lange beschäftigte: «Komtess, meinen Sie, ich dürfte bis zu meinem Abschluss nächstes Jahr auf der Schule bleiben?»

«Aber ja! Warum solltest du nicht?»

«Nun ... Jetzt, wo meine Mutter wieder ...»

Die Komtess ließ sie nicht weiter herumstottern: «Ach, Ricarda, darüber hätten wir längst sprechen müssen. Das werde ich in den kommenden Tagen mit deinem Vater klären. Ich kann mir nicht vorstellen, dass er etwas dagegen hat.»

Wie eng die Wohnung war, wie tief die Decke, wie verräuchert die Stube. Die Mutter kam auf Ricarda zu, und Ricarda dachte, dass sie sie größer in Erinnerung hatte.

«Du bist gewachsen, Ricarda», sagte die Mutter im selben Augenblick. «Nun bist du größer als ich. Ich habe schon immer zu deinem Vater gesagt: Ricarda wird so groß wie du.»

Sie streckte den Arm aus und berührte Ricardas Kopf mit den Fingerspitzen so zart, dass Ricarda es kaum spürte.

«Deine Haare, die hast du von mir. Magst du sie?»

«Ja, Mutter. Ich trage sie immer so wie jetzt.»

Sie hatte sie zu einem strengen Knoten im Nacken gebunden, doch an den Seiten widersetzten sich die starken schwarzen Locken jeder Disziplin. Sie hasste ihre Haare.

«Du bist noch ernster geworden, als du es früher schon warst.»

Ricarda hob hilflos die Schultern.

«Du lernst viel bei der Komtess in Berlin?»

«Die Komtess ist sehr geduldig mit mir. Aber es macht

mir Spaß, und in der Schule habe ich wundervolle Lehrerinnen.»

«Das ist gut, Ricarda. Als ich so alt war wie du und gesagt habe: Ich will etwas lernen – da hat mein Vater mich geschlagen. Ich hatte Glück, dass er mich Köchin werden ließ.»

«Das hast du nie erzählt, Mutter.»

«Kleinen Kindern erzählt man solche Geschichten nicht.»

Sie wandte sich dem Kanonenofen zu, auf dessen schmaler Oberseite eine Kanne stand. Die Mutter goss Tee in zwei Tassen. Mutter und Tochter setzten sich an den Küchentisch, und das Schweigen, das diesem Augenblick folgte, lähmte Ricarda. Ihre Mutter schien um mehr als die zwei Jahre gealtert, die sie beide sich nicht gesehen hatten. Gleichwohl sah sie gesund aus, die Haut leicht gebräunt, doch durch die schwarzen Haare zogen sich so viele weiße Strähnen, dass sie selbst im schwachen Licht der Stube deutlich zu sehen waren. Nicht das war der größte Unterschied – sondern der Ausdruck ihrer Augen. Ricarda fand darin keine Neugier mehr aufs Leben.

«Bist du denn wieder gesund, Mutter?»

Die Mutter nickte. Ihre Finger, deren Haut früher immer rissig war von der Arbeit, waren glatt und spielten mit der Tasse.

«Die Tuberkulose ist fort, Ricarda. Aber mein altes Leben auch.»

Ricarda glaubte, jetzt selbst keine Luft mehr zu bekommen. «Wie meinst du das?»

«Zwei Jahre sind eine lange Zeit, nicht wahr?»

«Hat die Gräfin dir deine alte Stellung zurückgegeben?»

Die Mutter schüttelte den Kopf. «Nein. Doktor Jungheinrich sagt, das darf ich nicht mehr. Emmi macht das.»

«Und was machst du?»

«Ich bin hier und nicht hier.»

Die Mutter lächelte so verzweifelt, dass Ricarda ihre Hände nahm und fest umschloss.

«Das tut mir so leid, Mutter. Was kann ich tun?»

«Nichts, Ricarda. Gott wollte, dass mein Leben so ist.»

Ricarda fiel in diesem Moment die einzige Veränderung auf, die in der Stube geschehen war. Ein kleiner Altar mit einem gekreuzigten Jesus und einer Muttergottes daneben. Maria sah verzweifelt auf zu ihrem sterbenden Sohn. Davor eine Schale mit Wasser.

«Gefällt dir mein Altar? Ich habe alles aus Bayern mitgebracht», sagte die Mutter. «Es ist geweihtes Wasser aus dem Kloster Ettal. Ich bin einige Mal dorthin gepilgert. Es tat gut, im Kloster zu sein und dort zu beten.»

Wie ein Gespenst krochen die Bilder der Vergangenheit aus dem Dunkel des Vergessens hervor und zeigten die Mutter, wie sie im Schnee auf allen vieren um Antonias Grab kroch.

«Betest du denn immer noch so viel?», fragte Ricarda.

«Auch du solltest Halt im Glauben finden», sagte die Mutter.

«Morgen gehen wir gemeinsam in die Kirche», erwiderte Ricarda.

«In die Kirche hier gehe ich nicht, Ricarda. Ich werde zu Hause an meinem Altar beten.»

«Warum?»

«Weil dort Ungläubige sind, Ricarda.»

Die Küche duftete köstlich nach Kuchen. Auf dem breiten, blank gescheuerten Holztisch lagen sorgfältig nebeneinander aufgereiht zahlreiche tellergroße Osterlämmchen, gelb von viel Ei und Safran im Teig, aber noch fehlte der Puderzucker. Die Freystettener Rituale, diese eingeübte Sorgfalt, dachte Ricarda, sind immer noch die gleichen.

Am Ostersonntagmorgen würde jeder eines von Emmis Lämmchen bekommen. Die Herrschaften auf ihren Frühstückstellern, das Personal von Emmi selbst, und viele Lämmchen würden zum Pfarrer gebracht werden.

«Na, Städterin, mal wieder gute Landluft schnuppern?»

Emmis Schürze war mit Mehlspuren bedeckt, Schweißperlen standen auf ihrer Stirn, die Wangen gerötet.

«Emmi, du siehst jedenfalls prächtig aus!»

«Ach, Rica, das täuscht. Hat dir deine Mutter erzählt, dass ich weiterhin alles allein machen muss? Der Doktor sagt: Karla, das ist vorbei! Die Quacksalber sollte man in die Küche stecken, da wüssten sie, was anständige Arbeit ist.»

«Sag mal, ist denn Rosel gar nicht bei dir?»

«Die serviert gerade oben im Gartensalon. Die Gräfin gibt eine kleine Gesellschaft.»

«Rosel serviert?», fragte Ricarda nach. Das war mal eine Neuigkeit! «Früher habt ihr sie das nie machen lassen, weil sie immer alles umstieß.»

«Du wirst dich wundern. Rosel hat sich gemacht. Schon vom Sommer an geht sie zur Ausbildungsanstalt für Hausangestellte in Frankfurt. Sie wird Mamsell. Wie deine Mutter. Aber leider nicht so schnell, dass es mir helfen würde.»

Im Juli würde Rosel vierzehn werden und dann tatsächlich in die Fußstapfen der Mutter treten. Und in die von Tonja, aber darüber wollte Ricarda nicht nachdenken. Sie hatte es bislang auch vermieden, in den rückwärtigen Teil des Parks zu sehen, denn sie wusste, dass sie den Anblick des Sees noch nicht ertragen würde. Auch das Grab ihrer Schwester hatte sie noch nicht besucht, wollte es aber nachholen, ehe sie zurück nach Berlin fuhr.

Gerade als sie die Küche verließ und in den dunklen Kellergang trat, kam ihr Rosel entgegen, ein Tablett mit dem edlen Porzellan in den Händen. Es war zwar lange her, dass Ricarda es selbst getragen hatte, aber sie wusste: Wenn man hier unten ankam, tat einem der Rücken höllisch weh.

«Ich hab schon gehört, dass du da bist.»

Etwas kurzatmig hastete ihre Schwester vorbei und in die Küche hinein, Ricarda folgte ihr. Ohne das leiseste Klappern platzierte Rosel das Tablett auf dem Tisch neben den Spülschüsseln. Sie trug die übliche schwarze Dienstbotenkleidung und ein Spitzenhäubchen im dunkelblonden, zu Zöpfen geflochtenen Haar.

«Du warst bei Mutter?», fragte sie und belud geschickt ein anderes Tablett mit dem bereitstehenden Pflaumenkompott.

«Ja. Weißt du, wo Vater ist?»

«Du darfst mir tragen helfen. Dann wirst du Vater treffen können. Aber binde dir bitte vorher eine Schürze um und vergiss das Häubchen nicht.» Rosels Stimme hatte einen leicht feindseligen Unterton.

«Wie meinst du das?»

«Die Gräfin legt großen Wert auf die Gesellschaft eures Vaters. Das will Rosel damit sagen», warf Emmi ein, während sie frisch geschlagene Schlagsahne auf Rosels Tablett stellte.

Ricarda nahm eine Schürze vom Haken und band sie sich um, steckte ein Häubchen ins Haar und wollte Rosel das Tablett aus der Hand nehmen. Doch die drehte sich fort.

«Du spinnst wohl! Ich habe einen Scherz gemacht. Du

bist kein Personal. Du bist was Besseres. Müsstest mal hören, wie die Komtess von dir spricht. Rica hier, Rica dort, was sie alles kann und macht, die Rica, tei, tei, tei. Ist mir so eine wundervolle Assistentin und lernt so fleißig. Blümchen, Blümchen. Prinzesschen Florentine kocht! Wenn das so weitergeht, schmilzt der noch das Krönchen aufm Kopp. Nee, bleib du man schön im Keller oder sonst wo.»

«Rosel, wie redest du denn!», mahnte Emmi vergeblich.

Mit entschlossenem Schritt eilte Rosel davon, das Tablett vor sich. Ricarda sah ihr nach, bis sie verschwunden war. Die kleine Rosel war offensichtlich keine kleine Rosel mehr, sondern eine wütende Rosamunde.

«Nimm's ihr nicht übel, Rica», sagte Emmi und pflückte ihr das Häubchen vom Kopf.

«Was habe ich ihr denn getan?»

«Nix, Ricarda. Weg warste. Ein anderes Leben geführt haste und führste. Was erwarteste denn? Sie lebt immer dasselbe, wie wir alle hier. Kein Flanieren unter den Buchen oder wie das heißt.»

«Linden», verbesserte Ricarda matt.

Emmi drückte ihr eine Schale mit Kompott und Sahnehäubchen obendrauf in die Hand.

«Lass es dir schmecken, Rica. Und? Willst du mir wenigstens von der großen Stadt erzählen?»

«Was meintest du damit: Die Gräfin legt großen Wert auf Vaters Gesellschaft?», fragte sie.

«Auch deine Mutter war zwei Jahre fort. Das ist eine lange Zeit.»

Ricarda begriff nicht, warum Emmi eine ähnliche Wortwahl benutzte wie die Mutter und was sie damit andeuten wollte. Aber ihr Gefühl sagte ihr, dass es klüger war, die Sache auf sich beruhen zu lassen.

Die kleine Freystettener Kirche war wie an jedem Feiertag bis auf den letzten Platz gefüllt, doch Rica zählte nicht mehr die Köpfe der Anwesenden. Die Gräfin und ihre Schwägerin Henriette hatten ihre Plätze vorn neben der Kanzel in der ersten Reihe, beide unter dunklen Spitzenschleiern den Blicken der hinter ihnen sitzenden Frauen entzogen. Bevor die kleine Orgel endlich ihren vertrauten Klang verströmte, waren die weiblichen Gemeindemitglieder wie üblich ein schwatzhafter Hühnerstall. Viele hatten einander die ganze Woche nicht gesehen. Neuigkeiten mussten sofort weitergereicht werden. Das Getuschel war voller Satzfetzen, spitz wie Giftpfeile. Ob sie wohl hörten, was die Frauen in ihrem Rücken schwatzten?

«Die arme Karla.»

«Das hier ist zu viel für sie.»

«Kommt heim, und der Mann ist weg.»

«Wo ist der Graf überhaupt?»

«Der findet in Paris, was er hier nicht findet.»

Ricarda begriff nicht so recht, warum die Leute ihre Mutter bemitleideten. Doch Rosel schien es zu verstehen. Sie saß mit geschlossenen Augen, die Hände im Schoß gefaltet, als wäre sie ohne Schirm in einen Regenguss geraten, den es auszuhalten galt.

Auf der anderen Kirchenschiffseite Gustav Petersen, der die anderen Männer in der Kirchenbank um Haupteslänge überragte. Ihr Vater blickte unverwandt nach vorn wie ein Fels, dem die Brandung nichts anhaben konnte. Neben ihm der junge Erbgraf, der die Beine in der Bank nicht stillhalten konnte und nicht wusste, wohin mit den Armen. Friedemann war erstaunlich gewachsen, aber ganz offensichtlich noch ein Knabe.

Die Orgelmusik und der Gesang der Gemeinde rauschten durch Ricardas Kopf hindurch. Hatte sie sich in der Geborgenheit der Dorfkirche früher als Teil eines Ganzen empfunden, so hatte sie nun das Gefühl, auf einem Nadelkissen warten zu müssen, bis sie gehen durfte.

Nach dem Gottesdienst verließ sie gemeinsam mit Rosel die Kirche und traf am Eingang auf den Vater. Man ging die paar Stufen bis hinunter zum Feldweg gemeinsam. Inzwischen hatten die vier Mitglieder der Grafenfamilie bereits das neu gestaltete Rondell vor dem Schloss erreicht. Henriette und Luise wie ein Paar, Florentine links, Friedemann rechts.

«Weißt du, was das eben in der Kirche sollte? Warum reden die Leute so?», fragte Ricarda ihre Schwester, sobald sie sich von der Gemeinde entfernt hatten.

«Was genau verstehst du daran nicht?», zischte Rosel. «Unser Vater ersetzt den Herrn Grafen in jeder Hinsicht. Ist das jetzt deutlich genug?»

«Das glaube ich nicht!» Ricarda blieb wie vom Donner gerührt stehen. «Bist du darum allen gegenüber so feindselig?»

«Ach, sollte ich nicht? Die Gräfin kann mich nicht ausstehen. Aber ich räume ihre Scheiße weg, lasse mich von ihr anpflaumen und bekomme an ihren schlechten Tagen – und glaub mir: davon gibt es viele – eine gräfliche Ohrfeige. Tut nicht weh. Außer ich denke daran, wie du so durch Berlin spazierst. Dann tut es weh. Oh, meine Antwort gefällt dir gar nicht. Arme Rica!»

«Es tut mir leid, dass das so ist, Rosel, glaub mir. Aber wie soll ich das ändern? Du gehst bald fort, sagt Emmi. Du freust dich gewiss.»

«Über was soll ich mich freuen, Rica? Du kommst heim als Fremde, bald wird es mir genauso ergehen. Mutter und Vater sprechen nicht miteinander. Unsere Familie gibt es nicht mehr, seit Tonja tot ist.»

Ricarda sah die Tränen in den Augen ihrer Schwester, trat vorsichtig einen Schritt auf sie zu und nahm Rosel, die fast schon so groß wie sie geworden war, sanft in die Arme. Einen Moment spürte sie noch, wie Rosel sich versteifte, dann gab sie den Widerstand gegen die Umarmung auf und erwiderte sie. So standen die Schwestern am Rande des Rondells vor dem Schloss und spürten, dass die Gegenwart sie zwar trennte, aber die Vergangenheit sie einte.

Während sie auf die wie immer zu spät eintreffende Luise in der Bibliothek wartete, ordnete Henriette ihre Gedanken, indem sie Tagebuch schrieb. Erst durch das Getuschel in der Kirche war sie aufmerksam geworden. Luise hatte zuvor kein Wort gesagt und auch in ihren gelegentlichen Briefen nach Berlin hatte nichts über sie und Petersen gestanden.

Ging sie das als Schwägerin etwas an? Oder gar als Raimunds Schwester? Aber Petersen war verheiratet. Inzwischen war er zwar nicht mehr der Gärtner, sondern der Verwalter, aber der Standesunterschied blieb. Eines stand fest: Das Getuschel war schlecht für das Ansehen der Familie.

Die Liebe erscheint mir wie ein Hindernis-Parcours, bei dem das Pferd nie hoch genug springt. Immer fällt die oberste Stange herunter, schrieb sie in ihr Tagebuch.

Als Luise eintrat, spürte sie sofort: Die Gerüchte stimmen! Denn ihre Schwägerin wirkte fahrig, lachte affektiert. Sie kennt mich so gut wie ich sie, dachte Henriette, sie weiß, was ich von ihr wissen will, und deshalb ist sie übernervös. Ach, könnten wir doch nur übers Wetter reden!

«Ich habe über Friedemann nachgedacht», sagte Henriette in ihrer bewährten Taktik, das Ziel nicht direkt anzusteuern. «Er wird fünfzehn. Was hast du mit ihm vor?»

«Er wird dieses Jahr noch nach Potsdam gehen, um die Offizierslaufbahn einzuschlagen», erwiderte seine Mutter.

«Eine fabelhafte Idee. Ich habe ihn beobachtet, er scheint sich gut mit Petersen zu verstehen.»

«Er braucht einen Vater, Jette. Euer Vater hatte diese Rolle übernommen, aber Franz ist seit zwei Jahren tot», sagte Luise.

«Er war auch für Petersen eine Art Vaterersatz. Das fügt sich ganz gut, und Petersen hat keinen Sohn. Wie macht er sich als Verwalter?», tastete sie sich allmählich ans Thema heran.

«Wir verbringen viel Zeit deswegen miteinander, Jette. Es ist nicht so, wie die Leute reden. Glaub mir.»

Luise, die nie Puder auflegte, war leicht errötet.

«Ich will nicht, dass du dich vor mir rechtfertigst. Raimund schrieb mir vor ein paar Monaten, dass er nicht nach Freystetten zurückkehren will. In meiner Antwort machte ich ihn auf seine Pflichten aufmerksam. Er reagierte nicht. Und du bist einsam in diesem Schloss. Das muss dir doch wie ein Käfig sein.»

Luise schüttelte den Kopf. «Nein, ich liebe dieses Schloss und seinen Park, die Weitläufigkeit, die Ruhe, die Harmonie. Ich habe angefangen zu aquarellieren. Es liegt mir.»

«Was malst du?»

«Den Park, seit neuestem die Orangerie. Warst du dort?

Hast du gesehen, was Gustav geschaffen hat? Es ist zauberhaft.»

«Wenn man dich reden hört, könnte man den Leute Glauben schenken.»

Luise sah sie offen an. «Ich liebe Gustav, wie ich nur einmal zuvor geliebt habe. Aber es ist nicht körperlich.»

«Und er?»

«Ich weiß es nicht. Wir sprechen nicht darüber. Wir sind zusammen, und dann sind wir glücklich. Das ist sehr viel, auch wenn es sich nach wenig anhört.»

«Aber die Leute glauben etwas anderes. Du bist einsam und er ein viriler Mann.»

«Ich würde Raimund nie betrügen. Obwohl er nicht mehr für mich da ist. Er hat mich gerettet, und dafür bin ich ihm für immer dankbar. Lass mir bitte diese unschuldige Liebe, die niemandem etwas wegnimmt.»

Ein Flackern lag in ihren Augen, das Henriette von ihrer Jugendfreundin kannte. Es verriet ihre Unsicherheit und Sorge, wieder einmal nicht verstanden zu werden.

«Ich erzähle dir dazu eine Geschichte», fuhr Luise fort. «Eines Tages komme ich in die neu gestaltete Orangerie. Und da steht neben dem Teich die von Raimund nie vollendete Statue. Gustav hatte mich vorher nicht gefragt, er hat sie einfach aus dem Marstall geholt, wo Raimund sie mal hatte hinstellen lassen.»

«Du meinst die Statue, die Friedrich zeigen sollte?»

«Nachdem Friedrich tot war, hat Raimund der Statue ja nie ein Gesicht gegeben.»

«Weiß Petersen, wie Friedrich starb?»

Luise nickte. «Wir hatten die Statue gemeinsam im Marstall entdeckt. Da habe ich ihm von dem Duell erzählt.»

Henriette spürte, wie ihr Puls schneller ging. «Etwa auch, dass Friedrich und du ein Paar waren?»

Luise schossen die Tränen in die Augen. «Das musste ich nicht. Er sah es mir an, und ich sah ihm an, dass er es mir ansah.» Sie lachte nervös. «Kindisch, nicht wahr?»

«Wie lange ist es denn her, dass ihr die Statue im Marstall entdeckt habt?»

Luise dachte nach, dann sagte sie: «Bald zehn Jahre.»

Henriette konnte ihre Überraschung nur schwer verbergen. «Seitdem liebst du ihn?»

«Schon viel länger.» Sie blickte träumend ins Nichts. «Ich weiß nicht, seit wann genau.»

«Und mein Vater hat das nicht mitbekommen? Er war doch immer mit Gustav zusammen.»

«Das gemeinsame Interesse an dem Park hat uns ja zusammengebracht. Aber erst jetzt haben wir die Möglichkeit, uns jeden Tag ungestört zu sehen. Dein Vater hat mir ein großes Abschiedsgeschenk gemacht, indem er Gustav zum Verwalter bestimmte.»

«Dennoch: So kann es nicht weitergehen, Luise. Das Gerede über dich und Petersen muss aufhören. Und du kannst Karla Petersen nicht im Gärtnerhaus vermodern lassen. Setze sie wieder in ihre alte Stellung als Mamsell ein. So stopfst du den Leuten ihre Schandmäuler.»

Luise seufzte. «Du hast wie immer recht.»

Doch zufrieden war Henriette keineswegs. Hätte sie strenger sein müssen? Luise war eine Romantikerin, gewiss. Aber ob Petersen sich wirklich damit zufriedengab, die schöne Luise nur anzuschmachten? Oder führte ihre Schwägerin sie am Ende doch an der Nase herum?

Die Sonne war noch nicht richtig aufgegangen, als Ricarda am Dienstag nach Ostern davon erwachte, dass ihre Mutter sich ankleidete. Sorgfältig band sie die Schleife der Schürze auf ihrem Rücken.

«Was hast du vor, Mutter?», fragte sie schläfrig.

«Meine Arbeit tun», erwiderte Karla Petersen schlicht.

«Die Gräfin hat sie dir wiedergegeben? Das ist ja wunderbar!»

Die Mutter sah sie auf eine seltsame Art an. Eine leichte Traurigkeit, aber auch so etwas wie Glück lag in ihrem Gesicht. «Nicht der Gräfin verdanke ich das, Rica.»

«Sondern?»

Sie nahm Ricardas Gesicht in beide Hände, zog ihren Kopf zu sich herunter und küsste ihre Stirn. «Gott hält seine Hand schützend über uns. Vergiss das nie.»

Berta lag direkt vor dem Eingang zur Orangerie und genoss die Ostersonne, die ihr silbriges Fell wärmte. Als Ricarda sich näherte, wachte der Hund auf und rannte auf sie zu. Doch sie sprang nicht mehr hoch, und das Freudengebell der Jugend hatte der Vater ihr auch abtrainiert. Ricarda strich ihr durchs sonnenwarme Fell, kraulte ihren Hals und ließ sich die Hände ablecken.

«Da bist du ja», sagte ihr Vater, und Ricarda drehte sich zu ihm um.

Wie er vor seiner kleinen Orangerie stand, die Daumen in den Hosenträgern über dem weißen, akkurat gebügelten Hemd, die blonden, borstigen Haare nur unzulänglich gezähmt, konnte Ricarda ihn sich nirgendwo anders vorstellen als hier. Er war kein Mann, der durchs feine Berlin flanierte. Er war wie dieses Land, das er formte, dachte seine Tochter:

eigenwillig, kompromisslos und stur. Zuvor hatte sie seine Natur nicht so klar erkennen können wie jetzt, wo sie ihn nur in größeren zeitlichen Abständen sah. Nichts erschien ihr unwahrscheinlicher als die Gerüchte, die sie in der Kirche gehört hatte: Luise war keine Frau, die zu ihm passte.

«Komm», sagte er und ging voraus in seine Orangerie.

Standen die Palmen früher hier nur aufgereiht nebeneinander, um den Winter zu überstehen, so hatte er nun eine kleine Landschaft daraus geformt, in der es Bananenstauden, Orangenbäume, tropisch blühende Pflanzen und sogar einen Teich mit Goldfischen gab, neben dem eine eigentümliche Statue stand. Sie stellte einen Mann dar, dem der Bildhauer kein Gesicht gegeben hatte.

Ein System von Rohren, die mit mehreren Kanonenöfen verbunden waren, sorgte für behagliche Wärme. Ricarda ließ sich die Namen der Pflanzen und ihre Herkunft erklären. Der Vater sprach die exotischen Namen, ohne zu stolpern, aus. Er setzte sich auf einen Stuhl neben dem Teich und deutete auf einen zweiten. «Rica, in einem Jahr wirst du die Schule beenden. Danach solltest du heimkommen.»

Das kam wie aus dem Nichts, aber so war der Vater eben. Ricarda spürte, wie sich ihr der Hals zuschnürte. «Sagt das die Komtess?», fragte sie entsetzt.

«Die Komtess hat mir mitgeteilt, dass du noch ein Jahr in Berlin bleiben sollst.» Er begann, sich eine Pfeife zu stopfen. «Aber ich bin dein Vater, und ich denke, dann bist du auch lange genug dort gewesen. Das ist keine Stadt für ein unverheiratetes Mädchen.»

Du kennst die Stadt doch gar nicht, schrie Ricarda innerlich. Aber natürlich gehörte es sich nicht, dem Vater zu widersprechen. «Aber was soll ich denn hier?»

«Du wirst wieder in der Nähe deiner Familie sein. Das würde deine Mutter freuen, jetzt, wo sie wieder zu Hause ist und Rosel bald nach Frankfurt geht. Ich weiß von einer Stelle, wo du als Gouvernante arbeiten kannst. Nur eine Stunde von hier. Du kennst Schloss Schwuchow? Die Fürsten sind ja bankrott. Freiherr von Herzberg hat es letztes Jahr gekauft. Er hat zwei Töchter, die just in einem Jahr eine gut ausgebildete Gouvernante brauchen werden. Jemanden wie dich», erwiderte er und zündete die Pfeife bedächtig an. «Ich habe alles mit dem Freiherrn besprochen. Er zahlt dir einen guten Lohn. Wenn du einmal heiratest, dürftest du die Stelle behalten, bis du ein eigenes Kind hast. Vorausgesetzt natürlich, dein Mann erlaubt dies. Das ist ein großes Entgegenkommen.»

«Ja, Vater, ich weiß», sagte sie leise. Es hatte keinen Sinn zu widersprechen. Als Tochter hatte sie nicht das Recht dazu und war überdies wie gelähmt. Gouvernante in einem Schloss auf dem Land, weit weg vom pulsierenden Leben der Großstadt … In Ricarda breitete sich schlagartig eine große Leere aus. All ihre geheimen Träume zerplatzten wie eine Seifenblase.

Mit zitternden Knien stand sie auf, bemüht, sich ihre Gefühle nicht anmerken zu lassen. «Darf ich gehen, Vater?»

Er nickte nur schweigend.

WAS FRAUEN DEN GANZEN TAG TUN

Juni 1879

Die Gruppe der Mädchen, denen die Eltern gestattet hatten, an der neuen Leibesertüchtigung für Mädchen teilzunehmen, war überschaubar. Gerade einmal sechs Mädchen durften mitmachen, die anderen 16 der auf 22 Schülerinnen angewachsenen Klasse gingen nach Hause. Ihre Eltern hielten es für nicht schicklich, wenn junge Damen dem Körper Aufmerksamkeit zuwandten. Allerdings hätten mehr als diese sechs auch kaum Platz gehabt für die Leibesübungen. Neben Ricarda nahmen auch Kumari und Eleonore an dem Unterricht teil, der nur einmal in der Woche stattfand. Die Schülerinnen stellten die Schulbänke und -tische zur Seite. Dann leitete Miss Stone, eine junge Frau aus England, die auch Englisch unterrichtete, die Mädchen an.

«Die Rumpfbeuge nach vorn ist eine sehr anstrengende Übung. Sie kann nur ausgeführt werden, wenn die Damen sich wohl fühlen», warnte Miss Stone und blickte die sechs in ihrer üblichen Schulkleidung nebeneinander aufgereihten Mädchen an.

Dann öffnete sie das Fenster einen Spaltbreit und ließ die milde Juniluft hinein. «Frische Luft ist wichtig für unsere Übungen. Sind alle gesund? Wohl denn, aber bitte langsam und nicht übertreiben. Die Arme hängen seitlich vom Torso locker herab. So. Wir strecken die ausgestreckten Arme äußerst langsam in die Höhe. Die Oberarme dicht am Kopf. Wir versuchen, mit den Fingerspitzen die Decke zu erreichen. Wir atmen langsam ein. Und aus. Wir schlagen die Hände nach hinten.»

Sie umkreiste die Mädchen.

«Das sieht sehr gut aus. Die Knie durchdrücken. Wir machen uns bereit, den Torso mit durchgedrückten Knien nach vorn zu neigen. Sehr behutsam. Sie sind solche Anstrengung nicht gewöhnt. Also bitte größte Vorsicht.»

Miss Stone umrundete jede ihrer Schülerinnen, penibel bedacht, sie bei diesen neuen, ungekannten Bewegungen nicht zu überfordern. Gerade stand sie hinter Ricarda und leitete die Gruppe an, man möge sich wieder aufrichten, als ein dumpfes Plumpsen zu hören war. Wie eine Puppe war Lore in sich zusammengefallen.

«Alle bleiben ganz ruhig! Ganz langsam aufrichten, meine Damen.»

Ricarda hörte die Panik in Miss Stones Stimme. Ihr selbst ging es gut. Sie hatte sogar, kurz bevor Lore umkippte, für sich beschlossen, Miss Stones Übungen zu Hause in ihrem Zimmer zu wiederholen. Nun kniete sie neben der Freundin, griff unter ihren Kopf, richtete sie auf. Wie leicht Lore war!

«Lore, hörst du mich?»

«Miss Rica, das dürfen Sie nicht tun! Ein Doktor muss kommen.»

Lore schlug bereits die Augen auf und blickte Ricarda verwundert an.

«Wir holen den Doktor, Miss Lore. Bleiben Sie liegen!»

«Nein! Kein Doktor, bitte. Ich stehe gleich wieder auf. *I am doing well*, Miss Stone», fügte sie einen ihrer frisch erlernten englischen Sätze hinzu und lächelte schon wieder.

Damit hatte sie offensichtlich Erfolg, denn Miss Stone antwortete spontan ein paar schnelle englische Sätze, die allerdings niemand verstand.

Ricarda fuhr einmal in der Woche gemeinsam mit Lore nach Hause, wo sie zu Mittag aßen und sich dann gemeinsam über die Bücher beugten und lernten. Auch heute, nach dem Zwischenfall bei der Leibesertüchtigung.

«Hast du dich ganz sicher nicht verletzt, als du in der Schule hingefallen bist?», fragte Ricarda.

Lore winkte ab. «Ich habe das manchmal. Dann falle ich um. Einfach so.»

«Ein wenig Neurasthenie ist normal in eurem Alter», warf Lores Mutter ein.

Die Mädchen aßen gemeinsam mit Lores Mutter zu Mittag. Lores Bruder besuchte seit dem Frühjahr ein Internat in Paris. Als er sich von Ricarda verabschiedet hatte, hatte er gescherzt: «Vergiss deinen Faust nicht, Gretchen.» So ganz vergessen hatte sie ihn in der Tat nicht. Vor allem nach dem niederschmetternden Gespräch mit ihrem Vater zu Ostern fragte sie sich manchmal, ob sie damals nicht zu hochmütig gewesen war. Sie hatte sich nicht einmal die Mühe gemacht, ihn wirklich kennenlernen zu wollen. Aber tief in ihrem Herzen wusste sie, dass es richtig gewesen war, nicht auf seine Avancen einzugehen.

Die Köchin hatte Fisch mit Sahnesoße und Kartoffeln delikat zubereitet. Ricarda genoss es. Sie hätte sich gern einen Nachschlag geben lassen, aber das war nicht schicklich. Denn Lore und ihre Mutter hatten ohnehin kaum etwas gegessen.

«Eleonore hat ein neues Pferd bekommen», sagte Jessica Singer. «Heute ist das Wetter wunderbar. Willst du nicht mit Eleonore im Tiergarten ausreiten? Du kannst mein Pferd benutzen, Ricarda.»

«Danke, aber ich kann leider nicht reiten.»

«Aber du musst dir Bella wenigstens ansehen!», rief Lore.

Die Stallungen lagen ein Stück entfernt, aber noch auf dem Grundstück, dicht am Großen Tiergarten.

Lore streichelte den schmalen, hübschen Kopf einer Stute. «Ich hole Bella mal raus.»

Lore schob den Türriegel beiseite, griff nach der halbhohen Tür, hinter der die Stute schon unruhig wurde. Erst sah es so aus, als würde sie stolpern. Durch den Zwischenfall in der Schule alarmiert, sah Ricarda, wie Lore den Kopf dabei nach hinten warf und die Augen seltsam verdrehte. Sie sprang hinzu und schaffte es gerade noch, sich zwischen Lore und den Türbalken zu schieben. Doch Lore hatte sich an der Stirn verletzt; die Stelle begann zu bluten. Sanft legte sie die Freundin auf den Boden.

«Schon wieder», sagte Lore, als sie zu sich kam.

Lores Mutter, die ein für den Stallbesuch unpassendes Korsagenkleid mit Schleppe trug und deshalb in ihrer Bewegungsfreiheit stark eingeschränkt war, blickte hilflos auf die beiden Mädchen am Boden herab und reichte Ricarda ein Tuch. «Stille ihr Blut, Ricarda, bitte. Das schöne Kleid! Es wurde gerade erst von unserer Schneiderin angefertigt.»

«Lore darf einfach nicht dauernd umfallen», sagte Ricarda und presste das Baumwolltuch gegen die Wunde. «Sie hätte sich gerade böse verletzen können. Darf ich einen Vorschlag machen?»

«Du meinst, die Komtess sollte Lore aufsuchen?»

«Die Komtess ist zurzeit in Amerika. Doktor Hausmann vertritt sie.»

Wenn sie von den beiden Ärztinnen im Haus Unter den Linden sprach, ordnete Ricarda dem *Doktor* nie ein Geschlecht zu. Das machte alles viel einfacher, hatte sie herausgefunden.

«Dann schicken wir einen Boten, damit Doktor Hausmann kommt!»

«Würde es nicht schneller gehen, wenn wir Ihre Kutsche nehmen, gnädige Frau, und jetzt gleich dorthin fahren?»

«Ich bin glücklich, dass meine Tochter eine Freundin wie dich gefunden hat, Ricarda. Lasst uns fahren.»

Als sie in der Kutsche saßen, fiel Ricarda auf, wie schmal und blass ihre Freundin war, sie wirkte zerbrechlich.

«Ricarda, mir brennt schon so lange eine Frage auf der Seele», unterbrach Frau Singer die Stille, die vom gleichmäßigen Klappern der Pferdehufe begleitet worden war. «Du bist doch die Tochter der Komtess, nicht wahr?»

Die Frage war aus dem Nichts gekommen.

«Wie meinen Sie das?»

«Die Komtess ist deine Mutter, nicht wahr? Du musst nichts antworten. Jeder ahnt es. Und es ist auch gut so. Manche Damen haben Geheimnisse. Sie sind glücklich, wenn sie dann auf andere Damen treffen, die dafür Verständnis haben.»

Was sollte das bedeuten? Als Ricarda darauf hinwies, dass sie doch ganz anders aussehe als die Komtess und eine eigene Mutter habe, antwortete Frau Singer nur mit einem vielsagenden Lächeln, das Ricarda in noch größere Ratlosigkeit stürzte.

Frau Merger musterte Ricardas unangekündigte Begleitung erstaunt: «Die Damen müssen leider warten.»

«Danke, Frau Merger. Ich sehe schnell nach», sagte Ricarda und führte die beiden Besucherinnen in das kleine Wartezimmer.

Seit der Abreise der Komtess hatte Käthe Hausmann viele ihrer Patientinnen übernommen. In Zahnheilkunde war sie jedoch wenig bewandert, daraus hatte sie Ricarda gegenüber kein Geheimnis gemacht. Da sie jedoch ebenso wie ihre Freundin die Verwendung des Ethers beherrschte, nahm sie gelegentlich auch die Extraktion eines kaputten Zahns vor. In diesem Moment bereitete Käthe gerade eine solche vor.

«Wünschen Sie, dass ich assistiere, Doktor?»

«Selbstverständlich, Fräulein Ricarda.»

Sie hatten sich auf diese förmlichen Anreden in der Praxis vor einiger Zeit verständigt. Inzwischen gelang das ohne ein unterdrücktes Schmunzeln. Und übers Händewaschen verlor auch schon lange niemand mehr ein Wort.

Sobald die Patientin nichts mehr mitbekam, informierte Ricarda ihre mütterliche Freundin über die nebenan wartende Lore und das Vorkommnis im Pferdestall.

«Lores Familienname ist Singer, sagtest du?»

«Ja. Warum fragst du?»

«Nicht der Rede wert. Gibst du mir die Zange?»

Käthe zog routiniert den Zahn, aber auch sie hatte sich, wie an ihrem angespannten Gesicht abzulesen war, noch nicht an den Geruch gewöhnt.

«Können wir jetzt spülen?», fragte Ricarda.

«Nicht so ungeduldig! Es bekommt Bewusstlosen nicht gut, wenn man ihnen einfach Wasser in den Mund schüttet», sagte sie und zwinkerte Ricarda zu.

Als Ricarda die Doppeltür zum Wartezimmer zur Seite schob, hatte sie das Gefühl, Jessica Singer erstarre. Sie spürte körperlich, dass Lores Mutter und Käthe seltsam aufeinander reagierten. Dennoch stellte sie die Frauen wie mit der Komtess eingeübt einander vor.

Nach einer offensichtlichen Schrecksekunde sagte Lores Mutter: «Ach. Sie sind Doktor Hausmann.»

Das klang nicht wie eine Frage, sondern wie eine Erkenntnis. Auf unerklärliche Weise schienen Käthe und Lores Mutter sich zu kennen. Aber Käthe ignorierte Frau Singers Verwunderung und wandte sich sofort Lore zu, die erzählte, was sich zugetragen hatte.

«Das geschieht nicht jeden Tag, hoffe ich», sagte Käthe.

«Ach, doch, Frau Doktor. Heute dreimal.»

Also noch ein weiterer Sturz, von dem Ricarda nichts wusste! Wie unangenehm das sein muss, ständig die Kontrolle über den eigenen Leib zu verlieren, dachte sie.

«Dann setzen Sie sich mal, bevor es wieder passiert.» Nachdem Käthe Eleonore weitere Fragen gestellt hatte, sagte sie: «Sie tragen auch bereits gelegentlich Korsett?»

Es war das Thema schlechthin unter Ricardas Freundinnen und Klassenkameradinnen. Die Zeit der Kindheit war vorbei, es ließ sich nicht leugnen, auch wenn Ricarda das noch weit von sich schieben wollte. Sie hasste die Vorstellung, sich in ein Gefängnis aus Fischbein zu zwängen.

«Ja, in den Osterferien habe ich ein neues bekommen. Es gibt meinem Torso die perfekte Linie mit einer schmalen Taille», berichtete Lore stolz.

«Aber es ist eng, nicht wahr? Sie schränken sich bereits mit dem Essen ein?»

Jessica Singer antwortete für ihre Tochter: «Selbstverständlich, Frau Doktor. Eleonore folgt meinem Rat. Für die Schönheit müssen wir Frauen eben leiden.»

Käthe wiegte den Kopf. «Wir *müssen* nicht. Ich zum Beispiel verzichte darauf, weil ich sonst nicht arbeiten könnte.»

«Das ist wohl die Kehrseite der Berufstätigkeit des Weibes», sagte Frau Singer gedankenschwer.

«Vermutlich», erwiderte Käthe. «Die Kehrseite der schmalen Taille ist eine Verlagerung der inneren Organe. Ricarda, rollst du bitte mal die bildgestalterische Darstellung der Anatomie aus?»

Neben Anton, dem Skelett, befand sich ein hölzernes, ausziehbares Gestell mit einem Haken am oberen Ende, in den Ricarda nun eine Rolle hängte, die sie auseinanderzog. Käthe deutete auf die inneren Organe und zeigte, wo das Korsett diese zusammenpresste, und erklärte, weshalb es dadurch zu Ohnmachten kam.

«Aber ich trug in der Schule kein Korsett», gab Lore zu bedenken.

«Die Folge Ihrer Ernährung, liebes Fräulein, ist die Chlorosis, an der Sie leiden.»

«Die Chlor... was ist das?», fragte Eleonore ängstlich.

«Chlorosis», erklärte Käthe, «nennt man auch Bleichsucht. Ist das bekannt?»

Eleonore schüttelte den Kopf.

«Wie entsteht die Chlorosis? In aller Regel durch Anämie, das ist Blutarmut. Blut ist unser Lebenssaft. Haben wir zu wenig davon, oder unser Blut ist nicht gesund, wird die Haut bleich.»

«Oh, wie furchtbar! Frau Doktor, unternehmen Sie etwas dagegen!», rief Lores Mutter.

«Das ist behandelbar. Frau Singer, ich schlage vor, dass

Eleonore von mir für ein paar Tage beobachtet wird, um eine Heilung in die Wege zu leiten. Wir haben hier im Haus die Möglichkeit für eine solche Ausnahme, wie sie nur in besonderen Fällen möglich ist.»

Ricarda sah ihrer Freundin an, dass sie das für eine sehr gute Idee hielt.

Als Auguste am nächsten Tag zum Mittagessen die Speisen auf den Tisch gestellt hatte und Frau Merger die Teller befüllte, lehnte Eleonore sich zurück. Es war offensichtlich, dass ihr nicht zusagte, was sie sah.

«Ich habe Malwine gebeten, heute etwas Kräftiges zu kochen», sagte Käthe. «Eiergraupen als Vorspeise, Schnitzel mit Schnittkohl und Salzkartoffeln. Und wofür haben Sie sich bei der Nachspeise entschieden, Malwine?»

«Eierkuchen mit Apfelmus, Frau Käthe.»

«Bestens! Guten Appetit allerseits.»

Eiergraupen mochte auch Ricarda nicht, obwohl diese hier, in Butter geschwenkt, ganz erträglich waren. Lore nahm nur eine Gabelspitze, ähnlich zurückhaltend verfuhr sie mit dem Hauptgang.

«Bleichsucht», sagte Käthe und schnitt sich ein Stück Fleisch ab, «klingt harmloser, als Ihr Leiden ist, Eleonore. Bleich ist ja an sich auch nicht schlimm. Viele Damen halten das für modisch. Nur die Wangen und die Lippen sollen leuchten, heißt es. Ihre Wangen und Lippen leuchten aber nicht. Und unser Essen mögen Sie auch nicht.»

«Ich muss in dieses Korsett passen, Frau Doktor!»

«Wer nicht isst, wird krank. Da nützt es doch nichts, wenn Ihnen Ihr Korsett passt.»

«So einfach ist es nicht, Frau Doktor.»

Käthe zerdrückte so viel von einer Kartoffel, wie auf ihre Gabel passte, und führte sie zum Mund.

«Sie müssen sich vernünftig ernähren. Sonst werden Sie immer wieder umfallen. Und letztlich eingehen.»

Ricarda begann nun auch wieder zu essen, aber Lore rückte mit dem Stuhl vom Tisch.

«Sie wollen mich mästen. Dann gehe ich lieber, Frau Doktor. Ich danke trotzdem. Auf Wiedersehen.»

Lore verließ den Raum, und Ricarda eilte ihr nach.

«Lauf nicht weg, Lore. Doktor Hausmann hat recht. Mode darf uns nicht wichtiger sein als die Gesundheit! Komm zurück, bitte.»

Lore schüttelte den Kopf. «Nein, Rica, ich kann nicht!»

Den Tränen nah, stürmte sie aus der Wohnung. Als Rica ins Esszimmer zurückkehrte, genoss Käthe ihren Eierkuchen.

«Bei Eleonore habe ich meine Möglichkeiten wohl überschätzt», seufzte sie und aß ungerührt weiter.

«Ist es wirklich so schlimm, wie du sagst?», fragte Ricarda.

«Wenn sie nicht zur Vernunft kommt: gewiss. Es gibt viele Mädchen wie sie, aber leider auch erwachsene Frauen. Das ist gerade die reinste Epidemie! Ich habe in dieser Woche vier Patientinnen mit Chlorosis gehabt. In verschiedener Ausprägung, versteht sich. Das enge Korsett ist auf eine die Gesundheit gefährdende Art in Mode gekommen. Die Taille kann nicht schmal genug sein. Diese dummen Weiber machen sich selbst krank.»

Das Essen war kalt und schmeckte Ricarda ohnehin nicht mehr. Käthes Einstellung mochte richtig sein, dennoch hatte Ricarda den Eindruck, dass sie bei Lore einen Fehler gemacht hatte.

«Es mag dir hart vorkommen, wie ich mit deiner Freundin umgegangen bin, Rica. Aber ich habe meine Prinzipien», sagte Käthe, als sie beide noch einen Kaffee tranken. «Bleichsucht ist nur zu behandeln, wenn die Patientin mitmacht. Ich habe genug Patientinnen, die gesund werden *wollen*. Deshalb: Wenn Eleonore wieder umkippt und sie verlangt einen Arzt, bringe sie bitte zu Biberti und Solm in die Alte Schönhauser.»

«Lore ist eine solche Umgebung nicht gewohnt!»

Die Ärztin sah sie mit einem Blick an, in dem Ricarda so etwas wie Mitleid erkannte. «Wenn dir etwas an deiner Freundin gelegen ist, folgst du meinem Rat.»

Einige Wochen später, an einem warmen Tag Ende Juli, waren die drei Freundinnen wie üblich, wenn sie den Nachmittag bei Kumari verbrachten, zu Fuß von der Schule in die Kurfürstenstraße unterwegs. Wie viele ihrer Mitschülerinnen trug auch Lore inzwischen an jedem Schultag ein Korsett, und an den Leibesübungen nahm sie nicht mehr teil. Sie war noch um einiges blasser geworden, unter den Augen hatte sie violette Schatten, ihre Lippen waren spröde. Schon wieder blieb sie stehen.

«Ich habe solche Kopfschmerzen», sagte sie matt.

Ihr stand der Schweiß auf der Stirn. Kumari und Ricarda, die sich beide weigerten, ihre bequemen Kleider gegen die enge Mode zu tauschen, liefen solidarisch langsam. Kumari, die sogar ein wenig Gewicht zugelegt hatte, trug Lores Tasche.

Es ging alles gut, bis sie die Kurfürstenstraße erreichten, die in den vergangenen zwei Jahren immer belebter geworden war. Es waren neue, vierstöckige Häuser gebaut worden, aber es gab noch immer keine Abwässerkanäle. Der Gestank war wieder erdrückend. Ricarda hielt sich einfach die Nase zu, Kumari tat es ihr nach und schließlich auch Lore.

«Mein Kopf», stöhnte Lore. Dann sackte sie plötzlich in sich zusammen. Knapp neben der Abwasserrinne schlug sie auf. Entsetzt halfen die Freundinnen ihr hoch. Lore schaffte kaum noch die wenigen Meter bis zu Kumaris Wohnung.

Kumaris Mutter sah ihre durch den Sturz ziemlich verschmutzte Besucherin an und sagte: «Dieses Mädchen muss in ein Krankenhaus.»

«Meine Mutter hat recht», meinte Kumari. «Wir können nicht länger wegschauen. Lore, du machst dich kaputt mit deiner Hungerei.»

Eleonore blickte ihre Freundinnen verzweifelt an. Schließlich sagte sie leise: «Ich bin einverstanden. Bringt mich zum Haus Unter den Linden.»

Rica und Kumari tauschten einen verschwörerischen Blick, denn Rica hatte sie in Käthes Entscheidung bereits eingeweiht.

«Doktor Hausmann behandelt dich nicht, Lore», sagte Ricarda. «Ich habe eine andere Adresse, die dich aufnimmt. Wir müssen erst zu deiner Mutter, um sie um Erlaubnis zu bitten.»

«Das geht nicht», presste Lore hervor, und im nächsten Moment liefen Tränen über ihr Gesicht. «Meine Mutter ist verreist. Ich weiß nicht, wann sie wiederkommt.»

Seit jenem Besuch in der Singer-Villa, der wiederum mit dem Besuch bei Doktor Hausmann geendet hatte, war Rica nicht mehr bei Lore gewesen.

«Dann fragen wir deinen Vater», meinte Ricarda.

Das machte die Sache schlimmer, denn Lore brach in

Schluchzen aus. «Er ist auch verreist. Aber ohne meine Mutter.»

«Dann begleiten wir dich», sagten Rica und Kumari wie aus einem Mund.

Im Gegensatz zu dem Luxus, in dem die Komtess und Käthe ihre Patientinnen empfingen, ging es in den halbdunklen Räumen in der Alten Schönhauser Straße ganz anders zu. Direkt hinter dem Hackeschen Markt, in einer schmalen Straße, lag die ehemalige Brauerei. Ein düsteres Areal, auf dem sich nun zahlreiche einfache Wohnungen befanden, die sich über mehrere Innenhöfe verteilten. Die Praxisräume von Franziska Biberti und Emilie Solm waren in jenem Teil der Brauerei, wo früher Wohnungen der Arbeiter sowie die Stell- und Fassmacherei untergebracht waren. Ganz in der Nähe bewohnten Frau Merger und ihre Kinder ein Zimmer mit Küche, während Malwines Mann in der alten Wohnung verblieben war. Das hatte Käthe Rica erzählt, ohne Details zu nennen. Seit Mines unglücklichem Tod verband Malwine und Käthe eine gewisse Nähe. Ricarda hatte es jedoch nicht mehr gewagt zu fragen, ob sie einmal zu Besuch kommen dürfe, denn sie hatte verstanden, dass die Haushälterin ihre Privatsphäre bewahren wollte.

Das Wohnquartier an der Alten Schönhauser war zwar nicht so elend wie die Friedrichstraße 236, doch auch hier war es laut, und der Unrat wurde nur gelegentlich weggeräumt. Immer wieder redete sich Ricarda ein, dass dies genau der richtige Ort war, wenn eine Ärztin Menschen in Not beistehen wollte. Bisher war sie erst zweimal hier gewesen: kurz nach der Eröffnung zum Ende des letzten Sommers und dann noch einmal im Januar.

Bereits bei ihrem ersten Besuch hatte Rica den Eindruck gewonnen, dass die beiden Ärztinnen von Patientinnen geradezu überrannt wurden. Hauptsächlich waren es Arbeiterinnen und Dienstboten. Der eigentliche Sinn der *Praxis weiblicher Ärzte* war es schließlich, gerade diese Frauen zu erreichen.

Beim zweiten Besuch hatte Franziska Biberti zu Ricarda gesagt: «Erst schicken die Damen ihre Köchinnen und Hausmädchen, und wenn sie merken, dass die gesunden, kommen sie selbst.»

Achtzig Patientinnen schleusten die beiden Ärztinnen pro Tag durch ihre beiden Behandlungsräume! Sie begannen morgens um sieben und schlossen abends um neun. *Zehn Pfennige für eine normale Konsultation*, hieß es auf einem Schild am Eingang. Wer die nicht aufbringen konnte, wurde umsonst behandelt.

Ricarda hätte es nicht gewagt, ihre Freundin Lore genau an diesen Ort zu bringen, wenn Käthe nicht ausdrücklich gesagt hätte: «Die Töchter aus höherem Hause müssen aufwachen und die Wirklichkeit sehen, Ricarda. Sie kreisen um ihre Taille, und die wird immer dünner. Sie machen sich krank, obwohl es ihnen gut gehen könnte, während die wenigsten Menschen genug zu essen haben. Und wozu? Für eine vermeintliche Schönheit. Wie traurig. Wenn Lore also wegen ihres Hungerns krank wird, sollte sie erleben, wie Krankheit wirklich aussieht.»

Je näher die Kutsche die drei Freundinnen ihrem Ziel brachte, desto unruhiger wurde Ricarda. Was, wenn Käthe mit ihrem Ratschlag falschlag? Würde sie Lore als Freundin verlieren? Oder sogar Kumari, die in Rica die Anführerin ihrer kleinen Gemeinschaft sah?

«Sind wir richtig? Bist du sicher, dass es hier ist, Rica?», fragte Lore.

Auch Kumari guckte verunsichert.

«Det is nix für Damen», sagte der Kutscher mit einer Kopfdrehung nach hinten. «Wollen se anderswo hin, wo's schöner is?»

«Wir sind am richtigen Ort», bekräftigte Ricarda.

Denn plötzlich begriff sie: Emilie Solm und Franziska Biberti glaubten an das, was sie taten. Und Käthe hatte sie in diese Situation manövriert, damit auch Ricarda sich endlich für das einsetzte, wofür die vier Ärztinnen kämpften.

Der Zeitpunkt, zu dem die drei Freundinnen die *Praxis weiblicher Ärzte* erreichten, hätte schlechter gewählt sein können. Es waren nur siebzehn andere Frauen vor ihnen an der Reihe. Gegen Abend würde die Schlange der Wartenden erheblich anschwellen, meinte eine der wartenden Frauen.

Die Hilfsbereitschaft für ihre Freundin Lore hatte Rica vergessen lassen, dass sie selbst sehr wohl von Zeit zu Zeit Nahrung brauchte. Doch dieses Gefühl wurde unwichtig angesichts des elenden Zustands der Wartenden. Kaum eine, die keinen Hautausschlag hatte oder nicht schwer hustete.

«Rica, müssen wir noch lange warten? Kannst du nicht etwas dagegen unternehmen?», fragte Lore.

Schon wegen ihres knurrenden Magens wäre Ricarda gern nach vorn gelaufen. Sie konnte Franziska Biberti gerade in diesem Augenblick sehen, wie sie eine Patientin hineinbat.

War Vordrängeln die richtige Strategie, wenn sie Käthes Plan verfolgen wollte? Lore hätte doch nur das tun müssen, wonach die Frauen sich sehnten, in deren Mitte sie – dem Umfallen nah – wartete: essen, was auf dem Tisch stand. Neben dem Kampf gegen das Hungergefühl setzte Ricarda der Geruch der Armut zu, der allgegenwärtig war. Er erinnerte entfernt an die langen Winter in der Gärtnerwohnung in Freystetten, wenn die Kleidung in der Stube am Kanonenofen trocknete. Wie lange das zurückzuliegen schien ...

«Ricarda? Sind Sie das? Warum stehen Sie hier draußen? Wir brauchen helfende Hände! Kommen Sie rein, machen Sie sich nützlich!» Emilie Solm hatte Ricarda unter den Wartenden ausgemacht.

«Doktor Solm, ich bin wegen meiner Freundin hier. Lore. Das ist sie.»

«Eine Bleichsucht!» Emilie Solm stöhnte vernehmlich auf. «Das haben wir hier nun wirklich selten.»

Sie packte Lore bei der Hand, zog sie hinter sich her. Rica und Kumari folgten. So richtig wohl fühlte sich Ricarda dabei nicht, als die schon so lange wartenden Frauen zurückbleiben mussten, während Lore nun doch – im Wortsinne – vorgezogen wurde.

«Biberti, Jettes Ricarda ist hier. Die kann helfen!», rief Emilie ihrer Freundin zu.

Franziska Biberti beugte sich gerade über die Eiterbeule einer Patientin. Doch das notwendige Messer war nicht vorhanden, die Töpfe zum Auskochen waren leer. Ja, hier wurde Hilfe benötigt. Aber auch sie hatte nur zwei Hände. Ricarda schickte Kumari zum Wasserholen, heizte selbst den Ofen ein, setzte das von Kumari gebrachte Wasser auf. Das ging ihr alles leicht von der Hand, es bereitete Freude, mitmachen zu können, Teil einer Kraft zu sein, die etwas Gutes schuf.

Irgendwann war es draußen dunkel und die meisten Patientinnen behandelt. Die Stunden waren verflogen.

Erst jetzt stellte Ricarda erschüttert fest, dass sie die kranke

Freundin vollkommen vergessen hatten: «Kumari, was ist denn aus Lore geworden?»

Das Nebenhaus war ein schmaler Backsteinbau mit einem muffigen Treppenhaus, in dem Ricarda und Kumari nun nach oben stiegen.

«Wir haben nur zwei Zimmer für stationäre Patientinnen unter dem Dach», sagte Doktor Biberti und ging voraus. «Ich bin überhaupt froh, dass Herr Bötzow uns auch die noch zur Verfügung gestellt hat.»

Lore lag in einem der vier Betten, die gerade so Platz fanden in dem kleinen Zimmer. Zwei weitere Betten waren von schlafenden Frauen belegt, das vierte war noch frei. Eine derbe graue Decke zeichnete Lores Umrisse nach; sie lag mit angezogenen Beinen zusammengekauert auf der Seite. Es war ein erschreckender Anblick. Dieses einst so stolze, strahlende Mädchen aus bestem Haus war ein Bündel zitterndes Elend.

«Sie hat Schüttelfrost. Solm hat ihr ein paar Wärmflaschen gegeben. Die müssten natürlich schon wieder erneuert werden», sagte Dr. Biberti. «Aber wir haben auch nur vier Hände.» Sie sah die beiden Mädchen an. «Welche von Ihnen beiden kann bleiben und sich um Ihre Freundin kümmern?»

«Das mache ich», sagte Ricarda, ohne auch nur eine Sekunde nachgedacht zu haben.

«Wird Lore sterben?», fragte Kumari mit schwankender Stimme.

«Das werden wir verhindern», sagte Frau Biberti. «Fieber mit Schüttelfrost gehört zu ihrer Erkrankung. Wir nennen das ein Symptom.»

«Das kann man behandeln, sagt Käthe», warf Ricarda ein.

«Das hier ist eine Ausprägung, die schon längst in Behandlung gehört hätte. Denn an Entkräftung kann ein Mensch letzten Endes zugrunde gehen.»

«Die arme Lore!» Kumari setzte sich neben ihre Freundin und strich ihr hilflos über den Kopf. «Ich komme morgen wieder zu dir», sagte sie zu Lore und wandte sich nun Ricarda zu. «Verzeih, ich muss gehen. Ich löse dich morgen ab.»

«Kannst du bei Doktor Hausmann vorbeischauen und ihr sagen, wo ich bin?»

Kumari nahm Ricarda kurz in die Arme, dann stürzte sie aufgewühlt hinaus.

«Sie hat so viel Gefühl, Ihre Freundin», sagte Franziska Biberti mit mildem Lächeln.

Sie gingen nach unten, wo Ricarda sich daranmachte, für die Wärmflaschen Wasser auf einem Herd zu erhitzen. Dabei erzählte sie von Käthes burschikosem Versuch, Lore zum Essen zu bewegen.

«Die gute Hausmann!» Franziska lachte auf. «Ihre Methoden waren schon immer handfest. Weibisches Getue ist das Letzte, was sie erträgt.»

In dem Punkt ist sie der Komtess sehr ähnlich, dachte Ricarda und erinnerte sich, wie sie von ihr gemaßregelt worden war, als sie in Tränen ausbrach.

«Fräulein Singer hat nicht nur ein Leiden des Körpers, fürchte ich», sagte Doktor Biberti. «Es mag auch der Zustand ihres Gemüts eine Rolle spielen. Vielleicht können Sie als Freundin das mit einfühlsamen Gesprächen herausfinden.»

Die Luft im kleinen Krankenzimmer unter dem Dach war stickig. Ricarda fand keinen Schlaf, wälzte sich hin und her. Ihre Gedanken gaben keine Ruhe.

Von einem Augenblick zum anderen hatte sie an diesem Tag ihr gewohntes Leben angehalten, um einer Freundin zu helfen, und war dadurch hineingezogen worden in die Ambulanz der Frauenklinik. Im Haus der Komtess wurde den Patientinnen Zeit geschenkt, hier ging es nur darum, die dringend notwendige Grundversorgung zu gewährleisten. Kein Wunder: In einer Stadt mit einer Million Menschen, von denen die Hälfte Frauen waren, gab es nur diese eine Praxis für Frauen aus den einfachen Ständen! Und eine zweite – jene Unter den Linden – für sogenannte Herrschaften. Bislang hatte Ricarda das nicht in Frage gestellt, ja, nicht einmal darüber nachgedacht, ob das so richtig war. Doch dieser aufreibende Nachmittag und Abend hatte sie verunsichert.

Wie unkompliziert die beiden Ärztinnen sie heute aufgefordert hatten mitzumachen. Und wie selbstverständlich sich dieser Einsatz angefühlt hatte. Und wie befriedigend es war, helfen zu können, sich nützlich zu machen.

Ihr Leben Unter den Linden hatte nichts mit dem zu tun, was sie hier hautnah erlebt hatte. Warum musste sie so behütet leben wie eine Prinzessin? Sie war keine und wollte keine sein. Und wenn sie die Schule abgeschlossen hätte, sollte sie als Gouvernante wieder in einem Schloss auf dem Land wohnen. So eintönig durfte ihr Leben nicht verlaufen!

«Kannst du auch nicht schlafen?», fragte Lore mit brüchiger Stimme.

«Du bist wach?»

«Mir ist so kalt.»

«Soll ich mich zu dir legen?»

«Wenn's dich nicht graust, Rica.»

«Ich werde mir schon keine blauen Flecken an deinen spitzen Knochen holen.»

Sie legte sich neben die Freundin und wunderte sich, dass deren Körper so warm war.

«Ich werde sterben, Rica.»

«Nur, wenn du das willst.»

«Warum sagst du das?»

«Weil es so ist.»

«Vielleicht will ich es wirklich.»

«Ich denke über alles die ganze Zeit nach, Lore.»

«Ich auch. Ich frage mich, wozu ich überhaupt auf der Welt bin.»

«Wir sind bald mit der Schule fertig. Vielleicht ist es normal, dass wir uns das fragen», sagte Ricarda. «Aber fragen reicht nicht, glaube ich. Wir müssen bereit sein, die Antwort zu finden.»

«Ach, Rica, du sagst immer so schlaue Sachen. Weißt du denn eine Antwort?»

«Nein, ich meine: Für was lernen wir?»

«Das ist eine gute Frage.»

«Ich dachte gerade an Käthe Hausmanns Cousin. Der hielt es für normal, dass seine Frau nicht arbeitet. Und ich fragte: Was macht sie den ganzen Tag? Und er: Was Frauen eben machen. Was macht deine Mutter, Lore?»

Lore kicherte leise. «Was Frauen eben so machen.»

«Mir ist das zu wenig. Wenn der Abend kommt, will ich sagen können: Ich habe das und das geleistet. So, wie Doktor Hausmann oder noch besser: Doktor Biberti und Doktor Solm. Jede von ihnen hat – stell dir das mal vor! – vierzig Frauen geholfen, wenn der Tag um ist. Das sind im Durchschnitt vier pro Stunde.» Ricardas Leidenschaft für die Zahlen ruhte nie.

«Wirklich?», fragte Lore.

«Ick hab bei die Herrschaft jeputzt und meine sechs Blagen versorgt und meinem Mann det Bier jeholt, wenn et Nacht wird», meldete sich eine Stimme aus der Dunkelheit zu Wort. «Könnt gerne zum Helfen kommen.»

«Entschuldigung, dass wir zu laut waren», flüsterte Ricarda.

«Nee, Mädchen, hast völlig recht. Deine Freundin jeht et zu jut. Soll ma wat tun, denn jeht et ihr gleich viel besser.»

Nur schweren Herzens verließ Ricarda am nächsten Morgen ihre endlich fest schlafende Freundin, um erst nach Hause und dann in die Schule zu gehen. Zuvor jedoch verabschiedete sie sich bei den beiden Ärztinnen. Noch ungestört von der Hektik des Tages, tranken die beiden in ihrer winzigen Küche ihren Morgentee.

«Es ist wahr, Doktor Biberti», sagte Ricarda. «Meine Freundin ist schwermütig. Ich mache mir Sorgen, dass sie des Lebens überdrüssig ist.»

Franziska Biberti tauschte einen einvernehmlichen Blick mit Emilie Solm. «Wir würden gern ein Experiment mit Eleonore machen.»

«Welcher Art?»

«Sie soll sich hier ein wenig nützlich machen. Vielleicht eine Stunde am Tag, vielleicht zwei. Man wird sehen. Auf diese Weise könnte sie letzten Ende auch für die Kosten aufkommen, die sie verursacht.»

«Sie müssten sie in alles einweisen! Dafür fehlt Ihnen gewiss die Zeit.»

«Henriette hatte uns schon gewarnt: Ihre Logik ist bestechend, Ricarda.» Frau Solm lachte. «Sie haben völlig recht. Darum haben wir Sie gewissermaßen in dieses Experiment, wie Biberti es nennt, einkalkuliert.»

«Ich soll Lore einweisen? Ja, das kann ich machen. Aber sie muss es wollen», sagte Ricarda nachdenklich. «Viel weiß ich letztlich nicht. Ich habe versucht, Doktor Freystetten ein paar Dinge abzuschauen. Mehr nicht.»

«Seien Sie nicht zu bescheiden, Ricarda», sagte Dr. Biberti. «Solm und ich haben Sie gestern Abend hier erlebt. Das hat uns durchaus imponiert.»

Erst als Ricarda beschwingt durch die trotz der frühen Stunde schon belebte Alte Schönhauser lief, fiel es ihr auf: Sie hatte gerade vereinbart, dass sie in der Praxis der Ärztinnen jeden Nachmittag mithelfen wollte mit dem Ziel, Lore die *Sinnhaftigkeit des Lebens* zu zeigen. Dieses große Wort hatte Dr. Solm dafür geprägt, und Ricarda gefiel es ausgesprochen gut. Dieses Angebot hatte nur einen Haken: Sie konnte nicht gleichzeitig bei Käthe mithelfen ...

Doch Käthe reagierte gelassen, als Ricarda ihr von der neuen Entwicklung erzählte.

«Du befürchtest, ich sei dagegen? Im Gegenteil. Es ist an der Zeit, dich auch außerhalb dieses Hauses auszuprobieren. In diesem Fall tust du überdies zweierlei Gutes – für deine Freundin und die Patientinnen.»

Noch am gleichen Tag weihte sie auch Kumari ein.

«Meinst du, dass die beiden Ärztinnen mir auch erlauben mitzumachen? Du lernst uns beide an, Lore und mich. Und dann können wir uns schon bald abwechseln.»

Bei diesen Worten schlich sich wieder die Erinnerung in Ricardas Gedanken, die Erinnerung an die Begeisterung der

Komtess für eine Pflegeschule. Aber sie verlor auch Kumari gegenüber kein Wort darüber, sondern machte die Freundin nur darauf aufmerksam, dass sie sich zunächst die Genehmigung ihrer Eltern holen müsse.

Nur zu gern ließen sich die beiden Ärztinnen auf dieses Angebot ein. Für Ricarda war es offensichtlich, dass der Umstand, dass auch Kumari mit von der Partie war, Lore geradezu beflügelte: Zu dritt verfolgten sie das Ziel, sich nützlich zu machen.

Schnell entpuppte sich die Arbeit in der *Praxis weiblicher Ärzte* als echter Glücksfall – für die Patientinnen und für die Mädchen selbst. Jeden Tag lernten sie etwas dazu. Hilfestellungen für die Ärztinnen, die darüber hinausgingen, Instrumente auszukochen, Tamponagen zu sterilisieren oder Wärmflaschen zu befüllen.

Mit den Wochen etablierte sich ein Rhythmus, in dem die drei Freundinnen in der Alten Schönhauser mitmachten. Jede übernahm pro Woche zwei Nachmittage.

Schon bald war Lore nicht mehr die Patientin, sondern wurde zur unentbehrlichen Helferin. Sie war zwar nach wie vor eine zerbrechlich zarte Person, doch sie hatte eine gesunde Gesichtsfarbe bekommen und ein paar entscheidende Pfunde zugelegt. Das Wichtigste war jedoch, dass sie mit dem zufrieden war, was sie im Lauf eines Tages vollbracht hatte.

Da das unselige Korsett bei der Arbeit in der *Praxis weiblicher Ärzte* im Weg war, zwängte Lore sich morgens gar nicht erst hinein. Auf eine vorsichtige Nachfrage von Ricarda erwiderte Lore: «Meine Eltern sind nach wie vor verreist. Zum Glück. Und unsere Haushälterin hält zu mir. Meine Mutter weiß noch gar nicht, dass ich so viel Zeit bei den armen Leuten verbringe», seufzte Lore.

Da die Mädchen zu unterschiedlichen Zeiten halfen, trafen sie sich selten alle drei in der einstigen Brauerei. An diesem Spätsommertag standen sie zusammen vor dem Eingang der Praxis, jede mit einer Tasse Tee in der Hand. In der Gasse war es schon abendlich still, der Straßenkehrer schwang bereits seinen Besen.

«So, wie ich deine Mutter kenne, wird ihr das nicht gefallen», pflichtete Ricarda bei.

«Meine Mutter fragt auch ständig, was ich hier tue», sagte Kumari.

«Wisst ihr, ich glaube, wir müssen uns über etwas klarwerden: Was wollen wir aus unserem Leben machen?», fragte Ricarda.

«Na ja, du wirst Gouvernante, ich heirate einen Banker und du, Kumari, bekommst einen Prinzen!» Lore lachte überdreht.

«Sehr witzig», murrte Kumari.

«Das Letzte, was ich werden will, ist Gouvernante», sagte Ricarda entschlossen.

Die Freundinnen sahen sie entsetzt an. «Du willst dich deinem Vater widersetzen?», fragte Kumari.

«Allein beim Gedanken daran, auf einem Schloss auf dem Land zu versauern, bekomme ich Bauchschmerzen», seufzte Ricarda. «Es muss doch eine Möglichkeit geben, selbst über den eigenen Lebensweg zu entscheiden.»

«Na ja, vielleicht werden wir dann doch Lehrerinnen», schlug Lore vor.

«So weit von Gouvernante ist das nicht entfernt. Das würde dein Vater bestimmt hinnnehmen.»

Kumari bemüht sich um Harmonie. Dass sie damit alles schlimmer macht, ist ihr wohl nicht bewusst, dachte Ricarda.

Der Nachtwächter kam vorbei und erleuchtete mit einem langen Stab die Gaslaterne nahe dem Eingang der Praxis.

Ricarda sah ihm versonnen nach. «Warum wird von uns Frauen erwartet, das Naheliegende hinzunehmen? Warum versuchen wir nicht, für unsere Träume zu kämpfen? Das habe ich mich in den letzten Tagen hier immer wieder gefragt.»

«Und was ist dein Traum, Rica?» Kumari sah sie mit großen Augen an.

«Du willst Ärztin werden», stellte Lore knapp fest.

«So ein Unsinn», erwiderte Ricarda. «Wir wissen alle, dass das unmöglich ist. Aber ...»

«Ja?» Die Freundinnen hingen an ihren Lippen.

«Die Komtess hatte mal so eine Idee. Ich weiß nicht, was daraus geworden ist.»

«Wann kommt sie denn zurück aus Amerika?», fragte Lore.

«Gestern erst erhielt Käthe einen Brief von ihr. Sie ist wohl selbst krank geworden und kann momentan nicht reisen.»

«Was für eine Idee hatte sie denn?», fragte Kumari.

«Es war an dem Tag, als sie deine Tante in das Lazarett gebracht hatte. Bei ihrer Heimkehr hatte sie gegenüber Käthe, Doktor Solm und Doktor Biberti eine Bemerkung hingeworfen: Das man eine Pflegeschule gründen müsste.»

«Eine Pflegeschule? Was soll das sein?», fragte Lore.

«Und was hat das mit uns zu tun?», fragte Kumari.

Ricarda stöhnte auf. «Die Komtess hat nie wieder ein Wort darüber verloren. Aber ich denke es mir so ... Eine

Schule, in der Frauen lernen, wie man Kranke pflegt. Bislang machen wir das hier einfach so. Es ergab sich und bereitet uns Freude, Menschen zu helfen. Mit einer entsprechenden Ausbildung könnte das eine Aufgabe für das ganze Leben sein.»

«Pflegerin. Das wäre dann so etwas wie eine Hilfsärztin.» Kumari blickte verträumt in die schon fast im Dunklen liegende Praxis. Nur ein Licht brannte am Empfangstisch. Es sah so einladend aus wie ein Zuhause.

DIE DA OBEN UND DIE DA UNTEN

Oktober 1879

Von der Alten Schönhauser bis zum Haus Unter den Linden brauchte Ricarda zu Fuß zwar nur eine knappe halbe Stunde. Aber es gab rund um den Hackeschen Markt zu viele dunkle Ecken und zu viele Destillen, die Schnaps verkauften. Es war eine übel beleumundete Ecke, in der es passieren konnte, dass die Polizei eine junge Frau, die zu später Stunde allein unterwegs war, einfach so festnahm. Denn sie könnte ja eine Prostituierte sein. Ricarda hatte es gereicht, nur die Gerüchte zu hören. Am eigenen Leib erfahren wollte sie das lieber nicht. Kumari und Lore dachten nicht anders. Darum machte sich keines der Mädchen nach Einbruch der Dämmerung auf den Heimweg. Gab es zu viel Arbeit, und in einer der beiden Dachkammern war ein Bett frei, wurde dort übernachtet.

Weil kein Geld da war, hatte Doktor Biberti in dieser Nacht nur einer Patientin gestattet zu bleiben. Sie hatte einen Abszess am Fuß, der aufgeschnitten worden war, und konnte nicht nach Hause gehen. Sie hatte starke Schmerzen und erzählte Ricarda ihr Leben, um sich abzulenken. Ein Dienstmädchenleben, das auf einem Gut bei Königsberg begonnen hatte, und nun war sie bereits beim fünften Berliner Haushalt in Stellung.

«Die hab ich natürlich verloren wegen meine Beine.» Sie seufzte schwer. «Wenn ich nur wüsste, wie es weitergehen soll.»

In den mittlerweile fünf Wochen, die Ricarda bei Solm und Biberti regelmäßig mithalf, hatte sie viele solcher Geschichten gehört, die von der Ausbeutung der Menschen erzählten. Wenn sie die kleine Klinik verließ, beschäftigte sie das noch lange.

Nach einer fast schaflosen Nacht zog sich Ricarda am frühen Morgen aus der Dachkammer zurück. Sie wollte – wie sie es sich angewöhnt hatte – nach Hause gehen, sich frisch machen, etwas essen und sich dann um die vernachlässigten Schularbeiten kümmern, bevor sie in die Schule ging. Richtig wach war sie noch nicht, als sie das schmale Haus neben der Praxis verließ. In der Gasse hallten – für diese frühe Stunde ungewöhnlich – aufgeregte Stimmen.

Ricarda hörte es ganz deutlich: «Hilfe! Zu Hilfe!», rief eine Frauenstimme.

Sie zögerte keinen Moment und rannte in die gleiche Richtung wie ein paar andere Leute, die offenbar ebenso wie Ricarda zu Hilfe eilen wollten.

«Det sind meine Kinder! Pfoten wech!»

Obwohl die Frau hysterisch schrie, hatte Ricarda den Eindruck, ihre Stimme zu kennen. Sehen konnte sie die Ruferin gleichwohl im dichten Menschengewühl aus Schaulustigen nicht. Die Lage war inzwischen völlig unübersichtlich, alle schrien durcheinander. Zögernd ging sie näher. Und da entdeckte sie Frau Merger in der Mitte des Pulks.

Entschlossen bahnte Ricarda sich einen Weg durch die kreischenden Frauen. An Frau Mergers Händen zogen zwei kleine, weinende Kinder, ein Mädchen und ein Junge. Gleichzeitig schlug ein Mann immer wieder auf die Haushälterin ein, die sich der Kinder wegen den Mann nicht vom Leibe halten konnte. Die aufgebrachten Frauen wiederum prügelten auf den Mann ein.

Warum kommt denn niemand auf die Idee, die Kinder da rauszuholen?, fragte sich Ricarda und verschaffte sich energisch Platz, um ins Zentrum des Geschehens vorzudringen.

«Sagen Sie den Kindern, sie sollen zu mir kommen!»

Frau Merger, die ein bodenlanges, an einigen Stellen eingerissenes Nachtgewand trug, blickte Ricarda für einen Moment verwirrt an. Doch dann begriff sie und wies ihre Kinder an, mit ihr zu gehen. Ricarda packte die beiden und zog sie fort. Sie erinnerte sich, die Kleinen vor Malwines vorheriger Kellerwohnung in der Friedrichstraße gesehen zu haben. Es war der Tag gewesen, als Mine starb.

Ricardas Herz raste vor Aufregung. «Ist das euer Vater, der die Mutter schlägt?»

Das Mädchen nickte.

«Warum ist er so wütend?»

«Mutter gibt ihm kein Geld.»

«Ich bringe euch in Sicherheit.»

Da sie keinen anderen Ort kannte, kam nur die Praxis der weiblichen Ärzte in Frage.

Doch da hörte sie schon Malwines Mann rufen: «Das Weib da nimmt meene Kinder weg!»

Damit konnte nur Ricarda gemeint sein! Sie packte die beiden und lief los. Wie aus dem Boden gewachsen stand plötzlich ein stämmiger Polizist in blauer Uniform, mit Pickelhaube und Säbel am Gürtel zwischen ihr und der nahen Praxis.

«Sind det Ihre Blagen?», fragte der Gendarm.

Ricarda schüttelte den Kopf.

«Loslassen!»

«Ich wollte nur helfen.»

«Reden Se, wenn ick Ihnen frage.»

Der barsche Ton des Polizisten überraschte Ricarda. Sie standen doch auf der gleichen Seite, nahm sie an, beide wollten die Kinder beschützen.

Nun stürmte Frau Merger herbei, begleitet von zwei, drei anderen Frauen, die in ähnlich aufgelöster Verfassung waren.

«Wem seine Blagen sind det?», fragte der Polizist.

Sowohl Malwine als auch ihr Mann sagten: «Meene, Herr Schandarm!»

Der Gendarm deutete auf Malwines Mann, ein dickes Buch bereit, um darin Notizen zu machen. «Name?»

«Emil Merger, Schuster. Jeder kennt mir hier, Herr Schandarm.»

Herr Merger stand nicht ganz sicher auf seinen Beinen. Doch der Polizist schien es nicht zu bemerken.

«Nehmen Se die Kinder und räumen Se den Platz!»

«Det können Se nich machen, Herr Schandarm!», rief Malwine.

«Name!»

Doch Malwine war zu aufgeregt und polterte los: «Der haut se und säuft wie 'n Loch. Det sind meine Kinder, wo ick für sorge!»

«Weib, wenn Se nich still sind, sperr ick Ihnen ein.»

«Sperren Se mir doch ein! Aber nur mit de Kinder!», rief Frau Merger kriegerisch.

Die beiden Kinder versteckten sich Schutz suchend hinter Ricarda. Der Beamte versuchte, sie zu packen, doch Ricarda stellte sich dazwischen. «Herr Gendarm, Sie tun unrecht!», schrie sie ihn an.

«Det Jesetz bin icke!»

«Sie können doch nicht einer Mutter ihre Kinder wegnehmen. Sehen Sie denn nicht, dass der Mann da betrunken ist?»

Statt zu antworten, führte der Polizist seine Trillerpfeife an den Mund, deren Pfiff durch die enge Gasse hallte. Im nächsten Augenblick rannte eine Handvoll Uniformierter herbei, aber die anderen Frauen hatten sich inzwischen auf Malwines Seite gestellt. Ricarda war eingezwängt zwischen ihnen und der Hauswand.

«Geben Se die Blagen raus!», forderte der Gendarm.

«Nur die Mutter bekommt sie!»

«Widerstand gegen die Staatsjewalt!», geiferte der Beamte mit vor Zorn rotem Gesicht.

Schon wieder dieser gellende Polizeipfiff.

«Die beeden sind festjenommen!», brüllte der Gendarm und deutete auf Ricarda und Frau Merger. «Abführn!»

Ricarda traf ein so heftiger Schlag gegen den Kopf, dass sie taumelte.

Es ging alles so schnell und lief mit ungekannter Brutalität ab. Ricarda wusste überhaupt nicht, wie ihr geschah. Sie wurde in den grün gestrichenen Gefangenenwagen hineingeschubst. Von dem Schlag noch halb benommen, übersah sie die zwei hohen Stufen, schlug mit dem Schienbein an einer Schwelle an, stürzte, rappelte sich hoch. Schon wurde Frau Merger von hinten nachgeschubst, fiel gegen sie, sie strauchelte, schlug mit dem Kopf gegen die Holzwand. Jemand packte sie und half ihr, sich auf der Bank niederzulassen. Da erst erkannte sie, dass bereits einige andere Frauen in dem Wagen saßen. Allerdings war sie von dem Schlag auf den Kopf noch zu benommen, um sie zu beachten.

Bislang war Polizei für Ricarda gleichbedeutend mit Schutz gewesen. Und sie hatte gemeint, etwas Gutes zu tun, indem sie die Kinder aus dem Streit herausgeholt hatte. Es konnte sich nur um einen Irrtum handeln! Doch als die Tür endgültig zugeschlagen und von außen verriegelt wurde, als die Pferde den Wagen ruckelnd in Bewegung setzten, begriff sie, dass sie tatsächlich verhaftet worden war. Sie sah zu dem vergitterten Fenster hinaus. Irgendein Mädchen, das sie nie zuvor gesehen hatte, blickte zu ihr hoch.

Geistesgegenwärtig rief Ricarda ihr zu: «Ich bin Rica! Sag den Ärztinnen, was geschehen ist!»

Als das Mädchen – Rica schätzte sie auf acht Jahre – nicht sogleich reagierte, rief sie: «Ich bin Rica. Sag das den Ärztinnen!»

Die Kleine sauste los, doch Ricarda bekam nicht mehr mit, ob sie tat, worum sie gebeten worden war. Denn die Polizeikutsche rumpelte schon zum Hackeschen Markt. Ricarda sah zwar hinaus, aber niemand da draußen interessierte sich für den *Grünen Wagen* der Polizei. Im Gegenteil: Wo der vorbeifuhr, drehten die Leute ihm den Rücken zu.

Wenn das unbekannte Mädchen die Ärztinnen nicht informierte, was würde dann mit ihr geschehen?

Erst jetzt, als sie die Hoffnungslosigkeit spürte, merkte sie auch das Pochen im Schienbein und im Kopf. Sie tastete nach dem schmerzenden Bein und spürte, dass es anschwoll. Sie hob die Hand und sah ihr eigenes Blut. Mit der anderen Hand befühlte sie die Stirn. Nur eine Beule. Kein Blut. In ihrem Schädel baute sich dennoch ein drückender Kopfschmerz auf, der mit der Wut über das erlittene Unrecht kämpfte. Noch war ihre Empörung größer.

Nun merkte sie den Blick, der auf ihr lag. Schräg gegenüber saß Malwine Merger. Im Dämmerlicht des Transporters erkannte sie kaum ihr Gesicht.

«Was war denn das? Das darf die Polizei nicht!»

«Wat müssen Se Ihnen immer einmischen. Aber lieb jemeint war et, det weeß ick.»

«Ich wollte nur helfen.»

«Frolleins wie Ihnen helfen unsereinem nich», sagte eine der Frauen.

«Lasst sie in Ruhe!», sagte eine andere. «Nur weil sie eine von die höheren Töchter is, kann se trotzdem 'n Herz haben!»

«Die Väter von denen haben die Jesetze jemacht, wegen die wir hier drinne sind. Vorschriften für die Obrigkeit sind det. Det soll se ihrem Vater mal sagen, wenn er se holen kommt», meldete sich nun eine weitere Frau zu Wort.

«Nee!», sagte Malwine nun energisch. «So eene is die nich. Det is 'n jutet Mädchen.»

Trotz ihres dröhenden Kopfes registrierte Ricarda dankbar, dass Frau Merger sie in Schutz nahm.

«Du bist die Kleene, die bei die Ärztinnen hilft», sagte nun eine der Frauen, deren Gesicht Ricarda wegen der Dunkelheit drinnen und der strahlenden Helligkeit draußen nicht erkannte. «Hast neulich mein Bein verbunden. Haste jut jemacht.»

Schlagartig waren nun alle still. Nur noch das Klappern der Pferdehufe auf dem Kopfsteinpflaster und das hohl klingende Klackern der Metallbeschläge der Räder waren zu hören.

Allmählich gewöhnten sich Ricardas Augen an das Dämmerlicht, und sie erkannte, mit wem sie unfreiwillig gemeinsam unterwegs war. Von der Frau, deren Bein sie verbunden hatte, wusste sie, dass sie als Prostituierte arbeitete. Was offenbar auch auf die anderen Frauen zutraf, die ähnlich aufreizend gekleidet waren.

Ricarda blickte aus dem vergitterten Fensterchen. Die Stadt erwachte an einem sonnigen Morgen.

«Wohin bringen sie uns?», fragte Ricarda.

In den Straßen, durch sie fuhren, war sie nie zuvor gewesen.

«Barnimstraße», sagte eine der Frauen.

«Was ist da?»

Die eine oder andere Frau stöhnte hörbar auf, doch es dauerte eine Weile, bis jemand antwortete.

«Weiberjefängnis.»

Ricarda glaubte, nicht richtig zu hören. Ins Gefängnis? Weil sie zwei kleine Kinder in Sicherheit hatte bringen wollen?

«Wenn ick bitten darf, die Madams!»

Beim Aussteigen stieß sich Ricarda zum dritten Mal an, diesmal an der Stirn. Jemand nahm sie bei der Hand, zog sie mit sich. Sie stolperte vorwärts und nahm wahr, dass sie sich im Hof eines klotzigen Hauses befand, Fenster an Fenster, fünf Etagen hoch. Sie wurde vorwärtsgeschubst, lief durch Gänge, Gittertüren wurden geöffnet und geschlossen. Ein großer Raum voller Frauen, die alle durcheinanderredeten. Sie saßen auf Bänken, standen herum, lehnten an den Wänden. Frauen, denen Ricarda bislang nicht begegnen und derentwegen sie nach Einbruch der Dunkelheit nicht mehr über den Hackeschen Markt gehen wollte. Von Ricarda nahmen sie keine Notiz. Sie quasselten unentwegt miteinander, schienen aber nicht wirklich besorgt zu sein, lachten, wirkten, als wären sie froh, einander endlich wiederzusehen. Ging ein Polizist vorbei, beschimpften oder umgurrten sie ihn. Und die Gendarmen schimpften noch unflätiger zurück oder grinsten. Es schien eine Art Spiel zu sein. Die meisten Frauen wirkten eigentlich nicht niedergeschlagen. Jedenfalls machten sie nicht den Eindruck, als wären sie zum ersten Mal hier.

«Setzen Se Ihnen, Frollein Ricarda. Sehen ja fruchtbar aus.»

Ricarda spürte Feuchtigkeit im Gesicht und wischte sich über die Stirn. Es war Blut.

«Was machen wir hier, Frau Merger?»

«Warten.»

«Auf was?»

«Die lassen uns bald wieder lofen.»

«Warum haben Sie sich mit Ihrem Mann gestritten? Ich hatte solche Angst. Und die Kinder mittendrin.»

«Der Kleene is der Otto, det Mädchen is die Lotte. Jetzt hat Emil se.» Malwine machte eine wegwerfende Handbewegung. «Der kann damit nix anfangen. Wegschicken wird er se.»

«Und dann?»

«Meine Mutter wird se schon finden.»

«Sind sie denn bei Ihrer Mutter, wenn Sie bei uns arbeiten?»

«Fragen Se mich keene Löcher in ’nen Bauch.»

Malwine Merger verstummte wie immer, wenn es zu persönlich wurde. Das hatte Ricarda bislang akzeptiert, jetzt kränkte es sie. Sie hatte helfen wollen, weil sie es für ein Gebot der Menschlichkeit hielt. Aber offensichtlich lag sie damit falsch. Es gab ein Oben und ein Unten. Und nichts dazwischen. Es tat weh, das einzusehen. Sie musste sich entscheiden, auf welcher Seite sie stehen wollte. Denn so, wie es bislang gewesen war, konnte es nicht bleiben. Sie hatte sich nur durchgemogelt, stammte aus einer Gärtnersfamilie, aber hatte sich gewissermaßen eingeschmuggelt in ein herrschaftliches Leben.

«Mitkommen!»

Ein dicker Gendarm, der kaum in seine blaue Uniform passte, zeigte auf Ricarda. Doch sie zögerte, denn alle anderen Frauen mussten weiterhin warten.

«Jetzt aber dalli!»

«Gehen Se nur! Die lassen Ihnen lofen.» Frau Merger versuchte, Ricarda zu beruhigen.

Gehorsam folgte sie dem Polizisten. Das Gehen fiel ihr wegen des geschwollenen Schienbeins schwer, und der Kopf schmerzte. Sie wurde in einen kleinen Saal geführt und spürte Panik aufsteigen, als ihr klarwurde, dass sie sich in einem Gerichtssaal befand.

Zwei Männer kamen durch eine Seitentür herein, der eine in Uniform, der andere im schwarzen Talar. Sie schwatzten lachend und nahmen Platz. Der Uniformierte gegenüber von Ricarda, der Mann in Robe seitlich von ihr.

«Name, Adresse?», fragte der Uniformierte.

«Ricarda Petersen. Welche Adresse soll ich angeben? Die von meinen Eltern? Oder die der Komtess?»

«Dienstmädchen also. Adresse der Herrschaft!»

Der Uniformierte notierte und wandte sich dem Mann im Talar zu: «Herr Staatsanwalt, das Hohe Gericht hört Ihr Plädoyer.»

«Fräulein Ricarda Petersen. Sie sind angeklagt wegen Widerstands gegen die Staatsgewalt und Anstiftung zum Aufruhr. Die Staatsanwaltschaft fordert für Sie drei Monate Zuchthaus.»

«Angeklagte, was haben Sie zu Ihrer Verteidigung zu sagen?», fragte der Uniformierte.

«Steht mir denn kein Anwalt zu?», fragte Ricarda fassungslos.

«Nich bei dem Strafmaß, das der Herr Staatsanwalt verlangt. Sonst werden wir jar nich fertig. Also, wie erklären Se sich?»

«Ich habe gar nichts getan. Das alles ist ein Missverständnis. Bitte, das müssen Sie mir glauben!» Sie wusste im selben Moment, als sie das sagte, dass jede Angeklagte vor und nach ihr genau dasselbe sagen würde. Aber was sonst sollte sie sagen?

«Im Namen Seiner Majestät des Kaisers ergeht folgendes Urteil: Angesichts der offensichtlichen Jugend der Angeklagten ist ein Urteil von vier Wochen Zuchthaus angemessen. Wachtmeister, abführen und nächste Person bringen.»

Ricarda wurde am Arm gepackt und fortgerissen, unfähig, auch nur noch ein Wort hervorzubringen.

Als in dem Raum, in dem sie schon seit einer kleinen Ewigkeit wartete, ein Dutzend weitere Frauen versammelt waren, wurde Ricarda gemeinsam mit ihnen über den Gefängnishof geführt. Inzwischen hatte sich zu ihren Kopf- und Beinschmerzen ein beißender Hunger gesellt. Der Blick zum klaren blauen Himmel über Berlin verriet dem einstigen Landkind, dass es bereits früher Nachmittag geworden war.

Malwine Merger hatte sie nicht mehr gesehen und bislang mit keiner der anderen Frauen ein Wort gewechselt. Sie schämte sich nicht nur dafür, überhaupt hier zu sein. Sie schämte sich vor allem dafür, dass sie die Frauen, in deren Mitte sie sich nun befand, bis zu diesem Tag für Menschen gehalten hatte, die weniger wert waren. Sie war ihnen auf der Straße ausgewichen. Weil sie arm waren, unbeholfen, ungepflegt, ungebildet. Und sie war sich dessen nicht einmal bewusst gewesen.

Neulich hatte Ricarda einer Frau den Unterarm verbunden. Ein Messerschnitt. Sie hatte sich über die Patientin keine Gedanken gemacht, sondern nur die Wunde gesehen, die zu versorgen war. Gerade eben noch hatte dieselbe Frau mit ihr in dem Gefangenenraum gewartet. War sie vielleicht durch ein ähnliches Unrechtsurteil in diese Situation geraten? Ging das immer so schnell, dass jemand einfach so plötzlich im Zuchthaus landete?

Das Denken tat körperlich weh. Vier Wochen Zuchthaus! Und was wurde aus der Schule? Oder aus der Hilfe in der Praxis weiblicher Ärzte? Und Käthe? Würde die Komtess aus Amerika zurückkommen, bevor sie frei käme? Nicht auszudenken! Und die Freundinnen – wie würden Kumari und Lore reagieren? Und der Vater! Ein Baum von Mann, ehrlich und unkompliziert. Er durfte das niemals erfahren.

Sie spürte, wie ihre Knie weich wurden und sich alles um sie drehte.

Da packte sie jemand unter dem Arm und riss sie hoch.

«Komm schon, Kleene. Allet wird jut, wirste schon sehn!»

«Ich habe doch gar nichts gemacht!»

«Ham wir doch alle nich. Aber wat sollen die mit ihre schönen neuen Jefängnisse machen, wenn se keenen reinstecken können?»

Die Frau stützte Ricarda, sodass sie es bis zum nächsten Tor schaffte. Und da sah sie den Verband am Unterarm der einstigen Patientin. Er war inzwischen schwarz vor Dreck.

«Den Verband müssen wir nach einer Woche wechseln. Das habe ich Ihnen doch gesagt», brachte sie hervor.

«Det Weiß vom Verband war so empfindlich. Schwarz is besser», antwortete die Frau. Und lachte.

Die Diakonisse war klein und gedrungen. Die weiße Haube ihrer Schwesterntracht umschloss ihr weiches Gesicht fest. Ihre wachen, skeptischen Augen musterten jede der neu eingetroffenen Frauen. Ricarda fielen ihre Mundwinkel auf, die steile Abwärtskurven zum Kinn hin beschrieben. Mit einer Diakonissin hatte sie nie zu tun gehabt. Die Komtess hatte sich jedoch gelegentlich nicht besonders freundlich über diese tiefgläubigen evangelischen Frauen geäußert, die sich in Krankenhäusern um die Patienten kümmerten. Rechthaberisch und gebieterisch wären sie.

«Die da: Lazarett», sagte die Diakonisse in dem Moment, als Ricarda an der Reihe war.

«Danke.» Das Wort entschlüpfte Ricardas Mund ohne ihr willentliches Zutun.

Doch das Lazarett war nichts anderes als ein riesiger Saal mit nebeneinander aufgereihten Betten, in dem es nach Urin und Verwesung stank. In den Betten dämmerten die meisten Frauen vor sich hin.

«Setz dich da hin», hörte sie eine erstaunlich sanfte Stimme sagen und drehte sich um. Es war die Diakonisse, die nun gar nicht mehr so herrisch klang wie eben.

«Siehst schlimm aus, Kind», sagte die Diakonisse. «Wer war das?»

«Ich», sagte Ricarda. «Ich war so überrumpelt, dass man mich einfach so in den Grünen Wagen schubste, dass ich mich überall angestoßen habe.»

Die Frau betrachtete Ricarda nun gründlicher. «Du bist keine von der Straße. Jetzt halt still.»

Sie betupfte die Stirnwunde mit Alkohol; es brannte.

«Wie lange musst du bleiben?»

«Vier Wochen Zuchthaus.»

«Das geht schnell vorbei, wirst schon sehen. Warum humpelst du? Zeig mal dein Bein. Weiß jemand, wo du bist?»

«Nein, ich glaube nicht. Heute Morgen war ich noch bei den Ärztinnen Solm und Biberti. Kennen Sie die zufällig?»

«Ja, die sind mir durchaus bekannt. Was hast du denn da gemacht?»

«Ich helfe ihnen, soweit ich kann.»

Die Diakonisse hielt inne und betrachtete Ricarda überrascht.

«Und warum haben sie dich hier eingesperrt? Was hast du denn gemacht?»

Und dann erzählte Ricarda. Allein das tat schon gut.

Das Keuchen und Pfeifen der Lokomotive der Ostbahn erinnerte Käthe daran, wie unangenehm die bevorstehende Aufgabe war. Wie sollte sie dem Gärtner Petersen erklären, was geschehen war?

Das Schlimmste an dieser Mission war nicht einmal das Überbringen der Hiobsbotschaft. Viel ärger war, dass Käthe sich selbst eine Mitschuld an der Entwicklung der Ereignisse gab. Sie hatte dieses gutherzige und naive Mädchen mit einer rauen Welt konfrontiert, ohne Rica darauf vorzubereiten.

Ein paar Tage vor Ricas Festsetzung und Verurteilung erst

hatten Biberti, Solm und sie sich über die zunehmende Polizeipräsenz in der Hauptstadt unterhalten. Ein Zeitungsartikel hatte rühmend berichtet, wie sicher die Stadt sei: Auf 350 Einwohner komme ein Polizist.

Als Franziska am Abend von Ricardas Festnahme Käthe Unter den Linden aufgesucht hatte, um zu berichten, hatte sie gesagt: «Da hast du es, Käthe. Zu viel Polizei ist genauso schädlich wie zu viel Medizin. Es kommt auf die Menge an, sonst wird die Stadt krank.»

Dann hatte Franziska erzählt, was sie in Erfahrung gebracht hatte: «Sie hat sich dem Gendarm widersetzt. Das war nicht sehr geschickt. Bei angeblichem Widerstand gegen die Staatsgewalt sehen die Gendarmen rot.»

«Das sieht ihr ähnlich. Rica ist von Gerechtigkeit besessen», hatte Käthe geantwortet.

«Und sie hat recht! Ich hatte eine Patientin mit einer ausgekugelten Schulter. Wie haben Sie das gemacht?, frage ich. Antwortet sie: Det war der Gendarm. Ich: Warum? Sie: Wo ick doch am Markt verkofe, muss ick 'ne Nummer an meene Kiepe haben. Mit anderen Worten: Die Frau hatte keine Konzession zum Verkauf auf dem Markt. Ab in den Grünen Wagen mit ihr, und zwar so, dass die Schulter ausgekugelt wird. So ist das auch mit Ricarda. Da stimmen die Gewichtungen nicht. In Preußen hast du als Bürger keine Rechte. Ach, übrigens: Es war Jettes Haushälterin Frau Malwine, für die Ricarda sich eingesetzt hatte. Ist sie da? Sie könnte mehr wissen.»

Malwine war an dem Tag erst am Nachmittag zur Arbeit erschienen. Was Käthe nicht einmal bemerkt hatte, da sie mit ihren Patientinnen beschäftigt war. Von ihr und Franziska befragt, bestätigte sie die Geschichte. Allerdings hatte man sie im Gegensatz zu Ricarda gleich wieder laufen lassen, weil sie sich keines Vergehens schuldig gemacht hatte.

«Verlier ick nu meine Stellung, Doktor Hausmann?»

«Natürlich nicht!», hatte Käthes spontane Antwort gelautet.

Erst während der Bahnfahrt und mit dem zeitlichen Abstand wurde ihr bewusst, mit wie viel Angst ein Mensch wie Malwine wohl leben musste: vom eigenen Mann drangsaliert, von der Polizei nicht beschützt, in Sorge um das Einkommen.

«Was machen wir nun?», hatte Käthe gefragt.

Franziska Biberti hatte sich bei der Polizei nach Ricardas Verbleib erkundigt. Nun wussten die Freundinnen zwar, dass ihr Schützling im *Weibergefängnis* war. Wie hoch die Strafe war, hatten sie jedoch nicht herausfinden können.

«Das kann nicht wahr sein, Ziska! Du warst in diesem Zuchthaus, und niemand hat dir Auskunft gegeben?»

«So ist es, Käthe. Wir müssten einen Rechtsanwalt beauftragen.»

Natürlich kannten sie keinen. Erst nachdem Franziska sich verabschiedet hatte, war Käthe ihr Cousin eingefallen. Georg war doch Anwalt! Zwar in München, aber vielleicht konnte er einen Berliner Kollegen empfehlen.

Brauche Anwalt für Ricarda – Stopp – Sofort – Stopp – Sitzt unschuldig im Zuchthaus – Stopp

Am nächsten Mittag brachte der Telegrammbote Georgs Antwort. Käthe machte sich sofort auf den Weg zu dem Anwalt, den ihr Cousin genannt hatte. Sie wurde sogar schon erwartet, denn der umsichtige Georg hatte seinen Berliner Kollegen sogleich kontaktiert. Insofern war Käthe zuversichtlich, dass alles doch noch gut ausgehen könnte.

Bis der Anwalt sie mitfühlend ansah und sagte: «Wenn Sie nicht der Vormund der Minderjährigen sind, kann ich nichts machen. Sie müssen den Vater des Mädchens holen.»

Genau das hatte sie vermeiden wollen. Nun saß Käthe in der Bahn, die sich viel zu schnell ihrem Ziel näherte, und quälte sich mit der Frage, wie sie Gustav Petersen die Hiobsbotschaft überbringen sollte, dass seine Tochter im Zuchthaus saß. Während er sie bei der Komtess wähnte.

«Zelle 37 kriegt ein Kind. Hol heißes Wasser», hatte die Diakonisse gesagt. Nichts hatte Ricarda auf diesen Moment vorbereitet. Alles geschah einfach so.

Ricarda trug die Kleidung aller Gefangenen – ein blaues Kleid aus einfachem Stoff, weiße Schürze, weißes Kopftuch. Dies Tuch durfte nur um den Kopf binden, wer eine Aufgabe hatte. Sonst musste der Kopf unbedeckt bleiben. Und offenbarte, wie eine Mitgefangene in etwa fünf Minuten Haare verunstalten konnte, die zehn, zwölf oder noch mehr Jahre Zeit zum Wachsen gehabt hatten. Ricardas schönes, festes schwarzes Haar hatte fallen müssen. Diese Vorschrift galt für alle, damit niemand Flöhe einschleppte. Übrig geblieben waren kurze Zotteln. Es war nur ein Glück, dass es keine Spiegel gab. Nirgends. Nur das Aussehen der anderen ließ sie erahnen, wie hässlich sie selbst war.

Es war jedoch nicht die schlimmste Erfahrung dieser ungerechten Bestrafung, dass man ihr einfach so die Haare abgeschnitten hatte. Nicht weniger demütigend war, dass sie sich vor Wärterinnen und Mitgefangenen vollkommen hatte ausziehen müssen, bevor sie mit kaltem Wasser abgespritzt worden war. Auch das der Flöhe wegen.

Dennoch hatte Rica es verhältnismäßig gut getroffen: Diakonisse Edith, die sie in Empfang genommen hatte, hatte nicht lange gefackelt, als ihr klargeworden war, welch ein Schatz in ihr Gefängniskrankenhaus gelaufen war. Sie hatte die Gefängnisleitung gebeten, ihr die Gefangene Petersen zu überlassen. So konnte Ricarda sich wenigstens nützlich machen.

So wie gerade jetzt, als eine Geburt anstand. Das Geschrei der Gebärenden erfüllte schon seit zwei Stunden den hallenartigen Neubau des Weibergefängnisses. Eine Mörderin durfte nicht im Lazarett gebären; sie musste ihr Kind auf dem Boden ihrer Zelle bekommen – unter den Augen eines Wärters.

Was war dagegen der Verlust der Haare!

Auf ihrem endlosen Weg vorbei an unzähligen Zellen mussten Wärter mit langen Schlüsseln an ihren Bunden mehrere Türen für sie öffnen. Schließlich stellte sie die Kanne mit dem nun nicht mehr so heißen Wasser neben der Diakonisse ab. Die kniete zwischen den Beinen der Gebärenden und schob sich die Ärmel hoch.

«Ihre Hände, Schwester Edith», sagte Ricarda hastig. «Die Seife liegt neben Ihnen.»

Die Diakonisse seufzte. «Hast gute Lehrerinnen gehabt, Kind.» Dann wusch sie sich rasch die Hände.

Wenig später sah Ricarda das erste Mal in ihrem Leben ein Neugeborenes. Das viele Blut, die Schmiere, das durch die Geburt leicht deformierte Gesichtchen, die winzigen schrumpeligen Finger und Füßchen, die dicke Nabelschnur.

«Gib mir die Schere», sagte die Diakonisse.

Ricarda wusste zwar noch nicht, wozu die Schere gebraucht werden würde, aber es erschien ihr ratsam, sie zuvor zu reinigen. Als Schwester Edith die Nabelschnur damit durchtrennte, hatte sie auch diese Lektion gelernt. Die Diakonisse packte das Kindchen kopfüber an den Beinen und gab ihm einen Klaps auf den Po, sodass es schrie.

«Noch mal pressen! Feste!», sagte sie zu der jungen Mutter. Und zu Ricarda: «Nimm das Kind.»

Sie reichte ihr den neugeborenen kleinen Menschen umstandslos. Aber wie fasste man solch ein winziges zerbrechliches Etwas an, das gerade eben noch vor der Welt geschützt im Mutterleib verborgen gewesen war?

«Du musst unter den Kopf fassen. Sonst kippt der runter, und dann ist es tot. Lang unter den Körper und mit der Hand den Kopf halten. In die Krankenstation damit. Sauber machen. Komme gleich nach.»

Ricarda trug den nackten, schreienden Säugling vor sich her wie etwas unendlich Kostbares.

Die Kommentare der anderen Gefangenen in dem dreistöckigen Bau waren böse und hämisch. «Lass et fallen! Damit tust dem Wurm den größten Jefallen!», rief eine Stimme aus einer der dunklen, vergitterten Zellen. Hände streckten sich ihr entgegen und versuchten, ihr den Säugling zu entreißen.

Es war wie ein Spießrutenlauf. Die Gänge vor den Zellen waren derart schmal, dass nur eine Person dort entlanggehen konnte. Wie können Menschen nur so hässlich zueinander sein?, dachte Ricarda. Nie und nimmer hatte sie sich vorstellen können, dass es einen Ort wie diesen gab.

Der Säugling schrie sich die Seele aus dem Leib, während Ricarda sich bemühte, Blut und Schmiere vorsichtig abzuwaschen. Dabei sprach sie die ganze Zeit auf das Menschlein ein, als könne sie es trösten. Als es ihr gelungen war, das Kindchen einigermaßen sauber zu bekommen, schlug sie es in ein

Handtuch, nahm es umständlich hoch und wiegte es in ihren Armen.

Endlich eilte Edith herbei, nahm ihr den Winzling ab und zeigte Ricarda, wie man einen Säugling wickelte. Wie ein Paket sah das Kind danach aus, nur der Kopf guckte noch hinaus.

«Soll ich es der Mutter bringen?», fragte Ricarda.

Die Diakonisse zögerte einen Augenblick, bevor sie sagte: «Nee, lass das mal. Mach lieber in der Zelle sauber.»

Ricarda war von so vielen Gefühlen überwältigt, dass sie zwar dachte: seltsam. Aber sie ging und reinigte die Zelle, wo die junge Mutter stumm auf ihrer Matratze am Boden lag, bewacht von einem Wächter an der Tür.

«Was ist es?» Die Stimme der Gefangenen, die zuvor so laut geschrien hatte, war nun ganz leise.

Ricarda hielt inne, legte den Schrubber zur Seite, kniete sich zu ihr.

«Sie haben einen kleinen Jungen. Soll ich ihn bringen?»

«Wat hat er davon? Morjen werd ick jehängt.»

Die Worte wirkten auf Ricarda wie ein Schlag vor den Kopf.

«Was haben Sie getan?»

«Den umjebracht, der mir den Wurm da anjedreht hat.»

«Oh Gott! Was wird aus dem Jungen?»

«Du wirst et erfahren, nich icke.»

«Wie heißen Sie?»

«Keene Namen, Petersen! Weitermachen. Dalli!», rief der Wächter von der Tür aus.

Als Ricarda sich noch einmal bücken musste, um den Boden trocken zu wischen, flüsterte die junge Mutter: «Ick war Wilma. Vergiss mir nich.»

Nach nicht einmal zwei Stunden Fahrt stieg Käthe am Bahnhof in Gusow aus. Ein Bauer nahm sie in seinem Pferdewagen bis Freystetten mit.

«Wen besuchen Se denn im Schloss?», fragte der Mann.

«Den Herrn Petersen.»

«Wat wollen Se von Petersen?»

«Oh, nur mal guten Tag sagen.»

«Die Leute aus der Stadt bringen immer schlechte Nachrichten», erwiderte der Bauer.

Käthe musste sich von dem Bauern helfen lassen, um dessen hochbeiniges Gefährt verlassen zu können. Sie blickte sich um. Von hier also stammte ihre Freundin Jette. Ein wirklich großes Anwesen! Zwei Reiter, die von zwei Hunden mit silbrig glänzendem Fell begleitet wurden, kamen den Feldweg entlang, hielten direkt auf sie zu und bogen vor dem Rondell ein. Eine bildhübsche Frau, edel gekleidet, strahlend. Ein Hüne von Mann in ihrer Begleitung, ein eher burschikoser Typ. Offensichtlich ein Paar.

«Entschuldigung», sagte Käthe. «Ich suche den Gärtner, Herrn Petersen.»

Das Paar stoppte seine Pferde, die Hunde setzten sich, ohne zu bellen. Die Frau lächelte. «Das ist Herr Petersen. Er ist der Verwalter meines Anwesens.»

«Oh. Ricarda sagte mir ...» Warum nannte Ricarda ihren Vater einen Gärtner? Dieser Mann sah aus wie der Schlossbesitzer. Und er trat auf wie der Gemahl der Dame. «Entschuldigen Sie. Dann sind Sie wohl Gräfin Luise.»

Die hübsche Frau schien immer noch leicht amüsiert. «Und Sie, meine Liebe?»

«Doktor Käthe Hausmann, eine Freundin von Jette, pardon: der Komtess.»

«Mir scheint, meine Schwägerin erwähnte Sie. Sie leben in München, nicht wahr?»

«In Berlin, mittlerweile. Ihre Schwägerin und ich teilen uns eine Praxis.»

Käthe war nicht entgangen, dass Petersen sie sehr genau musterte. Ricarda hat seinen Blick, dieses Forschende, dachte sie.

«Sie erwähnten Ricarda, Frau Hausmann. Was ist mit meiner Tochter?», fragte er.

«Das ist eine sehr diffizile Angelegenheit.»

«Ich kann es mir zwar nicht vorstellen, aber das klingt, als gäbe es Schwierigkeiten.»

«Dem ist leider so, Herr Petersen.»

«Wir treffen uns im Schloss. Man möge Ihnen mein Büro zeigen. Entschuldigen Sie mich, bitte.»

Petersen ritt weiter, die Gräfin an seiner Seite im gleichen Tempo. Die beiden ungewöhnlichen Hunde flankierten das Paar.

Käthe hatte Ricardas Mutter vor dreieinhalb Jahren in die Kur nach Garmisch gebracht. Eine durch den Tod ihrer Tochter gebrochene, fromme Frau. Wie mochte Karla Petersen damit zurechtkommen, dass ihr Mann sich in so auffallend harmonischer Weise mit der Gräfin verstand?

Die Diakonisse drückte den Säugling Ricarda in die Arme. Das Kind schrie schon eine ganze Weile.

«Bring es ans Ende vom Saal. Das Weib mit dem amputierten Bein hat noch Milch. Die soll es säugen. Dann bringst du es wieder.»

Edith schien nicht von einem Säugling, sondern von einem Gegenstand zu sprechen. Doch inzwischen hatte Ricarda sich an diesen rauen Ton fast schon gewöhnt. Wie sonst sollte Edith es schaffen, vierzig Frauen zu versorgen? Allein! Jetzt, da Ricarda ihr helfen konnte, war es immer noch zu viel Arbeit. Gefühle störten da nur.

Schon längst hatte Ricarda keine Zeit und Gelegenheit mehr, an das zu denken, was zuvor ihr Leben gewesen war. Sie hatte keine Pause, leerte Nachttöpfe, brachte Bettlägerigen Wasser, tauschte Verbände. Die Frau, der sie den Winzling reichte, schob ihre Kleidung beiseite. Die Kraft, sich das Kind an die Brust zu legen, wo es gleich darauf hungrig trank, fehlte ihr schon. Ricarda musste ihr helfen.

«Zeigen Sie mal Ihr Bein», sagte Ricarda.

Ein Arzt, der Ediths Worten zufolge zweimal in der Woche für kurze Zeit ins Gefängnis kam, hatte der Frau den Unterschenkel amputiert. Die Wunde faulte, das verbliebene Bein war schwarz und stank furchtbar. Ricarda legte ihre Hand auf die Stirn der Frau; sie war glühend heiß. Ihre Augen waren glasig. Bekam sie überhaupt mit, was sie gerade tat? Mehr als die faulige Wunde zu waschen und den Verband zu erneuern, konnte Ricarda nicht tun. Sie brachte den nunmehr schlafenden Säugling zu Edith zurück und berichtete von dem üblen Zustand der Patientin.

«Noch ein, zwei Tage, dann ist das Bett frei», erwiderte die Diakonisse.

«Sie meinen: Sie stirbt?»

«Da sind Bakterien in dem Bein. Die Weiber sterben, wenn die das haben. Amputation überlebt eine von hundert. Das weiß die auch. Ist eben so.»

«Und der Kleine? Wer säugt den dann?»

«Da kommt gleich einer, der ihn holt.»

«Was passiert mit ihm?»

«Die kommen alle nach Tegel.»

«Was ist Tegel?», fragte Ricarda.

«Ein Dorf im Norden.»

Edith drückte Ricarda einen Stapel Decken in die Hand, damit sie die zu den Wäscherinnen brachte. Sie war schon einmal bei den Frauen gewesen, die ebenso wie sie einen Dienst im Gefängnis verrichten durften.

«Habt ihr wieder einen Balg zur Welt gebracht?», fragte eine der Wäscherinnen. «Lebt es?»

«Kommt nach Tegel», sagte Ricarda so beiläufig wie möglich.

«Die Preise sind schlecht», erwiderte die Frau. «Fünfzig Mark, mehr ist so ein Balg nicht mehr wert. Gibt zu viele davon.»

«Säuglinge werden verkauft?» Ricarda hatte ihre Rolle als abgeklärte Hilfe nur kurz durchhalten können.

«Wussteste nich? Kriegt das Zuchthaus, das Geld.»

Gegen Abend kam ein Mann, packte das Kind der Mörderin, die nun selbst am nächsten Tag gehängt werden würde, in einen Korb und ging grußlos davon. Ricarda sank auf einen Stuhl. Sie hätte weinen mögen um dieses winzige Kind und seine Mutter.

Angesichts des Elends um sie herum war sie viel zu niedergeschlagen, als dass sie zu Tränen fähig gewesen wäre.

Das Arbeitszimmer des Gutsverwalters von Schloss Freystetten verströmte eine gediegene Atmosphäre. An den Wänden zwei Ölgemälde, die beide den gleichen, würdig blickenden Herren mit voluminösem Backenbart zeigten. Einmal mit genau jenen ungewöhnlichen Hunden, die Käthe zuvor in Begleitung von Petersen und der Gräfin gesehen hatte, und einmal mit einem auf einer langen Nadel aufgespießten Schmetterling. Da begriff Käthe: Das war Jettes Vater. Wie oft hatte sie von der Sammelleidenschaft ihres *alten Herren* gesprochen!

Als Petersen den Raum schwungvoll betrat, überlegte sie sekundenlang, ob sie sich erheben und knicksen sollte. Sie unterließ es und blieb sitzen. Er schien diese mangelnde Respektsbezeugung nicht einmal wahrzunehmen. Käthe hatte keine Ahnung, wie alt Ricas Vater war. Er war in seinen *besten Jahren*, hatte aber das Auftreten eines jungen Mannes.

«Frau Hausmann, worum handelt es sich?»

Sie hatte ihren Titel genannt. Warum missachtete er das? Sie ärgerte sich ein wenig, wie sie das jedes Mal tat.

«Ricarda wurde ins Zuchthaus gesperrt, Herr Petersen. Eine Verbalinjurie gegen einen Gendarmen, soweit wir wissen. Meine Kolleginnen und ich haben versucht, Ricarda aus dieser misslichen Situation herauszuhelfen. Was uns nicht gestattet wurde, weil dazu der Vormund anwesend sein muss. Darum bitte ich Sie, mit mir nach Berlin zu kommen, damit ein Anwalt Ricardas Interessen wahrnehmen kann.»

Gustav begann, eine Pfeife zu stopfen. «Verbalinjurie welcher Art, Frau Hausmann?»

«Ricarda handelte wohl auf eine Weise, die ihr als Widerstand gegen einen Gendarmen ausgelegt wurde.»

«Das kann nur ein Irrtum sein. Das passt nicht zu meiner Tochter. Wo hat sich das Ganze zugetragen? Und in welchem Rahmen?»

Nachdem Käthe die Geschehnisse geschildert hatte, machte ihr die Reaktion des Vaters klar, dass das ein Fehler gewesen war: «Wie kann das sein? Ricarda sollte in die Schule gehen und sich nicht in den elendesten Gegenden

Berlins herumtreiben!» Empört stand er auf. «Mein Vertrauen derart zu missbrauchen.»

«Mit Verlaub: Das hat sie nicht, Herr Petersen. Sie ist sehr fleißig und lernt. Und statt Tagträumen nachzuhängen, kümmert sie sich um kranke Menschen. Nicht Ricarda ist hier anzuklagen.»

Gustav Petersen musterte Käthe. Anscheinend war er es nicht gewohnt, dass eine Dame ihm widersprach. «Ich habe Berlin noch nie gemocht», sagte er kopfschüttelnd. Seine Überforderung angesichts der Situation war mit Händen zu greifen.

Es klopfte, und im selben Augenblick trat Gräfin Luise ein.

«Kann ich von Hilfe sein?», fragte sie.

Für den Blick, dachte Käthe, den Gustav Petersen der Gräfin schickte, musste Amor wohl den ganzen Köcher seiner Liebespfeile verschossen haben. Gleichzeitig war es eindeutig, dass die Gräfin gelauscht hatte.

«Die Dame berichtet von einem großen Unrecht, das Ricarda widerfahren ist», sagte Gustav.

Welch eine Eselin ich doch bin, schalt sich Käthe. Genauso muss man das sagen!

Das langgestreckte Haus, in dem die Dienerschaft des Schlosses wohnte, lag zu dieser frühen Abendstunde im Halbdunkel. Einer der Diener hatte Käthe gesagt, in welchem Teil des Gebäudes Karla wohnte. Sie klopfte mehrmals, bis Petersens Frau öffnete. Käthe nahm zunächst an, sich in der Tür geirrt zu haben. Wie konnte eine Frau in so wenigen Jahren offensichtlich so schnell gealtert sein? Sie hatten sich damals darüber unterhalten, dass Käthe ein Jahr jünger war. Nun schien daraus ein Jahrzehnt geworden zu sein.

«Karla, ich bin's, Käthe. Erinnern Sie sich? Garmisch!»

«Natürlich, Doktor Käthe! So eine schöne Überraschung. Kommen Sie herein. Ich war gerade dabei, mein Nachtgebet vorzubereiten. Wollen Sie mit mir beten?»

Käthe hatte damals ziemlich schnell erkannt, dass Karla zwar an Tuberkulose litt, dass ihre tiefe Traurigkeit aber die größere Last auf ihren Schultern war. Deshalb war sie nach einigen Monaten erneut von München nach Garmisch gereist und mit Karla zum Kloster Ettal gewandert. Was sie nun sah, setzte den Versuch einer Heilung fort, die nichts mit Medizin zu tun hatte.

Der kleine Altar in der Stube wurde durch zahlreiche Kerzen illuminiert. Es sah würdevoll aus, gemütlich, der Glaube als Heimstatt, während das eigene Zuhause einem allmählich fremd wurde. Käthe kniete sich neben Karla und sprach die Gebete, die sie schon so lange nicht mehr aufgesagt hatte. Die tausendfach gesprochenen Worte waren alle wieder da, aber sie gaben Käthe auch jetzt weder Trost noch Halt.

Wohl eine Stunde später verabschiedete sie sich von Ricardas Mutter. Karla hatte nicht ein einziges Mal gefragt, weshalb Käthe nach Freystetten gekommen war. Und Käthe hatte es nicht gewagt, die einsame Frau aus dem Gespinst ihres Glaubens herauszureißen. Darin hatte eine Wirklichkeit wie das Weibergefängnis, wo es kein Erbarmen gab, keinen Platz.

Käthe fand, dass es so und nicht anders sein sollte. Nicht alle Menschen mussten erfahren, wie brutal das Leben in Berlin sein konnte.

In Berlin regnete es, als schickte der Himmel Wasser in Bindfäden auf die Erde. Gustav Petersen, in der rustikalen Kleidung des Landmannes, den Hut weit ins Gesicht gedrückt, ging auf den schmucklosen Backsteinbau mit ausholenden Schritten zu. Käthe konnte nicht folgen. Zumindest der Anwalt, den Georg vermittelt hatte, blieb an ihrer Seite und hielt den Schirm über sie.

Auf den ersten Blick machte das Innere des Gefängnisses auf Käthe nicht den erwartet einschüchternden Eindruck. Der Eingangsbereich war neu und weitläufig, der Warteraum sauber und hell. Der Anwalt besprach sich mit verschiedenen Wachhabenden, blickte immer wieder mit entschuldigendem Lächeln zu Käthe und Petersen. Schließlich wurde eine Tür aufgeschlossen, und Käthes Eindruck kippte ins Gegenteil. Gitter und Enge. Rufe, die durch das mehrstöckige hallenartige Gebäude gellten.

Wie konnte Ricarda es hier nur einen Tag aushalten?, dachte Käthe und sah Petersens Miene an, dass er dasselbe dachte.

«Sie muss hier raus», sagte er, nachdem sie die vierte Gittertür hinter sich gelassen hatten.

Endlich ein Raum mit einem Tisch in der Mitte, große Fenster, von außen vergittert.

«Setzen!», kommandierte ein Wärter in einem Ton, als wären die Besucher die Verurteilten. «Sie dürfen der Gefangenen nichts geben.»

Eine Seitentür wurde aufgeschlossen und geöffnet. Eine junge Frau mit blauem Kleid und weißer Schürze trat ein, kaum noch Haare auf dem Kopf. Ein Schatten ihrer selbst.

«Rica!» Käthe schrie entsetzt auf. Auch durch Petersen war ein Ruck gegangen, aber er hatte sich besser im Griff.

«Setzen! Alle! Nicht anfassen! Nichts geben!»

Ricarda setzte sich. So aufgewühlt hatte sie Käthe noch nie

gesehen. Aber auch der Vater schien mit seinen Gefühlen zu kämpfen. Den Hut in den Händen wrang er wie ein Tuch. Den anderen Mann, der Papiere vor sich liegen hatte, kannte sie nicht. Sie zwang sich zu einem Lächeln.

«Vater, es tut mir leid.»

«Bist du gesund? Behandelt man dich gut?», fragte der Vater.

Sie nickte. «Ich darf im Lazarett arbeiten.» Sie sah Käthe an. «Da ist nur die Diakonisse Edith. Und vierzig Patientinnen. Es gibt viel zu tun. Ich falle nachts aufs Lager wie tot.»

«Wir sind hier, um dich rauszuholen», sagte der Vater.

«Ihr Verfahren war nicht rechtens. Wir werden es anfechten, Fräulein Petersen», merkte der Anwalt an.

Käthe glaubte zu bemerken, wie in Ricarda eine Veränderung vor sich ging. Nicht nur, dass sie die Arme vor der Brust verschränkte. Ihr Blick, gerade eben noch freudig über den unangemeldeten Besuch, verdunkelte sich.

«Das ist sehr freundlich, Herr Anwalt. Allerdings möchte ich auf Ihre Hilfe verzichten», sagte sie.

«Ohne anwaltliche Vertretung können Sie nicht hier raus, Fräulein Petersen.»

«Das habe ich verstanden.»

«Ricarda, das billige ich nicht!» Gustav Petersen ballte die Fäuste. «Was ist denn nur in dich gefahren? Ich ging davon aus, dass du ein geordnetes Leben führst. Und nun sitzt du im Gefängnis unter lauter Verbrecherinnen. Und willst sogar bleiben, obwohl man dir Hilfe anbietet?»

«Da gebe ich deinem Vater recht», sagte Käthe. «Der Diakonisse bei ihrer schweren Arbeit helfen zu wollen, das ist edel. Aber der falsche Ansatz. Du stimmst damit indirekt deiner Verurteilung zu, Ricarda.»

So hatte sie das noch nicht gesehen, gestand sich Ricarda ein. «Das mag sein, Käthe. Aber darum geht es mir nicht. Ich habe kein Verbrechen begangen und bin dafür vier Wochen eingesperrt. Hier drin sind 240 Frauen. Ich bin überzeugt: Ganz viele davon wurden genauso ungerecht behandelt wie ich. Und niemand kommt, der sie rausholt. Ich bin nicht besser als andere. Aber ich kann hier helfen. Es ist nicht viel, das ich tun kann. Doch sonst würde es nicht getan werden.»

Ihr Vater sagte kein Wort. Er legte seinen Hut auf den Tisch und strich ihn mit seinen großen Händen glatt. Immer wieder.

Käthe rang um Fassung. Am Morgen war ein Telegramm gekommen. *Treffe Sonntag in Berlin ein – Stop – Gruß Jette – Stop.* Durfte sie dieses letzte Druckmittel einsetzen, um das Mädchen zur Vernunft zu bringen?

«Du mit deiner Gerechtigkeit, Ricarda.» Gustav Petersen schüttelte den Kopf. «Wenn du es so willst, dann sollst du die Strafe spüren, um die du bittest. Ich habe noch nie einen Fuß in ein Gefängnis gesetzt und werde es auch nie wieder tun.» Er stand abrupt auf. «Ich gehe jetzt.»

Wie bitter der Vater klang. Er wollte sie nicht verstehen, und Ricarda spürte, wie sich in ihr alles verkrampfte, sie atmete schneller, um die Tränen zu besiegen. Niemand sollte sehen, dass ihre Stärke doch eigentlich nur gespielt war.

«Herr Gendarm, darf ich dieses tapfere Mädchen zum Abschied in die Arme schließen?», fragte Käthe.

«Is verboten. Jesetz is Jesetz», antwortete der Wächter, der das Gespräch aufmerksam verfolgt hatte.

HASTE NIX, BISTE NIX

November 1879

Ricarda drehte den Kopf nach rechts, dann nach links, hielt das Haarteil mal etwas höher, mal tiefer. Und pfefferte es schließlich in die Ecke. Sie sah aus, wie sie nun mal aussah. Der Coiffeur für Damen, der seinen Salon erst vor ein paar Monaten Unter den Linden eröffnet hatte, hatte seine Sache gut gemacht. Nun war sie eben ein Fräulein mit einem Jungshaarschnitt.

Wie Käthe so treffend bemerkt hatte: «Wichtig ist nicht das, was auf dem Kopf ist, sondern was darin ist.»

Die Reaktionen auf den der Not abgetrotzten Haarschnitt bewiesen jedoch, dass Käthes Ansichten etwas zu fortschrittlich waren.

«Deine schönen Haare!» – das war Kumari – war als Ausruf noch nachvollziehbar.

«Du siehst aus wie ein Junge!» – das war Lore – ging ein wenig zu weit.

«Mich erinnert Ihre Frisur an Hope Adams», hatte dagegen ihre bewunderte Lehrerin Fräulein Lange gesagt. Und mit diesem Kommentar war die Welt für Ricarda wieder in Ordnung. An die Begegnung mit der jungen Ärztin im Salon der Komtess erinnerte sie sich sehr gern, weil diese Frau offensichtlich eine Kämpferin war.

Sie fuhr sich mit den Fingern durchs Haar, um es ein wenig voluminöser erscheinen zu lassen. Und seufzte. Bei allem Guten, was man über diese Frisur sagen konnte – es war trotzdem ein Jammer um ihr schönes Haar! Was damit geschehen war, daran durfte sie gar nicht denken.

«Werden Perücken draus gemacht», hatte Edith gesagt.

Der Abschied von ihr war ihr trotz der harten Arbeit, der Entbehrungen und den grausamen Schicksalen, von denen sie erfahren hatte, schwergefallen. Edith hatte nicht viel von sich erzählt, aber Ricarda hatte erkannt, dass diese Frau ihr Leben lang mehr gab, als sie zur Verfügung hatte. Jeden Abend war sie eine Stunde lang in der Gefängniskirche verschwunden, um zu beten. Ricarda hatte sie nur ein Mal dabei begleitet, mehr hielt sie nicht aus. Es erinnerte zu sehr an die Gottesfürchtigkeit der eigenen Mutter.

Es klopfte, und Käthe streckte den Kopf zur Tür hinein.

«Bist du bereit, Rica?»

«Ich muss wohl! Wie viele Frauen sind denn da?»

«Gezählt habe ich sie nicht. Ein Bericht aus dem Weibergefängnis. Da kommen sie alle. Red dir alles von der Seele. Vielleicht, nein, ganz gewiss sogar kannst du damit den Frauen eine Stimme geben, die sonst niemand hört.»

Sie strich Rica mit ihren in Salonhandschuhen aus schwarzer Spitze steckenden Händen zart über die Wangen.

«Du bist hübsch und klug und tapfer. Du kannst das.»

«Wenn du solche Sachen sagst, kann ich gar nicht mehr denken!» Sie lachte. «Ich bin da reingetappt wie ein dummes Huhn.»

«Das ist es doch gerade! So geht die Obrigkeit mit uns um. Aber so darf es nicht sein. Erzähl davon, bitte!»

Sie hakte Ricarda unter, und gemeinsam betraten sie den

Salon. Die Damen klatschten höflich zu ihrer Begrüßung, sie knickste, und erst als sie zu dem Stuhl ging, der für sie bereitstand, merkte sie, dass sie gar nicht rot geworden war. Obwohl sie gewiss drei Dutzend Damen der Gesellschaft anstarrten wie ein Wunderding.

«Ich bin glücklich, Fräulein Ricarda Petersen in unserem Kreis begrüßen dürfen», sagte die Komtess zu ihrem Empfang.

Vor vier Wochen, als Henriette aus Amerika zurückgekehrt war, hatte die Neuigkeit, die Käthe ihr möglichst schonend beizubringen versucht hatte, sie wie ein Schlag ins Gesicht getroffen. Natürlich war es zu verurteilen, dass ein völlig unbescholtenes, sechzehn Jahre altes Mädchen im Gefängnis landete. Allerdings hatte sie keinen Zweifel, dass Ricarda dank ihrer Kontakte bis in die Spitzen der Politik noch am Tag ihrer Festsetzung freigekommen wäre. Käthe hatte, davon war Henriette überzeugt, das ihr Mögliche getan, indem sie einen Anwalt eingeschaltet hatte. Dass Ricarda diesen Vermittlungsversuch abgelehnt hatte, billigte Henriette jedoch nicht. Noch viel weniger mochte sie die anschließende Entwicklung: Lore und Kumari, die jeden Tag auf Dutzende von Patientinnen trafen, hatten allen von dem vermeintlichen Heldentum ihrer Freundin erzählt. Diese Eskalation hielt Henriette für völlig unnötig.

Überhaupt hätte sich das Unrecht, das Ricarda widerfahren war – mal ganz objektiv betrachtet, wie Henriette meinte –, vermeiden lassen, wenn Ricarda sich nicht gegen einen Gendarmen gewandt hätte. Das war äußerst unklug, jugendliches Gerechtigkeitsempfinden hin oder her. Henriette seufzte. Nun, da nichts mehr rückgängig zu machen war, war sie entschlossen, wenigstens das Beste daraus zu machen. Deshalb sollte Ricarda den Damen der Gesellschaft berichten, in welch einem Zustand sich Berlin befand, wenn man genauer hinsah. Allerdings war Henriette wachsam, denn angesichts der prominenten Gästeschar war dieses Unterfangen nicht ganz ohne Risiko.

Zum Glück fand Ricarda bislang genau den richtigen Ton.

«Mein eigenes Los hat mich nicht so sehr bedrückt», sagte ihr Mündel gerade. «Denn ich erkannte, wie gut es mir ging, als ich mich mit einer jungen Frau verglich, die ich dort versorgte. Gerti ist nur zwei Jahre älter als ich und hatte fünfzehn Jahre Zuchthaus bekommen. Ein junger Mann hatte ihr Avancen gemacht, sie geschwängert und war auf und davon. Sie hatte keinen Platz zum Schlafen und selbst nicht genug zu essen. Das Kind wäre ihr verhungert, sagte sie. Also trank sie einen Tee, der zum Abort führte. Jemand zeigte sie an, und Gerti wurde verurteilt. Sie sagte: Was ich auch gemacht hätte, es konnte nur das Falsche sein.»

Ricarda nahm einen Schluck Wasser. Henriette sah ihr an, dass sie immer noch zu aufgewühlt war, um auf die Reaktionen ihrer Zuhörerinnen zu achten.

Dann berichtete Ricarda von Wilma, und es war ihr anzumerken, dass sie ihre Emotionen kaum im Zaum halten konnte. «Einen Tag, nachdem Wilma am Galgen aufgehängt worden war, versorgte ich eine Frau, die sich einmal mit Wilma eine Zelle geteilt hatte. Demnach war Wilma etwa zwei Jahre zuvor aus der Bukowina nach Berlin gelockt worden. Und zwar von dem Mann, den sie später tötete. Er nannte sich einen Impressario. Ich musste ebenso wie Wilma fragen: Was ist ein Impressario? Mir wurde es erklärt. Wilma erfuhr es durch jene Schläge und Tritte, mit denen der Impressario Wilma auf die Straße schickte, wo sie fremde Männer ansprechen musste. Von wem das Kind war, das sie bekam, wusste sie in Wahrheit gar nicht. Ebenso wenig wie sie vor Gericht zugegeben hat, als Prostituierte gearbeitet zu haben. Weil sie sich schämte, sagte die Frau. Wilma war kein böser Mensch, sondern einfach nur verzweifelt.»

Die Damen schwiegen betreten. Nur die Bankiersgattin Baronin Bleichröder erwiderte etwas: «Fräulein Ricarda, das ist ein furchtbares Schicksal. Aber Prostituierte lügen. Haben Sie das schon in Erwägung gezogen?»

Ricarda wollte zu einer Antwort ansetzen, aber ihre ebenfalls anwesende Lehrerin Helene Lange sprang ihr bei: «Frau Geheimrat, wie soll eine Frau mit der Wahrheit leben, wenn ihre Existenz auf einer Lüge basiert? Sie lebt in einem unlösbaren Dilemma. Es sind Zehntausende von Frauen, die sich auf diese Art durchschlagen müssen.»

«Diese Frauen sind doppelte Opfer», pflichtete ihr Minna Cauer bei, die ehemalige Lehrerin, die wegen ihrer Verheiratung ihre Arbeit hatte aufgeben müssen. Sie kämpfte unter anderem auch für die Frauen, die auf der Straße lebten. «Denn unsere Gendarmen pressen von den Prostituierten sogenannte Gefälligkeiten ab. Während die Zuhälter ungeschoren davonkommen.»

«Das Schicksal von Wilma zeigt doch: Die großen Städte wachsen zu schnell», sagte Henriette. «Wie entsetzlich dreckig und verwahrlost dieses New York ist! Man weiß nicht, wohin mit all den Einwanderern aus Europa, die dort ihr Glück suchen. Es muss verhindert werden, dass unser Berlin sich in die gleiche abscheuliche Richtung entwickelt.»

«So weit wird es nicht kommen. Wenn ich recht orientiert

bin, hat Berlin 102 Polizeidienststellen. Lumpenpack wird weggesperrt», erwiderte Johanna von Bismarck.

Ricarda hatte keine Ahnung, dass sie der Gemahlin des mächtigsten Mannes im Deutschen Reich antwortete: «Der Gendarm, der mich in den Grünen Wagen gesteckt hat, sagte: Ich bin das Gesetz. Verzeihen Sie, meine Bildung ist lückenhaft. Darum meine Frage: Kann ein Polizist das Gesetz sein?»

War Ricarda bereits so durchtrieben, dass sie eine solche Frage stellte? Henriette spürte, dass Ricarda dabei war, eine Grenze zu überschreiten.

«So wird er das nicht gemeint haben», erwiderte Johanna von Bismarck. «Die Gesetzgebung obliegt selbstverständlich Seiner Majestät dem Deutschen Kaiser.»

«Steht in diesen Gesetzen, dass man mich zu vier Wochen Zuchthaus verurteilen kann, weil ich dem Gendarm vorhielt, er begehe ein Unrecht?», fragte Ricarda.

Henriette spürte, dass Ricardas jugendliches Ungestüm dringend in die richtigen Bahnen gelenkt werden musste. Zudem hatte sie sich eindeutig im Ton vergriffen. «Wo gehobelt wird, fallen Späne», sagte Henriette und klatschte in die Hände. «Manchmal wird die Falsche bestraft. Diesmal warst du das. Das lässt sich nicht vermeiden, wenn in unserer Stadt Recht und Ordnung herrschen sollen.»

Ricarda spürte, wie ihr das Blut ins Gesicht schoss. «Das heißt, Sie billigen meine Verurteilung, Komtess?»

Henriette blieb die Luft weg. Was war mit ihrer Ricarda geschehen? Sie vor den Damen der Gesellschaft zu kompromittieren! Sie zwang sich zu einem Lächeln. «Ein Unrecht bleibt ein Unrecht. Wir danken dir für deinen Bericht.»

Ricarda hatte das Gefühl, man würde sie hinauswerfen. Sie stand auf, innerlich bebend. Die Komtess hatte sie verraten. Wie konnte sie ihr ausgerechnet jetzt so in den Rücken fallen! «Ich hätte wissen müssen, auf welcher Seite Sie in Wahrheit stehen, Komtess!»

Sie knickste tief vor ihrer Gönnerin, ging mit festen Schritten zur Tür und stürzte hinaus. Henriette blieb sprachlos zurück. Können vier Wochen Gefängnis einen Menschen derart verändern? Oder hatte sie sich so sehr in dem Mädchen getäuscht?

Das Kissen, das sich Ricarda über den Kopf gezogen hatte, dämmte jedes Geräusch. Nichts mehr mitbekommen wollte sie von einer Welt, in der ein ungerecht handelnder Polizist letzten Endes doch recht bekam. Und zwar ausgerechnet von der Komtess!

Schon nachts auf dem Strohsack im Gefängnis, wenn sie aller Überanstrengung des Tages zum Trotz nicht hatte schlafen können, hatte eine Frage an ihr genagt: War es richtig, selbst in einem Palast zu wohnen, wenn das Herz für die Ärmsten der Armen schlug?

Sie spürte eine Berührung an der Schulter, glaubte zu wissen, wer zu ihr gekommen war, und während sie sich umdrehte, sagte sie: «Ach, Käthe, ich kann so nicht weiterleben!»

Da erst sah sie, dass sich die Komtess an ihr Bett gesetzt hatte.

«Ich war zu lange weg», sagte Henriette. «Mir scheint, wir sind uns ein wenig fremd geworden.»

Ricarda rappelte sich auf, erhob sich vom Bett, richtete ihr Kleid. «Ja, Komtess, das denke ich auch.»

«Du bist verärgert. Das tut mir leid. Ich denke, ich habe mich missverständlich ausgedrückt.»

«Sie haben so gesprochen, wie es Ihre Interessen widerspiegelt, Komtess.»

«Sind meine Interessen nicht mehr die deinigen?»

«Ich habe kein Schloss, kein Palais, keine Praxis. Ich bin nichts. Wir können also nicht dieselben Interessen haben. Sie haben mir geholfen. Dafür werde ich Ihnen immer dankbar sein. Doch ich denke, Sie haben genug für mich getan. Das Leben, das ich hier führe, das ist nicht meins.»

«Was heißt das?»

«Wenn ich meine Schule beendet habe, möchte ich ein anderes Leben beginnen.»

Die Komtess zuckte zurück. «Du willst mich verletzen. Aber du verletzt dich selbst, wenn du alles wegwirfst. Überlege gut, was du tust, Ricarda.»

«Das habe ich getan, Komtess. In achtundzwanzig langen Nächten. Während zig Frauen um mich herum schrien, kreischten, schimpften, schnarchten, unter lauten, stinkenden Flatulenzen litten. Erst dachte ich, dass ich das nicht aushalten kann. Dann kamen Käthe und mein Vater mit einem Anwalt. Und da begriff ich: Ich will nicht anders sein, als Menschen meines Standes es sind. Ich bin eine von ihnen.»

«Ricarda, das sind romantische Phantasien. Keine von diesen Frauen würde Sätze formulieren können wie du. Du willst eine von ihnen sein? Mach dir nichts vor! Du wurdest in diesem Haus zu einem Edelstein. Jetzt willst du eines von Millionen Sandkörnern sein? Das ist lachhaft.»

Ricarda schüttelte niedergeschlagen den Kopf. Nichts von dem, was sie der Komtess hatte sagen wollen, war angekommen.

«Sie wollen, dass ich wie Sie bin. Das wollte ich auch sehr lange. Ich bewundere Sie nach wie vor, Komtess, für das, was Sie erreicht haben. Doch ich weiß jetzt, dass ich niemals wie Sie sein kann. Ich muss meinen eigenen Weg gehen.»

Plötzlich war alles so einfach! Und es fühlte sich gut an. Wie eine Befreiung.

Der stahlgraue Novemberhimmel hatte einen dichten Vorhang aus Schneeflocken über die Stadt gelegt. Ricarda umfasste den Brief in ihrer Manteltasche fest.

In den letzten Tagen hatte sie ihn immer wieder hervorgeholt, durchgelesen und wieder an seinem Versteck hinter dem Spiegel abgelegt. Irgendwann hatte sie beschlossen, Kumari einzuweihen, und den Brief in die Kurfürstenstraße mitgenommen.

Kumari hatte gemeint, sie müssten gemeinsam mit Lore darüber sprechen. «Ich könnte mir vorstellen, dass das auch etwas für Lore wäre. Wollen wir das nicht gemeinsam versuchen?»

Nachdem die drei Freundinnen sich wie Verschwörerinnen geeinigt hatten, hatten sie sich ausgerechnet für diesen tristen Samstagnachmittag Ende November am Magdeburger Platz verabredet.

Ricarda traf als Erste ein. Sie trug jetzt stets ein anthrazitfarbenes Kapotthütchen mit nach unten geklappter Krempe, was die Kürze ihres Haarschnitts kaschierte. Lore nannte es *Ricas Tarnkappe*, und Ricarda mochte die Vorstellung, ungesehen durch die Stadt laufen zu können. Gleichzeitig gab ihr der kleine Hut etwas zurückhaltend Damenhaftes. Zuerst hatte Kumari die Kapotthütchenmode aufgegriffen, ein paar Tage später Lore. Überhaupt hatte sich Lore in diesem letzten

Schuljahr am meisten verändert. Den Ehrgeiz, es ihrer Mutter recht zu machen, hatte sie vollends aufgegeben. Ihr neues Vorbild war Doktor Biberti geworden.

Und so bog sie jetzt auch um die Ecke wie deren jugendliche Kopie. Sie umarmte Ricarda. «Ich bin so aufgeregt, Rica. Aber ich habe meiner Mutter nichts gesagt. Ich schwöre!»

So hatten sie es vereinbart. «Lasst uns zuerst mit der Oberin sprechen», hatte Ricarda als Devise ausgegeben. «Die Komtess hält nichts von Diakonissen. Sie hat gewiss ihre Gründe. Wir müssen uns eine eigene Meinung bilden. Dann werden wir für unser neues Ziel kämpfen.»

«Hast du Ediths Brief?», fragte Kumari als Erstes, als sie nun zu den beiden stieß und sie kurz umarmte.

Ricarda kannte die Worte auswendig, die Edith kurz vor ihrer Entlassung auf ein Stück Papier geschrieben hatte. Es war die letzte, unbeschriebene Seite eines Büchleins des Evangelisten Johannes Goßner, das Edith in ihrer Kammer liegen hatte. Einfache Sätze, die den drei Mädchen eine Zukunft eröffnen sollten.

Verehrte Oberin Sieglinde! Das Ihnen diesen Brief überbringende Fräulein Ricarda Petersen möge von Ihnen angehört werden. Ich habe sie als gute Seele und große Hilfe schätzen gelernt. Gott zum Gruße. Ihre ergebene Edith

«Und wenn Oberin Sieglinde nicht da ist?», fragte Lore.

«Wenn sie uns kommen sieht, ist sie da!», rief Ricarda übermütig, hakte die Freundinnen unter und ging mit ihnen gemeinsam zu dem schmucklosen Backsteinbau in der Lützowstraße. Sie hatten keine Ahnung, was sie erwartete.

Doch Ricarda war ein wenig stolz auf sich, dass sie zum ersten Mal selbst versuchte, ihrem Leben eine Wende zu geben – ohne irgendeinen Beistand von Erwachsenen.

Schwester Sieglinde legte Ediths Brief vor sich auf den Schreibtisch und musterte die drei Freundinnen. Die versuchten ihrerseits, sich einen Reim darauf zu machen, wer ihr Gegenüber war. Ricarda fand, dass die Oberin wie eine ältere Schwester von Edith aussah. Ihre beiden Freundinnen schienen verunsichert, und Ricarda kannte Kumari gut genug, um zu wissen, dass ihr die Begegnung mit jedem Löwen lieber war, als so in Augenschein genommen zu werden.

«Das Elisabeth-Krankenhaus wurde vor über vierzig Jahren von Pfarrer Johannes Goßner zur Versorgung armer und mittelloser Kranker gegründet. In seinem Sinne bilden wir seit bald vier Jahrzehnten Jungfrauen im mildtätigen Beruf der Pflegerin aus. Dies geschieht nach den Prinzipien des evangelischen Glaubens. Bist du denn eine Christin?», fragte die Oberin nun Kumari.

Kumari nickte schweigend.

«Und du?», fragte sie Ricarda, die ebenfalls nickte.

«Und du auch?», fragte die Oberin nun Lore.

Die schüttelte den Kopf.

«Eine Diakonisse arbeitet im Namen von Jesus Christus, um seine Nächstenliebe weiterzugeben. Nur eine gläubige Christin kann dies tun. Wenn ihr dies seid und belegen könnt, könnt ihr – selbstverständlich nur mit Einwilligung der Eltern – eine Ausbildung beginnen.»

Die drei Mädchen standen wenig später vor dem Krankenhaus, und der Schnee rieselte auf sie nieder.

«Du bist nicht getauft und nicht konfirmiert?», fragte Ricarda, die sich über solche Fragen nie den Kopf zerbrochen hatte.

«Nein.» Lore schüttelte den Kopf. «Wir sind Juden. Niemand hat mich bislang danach gefragt, weil es nie eine Rolle gespielt hat.» Sie wirkte verunsichert. «Wenn man Menschen pflegen will, warum ist es wichtig, ob man Christin oder Jüdin ist? Will die Oberin damit sagen, ich darf deshalb keine Diakonisse werden?»

«Ich fürchte, das sagt sie damit», meinte Ricarda.

«Ich habe gelogen, Rica», sagte Kumari ganz leise. «Ich bin nie getauft worden. Meine Mutter ist Buddhistin und mein Vater kein guter Christ.»

Ricarda blickte in die Gesichter ihrer Freundinnen, in denen sie Ratlosigkeit und Enttäuschung sah. Sie faltete Ediths Brief zusammen und ließ ihn in der Tasche verschwinden. Endete so der erste Versuch, das Leben in die eigenen Hände zu nehmen? Sie wollten alle drei Pflegerinnen werden. Wie sollte das möglich sein, wenn nur gute Christinnen eine Ausbildung bekamen?

Während Ricarda mit ihren beiden Freundinnen quer durch Berlin zur Alten Schönhauser unterwegs war, wo sie bei den Ärztinnen helfen wollten, und der Schnee auf dem Bürgersteig immer höher wurde, durchdachte Ricarda die Situation.

Eine Frau durfte nur arbeiten, wenn der Mann es erlaubte. Eine Frau durfte nicht arbeiten, wenn der Staat es – zum Beispiel bei einer verheirateten Lehrerin – verbot. Eine Frau durfte nur Diakonisse werden, wenn sie Christin war. Eigentlich durfte eine Frau nichts, was ihr nicht von jemand anderem erlaubt worden war. Dennoch gab es die vier Ärztinnen. Doch die hatten das Deutsche Reich verlassen müssen, um diese Ausbildung zu bekommen.

Und da fiel ihr Florentine ein, die genau diese Möglichkeit hatte. Sie musste keinen Mann, keinen Staat, keine Kirche fragen. Nur ihre Tante Henriette. Von den Privilegien einer reichen Gönnerin profitieren – war denn das die einzige Möglichkeit, die es für ein Mädchen wie sie gab? Wenn es nicht Hausmädchen oder Köchin, Gouvernante oder Lehrerin werden wollte?

Haste nix, biste nix, hatten die Frauen im Weibergefängnis gesagt. Es hatte geklungen, als wäre für arme Menschen nur ein Leben in Unterdrückung denkbar.

«Meine Mutter hat so großes Heimweh», sagte Kumari unvermittelt. «Immer wenn der Winter kommt, wird es ganz schlimm. Sie und mein Vater reden nicht mehr viel miteinander. Mein Vater ist ohnehin bald wieder verreist.»

«Und du? Willst du wieder ins warme Ceylon? Zu den Bananen und den Palmen?», fragte Lore.

«Nein! Ich habe euch beide. Das ist viel besser. Aber ich will nicht, dass wir getrennt werden», sagte Kumari. «Wir haben nur noch wenige Monate, und dann ist die Schule vorbei. Ich glaube, ich würde mich sogar taufen und einsegnen lassen, um bei euch bleiben zu können.»

Lore blieb mitten auf dem Bürgersteig stehen. «Das ist die Lösung! Wenn sie nur Christinnen haben wollen, dann werden wir beide eben Christinnen.»

«Ihr könnt euren Glauben doch nicht wie ein Kleid wechseln!», rief Ricarda. «Also ich kann nicht statt an Jesus Christus an …» Sie blickte sich um. «… an den Baum dort drüben glauben.»

Die beiden Freundinnen tauschten einen langen Blick.

«Rica hat recht», sagte Lore.

«Ja, hat sie», pflichtete Kumari ihr bei.

«Ich wünschte, ich hätte unrecht», sagte Ricarda.

Wie naiv ich bin, dachte sie nun, als der Wind ihr den

Schnee ins Gesicht wehte. Wenn ich die Komtess nicht um Unterstützung bitte, wie soll ich dann meinen Vater davon überzeugen, dass ich für meine Zukunft andere Pläne habe? Dass ich Menschen heilen möchte? Sie wollte nicht als Gouvernante auf einem Schloss auf dem Land enden. Und auch für die Freundinnen stand zu viel auf dem Spiel. Sowohl Lore als auch Kumari würden von ihren Müttern in eine Ehe gezwungen werden.

Wie würde die Komtess in meiner Lage vorgehen?, fragte Ricarda sich. Als ihr die Antwort in den Sinn kam, musste sie lachen. «Lasst uns bei Kranzler eine heiße Schokolade trinken, dann erzähle ich euch meine Idee.»

«Welche Idee, sag schon», drängte Kumari.

«Vielleicht kann man Menschen mit ihren eigenen Waffen schlagen», deutete Ricarda an und grinste immer noch.

In der kleinen Klinik unter dem Dach hatte eine Patientin, die über Nacht geblieben war, für ein unschönes Andenken gesorgt: Läuse. Eigentlich hatten die Ärztinnen ihren Helferinnen eingeschärft, jede Patientin auf Läuse zu untersuchen. Doch das klappte aus verschiedenen Gründen oftmals nicht, sodass die als Betten dienenden Strohsäcke aus dem Haus geschafft und verbrannt werden und die Zudecken gewaschen werden mussten. Die drei Freundinnen waren bis spät in den Abend hinein damit beschäftigt, die erforderliche Reinlichkeit wiederherzustellen. Dr. Solm war bereits zur Familie ihres Bruders nahe der Friedrichstraße aufgebrochen, wo sie nach wie vor wohnte. Dr. Biberti sterilisierte noch Instrumente für den nächsten Tag.

«Wir haben eine Frage», sagte Ricarda und trat mit ihren beiden Freundinnen ein.

«Oh, ihr seht aus, als ob es eine wahrhaft wichtige Frage wäre, die zu klären ist!»

«Ja, Doktor Biberti. Es geht um unsere Zukunft», sagte Lore. «Wir wissen nicht mehr weiter.»

Dann erzählten sie, und schließlich stellte Ricarda die Frage, die sie schon so lange beschäftigt hatte.

Wie Ricarda es erhofft hatte, reichte Franziska Biberti die Frage bei einem Treffen des Hygieia-Kreises an Henriette weiter.

«Eine Schule, um Mädchen zu Pflegerinnen auszubilden?», fragte Henriette zurück. «Ja, stimmt, daran hatte ich mal gedacht, kurz bevor ich nach Amerika ging.»

Das halbe Jahr, das sie im Ausland verbracht hatte, hatte sie einen Plan vergessen lassen, der ihr mal so wichtig erschienen war.

«Doktor Virchow ließ gerade neue städtische Krankenhäuser in Friedrichshain und Moabit errichten», sagte Käthe und fragte die ebenfalls anwesende Gemahlin des wichtigsten Gesundheitsplaners des Kaisers: «Frau Virchow, könnten Sie nicht bei Ihrem Mann vorfühlen, ob es möglich wäre, dort eine Einrichtung der Art zu etablieren?»

«Die Antwort kenne ich», erwiderte Rose Virchow. «Sie lautet: ‹Keine Weiber in meinem Krankenhaus!› Ich darf nicht mal selbst hinein.»

«Er lässt ja nicht einmal zu, dass Frauenleiden dort behandelt werden!», warf Franziska empört ein.

«Vielleicht sollten wir nicht länger darauf warten, dass Männer uns Dinge erlauben. In Amerika gibt es Einrichtungen, die sich *private nursing school* nennen. Auf Deutsch würde man das *Schulen für Pflegerinnen* nennen», überlegte

Henriette laut. «Das wäre eine Richtung, die wir einschlagen könnten. Sprich: es selbst machen.»

Emilie Solm sah ihre Freundin argwöhnisch an. «Wie stellst du dir das vor, Jette? Das kostet Geld. Geld, das wir nicht haben.»

«Natürlich geht das nicht im großen Stil», räumte Henriette ein. «Wir müssen klein anfangen.»

Franziska Biberti schmunzelte. «Rein zufällig wüsste ich drei Mädchen, die sich bestens eignen würden, die Pflegeausbildung anzutreten: Lore, Kumari und Ricarda.»

«Sie helfen ohnehin schon», sagte Emilie.

«Aber wir sollten nicht mehr dem Zufall überlassen, was sie lernen. Sondern müssten sozusagen planvoll vorgehen», erwiderte Franziska Biberti.

«Eine ausgezeichnete Idee», sagte Käthe und blickte lächelnd in die Runde. «Immerhin gäbe es zwei Orte, an denen sie lernen und die sie kennen. Hier in unserer Praxis Unter den Linden und in eurer Klinik in der Alten Schönhauser. Vier Ärztinnen, die sich um drei angehende Pflegerinnen kümmern. Jede von uns hat ein Spezialgebiet. Das wird doch zu schaffen sein!»

Die Freundinnen beratschlagten, und Henriettes Gedanken schweiften zu dem Augenblick, als ihr sterbender Vater sie bat, ein Auge auf Ricardas weiteren Lebensweg zu haben. Sie hatte sich damals gefragt, ob er nicht zu weit ginge, indem er ihres und das Schicksal der Gärtnerstochter miteinander verband. Zuerst hatte sie versucht, sich diese Verpflichtung vom Leibe zu halten, sie schließlich angenommen, indem sie Ricarda bei sich aufnahm, wodurch sich ein enges inneres Band gebildet hatte. Aber dann ... Weibergefängnis, Aufbegehren. Das Verhältnis zu Ricarda hatte sich seitdem merklich abgekühlt. In der Medizin sprach man von einer Ruptur, von einem Riss. Die meisten Risse heilten von allein, die meisten ...

«Du sagst gar nichts mehr, Jette», stellte Franziska Biberti fest. «Bist du dabei, machst du mit?»

«Ja, natürlich», antwortete Henriette mit fester Stimme. «Das ist doch keine Frage!»

Welch ernste Gesichter die beiden schwarz gekleideten Ärztinnen aufgesetzt hatten! Ricarda sah zu Käthe und der Komtess, die in der ersten Reihe des karg eingerichteten Versammlungsraums ihrer Schule saßen und dreinblickten, als wären sie auf einer Beerdigung. Dabei bedeutete dieser graue Apriltag 1880 für Ricarda den Beginn eines neuen Lebens. Sie schickte ihnen ein dankbares Lächeln.

«Der Ernst des Lebens beginnt für Sie heute», sagte Fräulein Lange gerade.

Die Worte der verehrten Lehrerin wehten an Ricarda vorbei. So viel war geschehen in den letzten drei Jahren! So oft hatten sie dem Ernst des Lebens ins Gesicht gesehen. Meistens hatte der Ernst des Lebens ein grimmiges Antlitz, aber oft waren seine Mundwinkel optimistisch in die Höhe gezogen. Von seinen Launen durften Lore, Kumari und sie sich nicht beeindrucken lassen – auch das hatten sie gelernt.

Auch heute erteilte das Leben ihnen eine harte Lektion: Alle anderen Schülerinnen waren in Begleitung ihrer Eltern gekommen, während die drei Freundinnen auf sich allein gestellt waren. Kumaris Mutter traute sich nicht auf eine derartige Veranstaltung, und ihr Vater war wieder irgendwo in der Welt unterwegs. Lores Mutter war verärgert, weil ihre Tochter alle ihre Pläne durchkreuzte. Karla Petersen traute sich nicht allein in die Großstadt. Und Ricardas Vater verübelte Ricarda die Entscheidung, wie es für sie nach dem Abitur weitergehen sollte, wie er ihr beim letzten Weihnachtsfest klargemacht hatte.

«Freiherr von Herzberg rechnet doch mit dir als Gouvernante seiner Kinder. Was soll ich ihm denn sagen? Dass du stattdessen lieber kranke Frauen pflegen willst?», hatte der Vater gefragt, als sie ihm ihre Absichten gestanden hatte. «Das willst du aus deinem Leben machen?» Sein Blick war noch härter geworden, und er hatte den entscheidenden Satz gesagt: «Willst du dich anstecken bei einer dieser Siechen und auch jung sterben?»

Auch jung sterben ... Mehr hatte er nicht sagen müssen, die Anspielung auf Tonjas Tod war deutlich genug.

«Kindern etwas beizubringen, ist eine gute Sache. Ich würde es auch tun, aber das, was mit Tonja passiert ist, wird mich nie loslassen, Vater. Ich muss etwas arbeiten, wobei ich anderen Menschen helfen kann. In einem ganz praktischen Sinne. Damit sie gesund werden. Bitte, Vater, erlaube es mir. Um Tonjas willen.»

Der Vater hatte sie lange angesehen, sich dann die obligatorische Pfeife gestopft. «Du meinst, es sei deine Lebensaufgabe, Menschen zu pflegen?»

«Ja.»

Er hatte bitter gelächelt. «Dann werde glücklich mit deiner Entscheidung, auch wenn ich sie nicht nachvollziehen kann.»

Wenigstens ihre Mutter war regelrecht stolz auf sie, was Ricarda sehr freute. Natürlich hatte sie von Nächstenliebe gesprochen und ganz viel von Jesus Christus.

Für Ricarda zählte vor allem, dass sie es geschafft hatte, ihren Vater zu überzeugen. Denn an jedem Tag in der Praxis in der Alten Schönhauser fühlte sie dasselbe wie am ersten Tag: Sie wusste, dass sie am richtigen Platz war.

«Eine besondere Auszeichnung erhält Fräulein Ricarda Petersen», sagte Fräulein Lange in diesem Moment.

Ricarda spürte, wie sich alle Augen auf sie richteten. Lores Hand berührte ihre, Kumari stupste sie an: «Das hast du verdient.»

«Geh nach vorn und bedank dich», soufflierte Lore.

Ich hasse es, im Mittelpunkt zu stehen, dachte Ricarda. Doch sie straffte sich, trat nach vorn, räusperte sich und sagte: «An meinem ersten Tag hier wusste ich nicht, wer Iphigenie war und was sie auf Tauris verloren hatte. Ich fragte mich: Was geht mich dieses Mädchen an? Doch heute weiß ich, so wie Iphigenie stranden wir alle irgendwann auf einer Insel, die von Nebeln umgeben ist. Darin irren wir umher. Die Nebel lichten sich früher oder später. Dadurch ergibt sich eine neue Frage: Liegt es an den Nebeln oder an unserer Wahrnehmung? Fräulein Lange, ich bin Ihnen für immer dankbar, dass Sie mich lehrten, solche Fragen zu stellen.»

Sie wollte schon zu ihrem Platz zurückkehren, als sie spürte, dass noch etwas fehlte. «Ich stünde heute nicht hier, wenn mir Doktor Freystetten nicht die Möglichkeit dazu gegeben hätte. Komtess, ich danke Ihnen von ganzem Herzen.»

Während alle Eltern ihre kleine Rede mit höflichem Applaus honorierten, ging Ricarda zurück zu ihrem Stuhl zwischen Kumari und Lore. Und da sah sie, dass die Komtess etwas tat, das sie selten tat – sie tupfte sich Tränen der Rührung aus den Augenwinkeln.

Ricarda war ihr tatsächlich dankbar für alles, was sie ihr ermöglicht hatte. Dennoch stand ihr Entschluss fest: Der

Ärztin Henriette von Freystetten wollte sie sehr wohl auch in Zukunft nacheifern. Alles, was darüber hinausging, würde sie selbst entscheiden.

Lore und Kumari umfassten Ricardas Hände. «Wir sind stark», sagte Lore.

«Heißt das, wir sind jetzt erwachsen?», fragte Kumari. Ihr schelmisches Grinsen ließ die beiden anderen in schallendes Gelächter ausbrechen.

EINE HÖCHST ERFREULICHE BEGEGNUNG

Herbst 1882

In den zweieinhalb Jahren, die Ricardas Ausbildung in der Klinik weiblicher Ärzte in der Alten Schönhauser Straße inzwischen dauerte, hatte sie eine Art sechsten Sinn für brenzlige Situationen entwickelt. Meistens herrschte der stets gleiche Geräuschpegel aus Gesprächen, Wehklagen und gelegentlichem Lachen. Den schrecklichen Momenten, in denen eine Patientin in einer lebensbedrohlichen Situation war, ging eine gewisse Stille voraus. Dann aber brach das Chaos aus – umso plötzlicher und lauter. So wie gerade jetzt.

«Eine Ärztin, schnell!», rief eine Frauenstimme in größter Not.

Schon stand eine etwa vierzigjährige Frau vor Ricarda, die gerade am Empfangstisch Dienst hatte. In den Armen hielt sie ein kleines Mädchen. Es hatte den Kopf zurückgeworfen, griff sich mit beiden Händen an den Hals, als wollte es sich etwas herausreißen. Mit langgezogenen, pfeifenden, lauten Atemzügen rang es nach Luft. Schweiß stand der etwa Fünfjährigen auf der Stirn, ihre Augen traten hervor, das Gesicht war schon bläulich und leicht gedunsen, die Halsadern geschwollen. Es war das angsterfüllte Gesicht eines kleinen Mädchens, das die kalte Hand des Todes nach sich greifen fühlte.

Diphtherie, folgerte Ricarda sofort. Jetzt zählte jede Minute!

Es gab viele ansteckende Krankheiten, die sich rasend schnell ausbreiteten. Aber Diphtherie schickte die Kinder noch auf Erden in die Hölle. Kaum eines überlebte es, wenn der *Würgeengel der Kinder* nach neuen Opfern gierte. Hatte ein Kind in der Familie Diphtherie, wurden fast immer alle krank, oftmals ganze Wohnhäuser und Straßenzüge. Es war eine Seuche.

Gegenmittel gab es keine, und deshalb war Diphtherie auch für die Ärzte die Hölle.

Ricarda zwang sich in solchen entsetzlichen Augenblicken zur Ruhe, denn nichts war verheerender, als die Patientinnen spüren zu lassen: Wie ihr bin ich nur ein kleiner Mensch in der übermächtigen Hand Gottes.

Zum Glück war gerade der Untersuchungstisch hinter dem Vorhang neben ihr frei. Im zweiten Raum behandelte Käthe, die sowohl in der Praxis Unter den Linden als auch hier mitarbeitete, die Stichverletzung am Arm einer Frau.

«Bitte das Kind auf den Tisch legen und seinen Oberkörper frei machen», sagte sie, machte zwei lange Schritte nach nebenan, öffnete die Tür und sagte betont ruhig: «Doktor, ich glaube, wir brauchen eine Tracheotomie.»

In Anwesenheit von Patientinnen und Angehörigen wurde niemals das Angst einflößende Wort *Luftröhrenschnitt* verwendet.

«Wenn du hier noch fertig verbindest», antwortete Käthe Hausmann genauso ruhig und ging zu dem Mädchen.

Die Patientin mit der Stichwunde zu versorgen, dauerte nur wenige Augenblicke, dann war Ricarda bereit, Käthe zu assistieren. Hinter dem Vorhang hatte die Ärztin sich über das Kind gebeugt und horchte es ab. Nun sah sie ihm noch in den Mund, richtete sich auf und wandte sich kurz Ricarda zu.

«Die Mutter sagt, ihr Kind hatte einige Tage lang eine Erkältung, bekam dann Heiserkeit und Kurzatmigkeit. In der Nacht wachte es auf und hustete ohne Unterlass.» Käthe zeigte auf tiefe Einziehungen zwischen den Rippen des Kindes. «Eindeutig häutige Bräune.» Damit meinte sie den Krupp-Husten, dessen Auswurf braunen Hautfetzen glich. «Bitte bereite jetzt alles für die Tracheotomie vor.»

Keine Diphtherie! Ricarda atmete auf.

Während sie Skalpell, Kanüle und sterile Lagen holte, hörte sie Käthe zur Mutter sagen: «Es wird alles gut, Frau ... Wie heißen Sie?»

«Thomasius. Ick bin die Witwe vom seligen Schleusenwärter. Frau Doktor, machen Se mein Hildchen gesund!»

«Schleusenwärter? Sie wohnen an der Spree? Ist die Wohnung feucht?»

«Is eben der Krögel», lautete die lakonische Antwort.

Ricarda reichte Käthe das Gewünschte.

«Sie gehen kurz nach draußen. Als Mutter möchten Sie das nicht sehen, was Frau Doktor macht. Dauert nicht lange. Ich hole Sie gleich, Frau Thomasius.»

Nach dem ersten halben Jahr in der Alten Schönhauser war sie darauf gekommen, dass es hilfreich war, auf die Namen der Patientinnen zu achten. Es machte es den Frauen leichter, Vertrauen zu haben. Lore und Kumari hatten sich das von ihr abgeschaut.

Die Witwe Thomasius ging folgsam hinaus. Ihr Hildchen rang immer noch lautstark nach Luft. Ricarda sorgte dafür, dass sie sich nicht wehren konnte, während Käthe die Luftröhre an der Vorderseite des Halses, unterhalb des Kehlkopfs, durch einen Längsschnitt öffnete. In die Öffnung führte sie sofort eine Kanüle aus Silber ein. Die Wirkung des Luftröhrenschnitts war jedes Mal umwerfend! Auch diese kleine Patientin entspannte sich augenblicklich, atmete schnell und befreit.

In dem zweimal wöchentlich im Haus Unter den Linden stattfindenden theoretischen Unterricht hatte Henriette ihren drei Schülerinnen bereits erklärt, was Ricarda nun fasziniert beobachtete. Als die Luft in die Lunge gelangen konnte und das Herz den Kreislauf in Gang brachte, kehrte das Leben in den kleinen Menschen zurück.

«Den Tod zu besiegen, das ist der größte Triumph», sagte Ricarda gerührt. Gerade in solchen Momenten fühlte sie sich in ihrer Entscheidung bestätigt, sich zur Pflegerin ausbilden zu lassen.

Käthe versorgte die Wunde und zwinkerte ihr zu: «Kannst dir jetzt deine Belohnung holen.»

Belohnung holen – so nannten sie es, wenn man einer Mutter genau dies sagen konnte: «Ihr Kind erwartet Sie, Frau Thomasius.»

Die Frau stürzte an Ricarda vorbei in die Praxis. Die im Übrigen jetzt ohne Patientinnen war. Die standen alle draußen vor der Tür in respektvollem Abstand. Ricarda spürte förmlich die Angst der Frauen vor einer neuen Welle der Seuche.

«Hildchen Thomasius hat keine Diphtherie», sagte sie mit fester Stimme. «Sie hat den Krupp-Husten, der von der Spree kommt. Doktor Hausmann hat sie gerettet.»

Sie wusste, dass es so einfach nicht war. Erst die nächsten Tage würden zeigen, ob Hildchen überlebte. Aber für die Frauen auf der Straße waren diese Worte wie eine Erlösung.

Die Leute sagten, der Krögel sei die trostloseste Ecke von Berlin. Viele von Ricardas Patienten wohnten dort, denn wo es keinen Trost gab, wüteten die Krankheiten. Oder war es andersherum? Mit ihren neunzehn Jahren hatte Ricarda zu oft die Gelegenheit, sich diese Frage zu stellen. Auch gerade jetzt, an diesem späten Nachmittag, wo sie zu Hildchen unterwegs war. Als Pflegerin gehörte auch die Nachbetreuung der Patientinnen zu ihren Pflichten.

In dem flotten Tempo, mit dem sie an normalen Tagen unterwegs war, brauchte sie zu Fuß von der Praxis in der Alten Schönhauser rund zehn Minuten zum Krögel. Sie lief durch die breite Klosterstraße mit den dreistöckigen Bürgerhäusern, vor denen jetzt im Herbst die Kastanien ihre braun glänzenden Früchte fallen ließen. Die Straßenkinder lieferten sich Wettkämpfe, wer die meisten und größten aufgesammelt hatte. Die Turmglocken der Parochialkirche spielten gerade mehrstimmig alte Choräle. Der schlanke, hohe Turm trug das himmlische Geläut weit über das Viertel bis zum düsteren Krögel.

Dort standen die mehrstöckigen Häuser so eng, dass gerade mal ein Pferdefuhrwerk durch die Gassen passte. Es stank nach Abfällen, Fäkalien und Moder, der Putz fiel von den Fassaden, das Kopfsteinpflaster war voller Moos und glitschig. Doch am Großen Krögelhof hielt Rica dennoch inne und reckte den Kopf zu der Sonnenuhr. Sie war sehr weit oben angebracht, damit die Sonne überhaupt den Zeiger einen Schatten werfen lassen konnte. Darunter die Inschrift: *Mors certa, hora incerta.*

Wer auch immer den Sinnspruch angebracht hatte, es war ihm wohl egal gewesen, dass in dieser ärmlichen Gegend kaum jemand Latein verstand. Ricarda freute sich, dass Fräulein Lange sie und die beiden Freundinnen in Latein unterrichtete; das Fach war Teil des Lehrplans, den die vier Ärztinnen zusammengestellt hatten. Doch das Verstehen der Worte warf die Frage nach ihrem Sinn auf. Warum schrieb gerade hier, in diesem Elendsviertel, jemand an die Wand: *Der Tod ist jedem gewiss, nur die Stunde ist es nicht*?

Ihre Aufgabe, der stete Kampf mit dem Tod, war es, diese Stunde hinauszuzögern.

Mit den letzten Tönen des Glockengeläuts im Ohr näherte Ricarda sich einem dreistöckigen Haus, dessen Front sich leicht über die Gasse neigte, an deren Ende die dunklen Wasser der Spree schwappten. Die Luftfeuchtigkeit war wegen des nahen Flusses gesundheitsschädlich.

Natürlich wussten Ricardas Patientinnen das. «Meinen Se, Frollein, anderswo ist der Tod freundlicher zu unsereinem?», hatte sie mal eine an Tuberkulose erkrankte Frau gefragt. Seitdem hatte Ricarda nie mehr eine Bemerkung zu den Wohnverhältnissen gemacht.

Im dunklen, schmalen Treppenhaus spielten Kinder. Niemand war da, um sie zu beaufsichtigen, denn die Eltern mussten arbeiten. Oder sie lagen krank zu Hause. Der tiefe, bellende Husten der Männer hinter den Wohnungstüren begleitete Ricarda. Jetzt im Herbst war die Luft im Haus noch erträglich. Doch je weiter man im Winter nach oben kam, desto beißender wurde der Qualm, der aus den Hausschloten in die Wohnungen gedrückt wurde. Das zusammen mit der Feuchtigkeit hatte Hildchen den Krupp-Husten beschert.

«Hildchen, ich bin's: Rica!» Ricarda gab ihrer Stimme einen optimistischen Klang.

Die Kleine saß am Küchentisch, durch die Fenster in

den Dachschrägen fiel schon jetzt zu wenig Licht. Vor sich hatte die Fünfjährige jede Menge Teigkringel ausgebreitet – Backwaren, die die Mutter noch ausbacken und in ein paar Stunden vor dem Schauspielhaus am Gendarmenmarkt oder in der Oper Unter den Linden verkaufen wollte. Sie stellte ihre Brezel und Kringel aus Zimt, Butter, Zitrone, Mandeln her. In diesem Moment bot die Witwe Thomasius ihre Ware noch auf dem Markt am Dönhoffplatz an. Ricarda hielt es für sinnlos, der Witwe Vorhaltungen zu machen, dass ihr Kind im Bett besser aufgehoben wäre. Ohne die Arbeit ihrer hustenden Tochter hätte sie ihr Tagespensum nie und nimmer geschafft. Die Wohnung am Krögel war für sie wegen der kurzen Wege zu ihren Verkaufsstellen ein Segen und zugleich wegen der ungesunden Luft ein Fluch.

«Geht es dir besser, Hildchen?», fragte Ricarda, legte Holz im Ofen nach und streute Tee in eine Kanne.

«Ja ja», sagte die Kleine mit schwacher Stimme.

«Wir werden jetzt erst mal deine Halswickel austauschen, aber zuvor sehe ich noch mal in deinen Hals, fühle den Puls, und dann trinken wir langsam warmen Tee.»

Hildchen kannte den Ablauf von Ricas Besuchen schon. Es war das fünfte Mal, dass sie kam. Sie hatte ihr Pensum gerade beendet, als es kurz klopfte. Schon wurde die Tür von außen geöffnet.

«Siegfried!»

Hildchen sprang auf und eilte einem jungen Mann entgegen, der so groß war, dass er beim Eintreten den Kopf unwillkürlich leicht nach vorn beugte. Er trug eine blaue Uniformjacke mit rotem Stehkragen und Ärmelaufschlägen zur weißen Hose, schien aber noch sehr jung zu sein – höchstens

Anfang zwanzig. Sein gut geschnittenes Gesicht zierte ein schmaler Oberlippenbart.

«Guten Abend!», sagte er mit einer angenehm tiefen Stimme und riss sich die blaue Schirmmütze vom Kopf.

«Gestatten: Siegfried Thomasius!»

Er verbeugte sich, die Schirmmütze korrekt unter den Arm geklemmt. Erst jetzt sah Ricarda seine unglaublich schönen blauen Augen! Sein Auftritt überraschte sie so, dass sie keinen Ton hervorbrachte.

«Das ist Ricarda», sagte die aufgeweckte kleine Hilde.

Der junge Mann sah so gesund und lebendig aus, dass Ricarda ein seltsamer Vergleich durch den Kopf schoss, der sie unwillkürlich lachen ließ. Der junge Offizier blickte irritiert an sich herunter. «Stimmt etwas nicht mit mir?»

«Nein. Ich meine: ja. Also: Was ich sagen will – nichts.»

«Wie meinen Sie, Fräulein?»

Sie musste wieder lachen. So kannte sie sich selbst nicht! Zum Glück steckte ihr Lachen die kleine Hilde an, und das riss auch den jungen Mann aus seiner Angespanntheit.

Endlich konnte sich Ricarda beruhigen. «Verzeihen Sie», sagte sie. «Ich lachte nicht über Sie. Als Sie eintraten, dachte ich an eine Begegnung, die ich vor Jahren hatte. Da führte mich eine Freundin in ihren Hinterhof. Und da war ein Löwe im Stall, ein richtiger Löwe.»

«Tatsächlich? Sehe ich aus wie ein Löwe?»

«Nein, aber … Ich war nur so verwundert, als Sie plötzlich im Raum standen.»

Ricarda sah ihm an, wie sein Gehirn arbeitete. «Sie meinen: Ich passe nicht hierher. Ich hatte gehofft, meine Mutter anzutreffen. Aber wie ich sehe, geht es meiner kleinen Schwester nicht gut. Was ist mit dir, Hildchen?»

«Mir geht es gut, Siegfried!», widersprach das Kind.

Ihr durch den Krupp-Husten in Mitleidenschaft gezogener Kehlkopf hatte ihre Stimme wohl so verändert, dass der Bruder beunruhigt zu ihr ging. Nun sah er den Verband am Hals und blickte Ricarda an. «Was hat das zu bedeuten? Und was machen Sie überhaupt hier, Fräulein?»

Ricarda ärgerte sich über ihr Verhalten. «Tut mir leid. Das mit dem Löwen, meine ich. Ich sehe nach Ihrer Schwester. Ihre Frau Mutter brachte Hildchen in die Praxis weiblicher Ärzte. Doktor Hausmann musste eine Tracheotomie …»

«Einen Luftröhrenschnitt! Du meine Güte!» Etwas unbeholfen versuchte er, das kleine Kind zu streicheln. «Hildchen, hast du Krupp entwickelt?»

Plötzlich war Ricarda hellwach. «Sie wissen, was eine Tracheotomie ist?»

«Als Eleve am Königlich-Medizinisch-Chirurgischen-Friedrich-Wilhelm-Institut sollte ich das wohl.»

«Das ist ein sehr langer Name», stellte sie fest. «Vermute ich richtig, dass man dort den Arztberuf erlernt?»

«Sie vermuten richtig. Ich schreibe gerade an meiner Dissertation.»

Ihr erster Eindruck hatte nicht getäuscht: ein Löwe im Hinterhof …

«Dann interessieren Sie sich also für einen bestimmten Bereich in der Medizin?»

«Wundheilung ist mein Fachgebiet.»

«Nach einer Amputation … Es heilt oft nicht. Die Patientinnen sterben nicht daran, sondern an den Folgen. Ich wünschte mir so oft, man wüsste, was zu tun ist. Dazu forschen Sie?»

«Ja!» Er setzte sich nun an den von Kringeln bedeckten

Tisch und sah sie mit unverhohlener, aber erfreuter Neugier an. «Sie klingen, als wäre die Medizin Ihr Leben!»

«Nein», wehrte sie errötend ab. «Ich werde als Pflegerin ausgebildet. Darum kümmere ich mich um Hildchen.»

«Eine Praxis weiblicher Ärzte, sagten Sie? Das heißt: Frauen, die als Ärzte arbeiten? Hier in Berlin? Davon habe ich nie gehört! Was für Damen sind das?»

Ricarda erzählte von den Doktorinnen Biberti, Solm und Hausmann und der Komtess, die sie und ihre Freundinnen ausbildeten. In diesem Moment wurde die Tür geöffnet, und die Witwe Thomasius trat gebückt ein, eine Weidenkiepe auf dem Rücken.

«Hildchen, sind die Kringel fertig?», fragte sie, während sie die Kiepe absetzte. Sie drehte sich um und entdeckte ihren Sohn, der sich erhoben hatte.

«Siegfried! Dass du einmal zu Besuch kommst!»

Selten hatte Ricarda einen jungen Mann so innig und gerührt seine Mutter begrüßen sehen. Sie spürte, dass ihre Anwesenheit störte, knickste und verabschiedete sich. Der junge Mann verbeugte sich, und sie hatte schon den Türgriff in der Hand, als er sagte: «Gnädiges Fräulein, gestatten Sie, dass ich Ihren Familiennamen erfrage?»

«Einfach nur Petersen», sagte sie errötend.

«Fräulein Ricarda Petersen, welch eine unerwartete, höchst erfreuliche Begegnung!», sagte er. «Ich danke Ihnen, dass Sie sich um mein Schwesterchen kümmern.»

Als Ricarda die Treppen hinunterging, hörte sie weder das Husten der Hausbewohner, noch roch sie den muffigen Gestank. Sie spürte nur, dass ihr Herz wie verrückt schlug.

In Henriettes kleiner Praxis Unter den Linden gab sich seit einiger Zeit eine neue Art von Patientinnen die Klinke in die Hand. In den Straßen Berlins fielen diese Frauen durch ihre ungewöhnliche Kleidung auf: ausladende weiße Hauben, weiße, mit Blumenmuster verzierte Schürzen über weiten, zumeist dunkelroten Röcken. Für die Damen der gehobenen Gesellschaft gehörte es seit Jahren zum guten Ton, sich die Dienste einer sorbischen Amme zu leisten. Im Mai war nun der erste Urenkel Seiner Majestät, Kronprinz Wilhelm, geboren worden. Die vierundzwanzig Jahre alte Prinzessin Auguste Victoria ließ ihn von einer Amme säugen. Dies Vorbild ermutigte die Damen der Gesellschaft, ihre Kinder stillen zu lassen. Sie wollten jedoch sichergehen, dass die Ammen gesund waren. Da sie Henriettes Fähigkeiten für sich selbst schätzten, verlangten sie eine entsprechende Gesundheitsuntersuchung durch die Komtess – was wiederum eine neue Mode wurde.

«Was haben unsere Damen nur für wichtige Angelegenheiten, dass sie ihre Säuglinge nicht stillen können!»

Die Worte der Komtess klangen Ricarda noch im Ohr, als sie eine sorbische Amme hineinbat. Die Komtess spulte ihr Untersuchungsprogramm ab. Sie hatte dafür eine Liste erstellt, die sie abarbeitete. Ricarda musste die Ergebnisse eintragen: Gesundheit der Frau, Größe und Beschaffenheit ihrer Brust, Geschlechtsleben und so weiter.

«Wie ich das verabscheue! Das ist keine ärztliche Kunst, sondern eine entwürdigende Menschenbeschau», sagte Rica am Abend zu Lore.

«Du bist zu streng in deinem Urteil», widersprach Lore. «Du weißt doch, warum Doktor Freystetten das macht. Was sie von den Reichen bekommt, gibt sie aus, um den Frauen zu helfen, denen sonst niemand hilft.»

Seit dem letzten Jahr betrieb die Komtess ein Pflegeheim für Mutter und Kind. Sie finanzierte es mit den Einnahmen aus ihrer Praxis, von der es nur vier Parallelstraßen entfernt war. Denn trotz ihrer guten Verbindungen war es ihr nicht gelungen, staatliche Stellen dafür zu gewinnen. Doch darüber hatte sie Ricarda gegenüber kein Wort verloren. Das Verhältnis der beiden war sachlich, Privates blieb ausgespart.

«Selbst wenn es wahr ist, Lore», murrte Ricarda, «so ist es dennoch moralisch verwerflich, dass eine Frau ihre Brust vermieten muss. Sollten wir uns nicht fragen, ob die Komtess etwas unterstützt, das eigentlich abzulehnen ist?»

«Nein, Rica! Eine Ärztin kann doch keine gesellschaftliche Entwicklung aufhalten! Selbst *deine* Komtess nicht. Wenn die Weiber nicht stillen wollen, was soll sie denn machen? Sie jedenfalls macht das Beste daraus – ein Geschäft. Genau wie die Ammen.»

«Ein Geschäft nennst du es, wenn das innige Band einer Mutter zu ihrem Säugling nicht entsteht!» Ricarda sprang auf. «Dein Vater ist Bankier. Hast du deshalb so viel Verständnis?»

«Rica, wie kannst du so etwas sagen! Ich habe mit meinem Vater seit Jahren kein Wort gesprochen. Das weißt du.»

Da Lore auch den Kontakt zu ihrer Mutter abgebrochen hatte, war ein Rechtsanwalt zu ihrem Vormund bestimmt worden.

Lore sah ihre Freundin nachdenklich an. «Rica, was ärgert dich eigentlich dermaßen, dass du so reizbar bist?»

Die Frage hatte die gleiche Wirkung auf Rica wie eine Stecknadel auf einen Luftballon: Die Ammen waren plötzlich kein Thema mehr. Stattdessen sah sie in ein Paar blaue Augen, die sie neugierig ansahen.

«Ich weiß es nicht», sagte sie.

«Unsinn, Ricarda!» Lore lachte laut auf. «Das kannst du mir nicht erzählen. Wir schlafen jede Nacht Bett an Bett. Du wälzt dich hin und her. Murmelst vor dich hin. Keine Sorge: Ich habe kein Wort verstanden. Das geht jetzt seit einer knappen Woche so. Was bedrückt dich? Und erzähl jetzt nichts von irgendwelchen Ammen.»

Die beiden Freundinnen teilten sich seit anderthalb Jahren ein Zimmer bei einer Pensionsmutter. Es befand sich innerhalb jenes Dreiecks, in dem sich ihr Leben abspielte – der Praxis der Ärztinnen, dem Haus Unter den Linden und dem von der Komtess ins Leben gerufenen Pflegeheim. Somit konnten sie nachts in ihren eigenen Betten schlafen. Allerdings hatte das große, hübsch ausgestattete Zimmer einen Preis. Der hieß Frau Gottlieb und streckte gerade unangemeldet den Kopf zur Tür hinein.

«Ach, ihr beiden, so traut beieinander! Kommt, das Abendessen ist fertig. Erzählt ein wenig von eurem Tag.»

Ricarda hatte die grauhaarige Witwe schon bei ihrer ersten Begegnung gemocht, weil sie so schutzbedürftig wirkte wie ein aus dem Nest gefallener Vogel. Dabei verhielt es sich andersherum: Ihre Töchter hatten sich verheiratet – die eine nach Australien, die andere nach Südamerika –, und der Mann war gestorben. Alleingelassen im heimischen Nest, hatte Frau Gottlieb nicht gewusst, was mit ihrem Leben anzufangen war, und wurde wegen schwerer Verdauungsprobleme Patientin der Komtess.

«Ihr Leben ist zu arm an Ereignissen, Frau Gottlieb. Sie brauchen eine Aufgabe», hatte die Komtess gesagt.

«Diese riesige Wohnung! Und niemand darin!», hatte Frau Gottlieb bei einer anderen Konsultation angemerkt.

«Würden Sie denn zwei junge Pflegerinnen bei sich wohnen lassen?», hatte Ricarda bei der Verabschiedung gefragt.

Denn zum einen hatte sie von der Komtess gelernt, Situationen zu nutzen. Zum anderen hatte Lore es nicht mehr bei ihrer streitsüchtigen Mutter ausgehalten, und Rica konnte den ersehnten ersten Schritt tun, der sie aus der bevormundenden privaten Obhut der Komtess entließ.

Ricarda war gerade ganz froh, dass Frau Gottlieb zum Abendessen lud, denn es ersparte ihr die Antwort auf Lores Frage, was sie so ruhelos machte.

Ein paar Tage später stand ein zartes junges Mädchen gegen Abend vor Ricarda am Empfangstisch in der Praxis der weiblichen Ärzte. Das leicht gelockte weizenblonde Haar offen, die traurigen Augen blicklos, ihr Arm seltsam abgewinkelt. Der gebrochene Knochen, in schwarzem Blut, stak aus dem Ärmel. Die anderen Frauen, die um dieses unglückliche Geschöpf herumstanden und selbst behandelt werden wollten, schienen es nicht wahrzunehmen. Wie sie es sich antrainiert hatte, blieb Ricarda auch jetzt äußerlich ruhig, stand auf, sagte: «Ich hole eine Ärztin», und ging in die kleine Teeküche, wo Franziska Biberti sich gerade eine Pause gönnte.

«Offener Bruch. Können Sie?»

«Bin gleich bereit, Ricarda.»

Bis die Ärztin eintraf, schrieb Rica Namen, Anschrift und Alter der Patientin auf. Sie war nur knapp ein Jahr älter als sie selbst. Während Doktor Biberti den Bruch säuberte und den Knochen schiente, verwickelte Ricarda die Patientin in ein ablenkendes Gespräch, das deren Elend offenbarte.

Die zarte junge Frau arbeitete seit vier Jahren als Amme. Nicht für die reichen Leute, sondern zuletzt für eine Metzgersfrau aus der Friedrichstraße, die ihren Mann im Geschäft unterstützte. Im Abstand von zwölf Monaten hatte sie zwei Kinder geboren. Beide wurden von dieser Amme genährt. Der Älteste war ein Jahr alt und hatte ihre Brustwarzen zerbissen. Sie durfte nicht aufhören, und als alles entzündet war, musste sie es doch. An dieser Stelle nahm die Erzählung der jungen Frau eine Wendung, die Ricarda nicht für möglich gehalten hatte: Der eigene Vater hatte sie gezwungen, als Amme zu arbeiten, als sie mit sechzehn und unverheiratet ihr erstes Kind gebar. Er gab den Säugling fort und vermietete seine Tochter an Frauen, die nicht stillten. Als diese Einnahme durch die Vereiterung der Brust fortfiel, geriet der alkoholkranke Vater so in Zorn, dass er die Tochter verprügelte und ihre Elle brach.

«Wir können dich nicht zu deinem Vater zurückschicken», entschied Doktor Biberti.

Sie bat Ricarda, die junge Frau am Abend zum Pflegeheim zu bringen, wo Kumari Dienst haben würde. Sie war von den drei Freundinnen diejenige, die stundenlang am Bett einer Patientin saß, sich deren Geschichten anhörte, mal mit ihr weinte oder sie ermutigte, einen neuen Weg zu gehen. Ricarda war überzeugt, dass Kumaris liebevolle Zuwendung für die kranken Frauen mindestens so wichtig war wie die Arbeit der Ärztinnen und Pflegerinnen.

Gemeinsam mit der jungen Amme trat Ricarda hinaus in die schmale Gasse. Das Kopfsteinpflaster war feucht, sie hakte die Amme unter und achtete auf den Weg. Das Licht der Straßenlaterne spiegelte sich in blitzblanken Lederstiefeln. Die sah sie zuerst, darüber die schneeweiße Hose, die blaue Jacke mit den roten Ärmelaufschlägen … Ihr Herz schlug wie wild Alarm!

«Guten Abend, Fräulein Petersen!»

«Oh, Herr Thomasius. So eine Überraschung!»

Er nahm seine Schirmmütze vom Kopf, verneigte sich. «Verzeihen Sie, dass ich Sie so einfach auf der Straße anspreche. Das ist nicht schicklich.»

«Ausnahmsweise vergebe ich Ihnen!» Sie musste grinsen. «Ich bringe die Patientin ins Pflegeheim. Wir nehmen die Stadtbahn.»

Seit dem Februar waren die Wege kurz. Denn vom *Bahnhof Börse* bis zur Friedrichstraße war es mit der neuen Stadtbahn, die recht pünktlich fuhr, nur eine Station. Überdies war die rumpelnde Fahrt auf dem Hochgleis, vorbei an den guten Wohnetagen der Häuser, jedes Mal ein Erlebnis.

«Wenn es Ihnen keine Umstände bereitet, dürfen Sie sich uns anschließen.»

«Mit dem allergrößten Vergnügen!», sagte Thomasius.

Aus einem unerfindlichen Grund brachte dieser Mann sie zum Lachen, obwohl nichts Lächerliches an ihm war.

«Warum lachen Sie, gnädiges Fräulein?»

«Ich weiß nicht. Sonst lache ich nicht so viel.»

«Dann werte ich das als positives Zeichen.»

«Ja, ich auch, Herr Thomasius. Sie haben lange mit Ihrem Besuch gewartet. Ich dachte, Ihre Neugier auf die Praxis weiblicher Ärzte wäre größer gewesen.»

«Oh, die Praxis, ja natürlich!»

Er wirkte ertappt, und Ricarda musste wieder grinsen.

«Sie machen auch chirurgische Eingriffe?», erkundigte er sich pflichtschuldig.

«Einen Bruch zu schienen würde ich nicht direkt als Eingriff bezeichnen. Da haben Sie in Ihrem Institut mit dem langen Namen gewiss kompliziertere Fälle.»

«Königlich-Medizinisch-Chirurgisches-Friedrich-Wilhelm-Institut», sagte er.

«Charité, zum Beispiel, wäre kürzer», warf sie hin.

«Ich mag es, wenn es kompliziert klingt.»

«Sie suchen also die Lehranstalt nach dem Namen aus?»

«Praxis weiblicher Ärzte aus Zürich ist auch ansprechend lang.»

«Das schreibt das Gesetz so vor», erklärte sie.

«Und Sie, Fräulein? Werden Sie auch Ärztin?»

«Ich kann nicht studieren», erwiderte sie. Um sich sofort zu korrigieren: «Ich will ja auch gar nicht.»

«Zwischen Können und Wollen ist ein Unterschied. Ich konnte es auch nicht, aber ich wollte es», sagte er.

«Sie sind ein Mann, Herr Thomasius. Wenn ein Mann etwas erreichen will, dann kann er es.»

Allmählich begriff sie, was er meinte: Er stammte aus ärmlichen Verhältnissen, und ein Studium kostete sehr viel Geld. Vermutete sie. Denn bislang hatte sie sich nie überlegt, wie man so etwas finanzierte. «Wie haben Sie es angestellt, studieren zu können?», fragte sie.

«Wenn wir unser Ziel erreicht haben, gibt es vielleicht anschließend die Möglichkeit, Sie auf eine Tasse Schokolade einzuladen, gnädiges Fräulein, um diese Frage zu erörtern?»

Ricarda hatte die Patientin an ihrem Arm vollkommen vergessen. Nun bemerkte sie, dass die junge Amme sie mit breitem Grinsen anblickte.

Von einem Herren am frühen Abend ins Restaurant Dressel Unter den Linden ausgeführt zu werden – und das so überraschend, ganz ungeplant! Ricarda ging wie auf Wolken. Da sie direkt aus der Praxis kam, trug sie ihre normale dunkle Kleidung. In dem Moment, als ein livrierter Diener die Restauranttüre schwungvoll öffnete und den Offizier Thomasius militärisch begrüßte, sah sie die Damen drinnen. Elegant, farbenfroh, herausgeputzt. Große Hüte, Federschmuck.

«Ach du lieber Gott, Herr Thomasius, das geht nicht!»

Er sah sie erschrocken an. «Was, Fräulein Petersen?»

«Ja, sehen Sie mich an!»

«Tue ich doch!»

«Nein, nicht so. Meine Aufmachung ist ganz unpassend.»

Ein Oberkellner stand bereit. Ricardas Begleiter tuschelte mit ihm, dann gingen sie in einen belebten Seitenraum, in dem die Gäste wesentlich ungezwungener gekleidet waren. Auf den polierten Holztischen standen Gläser mit Berliner Weiße, Herren rauchten. Ricarda atmete auf. Herr Thomasius in seiner schmucken Uniform saß nun direkt neben ihr. Und da wurde ihr denn doch ein wenig mulmig. Hatte sich vorher noch alles so heiter angelassen, spürte sie nun, wie sich in ihr alles verkrampfte. Eine Situation wie diese hatte es noch nie gegeben. Nicht einmal in ihrer Vorstellung. Es kam ihr auch kein vernünftiger Satz in den Kopf, um das Schweigen zu beenden.

«Ich war vor ein paar Jahren einmal hier», begann Herr Thomasius. «Mit meinem Onkel. Deshalb wusste ich um diesen Raum.»

«Hier ist es besser. Also, ich meine, der große Raum ist eleganter.» Sie räusperte sich. So kannte sie sich nicht. Sie musste irgendwie sichereres Terrain erreichen. «Wir sprachen vorhin über Ihre Ausbildung», sagte sie diszipliniert.

«Sie haben vielleicht schon von der *Pépinière* gehört?»

Ausgerechnet jetzt, wo das Gespräch in Gang kam, wollte der Ober die Bestellung entgegennehmen! Sie orderten beide die Schokoladen und kämpften anschließend erneut mit dem Schweigen.

«Pepi… wovon, wollten Sie sagen, hätte ich gehört?»

«Oh, die *Pépinière*! Richtig, das wollte ich erklären.» Auch er schien erleichtert, über etwas sprechen zu können, womit er sich auskannte. «Das ist die Anstalt zur Ausbildung der Militärärzte, die ich besuche. Das Wort bedeutet Baumschule, weil wir der Nachwuchs sind. Neun Semester sind es und ebenso viele Jahre, die ich dafür Truppendienst leiste.»

Sie überschlug die Lebensplanung des jungen Mannes: Demnach war er dreizehneinhalb Jahre an das Militär gebunden. Eine unvorstellbar lange Zeit!

«Dafür müssen Sie für das Studium nichts zahlen?»

«Sie fragen, wieso ich als Sohn eines Schleusenwärters … Mein Onkel väterlicherseits ist unverheiratet. Deswegen habe ich das Glück, dass er mich finanziell unterstützt. Und Sie? Sie entstammen gewiss einer hochangesehenen Familie.»

Sie lachte. «Sind Köchin und Gärtner hochangesehen?»

«In meinen Augen sehr wohl! Ihre Eltern leben in Berlin?»

«Schloss Freystetten in der Mark.»

«Ein Schloss? Sind Sie dort aufgewachsen?»

Sie dachte an die Kinder, die sie heute in den dreckigen Straßen Berlins hatte spielen sehen. «Es war mir nicht bewusst», sagte sie, «aber ich hatte eine schöne Kindheit. Die Weite, das Grün, der See, in dem meine Schwestern und ich …»

Sie brach ab, rang um ihre Fassung, und es gelang. Aber er hatte es bemerkt.

«Wir sollten wohl nicht über diesen See sprechen», sagte er.

«Nein, schon gut. Ich muss mich hin und wieder der Erinnerung stellen. Sonst komme ich nie darüber hinweg. Meine Schwester ertrank darin, und ich konnte es nicht verhindern», sagte sie knapp.

«Mein Vater starb, als ich dreizehn war. Er wollte in der Mühlendammschleuse einen Kahn versetzen und wurde eingeklemmt. Doch ich bin sicher, da, wo er jetzt ist, geht es ihm gut. In manchen Nächten träume ich von ihm. Ich werde ihm sagen, er soll nachsehen, wie es Ihrer Schwester geht. Wie hieß sie?»

«Antonia. Ich bin nur hier, weil sie starb.»

Und dann erzählte sie die ganze Geschichte, die sie noch niemals jemandem erzählte hatte. Auch Lore und Kumari nicht.

«Entschuldigung», sagte sie schließlich, «dass ich Ihnen das alles aufbürde.»

«Sie müssen sich nicht für Ihr Leben entschuldigen, Fräulein Petersen. Im Gegenteil: Ich danke Ihnen und weiß es aus ganzem Herzen zu schätzen, dass Sie sich mir anvertrauen», antwortete er und sah sie aus diesen wunderschönen blauen Augen an.

Sie hatten beide ihre Schokoladen kaum angerührt, als sie das Restaurant verließen.

«Darf ich hoffen, Sie bald wiederzusehen?», fragte er und streifte ihre Hand mit einem Abschiedskuss.

Die Sonntagseinladung zum Mittagessen bei der Komtess und Käthe war für die drei Mädchen ein lieb gewordenes Ritual. An diesem grauen Tag Ende Oktober hatte Malwine gefüllten Kalbsnierenbraten mit Kartoffelklößen und Rotkraut gemacht. Das Besteck klapperte dezent auf dem blauen

Meißner Porzellan, Auguste schenkte Moselwein nach. Es war wie immer. Nur dass Ricarda keinen Appetit hatte. Sie dachte voller Nervosität an das zweite Treffen, das eigentlich ein drittes war, aber das erste zählte ja nicht. Auf jeden Fall würde dieses Treffen in wenigen Stunden stattfinden. Und sie dachte an Hildchen, die sie bei weiteren Pflegevisiten ganz vorsichtig über ihren Bruder ausgefragt hatte. Er war weder verlobt noch verheiratet.

«Wenn Siegfried heiratet, wird ihm der Beruf wichtiger sein», hatte das kleine Mädchen gesagt und sogleich die Mutter als Quelle ihrer Weisheit benannt.

Ein unbewusster Seufzer entrang sich Ricardas Brust.

«Rica, deine Anwesenheit wird vermisst», sagte die Komtess.

Sie spürte, wie ihr das Blut ins Gesicht schoss. «Das Essen ist köstlich!», sagte sie eilig.

Lore grinste. Ihr Teller war fast leer. Bei Ricarda hingegen sahen die Kartoffelklöße aus wie von einer Maus angenagt. Kumari jedoch hatte auch nur wenig gegessen. Erst jetzt fiel Ricarda auf, wie bedrückt ihre Freundin aussah.

«Ich muss eine Mitteilung machen», sagte Kumari.

Rica hätte die Freundin umarmen mögen, dass sie die Aufmerksamkeit auf sich zog.

«Das klingt so förmlich», sagte Käthe. «Was ist passiert?»

«Ich muss die Ausbildung abbrechen», sagte Kumari und starrte auf ihren Teller.

«Was? Das ist nicht dein Ernst!», rief Lore.

Dicke Tränen liefen über Kumaris Gesicht. «Mein Vater lässt sich von meiner Mutter scheiden», sagte sie. «Ich muss mit ihr zurück nach Ceylon.»

«Wann?», fragte Ricarda atemlos. Plötzlich war Siegfried ganz weit weg.

«Unser Schiff geht am ersten Dezember.»

«So bald schon!», rief Lore.

Die Tischetikette kümmerte sie und Rica nicht; sie standen auf und schlossen die Freundin in die Arme.

«Du wirst Bananen haben und Palmen», versuchte Lore zu trösten. Sie klang selbst nicht überzeugt.

«Dann sollten wir zusehen, dass wir die Pläne ändern und du nur noch in der Alten Schönhauser arbeitest, um noch so viel Praxiserfahrung wie möglich zu bekommen.» Käthe erwies sich wieder als die Pragmatikerin.

«Nein, Doktor Hausmann, im Gegenteil. Ich will nur noch im Pflegeheim arbeiten. Ich kann sowieso nicht lernen, was ich lernen möchte. Da ist noch viel zu viel.»

«Aber wir haben Bücher, Kumari. Und ich werde die neueste Literatur besorgen. Du wirst dich in Ceylon fortbilden», sagte die Komtess.

Kumari nickte tapfer gegen die Tränen an.

«Doktor Koch hat vor wenigen Monaten den Tuberkelbazillus entdeckt», sagte Kumari. «Die Welt schaut auf Berlin. Ceylon ist das Ende der Welt.» Die Tränen überschwemmten ihr Gesicht.

«Das ist nicht wahr, Kumari», sagte Ricarda. «Es ist deine Heimat. Du wirst sie lieben, wenn du wieder dort bist. Und wir kommen dich besuchen. Versprochen!»

Die Komtess führte ihr Glas kurz an die Lippen, und dann sagte sie sehr langsam: «Wen meinst du heute, wenn du von *wir* sprichst?»

Sie hat mich durchschaut. Wie konnte ich annehmen, dass es anders wäre?, dachte Ricarda.

«Ich werde es Sie wissen lassen, Komtess, sobald ich es selbst weiß», antwortete sie und war ein wenig stolz auf sich selbst, dass sie die Neugier der Komtess so elegant gekontert hatte.

«Wir lernen alle dazu. Jeden Tag», sagte die Komtess mit einem süßsauren Lächeln und kehrte zum Thema zurück: «Sieh es doch mal so, Kumari: Vielleicht wirst du die erste Ärztin in Ceylon. Ich finde, das wäre ein Ziel, das du dir setzen könntest.»

Wenig später schlüpfte Ricarda als Erste in ihren Mantel.

«Du kommst nicht mit uns?», fragte Lore, als sie vor dem Haus standen.

«Es tut mir leid», antwortete Ricarda hilflos. «Ich weiß, wir müssten uns jetzt um Kumari kümmern. Aber ich bin spät dran.»

«Ist schon gut, Rica. Stellst du ihn mir mal vor? Ich würde ihn auch gern kennenlernen …», sie schob ihren Mund dicht an Ricardas Ohr, «… deinen Siegfried.»

«Ich habe im Schlaf …? Oh!»

«Dein Geheimnis ist mein Geheimnis!» Sie küsste Rica flüchtig auf die Wange und hakte sich bei der nun aus dem Haus kommenden Kumari ein.

Siegfried erwartete sie auf der anderen Seite des Brandenburger Tors. Es war kühl und seine schöne Uniform unter einem weiten grauen Mantel verborgen. Er schlug die Hacken zusammen, als sie auf ihn zukam, und neigte den Oberkörper förmlich steif nach vorn. Doch aus einem Ärmel zog er eine rote Rose hervor, die er ihr überreichte.

«Der Herr Stabsarzt ist ein Zauberer», sagte sie mit einem frechen Grinsen. «Das ist sehr zu begrüßen, denn von einem Offizier darf sich ein anständiges Mädchen keine Rose schenken lassen.»

«Ich bin ja nicht einmal Stabsarzt. Das dauert noch ein paar Jahre», sagte er.

«Wie erfreulich. Also nur ein Zauberer. Danke für die Rose. Das ist meine erste.»

«Aber nicht die letzte.» Er lachte und setzte hinzu: «Von mir, wenn ich hoffen darf.»

Mit dem der Etikette geschuldeten Höflichkeitsabstand gingen sie nebeneinander zum Großen Tiergarten. Junge Männer auf Hochrädern umkurvten geschickt oder auch noch ungelenk die Spaziergänger, und mancher fiel unsanft auf den sandigen Boden.

«Alles künftige Patienten», scherzte Ricarda.

«Für mich nur, wenn sie Soldaten sind», erwiderte Siegfried. «Zivilpersonen werden in unseren Anstalten nicht behandelt.»

«Das heißt, Sie dürften dort nicht einmal Schwester und Mutter behandeln?»

«Und privat könnte ich es nicht. Ich werde Arzt, aber ich besitze nichts, kein einziges Instrument. Das gleiche Problem stellt sich bei meiner Doktorarbeit. Ich habe keine Proben von Verletzungen, an denen ich mikroskopieren könnte. Aber ich habe in meinem Labor in Tempelhof ein ganz wundervolles Mikroskop. Nur, wie gesagt, keine Proben. Ich kann nur theoretisieren», sagte er.

«Also da könnte ich Ihnen helfen», sagte sie spontan. «Wir haben Verletzungen aller Art. Kommen Sie und bedienen Sie sich!»

«Das dürfte ich nicht einmal», antwortete er zu ihrer Überraschung. «Sie machen sich keine Vorstellung, wie viele

Vorschriften das Militär kennt. Allein meine Kleidung. Die Bekleidungsordnung, das ist ein Buch von weit über vierhundert Seiten.»

«Was um Himmels willen steht denn da drin? Und haben Sie das alles gelesen?»

Ein Kind von vielleicht zwei Jahren, gekleidet wie ein Erwachsener, rannte geradewegs in Siegfried hinein und stürzte. Er hob den kleinen Jungen auf und stellte ihn auf die Beine.

«Kein Mensch liest zum Beispiel zehn Seiten über die Farbe und die Beschaffenheit der Säbeltroddel.»

«Säbeltroddel?», wiederholte sie lachend.

«Lachen Sie nicht. In dieser Stadt sind mehr als zwanzigtausend Soldaten stationiert. Die haben mehr als zwanzigtausend Säbeltroddel!»

«Du meine Güte! Haben Sie auch einen Säbeltroddel?»

«Natürlich! Bei kleinen Vergehen wird der einem weggenommen, und man muss ihn mühsam zurückbekommen. Die Sitten sind streng. Also keine Proben von den Patientinnen. Außerdem: Frauen haben keinen Zutritt. Nie!»

«Nicht mal als Gewebeprobe?», fragte sie, ein Kichern mühsam unterdrückend.

«Das gälte es herauszufinden!»

Er lächelte auf eine Weise, die ihr gefiel.

«Dürften Sie einem Freund Ihr kostbares neues Mikroskop zeigen?»

Er dachte kurz nach. «Gewiss – wenn er ein Mann ist.»

«Ja, man bräuchte einen Zauberer», erwiderte sie lächelnd.

«Wie meinen Sie das jetzt, Fräulein Petersen?»

«Ich habe da so eine Idee.»

An manchem frühen Morgen, an dem sie eilig aus der Stadtbahn sprang und zur Praxis weiblicher Ärzte unterwegs war, begegnete Ricarda dem Milchmädchen mit dem Hundewagen. Die Vierzehn- oder Fünfzehnjährige war nicht die Einzige, deren Karren voller Milchkannen von einem Hund gezogen wurde. Doch dieses Mädchen fiel Ricarda immer ins Auge, weil sein Hund ungewöhnlich schön und gepflegt war und entfernt an einen Wolf erinnerte. Normalerweise lief sie neben ihrem Hund, doch heute saß sie hinten bei den Kannen. Ein neues Gesetz, das der Kaiser zum Schutz der Tiere erlassen hatte, verbot dies allerdings. Der Hund keuchte schwer im Riemen; er litt, tat jedoch seine Pflicht. Offenkundig tat das auch das Mädchen, aber sie konnte nicht mehr laufen. Ihr Unterschenkel war auf das Doppelte angeschwollen.

Das hektische Tempo der Millionenstadt, dem Ricarda sich angepasst hatte, duldete kein Mitleid mit Fremden. Sie ging dennoch zu dem Milchmädchen, beugte sich zu seinem Hund, sprach begütigend auf das Tier ein. Dann wandte sie sich dem Mädchen zu.

«Ich pflege Kranke, und dein Bein sieht böse aus. Darf ich dir helfen?»

«Siehste nich, dass ick keene Zeit für so wat nich hab!»

«Sehe ich. Was ist passiert?»

«Ach, der Köter von so 'ner ollen Knochenhauerfrau is uff meene Alexa druff. Icke dazwischen. Beißt det Viech mir.»

Während das Milchmädchen gesprochen hatte, hatte Ricarda sich über die Wunde gebeugt, die in allen Farben schillerte. Eiter überall. Es stank erbärmlich.

«Wenn du dir nicht helfen lässt, bist du in ein paar Tagen tot», sagte Ricarda in der Knappheit der Sprache, von der sie wusste, dass sie auf der Straße verstanden wurde.

«Biste irre? Wie kannste so wat sagen! Alexa, loof!»

«Alte Schönhauser. Frag nach der Praxis für Weiber! Bis um acht is heute auf!», rief Ricarda ihr nach.

Zum Glück hatte Ricardas drastische Warnung das Milchmädchen aufgeschreckt. Sie erschien schon am frühen Nachmittag, nachdem sie ihre Milch verkauft hatte. Käthe, die gerade Dienst hatte, war in Ricardas Plan insoweit eingeweiht, dass sie eine Gewebeprobe nahm, die sie Ricarda gab. Dann reinigte sie die Wunde gründlich mit Jodoform. Das Auflegen von Karbolsäuretüchern, die von einem Verband gehalten wurden, war Ricardas Aufgabe.

Für das Treffen mit Siegfried bereitete sie diese und zwei weitere Gewebeproben vor. Als Lore ihren Dienst übernahm, fuhr sie rasch zu ihrem Zimmer. Und dann begann ihre Verwandlung!

Denn während des Spaziergangs mit Siegfried hatte Ricarda sich an die junge Hope Adams erinnert, die sie vor Jahren im Salon der Komtess so beeindruckt hatte. Wenn es Hope gelungen war, sich in Männerkleidung ins Studium zu schmuggeln, so konnte sie zumindest etwas Ähnliches versuchen. Allerdings war sie nicht bereit, die seit zwei Jahren gewachsenen Haare abzuschneiden, nein, ein Hut musste reichen, um sie darunter zu verbergen. Was gut bedacht werden wollte, denn ein Herr hatte den Hut zur Begrüßung zu lupfen. So kam sie auf die Idee, sich in einen Studenten zu verwandeln, der eine flache Schiebermütze trug. Da reichte ein Antippen des Schirms, um zu grüßen. Bei einem Besuch bei Siegfrieds Schwesterchen, der es mittlerweile besser ging, lieh sie sich Kleidung, die Siegfried als Jüngling gepasst hatte. Hildchen bog sich vor Lachen, als Ricarda darin posierte. Leider gab es in der Wohnung keinen Spiegel, um das Ergebnis ihrer Verwandlung zu betrachten ...

Etwas zögerlich trat Ricarda in ihrer Verkleidung aus dem Haus, in dem sie und Lore wohnten. Es war später Nachmittag, die Menschen hasteten vorbei, niemand nahm sie wahr. Und so ging sie mit immer festerem Schritt, bis sie die Pferdebahn nach Tempelhof erreichte. Die neue, zweistöckige, von zwei Gäulen gezogene und auf Schienen fahrende Bahn, in der man längs zur Fahrtrichtung saß, hatte sie noch nie benutzt.

«Ruff mit dich, Bursche!», blaffte der Billettverkäufer.

Da wusste sie, dass ihre Verkleidung funktionierte.

Die Wendeltreppe in die obere Etage war so eng, dass nur Männer sie benutzen konnten. Im ersten Moment fühlte sie sich in deren Gesellschaft unwohl, doch dann genoss sie die neue Perspektive – sowohl die männliche Sicht als auch die Aussicht auf die ihr nun gewissermaßen zu Füßen liegende Stadt.

Wie groß diese Stadt war! Die Belle-Alliance-Straße entlang ging es am Kreuzberg vorbei. Hier standen noch kaum Häuser und wenn, dann wurden sie gleich mehrstöckig erbaut, weil die Stadt so rasant wuchs. Am unendlich weiten *Exercier Platz*, dem Tempelhofer Feld, dachte sie, die Stadt wäre zu Ende. Aber das täuschte. Das Dorf Tempelhof war der Standort des *2. Garnisons Lazareths*, zu dem Siegfried abkommandiert worden war, um seine Doktorarbeit zu schreiben. In ihrer ungewohnten Aufmachung lief sie ungelenk zu dem auf dem freien Feld errichteten Militärkrankenhaus. Den kalten Wind spürte sie nicht so sehr wie ihr aufgeregt schlagendes Herz. Würde ihre Verwandlung überzeugen? Und welch ein Gesicht machte wohl Siegfried?

Sie sah ihn schon von weitem am Tor stehen und mit den Wachen plaudern. Denn über der Uniform trug er den weißen Kittel eines Arztes.

«Mein Cousin, da ist er ja!», sagte Siegfried zu den beiden Soldaten, die das Tor bewachten.

Ricarda wurde nach ihrem Namen und Adresse gefragt.

«Petersen, Studiosus der Medizin im ersten Semester!», knurrte sie so zackig wie Männer gewöhnlich sprachen und tippte gegen den Schirm der Mütze.

Der abschätzige Blick, mit dem ihre seltsame Kleidung gemustert wurde, veranlasste sie, die rutschenden Hosen hochzuziehen. Siegfried grinste nur ganz leicht, verkniff sich aber jeden Kommentar.

Wie alle neuen Berliner Krankenhäuser bestand auch das erst kurz zuvor erbaute Lazarett aus vielen einstöckigen Backsteinhäusern, die sich über ein weitläufiges Areal verteilten. Dies hatte den Zweck, ansteckende Krankheiten auf die jeweiligen Häuser zu beschränken.

Siegfried führte sie direkt zum Labor. Viel Zeit blieb nicht, bis um halb acht musste sie wieder draußen sein. Er legte die Proben unter das neue Lichtmikroskop, das gerade erst von Ernst Abe und Otto Schott in Jena entwickelt worden war. Durch die Helligkeit und Drehfreudigkeit konnte Ricarda Bazillen und Viren erkennen, die mit einem normalen Mikroskop nicht zu entdecken waren.

Offensichtlich war Siegfried hier ganz in seinem Element. «Erreger unter dem Mikroskop zu entdecken, ist nicht einfach. Man weiß ja nicht, nach was man sucht. Vieles ist schwer zu erkennen. Man sieht manchmal Erreger, kann sie aber nicht zuordnen. Oft müssen sie erst sichtbar gemacht werden. Ein ungefärbtes, natürliches Präparat ist wie Fische und Quallen in einem unendlich erscheinenden Meer. Man kann sie von der Umgebung nicht unterscheiden.»

Ricarda blickte auf das Gewimmel – und war fasziniert.

«Irgendeine Bakterie löst die Entzündung aus. Aber welche? Wie findet man das heraus?»

«Und dann stellt sich die anschließende Frage: Wie hält man diese Bakterie davon ab, ihr schändliches Tun fortzuführen?», sagte er. «Sie sehen, Fräulein, pardon: Herr ...»

Jetzt war er völlig aus dem Takt gekommen. «Das geht nicht, dass ich Sie sage. Sie sind doch mein Cousin. Also, ich meine ... oder? Was machen wir jetzt?»

Sie streckte ihm die Hand entgegen, leicht errötend: «Ich bin Richard! Also, Cousin Siegfried, was wolltest du sagen?»

Er hielt ihre zarte Hand, stutzte, hob sie und schnüffelte.

«Karbol, eindeutig und ein Hauch von Jodoform. Ein angenehmes Parfüm benutzt du, Richard. Die Damen werden dir zu Füßen liegen.»

«Wenn sie daran riechen, fallen sie in Ohnmacht.» Sie lachte.

Es war ein ungewohntes Gefühl, plötzlich so ganz nah neben einem jungen Mann zu sitzen. Gewiss, es war das Mikroskopieren, die Suche nach Bakterien, die sie verband. Das wäre wohl für jede andere Frau das Unromantischste gewesen, was es gab. Doch Ricardas Herz sagte ihr, dass es um mehr ging als Bakterien. Es ging um das große Ganze – um ihr Leben. Dieser Mann interessierte sich für Dinge, die sie interessierten, er lachte über die gleichen Sachen. Und er sah so gut aus. Es gefiel ihr, dass er entgegen der gängigen Herrenmode nur den schmalen Oberlippenbart trug, der seine gut geschnittenen Lippen erkennen ließ. Und diese Lippen ließen sie an etwas denken, das gerade so gar nicht zur Situation passte.

«Sieh da oben links, das meine ich», sagte er. Ganz in seine Arbeit vertieft, hatte er ihren verstohlenen Blick nicht bemerkt. Er ließ sie durch die Linse gucken. «Diese Bakterie habe ich noch nie zuvor gesehen.»

Zum Glück hatte Ricarda die Probe beschriftet. «Die ist von dem Milchmädchen.»

Er blickte sie an, die Wangen leicht gerötet, Feuereifer in den Augen. «Und wenn es nun so wäre, wie ich dir sagte: Eine Entzündung wird durch eine Bakterie besonderer Art hervorgerufen. Und das wäre die, die wir gerade sehen. Das muss zu beweisen sein. Oh, wir brauchen Proben, Ricarda! Viele Proben, um sie miteinander zu vergleichen.»

«Dann werde ich wohl öfters kommen müssen», sagte sie.

Als sie ihm einen weiteren Objektträger reichen wollte, griff er im selben Moment zu. Ihre Hände berührten sich, und Siegfried sah ihr so tief in die Augen, dass sie weiche Knie bekam.

DER SCHNITT

Dezember 1882

Sie sehen wieder bezaubernd aus, Komtess!» Yves' schmale Finger fuhren noch einmal durch Henriettes Frisur.

Im Spiegel des Coiffeurs in der Friedrichstraße sah Henriette eine Dame mit den ersten grauen Strähnen im Haar. Die achtunddreißig Jahre alt war und auch so aussah wie eine Dame, die in zwei Jahren die magische Vierzig erreichte.

«*Merci*, Yves, Sie verstehen es, Damen zu bezaubern», erwiderte sie und ging, den Kopf voll schwerer Gedanken, zurück zur Praxis.

In gut drei Wochen würde Weihnachten sein, doch ihr fehlte jeglicher emotionale Bezug zum Fest der Christenheit, denn Weihnachten bedeutete Freystetten, und das bedeutete Familie. Florentine hatte vor ein paar Tagen geschrieben, sie komme aus Amerika und werde ihren Verlobten vorstellen. Sie sei so glücklich und könne es gar nicht erwarten, das Urteil ihrer Tante über Mister Jones zu hören.

Mister Jones, das klang nicht besonders vielversprechend für den Gemahl einer Komtess, aber das war nur eine Seite der Medaille.

Die andere war nicht minder wichtig: Nun war also die Generation nach ihr an der Reihe – mit dem Heiraten, dem wohl unweigerlich das Kinderkriegen folgte. Sie selbst hatte beides ausgelassen. Was ihr leichtgefallen war, weil ja immer so viel zu tun war. Ihr Leben war ausgefüllt. Sie durfte nur nicht daran denken, dass die Liebe darin fehlte. Und das Vergnügen. Lichterglanz, Tanz, ein Glas Champagner … Ich lebe wie eine Nonne, dachte sie. Warum sperre ich mich ein mit meinen Pflichten und Arbeiten?

Gemächlichen Schritts ging sie zum Haus Unter den Linden. In einer halben Stunde sollte der theoretische Unterricht für ihre drei Pflegeschülerinnen stattfinden. Zum letzten Mal mit Kumari. Malwine sollte zum Abschied alles für eine Überraschung vorbereiten.

Vor einem Haus standen ein Soldat und ein Bursche in schäbiger Kleidung. Sie verabschiedeten sich offensichtlich gerade und reichten einander die Hand, ließen sich aber nicht wieder los. Nicht nur das Aufeinandertreffen eines Soldaten mit einem schäbig gewandeten Burschen mutete seltsam an. Da war noch etwas anderes, etwas Irritierendes, Unbenennbares …

Ach, das ist doch das Haus, in dem Ricarda und Lore wohnen, dachte Henriette noch. Da sah der Bursche, der eine Schirmmütze trug, auf, und sein Blick und ihrer trafen sich. Unter Millionen Augen hätte Henriette diese wiedererkannt!

Welch eine kompromittierende Situation! Für eine Sekunde stockte der Schritt der Komtess, ein irritiertes Lächeln entfloh ihr, und dann ging sie weiter, als wäre nichts. Denn dies war die einzige Art, wie eine Dame von Stand mit solch einer Situation umzugehen hatte. Was leider zur Folge hatte, dass sie sich nun mit der Frage quälte, was das zu bedeuten hatte. Ricarda als Mann!

Auf dem polierten Holz des Wirtshaustischs von Dressel Unter den Linden lagen ein paar Bücher über Heilkunde und Krankenpflege, die die Komtess ihrer Schülerin Kumari zum Abschied geschenkt hatte. Hin und wieder glitten Kumaris Finger gedankenverloren über die kostbaren Ledereinbände, während Lore redete und redete. In den schönsten Farben malte sie sich aus, wie wundervoll es in diesem Land sein würde, das Ceylon hieß. Ricarda spürte körperlich, wie unglücklich Kumari war, aber Lore beschwor das Glück in der Ferne unter einem weiten Himmel, aus dem immer die Sonne schiene.

«Wir treffen uns wieder!», rief Lore. «Wir besuchen dich in Ceylon. Das wär doch gelacht, wenn wir das nicht hinbekommen.»

Kumari nickte tapfer. Aber natürlich wussten alle drei, dass das undenkbar war. Allein reisende junge Damen ihres Alters konnten auf die andere Seite der Welt ebenso wenig gelangen wie zum Mond.

«Rica, jetzt sag auch mal was! Du bist so still», forderte Lore mit leicht verzweifeltem Unterton.

Ricarda entrang sich ein tiefer Seufzer. Erst als die Freundinnen sie überrascht ansahen, wurde ihr dieser Seufzer bewusst.

«Ja, das machen wir», sagte sie kraftlos.

Plötzlich legte sich ein sanftes Lächeln auf Kumaris Gesicht, und die sichelförmigen Grübchen zu beiden Seiten des Mundes rundeten sich.

«Ich habe neulich in der *Gartenlaube* eine Geschichte gelesen», sagte Kumari. «Es hieß, wenn eine verliebte Frau ganz tief seufzt, verrät das ihre heimliche Liebe zu einem Mann, die so tief ist wie der Brunnen, in den ein Stein fällt.»

Lore und Rica tauschten einen schnellen Blick. «Jetzt sag es ihr schon!»

Ricarda seufzte erneut. «Ach, Kumari, ich weiß nicht.»

Kumari sah sie aus ihren großen dunklen Augen schwärmerisch an und grinste gleichzeitig. «Erzähl von dem, was du weißt!»

«Wir mikroskopieren und entdecken Bakterien. Es ist ganz wundervoll. Eine so spannende und neue Welt zu entdecken! Stellt euch nur vor, wie unterschiedlich Bakterien sein können. Siegfried hat dieses fabelhafte Mikroskop, durch das man alles sieht!»

«Auch in sein Herz?», fragte Kumari.

Alle drei lachten, aber Ricarda drückte sich davor, sich selbst einzugestehen, was sie empfand – und erst recht den Freundinnen. Hatte sie sich in Siegfried verliebt? Ein wichtiger Teil ihres Ichs wehrte sich vehement – ihr Kopf! Wohin führte Liebe? Zur Ehe? Wollte sie das? Die Antwort war ein wildes Durcheinander von Gefühlen und Tatsachen ... Wenn man mit Gefühlen doch nur so vernünftig umgehen könnte wie mit Zahlen!

Sie musste mit jemandem sprechen, der ihr helfen konnte. Die Freundinnen, sosehr sie die beiden auch ins Herz geschlossen hatte, machten einen Bogen um die Liebe. Kumari schon allein deshalb, weil ihre Mutter sie mit Argusaugen bewachte. Und Lore, weil die Ausbildung ihr alles bedeutete.

«Sie verkleidet sich als Bursche, damit sie ihn in der Garnison treffen kann», plauderte Lore aus dem Nähkästchen. «Du würdest sie nicht wiedererkennen.»

Ricarda war froh, dass Lore dem Thema eine andere Wendung gegeben hatte. «Ich glaube, die Komtess hat mich heute

Nachmittag erkannt», sagte sie. «Ich war unvorsichtig. Ich stand vor dem Haus, und Siegfried verabschiedete sich gerade von mir, als sie vorbeikam.»

«Meinst du, sie wird dich ausschimpfen?», fragte Kumari besorgt.

«Ist es verboten, sich Burschenkleidung anzuziehen?», fragte Lore hinterlistig.

«Du musst mir schreiben, Rica, wie es mit dir und Siegfried weitergeht! Jeden Tag, hörst du! Ich will Anteil an eurem Leben haben. Ihr dürft mich nicht vergessen!»

In Kumaris Augen schimmerten schon die Tränen, aber da griff Lore ihr Glas mit Berliner Weiße und erhob es: «Auf uns! Wir bleiben Freundinnen. Egal, wie weit wir voneinander entfernt sind. Denn wahre Freundinnen kann nichts trennen.»

Nun hoben auch Kumari und Ricarda ihre Bierschalen, und dann stießen sie an. «Auf uns und die Zukunft!»

In Frau Gottliebs Küche duftete es köstlich nach warmem Honig, Mandeln, Zitronat und Bitterorange. Weiße Schürzen über den Kleidern, standen Ricarda und Lore Seite an Seite am Herd.

«Jetzt die Pottasche hinzu», sagte Ricarda.

Es war der Samstagabend vor dem dritten Advent.

«Hildchen wird sich so über die Lebkuchen freuen», sagte Lore. «Wann warst du denn zuletzt bei ihr?»

«Vor drei Tagen. Es ging ihr nicht so schlecht wie damals, aber ehrlich gesagt glaube ich, dass Frau Thomasius sich wirklich dringend nach einer anderen Wohnung für sich und die Kleine umsehen muss.»

Sie wog Ceylon-Zimt ab und gab ihn in die Masse.

«Es wird wieder geheizt, und der ganze Dreck aus den Schloten drückt in die Wohnungen», sagte Lore. «Letzte Woche hatte Doktor Solm schon die ersten beiden toten Kinder. Das Wohnungselend ist erschreckend, und die Kinder sterben zuerst.»

«Und Siegfried ist machtlos. Sein dürrer Sold reicht unmöglich aus, um für Mutter und Schwester eine andere Wohnung zu mieten.»

Ricarda hatte sich für morgen mit Siegfried bei ihm zu Hause verabredet, um den dritten Advent mit seiner kleinen Schwester zu feiern. Allerdings wäre seine Mutter nicht dabei, da sie auf dem Weihnachtsmarkt Kringel verkaufen würde. Endlich konnte sie mit Siegfried private Momente genießen, ohne dass sie sich als *Richard* ausgeben und er der korrekte Arzt im Soldatenanzug sein musste.

«Was gefällt dir eigentlich an ihm?», fragte Lore und rührte fleißig im Topf.

«Alles!» Ricarda lachte. «Er denkt anders als andere Männer ... Er ist ein Forscher, ein Suchender. Es ist einfach spannend, ihn zu erleben.»

Lore nickte. «Ich versteh schon, was du meinst, Rica. Wir brauchen Männer, die zu uns passen. Ich könnte mich auch nie in einen Schnösel verlieben, der nur das Geld im Kopf hat. Wenn ich mal einen heirate, dann nur einen, der mich arbeiten lässt und den meine Eltern garantiert nicht leiden können!»

«Aber ich darf ihn schon leiden können!», sagte Ricarda. «Wie schön wäre das: Wir beide mit unseren Männern.»

«Das ist eine Musik, die in sehr weiter Ferne spielt!», meinte Lore.

Ricarda gab vier Esslöffel Kirschgeist zum Teig.

«Das riecht so gut», stellte Lore fest. «Hast du das Rezept von deiner Mutter?»

«Aber ich habe seit Jahren nicht gebacken», gab sie zu.

«Diese Lebkuchen sind so nahrhaft! Hildchen wird sich allein davon schon erholen», sagte Lore. Sie blickte Ricarda neugierig an. «Würdest du ihn heiraten?»

«Ja», sagte sie spontan, erschrak über ihre Spontanität und versuchte, ihr *Ja* sofort einzufangen: «Also prinzipiell. Ich kenne ihn schließlich nicht gut genug. Aber ich glaube, er ist der Mann, den ich mir erträume.» Sie lachte. «Verrückt, dass ich so etwas sage. Bevor er mir begegnet ist, habe ich nie von einem geträumt!»

«Militärärzte können jederzeit abkommandiert werden. Was machst du, wenn Siegfried nach Cottbus oder sonst wo geschickt wird? Hast du darüber schon mal nachgedacht?»

Die Frage traf Ricarda unvorbereitet. «Darf ich nach einer Zukunft fragen, wenn die Gegenwart noch so vage ist?»

Frau Gottlieb streckte den Kopf zur Tür herein. Sie trug einen wärmenden Hausmantel und eine Schlafhaube. «Es duftet wie im Himmel. Das hat mich aus dem Bett gelockt», sagte die Pensionsmutter verzückt.

«Der Himmel kann noch warten, Frau Gottlieb!», sagte Lore. «Bald wird es Ihnen wieder besser gehen.»

«Schenken Sie mir morgen einen Lebkuchen?»

«Nichts lieber als das, Frau Gottlieb», sagte Ricarda.

«Ach, ich bin so froh, zwei junge Damen im Haus zu haben, die sich mit Medizin auskennen. Grad jetzt, wo ich so krank bin.»

Als sie gegangen war, flüsterte Ricarda: «Die Komtess hat sie neulich untersucht. Diesmal ist es wirklich was Ernstes mit ihrem Unterleib.»

Lore: «Und sie fühlt sich einsam. Einundvierzig Jahre lang war sie verheiratet. Stell dir vor, Rica, wenn du morgen heiraten würdest und wärst dann auch einundvierzig Jahre verheiratet, dann wärst du sechzig. So wie Frau Gottlieb.»

Das war dreimal ihr jetziges Alter! Doch Ricarda fand den Gedanken wunderschön; er war wie ein Handschuh, der die Hände wärmt.

Der Himmel hing tief und grau über der Stadt. Selbst unten in der Gasse roch Ricarda den beißenden Rauch der Schlote, der den Atem reizte und sie husten ließ. Die wenigen Gaslaternen waren an diesem späten Nachmittag bereits angezündet und spendeten spärliches Licht. Doch Ricardas Gedanken waren bei Siegfried. Nachgerechnet hatte sie und herausgefunden, dass es genau drei Monate her war, seitdem sie sich unter dem Dach der Thomasius-Wohnung getroffen hatten.

Sie stieg die enge Treppe hinauf. Trotz Advent und Kälte saßen Mädchen im Treppenhaus, die sich mit Fadenspielen die Zeit vertrieben. Ricarda hatte es in ihrer Jugend gespielt, es hieß Jakobsleiter. Oben, unter dem Dach, klopfte sie. Sie war zu früh dran, aber das war Absicht, denn sie wollte für Siegfried alles so hübsch wie möglich vorbereiten.

«Hildchen, ich bin es, Rica. Darf ich reinkommen?»

Als keine Antwort kam, öffnete sie die Tür. Sie konnte kaum etwas erkennen, so schummrig war es, ein Licht wie flüssiges Blei und ein Geruch wie Asche. Ein Kinderleben an diesem Ort – wie trostlos, dachte Ricarda.

«Lebkuchen, Hildchen!», rief sie mit all dem Optimismus in der Stimme, über den sie gebot. «Lore und ich haben gebacken! Und Siegfried kommt auch gleich! Wir feiern Advent.»

Sie stellte ihren Korb mit den kostbaren Lebkuchen ab, entzündete die Lampe. Nun, da das bleierne Licht einer milden Helligkeit wich, sah sie Hildchen am Boden liegen, die Hände am Hals verkrampft, die Beine im Todeskampf angezogen.

«Oh mein Gott, Hildchen!» Ricarda stellte die Lampe auf den Tisch, der wie üblich mit Kringeln übersät war, und kniete sich zu dem Kind.

Das Mädchen lag zusammengekrümmt, Schaum und Schleim vor dem Mund. Der Krupp-Husten hatte sie erneut gepackt, doch diesmal war niemand rechtzeitig zur Stelle gewesen. Sie legte sich Hildchen auf ähnliche Weise über das Knie, wie die Komtess damals Flora gerettet hatte, und klopfte ihren Rücken, um sie zum Husten zu bringen.

Mors certa, hora incerta, so stand es wenige Schritte entfernt an der Hauswand unter der Sonnenuhr. Um nichts anderes geht es, dachte Ricarda. Der Tod hat erst gewonnen, wenn wir uns geschlagen geben.

Tatsächlich hustete das Kind die braunen Häute aus, aber schon baute sich eine so heftige Hustenattacke auf, dass die Kleine zu ersticken drohte. Das Kind brauchte Luft und warmen Wasserdampf. Doch das Öffnen der Fenster würde nur noch mehr schlechte Luft hereinlassen, und der Ofen war so kalt, dass es viel zu lange dauerte, ihn einzuheizen.

Sie hob Siegfrieds Schwesterchen auf und trug es die Treppe hinab an den spielenden Mädchen vorbei, die sie nicht einmal wahrzunehmen schienen. Mit dem Kind auf dem Arm rannte sie durch die modrigen grauen Gassen, als jemand rief: «Ricarda!»

«Siegfried, Gott sei Dank! Hildchen geht es schlecht. Wir müssen sie in die Praxis bringen.»

Sie hatte keinen Zweifel, dass eine der Ärztinnen dort sein würde, obwohl es Sonntagnachmittag war.

«Vielleicht nehmen die Ärztinnen sie später in der Pflegestation in der Friedrichstraße auf. Bist du einverstanden?»

«Natürlich. Ich bin dir so dankbar!»

Siegfried nahm ihr Hildchen ab, und gemeinsam hasteten sie zur Alten Schönhauser. Doch als sie ankamen, fanden sie die Praxis verschlossen. Gleichzeitig würgte der Husten Hildchen derart, dass sich ihre Gesichtsfarbe von Schneeweiß ins Bläuliche veränderte.

«Sie schafft es nicht mehr bis in die Friedrichstraße! Siegfried, sie erstickt uns hier vor der Praxis!»

«Wann kommen die Ärztinnen denn wieder?»

«Weiß ich nicht. Aber ich habe einen Schlüssel. Hast du schon mal eine Tracheotomie vorgenommen?»

«Oh Gott, nein, Ricarda! Noch dazu bei meinem Schwesterchen! Ich brächte es nicht übers Herz, ihren Hals zu öffnen.»

Sie schloss auf. Offenbar war es nicht allzu lange her, dass die Praxis verlassen worden war, denn das Feuer im Ofen brannte noch kräftig. Sie setzte Wasser auf, legte Holzscheite nach, sterilisierte ein Skalpell, suchte ein Silberröhrchen heraus. Das erste war am Tag nach der Tracheotomie bereits entfernt worden, und die Wunde war verheilt.

«Was tust du?», fragte Siegfried

«Eine der Ärztinnen kommt gewiss jeden Augenblick von einem Krankenbesuch zurück. Dann kann sie sofort anfangen. Wie geht es Hildchen?»

Siegfried klopfte ihren Rücken und bemühte sich gleichzeitig, den Schleim zu entfernen. Ricarda reichte ihm eine Schüssel dampfenden Wassers, das er versuchte, Hildchen einatmen zu lassen. Doch sie war schon zu schwach und krampfte nur noch.

Wo blieben nur die Ärztinnen? Ricarda hastete zur Tür, blickte in die Gasse. Einige Frauen gingen gerade vorbei.

«Haben Sie die Ärztinnen gesehen?»

Die Frauen schüttelten den Kopf.

Sie ging zurück und sah in Siegfrieds verzweifelte Augen.

«Wir können nicht warten. Wir müssen handeln, Siegfried!»

«Ich kann das nicht. Und ich darf es ebenso wenig wie du.»

«Wieso ich?» Sie stutzte. Der Gedanke war ihr bislang nicht gekommen. Andererseits hatte sie in den letzten Jahren bei so vielen dieser lebensrettenden Operationen assistiert, wusste genau, wo das Skalpell anzusetzen war, welche Handgriffe in welcher Reihenfolge vonstattengingen ...

Hilflos stand sie neben den beiden.

«Ich kann nicht zusehen, wie sie stirbt, Siegfried. Ich weiß, dass wir nicht operieren dürfen. Aber sie stirbt uns sonst unter den Händen weg!»

«Was ist, wenn Hildchen dennoch stirbt? Du wirst dir Vorwürfe machen für den Rest deines Lebens.»

Da war es wieder, dieses Bild, das sich ihr eingebrannt hatte – Antonia, die kraftlos unter das Eis trieb. Und sie hatte tatenlos zusehen müssen. Wortlos begann Ricarda, ihre Hände mit Seife zu schrubben, bis sie gerötet waren.

«Ich werde es riskieren, Siegfried», sagte sie mit fester Stimme.

Er hielt Hildchen immer noch im Arm, sie krampfte und strampelte um ihr Leben. Mit all seiner Kraft versuchte er, sie zu bändigen. Denn jetzt trat Ricarda hinzu, und es war unerlässlich, dass er ihr ungehindert Zugang zu Hildchens Hals gab.

«Großer Gott, steh uns bei», flüsterte Siegfried.

«Amen», sagte Ricarda und setzte das Messer an der Stelle an Hildchens Hals an, von der sie wusste, dass es die richtige war.

«Halt!»

Ricarda zuckte zurück.

Käthe Hausmann stürzte auf sie zu und griff nach dem Skalpell. «Ricarda, bist du wahnsinnig geworden!»

Vier Paar Augen waren auf Ricarda gerichtet, die Gesichter der Ärztinnen waren allesamt wie steinerne Masken. Im Salon war es dunkel, es brannten nur wenige Lampen, die Vorhänge waren geschlossen, die Kleidung der Damen schwarz. Es war wie eine Beerdigung. Ricarda war in Schweiß gebadet, sie konnte ihr Zittern kaum mehr verbergen.

«Wir hören zuerst, wie du dein Handeln rechtfertigst, Ricarda», sagte die Komtess leise, aber bestimmt.

«Es ist nicht zu rechtfertigen, Komtess. Ich bedaure zutiefst, was geschah.»

«Das reicht nicht als Antwort», erwiderte die Komtess. «Wir erwarten von dir, dass du darlegst, was in diesem Augenblick in dir vorging. Nur so können wir zu einer Meinung gelangen, die dir gerecht wird. Also bitte!»

Henriette sah dem Mädchen seine Angst an, glaubte, deren Zittern selbst körperlich spüren zu können. Doch sie durfte keine Milde walten lassen. Ricarda musste erfahren, was auf dem Spiel gestanden hatte. Und sie musste die Konsequenzen tragen. Es würde das schrecklichste, unbarmherzigste Weihnachtsgeschenk werden, das sie je gemacht hatte.

Warum ist sie so gnadenlos?, dachte Ricarda. Ich habe einen Fehler gemacht, einen furchtbaren. Muss sie mich dafür so vorführen? Ich hatte es doch nur gut gemeint. Aber das zählt nicht …

«Entschuldigen Sie, Komtess», sagte sie tapfer mit fester Stimme. «Ich werde mich erklären: Ich wollte verhindern, dass das Kind stirbt. Ich erinnerte mich an eine andere Situation meines Lebens und wollte nicht tatenlos zusehen, wie die Kleine erstickt. Ich geriet in Panik und handelte kopflos.»

«Das ist nicht richtig, Ricarda», meldete sich Käthe zu Wort. «Als ich eintrat, sah ich, dass du das Messer an der absolut richtigen Stelle und im vollkommen korrekten Winkel ansetztest. Von Kopflosigkeit kann keine Rede sein. Dein Handeln war planvoll und angesichts der Verfassung der Patientin auch angemessen. Trotzdem war es falsch.»

Ricarda erwartete, dass Käthe noch etwas hinzufügen würde, doch sie schwieg. Ebenso wie die drei anderen Ärztinnen. Die neue Standuhr im Salon schlug in just diesem Moment achtmal. Ricarda zuckte schon beim ersten der tiefen Schläge zusammen.

«Solm und ich glauben, dass du Ärztin spielen wolltest, um den jungen Mann zu beeindrucken», sagte Doktor Biberti.

«Nein!» Ricarda musste sich beherrschen, um nicht vor Empörung aufzuspringen. «Er ist selbst Studiosus der Medizin.»

«Was?» Käthe lachte laut auf. «Das ist nicht dein Ernst! Er hat sich nur als Siegfried Thomasius vorgestellt. Kein Wort hat er gesagt, dass er Studiosus ist.»

«Es ergab sich keine Gelegenheit», widersprach sie. «Nach der Operation haben wir das Kind in die Friedrichstraße gebracht, wo Herr Thomasius sich verabschieden musste, da er als Mann nicht in die Pflegestation durfte. Die Sorge um seine Schwester stand im Mittelpunkt.»

Doktor Solm blickte mehr als skeptisch drein. «Habe ich das richtig verstanden, dass der junge Mann der Bruder der Patientin ist? Das heißt, er ließ zu, dass du seine Schwester operieren wolltest? Wie lange und wie gut kennst du den Herren, dass ihr so vertraut seid?»

Ricarda war froh, dass es zu dunkel war, um zu sehen, dass sie knallrot geworden war. Sie schlug die Augen nieder und suchte nach einer Antwort. Dieses Tribunal drohte sie vollkommen bloßzustellen!

«Ich glaube, ich begreife allmählich», sagte die Komtess langsam. «Neulich sah ich vor dem Haus deiner Pensionswirtin einen Burschen, der mich eigentümlicherweise sehr an dich erinnerte, gemeinsam mit einem Soldaten. Und nun wissen wir, dass der Herr vom Adventssonntag Studiosus der Medizin ist. Angenommen, es würde sich um denselben Herren handeln. Und weiter angenommen, du besuchst als Bursche verkleidet Vorlesungen der Medizin.»

Ricarda stockte der Atem. Die Komtess lag zwar nicht ganz richtig, aber fast.

«Du hattest am Sonntag eine Patientin vor dir liegen, die dringend ärztlicher Hilfe bedurfte. Und da wolltest du nicht die Pflegerin sein, sondern Ärztin. Und zwar sofort», schloss die Komtess.

«Nein, Komtess, das habe ich nicht gedacht. Bitte glauben Sie mir!»

«Das fällt schwer», sagte Doktor Biberti. «Wenn es sich so verhält, wie Doktor Freystetten sagt. Ist es denn so?»

«Es ist harmloser», sagte Ricarda. «Ich bringe Herrn

Thomasius Gewebeproben. Er promoviert über Wundheilung. Wir sitzen am Mikroskop und suchen nach der Bakterie, die vielleicht den Entzündungsprozess auslöst.»

«Ihr mikroskopiert?», fragte Käthe. «Das ist alles?»

«Ja.»

«Das ist gut», sagte Doktor Biberti bündig. «Aber es ändert nichts an deinem Fehlverhalten vom Sonntag. Wenn das Kind unter deinen Händen gestorben wäre, hätte die Polizei nicht nur die Praxis geschlossen, sondern vermutlich jemanden ins Gefängnis geworfen. Dich mit Sicherheit, unter Umständen den Studiosus Thomasius, der sein Studium hätte vergessen können. Möglicherweise auch eine von uns, weil sie uns Ärztinnen sowieso auf dem Kieker haben. Es darf nur als Ärztin arbeiten, wer das jahrelang studiert hat, und nicht, wer ein Skalpell richtig handzuhaben weiß. Das kann auch ein Metzger. Nur um das geht es hier. Darüber muss geredet werden.»

Das klang wie der Spruch eines Henkers.

«Mein Standpunkt ist, dass wir dich nicht länger ausbilden», sagte Doktor Solm. «Du hast unser Vertrauen missbraucht. Ich wünsche keine weitere Zusammenarbeit.»

«Das sehe ich auch so», schloss sich Doktor Biberti an.

«Da der Vorfall in euren Räumen geschah, kommt von mir kein Widerspruch», sagte die Komtess.

«So leid es mir auch tut, Ricarda», sagte nun auch Käthe, «werde ich mich dem anschließen. Du hast sehr gute Arbeit gemacht. Du wirst eine Pflegeschule finden, die dich aufnimmt. Wie ich gehört habe, ist so etwas in Planung. Jette, du weißt dazu mehr.»

«Es kann noch eine Weile dauern, aber Prinzessin Victoria scheint zu einem derartigen Engagement bereit zu sein. Denn unsere Arbeit hat sich herumgesprochen. Darum möchte ich zum Abschluss Folgendes festlegen und darum bitten, dass sich jede daran hält: Dieser Vorfall bleibt unter uns. Niemand wird darüber je wieder ein Wort verlieren, damit der große Plan, den wir verfolgen, nicht gefährdet wird.»

Wie eine Runde Herren klopften die vier Damen zur Bestätigung kurz auf die Tischplatte.

«Eine persönliche Bemerkung noch», fügte die Komtess hinzu. «Menschlich verstehe ich, fachlich missbillige ich dein Handeln, Ricarda. Die wichtigste Lektion, die du lernen musst, heißt: Wir tragen Verantwortung für das Leben, das wir schützen sollen. Deshalb dürfen wir nie über unsere Grenzen hinausgehen.»

Ricarda schloss die Tür ganz leise und sanft. Erst dann kamen ihr die Tränen. Wie auf Zehenspitzen ging sie zur Wohnungstür und verließ das Haus Unter den Linden. Ein Traum war gestorben. Wie groß er gewesen war, hatte sie erst während dieses Gesprächs verstanden.

Ja, sie wollte Ärztin werden. Endlich gestand sie es sich ein. Nun, da man sie davongejagt hatte wie einen Hund, der sein Frauchen ins Bein gebissen hatte. Nun, da der Traum wirklich unerfüllbar geworden war.

Es regnete in Strömen, doch das war ihr egal. In drei Tagen würde Heiligabend sein, und die Menschen, die ihr entgegenkamen, hatten freudige Gesichter. Doch Ricarda wusste nicht mehr, worauf sie sich freuen sollte. Jetzt mit Kumari sprechen, sich von ihr, die immer einen Trost wusste, die wunde Seele streicheln lassen! Bevor sie Lore alles gestehen musste, wollte sie noch nachsehen, wie es Hildchen ging. Sie fand die Kleine in einem Pflegebettchen in der kleinen Krankenstation in der

Friedrichstraße, ganz elend sah sie aus. Doch ihre Mutter war trotz dieser späten Stunde, in der sie eigentlich ihre Brezeln verkaufen musste, bei ihr.

Frau Thomasius, deren bescheidenes Auftreten Ricarda mochte, stand auf, als Ricarda eintrat. «Sie ist so schwach, Fräulein Petersen. Ich weiß gar nicht, wie ich sie wieder aufpäppeln soll. Wenn sie wieder zu Hause ist, geht doch alles von vorn los.»

«Können Sie denn keine andere Wohnung finden?»

«Wie denn, liebes Fräulein? Mein Geld reicht kaum für diese. So viele Kinder sind mir schon gestorben. Nur Siegfried, mein Ältester, und Kriemhild, meine Jüngste, sind mir noch geblieben.»

Wieder einmal dachte Ricarda an ihre eigene Jugend und wie gut sie es doch gehabt hatte, verglichen mit Hildchen. Jedoch war die Aussicht niederschmetternd, ausgerechnet zu Weihnachten mit dem Eingeständnis ihres Scheiterns aufs Dorf zurückzukehren.

«Wenn ich doch nur einen Ort wüsste, wo Hildchen genesen kann», sagte Frau Thomasius. «Neulich, als ich meine Brezeln vor der Oper verkaufte, hörte ich feine Herrschaften sagen, dass sie zur Kur in die Berge fahren, weil dort die Luft so rein wäre. Aber unsereiner kann davon nicht einmal träumen.»

«Ja», pflichtete Ricarda ihr bei. «Das Leben meint es nicht mit allen gut.»

Obwohl ... Rosel wohnte nicht mehr zu Hause. Sie hatte aus Frankfurt an der Oder geschrieben, dass ihr die Hauswirtschaftsschule so gut gefiel. Es war also Platz in der Gärtnerwohnung. Der Zeitpunkt, die aufflackernde Idee vorzubringen, war jedoch denkbar ungünstig. Gerade heute, wo sie in

Ungnade gefallen war. Doch vielleicht würde die Komtess ihr gutes Herz beweisen und es dennoch erlauben, dass Rica Hildchen gesund pflegte. Immerhin war Weihnachten …

Den Kopf voller schwerer Gedanken, betrat Ricarda wenig später die Wohnung von Frau Gottlieb. Sie wollte ihren nassen Mantel an der Flurgarderobe aufhängen, als sie dort ein weites, schwarzes Lodencape entdeckte, wie Käthe es gewöhnlich trug. In Berlin sah man solch einen ärmellosen Umhang selten. Das *Tribunal* lag allenfalls anderthalb Stunden zurück.

Unheil ahnend, eilte Ricarda zu Frau Gottliebs Schlafzimmer: «Frau Gottlieb? Geht es Ihnen gut?»

«Wir sind hier, Rica.» Es war Lore, die statt der Vermieterin antwortete.

Ricarda fand die Freundin und Käthe in Frau Gottliebs Schlafzimmer. Käthe saß am Bett und horchte die Zimmerwirtin gerade ab. Lore stand daneben und machte ein besorgtes Gesicht. Käthe verständigte sich mit ihr wortlos mit Blicken, woraufhin Lore zu Ricarda kam und mit ihr gemeinsam den Raum verließ. Lore bedeutete ihr mit vor dem Mund geführten Zeigefinger zu schweigen, bis die beiden Freundinnen ungestört in ihrem Zimmer sprechen konnten.

«Was ist mit Frau Gottlieb?»

«Ich kam nach Hause, um mich rasch umzuziehen. Da fand ich sie im Badezimmer am Boden liegend», berichtete Lore. «Ich konnte sie aufrichten und Puls messen und all das. Ich habe es geschafft, sie ins Bett zu bringen. Und dann bin ich in die Praxis Unter den Linden gerannt. Du warst gerade gegangen. Ich sah den vieren an, dass sie …»

Ricarda verdrehte die Augen.

«Davon reden wir gleich, Rica.» Lore nahm Ricarda kurz in den Arm. «Ich habe von Frau Gottlieb berichtet, und Käthe kam sofort mit. Und hat sie untersucht.»

Lore wischte sich die plötzlich in ihre Augen tretenden Tränen aus dem Gesicht. «Was ist das für ein schrecklicher Tag! Was Käthe mir gesagt hat, ist, dass unsere gutherzige Frau Gottlieb wohl nicht mehr lange zu leben hat.»

«Du meine Güte! Der Darm?»

Lore nickte. «Doktor Freystetten behandelt sie schon eine Weile. Sie hat dort irgendwo ein Geschwür, das größer wird.»

«Wenn man das entfernen wollte, würde das zur Sepsis führen, an der sie dann stirbt. Also hat die Komtess es ihr nie gesagt, damit sie sich nicht ständig fragt, wann ihr letztes Stündlein schlägt», stellte Ricarda sachlich fest.

«Ja, so ist es, Fräulein Schlaumeier.» Lore knuffte sie gegen den Oberarm. «Himmel noch mal! Kumari und ich haben schon vor Jahren gesagt, dass du eigentlich Ärztin werden willst. Und du hast es immer geleugnet. Aber das ist deine Berufung, Rica. Und jetzt hast du alles vermasselt!»

«Da gab es nichts zu vermasseln, Lore. Ich hatte doch sowieso keine Chance. Wer soll mir denn das Studium bezahlen? Es ist ja nicht so, dass ich mir nicht den Kopf darüber zermartert hätte.»

«Käthe hat mir auf dem Weg hierher alles erzählt.» Lore ließ sich auf ihr Bett fallen. «So hart hätten sie nicht zu dir sein müssen.»

Ricarda atmete geräuschvoll aus. «So ist die Komtess. Wenn man einen Fehler macht, hat sie noch nie Erbarmen gekannt.» Sie warf sich neben Lore aufs Bett und riss sich mit beiden Händen das Kissen über den Kopf.

Dass es klopfte, hörte Ricarda nicht. Erst als sie jemand

sanft und nachdrücklich an der Schulter rüttelte, kroch sie unter dem Kissen hervor. «Was ist? Oh, Käthe, du bist es!»

Käthe sah sie sorgenvoll an. «Es steht nicht gut um Frau Gottlieb.» Sie strich Ricarda sanft über die Wange. «Aber manchmal ist das Unglück eines Menschen das Glück eines anderen.»

Siegfried stand stocksteif in seiner schönen Uniform auf dem Bahnsteig des großen, eleganten Schlesischen Bahnhofs, von dem neuerdings die Züge der Ostbahn in Richtung Küstrin abfuhren.

«Komtess, meine Familie steht in Ihrer Schuld. Dass Hildchen mit nach Freystetten reisen darf, ist wahrhaft ein großzügiges Weihnachtsgeschenk», sagte er.

«Auf diese Art und Weise ist es mir gestattet, auch Sie kennenzulernen, Herr Thomasius», antwortete die Komtess. «Wie mir scheint, wäre das bei einer früheren Gelegenheit nicht weniger passend gewesen.»

«Gewiss, Komtess. Aber die Dinge sind eben stets im Fluss.»

«Gelegentlich wird das eine oder andere *Ding* auch angespült, Herr Thomasius. In diesem Sinne – auf ein Wiedersehen, hoffe ich.»

Die Komtess war für die Fahrt nach Hause auffallend schön gekleidet, ihre Stoffe waren nicht wie sonst dunkel, sondern leuchteten in sattem Blau. Ein weißer Nerz zierte ihren Hals. Sie fasste Hildchen bei der Hand und bestieg mit ihr den Wagen der ersten Klasse, während Siegfried und Ricarda noch auf dem Bahnsteig standen. Und um eine angemessene Form des Abschieds rangen.

«In Hildchens Namen: danke, Ricarda», sagte Siegfried.

Sie grinste. «Ich danke dir auch in ihrem Namen, denn sonst wären wir uns nie begegnet.» Sie reichte ihm die Hand. «Ich bin kurz nach Weihnachten zurück.»

Er griff zu und nickte. «Ich hoffe, dein Vater wird Doktor Hausmanns Vorschlag zustimmen.»

Sonst werden wir uns wohl sehr lange nicht sehen, dachte Ricarda.

«Ich werde an dich denken.» Er räusperte sich. «Du fehlst mir jetzt schon.»

«Wirst du Weihnachten für deine Mutter Zeit haben? Sie ist sonst so allein.»

«Heiligabend habe ich ein paar Stunden Ausgang.»

«Du Armer. Immer im Dienst.»

«Das ist das Los des Junggesellen.» Er zwinkerte ihr zu. «Irgendwann wird sich das möglicherweise ändern.»

Die Lokomotive gab einen gellenden Pfiff von sich und hüllte den Bahnsteig in weißen Dampf. Die beiden reichten einander die Hand und sahen sich tief in die Augen. Beim nächsten Pfiff zuckten ihre Hände erschrocken auseinander, und Ricarda stieg ein.

Erst als sie schon zu ihm, der auf dem Bahnsteig zurückblieb, heruntersah, fiel es ihr ein: «Ich wünsche dir eine gesegnete Weihnacht!»

Da griff er erschrocken in seine Tasche, rannte neben dem anfahrenden Zug her, reichte ihr eine kleine, mit einer zarten Schleife verschlossene Schachtel durch das Fenster und rief: «Ich denke an dich!»

Das zarte Hildchen mit den tiefen dunklen Augenschatten kauerte in sich versunken zwischen der prächtig herausgeputzten Komtess und der dunkel gekleideten Ricarda. Sie und ihre Mentorin hatten seit der Abfahrt des Zuges kein Wort gewechselt, stets wendeten sie sich dem Kind in ihrer Mitte zu, um Belanglosigkeiten von sich zu geben.

«Ist dir auch warm genug, Kleine?», fragte die Komtess.

Reflexartig richtete Ricarda Hildchens Schal.

Wie würde diese Bahnfahrt verlaufen, wenn Hildchen nicht dabei wäre?, fragte sie sich. Würde sie mich ebenso ignorieren wie jetzt?

«Wie lange werden Sie bleiben?», fragte sie, um zumindest den Versuch einer Konversation zu wagen.

«Nicht allzu lange. Du weißt, dass Florentine mit ihrem Verlobten schon in Freystetten ist?»

«Ich stehe mit Florentine in keinem brieflichen Kontakt. Aber es freut mich zu hören, dass sie verlobt ist», sagte Ricarda, der das vollkommen einerlei war. Doch dann fiel ihr etwas ein: «Wie ist Florentine mit ihrem Studium zufrieden? Hat sie davon geschrieben?»

«Ich denke, es wird alles gut sein.»

Die Komtess hatte eine Art, schmallippig zu lächeln, die Ricarda inzwischen einzuordnen wusste. Ihre Antwort bedeutete aller Wahrscheinlichkeit nach, dass Florentine das Studium der Medizin vernachlässigte.

Wieder rumpelten nur die Schwellen unter dem Zug dahin, und der Ausblick auf das weite Land war trostlos grau. Hildchen hustete, und die beiden Erwachsenen widmeten ihre ganze Fürsorge dem kranken Kind.

«Was du getan hast, war mutig», sagte die Komtess unvermittelt. «Du sollst wissen, dass ich das den anderen auch gesagt habe. Dein Mut entschuldigt jedoch nichts. Aber er zeichnet dich aus. Das habe ich schon immer an dir sehr geschätzt.»

Ich war nicht mutig, als ich Florentine aus dem Wasser holte, dachte sie. Ich habe instinktiv so gehandelt, wie ich handeln musste.

«Danke.» Sie wusste nicht, was sie sonst sagen sollte. Zwischen ihnen beiden war etwas zerbrochen, und Ricarda wusste nicht, ob es repariert werden konnte.

«Es wird dir gewiss recht sein, wenn ich das Gespräch mit deinem Vater suche», sagte die Komtess, als sie schon fast am Ziel waren. «Ich würde selbstverständlich in deinem Sinne …» Sie machte eine kurze Pause. «Und selbstredend im Sinne von Frau Gottlieb sprechen. Denn sie braucht eine Person, die sich umsichtig um sie kümmert.»

Ricarda versuchte, unauffällig im Gesicht der Komtess zu lesen. Fiel es ihr schwer, das zu sagen? Hatte gar Käthe ihr derart ins Gewissen geredet, dass sie sich nun als Vermittlerin anbot?

Im verhärmten Gesicht der Mutter leuchtete ein warmes Strahlen auf. «Wen hast du denn da mitgebracht, Rica?»

Sie stellte ihren kleinen Schützling vor. «Ich hatte gehofft, Hildchen dürfte eine Weile bei uns bleiben, Mutter.»

«Das darf sie! Von Herzen gern. Was hat sie?»

Während sie gemeinsam ein warmes, nahrhaftes Essen genossen, erzählte Ricarda. Doch die ganze Geschichte gab sie erst preis, als die Kleine erschöpft und in wärmende Decken gewickelt in Rosels Bett eingeschlafen war.

«Du hast es nur gut gemeint, als du Hildchen helfen wolltest. Das sollte auch die Komtess verstehen. Es tut mir leid, dass dir die Ausbildung zur Pflegerin dadurch verwehrt bleibt, aber falls der Vater zustimmen sollte, dass du die kranke Frau pflegen darfst, wäre das doch in deinem Sinne, oder?»

«Oh ja. Frau Gottlieb ist eine herzensgute Person.» Aber natürlich ist es etwas anderes, wenn man jeden Tag mit vielen Menschen zu tun hat, anstatt sich nur um einen einzigen zu kümmern, dachte Ricarda. Doch sie war entschlossen, das niemals und zu niemandem zu sagen. Frau Gottlieb war ihre zweite Chance, als Pflegerin zu arbeiten. Falls es stimmte, dass Prinzessin Victoria eine Pflegeschule gründen wollte, vielleicht könnte sie dort eines fernen Tages die abgebrochene Ausbildung fortsetzen.

«Und dieser Herr Siegfried? Ihr seht euch öfters?», fragte die Mutter mit leisem Lächeln.

«Oh, er gab mir etwas!»

Ricarda sprang auf und holte das kleine, so liebevoll mit einer Schleife verschlossene Geschenk aus ihrer Tasche hervor. In Seidenpapier gewickelt, fand sie darin einen etwa zehn Zentimeter großen Engel aus Holz, bunt bemalt, mit einer kleinen Trompete am Mund. Solche Schnitzereien aus der Erzgebirgsstadt Seiffen wurden gerade auf den Weihnachtsmärkten verkauft, aber bislang war sie daran achtlos vorbeigehastet.

Beigefügt waren ein paar mit geschwungenen Lettern geschriebene Zeilen. *Für Dich, liebe Ricarda. Möge dieser kleine Engel Dich wie ein Schutzengel begleiten. Denn Du bist der meinige. In aufrichtiger Verehrung, Siegfried.*

Immer wieder las sie die Worte, sah ihn auf dem *Perron* stehen und zu ihr aufblicken, sein Schreck, ihr das Geschenk nicht gegeben zu haben.

«Die Liebe hat dich gefunden», sagte ihre Mutter. «Dann ist Berlin wohl doch zu etwas gut.»

«Und du und Vater? Was ist mit euch?»

«Siehst du ihn hier, Rica? So ist das mit der Liebe – du

kannst nicht beeinflussen, wann sie kommt und wann sie geht. Aber ich liebe deinen Vater, und ich sehe jeden Tag, dass er glücklich ist. Dann soll es so sein.»

«Es ist also wahr? Das mit der Gräfin und ihm?» Ricarda war schockiert. Offenbar hatte sie ihren Vater falsch eingeschätzt. «Das schmerzt dich doch, Mutter!»

«Das tut es, gewiss. Wir hatten vor Zeiten ein langes Gespräch. Er bat mich, ihn freizugeben. Doch was Gott verbunden hat, soll der Mensch nicht trennen. Ich werde ihn aushalten, den Schmerz, und finde Erfüllung im Gebet.»

Der kleine Altar in der Stube war noch prächtiger geworden und mit frischen Blumen geschmückt, die zu dieser Jahreszeit nur aus der Orangerie des Vaters stammen konnten. Der Strauß schien zu sagen, dass Liebe ein großes, kompliziertes Rätsel war.

Das junge Glück steht ihr zweifellos gut zu Gesicht, dachte Henriette. So schön wie heute war Flora gewiss noch nie gewesen. Luise wusste, was sie ihrer Tochter schuldete, und hatte aus Berlin, wo sie aufgewachsen war, einen Haufen blaublütiger Menschen nach Freystetten eingeladen. Weihnachten auf dem Lande, *très chic*. Noch dazu, wo die Verlobung einer Komtess mit einem original amerikanischen Eisenbahnbaron zu bestaunen war. Das gab es nun wirklich nicht alle Tage!

Im Arm dieses für Henriettes Empfinden etwas grobschlächtig wirkenden Mister Jones schwebte Flora zu der leichten Walzermusik eines Streichquartetts schwerelos über das Parkett des Gartensaals. Währenddessen saß Luise mit einem etwas entrückten Lächeln neben ihrem Gatten Raimund und sah den beiden zu. Kurz zuvor hatte Mister Jones in dem schauderhaften Englisch eines in den Südstaaten der

USA aufgewachsenen Amerikaners um Floras Hand angehalten. Eine schrecklich abgeschmackte Inszenierung! Als wäre der Gute nicht hier, um nachzusehen, aus welch edlem Haus seine Prinzessin stammte.

Mister Edwin Jones III.! Die reichen Amerikaner mit der Europas Päpsten, Kaisern und Königen nachempfundenen Aufzählung! Die Komtess sah darin nur den lächerlichen Versuch, Familienhistorie vorzugaukeln, wo in Wahrheit nur die Cowboystiefel ungebildeten Packs im Schlamm der Vergangenheit steckten. Nein, sie konnte diesen Mann, der mit seinen fleischigen Fingern die zarten Hände ihrer Nichte umpackte, nicht leiden. Der Dritte zu sein bedeutete für Mister Jones jedoch, über ein erhebliches Vermögen zu verfügen, das Jones I oder Jones II – so genau wusste auch Florentine es nicht – mit dem Bau von Eisenbahnlinien gemacht hatte.

Was genau Florentine an Jones dem Dritten schätzte, hatte sie ihrer Tante gegenüber so umrissen: «Er trägt mich auf Händen!»

«Ich war überzeugt, du könntest selbst laufen», hatte Henriette geantwortet. «Dafür bist du doch nach Amerika gegangen – um Ärztin zu werden.»

«Edwin lässt mir alle Freiheiten!»

Wieder sagte eine Frau diesen Satz, den Henriette so verabscheute. «Du hattest das Privileg, bereits alle Freiheiten zu haben, Flora. Warum musst du betonen, dass ein Mann sie dir lässt? Das ist doch, als ließest du dich in einem Gefängnis einsperren und lobtest anschließend die phantastische Aussicht.»

Florentine hatte ihre Tante verständnislos angeblickt. «Aber das ist doch nett von ihm, findest du nicht?»

«Sag ehrlich: Verfolgst du noch das Studium?»

«Ich musste erst mal seine Familie kennenlernen und mich an Amerika gewöhnen. Keine Sorge, Tante Jette, meine Pläne bleiben dieselben.»

Ein Diadem krönte Floras prachtvolles rotgoldenes Haar. Sie sah aus wie die geborene Ballprinzessin. Leider jedoch auf keinen Fall wie eine künftige Ärztin. Das war so offensichtlich, dass nur ein Blinder es nicht bemerken konnte. Zu ihrem Erstaunen forderte jetzt ihr Bruder Raimund seine Frau Luise zum Tanz auf. Überhaupt wirkte er verändert, fand sie. Nicht nur, dass er erheblich abgenommen hatte, was ihn vitaler erscheinen ließ. Doch es bestand kein Zweifel, dass er zu spät kam: Luise behandelte ihn höflich, aber distanziert. Ricardas Vater hingegen war Henriette noch nicht begegnet.

Einer der Herren verneigte sich nun auch vor Henriette, was sie als Erbarmen vor ihrer Altjüngferlichkeit interpretierte. Um endlich wieder einmal zu tanzen, willigte sie ins Spiel ein. Oh, wie gut das tat! Diese Leichtigkeit des Dahingleitens auf einem Notenteppich.

«Komtess, Sie führen!», mahnte ihr Tanzpartner.

«Eine alte Angewohnheit! Verzeihen Sie.»

Henriette bemerkte ihre fehlende Konzentration, denn ihre Gedanken waren nicht lange bei dem Tanz geblieben, sondern zu Ricarda gewandert. War sie zu streng mit ihr umgesprungen? Nein, das Mädchen musste seine Lektion lernen. Überdies würde es ihr nicht schaden, Frau Gottlieb zu betreuen. Das hatte Ricardas Vater denn ja auch zum Glück eingesehen, als sie mit ihm gesprochen hatte. Zu mehr Zugeständnissen war sie nicht bereit. Aber man würde sehen, wie sich alles entwickelte …

ENDE UND ANFANG

Januar 1884

Frau Gottlieb hustete wieder so lange, dass Ricarda befürchtete, ihrer Patientin würde die Luft endgültig wegbleiben. Diese Hustenanfälle waren zuletzt immer häufiger gekommen. Auch die ätherischen Dämpfe des Campherharzes vermochten kaum noch Linderung zu verschaffen.

«Es geht dem Ende zu. Die Metastasen des Krebses haben wohl die Lungen erreicht», hatte Käthe Ricarda schon vor einigen Wochen im Vertrauen gesagt. «Wäre Frau Gottlieb nicht solch eine Kämpferin, die Krankheit hätte sie schon längst besiegt.» Dann hatte sie Ricardas Hand kurz gedrückt. «Und deine umsichtige Pflege natürlich.»

Seit etwas über einem Jahr betreute Ricarda ihre einstige Vermieterin als Patientin. Inzwischen war es Januar geworden. Ein grauer, feuchter Januar mit einer von den Kaminfeuern der Mietshäuser schweren Luft – Gift für die Alten und Kranken.

Mit Lore teilte Ricarda sich nach wie vor das Zimmer und erfuhr so, was in den beiden Praxen der Ärztinnen vor sich ging. Deren private Initiative hatte endlich Kronprinzessin Victorias Interesse geweckt. «Die Gemahlin des Thronfolgers will eine Schule für Krankenschwestern einrichten», berichtete Lore. «Aber es soll nach ihrem Willen gehen. Sie möchte nicht, dass es so aussieht, als würde sie der Komtess die Führung überlassen. Die ist darüber verärgert, aber das würde sie nie zugeben.»

Allerdings schritt das Vorhaben der Kronprinzessin nicht wie erhofft voran. Jetzt wurde gerade erst der Bau eines geeigneten Hauses nahe dem Klinikum Friedrichshain besprochen.

«Wir brauchen Geduld», sagte Lore. Denn die beiden Freundinnen hofften nach wie vor auf die Gelegenheit, gemeinsam an einer staatlichen Pflegeschule ausgebildet zu werden. Wenn, aber das sprach niemand aus, die gute Frau Gottlieb das Zeitliche gesegnet haben würde.

Ricardas Gedanken waren umhergeirrt und wurden durch Frau Gottliebs Husten eingefangen. «Rica.» Frau Gottliebs Stimme glich einem Hauchen.

«Ja, Frau Gottlieb.»

«Öffnen Sie die oberste Schublade meines Sekretärs und geben Sie mir bitte mein Scheckbuch.»

Frau Gottlieb nutzte das seit neuestem populäre Zahlungsmittel gelegentlich, um Rechnungen zu begleichen, die sie nicht persönlich tätigen konnte. Auch solche Botengänge nahm Ricarda ihr ab.

Nun trug Frau Gottlieb eine recht hohe Summe ein. Erst als sie ihr den Scheck überreichte, sah Ricarda, dass ihr Name als Empfängerin eingetragen war. «Nein, Frau Gottlieb, das kommt nicht in Frage. Ich habe meine Arbeit getan, und Sie haben mich dafür hier wohnen lassen.»

Frau Gottlieb schüttelte den Kopf. «Das Geld ist letzten Endes nicht für Sie, Ricarda. Sondern für all die Menschen, die Sie behandeln werden.» Die Sterbende sammelte ihre letzte Kraft, schließlich sagte sie mit ungewohnt fester

Stimme: «Werden Sie Ärztin, Ricarda. Ich weiß, das ist Ihr großer Traum. Und es ist mein letzter Wunsch. Dass Sie anderen so helfen wie mir.»

Ricarda traten die Tränen in die Augen. Sanft umarmte sie ihre Patientin, um ihr zu danken.

«Noch ein wenig Morphium, Ricarda. Die Schmerzen ...»

Als Ricarda in den frühen Morgenstunden des nächsten Tages an ihr Bett trat, lag auf Frau Gottliebs Gesicht der Anflug eines Lächelns. Zuerst dachte Ricarda, es gelte ihr, doch dann sah sie, dass Frau Gottlieb in jenen tiefen Schlaf gesunken war, aus dem es kein Erwachen gibt.

Wenig später kam Käthe zu ihrem regelmäßigen Besuch. Lore und Ricarda berichteten Käthe von Frau Gottliebs großherziger letzter Tat auf Erden.

«Du überlegst ernsthaft, das Geld nicht anzunehmen, Ricarda?», fragte Käthe nach.

«Sie meint, es wäre nicht recht, von einer Patientin so viel Geld zu nehmen», sagte Lore. «Aber wenn es doch Frau Gottliebs Wille war, oder?»

Käthe ging zum Sekretär, auf dem der Scheck noch lag. «Es ist eine schöne Summe, aber sie wird dir nicht das ganze Studium finanzieren, Ricarda. Doch für die erste Zeit wird es reichen.»

Das hatte Ricarda geahnt, aber letztlich ging es weder um das Geld noch um den Betrag, es ging darum, dass ihr Traum plötzlich zum Greifen nah war. Erst jetzt kam ihr der Gedanke, was das bedeutete. «Wenn ich studiere, muss ich euch verlassen», sagte sie, und alles verkrampfte sich in ihr.

«Und Siegfried», fügte Käthe ungerührt hinzu.

«Und Siegfried», bestätigte Ricarda.

«Diese Entscheidung kann dir niemand abnehmen, die musst du selbst treffen», sagte Käthe und legte ihre Hand auf Ricardas Schulter.

So selten hatte Siegfried Ausgang! Und es gab doch so viel zu besprechen! Geschlagene zwei Wochen musste Ricarda warten, bis sie ihn endlich vor dem Lazarett begrüßen konnte. Draußen vor den Toren der Stadt, an einem Samstagnachmittag, bei dichtem Schneetreiben und eisiger Kälte. Das scheußliche Wetter hatte einen eindeutigen Vorteil: Niemand achtete auf den Uniformträger, an dessen Arm sich im Schutz eines Schirms ein hübsches, junges Mädchen drängte und dabei die steifen preußischen Vorschriften sträflich missachtete. Da er nur vier Stunden Ausgang hatte, schafften sie es mit der Pferdebahn gerade einmal bis zum Belle Alliance Platz, wo sie in einem Kaffeehaus Wärme und heiße Schokolade genossen. Nach mehreren Anläufen hatte es Ricarda endlich geschafft, die Neuigkeiten von der unverhofften Erbschaft zu vermelden. Nun kam der entscheidende und schwierigere Teil.

«Das ist doch wie ein Geschenk des Himmels, das Frau Gottlieb dir gemacht hat», sagte Siegfried.

«Findest du? Und was soll ich tun?», fragte Ricarda atemlos.

«Es annehmen, natürlich. Studiere!»

«Dann sind wir getrennt, Siegfried. Es dauert doch Tage, um nach Zürich zu gelangen!»

«Das mag sein.» Er trank bedächtig einen Schluck von der Schokolade. «Einfaches ist einfach zu erreichen, aber es wird irgendwann nicht genug sein. Dann wird dein Herz schwer, wenn du daran denkst, auf was du verzichtest hast, als du die Möglichkeit dazu hattest. Ich werde nie vergessen, wie du Hildchen das Messer an den Hals gesetzt hast. Das war der falsche Zeitpunkt, aber es lag eine solche Entschlossenheit in deinen Bewegungen, dass ich wusste, irgendwann wird der richtige da sein.»

«Und wir? Was wird aus unserer Zukunft?»

«Unsere Liebe hält das aus. Sie ist so viel größer als der Augenblick.»

Sie hätte ihn – wäre es schicklich gewesen – umarmen mögen, wie er so da saß, so ernst und nachdenklich, mit einem Schnurrbärtchen aus Sahneschaum auf der Oberlippe. Sie fuhr zart mit dem Zeigefinger darüber, und in einer einzigen fließenden Bewegung führte sie ihren Finger an die eigenen Lippen. Und wurde nicht einmal rot dabei.

Später begleitete sie ihn wieder zurück zum Lazarett. Der Schnee wehte ihnen nach wie vor um die Kleider, und der Schirm schützte nicht, aber er verbarg sie vor den Blicken der Passanten. Siegfried küsste sie auf den Mund, den Arm fest um ihre Taille gelegt.

«Ich denke an dich. Bei Tag und in der Nacht», sagte er zum Abschied ganz dicht an ihrem Ohr.

EMANZIPIERTE FRAUENZIMMER

März 1884

Fräulein Petersen, sind Sie es?»

Ricarda sah sich einem stattlichen Mann in eleganter Aufmachung gegenüber, der seinen Zylinder lupfte, während er in der anderen Hand einen schmalen Spazierstock mit Silberknauf hielt.

«Herr Kögler? Oh, verzeihen Sie, ich habe Sie nicht gleich erkannt.»

Georg Kögler lächelte zurückhaltend. «Sechs Jahre sind eine lange Zeit. Mir scheint, nicht nur ich habe mich verändert. Aber wenn Sie mir die Bemerkung gestatten: Ich freue mich, Sie in so anmutiger Erscheinung wiederzusehen.»

«Das Mädchen, das Ihnen ungefragt über den Mund fährt, ist nicht nach München mitgereist», erwiderte sie lächelnd.

Mit einem etwas mulmigen Gefühl hatte sie dem Treffen entgegengesehen; deutlich erinnerte sie sich an den Tag, als Kumaris Tante wegen Pockenverdachts überstürzt ins Krankenhaus gebracht werden musste. Inzwischen hatte Kumari sie in Ceylon gesund und munter angetroffen, hatte sie geschrieben.

Herr Kögler trug Ricardas schmalen Koffer, der so gar nicht danach aussah, als sollte er die Ausrüstung für einen neuen Lebensabschnitt enthalten.

«Das ist alles? Oder haben Sie Ihr Gepäck bereits nach Zürich vorausgeschickt?»

«Mehr brauche ich nicht», sagte sie. «Die Bücher werde ich erst in Zürich erstehen.»

«Sie haben große Pläne!», sagte er und führte sie zum Ausgang des neuen Münchner *Centralbahnhofs*. «Als meine Cousine Käthe schrieb, dass Sie in Zürich zu studieren beabsichtigen, äußerte ich den spontanen Wunsch, Sie für eine kurze Zeit beherbergen zu dürfen. So, wie Sie damals mich Unter den Linden. Ich denke oft und gerne an diese Zeit zurück.»

Während sie durch die weite, lichte Halle gingen, musterte sie ihn unauffällig von der Seite. Herr Kögler, an den sie sich als einen etwas tapsigen, zur Fülle neigenden Mann erinnerte, hatte enorm abgenommen, sein Bart war gestutzt bis auf einen adretten Schnauzer. Vor dem Haupteingang wartete seine Kutsche mit Wappen und dem Zusatz «Königliche Hofbrauerei».

Die Fahrt mit der Bahn über Leipzig, Hof und Nürnberg hatte den ganzen Tag gedauert. Dennoch war sie eher aufgekratzt als müde. Die erste große Reise fort aus Berlin! Quer durch Deutschland, das gerade aus dem Winterschlaf erwachte.

«Nun, wie gefällt Ihnen München?», fragte Herr Kögler.

«Ja, hübsch», sagte sie. «Ist es noch weit bis in die Stadtmitte?»

Er lachte. «Wir sind in der Stadtmitte!»

«Oh, das ist mir peinlich!» Sie lachte.

Der *Centralbahnhof* der bayerischen Regierungsstadt war ihr schon kleiner erschienen als der Schlesische Bahnhof in Berlin. Und das war dort nur einer von vielen ...

«Sie dürfen unser München nicht mit der Hauptstadt des Reichs vergleichen. Es ist viel charmanter!»

Sein Stadtpalais befand sich nicht weit vom Bahnhof, ein erhabener Bau, in dem sie sogleich von einer Dienerschar umschwirrt wurde.

«Sie haben gewiss Hunger, wollen wir gleich das Abendessen einnehmen?»

Herr Kögler ließ Hirschbraten, Semmelknödel und Rotkraut servieren. Das Hirschfleisch war zart und köstlich.

«Den Hirsch habe ich selbst erlegt.»

So wie sie ihn einschätzte, formulierte sie ihre Frage: «Sie haben Ihre eigene Jagd?»

«In den Alpen, bei Berchtesgaden, aber erzählen Sie doch von sich! Käthe schrieb, Sie haben als Pflegerin gearbeitet. Wie kommt es nun zu Ihrem Studium?»

Sie berichtete von Frau Gottlieb und deren großzügigem Geschenk. «Ich habe lange mit mir gerungen», sagte sie. «Und ich hoffe, ich habe keinen Fehler gemacht, zum Studium so weit von zu Hause fortzugehen. Leider habe ich als Frau keine andere Wahl, wenn ich Medizin studieren möchte.»

Georg Kögler blickte sie nachdenklich an. «Es ist ein großer Schritt, den Sie wagen. Bedeutet er, dass Sie sich tatsächlich gegen die Ehe entschieden haben? Es hat sich kein junger Herr gefunden, der Ihr Herz erobern konnte?»

Die Frage war wie ein Stich ins Herz. Am liebsten hätte sie stundenlang von Siegfried gesprochen, wie sie mit ihm fieberte, weil er doch demnächst seine Dissertation abzugeben hatte. Wie stolz sie auf ihn war. All das verbarg sie hinter einem Lächeln. Siegfried und sie – aber ihre Verbindung war eine Kostbarkeit, die nur sie beide hüten wollten. Bis sie eines Tages mit einem großen Tusch bekannt gegeben werden würde ... Sie erschrak, als sie bemerkte, dass sie unbewusst tief geseufzt hatte.

Nun war es an Herrn Kögler, vielsagend zu lächeln. «Ich will Ihnen Ihr Geheimnis keinesfalls entreißen.»

So rasch wie möglich wechselte sie das Thema: «Und Sie, Herr Kögler? Sie sind inzwischen gewiss glücklich verheiratet.»

Er war gerade im Begriff, einen Bissen in den Mund zu führen, hielt in der Bewegung inne und legte die Gabel schließlich nieder. «Nun, ich war es. Der Grund, warum meine Frau nicht hier ist ... Anna starb vor zwei Jahren bei der Geburt unseres Kindes.»

«Wie schrecklich. Das tut mir leid.»

«Ich suchte Trost in den Büchern kluger Männer. Dabei stieß ich zufällig auf einen Pfarrer namens Schleiermacher und seinen *Katechismus der Vernunft für edle Frauen*. Und las dort, was er schon vor achtzig Jahren schrieb. Er forderte die Frauen auf: Lass dich gelüsten nach der Männer Bildung, Kunst, Weisheit und Ehre.» Georg Kögler schwieg einen Moment, um dann zu sagen: «Da kamen Sie mir in den Sinn – die Rebellin im Hause der Komtess.»

«Damals ärgerte ich mich, weil Sie sagten, dass Frauen nicht arbeiten müssten. Sie müssen das als sehr vorlaut empfunden haben.» Ein wenig schämte sie sich vor allem deshalb, weil ihr Gegenüber seither eine so erstaunliche Entwicklung durchgemacht hatte. «Eine Rebellin bin ich nicht mehr», sagte sie.

«Oh doch, das sind Sie. Sonst wären Sie in Berlin geblieben und hätten die Gegebenheiten akzeptiert.»

«Und werden Sie sich wieder verheiraten?»

«Ich weiß nicht, ob ich noch einmal die Kraft haben werde, meine Träume Wirklichkeit werden zu lassen.» Herr Kögler zwang sich zu einem Lächeln. «Morgen geht es für Sie weiter nach Zürich. Ich freue mich für Sie, dass Sie es wagen, nach der Männer Bildung zu gelüsten!»

Er hob sein Glas und prostete ihr zu.

Sie ertappte sich dabei, wie sie Kögler mit Siegfried verglich. Auf den ersten Blick waren beide Männer völlig gegensätzlich – in allem. Und doch sagte ihr Gefühl, dass sie etwas gemeinsam hatten. Nur benennen konnte sie es nicht.

Das Gespräch zwischen den beiden jungen Frauen kam erst kurz vor dem Ziel zustande. Als Ricarda aus dem Abteilfenster die hohen, noch vom Schnee bedeckten Berge sah, die den Horizont verstellten. Und davor die Stadt, die mit ihren vielen Kirchtürmen gar nicht so klein wirkte, wie sie angenommen hatte. Da sprach Ricarda die Mitreisende einfach an.

«Darf ich Sie etwas fragen?»

«Ja, gern!»

Die junge Frau, die wohl etwas älter als Ricarda war, schien erleichtert, dass die Initiative von Ricarda ausging. Wie sie selbst trug sie ein Kapotthütchen, Mantel, Stiefel – und eine ernste Miene, die sich erst in diesem Moment erhellte.

«Sind Sie zufällig aus Zürich? Kennen Sie sich hier aus?»

«Leider nicht.» Sie schüttelte ganz sanft den Kopf, und ihr Gesicht wurde wieder ernst.

«Dann besuchen Sie jemanden?»

«Nein.» Wieder dieses sanfte Schütteln des Kopfes. «Ich werde studieren.»

«Etwa Medizin?», fragte Ricarda aufs Geratewohl.

Nun ging ein Leuchten über das fremde Gesicht. «Oh ja!

Sie auch? Das dachte ich mir fast, aber ich habe mich nicht zu fragen getraut.»

«Es ist ein weiter Weg nach Zürich, nicht wahr», sagte Ricarda. «Wie schön wäre es, wenn wir in Deutschland studieren dürften.»

«Berlin hat so eine schöne Universität und wäre so nah an Potsdam gewesen», erwiderte die junge Frau seufzend.

Ricarda glaubte, nicht richtig gehört zu haben! «Sie sind aus Potsdam? Ich bin aus Berlin – mehr oder weniger. Ricarda Petersen.»

Die andere reichte ihr die Hand, über das ganze Gesicht strahlend. «Pauline Dombrowski. Wollen wir du zueinander sagen? Denn wir werden Gefährtinnen. Welch ein Glück!»

Bis der Zug in dem Bahnhof einrollte, reichte die Zeit gerade noch, dass Ricarda das Wichtigste über Pauline erfuhr. Sie war die einzige Tochter eines Dorfpfarrers aus Caputh nahe Potsdam, der sechs Söhne hatte. Viel zu sagen hatte Pauline in diesem Umfeld nicht, aber es war der Vater gewesen, der seine Tochter ermutigt hatte, ihren Traum zu verwirklichen. Auch in diesem klerikalen Hause hatte der *Katechismus der Vernunft* seine späte Wirkung entfaltet, erkannte Ricarda.

Und wie sie suchte Pauline ein Zimmer.

In einem Punkt war sie ihrer neuen Bekannten jedoch eine Kleinigkeit voraus. Käthe hatte ihr eine Adresse mitgegeben: «Probier es bei meiner alten Zimmerwirtin. Wenn sie nichts frei hat, dann findest du in der Nähe gewiss etwas. In Oberstrass gab es damals schon viele Vermieterinnen. Zur Universität ist es nicht zu weit, und du wohnst ein wenig am Berg mit guter Aussicht.»

Pauline reiste mit drei Koffern. So nahm Ricarda ihr einen

ab und dann machten sie sich auf den Weg. Es hatte wohl vor nicht allzu langer Zeit erheblich geregnet, die unbefestigten Straßen waren schlammig, eine Kanalisation noch nicht überall vorhanden. Die Rocksäume schlackerten im Matsch. Ricarda hatte das Gefühl, die Zeit wäre zurückgedreht in jene glücklichen Tage, als Lore und sie in der Kurfürstenstraße Kumari besuchten. Sie wurde ein wenig wehmütig, aber fühlte sich plötzlich wieder so jung wie damals, als sie nach Berlin kam. Unbeschwert, naiv, voller Hoffnung. Sie blieb mitten in der Gasse stehen, atmete tief ein und aus und seufzte.

«Ich bin froh, hier zu sein», sagte sie. «Das wird unsere Stadt!»

Pauline, vom ersten Teil des Marsches bereits so erhitzt, dass sich unter ihrem Hütchen blassblonde Löckchen hervorkringelten, sah sie so glücklich an, als hätte sie auf genau diesen ermutigenden Satz gewartet.

Käthes Vermieterin war vor Jahren verstorben. Dennoch war Käthes Rat Gold wert. Denn Zettel mit der Aufschrift *Zimmer zur Vermietung* hingen in dieser Gegend tatsächlich an vielen Häusern.

Jedoch: «Nein, an Damen vermieten wir nicht.» Oder gleich: «Nur an Herren.» Zu guter Letzt: «Wir wünschen keine emanzipierten Frauenzimmer.»

«Was sind emanzipierte Frauenzimmer?», fragte Ricarda prompt zurück.

«Ja, schaun Sie sich doch an! Immer Widerworte. Ein gutes Frauenzimmer hat keine Widerworte.»

«Verstehe», sagte Ricarda und ließ sich die Tür vor der Nase zuschlagen.

Pauline machte schon ein langes Gesicht.

«Ich komme aus Berlin», sagte Ricarda trotzig.

Und dann musste sie grinsen, weil sie an Kumaris Löwen im Hinterhof dachte. Eine verrücktere Stadt als Berlin gab es nicht. Es fehlte ihr. Weitermachen, dachte sie und klopfte an die nächste Tür. Es war ein schmales Haus mit einem Stockwerk, Holzläden an den Fenstern und weit vorstehendem Dach, etwas verträumt wirkend, einem Hexenhaus nicht unähnlich.

«Ja, bitte?», fragte eine zarte alte Frau, die Ricarda gerade mal bis zur Schulter reichte.

«Wir sahen Ihr Schild, dass Sie Zimmer vermieten. Dürfen wir hoffen, dass wir Ihnen genehm sind?»

«Gern! Treten die Damen doch ein!»

Ricarda mochte die alte Frau, deren Gesichtshaut sich wie dünnes Pergamentpapier über die hohen Wangenknochen spannte, sofort.

«Wir sind spät dran heute Abend, aber es ist nicht einfach für zwei junge Frauen ... zimmer, eine Unterkunft zu finden.»

«Wie lange möchten Sie denn bleiben?»

«Ein paar Jahre, wenn es möglich ist.»

«Junge Dame, Ihr Humor gefällt mir!»

Die klaren blauen Augen der Vermieterin blitzten vergnügt.

«25 Franken im Monat für jede von Ihnen», sagte sie. «Im Zimmer dürfen Sie nicht kochen und nicht essen und nicht rauchen und keinen Besuch haben.»

«Dürfen wir es sehen?»

Die Vermieterin führte sie in einen kleinen Raum, unbeheizt und ohne Licht. Zwischen den Betten hatte gerade mal ein Schreibtisch Platz, und es gab nur einen altersschwachen

Schrank. Das war weniger bequem als erhofft, doch Ricarda ließ sich nichts anmerken. Die Miete konnte sie zumindest für das erste Jahr aus ihren Rücklagen finanzieren. Sie stellte Pauline und sich vor.

«Ich bin die Jungfer Bitterli.» Ihre Ehelosigkeit hervorzuheben, schien die kleine Dame aus unbekannten Gründen mit Stolz zu erfüllen. «Ich wünsche eine gute Zeit. Und zahlen tun Sie bitte jetzt gleich.»

Der Wartesaal des Universitätsrektors war schon voller Studierender. Junge Herren in dunklen Anzügen, gescheitelt und mit viel Pomade im Haar, manche ein Monokel dekorativ ans Auge gezwickt, viele mit dünnen Drahtbrillen auf der Nase. Doch sie schenkten Ricarda und Pauline, die nun eintraten, zu deren Überraschung und gleichzeitigen Erleichterung keinerlei Beachtung. Erst auf den zweiten Blick entdeckte Ricarda weitere junge Damen, die allerdings nicht alle in zurückhaltend schwarzer Garderobe und mit dem obligatorischen Hütchen gekleidet waren. Ein paar von ihnen waren durchaus bunt angezogen, trugen das Haar gar offen. Pauline und sie wechselten einen erstaunten Blick. Zürich war so anders als Deutschland! Niemand scherte sich darum, dass *Frauenzimmer* studieren wollten. Während sie warteten, erzählte Ricarda von der Komtess und Käthe, die sich hier vierzehn Jahre zuvor schon eingeschrieben hatten.

«Man vermutet zunächst, die Schweizer seien rückständig, weil alles so niedlich aussieht», sagte Pauline. «Aber ich glaube, mein Vater hat recht, wenn er sagt, sie seien hier freier im Denken, weil sie weder Kaiser noch König haben.»

Das war möglicherweise zutreffend, überlegte Ricarda. Denn sie musste an die Komtess denken, die für jeden angestrebten Fortschritt die Billigung der *Obrigkeit* brauchte. Und dieser Weg endete sehr oft bei Seiner Majestät dem Kaiser.

Nun mussten sie beide sich ins Meldebuch eintragen. Und da schoben sich denn doch ein paar Herren näher heran, um zu schauen, woher die beiden Damen denn wohl stammten. Während Ricarda dieses Interesse eher amüsierte, war Pauline sichtlich irritiert, weil die preußischen Herren sehr zurückhaltend waren. Nach einer Weile erneuten Wartens rief der in die Uniform der Universität gekleidete Pedell zuerst Pauline zum Rektor, dann Ricarda.

«Grüezi», sagte der würdevoll dreinblickende Rektor, ein Herr fortgeschrittenen Alters, der hinter einem großen Schreibtisch thronte. «Da wollen Sie bei uns also Medizin studieren. Die meisten Frauenzimmer haben ja keine Ahnung, was sie erwartet. Sie wissen schon, dass Sie Leichen aufschneiden müssen? Haben Sie überhaupt schon ein wenig Ahnung vom Beruf des Arztes?»

Auch er sprach mit dem Akzent eines Schweizers, was Ricarda sehr gefiel. Sie fand, die Sprachfärbung gab allem eine gewisse Leichtigkeit. Vor allem aber mochte sie die Frage, denn sie bot die Gelegenheit, ihre Vorkenntnisse darzulegen.

«Verwöhnte Töchter haben wir hier genug», sagte er lächelnd. «Ich bin Professor Überli. Bei mir geht es morgen um die Anatomie.» Er reichte ihr ein Büchlein. «Unsere Statuten. Die sind unbedingt einzuhalten. Darin steht auch etwas über Duelle. Um den Punkt muss man sich bei den Damen gottlob ja keinen Kopf machen! Aber dennoch: Duelle sind verboten.» Er stand auf und reichte ihr die Hand. «Willkommen!»

«Eine Frage noch, Herr Professor: Bis wann muss ich mein Abitur machen?»

«Das müssen Sie neben dem Studium erledigen. Fertig muss Ihre Matura allerdings erst sein, wenn Sie die Promotion schreiben.»

Draußen traf sie Pauline wieder. «Ich glaube, wir werden nur lernen», sagte die neue Freundin. Doch sie klang ausgesprochen heiter und fügte hinzu: «Ich kann mir nichts Schöneres vorstellen.»

Wie Pauline das zuwege brachte, konnte Ricarda nur bewundern. Seit einem halben Jahr studierten die beiden inzwischen, und sobald sie aus der Universität kamen, fiel die Zimmergenossin wie tot ins Bett, um bis zum nächsten Morgen durchzuschlafen. Auch heute, wo sie einen Frosch sezieren mussten. Eine unappetitliche Angelegenheit, bei der eine Studentin umkippte, eine andere sich erbrach und die meisten grundlos kicherten. Denn es galt, der Amphibie den Kopf abzuschneiden und dann mit einem einzigen Längsschnitt den Körper zu öffnen. Dass sie wacker durchhielt, rief denn auch gleich einen der Herren Mitstudenten auf den Plan.

«So ein tapferes Frauenzimmer! Sie grausen sich wohl vor nichts.»

Doch nicht deshalb lag Ricarda auch heute wieder wach. Das Bett in dem winzigen Zimmer war zugleich ihr Schlaf-, Schreib- und Studierplatz. Und gegen den Krach, der aus den anderen drei Zimmerchen drang, half Kerzenwachs in den Ohren nur bedingt. Denn die Wände waren so dünn, dass jedes Husten zu laut war. Leider hatten sie und Pauline erst am dritten Tag nach ihrem Einzug festgestellt, dass die Jungfer Bitterli die Zimmerchen in ihrem Haus an insgesamt acht Studentinnen vermietet hatte. Doch Ricarda akzeptierte die Enge, denn Zürich barst vor Fremden, die Unterkunft brauchten. Jeder Dritte, dem man begegnete, kam aus dem Ausland. Besonders wegen der enorm erfolgreichen Textilindustrie, die Arbeiter brauchte, aber auch wegen der Universität.

Ihrer Leidenschaft, Briefe zu schreiben, war Ricarda schon in den langen Nächten in Frau Gottliebs Wohnung stundenlang nachgegangen. Auch in Zürich teilte sie ihre neuen Eindrücke mit Kumari im fernen Ceylon.

Wie froh bin ich über unsere Ausbildung bei «unseren» Ärztinnen! Nachdem die Damen mir meine Arbeit als Pflegerin bestätigten, konnte ich hier im Universitätsspital eine Stelle finden, wo ich am Wochenende und in so mancher Nacht Dienst tue. Und denk Dir nur: Ich traf sogar einen Doktor, der sich an die Komtess erinnerte. Und so sind meine Tage denn voll mit Anatomie, Chemie, Zoologie, Physiologie und Pathologie. Und für das Abitur werden sie angereichert mit Griechisch und höherer Mathematik, und viele Nächte sind der Pflege der Kranken gewidmet. Ich habe festgestellt, dass ich kaum Schlaf brauche, um erquickt den Tag neu zu beginnen. Die Herren Studenten gehen es gleichwohl erheblich entspannter an. Sagte neulich einer zu mir: «Wie gut haben die Frauenzimmer es doch, müssen nie in die Kneipe und haben so viel Zeit zum Studieren.» Neulich hatten wir eine Exkursion in die Botanik, auch das gehört dazu. Und während wir Frauen die Pflänzchen untersuchen, jammern die Herren nach Bier. Die Anatomie ist eine Sache für sich: Allein der Beckenknochen hat dreißig Punkte mit speziellen Bezeichnungen. Und alle Lateinisch. Wenn wir damals gewusst hätten, was wir alles nicht wissen!

Du siehst, es geht mir gut. Verschweigen kann ich nicht, dass mir all die lieben Menschen fehlen, die mein Herz beglücken. Denn zu mehr als einer oberflächlichen Freundschaft zu meiner Zimmergenossin reicht meine Zeit leider nicht.

Bis der Brief im fernen Ceylon einträfe, würde wohl wieder ein Vierteljahr vergangen sein. Inzwischen würde Kumari wohl das Kind bekommen haben, das sie unter dem Herzen trug, als sie ihren Brief an Ricarda verfasst hatte. Es war ein Glück, dass sie einen Mann heiraten durfte, den sie liebte, wie die Freundin wissen ließ. Die beiden wohnten in den Bergen der Insel, dort, wo sich die weiten Teeplantagen befanden, denn ihr Ehemann arbeitete als Geschäftsführer für eine englische Teekompanie.

Unweigerlich suchten Ricardas Gedanken Siegfried. In den Briefen, die sie sich schrieben, durften sie ihrer Nähe so viel mehr Ausdruck geben, als wenn sie nebeneinander in einem Kaffeehaus gesessen hätten! Die steife preußische Etikette war so erstickend für eine erblühende Liebe.

Wenigstens hatte Siegfried inzwischen Hildchen in Freystetten besucht. Allerdings auch, um ihr eine traurige Nachricht zu überbringen: Beider Mutter war von einer Kutsche überfahren worden und an ihren Verletzungen gestorben. Hildchen hatte seit einiger Zeit im Schloss Rosels Platz als Hausmädchen eingenommen. Karlas große Fürsorge hatte sie aufblühen lassen. Unverhofft hatte die Mutter eine neue Aufgabe bekommen, der sie sich nach dem Tod von Frau Thomasius mit umso größerer Hingabe widmete.

Von Rosel allerdings war keine Antwort auf Ricardas Briefe gekommen. Die Mutter hatte nur geschrieben, dass Rosel inzwischen in Potsdam als Haushälterin bei einem Offizier und seiner Familie arbeitete. Vielleicht waren Ricardas Briefe also nur verlorengegangen.

Und dann war da noch ein Brief der Komtess, der Ricarda nicht losließ. Sie schrieben sich regelmäßig, was Ricarda anfangs eher wie eine Pflichtübung vorgekommen war, mittlerweile freute sie sich sogar ein wenig über den Austausch. Nach ihrem Zerwürfnis war es leichter, dies über das geschriebene Wort zu tun als von Angesicht zu Angesicht. Sie war gerade in Amerika, wohin sie dieses Mal gemeinsam mit Gräfin Luise gereist war, denn Florentine hatte Edwin Jones III. tatsächlich geheiratet. Seltsamerweise verlor die Komtess nicht viele Worte darüber, obwohl sie meinte, es sei ein großes gesellschaftliches Ereignis gewesen. Alle Zeitungen hätten von der *German Princess* geschwärmt.

Florentine wohnt in einem englisch anmutenden Schloss nördlich von New York auf dem Lande am Fluss Hudson. Ein großes Haus, aber kaum Menschen darin, sodass sie ständig Einladungen geben muss. Kein Tag ohne Champagner, kommentierte die Komtess mit leicht sarkastischem Unterton.

Ricarda sah sich im Halbdunkel ihres winzigen Zimmers um. Einen Meter entfernt der blonde Lockenkopf von Pauline auf dem Kopfkissen. Ein wenig fühlte sie sich an die Freystettener Gärtnerwohnung erinnert und an Tonja, die neben ihr schlief. Bald schon neun Jahre war es her, das Unglück auf dem See. Eine Ewigkeit! Und nun lebte Flora weit weg in einem leeren Schloss. Das hätte sie auch in Freystetten haben können, dachte Ricarda. Plötzlich tat ihr das reiche Mädchen in seiner Einsamkeit leid.

Wozu, fragte sie sich, hatte Gott Florentine noch einmal das Leben zurückgegeben, wenn sie es nicht dazu nutzte, um auf dieser Erde Spuren der Hilfe und nicht des Eigennutzes zu hinterlassen? Wie unvorstellbar fern ihr eine Existenz wie die von Flora war!

Ricarda nahm Siegfrieds Brief, der am Vortag eingetroffen war, wieder zur Hand. Denn es war der wichtigste von allen.

Liebe Ricarda, Deine Beschreibung der Eigentümlichkeiten

der Züricher Welt haben mich so eingenommen, dass ich nicht länger warten kann! Emanzipiertes Frauenzimmer, wenn Du gestattest, dass wir uns für ein paar Herbsttage von unseren Pflichten emanzipieren, so wäre es mir eine Freude, Dich besuchen zu dürfen!

Neben ihrem Bett stand die Schachtel mit dem kleinen Engel, den er ihr einst zu Weihnachten geschenkt hatte. Sie nahm ihn heraus und küsste ihn ganz sanft.

Die Überraschung war gelungen! Erst stieg Siegfried aus dem Zug, drehte sich um, reichte einer Dame hilfsbereit die Hand. Und dann stand Lore auf dem Bahnsteig! Die beiden Freundinnen flogen einander in die Arme und herzten sich. Erst dann kam Siegfried an die Reihe. Sie waren ja immer noch so formell miteinander. Nur die Hand gaben sie sich, aber endlich traf sie ihn einmal in privater Kleidung, und die stand ihm ausgezeichnet. Auf seinem Rücken trug er einen Tornister, an dem zwei Wanderstecken und eine Staffelei festgebunden waren.

«Ich fühle mich ganz fremd ohne Uniform», gab er zu und musterte Ricarda. «Oh Rica, du hast abgenommen! Gibt es in der Schweiz kein Essen?»

«Es ist sogar sehr nahrhaft. Aber ich habe keine Küche und bin aufs teure Restaurant angewiesen», sagte sie und spürte glücklich seine Nähe, als er ihr seinen Arm reichte und sie sich einhakte.

Lore nahm sie freundschaftlich an der Hand und platzte gleich mit den Neuigkeiten hervor: «Ihre Hoheit, Kronprinzessin Victoria, hat den Rat unserer Ärztinnen eingeholt.»

Unsere Ärztinnen, wie das klang. So vertraut und dennoch schon ein wenig fremd.

«Jetzt steht fest, dass die erste staatliche Schule für Krankenschwestern nächstes Jahr eröffnet wird. Wir werden dem Klinikum in Friedrichshain angeschlossen sein. Das heißt, wir haben Zugang zu allen Patienten, können unbegrenzt lernen.» Lore war euphorisch.

Vor Monaten noch hätte Ricarda sofort in ihren Jubel eingestimmt. Mit dem Abstand zu Berlin stimmte es sie jedoch nachdenklich, dass man sich in der deutschen Hauptstadt freuen musste, wenn es der Staat Frauen ermöglichte, den Beruf einer Krankenpflegerin zu erlernen. Wohingegen in Zürich schon seit Jahrzehnten Frauen im Arztberuf geschult wurden.

«Lore hat schon ganz Berlin behandelt», warf Siegfried mit leicht ironischem Unterton ein. «Seitdem wir abgefahren sind, spricht sie von nichts anderem als ihren Viktoriaschwestern.»

«Du hast gefragt, ob ich mitkommen wolle», rechtfertigte sich Lore mit gespielter Empörung.

Ach, so war das, dachte Ricarda. Er braucht eine Anstandsdame. Interessant.

«Ich habe wunderbare Pläne für uns», sagte Ricarda. «Es ist die Zeit der Weinlese, und wir werden wandern. Und über den Zürichsee werden wir fahren.» Sie lachte. «All das, was ich noch nie hier getan habe.»

«Wie wohnst du? Ich würde das gern sehen!»

«Du, Lore, darfst, aber Siegfried als Mann in der Damenpension, das ist ganz und gar verboten. Pardon: Hier sagen sie Frauenzimmer … Es sei denn …»

Er begriff sofort, worauf sie anspielte: «Ich in Damenkleidung?» Und dann lachte er. «Nein, wir sollten lieber Pläne für die Zukunft schmieden, als zurückzublicken.»

«Du bist jetzt ein richtiger Doktor», sagte sie.

«Ach, da fällt mir ein: Ich hatte vor ein paar Wochen einen jungen Offiziersanwärter im Lazarett in Tempelhof. Sein Name ließ mich stutzig werden: Friedemann von Freystetten.»

Ricarda sah ihn überrascht an. «Wie klein die Welt ist! Ist ihm etwas zugestoßen?»

«Eine Schusswunde ... Du weißt doch: die Schweigepflicht des Arztes. Aber mach dir keine Sorgen, er ist guter Dinge. Er hat übrigens, das darf ich sagen, weil es rein privat ist, eine entzückende Freundin. Ein bildschönes Wesen. Sie holte ihn ab, als ich selbst gerade Dienstschluss hatte, die beiden sind wohl schwer verliebt.»

«Ich erinnere ihn immer als kleinen Jungen», erwiderte Ricarda leichthin. «Dabei wird er irgendwann der Schlossherr sein.»

Sie hatte nur für Siegfried ein günstiges Pensionszimmer unweit dem Haus der Jungfer Bitterli gefunden, aber es gab noch ein weiteres für Lore. Doch sie hatte ein ungutes Gefühl, die anstehenden Ausflüge zu dritt zu machen; Lore könnte sich ein wenig überflüssig fühlen.

Pauline war nur zu gern bereit mitzukommen: «Wir beide haben bisher viel zu wenig von unserer neuen Heimat gesehen!»

An den nächsten Tagen fuhren sie mit dem Schiff über den Zürichsee, wanderten in den Weinbergen von Stäfa, erlebten die Weinbauern bei der Arbeit und genossen den guten Schweizer Wein. Den sie allesamt nicht vertrugen. Mit knapper Not und übermütig lachend, erreichten sie das letzte Schiff, den Lumpensammler, zurück nach Zürich. Um anderntags den sogenannten *Küsnachter Tobel* zu erkunden, wo es steil abfallende Berghänge, plätschernde Wasserfälle und die legendäre Drachenhöhle zu bestaunen gab. Doch am besten gefiel Ricarda die Besteigung ihres ersten Berges. Vom Etzel aus genoss die kleine Gruppe den weiten Blick über den Zürichsee. Hier stellte Siegfried zum ersten Mal seine Staffelei und zeichnete das Bergpanorama.

Er spitzte den Stift geschickt mit dem Messer und warf die ersten Linien aufs Blatt.

«Du hast Talent!», lobte Ricarda.

«Oftmals exerzieren wir in freier, weiter Natur. Sie einzufangen und zu einem Teil meiner selbst zu machen, bereitet mir Freude.» Er deutete in die Ferne. «Seht nur diese so viel höheren Berge. Dort hinauf sollten wir. Trauen wir uns das?»

«Ihr Männer müsst immer die größten Ziele ins Auge fassen», sagte Lore lächelnd. «Ich glaube, so weit hinauf traue ich mich nicht.»

«Ein Freund von mir sagt, die Gletscher dort oben zu sehen, sei unvergesslich!», sagte Siegfried.

«Gletscher? Das klingt sehr kalt», wandte Pauline ein.

«Ich habe nachgefragt: Das Wetter ist gut. Wir können es wagen. Gleich morgen. Wir brauchen drei Tage, doch unsere Zeit würde reichen.»

Ricarda sah ein Glitzern in seinen Augen, eine Lust auf ungekannte Abenteuer.

«Ich bin dabei!», rief sie begeistert. Nach all der Enge im Zimmer und der vielen Arbeit war ihre Sehnsucht nach Luft und Weite noch längst nicht gestillt.

Später hakte sich Lore bei ihr ein. «Pauline und ich haben beschlossen, dass nur du und Siegfried gletschern gehen. So schön es mit uns vieren auch ist, aber ihr beiden solltet endlich mal allein sein.»

«Lore!» Ricarda musste lachen. «Ich dachte, du bist Anstandsdame!»

«Eine gute Anstandsdame muss es verstehen, sich anständig aus dem Spiel zu nehmen! Ihr seid so ein schönes Paar», sagte Lore. «Ich möchte, dass ihr eines werdet.»

Ricarda umarmte ihre Freundin. «Das hast du süß gesagt.»

Der Freund, den Siegfried nebenbei erwähnt hatte, war ein Kollege, den er im Garnisonslazarett Tempelhof kennengelernt hatte.

«Seit seiner Kindheit ist das Bergsteigen seine Leidenschaft. Er hat mir diese Karte mitgegeben.» Siegfried faltete das Blatt behutsam auseinander wie eine Schatzkarte. «Hier verlassen wir das Schiff, mieten eine Kutsche und fahren bis zu dieser kleinen Ortschaft. Da sind wir gegen Mittag, erstehen ein paar Lebensmittel, und dann steigen wir den Berg empor und übernachten oben auf der Hütte. Genau da.» Er deutete auf die Karte. «Wir bleiben den ganzen nächsten Tag, und dann wandern wir am Morgen darauf zurück.»

Er sah sie mit diesem Funkeln in den Augen an, in dem eine wunderbare Kraft lag.

«Du bist nicht böse, dass die Mädchen nicht dabei sind?», fragte sie grinsend.

Es war noch sehr frisch, und zarte Herbstnebel lagen auf dem Zürichsee. Doch sie waren nicht die einzigen Ausflügler, die das erste Schiff nach Rapperswil nahmen. Sie fröstelte und freute sich, dass er den Arm vertraut um sie legte. Endlich war niemand da, der auf Anstand, Sitte und Moral achtete! Bis ans Ende der Welt hätte sie so fahren mögen, doch so weit reichte der kleine See leider nicht. In Rapperswil kauften sie Brot, Butter und Speck. In der Kutsche, die sie ins Tal brachte, schmierte Ricarda Brote, die sie mit Heißhunger aßen. Aneinandergelehnt, wortlos, den Augenblick genießend, als würde er ewig währen.

Als sie gegen Mittag den Berg emporstiegen, gab Siegfried ihr seinen Wanderstock, achtete darauf, dass er nicht schneller als sie ging. Doch ihren eigenen Rucksack ließ sie sich nicht abnehmen. Mochte der Aufstieg auch schweißtreibender sein als erwartet.

«Es geht ums Grundsätzliche», sagte sie. «Wir Frauenzimmer können so viel leisten wie ihr Männerzimmer. Wir müssen es uns nur zutrauen.» Sie lachte. «Neulich ist beim Sezieren einer der Studenten umgefallen, was sonst leider nur die Damen tun. Ich war richtig erleichtert, aber die Herren haben pikiert geguckt. Da habe ich etwas lauter zu Pauline gesagt: Auch wenn er ein Mann ist, ist er nur ein Mensch.»

«Ich wäre gern die Maus unterm Labortisch, um dich so zu erleben!»

«Ich würde dich packen und dein Innenleben mit dem Skalpell erforschen!»

«Mein Innenleben gehört doch längst dir.» Er presste ihre Hand auf sein Herz.

Ein klein wenig tat Ricarda so, als verlöre sie das Gleichgewicht, und ließ sich von ihm auffangen. Ihr Kopf lag auf seiner Schulter, und er beugte sich vor und küsste sie. Es fühlte sich so selbstverständlich an, ihm zu zeigen, dass sie ihn liebte. Nichts hinderte sie daran, denn Berlin war weit entfernt.

«Eine Sternschnuppe! Schnell, wünsch dir etwas!» Ricarda drückte Siegfrieds Hand ganz fest.

«Mein größter Wunsch ist schon in Erfüllung gegangen. Das heißt: Es ist mehr ein Traum, der wahr geworden ist.»

Siegfried legte den Arm noch etwas enger um sie. Kühl war diese Herbstnacht hier oben auf der Berghütte, aber der Himmel war noch klarer als der in Freystetten in einer Winternacht. Nie zuvor hatte sie so viele Sternschnuppen gesehen.

«Ich verrat dir meinen größten Wunsch ...», sagte er und legte seinen Kopf an ihren.

Sie hob die Hand, um ihn zu stoppen.

Aber da sprach er ihn schon aus: «Ich möchte dich heiraten, Ricarda Petersen.»

«Du weißt doch, dass man Wünsche nicht aussprechen darf, sonst gehen sie nicht in Erfüllung!»

«Gut, dann wünsche ich es nicht. Dann bitte ich dich, meine Frau zu werden. Der Himmel mit all seinen Sternen ist mein Zeuge.»

Sie konnte sich nicht vorstellen, dass es einen schöneren Ort gab, um diese Worte zu hören, und einen besseren Mann, um sie zu sagen. Sie hatte bereits bei ihrer ersten Begegnung gewusst, dass Siegfried der Mann war, von dem sie träumte. Ohne zu wissen, dass sie von einem Mann träumte! Umso verrückter war es, dass Siegfried an einem Ort um ihre Hand anhielt, den sie sich nicht einmal in ihren Träumen hätte vorstellen können.

«Ja», sagte sie und war ganz bei sich und ihren Gefühlen. «Ich will mein Leben mit dir verbringen. Bis an unser Ende.» Ihre Stimme klang fest, und ihr Herz schlug wie verrückt.

Sie hielten einander im Arm und genossen die Stille, die

Abwesenheit von allen Pflichten und Sorgen. Und in der Ferne leuchteten Schnee und Eis der Bergriesen der Glarner Alpen im fahlen Licht des Mondes. Etwas unterhalb der Hütte, in der sie die Nacht verbrachten, lag schlafend der See, an dem auch noch am Ende des Sommers die eisige Zunge des Gletschers leckte.

Siegfried zeichnete ihn am Morgen vor dem atemberaubenden Bergpanorama, während Ricarda ein improvisiertes Frühstück bereitete. Nachdem er mit dem ersten Bild fertig war, aßen sie Brot, Butter und etwas Speck, tranken frisches Gebirgswasser aus einem Wasserfall in der Nähe, atmeten die klare Luft und genossen Seite an Seite die herrliche Aussicht.

«Mehr als das, was wir gerade haben, braucht man nicht», sagte Ricarda.

«Doch», erwiderte Siegfried, «Träume brauchen wir. Träume, die wir wahr werden lassen.»

«Ja, da stimme ich zu. Aber keine Paläste und keine Reichtümer.»

«Einverstanden. Und wenn wir denken, wir hätten nicht genug, dann sehen wir wie letzte Nacht in die Sterne. Egal, wo sie sind.»

Sie stutzte. «Egal, wo sie sind? Wo sollten sie sein – außer über uns?»

Er aß den letzten Bissen Brot und drehte sich so, dass er sie nun ansah. «In Deutschland geschehen große Dinge, Ricarda. Ich möchte, dass wir ein Teil davon werden. Unser Vaterland braucht einen Platz an der Sonne. Es wird darüber nachgedacht, Kolonien zu gründen in Afrika. Ich bin entschlossen, Tropenmedizin zu studieren. Eine große Möglichkeit für uns junge Ärzte! Darum lerne ich auch das Zeichnen.

Weil die Heimat Bilder aus der Ferne brauchen wird. Damit die Daheimgebliebenen unseren Traum teilen.»

«Uns? Du meinst uns beide?»

«Gewiss! Stell dir nur vor: Wir beide leben einmal dort bei den Wilden. Wir heilen sie gemeinsam, diese Urvölker. Wäre das nicht ein Traum, der zu träumen sich lohnte?»

«Afrika? Ich bin froh, dass wir beide es auf diesen Berg geschafft haben!»

Sie versuchte, seine Worte für einen Scherz zu halten. Doch sie sah in seinen Augen, dass er einen seiner Sternschnuppen-Wünsche ausgesprochen hatte. Natürlich, dachte sie, wer im Krögel aufgewachsen war, musste sich nach einem Kontinent sehnen, über dem immer die Sonne schien. Und in dem die Schwester nicht am *Husten, der vom Wasser kommt* fast starb, es nie nach Feuchtigkeit roch und der Putz nicht von den Wänden fiel.

«Ich verstehe dich so gut.»

Sie hatte die elterliche Gärtnerwohnung mit der niedrigen Decke vor Augen, die ihr einmal die Welt bedeutet hatte. Sah sich selbst, wie sie das Palmenhaus auf der Pfaueninsel erkundete, sah den Vater in seiner selbst angelegten Orangerie Pfeife rauchen, hörte Lore von Bananen schwärmen und Kumari ihr Heimweh nach Wärme beklagen.

Hier, auf diesem Berg, der Welt entrückt, fügte sich alles zusammen und ergab einen Sinn.

«Aber eine kleine Weile brauch ich noch, bis ich so weit bin, dass ich die Wilden heilen kann», sagte sie.

«Das weiß ich doch.» Er küsste sie. «Eigentlich müsste ich dir jetzt einen Ring anstecken, aber ich habe keinen, weil ich so viel Glück nicht zu erhoffen gewagt hatte», sagte Siegfried.

Ricarda pflückte zwei langstielige Blumen, reichte eine ihm und band die andere um seinen linken Ringfinger.

«Ich liebe dich», sagte er.

Sie schlossen einander in die Arme und hielten sich fest. In diesem Moment, davon war Ricarda überzeugt, begann die Reise in ein gemeinsames Leben.

EIN UNGEWÜNSCHTES KIND

Sommer 1886

Wie nett dieser Name klang – Burghölzli. Ricarda hatte sich darunter einen anheimelnden Ort vorgestellt, der Geborgenheit versprach. Das dreistöckige, graue, monumentale Gebäude oberhalb des Zürichsees passte so gar nicht dazu. Auch an diesem sanften Sommermorgen, nachdem sie den Berg emporgestiegen war, fragte sie sich, wie die Schweizer es schafften, einer Nervenheilanstalt einen so niedlichen Namen zu geben.

Die Antwort, die Professor Diener ihr gegeben hatte, war zwar charmant, aber in diesem Punkt wenig hilfreich gewesen: «Ich höre aus Ihrer Frage den Esprit einer jungen Dame, wie ich sie mir für die Behandlung unserer Patienten wünsche», hatte er geantwortet. «Aber seien Sie beruhigt, am Burghölzli wird nichts verniedlicht. Im Gegenteil: Wir behandeln unsere Patienten nicht wie Insassen, sondern wie Menschen. Wir stecken hier nicht mehr jeden in die Zwangsjacke, sondern gehen neue Wege in der Behandlung. Und dafür brauchen wir Menschen wie Sie, Petersen. Menschen, die Zuwendung in sich haben und gleichwohl über medizinischen Sachverstand verfügen.»

Heute war Samstag, und das hieß, dass der kleine Bert am Fenster saß und Ricarda sehnsüchtig erwartete. Sie machte einen kleinen Umweg, damit sie zuvor zu ihm hinaufwinken konnte. Obwohl der Elfjährige sich ohne jeden Zweifel über ihren Besuch freute, reagierte er nie.

Hysterie des Kindes, lautete die Diagnose des Neurologie-Professors. Die Anamnese las sich schauderhaft: wiederholte Krampfanfälle, zunächst partielle, schließlich vollständige Lähmung der Beine und letztlich die Weigerung, zu sprechen oder mit Gesten zu kommunizieren. Die Medikation: erst Morphium und dann Kokain. Da der Junge Privatpatient des Professors war und die Eltern wohl über sehr viel Geld verfügten, war der Professor auf die Idee gekommen, einen neuen Weg einzuschlagen: «Und das wird Ihre Aufgabe, Petersen. Versuchen Sie, einen Zugang zur Psyche dieses Buben zu finden.»

Zuerst hatte sie das für eine übergroße Herausforderung gehalten. Aber sie sagte zu, da der Professor ihr freie Hand gab mit der Begründung: «Wir müssen die komplexe Struktur des Menschen differenzierter denken. Das eine sind die Nerven, das andere ist die Psyche. Wir müssen herausfinden, ob oder wie das eine vom anderen beeinflusst wird.»

Das war vor knapp einem halben Jahr gewesen, und nun stand sie vor der Nervenklinik und winkte nach oben. Keine Reaktion, wie in all den langen Monaten. So viel Arbeit und kein Ergebnis! Ricarda wollte gerade entmutigt gehen, da hob er zögerlich die Hand und erwiderte doch den Gruß. Sie war so außer sich vor Freude über diesen scheinbar minimalen Erfolg, dass sie ihre Tasche abstellte und mit beiden Händen winkte. Sie eilte zu ihm und begann mit ihrem Programm, bei dem dieses Mal die Massage der gelähmten Beine anstand.

Am folgenden Wochenende begrüßte Bert sie bereits mit einem Winken. Während der Behandlung erzählte sie von ihrem Tag in der Klinik, denn sie hatte bemerkt, dass es ihm guttat, wenn er etwas über andere Menschen erfuhr. Obwohl er nie antwortete. Nur mit einem leichten Lächeln durfte sie rechnen.

«Ich habe dir doch erzählt, dass wir neulich einen Fischer operieren mussten. Und der Mann schimpfte die ganze Zeit, dass wir ihm weh täten. Da sagte ich: Wenn Sie nicht aufhören zu schimpfen, dann gehen Sie krank nach Hause. Da war er still. Und heute kam der Fischer und brachte mir ein Geschenk. Du errätst nicht, was!»

«Einen Fisch», sagte der Junge, der monatelang geschwiegen hatte.

Eine innere Stimme riet ihr, jetzt keine Euphorie zu zeigen und einfach weiterzumachen, als wäre nichts geschehen. Denn eine spontane Äußerung ließ nicht gleich auf einen Durchbruch bei der Therapie schließen.

«Aber ich habe keine Küche. Was soll ich mit einem Fisch?, habe ich mich gefragt.»

«Im Restaurant abgeben, wo du immer isst», sagte der Junge.

«Genau das habe ich getan. Ich lud heute meine Freundin Pauline zum Essen ein, und dann aßen wir den Fisch. Da haben wir uns mal wieder lange unterhalten. Ich musste dann los und sagte, ich gehe zu dir. Und sie fragte: Wird Bert denn mal versuchen zu gehen? Ich sagte: Du, Pauline, wirst als Erste davon erfahren. War das richtig, Bert?»

«Ich will es probieren», sagte er mit einem niedlichen Schweizer Dialekt.

Am Montag traf sie den Professor in der Universität kurz

vor Vorlesungsbeginn. «Ich habe Ihren Bericht gelesen, Petersen. Machen Sie weiter so», sagte er und ließ sie stehen.

«Überschwängliches Lob klingt anders», kommentierte Pauline, die danebenstand.

«Vielleicht liegt dieser Fortschritt gar nicht an mir», überlegte Ricarda laut. «Morphium stellt die Menschen ruhig, Kokain macht sie wieder munter. Seit ein paar Tagen bekommt Bert beides nur noch zweimal in der Woche. Was wäre, wenn sie ihn bislang falsch behandelt haben?»

«Du meinst, das weiß Diener?»

Ricarda war davon überzeugt und setzte sich neben Pauline in die Bank, während der Professor seinen Vortrag über die Lage der Hals- und Kopfnerven begann. Schließlich wurde eine Leiche vom Pedell hereingeschoben.

«Dombrowski und Petersen, bitte nach vorn. Die Leiche gehört Ihnen!»

Als Pauline und sie das Haus der Jungfer Bitterli am späten Abend betraten, warteten bereits drei Briefe auf Ricarda.

Pauline schüttelte bewundernd den Kopf. «Du bist wirklich emsig wie eine Biene!»

Die Mutter, Kumari und Siegfried schrieben, doch er kam immer zuletzt dran, weil sie sich das Beste für den Schluss aufhob. Kumari schrieb, wie glücklich sie war, einen Sohn geboren zu haben, den sie Lal nannte, den Liebling. *Mein Mann sagt, er sieht aus wie ich. Das bleibt bestimmt nicht lange so, dann wird er aussehen wie er. Ich wünschte, du könntest ihn sehen, Rica!*

Kumaris Worte versetzten ihr einen kleinen Stich ins Herz. So lange lag ihre Jugend noch nicht zurück, und nun hatte die Freundin bereits das erste Kind. Und sie selbst? Sie unterdrückte ein tiefes Aufseufzen, griff nach Siegfrieds Brief. Und zwang sich, ihn wieder hinzulegen. Erst die Mutter!

Ihr Bericht las sich zunächst angenehm. Dass sie mit der Gräfin wieder zurechtkomme, vom Vater jedoch kein Wort und: *Im Schloss wird getuschelt, dass es um Florentines Ehe in Amerika sehr schlecht steht*. Doch dann die wichtigste Neuigkeit: *Rosel kam vor ein paar Tagen zurück aus Potsdam, wo sie in Stellung ist. Sie kam gemeinsam mit dem jungen Grafen. Rosel war völlig verändert. Eine Mutter weiß die Gefühle ihrer Tochter zu beurteilen. Ich bin sicher, dass Rosel und der junge Friedemann sich ineinander verliebt haben. Aber Du kennst Rosel: Sie spricht darüber nicht.*

Ricarda legte den Brief nieder und dachte angestrengt nach. Wer hatte ihr bloß neulich von Friedemann und seiner Freundin erzählt? Und da fiel es ihr wie Schuppen von den Augen! Sie hatte nur geantwortet, dass sie in Friedemann den ewigen Jungen sehe, als Siegfried es erzählt hatte: *eine entzückende Freundin … die beiden sind wohl schwer verliebt …*

«Oh mein Gott!», rief sie halblaut.

Pauline, bereits halb im Schlaf, schrak hoch: «Was ist passiert?»

«Meine kleine Schwester liebt den Grafen. Und er sie. Sonst ist nichts. Schlaf weiter.»

«Na gut», sagte Pauline und drehte sich um. Sekunden später saß sie hellwach aufrecht. «Was? Deine Schwester? Er ist Graf, und sie?»

«Inzwischen wohl Haushälterin», sagte Ricarda, die auch dazu nichts Genaues wusste.

«Ob das gut geht? Und die Grafenmutter … nee, Gräfin sagt man, oder? Was sagt die?»

Fast hätte Ricarda ausgesprochen, was sie dachte: Die darf

sich kein Urteil erlauben, die ist in meinen Vater verliebt. Aber sie antwortete: «Das wüsste ich auch gern.»

«Du warst lange nicht mehr zu Hause, Ricarda.»

«Im Winter werden es drei Jahre.»

«Ja, bei mir auch», sagte Pauline mit einem Kloß im Hals.

Die weite Entfernung von zu Hause war unter allen Studentinnen ein Thema, das sie mieden. Leichen öffnen, Muskelfasern zählen, Eingeweide sezieren – das bekamen sie im Wettstreit mit den Männern bestens hin, damit sie nicht als schwache Frauenzimmer dastanden. Doch wie es in ihren eigenen Herzen aussah, war ein Tabu.

Endlich war Siegfrieds Brief an der Reihe. Sie öffnete ihn, und Rosenblätter segelten auf ihr Bett.

Weißt Du noch, der Zauberer, der Dir eine Rose schenkte? Hier sind ein paar Grüße von ihm. Ich hoffe, Du bleibst ihm gewogen, auch wenn er leider keine guten Nachrichten überbringt. Heute erhielt ich meinen Marschbefehl, Ricarda. Deutschsüdwest. Ich werde in wenigen Tagen in Hamburg eingeschifft und auf die weite Schiffsreise nach Lüderitzbucht gehen. Denn unsere neue Kolonie braucht Soldaten, und die Kameraden brauchen Ärzte. Nur ein Kollege wird sich die Aufgabe mit mir teilen. Ich kann Dir nicht sagen, wann ich zurückkommen werde. Nur, dass *ich zurückkommen werde. Ich werde Dir schreiben, wann immer es mir möglich ist. Und Du versprich, dass Du auf mich wartest, damit wir bei meiner Rückkehr heiraten können. Denn ich liebe Dich, meine zukünftige Frau. Dein Siegfried*

«Nein!», rief sie. Nur dieses eine Wort konnte sie dem Lauf der Dinge entgegenschleudern. Denn für einen Antwortbrief war es schon zu spät, wie sein PS verriet: *Erfahre gerade, breche bereits übermorgen auf nach Hamburg. In Liebe.*

So hatte es ja kommen müssen, sagte ihr die Stimme des

Verstandes, denn Siegfried hatte inzwischen Tropenmedizin studiert. Folglich verlangte das Vaterland seine Dienste in der Ferne. Der Mann mit dem großen Fernweh im Herzen – nun zog er tatsächlich nach Afrika.

Und ihre Liebe? Hatte die noch eine Chance, wenn die halbe Welt zwischen ihnen stand? Natürlich wollte sie auf ihn warten – aber wie lange würde es dauern, bis sie sich wiedersehen würden? Noch immer hielt sie den Brief fest umklammert. Der Gedanke daran, so lange von Siegfried getrennt zu sein, drohte sie zu zerreißen.

«Afrika?», fragte die endgültig wieder hellwache Pauline. «Ist das nicht sehr gefährlich dort mit den wilden Tieren?»

Darin sah Ricarda die viel geringere Gefahr. Sie beide hatten doch einen gemeinsamen Traum gehabt! Nun lebte er ihn allein.

Der Professor hielt sich zwar mit seinem Kommentar zu den Fortschritten des kleinen Berts zurück, doch Ricarda wertete es als Lob, dass er sie während der Vorlesung immer wieder an den Seziertisch zitierte, denn das war eine Ehre. Was die Gesundung des Jungen betraf, so sprach man inzwischen lieber von einem Wunder als von Fehlern ärztlicher Kunst, die bisher gemacht wurden. Jedoch: Morphium und Kokain wurden in ihrer Wirkung kritischer gesehen. Da Bert gegen Winterbeginn wieder allein laufen konnte, holten ihn die Eltern ab.

«Schwester Ricarda, du hast mich gesund gemacht», sagte der Junge mit Tränen in den Augen.

«Das hast du selbst gemacht», antwortete sie und strich ihm über den Kopf.

«Das sagen Sie leichthin, Petersen. Und wissen noch gar

nicht, was das bedeutet», sagte der Professor später und teilte ihr einen neuen, scheinbar anders gelagerten Fall zu. Seine Diagnose lautete *Neurasthenie*, womit Ricarda erst etwas anzufangen wusste, als sie im *Lexikon der Krankheiten der Psyche* nachgeschlagen hatte: Es hieß *Nervenschwäche*.

«Wenn meine Ausgangsthese stimmt, werden Sie herausfinden, dass beide Patienten nicht neurologisch zu behandeln sind. Dass es sich also nicht in erster Linie um eine Erkrankung der Nerven handelt, Petersen.»

Diener drückte ihr einen Stapel handgeschriebener Blätter in die Hand, in denen die jeweiligen Ärzte in den letzten fünfzehn Jahren den Krankheitsverlauf zusammengetragen hatten. Sie nahm ihn am Abend mit ins Bett, um sich in das Leid einer jungen Frau zu vertiefen, die kaum älter als sie selbst war.

«Warum lässt du dich von Diener einspannen?», fragte Pauline. «Wir hätten unsere Ausbildung stattdessen gemeinsam auf der Entbindungsstation der Universitätsklinik fortsetzen können. Freust du dich denn gar nicht darauf, dabei zu sein, wenn ein Säugling das Licht der Welt erblickt?»

«Oh doch, Pauline! Und das wird auch meine nächste Station, aber Diener bietet mir Einblick in die Psyche der Menschen. Solch eine Gelegenheit ergibt sich nicht alle Tage.»

«Warum soll das so wichtig sein? Ein Beinbruch ist ein Beinbruch. Da muss ich nichts über die Psyche wissen!»

«Ich les dir mal vor, was Heidi, die ich betreuen werde, alles zugestoßen ist.»

«Nein, Ricarda, da kann ich kein Auge mehr zutun», maulte Pauline und drehte sich um.

Hatte der Professor das gemeint, als er gesagt hatte, sie sei ein Mensch, der die *Zuwendung in sich hat*? Habe ich das?, fragte sie sich. Oder bin ich einfach nur wissbegierig und neugierig? Doch da sah sie ihre Mutter an Tonjas Grab. In eisiger Kälte am Boden, überzeugt, Buße tun zu müssen, und durch kein Wort der Tochter zu erreichen. Und dann wurde die Mutter so krank, dass sie um ein Haar gestorben wäre.

War es ihr Glaube, dem die Mutter Folge leisten musste? Oder steckte mehr dahinter? Damit stellte sich die Frage, die wohl Professor Diener umtrieb: Können Ärzte die Psyche heilen? Ganz ohne Skalpell und Medizin? Unvorstellbar! Gleichwohl schien Diener davon auszugehen und war deshalb weit über die Schweiz hinaus bekannt, sogar aus England und Amerika suchten Kollegen seinen Rat. Zumindest hatte die von ihm erdachte Therapie mittels Zuwendung Bert gesund werden lassen.

Das bisherige Leben von Heidi sah viel düsterer und komplizierter aus, wie Ricarda herausfand, als sie sich in die Berichte der Ärzte vertiefte.

Heidis Mutter starb bei ihrer Geburt, der Vater heiratete erneut. Im Laufe der Zeit bekam sie vier Geschwister, wurde jedoch mit achtzehn *trübsinnig* und erstmals in einer Nervenklinik behandelt, aber als geheilt entlassen. Eine glückliche Zeit begann mit Heirat und Geburt des ersten Kindes, doch vier Jahre später starb das zweite, und die *Schwermut des Weibes* kehrte zurück. Die Ärzte behandelten mit Aderlass, Blutegeln, Kalt- und Warmwasser und einem Abführmittel. Ohne Erfolg. Heidi versuchte erstmals, ihrem Leben ein Ende zu setzen. Sie sprang aus dem Fenster, blieb aber zum Glück völlig unverletzt. Nun war sie Patientin bei Professor Diener, der sie ihrem Gemahl, einem Weinbauern aus Stäfa, und dem Erstgeborenen als geheilt zurückgeben sollte.

Ricarda stöhnte innerlich auf: Welch eine Verantwortung sie damit zugewiesen bekam! Sie tat in dieser Nacht kein Auge zu.

Es war keine gute Idee, eine Krankengeschichte mit ins Bett zu nehmen. Das werde ich nie wieder zu tun. Die Arbeit muss mit dem Kopf getan werden und nicht mit dem Herzen, schrieb sie in dieser Nacht in einem Brief an Lore. *Selbst das größte Herz hat nicht genug Platz für das Elend in den Krankenzimmern.*

Es gebe kaum mehr Fälle, in denen Patienten in die Zwangsjacke müssten. Mit diesen Worten hatte der Professor im Sommer Ricarda ihre Abneigung gegen die Nervenheilanstalt genommen. Doch nun trat sie in das schmale Krankenzimmer von Heidi, die nur drei Jahre älter als sie selbst war, und begegnete einem Menschen, der fast bewegungsunfähig zu einem Paket verschnürt war. Das traf sie völlig unvorbereitet.

«Ist das unumgänglich?», fragte sie die sie begleitende Pflegerin und benutzte damit ein Wort, das sie ihrem Professor abgelauscht hatte.

Pflegerin Marietta, eine ältere, erfahrene Frau, nickte und machte selbst ein betroffenes Gesicht. «Heute Nacht musste sie zur Toilette. Wir sind hier im dritten Stock. Sie stand schon auf dem Fensterbrett. Eine junge Kollegin konnte sie gerade noch packen. Heidi hatte einen Schutzengel.»

Die Patientin machte nicht den Eindruck, als wünschte sie sich einen. Sie starrte zu Boden. Ricarda kniete sich vor sie und sah ihr ins Gesicht. Sie kannte diesen Blick, der vom Morphium kam.

«Ich möchte mit ihr allein sein, Schwester.»

Marietta zog sich zurück.

Ricarda setzte sich neben Heidi, die eine so zarte Person war, dass Ricarda sich nicht vorstellen konnte, wie sie mit der großen Kiepe auf dem Rücken den Weinberg emporstieg.

«Bist du traurig?», fragte sie.

«Ich darf nicht mehr leben. Man muss mich im Wasser ertränken», erwiderte Heidi.

«Die Bauern ertränken ihre kleinen Katzen, hat man mir erzählt. Du bist keine Katze. Warum sollte man so mit dir umgehen?»

Heidi hob den Kopf und sah Ricarda an, aber sie hatte das Gefühl, die Kranke sähe durch sie hindurch. «Ich bin das Unglück der Welt.»

«Du hast ein Kind geboren, Heidi. Eine Mutter kann nicht das Unglück der Welt sein.»

Als Antwort auf Ricardas freundlich gemeinte Worte begann Heidi zu zucken. Zunächst schrak Ricarda zurück, doch dann begriff sie, was die Patientin tat. Beziehungsweise getan hätte, wenn sie nicht verschnürt gewesen wäre. Sie wollte sich gegen den Bauch schlagen. Reden wollte oder konnte sie nicht mehr.

Ricarda durchforstete im Arztzimmer noch einmal die Krankengeschichte. Die Ärzte legten ihr Hauptaugenmerk stets auf zwei Aspekte: regelmäßiger Stuhlgang sowie bei Frauen die Regelblutung. Bei ihrer Einlieferung war bei Heidi beides gestört gewesen, aber das wurde bei vielen Patientinnen diagnostiziert. Diener verordnete als Tees und in Form von Bädern *Senna*, eine Pflanze aus der Familie der Johannisbrotgewächse, und *Sabina*, eine Wacholderbeere. Doch nur gegen die Verstopfung hatte die Therapie gewirkt.

Als Ricarda ihren Professor am nächsten Tag traf, stellte

sie eine Frage, über die sie die Nacht über gegrübelt hatte: «Kann es sein, dass die Patientin ein Kind erwartet?»

«Das wüssten wir, Petersen!»

«Ich habe keinen Hinweis darauf entdeckt, dass es eine gynäkologische Untersuchung gegeben hätte.»

«Das Burghölzli ist eine Nervenheilanstalt.»

«Auch geisteskranke Frauen können schwanger sein.»

Der Professor sah sie mit einem Blick an, so spitz wie ein Pfeil. Ihr wurde ganz anders.

«Mit Ihrer Logik, Petersen, werden Sie es noch weit bringen.»

Pauline, der sie von der Unterredung berichtete, meinte: «Du bist verrückt, Ricarda! Wie kannst du so mit einem Professor reden?»

Wie sonst? Geht es um Eitelkeit oder Heilung? Aber diese Fragen behielt Ricarda für sich.

Als der Professor einige Tage später eine neue Diagnose stellte, wusste Ricarda bereits aus der Krankenakte, dass sie mit ihrer Vermutung richtiggelegen hatte.

«Die Melancholie ...» – so bezeichnete Professor Diener nun Heidis Krankheit – «... wird somit hauptsächlich durch die bestehende Schwangerschaft mit gestörtem Kreislauf und Blutandrang zum Kopfe unterhalten. Nach Beendigung der Schwangerschaft und bei sorgfältig geleitetem Wochenbett ist mit einer Heilung zu rechnen.»

Ist es vermessen, sich zu wünschen, dass der Professor ein kleines Lob ausspricht, wenn man mitgedacht hat?, fragte sie sich. Wie konnte Diener eine Schwangerschaft als Ursache einer Melancholie vermuten, die zur Folge hätte, dass Heidi sich das Leben nehmen wollte? Demnach wäre jede Schwangere in der Gefahr, Hand an sich zu legen!

Kaum dass sie den Gedanken zu Ende gedacht hatte, tauchte ein Bild aus der Vergangenheit auf. Ein feuchter Keller, ein Bett aus Stroh, ein Kind, das blutete.

Mine hat sich gepikt.

Ricarda traten Tränen in die Augen. Nichts habe ich damals verstehen können, dachte sie und hörte Käthe fragen: *Wieso ist ein Kind von dreizehn Jahren überhaupt schwanger?*

Damals hatte darauf niemand geantwortet, weil es nur eine rhetorische Frage gewesen war, die die Heranwachsende Ricarda nicht begreifen sollte. Fast zehn Jahre später verstand Ricarda, was Käthe angedeutet hatte. Mine war vergewaltigt worden, und darum hatte sie das Kind nicht haben wollen.

So viele Jahre später taucht eine verschüttete Erinnerung wieder auf, dachte Ricarda und fragte sich, ob eine minderjährige Berlinerin und eine Schweizer Weinbäuerin ein gleiches Los verband.

Für das folgende Frühjahr standen die Prüfungen in Mathematik und Latein an. Beide wollte Ricarda auf Anhieb bestehen, um keine Zeit zu verlieren. Je eher sie ihren Doktortitel, für den wiederum die Matura Voraussetzung war, in der Tasche hätte, umso früher wäre sie frei für ein Leben mit Siegfried. Vielleicht sogar in Afrika. Sie beschloss, das Briefeschreiben einzuschränken, das Lernen für das Abitur stattdessen in die Nachtstunden zu verschieben und an manchem Nachmittag bei Heidi Dienst zu leisten. Denn wenn ihre Vermutung zutraf, befand sich die Patientin nach wie vor in Lebensgefahr. Doch Heidi sperrte sich gegen jeden Versuch, sie mit Worten zu erreichen. Da kam Ricarda auf die Idee, ihr von sich selbst zu erzählen. Von jenem Morgen, an dem sie durch die erwachende Friedrichstraße lief und Mine fand.

«Ich verstand nicht, was Mine zugestoßen ist. Ich war ja selbst noch Kind», sagte sie.

Ricarda hatte Heidi nie weinen sehen. Eher das Gegenteil war der Fall – Aggression gegen den eigenen Körper. Doch nun weinte sie.

«Der Knecht», sagte Heidi.

Da sie das Wort in Schweizer Tonfall aussprach, verstand Ricarda es nicht sofort.

«Ist der Knecht der Vater deines Kindes?», fragte Ricarda.

«Ja», flüsterte Heidi.

«Weiß dein Mann davon?»

«Nein.»

Ricarda und Schwester Marietta tauschten einen langen, entsetzten Blick. Dann übernahm die Schwester mit dem resoluten Auftreten einer Mutter. Was sie in Schweizerdeutsch sagte, konnte Ricarda nur in Bruchstücken verstehen.

«Sie liebt den Knecht und mag nicht mehr mit ihrem Mann beieinander sein», sagte die Schwester und legte die Hand schwer auf Ricardas Schulter.

Sie wusste nicht so recht, ob sie damit ihr, der um so viele Jahre Jüngeren, Anerkennung für ihre Arbeit signalisieren oder einfach nur sagen wollte: Wir Frauen müssen zusammenhalten

«Ich lag vollkommen daneben. Es gab keine Vergewaltigung», beendete Ricarda den Bericht, den sie Pauline am späten Abend gab, als sie beide in ihren Betten lagen. «Es ist ein Kind der Liebe, das Heidi erwartet.»

Pauline schüttelte den Kopf. «Nein, Ricarda, das stimmt nicht. Heidi bekommt ein Kind der Leidenschaft. Sie hat ihre Ehe gebrochen. Das belastet sie. Die Vorwürfe, die sie sich selbst macht, machen sie krank.»

Ricarda schwieg betroffen. Es ging weder um eine Art von Geisteskrankheit noch um Gewalt. Letztlich war es auch nicht die Liebe, der sich die Menschen zu unterwerfen hatten. Es war die Moral. Sie war stärker als alles andere. Ricarda wollte darüber nicht mit der Pfarrerstochter Pauline diskutieren; sie hätte auf verlorenem Posten gestanden.

Nur wenige Studenten rissen sich darum, im Unterricht für Anatomie Leichen zu sezieren. An diesem Tag stellte Professor Überli eine besonders heikle Aufgabe.

«Dieser Fötus kam in der sechsunddreißigsten Woche der Schwangerschaft tot zur Welt. Sie haben somit die Gelegenheit, die Anatomie eines Säuglings zu studieren, indem Sie ihn mit einem erwachsenen Körper vergleichen», sagte er.

Ricarda flehte innerlich, dass es ihr erspart bleiben möge, diesen fast fertigen kleinen Menschen zerschneiden zu müssen. Sie atmete auf, als Diener einem der Kommilitonen das Seziermesser zuteilte. Doch sie hatte die Bilder noch im Kopf, als sie am späten Nachmittag zum Burghölzli unterwegs war. Ein Weg, für den sie von der Universität jedes Mal eine Stunde benötigte. Gerade heute war sie darüber froh, denn so konnte sie ein wenig Ordnung im Kopf herstellen.

Auf der Station lief sie Schwester Marietta geradewegs in die Arme. «Ihre Patientin macht schon wieder Theater!»

Was bedeutete, dass die Zwangsjacke gebraucht wurde. Heidi war jedoch inzwischen am Ende ihrer Schwangerschaft angekommen. Der Gynäkologe, ein niedergelassener Arzt aus dem unten am See gelegenen Ortsteil Seefeld, hatte die Geburt für die Weihnachtszeit errechnet.

Ausgerechnet Weihnachten, hatte Ricarda innerlich aufgestöhnt. Für die Geburt eines ungewünschten Kindes ein schwieriger Zeitpunkt. Die psychisch kranke Mutter könnte darüber überglücklich sein und das Kind für ein Zeichen des Himmels halten. Aber das war wohl unrealistisch, räumte Ricarda ein. Wahscheinlicher wäre wohl, dass sie in noch tiefere Trübsal hinabgleiten würde. Insgeheim hoffte Ricarda deshalb, dass der Gynäkologe sich irrte.

Je größer ihr Bauch wurde, desto mehr Hass hatte Heidi darauf entwickelt, der sich in Aggressionsschüben äußerte. Gerade rannte sie gegen die Wand. Es war ein schockierender Anblick, doch Ricarda zwang sich zur Ruhe, was sich in solchen Momenten zumindest manchmal als richtig erwies. Überdies hatte sie sich die Theorie zurechtgelegt, dass Heidi oftmals mit ihrem Verhalten Reaktionen provozieren wollte.

So sagte sie nun: «Ich komme direkt aus der Universität. Da haben wir gerade ein Baby aufgeschnitten. Soll ich dir davon erzählen?»

Heidi ging noch ein paar Schritte und erstarrte. «Nein», sagte sie mit überraschend schwacher Stimme. «Das darfst du nicht.»

Dann ließ sie sich auf ihrem Bett nieder. Jetzt kam Marietta mit einem Kollegen zurück, der eine riesige, extra für Heidi angefertigte Zwangsjacke in der Hand hielt. Die beiden blickten verdutzt auf Heidi, die sich schwer atmend hinlegte. Der Anfall war vorbei. Marietta schickte einen anerkennenden Blick zu Ricarda, die ihr dieses Mal jedoch nicht verraten würde, womit sie Heidi beruhigt hatte. Ricarda setzte sich neben die Patientin und ergriff ihre Hand. In diesem Moment zuckte Heidi zusammen, schrie wie unter starken Schmerzen. Und da sah Ricarda das Blut zwischen Heidis Beinen.

In ihrem Dialekt sagte Heidi: «Es kommt.»

Sie hat bereits zwei Kinder geboren, dachte Ricarda und

erinnerte sich daran, was sie über Spontangeburten gelesen hatte. Doch dies war eine psychiatrische Klinik, es gab keinen Kreißsaal und keine Hebamme! Deshalb hatte Diener für die nächste Woche die Verlegung ins Spital angeordnet, in einen besonders gesicherten Raum.

«Lass mich nachsehen», bat Ricarda.

Heidi ließ es zu. Ihr nächster Schrei rief Marietta herbei.

«Schicken Sie nach dem Gynäkologen. Er muss sofort kommen. Und eine Hebamme. Es geht los», sagte Ricarda. Sie versuchte immer noch, so ruhig wie möglich zu bleiben.

«Haben Sie schon mal eine Frau entbunden?», fragte Marietta.

«Nein. Und ich darf es auch nicht», erwiderte sie, ohne zu zögern.

Sie erinnerte sich an die erste Geburt, bei der sie geholfen hatte, damals im Gefängnis. Wilma, die darum gebeten hatte, nicht vergessen zu werden. Und sie erinnerte sich, mit welcher Umsicht Edith trotz der widrigen Umstände dem Kind auf die Welt geholfen hatte.

«Auf alle Fälle brauchen wir heißes Wasser und ganz viele Tücher», sagte Ricarda. «Und mehr Licht!»

Marietta stürzte hinaus, und Ricarda hörte sie draußen Befehle erteilen.

«Atme langsamer, Heidi. Erst wenn ich es dir sage und eine Wehe kommt, sollst du pressen. Nicht vorher. Teile deine Kraft ein. Wir schaffen das. Der Arzt kommt gleich.»

Heidi wiederholte ihre Worte, atmete gemeinsam mit Marietta, die dazugekommen war, während Ricarda ihre Vorbereitungen traf. Inzwischen eilten andere Schwestern herbei.

«Wurde der Arzt gerufen?», fragte Ricarda.

Schwester Marietta beugte sich zu Ricarda hinunter und

flüsterte an deren Ohr: «Das wird er nicht schaffen. Man sieht ja schon das Köpfchen.»

Ricarda blickte in die versammelten Gesichter. «Wer soll die Patientin denn entbinden?»

«Sie.»

«Das darf ich nicht, Marietta. Sie sind Krankenschwester!»

«Ich darf das auch nicht.»

Warum gerate ich bloß immer wieder in diese ausweglosen Situationen?, fragte Ricarda sich.

Der Kopf bahnte sich gerade den Weg nach draußen, und Heidi presste mit aller Kraft.

«So ist es gut, Heidi. Gleich ist dein Kind da», ermutigte Ricarda sie.

Vielleicht schafften Mutter und Kind es doch allein. Aber es musste abgenabelt werden. Und die Nachgeburt! Sie hatte das nur ein Mal im Lehrbuch kurz überflogen. Das Thema kam doch erst im Februar dran!

Und da lag der Säugling plötzlich, sah fast so aus wie das kleine Wesen, das sie am Morgen seziert hatten. Zum Glück begann das Neugeborene zu schreien. Es atmete! Ricarda schnitt die Nabelschnur durch und wickelte es in ein Tuch. Dann legte sie das Kind Heidi in die Arme, die leise vor sich hinschluchzte.

Die Schwestern versammelten sich um die junge Mutter.

«Mein Gott, das ist der schönste Tag, den ich hier erlebt habe», sagte schon eine der Schwestern überwältigt.

Doch jetzt sah Ricarda das unnatürlich viele Blut. Welche Folgen würde der Aggressionsschub noch haben? Und wo blieb der Arzt?

Und wieder tauschte Ricarda die kühlen Wickel aus, legte sie auf Stirn und Waden der hoch Fiebernden.

«Wie geht es ihr?», fragte Marietta und nahm die Schüssel mit den warm gewordenen Wickeln fort, die Ricarda ihr reichte.

«Sehr schlecht. Das Fieber steigt eher, als dass es sinkt.»

«Großer Gott, steh der armen Frau bei», sagte Marietta.

«Wie spät ist es?», fragte Ricarda.

«Gegen drei Uhr in der Früh. Fräulein Petersen, Sie halten jetzt seit achtundvierzig Stunden Wache. Wollen Sie nicht ein wenig schlafen?»

Ricarda schüttelte stumm den Kopf.

Heidi war inzwischen kaum mehr ansprechbar, lag bleich und nass geschwitzt in den Laken. Was war schiefgelaufen? Wer hatte einen Fehler gemacht? Oder war es Heidi selbst, die alles verursacht hatte? Doch Ricarda hatte das sichere Gefühl, dass es der Gynäkologe gewesen war.

Als er Stunden nach der Geburt endlich eingetroffen war, hatte er sich sofort darangemacht, die Wöchnerin manuell zu untersuchen.

«Wollen Sie nicht noch Ihre Hände reinigen?»

Ricardas Frage hatte ihn nicht davon abgehalten, durch sein Fehlverhalten eine Infektion zu verursachen.

«Der Mutterkuchen löst sich nicht von allein», sagte er mit schwerem Schweizer Akzent.

Für diese Diagnose reichte selbst Ricardas mangelhaftes Grundwissen. Warum nur war sie nicht Paulines Rat gefolgt und hatte zuerst die Frauenheilkunde studiert, statt sich auf die Psyche zu werfen? Ein Fehler, ein riesengroßer Fehler.

«Heidi, hörst du mich? Hast du Schmerzen?»

Sie murmelte etwas, aber es war so leise und in ihrem Dialekt. Ricarda verstand nichts. Sie bat Marietta hinzu.

«Sie sagt den Namen eines Mannes. Ueli.»

«Ist das ihr Mann?»

«Ich weiß es nicht.»

«War er denn nie hier? Nicht mal das Kind hat er sehen wollen?»

Marietta schüttelte den Kopf. «Es ist bei der Amme. Morgen muss der Professor entscheiden, was mit dem Buben geschieht.»

«Vielleicht wird sie ja gesund, wenn sie das Kind sieht», sagte Ricarda.

Aber Marietta zog nur zweifelnd die Augenbrauen hoch und wandte sich ab. Es stimmte ja auch: Heidi würde es kaum schaffen können.

Irgendwann in den frühen Morgenstunden nickte Ricarda ein, und als sie hochschreckte, starrte Heidi mit weit aufgerissenen Augen zur Decke. Sie atmete stockend ein und ganz langsam wieder aus. Dann sank ihr Kopf auf die Brust. Ricarda fühlte ihren Puls. Heidi hatte aufgehört zu atmen.

«Finde Frieden, Heidi.» Sie beugte sich über die junge Frau, um sie wenigstens dieses eine Mal zu umarmen.

Der Morgen zog mit schweren, tief über dem See hängenden Wolken herauf, als Ricarda langsam vom Berg herabstieg, auf dem das Burghölzli lag. Die ersten Wagen rumpelten durch die Gassen, aber Ricarda nahm alles wahr, als hätte sie sich Watte auf die Ohren gepackt.

Sie hatte ihren alten Fehler wiederholt: Sie hatte eine Aufgabe übernommen, der sie nicht gewachsen war. Wie hatte sie nur meinen können, einer so schwer kranken Frau helfen zu können.

Erst musste der Körper berücksichtigt werden, dann der Geist. Das war ihr klargeworden, nun, da es zu spät war.

Am selben Abend schrieb sie nach Monaten wieder einmal an die Komtess, die ihr in medizinischen Fragen nach wie vor eine gute Ratgeberin war. Sie legte Heidis Geschichte dar und fragte, wie sie es künftig vermeiden konnte, sich so sehr in das Leben eines fremden Menschen einzumischen.

Wochen später traf die Antwort ein. Die Komtess verwies auf den Eid des Hippokrates: *Meine Verordnungen werde ich treffen zu Nutz und Frommen der Kranken, nach bestem Vermögen und Urteil.* Und dann gab die erfahrene Ärztin diesen Rat: *Du darfst Dich nicht verbinden mit dem Leid oder der Krankheit Deiner Patientinnen. Hippokrates sagt deutlich, dass es nur darum geht, die Interessen der Kranken im Auge zu behalten.*

Zum Schluss fügte die Komtess noch an: *Es wäre schön, wenn Du es ermöglichen könntest, wieder einmal nach Berlin zu kommen. Es ist an der Zeit, dass wir in Ruhe sprechen.*

Ricarda konnte ihr nur zustimmen. So kompliziert das Verhältnis zwischen ihnen beiden zuletzt auch geworden war, eines würde sie nie vergessen: Es war letzten Endes die Komtess gewesen, die den Anstoß zu ihrer Berufswahl gegeben hatte. Ohne sie hätte Ricarda Freystetten möglicherweise nie verlassen. Was zählte daran gemessen alles andere? Sie war gespannt, sie wiederzusehen. Ob sie sich verändert hatte?

DIE HOCHZEIT VON FREYSTETTEN

Sommer 1887

Es verging dann doch mehr als ein halbes Jahr mit Arbeit und Studium, bis sich Ricarda endlich aufmachen konnte, um nach Berlin zu reisen. Bei allem, was dort anstand und wen sie dort wiedersehen würde, zählte eines am meisten: Siegfried war nach Berlin zurückgekehrt. Als Ricarda nach anderthalb Reisetagen endlich mit klopfendem Herzen am neuen, eleganten Anhalter Bahnhof eintraf, erwartete Lore sie bereits. Die Wiedersehensfreude war so groß, dass die Freundinnen sich weinend in den Armen lagen. Als sie sich endlich voneinander lösten, blickte Ricarda sich suchend um.

«Er ist nicht hier», sagte Lore.

Die Worte trafen Ricarda wie ein Schlag in den Magen! «Nein? Weshalb?»

«Er hat mir ein Telegramm geschickt.» Lore reichte Ricarda das Formblatt, auf das ein Angesteller des Telegraphenamts Siegfrieds Nachricht geklebt hatte: *Eine Operation. Es tut mir leid. Treffe Rica morgen.*

«Umso mehr Zeit haben wir für uns!», rief Lore übermütig, organisierte einen Träger, der sich um Ricardas Koffer kümmerte, und hakte sich bei ihr ein.

Die Freundin nach so langer Zeit wiederzusehen, tat unendlich gut. Doch der Wermutstropfen blieb. Drei lange Jahre hatten Siegfried und sie sich nicht von Angesicht zu Angesicht gesehen, sondern nur über Briefe Kontakt gehalten. So schlimm hatte sie sich die Trennung beim besten Willen nicht vorstellen können, als sie sich entschlossen hatte, in Zürich zu studieren.

«So schlimm wäre es auch nicht gekommen, wenn Siegfried nicht Siegfried wäre», sagte Lore, während sie durch die Straßen schlenderten. «Du wusstest, worauf du dich mit ihm eingelassen hast. Ein Mann, dessen zweiter Vorname Fernweh und dessen dritter Abenteuerlust heißt», scherzte Lore.

«Und sein Familienname ist Vaterland», ergänzte Ricarda.

«Sei nicht so bitter, es war dir von Anfang an klar, dass er als Militärarzt so gut wie kein Privatleben hat», meinte Lore.

«Und du? Immer noch Lore Victoriaschwester?» Ricarda grinste die Freundin an. «Oder hat sich endlich einer durch deine Uniform zu deinem Herzen vorgearbeitet?»

In der Tat trug Lore zwar keine Uniform, aber ein sehr streng wirkendes Kostüm, das ihre weiblichen Formen verbarg. «Es gab jemanden», sagte sie leicht errötend. «Einen Arzt aus dem Friedrichshainer Klinikum. Aber das ist vorbei. Er hat mich belogen, als er sagte, er sei frei.»

«Das tut mir leid, Lore! So ein Schuft!»

«Ich habe es überlebt», sagte ihre Freundin leise, aber Ricarda hörte, dass sie noch nicht über diese Verletzung hinweg war.

Inzwischen hatten sie Unter den Linden erreicht, und da stellte Ricarda fest, wie fremd ihr die große Stadt geworden war. Der Boulevard, der ihr einmal wie ein Zuhause gewesen war und den sie wegen seiner behäbigen Eleganz gemocht hatte, schien die Kleider gewechselt zu haben. So viele Droschken und Pferde-Omnibusse zogen durch die breite Allee, Menschen drängten sich in den vielen neuen Cafés auf dem Trottoir, Verkäufer boten aus ihren Bauchläden Süßigkeiten und Backwaren an, die Menschen eilten nicht mehr zielstrebig – sie flanierten im Sonnenschein. Gerade so wie sie selbst und Lore.

«Früher hätte ich über die Bauern aus der Provinz gespottet, die mal *jroße Welt kieken* wollen», sagte Ricarda nachdenklich.

Die Freundinnen nahmen in einem der Straßencafés Platz, und Lore erzählte lebhaft vom Victoriahaus. Die Arbeit dort als Krankenschwester in Ausbildung bereite ihr große Freude. Doch irgendwann stockte sie und blickte Ricarda an. «Du bist mit deinen Gedanken woanders.»

«Tut mir leid, Lore. Da fahre ich Ewigkeiten, und er hat nur ein Telegramm für mich. Wir hatten doch Pläne gemeinsam. Das ist alles so unsinnig. Siegfried ist in gewisser Weise bereits verheiratet.»

«Bei dem Gehalt, das er gegenwärtig bekommt, dürfte er nicht einmal heiraten. Ein Offizier ist verpflichtet nachzuweisen, dass er Frau und Kinder ernähren kann.»

«Ach! Ich verdiene bald selbst!», warf Ricarda ein.

«Wir wissen das. Aber Vorschrift ist Vorschrift. Wenn sich jemand daran nicht halten will, muss er das Militär verlassen. Und dann die ganze Summe erstatten, die seine Ausbildung gekostet hat. Er wäre ruiniert», sagte Lore. «Und du mit ihm.»

Der Ober stellte die Kaffees auf den Tisch und zwinkerte Ricarda frech zu. Demonstrativ blickte sie weg. «Woher weißt du so genau darüber Bescheid?»

Lore schlug die Augen nieder. «Jener Arzt, du weißt schon, der ... Er hatte die Laufbahn von Siegfried gemacht. Allerdings vor Jahren.»

Ricarda nippte an ihrem Kaffee und sah den Paaren nach, die glücklich über den Boulevard flanierten.

«Du tust ihm unrecht, wenn du ihm so sehr grollst», sagte die Freundin. «Ihr liebt euch doch, Rica. Etwas Schöneres gibt es nicht. Jemanden zu lieben, verlangt Opfer.»

Ricarda ergriff ihre Hand. «Du hast recht. Danke, dass du mir den Kopf gewaschen hast. Ich sollte ihm meine Enttäuschung nicht an den Kopf knallen. Und jetzt zeig mir dein neues Leben als Victoriaschwester!»

An Rica. Brandenburger Tor. Neun Uhr. Siegfried.

Eine besonders poetische Einladung war es nicht gerade, die der Telegrammbote an der Pforte des Victoriahauses hinterlassen hatte, wo Ricarda in einem Gästezimmer übernachten durfte. Doch sie freute sich, endlich ein Lebenszeichen von Siegfried zu erhalten. Vermutlich hatte er das Telegramm einem Adjutanten so aufgetragen.

Überpünktlich erreichte sie das Berliner Wahrzeichen, trug ein hellblaues Sommerkleid und ein Hütchen auf dem Kopf, unter dem sich nicht ganz unabsichtlich ein paar dunkle Locken hervorwagten. Siegfried erwartete sie bereits, natürlich in Uniform, verbeugte sich tief und nahm ihre Hand. Nur wer ganz genau die Sekunde gezählt hätte, hätte bemerkt, dass der Handkuss viel zu lange dauerte, als es eine der vermutlich hundert preußischen Vorschriften für die exakte Handkusslänge vorsah. Doch Ricarda währte selbst dieser Kuss nicht lange genug. Viel zu viel Distanz war nach so langer Trennung zwischen ihnen.

Strahlend blickte Siegfried sie an. «Lass uns durch den Tiergarten spazieren», schlug er vor.

Zu hastig fragte sie: «Wie viel Zeit hast du?»

«Bis zum Abend.» Er bot ihr seinen Arm und umfasste ihre Hand fest, während sie gingen. «Für eine Dame machst du ganz schön große Schritte», sagte Siegfried.

«Ach, du hattest Vergleichsmöglichkeiten?»

«Nein! Ich meine nur ...»

«In Zürich renne ich nur durch die Gegend. Verglichen mit Berlin, wirkt die Stadt klein, aber alles ist so weit verstreut. Und da schaut auch niemand drauf, wie du gehst. Oder wie du aussiehst. Dagegen unser Berlin – es ist auffällig, wie sehr man jetzt auf seine Garderobe achtet.»

Siegfried lachte. «In den letzten Jahren habe ich nur Sand und Dornbüsche gesehen und hatte es mit Eingeborenen zu tun, die keine Kleidung trugen und nichts verstanden. Ich fühle mich noch ganz fremd hier.»

So fühlte sich das Wiedersehen auch an – ungewohnt. Hatte sie Siegfried bei ihrem letzten Treffen noch ein wenig das Jungenhafte angesehen, so war er nun offensichtlich ein Mann geworden, der es gewohnt war, Verantwortung zu tragen. Achtzehn Monate Afrika lagen hinter ihm, und nur das wenigste davon hatte er in den seltenen Briefen erzählt, die sie von ihm erhalten hatte. Drei Jahre waren eben eine zu lange Zeit der Trennung für ein Paar, das so große Pläne gehabt hatte.

Durch den Tiergarten zu spazieren – einen Ort, der tausend Augen hatte – half nicht, die Fremdheit zu nehmen. Sie mussten irgendwohin, wo sie beide ihre Vertrautheit wiederfinden konnten. Aber wo? Ricarda überlegte fieberhaft.

«Lass uns eine Kutsche zum Zoologischen Garten nehmen», schlug sie vor. «Wenn ich schon nicht mit dir nach Afrika reisen durfte, so möchte ich wenigstens einen kleinen Eindruck von dem gewinnen, was du gesehen hast.»

Während sie unter dem grünen Blätterdach des Tiergartens zum angrenzenden Zoo fuhren, fragte sie: «Nun sag: Hat Afrika dir gefallen?»

«Ein wenig unfair ist die Frage schon.» Er sah sie an mit einem Blick, aus dem Verliebtheit sprach. «Mit dir hier im schönsten Teil Berlins ... Wie kann ich da von Afrika schwärmen? Es ist so unvorstellbar anders. Das viele Grün, das du hier siehst! Nun versuch, dir vorzustellen: Du reist tagelang und siehst nur braune, sandige Steppe, kahle, dornige Büsche. Gelegentlich triffst du Menschen, die keine Kleidung kennen und wie Kinder sind. Die sich ängstigen, weil deine Haut weiß ist. Vielleicht auch, weil du eine Uniform trägst, wie sie noch nie eine gesehen haben. Vor deinem Gewehr haben sie zunächst keine Angst, weil sie nicht wissen, was das ist. Du machst ihnen kleine Geschenke, und sie sind dankbar für alles.»

Siegfried machte eine lange Pause. Sie sah ihm an, wie frisch die vielen Eindrücke in seinem Kopf waren.

«Es ist eine andere Welt, nicht zu vergleichen mit unserer.»

«Und die wilden Tiere? Du musst doch welche gesehen haben!»

Sie gingen jetzt durch den Zoo und machten vor dem Antilopenhaus halt, wo Ricarda erstmals die hübschen kleinen Springböcke sah.

«Diese kleinen Kerlchen sausen wie Flöhe über den Sand. Oder der Spießbock, ein Tier mit einem unglaublichen Gehörn, fast so lang wie sein Körper. Und so scheu, reine Fluchttiere.»

«Hast du ein Tier erlegt?»

Er schüttelte den Kopf. «Nein, ich bin manchmal bei Sonnenaufgang in die Wüste und habe gezeichnet. Es ist dem normalen Soldaten ohnehin fast unmöglich, sich auf diese Verhältnisse einzustellen. Der Vater unseres Kochs war sogar Jäger, aber Emil verzweifelte: Er war es gewohnt, von einem Hochsitz aus zu schießen. Sich anschleichen, durch den Sand robben ... Er versuchte es. Und dann lag da eine Schlange!» Er lachte. «Das war's für Emil mit der Jagd in Afrika.»

«Er wurde gebissen?»

«Das nicht. Aber er wollte es nicht drauf ankommen lassen.»

Sie hatten das Giraffengehege erreicht. Siegfried betrachtete die Tiere nachdenklich.

«Weißt du, wir Deutschen sind mit sehr großer Naivität nach Südwest gefahren. Nur Wüste. Kein Wasser, nirgends. Ich habe mich oft gefragt, was Deutschland mit dieser Wüstenei will. Und die Kameraden wurden krank. Tropenkoller ist ganz normal. Die Menschen werden irre, und als Arzt bist du dagegen machtlos. Du kannst sie nur nach Hause schicken. Was bedeutet, dass sie wieder wochenlang durch diese Einöde zurückmüssen, um das Schiff zu besteigen.»

«Du klingst enttäuscht.»

«Nein, das bin ich nicht, Rica. Die Weite, der endlose Himmel, die grandiosen Landschaften. Nach einem Regen die Wüste blühen zu sehen – das ist ein wahres Wunder. Aber wir sind nicht zum Staunen dort, sondern weil unser Vaterland Kolonien braucht, die der Heimat etwas nützen. In Südwest haben wir nichts zu suchen, weil wir da nichts gewinnen können.»

Ricarda bewunderte das Fell der Giraffen, das im warmen

Berliner Sommerlicht schimmerte. Es musste wundervoll sein, solche Tiere dort zu sehen, wo sie lebten, dachte sie. Gleichzeitig erschien es ihr undenkbar, jemals dorthin reisen zu können.

«Wenn ich dir zuhöre, dann höre ich: *wir brauchen, es nützt*. Aber wo bleiben deine Träume?», fragte sie.

Als sie auf das Gehege der Löwen zugingen, erinnerte sie ihn an die Geschichte, die sie mit Kumari verband.

«Kumaris Vater hat diese Tiere hierhergeholt. Das war sein Traum. Und nun staunen wir über diese wilden Tiere, die bei uns leben. Weil ein Mann eine Vision hatte. So, finde ich, sollten wir auch träumen», sagte sie. «Ich werde nie vergessen, in welcher Armut wir lebten. Wir haben das überwunden. Darum müssen wir etwas zurückgeben an jene, die Hilfe brauchen. Haben die Wilden in Afrika Ärzte?»

Er lachte. «Nein, das ist dort unbekannt.»

«Siehst du! Sie warten auf uns!»

«Du bist so voller Leidenschaft, Rica. Du lässt mich wieder an unseren Traum glauben.»

Er kniete mit einem Bein nieder und öffnete eine kleine Schatulle.

«Hier sind unsere richtigen Ringe, Rica. Wenn du mich noch willst, so nimm diesen Ring als das Versprechen, dass wir uns an einander binden. Dieser Ring wird dich an den Platz an der Sonne erinnern, an dem wir beide vielleicht einmal sitzen werden. Denn wir sind füreinander bestimmt.»

Mit klopfendem Herzen reichte sie ihm ihre Hand, und Siegfried schob den Ring auf den linken Ringfinger. Er stand auf, und sie wiederholte die kleine Zeremonie bei ihm. Dann küssten sie sich direkt neben der Grotte, unter der der männliche Löwe majestätisch ruhte.

«Der Löwe ist Zeuge», sagte sie lachend. «Ich freue mich auf unser gemeinsames Leben.»

In diesem glücklichen Moment verscheuchte Ricarda die Sorge, dass es noch lange dauern würde, bis dieses Versprechen Wirklichkeit würde.

Henriettes kritischer Blick glitt über das sorgfältige Arrangement aus Sommerblumen, das den festlich eingedeckten Tisch im Esszimmer schmückte. Scheinbare Kleinigkeiten wie das richtige Blumengesteck bedeuteten für sie Kontinuität und wahre Gastlichkeit. An Henriettes Leben hatte sich nach außen nichts geändert, obwohl sich gerade alles in einem Prozess der Veränderung befand.

Der Kaiser, Mittelpunkt deutscher Welt, hatte biblische neunzig Jahre erreicht, und sein Sohn Friedrich litt so entsetzlich am Kehlkopfkrebs, dass man sich fragte, ob er es überhaupt erleben konnte, jemals Thronfolger zu werden. Kaiserenkel Wilhelm – man traute es sich kaum zu sagen – war ein Krüppel. Jedoch von brennendem Ehrgeiz und gesegnet mit der richtigen Frau. Zum Glück war es Henriette beizeiten gelungen, seine Gemahlin Auguste Victoria als Freundin zu gewinnen. Es zahlte sich eben aus, die Enkelin des ehemaligen Staatskanzlers zu sein. Und eine der ersten Ärztinnen zugleich. Denn die Prinzgemahlin war eine intelligente Frau, die Henriettes Leistungen und die ihrer Gefährtinnen richtig einzuschätzen wusste: Die Frauen erwachten aus einem Jahrhunderte währenden Dornröschenschlaf. Ganz ohne einen Märchenprinzen, der sie wach geküsst hätte.

Die Zeit des Erwachens weiblicher Kraft ging von den Frauen selbst aus. Und viel davon war in diesem Salon in die Wege geleitet worden, worauf Henriette ein wenig stolz war. Obwohl sie sich das nicht anmerken ließ. Das war alte Schule – man wirkte leise, aber effizient. Denn die Lage war kompliziert: Der Fortschritt ging von Leuten aus, die Reichskanzler Bismarck als Sozialisten verfolgte. Eine Dame von Henriettes Stand konnte sich mit ihnen nicht öffentlich gemein machen. Aber das waren die Frauen, die die Frauen in eine neue Zeit führten! So wie Henriettes Freundin Minna Cauer, deren Pläne für einen Frauenverein im *Weißen Kreis* Gestalt annahm. *Frauenwohl* sollte er heißen, hatten die Damen festgelegt und ein ehrgeiziges Ziel ausgegeben.

«Gleichberechtigung der Frauen auf allen Gebieten!», hatte Minna gesagt.

«Du meinst von der Schule bis zur Universität? Gar in der Politik? Wahlrecht für Frauen?», hatte Henriette gefragt.

«Natürlich. Und bei der Berufsausübung sowieso», hatte die Lehrerin Helene gesagt.

«Wir müssen dazu die Frauen erreichen», hatte Henriette gemeint. «Sie wissen nicht, welches Potenzial sie haben. Sie verstecken sich hinter den Männern.»

«Es wird Veranstaltungen für Frauen geben, um ihnen endlich die Augen zu öffnen. Und zwar nicht nur hier, sondern überall. In Hamburg, in Leipzig, in Frankfurt, in München. Es muss eine deutsche Bewegung sein.»

Henriette hörte die energische Stimme der Freundin in der Erinnerung nachhallen und stellte nachdenklich eine neue Calla in die Vase vor der weißen Kalliope-Statuette.

Die Freundinnen gingen so wie sie selbst auf die fünfzig zu. Es wurde Zeit, dass eine neue Generation von Frauen in den Kampf um ihre Rechte eingebunden wurde, dachte sie.

Es war ein Jammer, dass ausgerechnet ihre eigene Nichte Florentine dazu so gar nicht die Richtige war! Dass sie sich von diesem Eisenbahn-Cowboy schon wieder hatte scheiden lassen, war ja ein Segen. Wäre doch wenigstens nur einer der Gründe der Wunsch nach weiblicher Selbstbestimmung gewesen! Aber nein: schnöder Ehebruch. Wie uninteressant.

Da war Ricarda wohl aus anderem Holz. Henriette hatte sich die Sätze in ihrem Brief, die sie hoffen ließen, gut gemerkt.

Das lehrt mich die Arbeit im Burghölzli: Männer stellen Diagnosen über Frauen. Sie wissen nichts über das Leben ihrer Patientinnen, maßen sich jedoch an, es zu tun. Allein schon dieser Umstand rechtfertigt die Existenz von uns Ärztinnen.

Das war der Kampfesmut, den sie selbst, Käthe, Franziska und Emilie aufgebracht hatten, um ihre Wege gehen zu können. Dieser Brief war vor einem halben Jahr geschrieben worden, als Ricarda kurz vor Weihnachten eine Patientin gestorben war. Nun endlich würde man sich wiedersehen.

Fast schon erbitten hatte die Komtess dieses Treffen müssen. Dass es zustande kam, lag eigentlich an Lore Singer, die sie gelegentlich traf und die wohl in ihrem regen Briefwechsel mit Ricarda vermittelnd eingegriffen hatte. Sie machte sich nichts vor: Berlin war nur eine Zwischenstation für Ricarda. Der eigentliche Grund ihres Kommens war das, was in Freystetten anstand.

Selbst in Berlin zerrissen sich gewisse Kreise die Mäuler über die *Hochzeit von Freystetten*, wie man das inzwischen nannte. Die festgefügte Ordnung würde gehörig durchgerüttelt werden. Henriette hatte beschlossen, sich dagegen mit einer gehörigen Portion Gleichgültigkeit zu wappnen. Sie war ziemlich sicher, dass ihr das gelingen würde, weil in ihrem Herzen schon lange kein Platz mehr frei war für Freystetten. In wenigen Tagen würden die vielen Temperamente ihrer Familie aufeinanderprallen. Florentine würde im Mittelpunkt stehen wollen, wie immer. Obwohl sie dieses Mal nur eine Nebenrolle spielen würde.

Aber was mochte wohl Ricarda zu dieser Hochzeit sagen? Und wie würden Florentine und Ricarda aufeinander reagieren? Und erst Florentine und Rosel. Es wird ein Sommertheater!

Henriette kicherte vergnügt in sich hinein.

An der Tür wurde die Glocke geschlagen, Malwines kräftiger Schritt ließ die Dielen erzittern. Dann Lores etwas unsichere Stimme. «Ich bin zu früh, Malwine.»

«Nee, meine Jute, allet bestens. Die Komtess is im Salon.»

Seltsam, dachte Henriette, dass Malwine die Bankierstochter Lore um so vieles leichter in ihr Herz geschlossen hatte als Ricarda, die aus einfachen Kreisen stammte. Sie begrüßte Lore mit großer Herzlichkeit und ließ sich von ihr erzählen, wie es mit den Viktoriaschwestern voranging.

«Die Ärzte sehen ein, dass wir ihre Arbeit ergänzen. Gerade so, wie Sie es vorausgesagt haben, Komtess», erzählte Lore.

«Ricarda wohnt auch dort, nicht wahr?», fragte Henriette, die vor ein paar Jahren dazu übergegangen war, Lore mit einem respektvollen Sie anzusprechen.

«Rica ist so eine liebe Freundin», erwiderte Lore. «Sie für ein paar Tage bei mir zu haben, tut sehr gut.»

Henriette nickte, aber sie sagte nichts. Natürlich wäre es auch schön gewesen, wenn Ricarda bei ihr gewohnt hätte. Doch der Bruch zwischen ihnen beiden, der durch den verhinderten Luftröhrenschnitt ausgelöst worden war, hatte sich bislang nicht geschlossen. Rica war nicht mehr die Tochter, die Henriette gern gehabt hätte, sie war so etwas wie eine *gute Freundin*. Wie sehr Henriette diese Distanziertheit und Nähe gleichzeitig umfassende Formulierung hasste!

Kurz darauf kam Käthe nach Hause und rauschte gleich in den Salon hinein. Sie war schon seit einigen Wochen verliebt und hatte ihn Henriette sogar vorgestellt. Carl war fast zehn Jahre jünger.

«Bei Männern ist das normal. Und ich bin eine Frau in einem Männerberuf!», hatte sie damals gesagt und gelacht, als hätte sie einen Scherz gemacht. Aber Henriette war überzeugt, dass sie auch in diesem Punkt ihrer Zeit um einiges voraus sein wollte. Carl Fürstenberg war ein guter Mann, keine Frage: Käthe hatte Geschmack. Und er machte sie jünger.

Henriette roch ihr neues, feminines Parfüm und küsste sie auf die Wange. «Ich freue mich für dich», sagte sie.

«Es wird noch eine Weile schön sein», sagte Käthe.

Henriette verstand. Denn so war es immer. Wenn es denn je geschah. Die Liebe streifte Frauen wie sie wie ein flüchtiger Frühlingswind und verlor sich nach einer Weile in den Ästen herbstkahler Bäume.

Endlich kündete das Schlagen der Glocke Ricardas Ankunft an. Henriette ging zur Anrichte und stellte Malwines Zitronenlimonade auf den Tisch. Sie hatte es sich in kleinen Gesellschaften angewöhnt, alles selbst zu machen, weil es intimer war ohne Personal. Von draußen drang noch ein kurzes Gespräch zwischen Malwine und Ricarda herein, dann betrat Ricarda den Raum. Die Wangen von der Sommersonne leicht erhitzt, das wundervolle dunkle Haar gelöst, ein offenes, wenngleich etwas unsicheres Lächeln im Gesicht.

«Da bin ich!»

Das kleine, verschüchterte Mädchen von einst – es hatte

sich zu einer selbstsicheren Frau gewandelt. Welch eine Entwicklung! Henriette war überwältigt. Der Plan, den sie eigentlich nie bewusst gefasst, der sich vielmehr verselbständigt hatte, war aufgegangen. Die Gärtnerstochter war eine Dame von Welt geworden. Daran hatte Henriette fraglos einen großen Anteil, aber den entscheidenden Rest hatte Ricarda selbst hinzugefügt.

«Und bist wunderschön», sagte Henriette und ging ihr mit festem Schritt entgegen. «Ich freue mich, dass du endlich wieder hier bist.»

«Es hat sich so vieles verändert», sagte Ricarda. «Aber das hier ist immer noch wie eine Burg, in der man geschützt ist.»

«Diese Burg mit all ihren Türen steht dir immer offen. Wollen wir uns nicht zur Begrüßung umarmen?»

Sie spürte die Spannung in Ricarda – und wie sie langsam nachließ. Dann sah sie den Ring an Ricardas linker Hand. «Hast du dich Herrn Thomasius versprochen?»

Ricarda wunderte sich, dass die Komtess die Jahre zurückliegende Begegnung am Bahnhof erinnerte. «Ein wenig beneide ich meine Schwester schon», sagte sie. «Die Liebe trifft sie wie der Blitz – und sie heiratet. So wie Siegfried und ich unser Leben führen, brauchen wir sehr viel Geduld. Ich hoffe, dass wir nach meinem Abschluss heiraten können.»

«Wann, meinst du, ist es so weit?», fragte die Komtess.

«Die Dissertation soll im Frühjahr 1890 fertig sein. Lore, schau nicht so! Das ist nicht mehr lang hin.»

«Wenn jemand diesen langen Atem hat, dann du», sagte Lore.

Malwine servierte als Vorspeise eine leichte Tomatensuppe mit Kräutern und Sahnehaube.

«Habt ihr von Kumari Nachrichten?», fragte Käthe.

«Sie hat das zweite Kind geboren. Eine Tochter, der sie einen wunderschönen Namen gegeben hat: Yanthi», erzählte Lore.

«Sie ist ein Mensch voller Liebe. Ich denke, sie wird in der Mutterrolle aufgehen», sagte die Komtess.

Ricarda kannte die Komtess gut genug, um den kaum wahrnehmbaren Unterton in ihren Worten zu deuten. «Ich glaube schon, dass Kumari sich nicht auf die Mutteraufgaben beschränken wird. Dafür ist sie zu interessiert an allem. Sie wird sich weiterbilden.»

«Davon bin ich auch überzeugt», assistierte Lore.

«Wir wissen leider nicht, wie das in Ceylon so ist», sagte Käthe. «Aber man braucht dort gewiss medizinisch geschulte Frauen, die Frauen beistehen.»

Erst als man sich zum Kaffee in den Salon gesetzt hatte, schnitt die Komtess ein berufliches Thema an: «Ricarda, deine Zeit im Burghölzli ist ja vorbei. Aber mir geht noch die Geschichte der Patientin Heidi durch den Kopf. Die scheint dich sehr belastet zu haben.»

«Ich arbeite gegenwärtig im Universitätsspital in der Gynäkologie, auch um mich zu finanzieren. Wir haben jeden Tag zwei bis drei Geburten. Meistens geht ja alles gut. Doch gerade der nachgeburtliche Prozess lässt mich manchmal an Heidi denken. Wie bedenkenlos dieser Arzt damals vorgegangen ist. Hätte ich mehr darüber gewusst, ich wäre eingeschritten.»

«Ich kenne die Geschichte nicht. Was war da los?», fragte Käthe.

Ricarda fasste kurz zusammen und kam dann zum Auftritt

des Arztes: «Dieser Mann sagte die beiden ungeheuerlichen Sätze: *Es ist ja nur eine Irre. Das ist gleich vorbei.* Er hatte diesen gemütlichen Dialekt, der die tödliche Wirkung seiner Aussage ins Gegenteil verkehrte. Es war – niedlich. Ein niedliches Todesurteil.»

Alle starrten Ricarda sprachlos an.

«Dieser Mann stellte damals das Bild, das ich vom Arztberuf hatte, vollkommen in Frage. Sie, Komtess, wiesen mich danach auf den Eid des Hippokrates hin. Aber letzten Endes sind Ärzte nur Menschen und werden deshalb von ihrer persönlichen Einstellung beeinflusst. Folglich denken Männer wie Männer. Sie können nicht denken wie Frauen. Darum muss es so sein, dass nur Ärztinnen Frauen behandeln. Somit bin ich überzeugt: Heidi würde noch leben, wenn sie von Anfang an von einem weiblichen Arzt behandelt worden wäre.»

«Das ist radikal», sagte Käthe.

«Die männlichen Ärzte werden dich steinigen, wenn du das öffentlich vertrittst», gab die Komtess zu bedenken.

«Ich weiß», sagte Ricarda. «Frauen, die für die Rechte von Frauen kämpfen, sprechen von Gleichberechtigung. Sie beziehen das auf den öffentlichen Raum. Ich beziehe es auf den Raum, in dem Frauen am wenigsten geschützt sind. Und das ist, wenn Ärzte ihnen an ihrem Krankenbett begegnen. Ich bin fest entschlossen, diese Gedanken später in meine Doktorarbeit einfließen zu lassen.»

«Dann würde Heidis qualvolles Sterben nicht völlig umsonst gewesen sein», sagte Käthe.

«Das wäre schön», sagte Ricarda leise. «Ihr Tod war ein schreckliches Unrecht, gerade darum bin ich dankbar, dass ich Ärztin werde.»

«Du hast schon immer für diesen Beruf gebrannt», sagte

die Komtess. «Und du hast etwas aus deinem Talent gemacht. Ganz im Gegensatz zu anderen, denen diese Möglichkeit offensteht ...»

Die Komtess war zu vornehm, um Florentines Namen in diesem Zusammenhang auszusprechen, aber Ricarda verstand die Anspielung auch so. Doch sie hakte nicht nach, sie würde Flora ohnehin in Kürze treffen. Und dann fragte die Komtess auch schon: «Bist du einverstanden, wenn wir übermorgen gemeinsam mit dem Zug nach Freystetten fahren?»

Ein plötzlicher Gedanke ließ Ricarda lachen. «Rosel hat mich gebeten, ihre Brautjungfer zu sein. Ich fürchte, ich werde eher ihren Puls messen als ihre Schleppe tragen!»

Sie blickte der Hochzeit mit gemischten Gefühlen entgegen. Natürlich, es würde Rosels großer Tag werden, und sie gönnte ihr die Hochzeit mit dem jungen Grafen von Herzen. Aber sie beschlich das Gefühl, dass sich Rosel und Friedemann ihre Zukunft zu einfach vorstellten. Konnte das gut gehen, wenn die Tochter der Angestellten den Grafen heiratete?

«Geburt, Hochzeit und Tod. Das sind die drei großen Marksteine, die unseren Weg durchs Leben kennzeichnen.»

Die Stimme von Pfarrer Gutschmid donnerte heute besonders kräftig durch die kleine Freystettener Kirche. Sie war nicht nur bis auf den letzten Stehplatz voller Menschen, auch draußen vor dem Portal hatten sie sich versammelt, um dem Höhepunkt nicht nur des Jahres, sondern wohl des Jahrzehnts beiwohnen zu können.

Da die Kirche so klein war und man noch zusätzliche Stühle vor die erste Reihe gestellt hatte, saß Ricarda nur wenig mehr als eine Armlänge vom Brautpaar entfernt. Neben ihr die Brautmutter Karla, die Gräfinnen Henriette und Luise sowie Florentine, auf der anderen Seite die Väter von Braut und Bräutigam. Natürlich hatte Gustav es sich nicht nehmen lassen, in den hohen Bodenvasen wahre Blütenträume zu erschaffen.

«Braut und Bräutigam wurden in unserer kleinen Kirche getauft und konfirmiert. Es erfüllt unsere Gemeinde mit Stolz und Glück, dass das Brautpaar sich entschied, nun auch hier zu heiraten, wo sie zu Hause sind. Unsere Gemeinschaft versteht es als Zeichen, dass neues Leben in die alten Mauern unseres Schlosses ziehen wird, auf dass unser fruchtbares Land wieder aufblühe.»

Der Pfarrer machte eine Pause, um sich geräuschvoll zu schnäuzen. Ricarda hatte den Verdacht, dass seine eigenen Worte ihn zu Tränen rührten. Und als sie sich verstohlen umblickte, stellte sie fest, dass tatsächlich auch einige Frauen Tränen des Glücks in den Augen hatten.

Pfarrer Gutschmid hat wohl recht, dachte sie, die Leute brauchen ein Zeichen, dass es mit dem Dorf wieder aufwärtsgeht.

Als Kind hatte sie sich nie Gedanken darüber gemacht, wo sie lebte und welche Rolle der alte Graf Franz für Freystetten und die Umgebung spielte. Denn sie hatte nur das Reich ihres Vaters gesehen, diesen riesigen Park, und nicht, woher das Geld dafür kam. Erst in den Jahren im Haus Unter den Linden hatte die Komtess gelegentlich von der glorreichen Vergangenheit und der großen Verantwortung ihrer Familie für die Gegend gesprochen. Den Reichtum der Grafenfamilie hatte eine vielseitige Landwirtschaft ausgemacht. Mehr als zwanzig Bauernfamilien hatten früher auf dem nährstoffreichen Boden des Oderbruchs Tabak angebaut, es hatte sogar eine eigene Brauerei gegeben, eine Schlosserei, Wagenmacherei. Nach und nach war das verschwunden.

Und nun standen der junge Graf und ihre Schwester nebeneinander vor dem Pfarrer, und auf ihren Schultern ruhte die Hoffnung eines Neubeginns. Aber Rosel wusste, was von ihr erwartet wurde. «Friedemann hat so große Pläne. Freystetten muss wach geküsst werden, sagt er immer», hörte Ricarda ihre Schwester schwärmen.

«Friedemann, du nimmst dir mit Rosamunde ein Mädchen zur Frau, das auf diesem Boden aufgewachsen ist», sagte der Pfarrer mit all der Theatralik in der Stimme, zu der er fähig war. «Ihr kennt euch seit Kindertagen, aber erst im fernen Potsdam hat Gott eure Wege wieder zusammengeführt. Zum Wohle unserer Heimat und der Menschen. Denn blaues Blut allein reicht nicht, um unserem Vaterland eine Zukunft zu schenken. Es braucht das Blut dieser Erde.»

Trägt er nicht ein wenig dick auf?, fragte sich Ricarda. Aber sie wusste natürlich, warum der gute Pfarrer sich derart ins Zeug legte. In seiner kleinen Kirche waren so viele Blaublütige wie noch nie. Verwandtschaft der Freystettener, die sich bis nach Russland, England und Frankreich verheiratet hatten. Die halbe Kirche war voll davon, und Ricarda hätte gern gewusst, was sie über diese Dorfhochzeit dachten.

Endlich stellte der Pfarrer die beiden entscheidenden Fragen an das Brautpaar. Als Rosel mit ihrer Antwort an der Reihe war, sagte sie viel zu hastig: «Ja!» Sie merkte, dass da noch zwei Silben fehlten, und setzte hinzu: «Ich will.»

«Dann erkläre ich euch hiermit zu Mann und Frau», sagte der Pfarrer.

Nun steckten die beiden sich ihre Ringe an die Finger, und instinktiv berührte Ricarda jenen, den Siegfried ihr ein paar

Tage zuvor übergestreift hatte. Wann wird es wohl bei uns so weit sein?, dachte sie.

Kurz darauf trug sie Rosels Schleppe. Die Komtess hatte Ricarda während der Bahnfahrt erzählt, woher dieser Traum aus zartrosa Brokatblüten auf weißer Seide, hochgeschlossen, mit schlankem Ärmel und dem ausladenden, wieder in Mode gekommenen *Cul-de-Paris* stammte. Rosel hatte dafür dreimal nach Berlin in das Atelier einer Schneiderin kommen müssen. Die Komtess hatte es zwar nicht gesagt, aber Ricarda war überzeugt, dass sie es Rosel geschenkt hatte. Man musste einen erlesenen Geschmack haben, um die Vision für ein solches Kleid zu haben. Gleichzeitig war es der einzige Schmuck der Braut – abgesehen von ihrer Schönheit.

Rosel erwartete ein Leben als Schlossherrin, das ihr viele Annehmlichkeiten bescheren würden. Dennoch neidete Ricarda ihrer Schwester das Glück nicht. Sie selbst konnte sich nicht vorstellen, für immer in Freystetten zu bleiben. Sie wollte lernen und Menschen helfen, die Welt entdecken. Für sie hatte das Leben einen anderen Weg vorgesehen, davon war Ricarda überzeugt.

Henriette überflog das Hochzeitsmenü.

Austern aus Whitstable. Schildkrötensuppe. Kraftbrühe. Forellen mit neuen Kartoffeln. Rentierrücken mit Edelpilzen, Morcheln und Paradiesäpfeln. Waldschnepfen mit Krüstchen und jungem Gemüse. Junge Erbsen mit getrüffelten Rippchen. Straßburger Gänseleber-Eingemachtes mit Trüffeln. Salate und Kompotte. Sorbet von Ananas, Figureneis. Torten. Spanischer Flan.

Da eine so große Hochzeit die Möglichkeiten der Freystettener Küche überschritten, waren Köche vom Hotel Victoria

Unter den Linden angereist und hatten viele der Kostbarkeiten mitgebracht. Brautmutter Karla hatte ihren Flan jedoch noch als Schlusspunkt unter das Menü setzen können.

Der Tisch des Brautpaares im Gartensalon spiegelte die mittlerweile geradezu explosive Zusammensetzung der Familienkonstellation wider. Luise, direkt neben dem Uniform tragenden Friedemann, hatte es sich nicht nehmen lassen, Gustav Petersen zwischen sich und die arme Karla zu platzieren. Daneben Ricarda. Der Stuhl neben ihr war noch leer, aber für Florentine vorgesehen. Daneben hatte Graf Raimund Platz genommen. Somit war Henriette eingerahmt vom Vater des Bräutigams und der Braut. Was insgesamt ein wenig ungewöhnlich wirken mochte, aber dahinter verbarg sich ein Kalkül: Zum einen sollten Flora und Ricarda nebeneinandersitzen, zum anderen gab es zwischen einigen Familienmitgliedern etwas zu heftige Antipathien. Eine gelungene Tischordnung, das hatte Henriette mit der Muttermilch eingesogen, war eine Kunst.

Aber wo war Flora? Musste sie das Gespräch, das sie beide geführt hatten, immer noch verdauen? Oder wollte sie zum Äußersten gehen und das Hochzeitsessen boykottieren?

Am Vorabend hatte Henriette ihrer Nichte gehörig den Kopf gewaschen. Endlich! Viel zu lange hatte sie damit gewartet, aber ein Brief hätte nicht die gleiche Wirkung gehabt. So hatte sie Florentine in die Bibliothek gebeten und die Tür fest geschlossen. Florentine war verblüfft gewesen, aber Henriette war ziemlich rasch auf den Punkt gekommen.

«Ich sorge mich um deine Zukunft, meine Liebe.»

«Das musst du nicht, Tante. Ich habe Mister Jones Millionen von Dollar aus der Tasche gezogen. Er musste teuer für seine Untreue bezahlen. Denn das hübscheste Detail ist dir damals entgangen: Sogar am Tag unserer Hochzeit hat er mich betrogen. Oh, ich habe ihn bluten lassen», sagte sie genüsslich.

«Ja, die teuerste Scheidung in Amerika. Sogar hier wurde darüber ausgiebig berichtet, Flora. Einst stellten wir einen Staatskanzler, nun liefern wir Schlagzeilen für das nach Sensationen gierende Volk. Dir ist hoffentlich klar, was das auch für deinen Namen bedeutet.» Henriette bedachte ihre Nichte mit einem eisigen Lächeln, von dem sie wusste, dass es Flora schmerzte. Doch diese schwieg, und Henriette war sich nicht sicher, ob sie verstanden wurde. «Du schriebst mir aus Monte Carlo. Dass du dort so viel Glück beim Roulette hattest», sagte Henriette. Ihr wohlwollendes Lächeln verbarg den Hinterhalt, in den sie ihre Nichte mit dieser Frage lockte.

«Du arbeitest so viel. Auch du solltest das Leben genießen!»

«Ein Leben am Spieltisch mit charmanten Begleitern und Champagner muss ein Vergnügen sein.»

«Die Tage verfliegen nur so, Tante.»

«Aber leider vergehen auch Jugend und Schönheit. Manchmal auch das Geld. Und man wird sagen: Ach, Florentine hatte alle Chancen, sie hätte eine der ersten deutschen Ärztinnen werden können. Stattdessen trank sie viel Champagner und fiel im Casino die Treppe hinunter.»

Henriette genoss Floras Verblüffung, denn sie trug den Arm in Gips und hatte ihre kundige Tante gebeten, ihn in ein paar Tagen abzunehmen.

«Ich bin vom Pferd gefallen, Tante!», rief Florentine entrüstet.

«Das mag sein. Aber den Arm hast du dir im Casino von

Monte Carlo gebrochen. Die Welt, in der du dich bewegst, ist sehr klein, Flora, auch wenn dir das anders erscheinen mag. So viele Hochvermögende gibt es nämlich nicht, und die kennen einander. Gerade du fällst auf. Die Leute wissen, dass du die *Millionen-Gräfin* bist. Vor allem wissen sie es an der Côte d'Azur.»

«Und du kennst solche Leute offenbar», schnappte Flora. «Führst mich hier vor wie ein dummes Kind.» Sie stand auf, um zu gehen.

«Setz dich, Flora, ich habe noch nicht geendet.»

Florentine zögerte, aber sie folgte.

«Mit deinem Vater hatte ich vor ein paar Stunden ein ähnlich amüsantes Gespräch wie dieses», fuhr Henriette ungerührt fort. «Er ist bankrott, was zu erwarten war. Und du sitzt auf dem Geld. Du wirst deinem Vater unter die Arme greifen. Das bist du ihm schuldig.»

«Warum kommt er nicht selbst zu mir?»

«Das ist nicht seine Art.»

«Aber deine Art ist es, der Familie zu sagen, wo es langgeht.»

«Das hast du richtig erfasst, Flora. Denn sonst tut es niemand. Freystetten war einmal ein stolzer Name. Morgen heiratet dein Bruder und will diesen Namen wieder leuchten lassen. Deine Ehe war ein Fehler, aber dieser Fehler hat dich reich gemacht. Mach etwas daraus.»

«Wie soll ich das deiner Meinung nach tun?»

«Du legst dein Geld in einem Haus in bester Berliner Lage an und vermietest unter anderem an deinen Vater, der endlich sein Pariser Abenteuer beendet. Punkt zwei: Du kaufst eine Villa in Zürich. Käthe kennt einen Bankier, der diese Transaktionen vertrauensvoll für dich durchführt.»

«Das entscheidest du so? Und was soll ich in Zürich?»

«Na, was wohl, Flora? Das, was die Schwester deiner künftigen Schwägerin dort seit Jahren tut.»

«Schwester meiner was?», platzte Florentine los. Und hielt inne. «Du meinst ...?»

«Ja, ich spreche von Ricarda. Sie studiert dort seit über drei Jahren Medizin. Es ist ein Vergnügen, sich mit ihr auszutauschen.»

«Du wirst diesen Austausch wohl finanzieren, nehme ich an.»

«Nein. Ricarda will mein Geld nicht. Sie arbeitet als Schwester und verdient damit ihr Studium. Sie sagt, sie brauche nicht mehr als vier Stunden tiefen Schlaf. Was ich nachvollziehen kann, so war es bei mir nämlich auch.»

«Die Tochter der Köchin soll also mein Vorbild sein?»

«Falsch», sagte Henriette schneidend. «Deine Denkfähigkeit scheint in einem Champagnerglas ertrunken zu sein. Ricarda studiert, und du fällst betrunken eine Treppe im Spielcasino runter. Wer ist deiner Meinung nach auf dem richtigen Weg?»

«Und darum brauche ich eine Villa in Zürich?»

«Der Bankier wird dir besser, als ich es kann, erklären, warum das für dich vorteilhaft ist. Zweitens: Du wirst auf Ricarda zugehen, Florentine», sagte Henriette betont langsam. «Sie lebt in Zürich in einem winzigen Zimmer zusammen mit einer Kommilitonin. Du wirst ihr eine bessere Unterkunft anbieten und sie im Gegenzug bitten, dir beim Studium auf die Sprünge zu helfen. Du hast viele Jahre verloren.»

Florentine starrte ihre Tante schweigend an. Henriette spürte die unbändige Wut, die in diesem hübschen Kopf tobte, und sie lächelte dagegen an.

«Darf ich mich nun zurückziehen, Tante?»

«Natürlich, Flora. Du hast viel nachzudenken, nehme ich an. Ich bin sicher, du ziehst die richtigen Schlüsse.»

Nachdem Florentine entschwunden war, nahm Henriette ihr Tagebuch hervor. *Natürlich muss sie sich nicht auf meine Forderungen einlassen*, schrieb sie. *Aber sie ist klug genug zu wissen, dass ihr dann die Unterstützung durch mich wegbricht. Auf ihre Patentante hat sie schließlich immer gehört.*

Henriette seufzte. Sie konnte nur hoffen, dass sie immer noch den alten mäßigenden Einfluss auf Flora hatte.

Florentine rauschte in den Saal, nachdem die Austern bereits abserviert worden waren, und hatte damit die gesamte Aufmerksamkeit. Die Zeit zwischen Trauung und Mittagessen hatte sie zu einem Kleiderwechsel genutzt, der ihr Handicap wirkungsvoll zur Schau stellte. Nun war es offensichtlich, dass ihr Arm in einer Schlinge lag. Das Kinn leicht erhoben, ein Lächeln im Gesicht, ging sie gemächlich vorbei an allen Tischen, grüßte hier und grüßte dort. Als wäre sie die Gastgeberin. Und jeder guckte. Das Kleid aus bordeauxfarbener Seide mit schwarzem Spitzenbesatz, selbstverständlich ebenfalls mit dem ausladenden *Cul-de-Paris* und einer Schleppe. Im Gegensatz zur Braut trug sie das entscheidende Schmuckstück, das Rosel fehlte – in ihrem rötlichen Haar funkelte ein mit Diamanten besetztes Diadem.

Henriette hatte ein ungutes Gefühl, denn dieser Auftritt erinnerte ein wenig an provinzielles Schmierentheater. Was wollte Flora beweisen? Ihren Reichtum? Ihren Stand? Wie glücklich sie war? Henriette hatte jetzt große Zweifel, ob der Plan, den sie hatte, aufgehen würde.

Ricarda bekam von Florentines Auftritt zunächst nichts mit, denn sie unterhielt sich mit ihrer Mutter.

«Natürlich ist es das erste Mal, dass ich in solch einer Runde sitze, Rica», sagte Karla leise. «Ich werde keinen Bissen hinunterbekommen. Dass Rosel uns das antut! Sie ist die Herrschaft, und was bin ich jetzt?»

Das hatte Ricarda kommen sehen. «Du bist die Brautmutter. Damit bist du ebenso viel wert wie die Braut. Jetzt guck nicht so verschreckt. Genieß den Tag. Sieh dir Rosel an, wie sie strahlt. Unser kleines Entchen wurde ein Schwan.»

«Ich fand nie, dass sie ein Entchen war», widersprach die Mutter.

Ricarda ließ es dabei bewenden. Sie sagte sich, dass es einfach zu verlockend war, sich an den kleinen Trampel zu erinnern, der alles fallen ließ. Doch jetzt strahlte eine Gräfin, reichte irgendeinem gelackten Herrn die Hand und ließ sie küssen, ganz elegant, als wäre sie schon immer eine Gräfin gewesen. Jetzt spürte Rosel Ricas Blick quer über den großen runden Tisch auf sich ruhen, zog neckisch die Schulter hoch und legte den Kopf schief.

Tja, da guckste, sollte das wohl heißen.

«Das ist ja mein Platz», hörte Ricarda im gleichen Augenblick Florentine sagen. Sie blickte auf, rutschte instinktiv mit ihrem Stuhl zurück und wollte fast schon aufstehen, als sie ihr Verhalten korrigierte. Und sitzen blieb.

«Was ist mit deinem Arm passiert?», fragte Ricarda ohne Umstände.

«Auch ich freue mich, dich zu sehen, Ricarda», erwiderte Florentine spitz.

«Davon konntest du doch ausgehen, dass ich mich freue, dich zu sehen. Ist der Arm gebrochen?»

Florentine seufzte ein wenig. «Er war es. Ich schätze, inzwischen werden die Frakturspalten sich wohl geschlossen haben.»

«Dann war es keine Dislokation?», fragte Ricarda.

Florentine guckte für einen Moment verunsichert, sammelte sich blitzschnell und sagte: «Nein.»

Ricarda konnte ihren kleinen Triumph nicht genießen, denn sie spürte den Blick der Komtess auf sich, in dem ein milder Tadel lag. Sie riss sich zusammen. Es war einfach zu provozieren, aber wozu sollte es gut sein?

«Nun, wie hat dir Amerika gefallen? Es ist gewiss völlig anders als bei uns», schlug sie den Tischgesprächston an.

«Es sind die Menschen, die so ganz anders miteinander umgehen. Sie sind aufgeschlossen, heißen dich willkommen, sind herzlich», sagte Florentine.

Ricarda war sich nicht sicher, ob Florentine das als leise Kritik an ihrem Verhalten werten sollte. Sie fand es schwierig, mit Florentine eine Unterhaltung zu führen. Es stand immer etwas zwischen ihnen.

Florentine deutete auf ihren Arm. «Um deine Frage zu beantworten: Es war ein Reitunfall. Du reitest auch?»

«Ich habe es mal versucht. Aber ich hatte schon seit Jahren nicht die Gelegenheit.»

«Wie wäre es, wenn wir morgen durch den Park reiten? Sobald Tante Henriette mir meinen Gips abgenommen hat.»

«Solltest du nicht lieber vorsichtig sein?»

«Lieb, dass du dich sorgst, Ricarda. Aber der gute Willi hat Pferde, darauf können Lahme reiten.»

Ricarda sah sich in die Enge getrieben. Warum hatte sie nicht einfach gesagt, dass sie nicht reiten konnte? Und vor allem: Wozu sollte es gut sein, Zeit mit Florentine zu verbringen? Man würde sich ohnehin kaum wiedersehen, viel zu verschieden waren ihre Leben.

Es entstand eine peinliche Pause, die Florentine nutzte, um sich ihrem Vater zuzuwenden, der seiner durch den Gips eingeschränkten Tochter half, ein Stück Fleisch zu schneiden. Ricarda wiederum suchte erneut das Gespräch mit ihrer Mutter. Von Gustav weitgehend ignoriert, stocherte Karla im Essen.

«Du hast diesmal nicht gekocht?», fragte Ricarda leise.

Die Mutter schüttelte den Kopf. «Das alles hat die Komtess veranlasst.»

«Du klingst verbittert.»

Karla sah hinüber zu der strahlenden Braut. «Ich bin durch lange Jahre der Dunkelheit gegangen, Rica. Aber deine Schwester hat ein Licht in meinem Leben entzündet.» Sie sah Ricarda an, und ihr Lächeln war ein wenig entrückt. «Gott hat mich nicht vergessen.»

In diesem Moment schenkte Hildchen frisches Wasser in die Gläser von Mutter und Tochter. Karla sah Siegfrieds zehnjähriger Schwester zu, Wohlwollen im Blick.

Als sie außer Hörweite war, sagte Ricardas Mutter: «Du hast Hildchens Leben gerettet, Rica.» Sie legte ihre Hand auf Ricardas. «Du bist ein guter Mensch.»

Es war ein milder Sommerabend. Ein Streichquartett spielte auf der weit geschwungenen Terrasse vor dem Gartensaal einen Walzer nach dem anderen. Gerade rechtzeitig zum Beginn der blauen Stunde wurden unzählige Fackeln entzündet und tauchten den Schlosspark in romantisches Licht. Die Paare schwebten dahin. Zum ersten Mal überhaupt begriff Ricarda, warum der Adel solch opulente Landsitze brauchte.

Es war einfach ein perfekter Rahmen für ein unvergessliches Fest. Sie beobachtete ihre Schwester, die sich von ihrem Gemahl führen ließ. Die beiden schienen ihre vielen Gäste vollkommen vergessen zu haben. Sie brauchten nur sich selbst für den Tanz in ein gemeinsames Leben. Ein wunderschönes Paar.

Einst, daran musste sie jetzt denken, hatte die Komtess ihr den Rat gegeben, sich die Eltern eines Verehrers anzusehen. Gräfin Luise war schön und dumm, aus Graf Raimund wurde Ricarda überhaupt nicht schlau. So gesehen hätte Rosel den Falschen gewählt. Aber danach sah es nicht aus! Konnte es sein, dass die Komtess von Liebesdingen einfach nichts verstand? Überhaupt: Warum mied sie Männer wie der Teufel das Weihwasser? Sie hatte sich doch längst eine Position erarbeitet, dass ihr eine Ehe nicht mehr schaden konnte.

Einer der livrierten Diener riss Ricarda aus ihren Gedanken, als er mit seinem Tablett – beladen mit Champagnergläsern – vor ihr haltmachte. Sie lehnte dankend ab und fand es an der Zeit, sich zurückzuziehen. Da kam Gräfin Luise direkt auf sie zu, in einem Kleid aus altrosa Seide, das ihr die Taille eines jungen Mädchens gab. Ricarda verspürte den Impuls zu gehen, aber das wäre ein Affront gewesen.

«Dürfen wir eigentlich noch du zu dir sagen?», fragte Luise.

«Warum nicht? Am Ort der Kindheit bleibt man für immer Kind.»

«Ach, das hast du schön gesagt, Ricarda. Aber es stimmt natürlich nicht, denn du bist eine Dame geworden. Meine Schwägerin Henriette erzählt, dass du ganz allein nach Zürich gegangen bist und dich dort behauptest. Das ist eine große Leistung.»

«Danke, Durchlaucht. Ihr Lob ehrt mich.» Sie fragte sich, worauf das Gespräch wohl hinauslaufen sollte.

«Du machst keine großen Worte um dich, und das gefällt mir an dir. So warst du schon immer. Sag, liebe Ricarda, wann hast du beschlossen, Ärztin zu werden?»

Diese Frage kam allerdings sehr überraschend! «Die Antwort würde lange dauern, Durchlaucht. Unter Umständen müsste ich Ihnen mein halbes Leben dafür erzählen. Es gab so viele Momente, in denen ich, die Pflegerin, dachte: Wer hilft dem Mädchen, das keinen Ausweg mehr sieht, aus seinem Elend? Wer der Mutter, die zu ungebildet ist, um ihrem Kind beizustehen? Wer hilft der Frau, die von ihrem Mann schlechter behandelt wird als das Pferd vom Bauern?» Sie sah der Gräfin an, dass ihre Worte zu drastisch ausgefallen waren. «Entschuldigen Sie, Durchlaucht, aber bei diesem Thema geht mir das Herz über.»

«Du musst dich nicht entschuldigen. Du hast viel Elend gesehen, das hört man deinen Worten an. Ich bewundere dich dafür, dass du dich dem Leben stellst und helfen willst, das Los jener zu ändern, die du triffst. Aber du bist Komtess Henriette gewiss auch sehr dankbar, dass sie dir die entsprechenden Türen geöffnet hat.»

So vieles hätte sie in diesem Augenblick erwidern mögen, aber sie konnte nicht. Sie spürte nur, wie sich alles in ihr verkrampfte. Wie weit durfte sie als Tochter gehen, wenn sie mit der Frau sprach, die die Ehe ihrer Eltern auf dem Gewissen hatte? Musste sie auf alles höflich reagieren?

Ricardas Blick schweifte an den Tänzern vorbei, hinter denen der See unschuldig im bläulichen Abendlicht schimmerte. Die ganze Wucht der Vergangenheit würde für immer mit diesem See verbunden bleiben. Dem durfte sie sich nicht ausliefern. Sie zwang sich zu einem Lächeln und suchte nach einer Formulierung, um sich vornehm verdrücken zu können.

Die Gräfin kam ihr zuvor: «Du freust dich bestimmt schon, dass Florentine auch bald in Zürich sein wird. Dann kannst du ihr alles zeigen. Das wird gewiss wunderbar für euch beide!»

Ricarda glaubte, nicht richtig gehört zu haben. «Das sind interessante Neuigkeiten», sagte sie.

Florentine in Zürich! Wer eins und eins zusammenzählen konnte, musste den Schluss ziehen, dass nur die Komtess dahinterstecken konnte.

In diesem Augenblick machten die Musikanten eine Pause, und die Musik endete. Die Paare verließen die Fläche und wurden von den Dienern mit Champagner empfangen. Rosel und Friedemann, untergehakt und lächelnd, strebten auf ihren Tisch am Rand der Tanzfläche zu, während gleichzeitig Florentine mit einem Ricarda unbekannten Begleiter den Weg des Brautpaares kreuzte. Alle vier griffen zum angebotenen Champagner und stießen an. Da reichte Florentine ihr Glas an ihren Begleiter und nahm ihr Diamant-Diadem ab.

«Das soll jetzt deins sein, Schwägerin Rosamunde. Ich kann mir noch ein paar mehr davon kaufen, aber du stehst ja noch ganz am Anfang.»

Ungelenk, vielleicht wegen des Champagners, vielleicht wegen ihres Gipsarms, versuchte sie, das Diadem in Rosels Haar hineinzunesteln. Was derart misslang, dass Friedemann seine Schwester auffangen musste, bevor sie stürzte. Doch Florentine, einmal in Schwung, griff sich eine rote Rose aus einem der üppigen Blumenschmuck-Bouquets und steckte sie sich als Ersatz ins Haar.

«Mir wurde gesagt, ich hätte zu viel Geld», sagte sie mit einem leichten Kichern. Sie drehte sich um und ging die wenigen Schritte auf Ricarda zu. «Was meinst du, Brautjungfer Ricarda, habe ich zu viel Geld?»

«Man hat nur zu viel von etwas, wenn man nicht weiß, was man damit anfangen kann.»

«Dann habe ich gerade das richtige Geschenk gemacht. Danke für deine Unterstützung, Ricarda.»

Sie leerte ihr Glas in einem Zug.

Friedemann erwachte aus seiner kurzzeitigen Erstarrung und ging zu seiner Schwester. Er hakte sie unter, und während er mit ihr in den Gartensaal ging, hörte Ricarda ihn deutlich sagen: «Ich erwarte von dir meiner Frau gegenüber Respekt! Sonst bist du hier nicht länger erwünscht.»

Der Vater hatte Ricarda wie schon ein paar Jahre zuvor in die Orangerie gebeten. Mit Magengrimmen erinnerte sie sich daran, wie er an diesem Ort von ihr verlangt hatte, Gouvernante zu werden. Inzwischen war er zwar der geachtete Gutsverwalter, vor dem die Leute sich verneigten. Aber wir als Töchter brauchen seinen Rat nicht mehr, dachte Ricarda. Denn genau genommen unterstand er jetzt seiner Tochter Rosel. Und Ricarda gestaltete ihr Leben ebenfalls unabhängig.

Wie schon an jenem Ostern erwartete er sie im weißen Hemd, darüber die Hosenträger, die Pfeife in der Hand, in seinem Refugium. Älter war er geworden, das immer noch volle Haar fast grau. Die Lachfalten in seinen Augenwinkeln waren ausgeprägter, und jetzt im Sommer verliehen sie seinem herben Gesicht einen Reiz, von dem die Tochter erst jetzt zu begreifen begann, wie stark er auf eine Frau wie Luise wohl wirken mochte. Wie immer lag Berta zu seinen Füßen und begrüßte Ricarda. Als der Vater sie ansah, kam ihr ein Gedanke, der sie verunsicherte: Ob Frauen für ihn wie Blumen sind? Sie erblühen unter seinen Händen und vergehen. Und er wendet sich der nächsten Blume zu?

«Hast du deine Orangerie verändert?», fragte sie.

«Dazu war keine Zeit in den letzten Jahren. Die Arbeit auf dem Anwesen war wesentlich anspruchsvoller, als ich gedacht hatte. Wusstest du, dass wir wieder Tabak pflanzen? Wir brauchen viel mehr Einnahmen, um dieses Anwesen zu erhalten.»

«Das hörte ich schon aus Pfarrer Gutschmids Predigt heraus. Steht es so schlimm um Freystetten?»

«Ja.» Er bat sie, auf einem Stuhl Platz zu nehmen. «Ohne die Gelder aus Berlin und zuletzt auch jene aus Amerika hätten wir nicht durchhalten können. Aber ich will mit dir über die Zukunft sprechen.» Er stopfte seine Pfeife. «Ich hatte ein langes Gespräch mit meinem Schwiegersohn. Um es kurz zu machen: Ich verlasse Freystetten.»

«Du gehst fort? Warum, Vater?»

«Kannst du dir das nicht denken?»

Ricarda hielt die Luft an. Wenn es stimmte, was die Mutter behauptete, so liebte der Vater die Gräfin. Somit war seine Lage nach der Hochzeit von Friedemann und Rosel unhaltbar. Denn wie sollte der junge Graf mit dem Umstand umgehen, dass seine Mutter und der Schwiegervater ein Verhältnis hatten? Ricarda schwirrte der Kopf, wenn sie über diese Verwicklungen nachdachte. Im Grunde tat ihr der Vater, dieser stolze Mann, schon leid. Park Freystetten war sein Lebenswerk. «Wann wirst du gehen?», fragte sie.

«Graf Friedemann hat mir keine Frist gesetzt. Er ist ein

achtbarer Mann, dem ich eine geordnete Wirtschaft übergeben werde.» Er tätschelte den Hund. «Berta und ich werden nach Rügen ziehen.»

«Und Mutter? Was wird aus ihr?»

Der Vater sog an seiner Pfeife und sah dem blauen Dunst nachdenklich nach. «Ich bin sicher, dass sie den Kindern deiner Schwester eine wunderbare Großmutter sein wird.»

Davon war Ricarda überzeugt, und es war wohl in der Tat die beste Lösung. Als Tochter fand sie den Gedanken, dass ihre Familie zerfiel, jedoch unerträglich. Obwohl – vielleicht stimmte das nicht. Sie sortierte sich sozusagen nur neu.

Der junge Graf Friedemann hatte die Familie in dem sonnig leuchtenden Raum zusammengerufen, in dem sein Großvater elf Jahre zuvor verstorben war. Er trug auch jetzt die Uniform eines Leutnants, aber er hatte die obersten zwei Knöpfe geöffnet. Henriette fand, dass er ein wenig verwegen aussah, und die Empörung stand ihm ganz gut.

«Was willst du eigentlich, Flora?», fragte er gerade. «Du reist in der Weltgeschichte herum, kommst zwei Tage vor meiner Hochzeit hier an. Und am Tag danach teilst du mir mit, dass ich die falsche Frau geheiratet habe. Gerade du. Qualifiziert dich deine Scheidung dazu?»

«Wie redest du mit mir! Ich bin deine große Schwester! Und abgesehen davon: Ich habe Edwin geliebt. Sonst hätte ich ihn ja wohl nicht geheiratet.»

«Und ich liebe Rosamunde.»

«Da sind schon ein paar Unterschiede, Friedemann. Die Herkunft, zum Beispiel. Und Edwin hatte Vermögen», sagte Florentine. «Dieser Umstand hat unserer Familie in den letzten Jahren nicht geschadet.»

«Das musste ja kommen», sagte Friedemann. «Ich hatte meine Ausbildung in Potsdam zu machen. Wie sollte ich da gleichzeitig für das Schloss aufkommen? Aber wir sind auf dem richtigen Weg.» Er warf einen kurzen Blick zu Luise. «Dank Mutter.»

Graf Raimund tat so, als langweilte ihn die Konversation zu Tode. «Dein Großvater wollte ja unbedingt, dass du alles erbst, Friedemann. Somit war es ihre Pflicht. Freystetten, das ist nur noch mein Name.»

«Von dem du nach wie vor profitierst», hielt Luise ihm ruhig entgegen. «Man ist hier in Freystetten bereits vorstellig geworden. Du schuldest gewissen Leuten in Paris über hunderttausend Mark.»

«Da ist etwas schiefgelaufen, das euch nichts angeht», schnappte Raimund.

Henriette saß kerzengerade auf einem der Stühle am Fenster und sah ihrer Familie beim Streiten zu. Nein, diese Menschen dürfen nicht zusammen sein, dachte sie, die tun einander nicht gut. Doch Friedemann hatte auf diese Aussprache bestanden, denn inzwischen waren auch die letzten Hochzeitsgäste abgereist. Es war also gewissermaßen Zeit aufzuräumen.

«So kommen wir nicht weiter, meine Lieben», sagte Henriette. «Wir sollten Gemeinsamkeiten entdecken, nicht das, was uns trennt.»

«Die Gemeinsamkeiten dürften wohl überschaubar sein», sagte Florentine spitz.

«Nein», widersprach Henriette scharf. «Wir alle haben diesen großen Namen und die Reputation, die damit einhergeht. Ich verlange von euch, dass ihr euch bei allem, was ihr tut, dem Ansehen der Familie unterwerft. Das ist eure Pflicht.

Florentine, ich bitte dich jetzt, deinem Vater das Angebot zu machen, über das wir sprachen.»

Florentine schoss das Blut ins Gesicht, sie atmete schwer und ging hektisch auf und ab. Da ihr, nachdem Henriette ihr den Gips abgenommen hatte, nun beide Arme zur Verfügung standen, warf sie sie theatralisch in die Luft.

«Meinetwegen! Dann soll es halt so sein: Vater, ich übernehme deine Schulden. Den Rest wird dir Tante Henriette erklären, an deren Fäden wir alle wie Marionetten geführt werden.»

«Florentine, du benimmst dich unmöglich!», rief Friedemann. «Dir scheint es an jeglichem Respekt der Tante und dem Vater gegenüber zu gebrechen. Nur weil du über viel Geld verfügst, kannst du dich doch nicht so verhalten.»

«Sag mir nicht, was ich tun und lassen soll!», zischte sie.

«Ich bin hier der Hausherr, Florentine. Und ich möchte, dass du dich mäßigst.»

«Ein Hausherr am Bettelstab mit der Tochter der Köchin als Weib. Großer Name, alte Tradition. Gratulation!»

«Verlass augenblicklich Freystetten», sagte Friedemann mit zusammengebissenen Zähnen, vor unterdrückter Wut fast platzend.

«Wenn du gestattest, werde ich zunächst noch mit deiner Schwägerin ausreiten. Denn auch der Plan der Tante sieht Verbrüderung von Herrschaft und Personal vor. Wegen des großen Namens.» Sie knickste. «Leb wohl, Familie!»

Florentine rauschte hinaus und ließ großes Schweigen zurück.

«Du willst also tatsächlich in Zürich studieren? Deine Mutter hatte so etwas schon angedeutet», sagte Ricarda.

«Ach, hat sie das?» Florentine war offensichtlich der Wind aus den Segeln genommen. «Und? Was denkst du? Es freut dich doch gewiss, wenn ein vertrauter Mensch aus der Heimat dir nahe sein wird.»

Meinte Florentine das ernst? Ricarda blickte nur kurz zu ihr hinüber, denn das Reiten erforderte ihre ganze Konzentration. Obwohl Willi, der für Pferde und Kutschen gleichermaßen zuständig war, gemeint hatte, er gebe ihr für den besonderen Anlass den «bravsten Gaul von janz Brandenburg».

«Was versprichst du dir von einem Studium in Zürich?», fragte Ricarda.

«Ich habe so lange im anglophilen Raum gelebt! Es wird Zeit, wieder die Muttersprache zu sprechen. Und Zürich hat einen sehr guten Ruf. Du bist doch zufrieden dort?»

«Absolut, und die Stadt ist entzückend.»

«Man sagte mir, dass du sehr beengt lebst. Da kam mir eine Idee, Ricarda. Ich möchte mir ein Haus in Zürich kaufen. Groß genug, dass du auch Platz darin hättest.»

Bloß das nicht, dachte sie. Doch wenn sie ihre Ablehnung offen zeigte – welche Auswirkung würde das nun wieder auf die neue Konstellation in Freystetten haben? Florentine und sie gehörten im weitesten Sinne zur gleichen Familie. Der Gedanke war so fremd für Ricarda, dass er sie lähmte.

«Ein reizendes Angebot», sagte sie.

«Du bist also einverstanden?», fragte Florentine.

«Wenn du in Zürich bist, sehen wir weiter», antwortete Ricarda.

Die beiden Reiterinnen hatten jetzt jenes Ende des Sees erreicht, an dem Florentine und Antonia vor bald elf Jahren eingebrochen waren. Ricarda hielt ihr Pferd an, als sie einen großen Findling am Ufer entdeckte. Er war rund, wie man solche Steine in der Gegend gelegentlich fand. Doch er gehörte offensichtlich nicht in diese aufgeräumte Parklandschaft. Sie ritt näher heran und sah, dass in den bräunlichen Stein eine Schrift graviert war.

Antonia zum Gedenken. Weihnachten 1876

«Sieh nur, Flora! Sie haben Tonja einen Stein gewidmet», sagte sie voller Freude und drehte sich zu Flora um.

Aber Florentine hatte nicht gehalten, sie war weitergeritten. Ihr Pferd trug sie in leichtem Galopp davon.

Sie hatte das Angebot der Komtess nicht ausschlagen können!

«Um der alten Zeiten willen, Ricarda, bleib ein wenig im Haus Unter den Linden, bevor du nach Zürich zurückkehrst. Käthe wird auch dort sein», hatte die Komtess gesagt, als sie im Zug zurück nach Berlin gesessen hatten. Florentine war bereits am Vortag abgereist; Ricarda hatte sie nach dem kurzen gemeinsamen Ausritt nicht mehr gesehen.

In ihrem alten Zimmer, das keine neue Verwendung gefunden hatte und unverändert geblieben war, hatte sie tief und gut geschlafen. In der Küche traf sie Malwine Merger, die ihr einen Kaffee reichte.

«Wie geht es den Kindern?», fragte Ricarda. «Ihre Jüngste, die Lotti, die muss doch inzwischen auch schon sechzehn sein.»

Über Malwines Gesicht ging ein Strahlen. «Lotti ist 'n prächtiges, jesundes Mädchen. Sie is in Stellung bei 'ner janz feinen Familie draußen in Halensee. Det is richtig schön, da wo se arbeitet, janz im Grünen und nette Leute. Hat's jut jetroffen, die Lotti. Det mit dem Otto, det ham Se jehört, Fräulein Ricarda, oder?»

Ricarda verwunderte es, dass Frau Merger offen über ihre

eigenen Kinder sprach, war sie doch in all den Jahren zuvor so reserviert gewesen. Gleichzeitig war es ihr peinlich, zugeben zu müssen, nicht über Malwines Jüngsten Bescheid zu wissen. Denn in ihren wenigen Briefen hatte die Komtess natürlich nicht über das Personal geklatscht.

«Totjefahren haben se Otto. Ne Kutsche von der Brauerei. Der hat nich mal anjehalten. Det war im Winter vor zwei Jahren. Nur vierzehn Jahre is er jeworden, mein Otto.»

«Das ist ja schrecklich», sagte Ricarda. Ihn hatte sie einst vor seinem Vater in Sicherheit bringen wollen und war dafür ins Gefängnis geworfen worden.

Mit anderen Worten: Von Frau Mergers vier Kindern lebte nur noch Lotte. Es war erschütternd. Denn Frieda, ihre Zweitgeborene, war ebenso wie ihre Schwester Mine mit dreizehn gestorben, sie jedoch an Tuberkulose. Frieda war jene Tochter gewesen, die tagein, tagaus bei einem Schneider in einem feuchten Moabiter Keller gearbeitet hatte.

«Wen der liebe Jott am meisten liebt, den holt er sich zuerst», sagte Frau Merger und schnitt eine dicke Scheibe Brot vom Laib, die sie Ricarda zusammen mit einem Stück Butter hinstellte.

«Ohne Jedöns is am besten, wa?», sagte sie.

Für einen Moment sahen sie sich an, und in Ricarda flackerte der Gedanke auf, dass es mit ihnen beiden alles so ganz anders hätte kommen können. Warum waren sie nie vertraut miteinander geworden? Nicht einmal der Umstand, dass sie beide gemeinsam im *Weibergefängnis* gewesen waren, hatte ihre Beziehung verändert. Sie waren Fremde geblieben, die nur auf kurze Distanzen Nähe teilten. Ein Widerspruch in sich, der ihre Wirklichkeit war.

Kurz darauf gesellte sich Käthe zu ihnen, die in Straßengarderobe war. Sie kam von draußen und strahlte über das ganze Gesicht.

«Rica! Meine Güte, wie in alten Zeiten! Malwine, haben Sie für mich auch einen Kaffee und eine Scheibe Brot?»

«Gern, Frau Käthe! Wie geht es Ihrem Herrn Carl?», fragte sie, und es wirkte sehr vertraut.

«Ich denke, der ist sehr glücklich», sagte Käthe grinsend. Dann sah sie zu Ricarda. «Gleich kommt eine gute Freundin mit ihrer Tochter wegen einer Zahnbehandlung des Kindes. Wir haben uns ewig nicht gesehen, und ich würde gern mit ihr rübergehen ins Kranzler, um ein wenig zu plaudern. Meinst du, du könntest Jette assistieren?»

«Keine Frage! Ich komme ja sonst ganz aus der Übung!»

Käthes Freundin machte einen resoluten, aber freundlichen Eindruck, wohingegen das Kind sehr schüchtern zu sein schien.

«Unser Pflegekind Amalia ist schon seit zwei Jahren bei uns. Aber sie spricht nicht. Amalia, sag meiner Freundin Käthe guten Tag.»

Das Mädchen, ein blondes hübsches Kind, brachte selbst diese zwei Worte nicht hervor.

«Wir haben alles versucht. Es scheint nichts zu fruchten. Vielleicht sind es die Zähne», meinte die Dame.

Die Komtess stieß dazu, und nach einer kurzen Plauderei begleiteten sie und Ricarda die verschüchterte Amalia in die Praxisräume. Wenigstens war das kleine Mädchen bereit, sich gründlich untersuchen zu lassen.

«Die Pflegemutter meint, sie spräche nicht. Ob Sie herausfinden könnten, ob es an den Zähnen liegt», trug Ricarda vor.

Die Komtess begutachtete den Mundraum des Mädchens. «Man erkennt die typischen Folgen von Mangelernährung. Die restlichen Milchzähne werden bald ausgefallen sein, aber die neuen Zähne sind jetzt schon krank. Amalia, putzt du dir die Zähne?»

Immerhin, die Kleine nickte.

Nach einer gründlichen Untersuchung kam die Komtess zu einem Urteil: «Wegen deiner Zähne schweigst du nicht, Amalia. Mir kommt da gerade etwas in den Sinn, Ricarda. Du hast doch im Burghölzli einen kleinen Patienten gehabt, der ebenfalls nicht reden mochte.»

Ricarda erinnerte sich gern an den kleinen Bert. Sie war nach wie vor davon überzeugt, dass der Junge damals falsch behandelt worden war. Die Mischung aus Kokain und Morphium war ihrer Meinung nach fatal gewesen. Lag hier ein ähnlicher Fall vor?

«Wäre es nicht einmal einen Versuch wert, dass du dich um Amalia kümmerst? Vielleicht gelingt es dir eher, die Kleine zum Reden zu bringen. Ein gemeinsamer Ausflug? Meinst du, das wäre eine Idee?»

Siegfried zog Ricarda ein klein wenig näher an sich heran, gerade so viel, wie der Anstand es zuließ. Für ihn als Soldat galten strengste Benimmregeln, allesamt in einem dicken Buch notiert. Denn ein Soldat musste sich vorbildhaft verhalten und auch in der Öffentlichkeit Uniform tragen. Selbst wenn er wie gerade jetzt mit der Ringbahn zu einem Berliner Außenbezirk unterwegs war.

«Da hatte die Komtess doch eine gute Idee», sagte Siegfried. «Sonst wären wir heute wohl nicht in den Grunewald gefahren!»

«Die Idee ist von ihr, aber das Ziel hat mir Frau Merger vorgeschlagen», erwiderte Ricarda. «Wusstest du, dass es ein Strandbad hier draußen gibt? Mit Rummel!»

Solche Glanzpunkte hatte es weder in ihrer noch in seiner Kindheit gegeben. Nicht einmal im Traum. Entsprechend aufgeregt waren sie beide. Amalia reagierte auf die Stichworte Rummel und See allerdings nicht euphorisch.

Siegfried beugte sich noch einmal zu dem Mädchen, das fein rausgeputzt neben Ricarda saß. «Freuste dich auf den Rummel, Amalia? Kannste Karussell fahren und die Füße in den See strecken!», berlinerte er ein wenig.

Die Kleine sagte nichts und reagierte auch sonst nicht.

«Gib ihr Zeit», sagte Ricarda leise.

Eigentlich würde es Wochen oder Monate dauern, um dieses Kind aus seiner Starre zu holen. Es war ein edles Unterfangen, dass die Komtess dem Kind helfen wollte, aber so richtig begeistert war sie nicht. Denn Siegfried hatte nur an diesem sonnigen Samstag – der gleichzeitig Ricardas letzter Berlin-Tag war – die Erlaubnis, die Garnison zu verlassen. Danach würden sie sich wieder monatelang nicht sehen!

Als hätte er Ricardas Gedanken lesen können, sagte Siegfried mit leisem Seufzen: «Die Zeit, ja, die Zeit. Wir haben in jeder Beziehung zu wenig davon.»

Ein junges Paar setzte sich auf die Bank gegenüber. Die Frau lächelte Ricarda freundlich zu.

«So eine große Tochter haben Sie schon. Sie müssen sehr glücklich sein.» Sie beugte sich zu Amalia. «Wie heißt du denn, mein Kind?»

Amalia sagte nichts, guckte nur mit einem Gesichtsausdruck, der wie gefroren wirkte. Die Frau zog sich ihrerseits mit Anzeichen des Befremdens zurück.

«Sie ist sehr schüchtern», sagte Siegfried.

An der nächsten Station – Bahnhof Grunewald – mussten sie ohnehin aussteigen, und Ricarda wurde bewusst, wie kompliziert solch ein Unterfangen werden konnte. Die geschützte Situation in einer Klinik machte die Annäherung an eine verletzte Psyche erheblich leichter.

Inmitten der Ausflügler, die mit Körben voller Krimskrams und Unmengen von Kindern zum See zogen, liefen die drei in Richtung Halensee. Wo sie nach wenigen hundert Metern schon das Schild sahen: *Hier können Familien Kaffee kochen*. Dieses Schild zu lesen, selbst wie eine kleine Familie zu wirken, aber weit entfernt zu sein von der Verwirklichung dieses Traums, das fühlte sich merkwürdig an.

Das Durcheinander an Stimmen war unglaublich, ein Gerenne und Geschubse, Gelache und Geschimpfe. Jeder schien glücklich, dem Alltag entkommen und in eine kleine Traumwelt voller großer Glücksgefühle eingetaucht zu sein. Es gab einen richtigen Rummel mit Karussellen, Schieß- und Würfelbuden, aber die größte Attraktion war zweifellos eine Wasserrutschbahn. Eine Art rechteckiger Kahn rollte mit viel Getöse den kleinen Berg hinunter zum See, wo er die kreischende Kinderfracht ins Nass kippte. Die Erwachsenen, von denen wohl noch keiner eine solche Gaudi gesehen – geschweige denn erlebt – hatte, jubelten und lachten.

Amalia war nun ganz nah dran am Geschehen, aber es interessierte sie scheinbar nicht. Keine Miene rührte sie. Siegfried und Ricarda tauschten ratlose Blicke.

«Es geht nicht nur um das Verweigern des Sprechens», folgerte Ricarda. «Das Kind hat aus unbekannten Gründen eine Mauer um sich errichtet. Die gilt es zu durchbrechen. Nur wie?» Sie seufzte.

Siegfried kaufte Zuckerwatte. Amalia nahm das süße Zeug zwar entgegen, aber sie trug es, als sollte sie die Watte irgendwo abgeben und nicht davon naschen. Ricardas Verdacht, dass man dem Kind mit einem Bummel über den Rummel nicht helfen konnte, hatte sich bestätigt. Sie beschloss, das Beste draus zu machen und den Tag einfach zu genießen. Ohne Ärztin spielen zu wollen.

Neben einer Wurfbude und einem Kettenkarussell, auf dem junge Frauen, Männer und Kinder im Kreis über das kleine Fest flogen, stand eine Holzhütte mit der Aufschrift *Weltermanns Völkerschau*.

Ein Herr in Frack und mit Zylinder, beides etwas abgeschabt, schrie: «Damen sowie Herren, kommen Se herbei, nehmen Se Anteil. Sehen Se! Staunen Se! Die wildesten Leute aus dem hintersten Teil der Welt zeigen wir Ihnen in unserm Theater!»

«Ich glaub's nicht: eine Völkerschau!», rief Ricarda. Sie fasste den widerstrebenden Siegfried bei der Hand. «Komm! Amalia, du auch.»

«Nee, Rica, tu mir das nicht an. Ich war in Afrika.»

«Mitgefangen, mitgehangen», lachte sie.

Er gab nach.

«Der stärkste Mann der Welt! Und die kleinste Frau der Welt! Ausm wilden Afrika! Nur hier in Weltermanns Panoptikum!»

Ricarda erinnerte sich an Kumaris Tante und ihren Vater, der mit Menschen ebenso handelte wie mit Tieren. Aber die Neugier siegte. Sie wollte das jetzt sehen!

Drinnen war es noch dunkel und still, denn sie waren die Ersten. Die letzten Zuschauer hatten die Schau gerade durch den Seitenausgang verlassen. Es war ein wenig gespenstisch.

Siegfried sah Ricarda an, als bäte er um Milde. «Gehen wir wieder?»

«Jetzt haben wir gezahlt!»

Amalia reagierte ganz anders auf das Unerwartete. Sie ging langsam nach vorne zur Bühne, immer noch die Zuckerwatte wie eine kleine gefrorene Fahne in der Hand. Erst jetzt sah Ricarda, was das Mädchen wohl schon längst entdeckt hatte.

Neben der Bühne stand eine kleine Person, deren Haut so schwarz war, dass sie von der Umgebung fast verschluckt wurde. Sie war fast genauso groß wie Amalia, die ungezwungen auf die Frau zuging. Sie war extrem zierlich gebaut und nur mit einem winzigen Tuch um die Hüften bedeckt.

Ricarda erschrak. Was tat diese schutzlose kleine Person hier? *Die kleinste Frau der Welt*, hatte der Marktschreier gerufen. Er mochte wohl recht haben.

Auch Siegfried schien geschockt zu sein. Obwohl er doch in Afrika gewesen war. Er sagte nichts.

«Magst du Zuckerwatte?»

Amalia hatte gesprochen! Wohl seit Jahren zum ersten Mal!

Das Mädchen stand ganz dicht vor der kleinen Frau und hielt ihr die Watte hin. Die Afrikanerin griff danach und zupfte sich ein Stück ab, um es sich in den Mund zu stecken. Die Bewegung des Greifens hatte offenbar gemacht, dass die zarte Frau am ganzen Körper zitterte. Wie das berühmte Espenlaub, das sich so schnell im Wind drehte, dass man es kaum sehen konnte. Aber Amalia hatte es bemerkt, denn sie legte die Zuckerwatte ab und streifte die leichte Strickjacke, die sie anhatte, ab und legte sie mit äußerster Behutsamkeit um die nackten Schultern der Frau.

«Dir ist immer kalt», sagte das Kind.

Als die Afrikanerin die Hand ausstreckte, war es nicht sofort klar, was sie vorhatte. Langsam näherte sich die Hand dem blonden Lockenkopf des Mädchens. Die begriff und beugte sich vor, um sich anfassen zu lassen.

«Bist du ganz allein?», fragte das Kind.

Die kleine Frau sagte nichts. Sie griff jedoch erneut zur Zuckerwatte. Da gab Amalia ihr den ganzen Stab, von dem sie noch nicht einmal gekostet hatte. Als hätte sie das Zuckerzeug von weit her gebracht, um es der Fremden zu überlassen.

Im Zelt wurde es jetzt heller, und Ricarda stellte fest, dass inzwischen andere Besucher in das kleine Theater gekommen waren. Der magische Moment war vorbei.

Der Budenbesitzer sagte wieder seine Sprüche auf. Wie aus dem Nichts war er neben Amalia und der Afrikanerin aufgetaucht. Mit Schwung hob er die kleine Frau, die noch die Zuckerwatte in der Hand hielt, in die Luft, streifte ihr die Jacke ab und reichte die kleine Frau weiter an einen hünenhaften weißen Mann, der sie sich auf den angewinkelten Oberarm setzte.

«Damen sowie Herren! Staunen Se! Prinzessin Kulle-Kük-Kük aus dem wildesten Afrika, wo die Menschen noch Menschen essen. Aber heute, dank dieses wunderbaren Berliner Kindes hier unten neben mir, probiert Prinzessin Kulle-Kük-Kük zum ersten Mal Berliner Zuckerwatte! Und es schmeckt ihr! Damen sowie Herren, einen Applaus! Einen donnernden Applaus!»

Der Budenbesitzer eilte auf Ricarda, Siegfried und Amalia zu und zog sie ins Licht des Scheinwerfers.

«Ein Herr Offizier mit seiner Gemahlin sind die Eltern dieses prachtvollen Mädchens, das Prinzessin Kulle-kük-kük so reich beschenkt hat. Wie heißt du, Mädchen?»

Amalia sah hinauf zu der auf dem Arm des Riesen sitzenden Frau. Sie hatte die Jacke in der Hand und hob sie hoch. «Sie friert. Gib ihr die Jacke.»

Die Zuschauer lachten, der Budenbesitzer war irritiert, aber er tat, worum Amalia gebeten hatte.

«Prinzessin Kulle-kük-kük mit Berliner Jacke!», schrie der Mann. «Applaus!»

Ricarda war vollkommen überwältigt. Als sie sich Sekunden später Amalia zuwenden wollte, stellte sie entsetzt fest, dass die Kleine verschwunden war.

Das Mädchen hatte sich einen Platz am See gesucht. Amalia saß am Ufer, die Sonne schien ihr ins Gesicht.

«Warum bist du denn verschwunden?», fragte Ricarda etwas außer Atem und mit leichtem Vorwurf in der Stimme, als sie die Kleine erreichte.

Sie beugte sich zu dem Mädchen herunter. Wieder reagierte das Kind nicht. Sie tat, als ob die beiden Erwachsenen gar nicht anwesend wären. Ricarda fühlte sich hilflos, und Siegfried schien es ebenso zu gehen. Er setzte sich, zog seine Schuhe aus und streckte die Füße ins Wasser.

«Das tut gut», sagte er.

Ricarda wäre seinem Beispiel gern gefolgt, aber als Frau hätte sie ihre Strümpfe umständlich ausziehen müssen, was ohne Kabine nicht möglich gewesen wäre. Doch zu ihrer Überraschung tat Amalia genau das! Kurz darauf planschte sie neben Siegfried mit den Zehen im Wasser. Da begriff Ricarda. So, wie die Kleine voller Unbefangenheit auf die

Afrikanerin zugegangen war, um ihr Zuckerzeug und Jacke zu überlassen, musste man mit ihr umgehen. Ricarda sagte nichts mehr, sie setzte sich zu den beiden auf den Boden und genoss den Augenblick.

Eigentlich ist Leben doch etwas sehr Einfaches, wenn man das Einfache zulässt, dachte sie. Leider gelang das so selten.

Die Zeit mit Siegfried war viel zu schnell vergangen. Um sie bis zum letzten Augenblick auszukosten, fuhr Ricarda mit ihm in der Pferdebahn hinaus zum Garnisonslazarett Tempelhof. Noch drehte sich das Gespräch um die Erlebnisse des Tages, doch die Wehmut des Abschieds war schon zum Greifen nah.

«Leider wusste der Budenbesitzer nichts darüber – oder wollte nicht wissen –, woher die kleine Frau kam», erzählte Siegfried. «Ich glaube, sie ist eine Frau vom Stamm der sogenannten Pygmäen. Die leben im tiefsten Dschungel Afrikas.»

«Diese Menschen sind gewiss sehr scheu. So wie Amalia. Ich glaube, das war die Gemeinsamkeit, die sie verband», sagte Ricarda.

«Deine Komtess war ja völlig aus dem Häuschen!» Siegfried lachte. «Und die Pflegemutter erst. Ricarda, bei dieser Dame wirst du für immer in hohem Ansehen stehen. Du bist die Ärztin, die ihrer Pflegetochter die Sprache zurückgab.»

«Dabei kann ich gar nichts dafür. Ist schon verrückt: Ich war einfach nur neugierig auf diese sogenannte Völkerschau.»

«Stimmt. Sonst wären wir nicht hineingegangen.» Er drückte ihre Hand. «Aber das ist es, was ich an dir liebe! Dein Geist ist so wunderbar frei. Ohne Barrieren im Kopf strebst du vorwärts. Das ist die beste Voraussetzung, um Menschen zu helfen. Ich glaube, du hast mir heute die Augen geöffnet.»

Sie wurde rot, denn solch ein Kompliment hatte ihr noch nie jemand gemacht. Und da gab er ihr auch noch einen Kuss auf die Wange.

Untergehakt gingen sie wenig später auf das Lazarett zu, so langsam, als könnten sie die Zeit zum Stillstand bringen. Siegfried sah ihr tief in die Augen.

«Bis ganz bald, mein Liebling», sagte er.

«Das würde ich mir so wünschen! Wenn wir es doch nur einfacher hätten, uns zu sehen», anwortete sie. Doch sie dachte: Wann werden wir endlich heiraten, um miteinander das Leben zu genießen, anstatt davon träumen zu müssen? Sie schwieg, um nicht noch mehr in der offenen Wunde zu bohren, die in beider Herzen klaffte.

«Die Zeit wird uns nicht lang werden, Rica, solange wir aneinander denken.»

Er küsste sie ein letztes Mal. Dann schloss sich das Garnisonstor hinter ihm. Und die Pflichten, denen sie beide sich unterworfen hatten, trennten sie erneut.

Ricarda blieb allein zurück und meinte, einen riesigen Stein im Magen zu haben. Für einen halben Tag hatten Siegfried und sie gemeinsam etwas ganz Neues erlebt. Das Leben hatte sie in neue Rollen hineingeschubst. Ein Paar mit einem Kind. Erst wenn Siegfried aus seinen Verpflichtungen entlassen wäre, könnten sie das sein.

Eine schöne Vorstellung. Doch im Moment war sie so weit von der Wirklichkeit entfernt wie der Mond, der in einen milchigen Hof gebettet am Nachthimmel stand und auf die Erde herunterblickte. Von ihrem Vater wusste sie, dass solch ein melancholischer Mond einen Wetterumschwung anzeigte.

Einen strahlend klaren Mond hätte sie an einem so traurigen Abschiedsabend, an dem die Luft warm und vielversprechend war, auch nicht ertragen.

DAS LICHT DER WELT

Winter 1888

Bislang war die Nacht ruhig gewesen.

Ricarda hatte nur zwei Entbindungen vorgenommen, die ohne Komplikationen verlaufen waren. Sie mochte den diensthabenden Arzt Doktor Wagner, einen betagten, fast kahlköpfigen Herren, der sie freundlich behandelte. Er war es gewohnt, mit Krankenschwestern wie ihr zu arbeiten, die sich in der Gynäkologie das Geld verdienten, um sich damit das Medizinstudium zu finanzieren. Nachts natürlich, denn tagsüber wurde studiert. Doktor Wagner bemitleidete sie deshalb nicht, denn sein Werdegang vom Bauernbub zum Mediziner war entsprechend entbehrungsreich gewesen, wie er ihr erzählt hatte. Doch nun plagte ihn die Gicht, seine Hände wurden allmählich steif.

«Machen Sie das, Petersen», hatte er Ricarda bei beiden Geburten aufgefordert.

Bessere Lehrstunden gab es nicht als bei einem Routinier, der ihr wohlwollend zur Seite stand.

Jetzt hatte Wagner sich ins Arztzimmer zurückgezogen, um Schlaf zu bekommen. Ricarda saß im Schwesternzimmer über einem Antwortbrief an Kumari. Immer wieder schreckte sie hoch, weil ihr die Augen zufielen. Müdigkeit und Kälte ließen sie zittern, sie zog die Decke enger um die Schultern.

Kumari war unglücklich. Endlich fühlte sie sich in Ceylon heimisch. Jetzt, wo sie zwei kleine Kinder hatte, musste sie die Insel jedoch verlassen. Ihr Mann sollte für seinen Arbeitgeber, das englische Unternehmen, Teeplantagen in Kenia aufbauen. Ricardas Antwortbrief war dringend, weil Kumari einen wunderbaren Plan hatte: *Mein Mann muss im kommenden Mai in London sein. Ich dachte, wir reisen über Berlin. Dann könnten wir uns alle zu Ostern treffen – Du, Lore, ich.*

Ostern war noch so weit entfernt! Am liebsten hätte Ricarda die Freundin schon morgen getroffen.

Die Uhr im Schwesternzimmer schlägt gerade vier, schrieb Ricarda. *Oh, wie sich diese Stunden vor dem Morgengrauen endlos dehnen. Noch drei Stunden, dann darf ich gehen. Hinaus in ein Zürich, das in eisiger Kälte erstarrt ist. Siegfried schrieb vor Wochen, dass er nun erneut nach Afrika unterwegs ist. Da seid Ihr nun alle in der Wärme des südlichen Erdenrunds und mich friert. Aber ich will nicht klagen, denn ich tue genau das, was ich wollte. Ich freue mich auf Dich und darauf, Deine Kinder kennenzulernen.*

Die ersten Sätze waren gerade auf dem Papier, als die Notfallglocke geschlagen wurde. Ricarda eilte zur Notaufnahme. Noch war kein Helfer da. Nur ein Leiterwagen, die Ladefläche mit einer bogenförmigen Plane überspannt, stand in der eisigen Nacht. Daneben ein Bauer, die Hände vor Kälte oder Verzweiflung oder vielleicht aus beiden Gründen ringend.

«Das Weib kriegt ein Kind!»

Es war der übliche Satz männlicher Hilflosigkeit, den Ricarda im zu Ende gehenden Jahr unzählige Male gehört hatte.

«Helfen Sie mir, Ihre Frau vom Wagen zu heben!» Sie kletterte bereits hoch. «Ich bin Krankenschwester. Können Sie mich hören?», fragte sie in die Dunkelheit hinein.

Nur ein Stöhnen als Antwort.

Sie packte die Frau unter den Armen, der Mann nahm die Beine. Als die Frau vom Wagen herunter war, eilten die Helfer mit einer Trage heran. Sie brauchten keine Instruktionen, um die Patientin in den Gebärsaal zu bringen, aber Ricarda musste die Personalien der Frau notieren und ließ sich eilig alles diktieren. Der gute Mann wusste wie üblich nichts über Zeitpunkt der Empfängnis oder eventuelle Komplikationen zu sagen.

Im Geburtssaal hatte sich inzwischen Doktor Wagner eingefunden. Jeder tat die eingeübten Handgriffe.

«Das Kind lebt und ist in Querlage», hörte sie den Arzt sagen. «Petersen, Sie müssen das machen. Die Kälte spielt meiner *Chiragra* übel mit.»

Der alte Arzt starrte auf die ihm von Gott gegebenen Werkzeuge, die ihm den Dienst verweigerten.

«Wir schaffen das, Doktor», sagte sie. Das Kind musste gedreht werden. Die Kreißende schrie vor Schmerzen, wenn die Wehen sie beutelten. Ricarda blieb ruhig, trotz allem. Sie hatte schon einige Male ein Kind im Mutterleib gedreht. Und tatsächlich – es war vollbracht, der Kopf lag direkt vor dem Geburtskanal.

«Pressen. Fest pressen», sagte sie ruhig in die nächste Wehe der Gebärenden hinein.

Doch es ging nicht vorwärts. Der Kopf war zu groß.

«Sie müssen mit aller Kraft ziehen, Petersen. Es muss raus», sagte der alte Arzt.

Der entscheidende Augenblick im Leben eines Menschen! Wie viel jetzt schiefgehen konnte!

Seit diesem Sommer hatte Deutschland einen neuen Kaiser, Wilhelm II. Der Monarch war nur vier Jahre älter als

Ricarda, und jeder Geburtshelfer wusste, dass es bei dessen Geburt zu einer dauerhaften Lähmung des linken Arms gekommen war, weil die Nerven abgeklemmt worden waren. Dieser Kunstfehler hatte seinerzeit den ganzen Berufsstand in Verruf gebracht.

Wieder zog Ricarda an dem Kindchen. Plötzlich spürte sie, wie der alte Doktor Wagner in ihre Ellenbogen hineingriff, um sie mit seiner ganzen Kraft zu unterstützen. Es gelang tatsächlich, den kleinen Menschen ans Licht der Welt zu holen, aber dessen Atmung war zu schwach. Ricarda durchtrennte die Nabelschnur und begann sofort mit Wiederbelebungsmaßnahmen. Doch das Schicksal des kleinen Mädchens konnte sie nicht beeinflussen. Das kleine Herz gab den Kampf um das Leben auf, bevor er richtig begonnen hatte.

«Bin ich schuld?», fragte Ricarda entsetzt.

Sie hatte die Worte eigentlich an den alten Arzt gerichtet, der den toten Säugling untersuchte.

«Es ist mein siebtes Kind», hörte Ricarda die Mutter in ihrem sanften Schweizer Tonfall sagen. «Gott hat geurteilt: Genug ist genug.» Mit einem fast erleichterten Lächeln fügte die geschwächte Frau hinzu. «Das Essen reicht ohnehin schon kaum für alle.»

Mit diesen Worten im Ohr kehrte Ricarda später zum Schreibtisch im Schwesternzimmer zurück.

Obwohl ich selbst auf dem Land aufgewachsen bin, macht mich die Schicksalsgläubigkeit dieser Menschen nachdenklich, schrieb sie an Kumari. *Ich frage mich: Wie würde ich reagieren, wenn es mein Kind gewesen wäre? Aber vielleicht ist diese Frage falsch gestellt. Denn der Bäuerin geht es gar nicht um das kleine Individuum. Vielmehr sieht sie es als Teil des Familiengefüges. Lebt der Säugling, so verlangt sein Schicksal von ihm, diese Familie später zu unterstützen. Stirbt er, gilt dasselbe: Durch seinen Tod hilft er der Familie zu überleben. Ich dachte immer, wenn wir Ärzte gegen den Tod kämpfen, haben wir unsere Position gefunden. Doch so einfach ist das wohl nicht. Diese Frau, die ihr Kind verlor, hat mir heute auf ihre Weise gezeigt, dass der Tod zum Leben gehört. Ob das eine erschütternde oder eine tröstliche Erkenntnis ist, vermag ich noch nicht zu sagen.*

Das Schneetreiben an diesem frühen Morgen, durch das Ricarda eilte, war so dicht, dass die grauen Stadtgassen nur schemenhaft zu erkennen waren. Der Brief an Kumari war fertig geworden und lag in ihrer Handtasche, die sie sich schützend vor den Bauch hielt. Noch ein schneller Kaffee und ein Brötchen in einem Kaffeehaus, und dann war es auch schon Zeit für die Acht-Uhr-Vorlesung *Zu den Krankheiten der Ovarien, Vagina, Vulva* bei Professor Wyder, dem Direktor der Universitätsfrauenklinik.

Wyder, ein stattlicher Mann von gerade fünfunddreißig Jahren, leitete gleichzeitig die Hebammenschule und war zuvor Dozent an der Charité in Berlin gewesen. Entsprechend begehrt waren die Plätze in seinen Vorlesungen; Ricarda ergatterte nur noch einen Sitz weit hinten.

«Heute so spät dran?», fragte sie eine wohlbekannte Stimme.

Florentine war wie gewöhnlich nicht zu übersehen. Ihre Kleidung war stets extravagant. Jetzt im Winter zierte ein grau und weiß oszillierender Polarfuchspelz ihren Hals, im Haar steckte die weiße Blüte der Wissensblume Calla. Zu ihrer Inszenierung gehörte zudem eine Handvoll männlicher Mitstudenten, die sich um sie scharten. Eine bessere Partie als die junge, schöne und reiche Gräfin Florentine von Freystetten ließ sich in der Uni – und wohl in ganz Zürich – schwerlich finden, und Flora genoss das Gebalze sichtlich.

«Ich hatte Nachtschicht», sagte Ricarda, während sie ihren Stift spitzte, um mitzuschreiben. Um nichts in der Welt wollte sie sich jetzt anmerken lassen, wie erschöpft sie war.

«Du machst dich völlig kaputt mit dieser vielen Arbeit», sagte Florentine. «Warum nimmst du nicht mein Angebot an? So würdest du eine Menge Geld sparen und könntest dich mehr auf das Studium konzentrieren.»

«Ich bin doch ohnehin kaum zu Hause. Eigentlich brauch ich nur ein Bett», erwiderte Ricarda leichthin. Sie merkte zu spät, wie verräterisch dieser Nachsatz war.

«Manche Menschen ändern gelegentlich ihre Meinung. Solltest du dazugehören, lass es mich wissen», sagte Flora.

Anlässlich der Einweihungsfeier im Herbst des letzten Jahres hatte Ricarda Florentines hübsche Villa in Augenschein genommen. Ein für diese reiche Gegend schon fast bescheiden zu nennendes Anwesen mit Beletage und ausgebautem Dach, viel zu groß für eine alleinstehende Person, aber eben gerade noch angemessen für die *Millionen-Gräfin* mit viel Personal.

Es fiel Ricarda schwer, sich einzugestehen, weshalb sie dort nicht wohnen wollte. Es war weniger eine Frage des Stolzes, nicht bei der vermögenden Schwägerin ihrer Schwester einzuziehen. Es fühlte sich einfach falsch an, von Florentines Reichtum profitieren zu wollen, obwohl sie deren Lebensstil nicht mochte. Überdies konnte es wohl kaum ein seltsameres Paar geben als sie, die fleißige graue Maus, und den schillernden Paradiesvogel.

Inzwischen war der Professor vorn ans Pult getreten.

Während er sprach, begleitete er seinen Vortrag mit ein paar Skizzen, die er auf die Tafel hinter sich warf. Ricarda konzentrierte sich auf seinen Vortrag und zeichnete gleichzeitig mit. Erst als Wyder geendet hatte, bemerkte sie, dass Flora sich nur ein paar Stichworte notiert hatte.

«Wir studieren gemeinsam, wir sind eine Familie. Wollen wir nicht zusammenarbeiten?», fragte Flora.

«Inwiefern?»

«Ich würde mich freuen, an deinen Skizzen teilhaben zu können.»

«Du warst doch selbst dabei.»

Florentine lächelte schräg. «Meine Augen, Rica, sind nicht gerade die eines Adlers.»

Mit anderen Worten, dachte Ricarda, die hübsche Florentine ist zu eitel, um eine Sehhilfe zu benutzen. Sie reichte ihr ihren Skizzenblock.

«Besuchst du morgen Professor Meyer-Rüeggs *Geburtshülflichen Operationscurs*? Dann könntest du mir den Block zurückgeben.»

«Auf jeden Fall, meine Liebe», sagte Florentine.

Ricarda hatte das unbestimmte Gefühl, gerade einen Fehler gemacht zu haben.

Der Schneefall schien sogar noch dichter geworden zu sein, als Ricarda am späten Vormittag endlich durch dicken Schnee zur Pension der Jungfer Bitterli stapfte. Sie hatte nur noch den Wunsch nach ein paar Stunden Schlaf. Das Zimmer würde sie für sich haben, da Paulines Stundenplan sich in diesem Wintersemester sehr von ihrem eigenen unterschied. Doch kaum dass sie zur Tür herein war, stürzte ihr Pauline entgegen. Das Gesicht der Freundin war vor Aufregung hochrot.

«Da bist du ja endlich!»

«Hast du denn nicht Laborkunde?»

«Ach, das Labor! Rica, es ist etwas Furchtbares passiert! Jungfer Bitterli ist tot!»

«Um Himmels willen! Wie kann das sein?»

Im folgenden März wären es fünf Jahre gewesen, dass Pauline und sie bei der Jungfer wohnten, doch gesprochen hatte man eigentlich nur am Monatsende ein paar Minuten miteinander, wenn Ricarda ihre fünfundzwanzig Franken Miete abgab. Das Leben der Wirtin schien eintönig gewesen zu sein, es hatte jedoch nicht den Eindruck gemacht, als wäre die alte Dame damit unzufrieden gewesen.

«Sie ist beim Mittagessen an einem Fleischbrocken erstickt», berichtete Pauline. «Jemand hörte die Jungfer röcheln. Aber man wusste sich keinen Rat, und bis ein Arzt kam, war die Jungfer tot. Was sollen wir denn jetzt machen?»

Ricarda war übermüdet, ihr Denken langsam. «Da können wir nichts mehr machen», antwortete sie lahm.

«Ricarda, verstehst du denn nicht? Wir werden auf der Straße stehen!», rief Pauline.

Nein, sie begriff noch immer nicht. «Wieso denn?»

«Die Jungfer hat doch immer gesagt, dass sie dereinst alles der Kirche vermachen will, weil sie keine Erben hat», klagte die aufgewühlte Pauline.

«Die werden uns doch nicht mitten im Winter auf die Straße setzen, Pauline. Das sind doch Christenmenschen.»

Weiter konnte sie nicht denken. Sie brauchte Schlaf.

Florentine ließ sich nicht im *Geburtshülflichen Operationscurs* blicken. Folglich musste Ricarda ohne jene Notizen lernen, die sie während Wyders *Vorlesung zur Gynäkologie 2* gemacht hatte. Vielleicht war diese Unzuverlässigkeit einem Zufall geschuldet, versuchte sie, sich einzureden. Doch insgeheim stand ihr Urteil über Florentine seit jener Bahnfahrt fest, als die Grafentochter nicht den Hauch einer Vorstellung vom Beruf der Ärztin gehabt hatte.

Es war eisig kalt in ihrem Zimmer, Pauline noch unterwegs. Ricarda versuchte, sich wieder auf das Lernen zu konzentrieren. Nun ging die Türglocke. Anscheinend war niemand im Haus, also raffte sie sich auf und öffnete. Ein Mann im dicken Mantel und mit Hut stand vor der Haustür. Er reichte ihr einen Brief mit der Aufschrift *An die bisherigen Mieterinnen der Jungfer Bitterli.*

Wir fordern Sie auf, die Zimmer zum 31. Dezember freizuziehen, lautete der entscheidende Satz.

Wenig später kehrte Pauline heim. Die Nachricht schien ihr den Boden unter den Füßen fortzuziehen.

«Mitten im Semester eine neue Bleibe zu finden, das ist doch unmöglich», sagte Pauline resigniert und ließ sich auf ihr Bett sinken. Die Freundin starrte vor sich hin. Dann sagte sie matt: «Ricarda, das ist ein Zeichen des Himmels.»

«Weil ausgerechnet die Kirche uns kurz vor Weihnachten an die Luft setzt?», fragte Ricarda, ohne zu bedenken, dass sie mit einer Pfarrerstochter sprach.

«Ich werde Zürich noch vor Weihnachten verlassen», erwiderte Pauline.

«Wie bitte? Du willst das Studium beenden? Nein, tu das nicht. Es findet sich eine Lösung. Du musst an das große Ziel denken. Wir wollen Ärztinnen werden. Da kann uns keine Zimmervermietung aufhalten!», rief Ricarda.

Pauline seufzte schwer. «Ich habe lange mit mir gerungen. Meine Mutter schrieb mir schon vor vier Wochen, dass mein

Vater so krank ist. Sie machte mir Mut durchzuhalten. Aber jetzt kann ich nicht mehr.»

Pauline vergrub ihr Gesicht im Kopfkissen, um ihr Schluchzen zu ersticken. Ricarda setzte sich zu ihrer Freundin und streichelte ihren bebenden Rücken.

«Warum hast du nie etwas gesagt?», fragte sie.

Langsam wandte Pauline ihr tränennasses Gesicht Ricarda zu. «Du lebst in deiner Welt. Hastest von Vorlesung zu Kurs und von dort zum Nachtdienst, kommst heim und schreibst Briefe oder lernst. Du scheinst niemanden zu brauchen.»

Ricarda musste ihr beipflichten. Da wohnte man so eng zusammen, und über die wichtigen Dinge des Lebens wurde geschwiegen.

«Ich mache mir selbst so viel Druck. Es tut mir leid, Pauline.»

«Schon gut, Ricarda. Du bist, wie du bist.»

«Das klingt, als wäre ich ein Ungeheuer», sagte sie niedergeschlagen.

Pauline lächelte sie durch Tränen hindurch an. «Du wirst eine ungeheuer gute Ärztin, Ricarda. Man muss für diesen Beruf wohl so brennen wie du.»

«Aber du wirst nicht aufgeben, Pauline. Du musst auch Ärztin werden.»

«Ja.» Pauline nickte tapfer gegen ihre nicht versiegenden Tränen an.

Werde ich Zeugin, wie ein Lebenstraum stirbt?, fragte sich Ricarda.

Der Tag musste dennoch weitergehen. Ricarda machte sich bereit für den Nachtdienst. Auf dem kleinen Tischchen vor der Haustür fand sie einen Brief, der dort wohl schon länger gelegen hatte. Er war an sie adressiert. Absender: *Gräfin von Freystetten, Seefeld bei Zürich.*

Sie riss ihn auf.

Liebe Ricarda, Weihnachten ist das Fest der Liebe. Auch wenn ich das Gefühl nicht loswerde, dass zwischen uns kaum Liebe ist. Vielleicht können wir daran arbeiten, dass das anders wird. Ich möchte Dich einladen, das Weihnachtsfest bei mir zu verbringen. Tante Henriette, Käthe Hausmann und auch meine Mutter werden anwesend sein. Bitte mache mir, uns und auch Dir die Freude und sei dabei! Deine Florentine

Ricarda stand wie erstarrt im Flur. Es stimmte, Weihnachten war nah, aber sie hatte daran kaum einen Gedanken verschwendet. Auch Weihnachten wurden Kinder geboren. Ihr Plan war, dabei an diesen Tagen zu helfen.

Du scheinst niemanden zu brauchen, hatte Pauline festgestellt. War das so? Oh doch, sie brauchte jemanden! Aber dieser Jemand war weit weg, sehr weit.

Sie kannte die letzten Zeilen von Siegfrieds Brief auswendig: *Ich schreibe Dir dies, kurz bevor wir uns nach Togo einschiffen. Sieh einmal nach, wo das liegt, mein Liebling. Ich wusste es zuvor auch nicht. Aber ich werde Dich dort ebenso vermissen wie an jedem anderen Ort der Welt und voller Sehnsucht an Dich denken!*

Ricarda versuchte, die Tränen zurückzuhalten, und nahm ihren Verlobungsring ab. Sie trug ihn nie während der Arbeit – wegen der Bakterien. Stattdessen öffnete sie den Verschluss ihrer Kette, fädelte den Verlobungsring ein und hängte sich die Kette wieder um. Dann trat sie hinaus auf die Straße, hinein in das eisig kalte Zürich.

Mir bleibt doch nichts anderes übrig, als innerlich zu brennen, wenn ich nicht erfrieren will, dachte sie.

«Willst du das Zimmerchen gleich sehen?»

«Ja, gern!»

«Na, dann komm!»

So einfach hatte sich Ricarda das nicht vorgestellt! Sie hatte während der langen Nachtwache einer Schwester davon erzählt, dass sie vom Neujahrstag an ohne Bleibe sein würde.

Und die Schwester hatte geantwortet: «Da hast du Glück. Ich ziehe Weihnachten aus. Ich heirate und wohne bei meinem künftigen Mann in Küsnacht. Kannst gern mein Zimmerchen haben!»

Das Schwesternwohnheim lag obendrein nah am Universitätsspital. Welch eine Erleichterung, das würde ihr manche Stunde mehr an Schlaf schenken. Und es kostete nicht mehr als bei der Jungfer.

«Du hast mir das beste Weihnachtsgeschenk gemacht!», rief Ricarda.

Noch in der gleichen Nacht schrieb sie an Siegfried: *So bleibe ich weiterhin eigenständig, angewiesen auf niemanden. Sag mir, mein Lieber, übertreibe ich es damit? Wie wird es sein, wenn wir verheiratet sind? Werde ich diese Eigensinnigkeit aufgeben, bevor ich Dir auf die Nerven gehe? Oh, ich freue mich so auf unser gemeinsames Leben. Wenn doch endlich Schluss wäre mit dieser Ungewissheit, nicht zu wissen, wo Du bist. Ich bin Deinem Rat gefolgt und habe Togo gefunden.*

Sie war eigens in die Philosophische Fakultät gegangen, wo in der Bibliothek des Geographischen Instituts der große Globus stand. Den hatte sie endlos lang gedreht und gesucht, wo es denn wohl sein mochte, dieses Land Togo, zu dem Siegfried aufgebrochen war.

Ein Student hatte sie bei ihrer Ratlosigkeit ertappt: «Sie

wirken so verloren vor diesem großen Globus, mein Fräulein. Was suchen Sie denn?»

«Wissen Sie, wo Togo liegt?»

«Ach, Sie sind Deutsche? Das ist ja die neue deutsche Kolonie. Moment, das muss ich auch suchen. Ah, da ist es ja.»

Er hatte auf ein winziges Land im Westen des afrikanischen Kontinents gedeutet. Es sah aus, als wäre es das kleinste in ganz Afrika, und lag an so seltsamer Stelle, dass es schien, als versteckte es sich vor dem Rest der großen Welt. Ricarda hatte ihre Enttäuschung nicht verbergen können.

In den Brief an Siegfried schrieb sie das allerdings nicht. Stattdessen schloss sie mit: *Komm gesund zurück!*

Den Plan, Weihnachten zu arbeiten, hatte Ricarda denn doch lieber fallengelassen. Nicht so sehr wegen Flora, aber die Gelegenheit, die Komtess und Käthe wiederzusehen, hätte sie auf keinen Fall verpassen wollen. Seit Rosels Hochzeit im Sommer des Vorjahres hatte sie beide nicht gesehen – und inzwischen erwartete ihre Schwester schon das erste Kind.

Mit einer Tasche voll kleiner Aufmerksamkeitsgeschenke lief Ricarda hinab nach Seefeld. Zum Glück war es ein klarer Nachmittag mit Sonnenschein und Bilderbuchblick auf die Berge. Sie sog die Lungen voll mit der würzigen Luft, die unten am See ein ganz besonderes Aroma hatte.

Junge Platanen bildeten eine kurze Allee, die am See endete. Eines der wenigen Häuser inmitten großer Grundstücke war Florentines Villa. Eine Girlande aus Tannenzweigen und glitzernden Glaskugeln schmückte den Eingang, was hier nicht Sitte war. In Zürich liebte man es dezent. Sie hatte mal jemanden sagen hören, dass die auffälligsten Häuser den Ausländern gehörten. In Florentines Fall war das nur logisch: Ein

Paradiesvogel würde wohl kaum in einem hölzernen Vogelbauer wohnen wollen.

Ein livrierter Diener öffnete Ricarda mit tiefer Verbeugung und nahm ihr den Mantel ab. Nur kurz sah sie sich in den vielen goldgerahmten Kristallspiegeln der Eingangshalle, wandte den Blick ab und ließ sich in den Salon geleiten.

Sie waren schon alle da. Erhoben sich, Gläser in der Hand, in deren Glutrot das Feuer des offenen Kamins zu züngeln schien. Hätte es eines Bildes gebraucht, um zu beschreiben, was die Komtess in ihren Briefen beschwor, dieses war es: die Kraft von Frauen, die ein gemeinsames Ziel einte.

«Rica! Endlich! Frohe Weihnachten!» Natürlich war es die Komtess, die das sagte und dabei mit ausgebreiteten Armen auf Ricarda zuging.

«Komtess, ich freue mich, dass Sie wieder in Zürich sind», sagte Ricarda. «Die Stätte, an der Sie die wurden, die Sie heute sind. Ich wünsche auch Ihnen frohe Weihnachten.»

Ein Diener brachte Ricarda ein Glas Wein, und die Komtess stieß mit ihr auf ein friedvolles Weihnachten an.

«Ich würde gern auch noch auf die Jugend anstoßen, auf die Zukunft, denn das sind wir alle», sagte Käthe.

Käthe war nicht gealtert, im Gegensatz zu Gräfin Luise. Diese zu sehen, das war ein leichter Schock. Eine blühende Frau war alt geworden. Und Ricarda musste unweigerlich an ihren Vater denken, der diese Frau glücklich gemacht hatte. Auf Kosten ihrer Mutter. Aber dennoch: Wenn die Liebe ging, welkten Menschen dann wie Blumen, denen das Wasser verweigert wurde?

Ihre Blicke trafen sich, und Ricarda konnte nicht umhin, der Gräfin ein Lächeln zu schenken. Die Gebote Gottes waren eine Sache, die Gefühle der Menschen eine andere.

«Man hört so viel Gutes über dich, Rica.» Käthe schob ihren Arm vertraut in ihren.

«Tatsächlich? Wie lange seid ihr denn schon da?»

Käthe wiegte ihren Kopf. «Ein paar Tage. Wenn man schon diese weite Reise macht, dann sollte man sich um alte Freunde und Freundinnen von damals kümmern.» Sie zwinkerte ihr zu. «Ich habe dabei auch an dich gedacht.»

«Lieb von dir, Käthe», erwiderte Ricarda. «Und? Hat Zürich sich sehr verändert?»

«Nicht so sehr, wie wir uns verändert haben. Der gute Professor Überli unterrichtet immer noch Anatomie. Ich glaube, das macht er seit vierzig Jahren!» Henriette lachte. «Du warst gewiss auch bei ihm, oder?»

«Seit vierzig Jahren erst? Ich dachte, er würde das schon länger machen», scherzte Ricarda.

«Ich traf gestern Theodor Wyder, deinen Professor», sagte Käthe. «Er ist ja erst dieses Semester nach Zürich gewechselt, direkt von unserer Charité, wie du gewiss weißt. Theodor ist ein Freund von Carl, der Florentine dazu verhalf, dieses Haus zu kaufen. Die Welt ist klein, wenn sie von großen Geistern bewohnt wird.»

«Dann bin ich umzingelt?», fragte sie lachend.

«Natürlich bist du das!» Käthe war ebenfalls amüsiert. «Es ist an der Zeit, dass du das erkennst. Du bist ein Wirbelwind, der sich darüber wundert, dass er Staub aufwirbelt.»

«Ich wollte keinen ... Nein! Käthe, ich habe nur den Wunsch zu arbeiten!»

«Dieser Wunsch sei dir gewährt!», mischte sich Florentine ein. «Aber heute ist Weihnachten. Seht, wie schön der Baum erleuchtet ist!»

Florentine hatte ihre Arme sowohl um Käthe als auch um

Ricarda gelegt und beide sanft in Richtung des Baumes gedreht. Eine riesige Douglasie, so hoch wie der Raum, wohl drei Meter. Alle Kerzen brannten. Überwältigend.

Florentines Personal hatte sich daneben aufgestellt. «Stille Nacht, heilige Nacht», sangen sie, aber in Ricarda wollte sich keine himmlische Ruhe ausbreiten.

Das muss man Florentine lassen, dachte Henriette, sie weiß, wann sie sich zurückziehen sollte. Dies war genau der richtige Zeitpunkt – nach dem Austausch von ein paar symbolischen Geschenken, dem Abendessen und dieser abschließenden Runde bei einem letzten Glas Wein. Man saß noch im Kaminzimmer, und jede von ihnen hatte längst bemerkt, wie still die unscheinbarste Person im Raum war. Unsicherheit? Das Gefühl, eben doch nicht dazuzugehören? Obwohl sie sich alle Mühe gab, mitzuhalten bei diesem Spiel, das sich gemeinsame Geselligkeit nannte?

Florentine erhob sich, reichte Luise die Hand und sagte: «Mutter, lass uns noch ein paar Schritte zum See gehen. Es wird uns beiden guttun, den Kopf auszulüften.»

Luise erkannte die Situation ebenfalls richtig: «Natürlich, Flora. Das ist eine gute Idee.»

«Es ist schön, dass du hier bist», sagte Käthe, nachdem die beiden anderen draußen waren. «Es hat dich Überwindung gekostet zu kommen, nicht wahr?»

«Ich muss euch das erklären. Ich wohne momentan noch mit einer Pfarrerstochter auf engstem Raum. Da ist weniger Platz als vor diesem Kamin. Und Pauline hat trotzdem gemeint, ich lebte in einer eigenen Welt. Und sie hat recht. Und gleichzeitig nicht. Ich habe alles aus meinem Leben verbannt, was keinem konkreten Ziel dient.»

«Für dich soll alles eine mathematische Gleichung sein», sagte Henriette.

«Im Moment lebe ich so», bestätigte Ricarda und musste an Siegfried denken. Wieder ein Weihnachten ohne ihn! Das wievielte? Und wie viele mochten noch folgen? Wieder fragte sie sich insgeheim, ob der Preis, den sie zahlte, nicht zu hoch war. Aber ob Siegfried an Weihnachten überhaupt frei hätte? Oder würde sie irgendwo in einem Zimmer in Berlin sitzen – und ebenso warten?

«Wenn wir unseren Gefühlen Hausverbot erteilen, erfrieren wir, Rica», sagte Käthe.

«Ich weiß, aber ich kann es nicht ändern.»

«Du sagtest, du wohnst *noch* mit Pauline zusammen. Das bedeutet, sie zieht aus?», fragte die Komtess.

Ricarda erzählte von der Jungfer und der überraschenden Lösung des sich daraus ergebenden Problems.

«Das heißt, du lebst künftig im Schwesternheim?», fragte Käthe. «Ist das eine gute Idee? Du willst Ärztin werden.»

«Ich sehe nicht auf die Schwestern herab. Sie machen eine hervorragende Arbeit.»

«Darum geht es nicht, Rica», meinte Henriette. «Sondern um den Umgang, den du hast. Du musst auch mal Besuch empfangen können.»

«Dann trifft man sich im Kaffeehaus.»

«Das ist kein Lebensgenuss», sagte Käthe. «Nur die Aufgabe im Blick zu haben, die man erfüllen will, führt in eine Sackgasse. Man kann Menschen nicht nur geben, man muss sich auch etwas nehmen. Sonst neigt die innere Waage sich in einem Maße auf eine Seite, dass sie umkippt. Jette und ich haben viele Kommilitoninnen erlebt, denen das passiert ist.»

Henriette sah ihrem einstigen Schützling an, dass es in ihr

arbeitete. Käthe hatte offenbar etwas gesagt, womit sie Rica erreicht hatte.

Auf diese Idee war Ricarda nicht gekommen: *Lebensgenuss* nannte Käthe das, was sie brauchte. Darum der Luxus, den sie liebte, während sie gleichzeitig fast unentgeltlich in einem der ärmsten Berliner Viertel arbeitete. Ricarda rieb sich die Schläfen. Ihr Kopf war wie von einer Zange umspannt. «Ich denke, Flora hatte eine gute Idee mit ihrem Spaziergang. Dazu hätte ich auch Lust», sagte sie.

Da Käthe sich zurückzog, begleitete nur Henriette Ricarda. Die Nacht war sternenklar, und es roch nach kommendem Schnee. Als sie den See erreichten, fragte die Komtess: «Warst du eigentlich hier in den Bergen wandern?»

Rica erzählte von dem lange zurückliegenden Besuch Lores und Siegfrieds und dachte wehmütig an die Nacht auf der Hütte in den Bergen, als sie sich einander versprachen und sich gegenseitig Blümchen um die Finger banden.

«Das war dein einziger Ausflug?»

«Ausflüge sind teuer, Komtess. Das Geld, das ich verdiene, muss mich finanzieren.»

«Ich verstehe.» Die Komtess blieb stehen und sah sie ernsthaft an. «In den letzten Jahren hat sich eine merkliche Distanz zwischen uns aufgebaut. Erst deine fatale Fehlentscheidung damals, als es um Hilde ging, dann bist du ausgezogen, um mit Lore bei Frau Gottlieb zu wohnen. Du wolltest auf eigenen Füßen stehen. Das hat mich verletzt, und das weißt du auch, nicht wahr?»

Ricarda nickte. «Ich musste zu mir selbst finden, Komtess. In Ihrer Nähe wäre das nicht möglich gewesen.»

Weil Sie mich mit Ihrer Präsenz erdrückten, dachte sie.

Ich hatte neben Ihnen keinen Platz. Daran hatte sich nicht viel geändert, merkte sie. Vielleicht war das auch einer der Gründe, weshalb sie nicht öfter nach Berlin fuhr.

«Hast du dich inzwischen gefunden, Rica?»

«Ja», antwortete Ricarda. «Allerdings gefällt mir nicht alles, was ich gefunden habe.» Erst nachdem die Worte ausgesprochen waren, wurde ihr bewusst, was sie gesagt hatte, und sie stimmte in das Lachen der Komtess ein.

«Du bist ehrlich. Auch zu dir selbst. Das ist gut. Darum lass auch mich ehrlich sein. Ich bitte dich, bei Flora einzuziehen.»

Das war zu erwarten gewesen, dachte Ricarda und schlang die Hände um den Leib; irgendwie war es doch kälter als gedacht. Und dieses Gespräch nahm eine Wendung, die ihr nicht behagte. «Lassen Sie es mich offen sagen: Flora und mich verbindet nur, dass wir beide dasselbe studieren. Ich verstehe nicht, weshalb sie sich diese Quälerei antut. Ich habe den Eindruck, sie auch nicht. Sie fehlt, obwohl man sich verabredet hat. An Geld mangelt es Flora auch nicht. Also wozu?»

Die Komtess hielt inne und blickte einen Moment lang auf den spiegelglatten See hinaus. Es schien, als kämpfe sie mit sich – oder der Wahl ihrer Worte. So genau konnte Ricarda das nicht deuten. Nun sog die Komtess die klare kalte Luft ein und stieß sie entschlossen aus.

«Ihr beiden könntet nicht unterschiedlicher sein. Keine Frage», sagte die Komtess endlich. «Aber es gab einen Moment in euer beider Leben – und du weißt, welchen ich meine –, an dem sich Floras und dein Lebensfaden verbanden. Das kannst du nicht mehr trennen, Ricarda. Meine Aufgabe ist es, euch daran zu erinnern.»

«Warum, Komtess? Wir sind beide erwachsene Frauen.»

Die Komtess lachte kurz und laut auf. «Oh nein, Ricarda, das seid ihr nicht. Nun, du wohl etwas mehr als Flora, das mag sein. Ich habe keine leibliche Tochter, aber Flora ist mein Patenkind. Und ich komme zu dir, damit du ihr hilfst, wieder zu ihrer eigentlichen Bestimmung zurückzufinden.»

«Sie haben es doch schon geschafft, Komtess. Sie ist hier.»

«Ja und nein. Sie umgibt sich mit Gockeln, die sie anhimmeln. Sie braucht einen Menschen, der ihr beisteht. Sie braucht dich ein zweites Mal, um nicht unterzugehen. Diesmal ist es eine Welt aus Plunder und schönem Schein, in der sie zu ertrinken droht. Was nützt alles Geld, wenn nur das Feuer der Eitelkeit das Herz wärmt?»

«Das Märchen vom armen reichen Mädchen? Komtess, ich bitte Sie!» Ricarda wandte sich abrupt ab.

Nach wenigen Schritten hatte die Komtess Ricarda eingeholt und hielt sie am Arm fest. «Entschuldige. Ich habe mich von meinen Gefühlen übermannen lassen. Der Wein, dieser See, die Vergangenheit – das ist wohl zu viel. Dennoch, Ricarda: Es soll auch zu deinem Besten sein. Auf dich kommen harte Zeiten zu. Willst du deine Doktorarbeit im Bett in einem ungeheizten Zimmer schreiben? Mach es dir leichter, Rica! Übernimm ein paar Nachtdienste weniger, schlaf mehr. Gib auf dich acht. Du zehrst von deiner Substanz. Sieh dich doch mal an. Nur Haut und Knochen.»

Als Ricarda vor ein paar Stunden die Vorhalle von Florentines Villa betreten hatte, war ihr Blick auf einen der vielen goldgerahmten Spiegel gefallen, und als sie sich darin sah, hatte sie an Lore denken müssen. An jene junge Lore, die an Bleichsucht litt. Es stimmte schon, was die Komtess sagte – Ricarda war ungesund dünn und blass.

Lebensgenuss – das Wort ließ sie nicht los. «Ich denke über Ihren Vorschlag nach», versprach Ricarda.

Die Komtess hakte sich bei ihr ein. «Ich danke dir. Nach Weihnachten möchte ich dir eine der interessantesten Frauen in dieser Stadt vorstellen», sagte die Komtess. «Sie ist die erste Schweizerin, die Ärztin wurde. Das war ein Skandal! Ich will aber nicht zu viel verraten. Bilde dir eine eigene Meinung.»

Sie ist schwanger! Ricarda war so überrascht, dass sie Mühe hatte, den Blick vom runden Bauch ihrer Gastgeberin abzuwenden.

Keine Ärztin, der Ricarda bislang begegnet war, hatte sich anmerken lassen, dass sie ein Geschlechtsleben haben könnte. Alle sahen gleich aus – das Haar streng zurückgekämmt, die dunkle Kleidung hochgeschlossen. Auch Marie Heim-Vögtlin hielt sich an diese ungeschriebene Regel. Wenn da nicht der schwangere Bauch gewesen wäre.

Eine der interessantesten Frauen der Stadt. Die Komtess hatte nicht übertrieben.

In dem zehnmal so großen Berlin gab es keine solche Frau wie Marie Heim-Vögtlin. Schon das Haus, das sie bewohnte, bewies es: Im Erdgeschoss befanden sich die Behandlungsräume der Hausherrin, in der oberen Etage die Privaträume. Das freundliche Gesicht der Gastgeberin hatte weiche Züge, die vollen Lippen leicht geschwungen, die Stirn ebenmäßig – eine schöne Frau von Anfang vierzig.

Im Obergeschoss nahmen die Komtess, Käthe und Ricarda Platz, die Gastgeberin reichte Tee. «Wir haben eine ruhige Stunde für uns», sagte sie. «Mein Mann ist mit den Kindern und den Hunden draußen im Schnee.»

«Dein Tag ist stets durchgeplant», sagte Käthe. «Wie schaffst du das nur? Dein Albert ist doch auch ein viel beschäftigter Mann.»

Mit scheuem Lächeln, aber gleichzeitig Schalk in den Augen erwiderte die Gastgeberin: «Der liebe Albert seufzt so manches Mal: Ich möchte selbst für ein paar Tage krank sein dürfen, damit mich meine Frau pflegt und ich sie somit um mich haben könnte.» Sie trank einen Schluck Tee. «Zum Glück haben wir die Kinderfrau. Ohne sie ginge es nicht.»

«Wie viele Kinder haben Sie, wenn ich fragen darf?»

«Fragen Sie, Fräulein Petersen! Arnold ist sechs und Helene erst zwei. Das ist ein guter Abstand für unser nächstes Kindchen. Es kommt Mitte Februar.»

«Wie ist das als Ärztin, Mutter zu werden?», fragte Ricarda. «Hat man da mehr Angst, weil man ja weiß, was alles schiefgehen kann?»

«Es kann immer etwas schiefgehen, Fräulein Petersen. Bei Arnold hatte ich mich des Beistands des Kollegen Wyder vergewissert.»

Mein Professor hat sie entbunden!, staunte Ricarda.

«Es dauerte, wie meistens beim ersten Kind. Bei Helene ebenfalls, aber dann, in der zweiten Woche danach: Darmentzündung, knapp an einer Bauchfellentzündung vorbei. Sechs Tage lag ich mit warmen Umschlägen. Da hilft es, wenn man weiß, was im Körper vonstattengeht.» Sie strich sich über ihren Bauch. «Bei meiner dritten Geburt werde ich dreiundvierzig sein. Ein wenig angespannt bin ich schon. Aber nun erzählen Sie von sich! Warum wollen Sie Ärztin werden?»

Während Ricarda von ihrem Werdegang berichtete, hörte die Ärztin aufmerksam zu.

«Der Kollege, der das mit der Patientin im Burghölzli verschuldet hat, praktiziert nicht mehr», sagte Frau Heim-Vögtlin, nachdem Ricarda geendet hatte. «Aber es ist völlig richtig, wie Sie das zusammenfassen. Frauen schenken Leben und sind dadurch dem Tod so nah. Dieser sensiblen Phase muss unsere größte Aufmerksamkeit gelten. Deswegen meine ich, dass das eigene Leben erst Sinn hat, wenn es als Baustein gilt für die folgenden Generationen. Haben Sie sich denn schon Gedanken über Ihre Doktorarbeit gemacht?»

Die Komtess und Käthe erwarteten ebenfalls gebannt die Antwort. Ricarda wollte die drei Frauen nicht enttäuschen, aber es war zu früh für eine befriedigende Antwort, und so sagte sie: «Meine Dissertation soll mich an den Punkt zurückführen, wo für mich alles begonnen hat. Als ich mich über ein Mikroskop beugte und die kleinsten Bestandteile des Lebens betrachtete. Wir wissen so viel über Bakterien und was sie anrichten, aber noch lange nicht genug. Da möchte ich weitermachen.»

«Das ist ein guter Ansatz!», rief die schwangere Ärztin. «Ich denke, in Doktor Wyder hätten Sie einen großen Fürsprecher.»

Als die gemeinsame Stunde fast um war, kam Heim-Vögtlin zu ihrem Anliegen: «Ich habe bei den anderen Schwangerschaften bis zur Geburt gearbeitet. Aber jetzt im Winter muss ich vorsichtig sein mit Hausbesuchen. Hätten Sie die Möglichkeit, mir zur Hand zu gehen?»

«Es wäre mir eine Ehre!», sagte Ricarda freudig.

Mein lieber Siegfried, Du glaubst nicht, wie sehr es mir geholfen hat, Frau Heim-Vögtlin getroffen zu haben! Seit unserer Zweisamkeit auf der Hütte hatte ich gehofft, dass es mir möglich sein würde, Ärztin und Mutter gleichzeitig sein zu können. Jetzt weiß ich: Es ist zu schaffen. Sie hat übrigens zwei ganz entzückende Kinder, die wir kennenlernten, als wir gingen. Und stell Dir vor: Ihr Mann ist Geologe und Professor hier in Zürich.

Was immer erzählt wird, stimmt nicht: Mann und Frau können beide ihre Berufe ausüben mit gleichen Rechten. Sie müssen es nur wollen, dann wird es möglich. Auch wir beide werden das schaffen. Ich bin so glücklich, Dich zu haben!

Dies ist der letzte Brief, den ich Dir aus meiner kleinen Höhle in der Pension schreibe. Denn morgen ziehe ich tatsächlich zu Florentine in ihren Palast.

Sie wollte noch schreiben: *Ich habe kein gutes Gefühl dabei.* Aber sie ließ es. Siegfried sollte sich keine Sorgen um sie machen. Ihre Klage erschien ihr selbst lächerlich. Sie würde in Luxus baden, während er irgendwo auf der Welt unter Gott weiß welchen Bedingungen lebte.

Dass die Freystettener Feste feiern konnten, war für Ricarda kein Geheimnis. Die Silvesterfeier, die Florentine auf die Beine gestellt hatte, machte dennoch sprachlos. Kristallleuchter spiegelten das Licht unzähliger Kerzen, die Räume waren erfüllt von Musik. Da Zürich noch nicht über Opernhaus und Theater verfügte, hatte Florentine eine Sopranistin und einen Tenor extra aus München kommen lassen. Eine kleine Inszenierung von großer Welt, die von den Gästen beklatscht wurde. In diesen Rahmen gehörte auch etwas, das Ricarda noch nicht kannte – ein amerikanisches Buffet. Dass Dienstmädchen und Diener die Gäste am Buffet erwarteten, um dort zu servieren, war offenbar auch für die Gäste ungewohnt. Berge an Crevetten, Austern und Kaviar warteten lange auf die ersten Mutigen.

Natürlich war Florentine der strahlende Mittelpunkt, schwebte durch die Menge, küsste Wangen und reichte die Hand zum Kusse, schwatzte hier und scherzte dort. Ricarda gestand sich ein, fasziniert zu sein von dieser Selbstinszenierung. Wo diese Frau schon überall gelebt hatte – England, Amerika, jetzt die Schweiz. Überall schien ihr Konzept aufzugehen: Menschen einen Rahmen zu bieten, in dem sie Spaß hatten. Und in ihrer Tante hatte sie eine ebenbürtige Mitspielerin gefunden. Die Komtess machte es nicht anders. Auch sie flanierte von einem Gast zum anderen.

Gerade schlenderten Käthe und ihr Cousin Georg auf Ricarda zu, beide Champagnerkelche in den Händen. Sie hatte noch keine Gelegenheit gehabt, mit dem Brauer, der sie vor vier Jahren so nett in München empfangen hatte, mehr als ein paar Belanglosigkeiten auszutauschen.

«Hat Zürich Ihre Erwartungen erfüllt, Fräulein Petersen?», fragte Georg Kögler.

«Ich weiß nicht, ob ich welche hatte. Außer, dass ich etwas lernen wollte.»

«Käthe sagt, Sie seien erst heute hier eingezogen. Wo wohnten Sie zuvor?»

«Bei der Jungfer Bitterli.»

«Das ist gewiss ein berühmtes Züricher Hotel», scherzte er und brachte sie damit zum Lachen. Als die Kapelle einen Walzer spielte, bat Herr Kögler sie um den Tanz. Er war ein guter Tänzer, der ihre Fehler übersah. Denn getanzt hatte sie schon ewig nicht mehr. Schon bald begann sie, sich sicher zu fühlen. In diesem Augenblick schwebte Florentine im Arm eines gut aussehenden Mannes vorbei. Florentine hatte ihn ihr im Laufe des Abends vorgestellt. Er zwinkerte ihr zu, und da fiel Ricarda sein Vorname wieder ein, weil er in der Tat mehr von einem Frauenheld als von einem Edelmann hatte: Giacomo, wie Casanova.

«Jetzt muss ich aber doch fragen: Unsere Gastgeberin und Sie, woher kennen Sie sich? Sie sind Freundinnen?», fragte Herr Kögler. Offenbar hatte Käthe ihren Cousin nicht in das etwas verzwickte Beziehungsgeflecht eingeweiht.

«Weil wir nicht so recht zusammenpassen? Da stimme ich Ihnen zu. Aber die Komtess meinte, ich bräuchte etwas gesellschaftlichen Schliff. Den habe ich bei Jungfer Bitterli nämlich nicht bekommen», erwiderte Ricarda grinsend.

Die zwei Schlucke Champagner und der Tanz vertrieben alle Schwere. Und als ein neues Stück begann, blieben sie zusammen. Käthe tanzte im Arm eines Galans vorbei und strahlte. *Lebensgenuss.* Ja, davon hatte es eindeutig zu wenig gegeben! Doch die Komtess führte nur Gespräche. Näherte sich ein tanzwilliger Herr, setzte sie ein freundliches Abwehrlächeln auf.

«Dann werden Sie künftig hier am See leben? Sie sind glücklich zu schätzen», sagte Herr Kögler.

«Für alles muss man einen Preis zahlen.» Die Worte waren ihr ohne Nachdenken aus dem Mund gerutscht.

«Also keine Freundinnen, Sie beide?»

«Sie achten immer so genau auf das, was ich sage, Herr Kögler! Das fiel mir schon in München auf.»

«Wäre es Ihnen anders lieber?»

Zog er sie ein wenig fester an sich? Oder bildete sie sich das ein? Es war nicht unangenehm ...

«Wir reden nur von mir. Was ist in Ihrem Leben geschehen?», fragte sie.

«Wir reden von Ihnen, weil in meinem Leben nichts Erzählenswertes geschehen ist.»

«In meinem auch nicht, Herr Kögler! Ich arbeite, um studieren zu können, und studiere, um arbeiten zu können.»

«Und Sie haben sich verlobt», stellte er fest.

Der Ring an ihrer Linken! Dieser Mann war derart aufmerksam. Sie schwieg und tanzte.

«Auch ein Mediziner?», hakte er nach.

«Ja.»

«Eine geheime Verlobung?»

«Sagen wir so: eine schwierige, aber glückliche.»

«Sie sehen sich also eher selten», stellte er fest.

Sie geriet aus dem Takt, trat ihm auf den Fuß, seufzte. «Ich glaube, ich brauche etwas zu trinken.»

Er reichte ihr ein Glas Champagner, und sie nahm einen Schluck. Während er trank, achtete sie erstmals auf seine Hand. Offenbar hatte er nicht wieder geheiratet. Damals hatte er eine eigentümliche Formulierung gebraucht, die ihr wieder einfiel.

«Was ist mit Ihnen?», fragte sie. «Sie fürchteten damals, dass Ihnen die Kraft fehlen würde für eine neue Verbindung.»

Er lächelte. «Ich sagte: die Kraft, um meine Träume Wirklichkeit werden zu lassen.»

Sie hob ihr Glas. «Lassen Sie uns darauf anstoßen, dass das im kommenden Jahr endlich geschieht.»

Als ihre Gläser sich berührten, sah er sie mit einem Ausdruck an, der sie verwirrte. Aber vielleicht lag es auch nur am Champagner.

Es war noch nicht Mitternacht, als die Musik aussetzte. Florentine klopfte gegen ihr Glas, um aller Aufmerksamkeit auf sich zu ziehen.

«Ist meine Mutter irgendwo? Und Tante Henriette! Und Ricarda! Bitte kommt zu mir!», rief sie laut.

Ricarda fuhr der Schrecken in die Glieder. Sie saß gerade mit Käthe und Georg und einem Herrn, der offenbar an Käthe großen Gefallen fand, etwas abseits vom Trubel und kostete von dem Kaviar, den Georg ihr gereicht hatte.

Mit dem Glas Champagner im Blut ließ sich der Weg zur improvisierten Bühne gut schaffen. Florentine hatte den Arm um ihre Mutter gelegt, Henriette streckte ihren Ricarda entgegen. Alle strahlten um die Wette.

«Meine Damen und Herren, liebe Freunde! Soeben erreicht mich ein Telegramm aus Deutschland. Mit einer wundervollen Nachricht. In Freystetten hat heute Mittag ein Erbe das Licht der Welt erblickt! Mein *wunderbarer* Bruder Friedemann hat einen Sohn bekommen. Franz von Freystetten. Er lebe hoch!»

Die Musik spielte einen Tusch, die Gästeschar applaudierte, Ricardas Herz raste, während ihr so viel durch den Kopf ging. Die *kleine* Rosel war Mutter geworden! Tränen der Freude schossen Ricarda in die Augen. Rosels Sohn trug nun den Namen des alten Grafen, bei dessen Tod sie selbst einst zugegen gewesen war. Wie wundervoll wäre es, Rosels kleinen Jungen im Arm halten zu dürfen! Wie mochte er aussehen, wessen natürliches Erbe mochte durchkommen? Das borstig blonde Haar von Großvater Gustav oder das feuerrote des eigentümlichen Großvaters Raimund oder die pechschwarzen von Großmutter Karla, der *spanischen* Köchin? Die prominente Nase des gräflichen Urgroßvaters, dessen Namen er trug?

Zumindest in einem Punkt war die Sache jetzt schon klar: Der Enkel von Köchin und Gärtner war ein Graf!

Während Ricarda über diese Entwicklung noch grübelte, jubelte Florentine die Geburt ihres Neffen weiter zu einem unterhaltsamen Höhepunkt des Fests hoch: «Liebe Freunde, meine verehrte Mutter wurde gerade Großmutter!»

Es gab einen Tusch.

«Meine Tante Henriette ist Großtante.»

Wieder der Tusch.

«Meine Gefährtin Ricarda neben mir wurde somit ebenso wie ich heute Tante, denn ihre Schwester Rosamunde ist die Frau meines Bruders. Wir sind somit vertantet! Dennoch, ihr Lieben: Nennt uns nicht Tanten!»

Der Saal war erfüllt von Gelächter. Aber unter die Freude, die Ricarda für ihre Schwester empfand, mischte sich ein ungutes Gefühl. Das Kind hätte erst in vier Wochen kommen sollen, hatte ihre Mutter geschrieben. Das war gewiss auch richtig, denn wieso wäre die Komtess sonst hier? Wo sie doch in Freystetten gewiss besser aufgehoben wäre! Nun ja: und sie selbst wohl auch.

«Jetzt habe ich es auch verstanden: vertantet!» Herr Kögler hob sein Glas, bemerkte aber Ricardas nachdenkliches Gesicht. «Was geht Ihnen durch den Kopf? Kann ich etwas für Sie tun?»

«Ich glaub nicht, Herr Kögler. Ich bin gerade tausend Kilometer von dort entfernt, wo ich sein sollte. Das ist kein gutes Gefühl.»

Käthe kam zu ihr und legte die Hand auf ihre Schulter. «Mach dich nicht verrückt, Rica. Deine Schwester ist eine gesunde junge Frau. Es wird ihr jemand beigestanden haben.»

Ricarda atmete auf. «Du hast recht, Käthe. Meine Mutter kann so was. Wahrscheinlich sind sie und Rosel heute die glücklichsten Frauen der Welt!»

«Sehen Sie, Fräulein Petersen. Außerdem ist gleich Mitternacht. Das wird ein gutes neues Jahr.»

«Darf ich einen Wunsch äußern?», fragte Käthe.

Herr Kögler und Ricarda sahen sie erstaunt an.

«Ich würde mich freuen, wenn ihr beiden mit dem Herrn Kögler und dem Fräulein Petersen aufhört.»

Herr Kögler strahlte übers ganze Gesicht. «Danke, Käthe. Das ist ein guter Vorschlag.»

Ricarda fühlte sich ein wenig überrumpelt. Konnte sie zu diesem Mann du sagen, der so viel älter und gesetzter war als sie?

«Drei, zwei, eins, Prosit Neujahr!»

Da drückte Georg Kogler ihr einen Kuss auf die Wange.

«Das war von mir, vom Georg.» Die Kapelle setzte wieder ein. «Lass uns ins neue Jahr tanzen!», rief er ein wenig übermütig.

Ricarda genoss es, in Georgs Arm über die Tanzfläche zu schweben. *Lebensgenuss* fühlte sich gut an. Auch wenn es der falsche Mann war, der sie im Arm hielt.

ES STEHT IN DEINER HAND

Februar 1889

Wir wissen alle, dass Du jetzt bei Deiner Schwester und ihrem Kind sein möchtest. Doch ärgere Dich nicht. Gott fügt die Dinge so, wie Er meint, dass sie sein sollen. Und wenn die Frau Doktor, die Dir ein so großes Vorbild ist, jetzt Deine Hilfe braucht, so versteht auch Rosel es. Dein Neffe ist ein gesunder und hübscher Junge. Die Wochen im Mutterleib, die ihm gefehlt haben, hat er bestens aufgeholt.

Ricarda faltete den Brief ihrer Mutter zusammen, den sie erst heute Morgen auf der Kommode ihres Zimmers entdeckt hatte, steckte ihn in die Tasche ihres Kleides und warf sich den Mantel über. Ihr gemütliches Zimmer lag im Dach von Floras Haus. Sie hatte dafür kämpfen müssen, es zu bekommen, denn Florentine hatte ihr ein hochherrschaftliches im ersten Stock geben wollen. Auf leisen Sohlen eilte sie zur Haustür.

«Warten Sie, Fräulein Ricarda! Nehmen Sie Ihre Brote mit!»

Frau Hofacher war die Seele der Villa. Sie kümmerte sich um alles und schien nie zu schlafen. «Es ist ein Glück mit euch jungen Leuten. Da ist immer was los», sagte sie in ihrer Mundart, wenn Flora wieder mal bis spätnachts ein Fest gegeben hatte.

«Danke, Frau Hofacher!»

«Ist es heute so weit bei der Frau Doktor?»

Das fragte Frau Hofacher schon den dritten Tag in Folge. Und nicht nur sie! Die Niederkunft von Dr. Heim-Vögtlins Kind war überfällig.

Doktor Wyder hatte gestern schon gesagt: «Frau Kollegin, wir sollten nicht mehr warten.»

«Ich will keinen Schnitt, Doktor Wyder. Es ist mein drittes Kind, das findet seinen Weg.»

Wahrscheinlich würde Wyder heute doch schneiden müssen, dachte Ricarda und eilte durch die eisigen Gassen den Berg hinauf. Seit Anfang Januar ging sie diesen Weg, denn bis vor zwei Tagen hatte Heim-Vögtlin ihre Patientinnen in ihrer Praxis behandelt. Ricarda hatte assistiert, aber vor allem wie vereinbart die Hausbesuche mit der Nachbetreuung übernommen.

Bis zum Wohnhaus der Familie Heim-Vögtlin in der Hottingerstraße brauchte sie rund zwanzig Minuten. Und um dort am Haushund Berthold vorbeizukommen manchmal auch noch eine Minute. Der *Dürrbächler* mit dem langen schwarzen Fell, der Ricarda bis zum Bauch reichte, war eine Hunde-Persönlichkeit mit Eigensinn und ausdrucksstarkem Gesicht. Dunkle Augen, über denen braunrote Flecken leuchteten, eine weiße Blesse, die das ansonsten schwarze Gesicht mittig teilte und von braunroten Backen begrenzt wurden. Ricarda hatte dieses schwere, gutmütige Tier ins Herz geschlossen. Stets war noch ein Stück Schinken von ihrer Wegzehrung übrig, wenn sie das Haus erreichte.

Sie ging in die Wohnetage hinauf, klopfte kurz und trat auf Frau Heim-Vögtlins immer noch energisches «Herein» ein. Die werdende Mutter atmete schnell. Und da sah Ricarda auch schon, dass die Fruchtblase geplatzt war.

«Sehen Sie, ich habe es gesagt. Das Kind findet seinen Weg», sagte die aufgeregte Heim-Vögtlin. «Geben Sie mir den Spiegel!»

Sie will die Geburt allein durchziehen, ohne Doktor Wyder, der einen Kaiserschnitt bevorzugt. Und ich soll ihr dabei assistieren, schoss es Ricarda durch den Kopf.

«Ihre Wehen, Frau Doktor, sind sehr schwach», sagte Ricarda.

«Wir warten. Ich kenne meinen Körper.»

Tatsächlich setzte jetzt wieder eine Wehe ein, die Kreißende atmete heftig und presste. Dann inspizierte die Ärztin sich selbst mit Hilfe des Spiegels. Selbst in diesem Augenblick konnte die willensstarke Frau offenbar nicht die Kontrolle aus der Hand geben.

«Lassen Sie mich nachsehen», sagte Ricarda entschlossen und teilte anschließend ihre Einschätzung mit: «Dafür, dass die Fruchtblase geplatzt ist, sind die Wehen zu schwach. Das wissen Sie.»

«Machen Sie einen Wehentee!»

«Natürlich. Dennoch sollten wir Doktor Wyder hinzuziehen.»

«Ich lasse mich nicht aufschneiden», sagte Heim-Vögtlin bestimmt. «Das Risiko ist zu groß. Es geschieht nach meinen Anweisungen. Sie haben genügend Kinder auf die Welt gebracht und ich auch. Wir schaffen das ohne männliche Hilfe.»

Dieses Argument ist unfair, dachte Ricarda. Denn sie war von Wyders Vorschlag überzeugt. Aber sie fügte sich der erfahrenen Ärztin. Obwohl sie ahnte, dass diese als Gebärende zu keinem objektiven Urteil fähig war.

Am Mittag befand sich der Fötus bereits tief im Becken in Kopflage. Für einen Kaiserschnitt war es zu spät, aber das Kind lag jetzt trocken. Ricarda hörte, wie seine Herztöne schwächer wurden. Dem Kind und der Gebärenden lief die Zeit davon.

«Wenn wir das Kind nicht in Gefahr bringen wollen, müssen wir es jetzt holen, Frau Doktor», sagte Ricarda. «Wir brauchen die Zange, und mir wäre es lieber, wenn der Herr Professor das macht.»

«Lassen Sie ihn rufen», hechelte die von Schmerzen Geplagte.

Ricarda atmete auf.

Doktor Wyder traf bereits eine halbe Stunde später aus der nahen Universität ein. Ricarda hatte die Zwischenzeit genutzt, um alles genauestens vorzubereiten. Der Professor ersparte seiner Kollegin jeden Kommentar zu ihrer unnötig misslichen Lage.

«Wir nehmen Chloroform?», fragte Ricarda. Es lag alles bereit, um der Kreißenden die Schmerzen zu ersparen, die eine Zangengeburt hervorrief.

Während Ricarda den Puls der betäubten Mutter überprüfte, ging Wyder routiniert zu Werke. «Sie reißt», sagte er plötzlich.

Ein Dammriss, auch das noch, dachte Ricarda. Bei einer Zangengeburt war das gleichwohl keine Seltenheit.

Wenig später lag das kleine Mädchen zwischen den Beinen der Mutter, in einer Mischung aus Blut, Schleim und Kot. Während Wyder abnabelte, nahm Ricarda die Kleine sofort hoch und entfernte sorgsam alles, was die Atmung behindern konnte. Gleich darauf schrie sie sehr zaghaft, als wollte sie seine noch bewusstlose Mutter nicht stören.

«Gott sei Dank», murmelte Wyder, während er den Dammriss nähte.

«Du hast uns ganz schön Sorgen gemacht, meine Kleine», sagte Ricarda und begann, das Neugeborene in einer Zinkwanne mit lauwarmem Wasser zu baden.

Sollte ich eine Liste der schönsten Momente einer unkomplizierten Geburt schreiben, so würde das Auftauchen des Köpfchens an erster Stelle stehen. Dann käme der erste Schrei. An Nummer drei würde ich das Bad setzen, das ich dem Säugling angedeihen lasse. Denn damit taucht es unwiderruflich in unsere Zivilisation ein, schrieb sie am Abend an Siegfried.

Für eine junge Mutter, aber das dachte sie nur, würde diese Liste wohl ganz anders ausfallen. Wahrscheinlich stünde da an Nummer eins: der erste Blick meines Kindes. Oder: der erste Reflex, mit dem es meinen Finger umfasst. Oder: wie es das erste Mal an meiner Brust trinkt.

Ricarda blickte versonnen aus dem Fenster in die pechschwarze Nacht dieses 20. Februars. Wie mochte das sein, wenn man selbst ein Kind bekam?

Würde ich, wenn es bei mir so weit ist, auch nicht den Zeitpunkt erkennen, wann ich die Kontrolle abgeben sollte? Ich glaube nicht, denn Du wärst ja bei mir, Siegfried. Ich könnte mich zurücklehnen, die Geburt genießen und Dir mein Leben und mein Kind anvertrauen, schrieb sie.

An einem Morgen Mitte März, kurz vor sechs, verließ Ricarda ihr Dachzimmer in Floras Haus. Leise ging sie die Treppen hinunter. Durch die großen runden Fenster sah sie den Schnee auf den Wiesen am See.

«Geht's dem Rösli besser?», fragte Frau Hofacher.

Sie reichte Ricarda wie immer ihre Brote mit Schinken und Käse, aber die Frage nach Rösli verschloss ihren Magen.

«Keine Besserung. Es ist erschütternd, das Kindchen so leiden zu sehen. Ich muss mich sputen. Bis heute Abend!»

«Wenn Sie die Komtess sehen, sagen Sie ihr, auch sie braucht Ruhe.»

«Ich werde es versuchen, Frau Hofacher.» Damit war Ricarda zur Tür hinaus.

Während sie durch die erwachende Stadt ging, dachte sie an Doktor Heim-Vögtlin, die sich in den letzten vier Wochen auf so erschreckende Weise verändert hatte. Um Jahre schien sie gealtert. Meist herrschte im ganzen Haus Schwermut. Nur ganz selten gab es Momente, die aus den grauen Tagen hervorleuchteten.

So als Arnold, der inzwischen siebenjährige Bruder, kurz nach der Geburt seiner kleinen Schwester unbedingt wissen wollte, woher Rösli denn kam. Ricarda wurde Zeuge, wie die Eltern vereinbarten, keine Lügen zu erzählen. So fragte Albert Heim, ein kräftiger Mann mit schwarzem, bis zur Brust reichendem Vollbart, seinen Sohn: «Weißt du, wie Vögel entstehen?» – «Aus Eiern, die die Alten legen!» – «Und wie ist das bei Hunden?» – «Die legen schon lebendig ausgeschlafene Junge.» – Der Vater: «Und wie mag es dann beim Menschen sein?» Der kleine Bub kombinierte und umarmte seine Mutter: «Danke, dass du mich gelegt hast!»

Es sah aus, als würde die kleine Familie glücklich sein können. Wenngleich sich Marie Heim-Vögtlin mit dem schlecht verheilenden Dammriss herumplagte, den Doktor Wyder noch einmal aufschneiden und nähen musste, da er nicht heilen wollte. Heim-Vögtlin lag noch die meiste Zeit im Bett und dirigierte von dort Haushalt und Praxis. Doch wegen der nachgeburtlichen Komplikationen war klar, dass sich der Einsatz der bekanntesten Schweizer Ärztin verzögern würde.

«Ich brauche eine weibliche Vertretung hier in der Praxis, Fräulein Petersen. Ich denke, ich werde Henriette von Freystetten darum bitten.»

Kurz darauf traf die Komtess tatsächlich ein, wohnte ebenfalls in Floras Villa und übernahm die Praxis der Studienfreundin. Nach zwei Wochen war Frau Heim-Vögtlin wieder bei Kräften, und Henriette hätte nach Berlin zurückkehren können. Doch dann schlug das Schicksal noch viel erbarmungsloser zu.

Als Ricarda jetzt leise das Schlafzimmer betrat, saß die Mutter schlafend im Sessel neben dem Kinderbett, die Vorhänge geschlossen. Das hochfiebrige Kind war nur mit leichtem Leintuch bedeckt, die kühlenden Umschläge längst warm. Ricarda tauschte sie vorsichtig aus, aber Rösli erwachte und schrie mit schriller Stimme. Sie klang nicht wie ein Säugling, sondern eher wie ein sterbendes Tier.

«Sie leidet so», sagte die Mutter, der das eigene Leiden tiefe Augenschatten ins Gesicht geschrieben hatte. «Und wir wissen nicht, wie wir ihr helfen sollen. Es ist schrecklich, dass wir nicht mehr über die Neugeborenensepsis wissen.»

Ein aus der Universität zu Hilfe gerufener Facharzt für Kinderkrankheiten hatte vor Tagen die Befürchtung der Mutter bestätigt: Gehirnhautentzündung. Und die verlief tödlich, weil es kein Medikament dagegen gab. Marie Heim-Vögtlin konnte nur warten, bis der Tod ihr das Kind entriss.

Ihr Vorbild Doktor Heim-Vögtlin dem ausgeliefert zu sehen, was die Menschen Schicksal oder Gottes Wille nennen, zermürbte auch Ricarda. Doch sie wollte sich nicht ihren Gefühlen ausliefern, sondern suchte einen Grund, weshalb sie mit Doktor Heim-Vögtlins Unglück konfrontiert wurde.

Die Komtess hatte erst am späten Abend die Behandlung der letzten Patientin beendet. «Wenn ich Sie nicht mit heimbringe, wird Frau Hofacher mich ausschimpfen», sagte Ricarda.

«Du hast recht, Rica, gehen wir.»

Sie waren schon ein gutes Stück vom Haus Heim-Vögtlin entfernt, als Ricarda fragte: «Haben Sie eine Vermutung, wie es zu einer so schwerwiegenden Erkrankung bei Rösli kommen konnte?»

«So furchtbar es auch klingt: Das könnte man erst feststellen, wenn die Kleine tot ist und eine Obduktion Einblick gewähren würde.»

«Würde Doktor Heim-Vögtlin das denn zulassen?»

«Ich werde sie gewiss nicht fragen, Rica.»

«Das verstehe ich. Sie ist eine Freundin. Aber ich würde das gern nur vom Standpunkt der ärztlichen Kunst aus betrachten.»

«Das ist durchaus berechtigt», sagte Henriette. «Sprich weiter.»

Sie liefen durch die schmalen Straßen vorbei an kleinen Häusern, hinter deren Fenstern schon kaum noch ein Licht brannte.

«Weil es sich um eine Erkrankung des Gehirns handelt, suchte ich Rat bei Professor Diener», berichtete Ricarda. «Er sagt, es könnte sein, dass die Meningitis durch Bakterien verursacht wird.»

«Hat er eine Idee, welche Art von Bakterien?»

«Nein, die hat er nicht.» Ricarda sprach den Verdacht aus, den sie hatte: «Eigentlich kann ein Neugeborenes nur durch den Geburtsvorgang mit Bakterien infiziert werden, die eine Meningitis hervorrufen. Als Professor Wyder das Kind mit der Zange holte, riss der Damm der Gebärenden. Es trat Kot aus. So schnell konnte ich das Kind dort gar nicht wegnehmen.»

Die Komtess blickte sie entsetzt an. «Es wäre fatal, wenn du recht hättest! Dann würde in einem solchen Fall jeder Geburtshelfer die Kinder mit einer todbringenden Krankheit infizieren!»

«Ja, ich weiß. Das geht unter Umständen zu schnell, um es zu verhindern.»

Schweigend in ihre Gedanken vertieft, erreichten die beiden Florentines Villa. Die Komtess legte ihre Hände auf Ricardas Schultern. «Vorerst kein Wort zu Marie.»

«Natürlich nicht. Für die Familie ist es ein Schicksalsschlag. In ihrem Alter wird Doktor Heim-Vögtlin auch kein Kind mehr bekommen können.»

Die Komtess sah ihrer einstigen Schülerin tief in die Augen. «Maries Drama ist vielleicht der Zufall, der dich auf etwas sehr Wichtiges stoßen lässt. Dem musst du nachgehen.»

In ihrem Zimmer unter dem Dach legte sich Ricarda todmüde auf ihr Bett. Die Ereignisse des Tages ließen sie keinen Schlaf finden, denn der schreckliche Tod des Kindes beschäftigte sie. Wenn sie mit ihrer Vermutung richtiglag, dann ließ sich vielleicht verhindern, dass andere Säuglinge das gleiche Schicksal traf. Darum musste sie schnellstens Beweise finden. So gnadenlos ihr Vorhaben auch scheinen mochte – eine Mutter, die gleichzeitig selbst Ärztin war, könnte es vielleicht verstehen. Dann wäre Röslis Tod nicht vergebens gewesen.

Noch halb im Schlaf traf Ricarda am Morgen auf Frau Hofacher, die ihr einen Umschlag gab.

«Heute ganz in der Früh wurde das für Sie abgegeben, Fräulein Petersen. Der Herr sah nicht aus wie ein Irgendwer und sagte zu mir, es sei von allerhöchster Wichtigkeit.»

«Danke.» Sie nahm den Umschlag und öffnete ihn.

«Ich hol Ihnen gleich mal einen Kaffee», sagte Frau Hofacher.

Ein Brief mit dem Aufdruck von Dr. Diener. Ricardas Herz schlug schneller.

Verehrtes Fräulein Petersen, der Kollege Wyder berichtete mir von den Hintergründen für Ihre gestrige Frage nach den Bakterien. Das schwere Los der Kollegin Heim-Vögtlin hat mich daraufhin nicht ruhen lassen. Ich fand die anliegende Habilitationsschrift des Münchner Kollegen Theodor Escherich letzte Nacht und las sie. Die Arbeit von Professor Escherich, der zuvor die Cholera in Neapel erforscht hatte, legt eine Vermutung nahe, die auch Sie wohl haben. Demnach könnten Darmbakterien Meningitis verursachen. Ich bitte Sie, dieser Theorie mit der gebotenen Gründlichkeit nachzugehen und sich diesbezüglich mit Professor Wyder ins Benehmen zu setzen. Für weitere Rücksprache stehe ich zur Verfügung. Hochachtungsvoll.

«Ist es eine schlimme Nachricht, Fräulein Petersen?», fragte Frau Hofacher und stellte die Tasse Kaffee neben Ricarda auf das Tischchen.

«Ich habe meinen Professor um den Schlaf gebracht», sagte Ricarda mit schiefem Grinsen.

Das musste man erst mal hinbekommen, dachte sie mit ein wenig Stolz. Doch schon im nächsten Moment versank alles um sie herum in Bedeutungslosigkeit, denn sie verschlang die Schrift des Professors, der kürzlich eine neue Bakterie nachgewiesen hatte. Wie es aussah, war sie in jedem menschlichen Darm zu finden. Wo sie gute Dienste leistete. Nur an einen Ort durfte sie unter keinen Umständen gelangen – in das Gehirn eines Kleinkindes, das es verwüstete.

«Es ist schon spät, Fräulein Petersen. Gleich halb acht.»

Ricarda sprang auf.

«Die Brote!»

«Danke, danke!»

Sie rannte den Berg hinauf und kam außer Atem oben an. Sie schob das komplette Schinkenbrot Berthold ins Maul, der sie sofort passieren ließ, und eilte die Stufen ins Obergeschoss hinauf.

Wäre sie nicht so in Eile gewesen, die Stille im Haus wäre Ricarda wohl sogleich aufgefallen. So jedoch betrat sie das Krankenzimmer und prallte gegen eine Wand aus Schmerz und Trauer. Die ganze Familie hatte sich an Röslis Bett versammelt. Nur vier Wochen lang hatte der kleine Mensch, der den klangvollen Namen Marie Rosa Heim getragen hatte, auf der Welt verweilen dürfen. Die friedlichste Phase davon verbrachte das kleine Mädchen jetzt, in den Stunden nach seinem Tod. Nicht einmal seine zwei Jahre alte Schwester Helene sagte einen Ton, obwohl sie gerade das Plappern entdeckt hatte. Der sieben Jahre alte Arnold schmiegte sich an den Vater, diesen Hünen von Mann, dem das Leid jede Kraft geraubt zu haben schien. Die Mutter, vom Schicksal niedergeschmettert, wirkte wie abwesend.

Vorsichtig trat nun auch Ricarda an das Bettchen. Ihr Herz fühlte mit der Familie, doch ihr Kopf war voll mit den Erkenntnissen Professor Escherichs. Sie konnte nicht anders – sie dachte wie eine Ärztin. Als solche musste sie das Leid dieser kleinen Familie auf grausame Weise missachten, um ein höheres Ziel zu erreichen. Jetzt war die Stunde gekommen, um Wege zu finden, die den Tod weiterer, noch ungeborener Röslis verhinderten. Dazu gab es im Moment nur ein Mittel, das unbarmherziger nicht sein konnte.

Professor Dieners Brief rutschte Ricarda aus der Tasche, fiel auf den Boden. Direkt vor den Füßen von Doktor Heim-Vögtlin landete die Habilitationsschrift mit dem sperrigen Titel *Die Darmbakterien des Säuglings und ihre Beziehungen zur Physiologie der Verdauung*.

Der graue Umschlag, auf dem das in großen Buchstaben geschriebene Wort *Darmbakterien* sofort ins Auge stach, weckte die tief in der leidenden Mutter schlafende Wissenschaftlerin, die das zweihundert Seiten umfassende Heft aufhob, aufschlug und das Inhaltsverzeichnis überflog.

Ricarda war ihre Ungeschicklichkeit peinlich. Sie versuchte, die Schrift der Trauernden abzunehmen. Doch die hielt sie fest.

«Albert, geh bitte mit den Kindern hinaus», sagte Doktor Heim-Vögtlin. Sobald sie draußen waren, fragte sie, indem sie auf die Habilitation deutete: «Was wollen Sie mir damit sagen?»

«Es tut mir leid. Der Zeitpunkt ist ungünstig», erwiderte Ricarda.

«Also wollen Sie etwas sagen.»

Ricarda rang mit sich. Konnte sie ihr Anliegen in diesem Moment wirklich vortragen? Aber dann kamen ihr die Worte in den Sinn, die diese unglaubliche Frau bei ihrer ersten Begegnung zu ihr gesagt hatte, und sie wiederholte sie. «Das eigene Leben hat erst Sinn, wenn es als Baustein gilt für die folgenden Generationen. Das sind Ihre Worte.»

«Das ist auch meine Überzeugung.» Sie gab Ricarda die Habilitation zurück. «Wie passt das alles zusammen? Geht es Ihnen um die Neugeborenen-Sepsis?»

Ricarda schluckte ihre Skrupel hinunter. «Professor Escherich beweist in seiner Schrift, dass Keime ins Blut übergehen», sagte Ricarda. «Meine Vermutung ist, dass Rösli durch die Zangengeburt Darmbakterien aufgenommen hat. Escherichs Arbeit wirft für mich die Frage auf: Werden diese Keime bis ins Gehirn transportiert? Lösen sie dort eine Meningitis aus?»

Für eine Weile sagte die durch den Tod ihres Kindes zutiefst verletzte Mutter nichts. Ihr Blick streichelte nur das Gesicht ihres verstorbenen Säuglings.

«Das wäre das Thema einer Doktorarbeit. Dafür müssen Sie Beweise zusammentragen. Sie haben Rösli auf die Welt geholfen. Sie haben Stunden und Tage an ihrem Bett verbracht. Hätten Sie nicht bewiesen, dass Sie etwas Gutes wollen und nicht nur einen akademischen Titel ...» Sie wischte sich die Tränen aus den Augen. «Ich werde mit Professor Heim sprechen. Sie bekommen heute noch Bescheid.» Sie rang mit ihren Tränen. «Bitte lassen Sie mich jetzt allein.»

Albert Heim, Röslis Vater, war nicht nur ein berühmter Geologe, sondern auch ein begabter Zeichner. Seine Bilder schmückten die Wände des Hauses. Zumeist waren es akribische Abbildungen der Faltenwürfe der Schweizer Alpen. In den gelösten Stunden, die Ricarda bei der Familie verbracht hatte, hatte Professor Heim ihr seine *Kontraktionstheorie* erklärt. Vor Jahrmillionen habe sich die Erde zusammengezogen, wodurch die Gebirge entstanden seien. Heim war überzeugt, mit seiner Theorie den Ursprung der Erde erklärt zu haben. Eigentlich war er stets unterwegs, meistens in der Schweiz, zum Beispiel um die Ursache von schweren Geröllabgängen zu untersuchen. In seiner Heimat war er so bekannt wie seine vier Jahre ältere Frau. Wegen seiner Theorie zur Erdgeschichte war er in seinen Kreisen sogar weltberühmt. Er war bereits mit dreiundzwanzig Professor gewesen.

All das wusste Ricarda, als sie Albert Heim in seinem mit Büchern vollgestopften Studierzimmer darlegen musste, welche Absicht sie hatte. Ihr war jedoch klar, dass sie es nicht nur mit einem Akademiker von Weltrang zu tun hatte, sondern mit einem Vater, der gerade sein Jüngstes verloren hatte.

Die Entscheidung, ob eine Obduktion durchgeführt wurde, musste heute getroffen werden. Gleichzeitig hatte Ricarda sich vorgenommen, weder einen ihrer Professoren noch die Komtess in die aktuelle Situation einzuweihen. Niemand sollte Druck ausüben, und sei es durch die Erwartung, die man an ein akademisch gebildetes Paar hatte. Allein die Eltern sollten entscheiden, ob das Los ihres Kindes irgendwann einen Fortschritt in der Geschichte der Medizin markieren könnte.

«Wäre ich Sie, würde ich genauso vorgehen», sagte Professor Heim nun.

Er lehnt ab, dachte Ricarda. Sie bereitete sich innerlich schon darauf vor, diese Chance vorbeiziehen lassen zu müssen.

«Ich bin kein Mediziner. Ich kann nicht ermessen, ob Röslis Tod der Medizin weiterhilft.»

«Wissen kann ich das auch nicht, Professor Heim», gab Ricarda zu.

«Ich schätze Sie, Fräulein Petersen. Sie sind ehrlich. Marie ist dafür, weil die Medizinerin in ihr es wie Sie sieht. Und sie hält große Stücke auf Sie.» Er schob seine schmale Gelehrtenbrille hoch. «Bereiten Sie in der Universität alles vor. Sie können Rösli in etwa zwei Stunden abholen. Ich danke Ihnen.»

Was für ein tapferer Mann, welche Selbstüberwindung, dachte Ricarda und ging so vorsichtig zur Tür, dass nicht ein Mal die Dielen knarrten. Erst als sie die Tür hinter sich geschlossen hatte, hörte sie ein unterdrücktes Schluchzen aus dem Arbeitszimmer.

Erst in den frühen Abendstunden des nächsten Tages, einem Samstag, traf Ricarda wieder in Florentines Villa ein. Sie war seit anderthalb Tagen auf den Beinen, hatte kaum gegessen und war völlig übermüdet. Doch vor dem Haus warteten ein paar Kutschen, die im Geschirr stehenden Pferde hatten Futtersäcke umgehängt, die Kutscher dösten in ihren Gefährten oder unterhielten sich bei einer Zigarre. Im ganzen Haus brannten Lichter, leichte Geigenklänge lagen in der Luft.

Habe ich vergessen, dass ein Fest gegeben wird?, fragte sich Ricarda.

Sie war Florentine in den letzten Wochen kein einziges Mal begegnet, wurde ihr erst jetzt bewusst. Ihr Leben hatte sich entweder im Haus Heim-Vögtlin oder in der Universität abgespielt. Wie mit Florentine abgesprochen, hatte sie ihr Mitschriften aus Vorlesungen überlassen, aber nie eine Reaktion bekommen. Im Gegenteil – die Blätter lagen oft tagelang unberührt am gleichen Platz auf der Kommode im Obergeschoss.

In der Küche versuchte eine aus Köchinnen und Küchenhilfen bestehende Gruppe von Frauen, das Chaos aus schmutzigem Geschirr und noch aufzutischendem Essen zu bewältigen. Ricarda stibitzte sich einen trockenen Semmelknödel und machte sich damit auf den Weg in ihr Zimmer.

Auf der weit geschwungenen Treppe ins Obergeschoss lief sie Florentine direkt in die Arme. Die Hausherrin, mit der sie seit Silvester *vertantet* war, befand sich in Begleitung eines ausgesprochen gut aussehenden Mannes mit schwarzen, glatt zurückgekämmten Locken, dessen Haut leicht sonnengebräunt war. Auf den zweiten Blick erkannte Ricarda, dass es der Mann war, den Florentine ihr während der Silvesterfeier vorgestellt hatte – Giacomo. Wie Casanova, erinnerte sie sich. Er trug einen Frack, Florentine ein leuchtend gelbes Abendkleid aus schimmerndem Seidenbrokat.

Flora warf einen schiefen Blick auf den Teller mit dem Semmelknödel in Ricardas Hand. «Welch üppiges Mahl!» Sie lachte.

Ricarda fühlte sich ertappt. Es war eine Situation, wie sie im Freystettener Schloss gang und gäbe war – Herrschaft und Dienerschaft, diesmal jedoch durch Ricardas gänzlich andere Prioritäten herbeigeführt. Gleichwohl war sie verlegen und sagte nur: «Schönen Abend», und wollte weiter.

«Rica, was bist du so ungesellig. Man sieht dich nie, und wenn, dann benimmst du dich eigentümlich.»

«Tut mir leid, Florentine. Ich bin seit gestern in der Früh auf den Beinen.»

«Wir haben uns schon einmal gesehen», sagte nun der fesche Galan an Florentines Seite. Er hatte einen leichten Akzent, den Ricarda nicht zuordnen konnte. «Silvester haben Sie getanzt. Machen Sie uns die Freude und kommen Sie noch ein wenig in den Saal. Es gibt besseres Essen als ... das da in Ihrer Hand.»

Ricarda schüttelte den Kopf. «Danke. Ein anderes Mal.»

Seine dunklen Augen blitzten amüsiert. «Meine werte Dame, wer wird denn so unhöflich sein?»

«Ich bin nur müde, mein Herr.»

«Ein Glas Champagner – und Sie sind wieder wach!»

Ricarda stöhnte innerlich auf, aber sie blieb ruhig. «Sehen Sie mich an. So kann ich auf keinen Abendball. Ich habe seit gestern Nacht in einem Labor gesessen, um den Erreger einer Krankheit zu finden, an der Kinder sterben», sagte sie geduldig. «Man sieht durch ein Mikroskop auf einen Objektträger, der von einem Licht beleuchtet wird. Das strengt sehr an. Ich möchte nur noch meine Augen schließen.»

«Sie sind Forscherin? Das ist interessant, wenn eine Frau so etwas tut. Leider geht Denken zulasten der Weiblichkeit.»

Er ließ nicht locker, und Florentine gefiel es offensichtlich. Die ganze Unterhaltung schien für sie ein großer Spaß zu sein.

«Florentine, kannst du den Herrn nicht ein wenig auf der Tanzfläche bewegen? Damit ich mich zurückziehen kann?»

«Sie haben wirklich den Charme einer Vogelscheuche!»

«Im Moment würde mir sogar dazu die Kraft fehlen. Guten Abend.»

Sie raffte ihren schwarzen, vom Straßenstaub verschmutzten Rock und ging die Treppe hinauf. In ihrem Rücken hörte sie Florentine kichern und den unbekannten Schönen lachen.

Als sie im Bett lag, knurrte ihr der Magen, ihr Kopf war wegen ihrer Empörung über das Gespräch wieder hellwach, und die Musik spielte viel zu laut, um schlafen zu können.

Es war ein gemütliches schönes Zimmer mit Dachschrägen – alles hatte seinen Preis, das hatte sie gewusst. Sie stand auf, zog sich den Morgenrock über und setzte sich an den Schreibtisch. Den Brief von Siegfried sah sie erst, als sie die Öllampe entzündete.

Wieder schreibe ich Dir in Eile, meine liebe Ricarda! Gerade komme ich von einer Expedition in das Innere des Landes Togo zurück an die Küste. Welch ein Unterschied zu Südwestafrika! Wo dort nur Dornbusch und Steppe, empfing uns hier eine urwüchsige Landschaft mit Dschungel, der mancherorts kaum zu durchdringen war. Wir sind am Äquator, es regnet viel und ist heiß, sodass man kaum des Ungeziefers Herr wird. Leider fordert der unwirtliche Lebensraum seinen Tribut. So musste ich unseren Expeditionsleiter ersetzen, der Opfer der Malaria wurde. Doch es ist mir geglückt, die Männer unbeschadet weiter ans Ziel und zurück zu führen.

Ricarda legte den Brief nieder. Sie hatte nicht erwartet, dass er von Goldfunden berichten würde. Aber diese Nachricht war erschütternd. Wenn den Leiter der Expedition die Malaria dahinraffte, so konnte doch Siegfried das gleiche Schicksal ereilen!

Sie las weiter und erfuhr, dass er nun mit dem Dampfer aufbrechen würde zu einer Hafenstadt namens Douala, von der sie noch nie gehört hatte.

Ich bin einer großen Expedition zugeteilt, die das Hinterland des deutschen Schutzgebiets Kamerun erforschen wird. Sei unbesorgt, mein Liebling! Ich werde gut auf mich achtgeben. Doch gedulde Dich bitte bis zu meinem nächsten Brief.

Kamerun, wo mochte das sein? Sie würde wohl erneut in der Bibliothek der Philosophischen Fakultät den großen Globus drehen müssen, um Siegfried zumindest in Gedanken nachreisen zu können.

So gern hätte sie ihm von ihrer Entdeckung berichtet. Aber

wohin sollte sie den Brief schicken? Er wusste ja selbst nicht, wohin er reiste. Wusste er überhaupt, auf was er sich einließ?

Da es momentan keinen Sinn ergab, Siegfried zu schreiben, richtete sie einen Brief an Lore.

Mit dem Tag, der für mich zu Ende geht, habe ich das Thema meiner Doktorarbeit gefunden. Ich werde sie dem Säugling Rösli widmen, der nur vier Wochen auf der Erde bleiben durfte. Leider werde ich noch mehr Säuglinge finden müssen, die an der sogenannten Spätsepsis des Neugeborenen sterben. Denn ohne weitere nachgewiesene Fälle würde meine Arbeit nicht anerkannt werden.

Ich kann Dir nicht sagen, wie sehr ich der Universität für ihre Unterstützung dankbar bin. So übernahm ein Kinderarzt die Obduktion der kleinen Rösli. Ich hätte es sonst wohl über das Herz bringen müssen, das selbst zu tun. Doch ich hatte geholfen, dieses Kind auf die Welt zu holen. Und mir geht nicht aus dem Kopf, was Doktor Heim-Vögtlin sagte: «Es ist nicht recht, wenn die Kinder vor den Eltern gehen.» Ich bete, dass uns als Müttern solch ein Leid einmal erspart bleibt.

Ricarda sank auf ihr Bett, aber an Schlafen war nicht zu denken. Sie stand erneut auf, las noch einmal, was sie an Lore geschrieben hatte. Und plötzlich war alles ganz klar: Sie musste es nur aufschreiben.

Das milde Sonnenlicht, das in den Gartenraum fiel, in dem Henriette ihr Frühstück einnahm, versprach den nahen Frühling. Neben ihr lagen Briefbogen und ein *Waterman*-Füllfederhalter, eine ganz neue Erfindung, die Florentine aus New York für sie mitgebracht hatte und die das Schreiben sehr vereinfachte. Sie musste Käthe mitteilen, dass sich ihre Rückkehr nach Berlin bis auf unbestimmte Zeit verzögerte. Denn der

Zustand, in dem sich Marie Heim-Vögtlin befand, war nicht nur Mitleid erregend. Er bot Anlass zu größter Sorge. Ihre einstige Kommilitonin schien durch den Tod ihres Säuglings allen Lebenswillen verloren zu haben. Undenkbar, dass Marie in absehbarer Zeit wieder praktizieren konnte. Allerdings warteten in Berlin Henriettes Patientinnen, und Käthe, die Henriette vertrat, musste sich auch um die eigenen kümmern.

Sie hatte sich den zu schreibenden Brief bereits im Kopf zurechtgelegt, als Florentine eintrat. Wie immer in perfekter Aufmachung, strahlend und bester Laune.

«Du hast nicht mit dem Frühstück auf mich gewartet, Tante?»

«Verzeih. Mein Tag ist sehr voll.»

«Heute ist Sonntag. Da solltest auch du ruhen.»

Henriette zog es vor, nichts zu antworten. Sie wollte an diesem sonnigen Morgen keine schlechte Stimmung verbreiten.

Zwei Dienstmädchen eilten herbei und servierten der Hausherrin englischen Tee, Toast, Butter und Marmelade.

«Du hast dich so früh zurückgezogen, Tante. Es war doch ein schönes Fest, fandest du nicht?»

«Natürlich war es das. Deine Feste sind immer schön.»

«Du bist so schmallippig.»

«Erscheint das so? Das tut mir leid. Ich bin nur in Gedanken. In einer Stunde muss ich zu einer Patientin und bis dahin noch einen überfälligen Brief an Käthe schreiben.»

«Wie schade. Sonst hättest du Giacomo und mich begleiten können, Tante. Wir fahren mit der Kutsche am See entlang nach Küsnacht. Du liebst doch Küsnacht so.»

Der elegante Norditaliener war Henriette unsympathisch, wobei sie ihre Abneigung nur mit ihrem Bauchgefühl begründete, denn sie wusste viel zu wenig über ihn. Bei einer oberflächlichen Plauderei an Silvester hatte sie von ihm erfahren, dass seine Familie aus der Lombardei stammte und altem Adel angehörte. Henriette hatte nicht weitergefragt, weil sie die komplizierte Geschichte Norditaliens einigermaßen im Kopf hatte. Franzosen und Österreicher hatten um die Region in kleineren und größeren Kriegen gekämpft und manchen Adelsgeschlechtern so böse zugesetzt, dass sie verarmten. Sie hatte es somit für ratsamer gehalten, das Thema nicht zu vertiefen. Er hätte möglicherweise blumige Formulierungen finden müssen, die kaschierten, dass er auf Kosten reicher Damen lebte.

Das war vor knapp drei Monaten gewesen, und sie hatte ihn für eine vorübergehende Erscheinung, einem fiesen Schnupfen nicht unähnlich, gehalten. Nun war der Mann in diesem Vierteljahr zum dritten Mal im Hause. Es war wohl an der Zeit, der Sache ein wenig auf den Grund zu gehen, folgerte sie.

«Woher kennst du ihn eigentlich, den Herrn Giacomo ... Verzeih, den Nachnamen habe ich mir nicht merken können.»

«Giacomo Cossata d'Aperi. Das ist wie Musik!» Florentine strahlte über das ganze Gesicht.

Besser als Edwin Jones der Dritte auf jeden Fall. «Richtig. Also, woher kennst du ihn?»

«Das von dir so wenig geschätzte Monte Carlo, Tante. Die meiste Zeit im Jahr lebt er an der Côte. Seine Villa befindet sich in Nizza.»

Etwas in der Art hatte sie befürchtet. «Du hast seine Familie schon kennengelernt?»

Florentine lachte unbeschwert. «Wo denkst du hin! Wir

sind Freunde. Es macht Spaß, mit Giacomo Zeit zu verbringen.»

«Mehr Spaß als in der Universität», sagte Henriette, obwohl sie sich vorgenommen hatte, solch eine Stichelei zu unterlassen.

Florentine ließ die Anspielung lächelnd an sich abprallen. Sie strich sich etwas Butter auf den Toast, bevor sie antwortete. «Die Vorstellung widert mich an, Säuglingen die Köpfe aufzuschneiden, um herauszufinden, was sich wohl darin verbergen mag. Das überlasse ich weniger empfindsamen Naturen. Meine Ziele sind höhere. Mir geht es um die großen Dinge, die die Welt in ihrem Innersten zusammenhalten.»

Nanu, dachte Henriette, sie weiß sogar Bescheid, was Ricarda tut. Sie hat wohl ihre Quellen, denn Ricarda würde es ihr kaum gesagt haben. «Und was hält die Welt zusammen?»

Florentine genoss offensichtlich gerade den Geschmack des Quittengelees auf ihrem Toast. Sie ließ sich Zeit mit der Antwort: «Mir schwebt ein Kompendium vor, das den normalen Frauen die Medizin nahebringt.»

«Du willst ein Buch schreiben? Was hat dich auf die Idee gebracht?»

Florentine lachte hell. «Nicht: *was*, Tante! Sondern: *wer*. Nämlich du und unsere Ricarda. Du willst aus mir unbedingt eine Ärztin machen. Aber die Praxis interessiert mich nicht. Die Theorie ist etwas anderes. Ricarda hat so viele Notizen für mich gemacht, das hat mich inspiriert zu einem Buch für die moderne Frau. Ein praktisches Nachschlagewerk, das eine Mutter anleitet, ihre Familie gesund durchs Leben zu führen.»

«Nun, die Idee ist nicht schlecht», gestand Henriette verblüfft ein. Die Zeit war reif, Menschen Wissen über Medizin und Gesundheit zu vermitteln, damit sie es im Alltag leichter hatten. So ein Buch gab es bislang nicht. Allerdings erforderte es viel Wissen. Ob ihre Nichte dafür die Richtige war? Henriette hatte so sehr gehofft, dass Florentine an Ricardas Seite beginnen würden, ihr Studium ernst zu nehmen, offenbar vergebens. Aber immerhin war das Schreiben eines Buchs ein nützlicheres Vorhaben, als in Spielbanken Geld zu verlieren.

Vor dem Fenster leuchtete ein Frühlingsmorgen wie aus dem Bilderbuch, als Ricarda am nächsten Tag hochschrak. Sie hatte verschlafen – es war bereits acht Uhr. Sie kleidete sich an und besah sich im Spiegel ihres Zimmers.

Leider geht es zulasten der Weiblichkeit, hörte sie die Stimme des eleganten Fremden sagen.

Sie überprüfte den Sitz ihrer Frisur, löste ein paar zuvor straff gebürstete Strähnen, drehte sich vor dem Spiegel. Ja, sie war eine graue Maus, das war nicht zu leugnen. Paradiesvögel verbrachten keine Nächte vor dem Mikroskop. Andererseits wollte sie nicht enden wie die schwarz gekleideten, freudlos dreinblickenden Akademikerinnen, die sie als Heranwachsende in Henriettes Salon kennengelernt hatte. Doch ihr Spiegelbild vermittelte genau diesen Eindruck. Vor zwei Wochen war ihr sechsundzwanzigster Geburtstag gewesen. Sie hatte ihn wieder einmal nicht gefeiert, sondern in Sorge um Rösli großteils bei Frau Heim-Vögtlin verbracht.

Lebensgenuss. Wie erreichte man den? Mit Feiern?

Aus der unteren Etage drang Florentines helles Lachen nach oben. Sie wusste zu leben, keine Frage. Aber wie stand es mit dem, was Heim-Vögtlin das *eigene Leben als Baustein für die folgenden Generationen* nannte?

Ricarda nahm das Blatt zur Hand, das sie letzte Nacht vollgeschrieben hatte, als Florentine das Leben gefeiert hatte. Nehme ich mir zu viel vor?, fragte sie sich. Oder musste es genau so sein – mit Herzblut geschrieben? Denn es war das Thema ihrer Doktorarbeit.

«Munti, Ricarda ist wieder da», sagte Arnold.

Sie war nach wie vor zwar fast jeden Tag in der Praxis in der Hottingerstraße, aber der kleine Arnold bekam Ricarda nicht immer zu Gesicht. Heute jedoch wagte sie endlich einen Vorstoß ins Obergeschoss. Inzwischen hatte Doktor Heim-Vögtlin ihre Räume seit über drei Wochen nicht mehr verlassen.

Schwermut des Weibes, das sagte sich so leicht über die Patientinnen im Burghölzli. Wenn diese Krankheit jedoch eine berühmte Kollegin ereilte, dann gingen die Experten für die Psyche lieber in Deckung.

«Hast du mit Munti gesprochen?», fragte Ricarda.

«'s Munti spricht nicht», erwiderte der Junge leise.

's Munti – die Mutter –, das war seit Arnolds Geburt die Bezeichnung, mit der selbst manche Patientinnen Marie Heim-Vögtlin ansprachen, weil sie so mild, verständnisvoll und einfühlsam war. Dass ausgerechnet *die Mutter* ausfiel, machte viele Patientinnen fassungslos. Eine Frau, die ihren Mann stand, war zu Fall gebracht. Und schien nicht die Kraft zu haben, allein aufstehen zu können.

Der Junge ließ Ricarda mit seiner Mutter allein in dem halb dunklen Raum. Die berühmte Ärztin lag reglos in ihrem Bett. Darüber eine Zeichnung – Rösli im Sarg, geschmückt mit Blumen. Unverkennbar vom eigenen Vater gezeichnet. Denn in diesem Sarg hatte Ricarda das kleine Kind erhalten.

Wie erschütternd, dachte Ricarda, und wie quälend. Für immer war dieser Moment des Abschieds durch das Bild eingefroren. Scheinbar so wie die Mutter, die darunterlag und nicht die Schwelle zurück ins Leben überschreiten konnte.

Ricarda war gekommen, um ihrem bisherigen Vorbild für eine geglückte Lebensführung, die Arbeit und Privates vereinte, von ihrer Doktorarbeit zu erzählen. Sie sah ein, dass der Moment noch nicht gekommen war. Doch sie konnte auch nicht von Florentines Festen, Henriettes Entbindungen oder ihren eigenen Hausbesuchen berichten, denn all das war in diesem Raum ohne Bedeutung. Sie musste anders durch die Mauer des Schmerzes zu der Kranken durchdringen.

Und des Selbstmitleids, dachte sie, als sie das Bild über dem Bett ansah.

«Das eigene Leben als Baustein für die folgenden Generationen, das haben Sie gesagt», begann Ricarda. «Mich hat das so beeindruckt, weil daraus die große Verantwortung spricht, die jede und jeder von uns hat. Man lebt nicht für sich selbst. Man ist Teil einer Kette. Oder eben ein Stein in einem Haus. Den Stein kann man nicht fortnehmen, sonst stürzt vielleicht eine Wand ein. Arnold sagt, Sie reden nicht mit ihm. Da fehlt ihm doch ein Stein, Frau Doktor. Geben Sie dem Arnold diesen Stein zurück. Bitte. Er kann das nicht verstehen. Und die kleine Helene auch nicht. Die Kinder brauchen Sie.»

Marie Heim-Vögtlin erwiderte nichts. Ricarda kam sich töricht vor. Was maßte sie sich an, dieser gebildeten Frau einen Vortrag zu halten? Schweigen konnte sie aber auch nicht, denn das Herz ging ihr über.

«Rösli ist tot, aber alle anderen leben. Kommen Sie zurück zu denen, die leben.»

Ricarda sah ihre eigene Mutter im Schneeregen an Tonjas Grab beten. Wie verzweifelt und wie nah sie dem eigenen Tod gewesen war! Das erzählte sie nun. Zum ersten Mal legte sie die ganze Geschichte von Tonjas Tod und den Folgen für ihre Familie einem Menschen zu Füßen, der nicht zu ihrer Verwandtschaft gehörte.

«Ich sah, wie meine Schwester leblos unter das Eis im Wasser trieb», sagte sie und wusste nicht, ob die Kranke ihr überhaupt zuhörte. Aber vielleicht legte sie diese Geständnisse auch vor sich selbst ab. «Was Tonjas Tod mit mir gemacht hat, ist mir lange nicht klar gewesen. Aber Ihr Bild vom Baustein öffnete mir die Augen. In meinem Leben ist meine Schwester Tonja dieser Baustein, ohne den ich nicht hier wäre. Auf diese Weise wird sie für immer in mir leben. Und wenn Sie es jetzt richtig machen, dann ist Rösli für Sie und Arnold und Helenli und Ihren Mann dieser Baustein. Das hat Tonja mich gelehrt: Der Tod ist nicht nur das Ende, sondern auch der Anfang. Dann lebt Rösli für immer.»

Ricardas Augen waren vor Tränen blind. Sie suchte in ihrer Handtasche nach einem Taschentuch.

«Nehmen Sie», hörte sie eine Stimme sagen, die aus weiter Ferne zu kommen schien, weil sie so lange geschwiegen hatte.

Ricarda nahm das Tuch, auf das *Munti* gestickt war, und tupfte sich die Augen.

«Ich freu mich auf Berlin!», sagte Henriette, atmete tief durch und stieg in den Zug am Züricher Bahnhof ein. Ricarda nahm ihr gegenüber Platz. Henriette fand, sie sah müde aus, abgekämpft. Das Mädchen brauchte Ruhe, das war offenkundig. Der monotone Puls, den die Waggonräder auf die Eisenbahnschwellen klopften, ließ die erschöpfte Ricarda rasch einnicken, während Henriette den Ausblick auf die im Frühling erblühende Landschaft genoss. In wenigen Tagen war Ostern, das in diesem Jahr auf dem vorletzten Aprilsonntag lag.

Der Tod des Kindes Rösli hatte die Pläne vieler Menschen umgeworfen. Henriette war zwar bereitwillig für ihre Freundin eingesprungen. Nachempfinden konnte sie allerdings nicht, dass Marie den Tod ihres Kindes nicht verwand. Gewiss, der Verlust eines Kindes wog schwer, doch Rösli hatte nur vier Wochen gelebt. War es möglich, dass sich in einer derart kurz bemessenen Zeitspanne eine solch starke Bindung herausbildete, die die eigene Existenz gefährdete? War die Antwort auf diese Frage genau jene Lücke in ihrem Leben, die sie nie würde füllen können? Mutterschaft war für sie eine Angelegenheit theoretischer Natur, die nur auf medizinischer Ebene mit der Praxis verbunden war.

Henriette hatte weder Zeit gehabt noch eine Gelegenheit gesucht, sich um Maries seelisches Wohl zu kümmern. Umso überraschter war sie, als die Freundin eines Abends hinuntergekommen war in die Praxis und gesagt hatte: «Ich bin zurück von einer langen Reise.»

«Es tut gut, dich wieder in unserer Mitte zu haben», hatte Henriette gesagt. Nun erinnerte sie sich an das Gefühl der Hilflosigkeit, das sie dabei gespürt hatte.

Ihr Blick fiel auf Ricarda, die engelsgleich vor sich hin schlummerte. Sie war wohl oft bei Marie gewesen, sogar kurz bevor Marie sich entschloss, wieder am Leben teilzuhaben, wie Albert Heim erzählt hatte. Was dabei gesprochen worden war, wussten nur die beiden. Dieses Mädchen war unglaublich, aber sie musste sich mehr schonen, sonst würde sie das hohe Tempo ihres Lebens nicht lange beibehalten können.

Ricarda schlug die Augen auf, lächelte scheu. «Sie sehen mir beim Schlafen zu!»

«Ich denke über dich nach.»

«Und was denken Sie da so?»

«Dass du dich kaputtmachst.»

«Keine Sorge! In einem Jahr um diese Zeit werde ich fertig sein mit dem Studium. Dann lasse ich es ruhiger angehen. Aber jetzt ist erst mal Ostern. Ich freu mich so auf den kleinen Franz! Sie waren ja zwischendurch in Freystetten. Er ist gewiss ganz herzallerliebst!»

Sie will selbst Mutter werden, schoss es Henriette durch den Kopf. Darum dieses Tempo.

«Sind nicht alle kleinen Kinder herzallerliebst?»

Offenbar war Ricarda die sanfte Ironie in Henriettes Ton entgangen, denn sie antwortete mit leuchtenden Augen: «Ja, das sind sie. Denken Sie nur: Auch Kumari ist in Berlin! Mit ihren beiden Kindern Lal und Yanthi. Ich habe Lore schon geschrieben. Wir alle werden wieder vereint sein.»

In Ricardas Gesicht lag ein jugendliches Strahlen. Ihr Schützling brauchte wirklich eine Familie, die sie umsorgen und von der sie geliebt werden konnte. Als angehende Wissenschaftlerin war sie zwar befähigt, ihren Lebensunterhalt allein zu erwirtschaften, aber es war eben nur die eine Hälfte von Ricarda. Die andere hatte so viel mehr zu geben. Etwas, von dem Henriette wusste, dass sie es nicht geben konnte.

Das fand der kleine Franz gar nicht lustig! Kühles Wasser am Morgen aufs Köpfchen, auf dem schon struppig blondes Petersen-Haar wuchs. Er schrie so laut, dass niemand mehr die salbungsvollen Worte von Pfarrer Gutschmid verstand.

Rosamunde versuchte alles, um Franz von Freystetten zu beruhigen, doch mit seinen vier Monaten hielt der kleine Erbgraf noch nichts von Taufpredigten am frühen Ostersonntagmorgen.

Ricarda sah sich unauffällig um. Die meisten Gesichter kannte sie, aber die Gemeinde war älter geworden. Es waren auch weniger Menschen da, als bei einer Grafen-Taufe zu erwarten gewesen wäre. Vonseiten der Grafenfamilie fehlten Raimund und Florentine, was für Ricarda keine Überraschung war.

Als Henriette die Reise zur Taufe angesprochen hatte, hatte Florentine nur einen sehr knappen Kommentar dafür übriggehabt: «Freystetten ist meine Vergangenheit.»

Henriette und ihre Schwägerin Luise bildeten wie immer eine Einheit. Die Gräfin schmückte sich mit einer silbernen Lorgnette, deren langen Stiel sie mit spitzen Fingern hielt. Es sah aus, als inspizierte sie mit Hilfe der Sehhilfe die Welt von der höheren Warte der Weisheit aus. Das Ergebnis schien ihr nicht zu behagen – ihre Mundwinkel zeigten deutlich nach unten.

Ihre einstige Widersacherin hingegen, Ricardas Mutter Karla, war offensichtlich aufgeblüht. Mit rosigen Wangen und leuchtenden Augen saß sie neben ihrer Ziehtochter Hildchen, hatte aber nur Augen für den kleinen Schreihals auf Rosels Arm. Auf ein Zeichen hin stand ihre Mutter auf, nahm Rosel den Knaben ab und verließ die Kirche mit dem Säugling im Arm. Somit war nun allen klar, wer die Kinderfrau des Täuflings war. Ricardas und Rosels Blicke trafen sich, Rosel lächelte. Sie wirkte entspannt und glücklich. Nie zuvor war sie so hübsch gewesen.

Nach dem Gottesdienst löste sich Rosel vom Arm ihres

Mannes und hakte sich bei Ricarda unter. «Danke, dass du gekommen bist.»

«Ich freue mich für dich, Rosel. Dein Mann scheint dich sehr zu lieben.»

«Ach, es gibt viele Anfeindungen, aber die machen uns nur stärker. Friedel und ich wissen, was wir aneinander haben. Er ist so ganz anders als seine Familie.»

Ricarda horchte auf. «Mischt sich die Komtess auch ein?»

Rosel schenkte Ricarda ein schiefes Lächeln. «Klar mischt sie sich ein. Was meinst du, weshalb unser Sohn Franz heißt? Ich wollte Gustav.»

Darüber hatte die Komtess nie ein Wort verloren, aber das war ihr Stil. Sie herrschte leise und wirkungsvoll.

«Mutter sieht glücklich aus», stellte Ricarda fest, als sie die Auffahrt zum Schloss entlanggingen. «Hat sie die Dämonen alle verjagt?»

«Das hat Franz ganz allein geschafft. Nur mit Luise ist es nicht so einfach. Du hast sie ja gesehen. So guckt die immer. Hätte Vater sie doch bloß nach Rügen mitgenommen! Aber ich werde sie schon irgendwie los.»

Auch das traute Ricarda ihrer Schwester zu. Der Tag, an dem die Petersen-Frauen die Macht in Freystetten übernahmen, schien nicht mehr fern zu sein.

Lore und Ricarda trafen fast zeitgleich an der Ecke Charlottenstraße und Unter den Linden vor dem Eingang des Hotel de Rome ein. Aus der Jugendfreundin war eine elegante Dame geworden, die dunkle Farben trug und ernste Gesichtszüge bekommen hatte. Sie war so gar nicht nach ihrer Mutter gekommen, die Leichtigkeit ausgestrahlt hatte. Aber das war Lore, die junge Mädchen in Krankenpflege ausbildete, wohl ganz recht so. Die beiden umarmten einander und berichteten von ihren jüngsten Aktivitäten, während sie die großzügige Eingangshalle des Hotels betraten. Sie fragten nach Kumaris Familie und gingen hinauf in den ersten Stock.

«Wie mag sie wohl aussehen?», fragte Lore und klopfte an der Tür.

Eine junge Frau in besonderer Aufmachung öffnete. Sie war eingewickelt in bronzefarben leuchtende, weich fließende Stoffe, die von ihrer Schulter bis zum Boden reichten, und war erst auf den zweiten Blick als Kumari zu erkennen. Ihr Gesicht war voller geworden, mütterlich, sanft, die Grübchen bildeten sich beim Lächeln sogar noch ausgeprägter, ihre Augen leuchteten.

Augenblicklich zog sie die Freundinnen in die Suite und umarmte sie. «So schön, euch zu sehen. Kommt rein. Ihr müsst meine Kinder kennenlernen. Lal! Yanthi!»

Der vierjährige Lal trug ein exotisches Gewand mit langem Mantel, ein kräftiger Junge, zurückhaltend, hübsch. Wohlerzogen machte er einen tiefen Diener zur Begrüßung. Die erst zweijährige Yanthi, von der stolzen Mutter wie eine kleine Prinzessin gekleidet und mit Blümchen im schon vollen Haar, fremdelte noch mit den weißen Frauen, die das niedliche Mädchen verzückt bestaunten und viele Komplimente machten.

Kumari ging in der Mutterrolle auf. Sie sprach Deutsch, Englisch und Singhalesisch durcheinander, schnell und aufgeregt. Reichte exotische Häppchen, fragte ihre Freundinnen aus und hatte gleichzeitig noch Zeit für Anweisungen an die beiden Kinder. Nun kam auch der Ehemann aus dem Nebenraum hinzu, für den sie ins Englische übersetzte.

Indika, ein paar Jahre älter als Kumari, war ein stattlicher Mann, der eine natürliche Autorität verströmte. Kumari hatte geschrieben, dass er in Ceylon der Chef zahlreicher Menschen war. Die neue Aufgabe, für die *British Tea Company* eine Plantage in Kenia aufzubauen, war eine Herausforderung. In London, dem nächsten Reiseziel, sollte er seine Arbeitgeber treffen. Anschließend würde es nach Kenia gehen.

«Das Reisen bringt viel Unruhe in die Familie», sagte Kumari.

«Deine Mutter hatte keine Sehnsucht nach Berlin, nehme ich an», scherzte Ricarda.

Kumari lachte. «Sie sagt, sie sei genug gereist in ihrem Leben! Aber ich bin sicher, wenn wir in Afrika sind, wird sie zu Besuch kommen. Sie wird die Enkel vermissen.»

Sie reichte den Freundinnen zwei Stoffballen. «Ich habe euch Saris mitgebracht. Jetzt verwandeln wir euch in ceylonesische Prinzessinnen!»

Noch ein paar schnelle, fremd klingende Worte zu ihrem Mann, und dann bat sie Ricarda und Lore in ihr Schlafzimmer. Lore und Ricarda staunten darüber, wie die endlos langen und sehr breiten Stoffbahnen des Saris – mit einer Bluse kombiniert – kunstfertig um den Körper gewickelt wurden. Das Gelächter, das diese Prozedur begleitete, tat gut, und Ricarda spürte wieder einmal, wie sehr ihr Kumari fehlte. Sie war – ganz anders als die Menschen, von denen sie sonst umgeben war – voller Leichtigkeit.

«Ich würde euch zu gern in Kenia besuchen», sagte sie.

«Da komme ich mit!», rief Lore sofort.

«Ihr seid jederzeit willkommen! Was ist mit Siegfried, hat er geschrieben?», fragte Kumari.

«Ich habe ihm geschrieben, den Brief habe ich im Außenministerium abgegeben. Ich weiß nur, dass er nach Kamerun beordert wurde. Und in Togo ist der Leiter seiner Expedition an Malaria gestorben. Kumari, sag mal: Wie ist das in Kenia mit Malaria?»

Kumari winkte ab. «Es wird wie in Ceylon sein: Am schlimmsten ist es in den Niederungen. Aber da, wo man Tee anbaut, gibt es keine Malaria. Da ist es zu kühl, und dort leben wir.»

«Du bist so abgeklärt. Ich fühle mich wie ein Dorfhuhn!» Lore schüttete sich aus vor Lachen. «Ist doch wahr: Meine weiteste Reise führte zu Rica nach Zürich.»

Ricarda stimmte in ihr Lachen ein. «Meine auch.»

«Wollt ihr wissen, ob ihr wirklich nach Kenia reisen werdet?», fragte Kumari mit ihrem spitzbübischen Lächeln.

Die Freundinnen nickten. «Wie soll das möglich sein?», fragte Lore.

«Ich kann euch aus der Hand lesen. Meine Großmutter hat es mir beigebracht. Sie gilt im Dorf meiner Mutter als weise Frau. Sie hat mir ihre Fähigkeit, in die Zukunft zu sehen, weitergegeben. Mögt ihr?»

Ricarda war begeistert. Es musste interessant sein zu wissen, was in der Zukunft geschehen würde!

Kumari betrachtete Ricardas Hand ausgiebig, lange und ganz ernst. «Du wirst noch viel und weit reisen.»

«Das ist gut! Genau das will ich mit Siegfried tun. Was siehst du noch?»

«Bist du sicher, dass ich dir mehr sagen soll?»

«Werde ich Kinder haben, Kumari?», drängte Ricarda.

Die Freundin besah sich Ricardas Hand erneut. «Ja, du wirst Kinder haben.»

Ricarda wurde ganz anders. Siegfried würde ein wunderbarer Vater sein. «Wie viele, Kumari? Mach es nicht so spannend!»

«Zwei auf jeden Fall, aber bei dem dritten bin ich mir nicht so sicher. Das wird kompliziert.»

«Es stirbt?», fragte Ricarda entsetzt.

«Nein, es stirbt nicht! Aber es wird kompliziert. Du müsstest einen Astrologen fragen. Das kann man an der Hand nicht erkennen.»

«Und was liest du noch?»

Kumari besah sich Ricardas Hand von allen Seiten, sie wirkte konzentriert, ihre Stirn umwölkte sich. Sie machte nicht den Anschein, als wäre das alles ein Spaß.

«Drei Männer spielen in deinem Leben bedeutende Rollen, Rica», sagte sie. «Jedoch: Ich sehe Schwierigkeiten. Einer scheint der ganz falsche Mann zu sein. Die anderen beiden meinen es gut mit dir, und du bist glücklich mit ihnen. Aber hier in dieser Linie sehe ich ein großes Problem auf dich zukommen, und das hängt mit dem falschen Mann zusammen. Du musst gut aufpassen in nächster Zeit.»

Ricarda jagten Schauer über den Rücken. «Wie meinst du das? Werde ich Siegfried heiraten? Wird ihm etwas zustoßen?»

Kumaris Blick ruhte noch auf Ricardas Hand. «Das steht nicht in deiner Hand, Rica. Ich sehe nur, dass dir eine schwierige Phase bevorsteht.» Sie schloss Ricardas Hand, als wäre sie ein Buch. «Unsere Hand ist wie eine Landkarte. Es steht alles darin, und darum kann sie uns den Weg weisen.»

«Aber wie soll Rica das anstellen?», fragte Lore, die ganz bleich geworden war und beide Hände so fest im Schoß verbarg, als befürchtete sie, Kumari würde auch ihr die Geheimnisse sogleich entreißen.

«Ricarda, das heißt nicht, dass du nicht glücklich sein wirst», sagte Kumari. «Es ist wie bei allen Wegen, die man geht. Manchmal muss man durch Schmutz waten.»

«Wisst ihr noch? Damals in der Kurfürstenstraße, als wir Kinder waren», sagte Ricarda mit aufgesetzter Fröhlichkeit, um die schicksalsschwere Stimmung zu vertreiben.

«Ich möchte Schokolade trinken!», rief Kumari. «Lasst uns wie früher in ein Kaffeehaus gehen.»

Sie brachen auf, und Ricarda beschloss, die Prophezeiung zu vergessen. Wozu sollte sie sich damit belasten? Hin und wieder ertappte sie sich allerdings dabei, wie sie in ihre Handfläche linste.

Ein ganz falscher Mann. Wer konnte damit gemeint sein? Es gab für sie doch nur Siegfried. Und der war der Richtige, da war sie sich sicher.

AUF DER TREPPE

— ♦ —

Januar 1890

Das letzte Wort war geschrieben, der letzte Punkt gemacht. Ricarda setzte die Löschwiege vorsichtig aufs Papier und trocknete die frische Tinte.

Es war Mitte Januar, der Himmel hing tief und grau, der See war schwarz, die Erde weiß. Aber es war der schönste Tag, seitdem Ricarda nach Zürich gekommen war. Morgen konnte sie ihre Arbeit abgeben. *Die Erfolge der Antiseptik in der Geburtshilfe*. Ein klarer Titel für eine Doktorarbeit, in die sie ihr ganzes Herzblut gesteckt hatte.

Sie lehnte sich zurück und ließ ihre Stationen Revue passieren. Die Komtess mit ihrem – wie sie nun wusste – unzulänglichen Mikroskop im Schloss. Mine, die sich *gepikt* hatte. Wilma, die darum gebeten hatte, nie vergessen zu werden. Edith, die ihr gezeigt hatte, was eine gute Krankenschwester konnte. Die Freundinnen der Komtess: Käthe Hausmann, Emilie Solm und Franziska Biberti. Siegfried mit dem teuren Mikroskop im Lazarett und den fehlenden Objekten. Das Messer an Hildchens Hals. Die Ankunft in Zürich vor bald sechs Jahren. Heidi, die von einem Arzt barbarisch behandelt wurde. Rösli, sie vor allem.

Ihnen trug diese Arbeit Rechnung, den Kindern und den Müttern, den Toten und den Lebenden. Es war eine Anklageschrift, listete die Mängel der Vergangenheit auf. Vor allem aber enthielt diese Arbeit Erkenntnisse und Lösungen, die dazu beitragen sollten, die Geburtshilfe zu modernisieren.

Ricarda hatte Hunger und ging hinunter zu Frau Hofacher in die Küche.

«Sie sehen so glücklich aus, Fräulein Petersen», sagte die mütterliche Haushälterin.

«Die Arbeit ist geschrieben.»

«Ich gratuliere! Sie können mit sich zufrieden sein. So viel Mühe haben Sie da hineingesteckt.»

Frau Hofacher war umgeben von einigen Küchenhilfen, die schon wieder köstliche Speisen zubereiteten. Es lagen sogar lebende Hummer mit zusammengebundenen Scheren bereit. Ricarda wandte sich ab – die armen Tiere. Weiter dachte sie nicht, war noch viel zu sehr mit der Euphorie beschäftigt, einen wichtigen Lebensabschnitt fast beendet zu haben.

«Soll ich Ihnen gleich ein Mädchen nach oben schicken, Fräulein Petersen?»

«Wieso?», fragte Ricarda verwundert zurück.

«Na, Ihre Garderobe! Oder wollen Sie sich allein anziehen?»

Jetzt begann sie zu kombinieren. «Ich habe wieder mal vergessen, dass heute eine Feier stattfindet, Frau Hofacher. Richtig?»

«Sie wissen ja, wie es ist: Die einen feiern, die andern arbeiten. Aber es geht ja erst in einer Stunde los. Als was gehen Sie denn?»

Ricarda hatte absolut keine Ahnung, was diese Frage bedeuten sollte, und Frau Hofacher registrierte Ricardas ratloses Gesicht.

«Die Gräfin feiert doch heute ein exotisches Fest! Jeder muss verkleidet kommen.»

«Ich komme gar nicht», knurrte Ricarda.

«Nein, das geht nicht, Fräulein Petersen. Es ist doch der Geburtstag der Gräfin!»

Auch das noch! Im Vorjahr hatte sie bei Doktor Heim-Vögtlin gearbeitet und sich der Feierei entziehen können, weil sie darauf vorbereitet gewesen war. Diesmal erwischte sie die Feierwut eiskalt.

«Ich gebe mich geschlagen. Was mache ich denn jetzt?»

Das ist mit Sicherheit der dümmste Einfall meines Lebens, dachte Ricarda und ging die breite Freitreppe vom ersten Stock ins Erdgeschoss vorsichtig hinunter. Überall standen oder flanierten Damen mit Federboas, Pelzen, Rüschen. Die extravaganteste Maskerade der Herren, die in Smoking, Frack oder Uniform erschienen waren, bestand allenfalls aus dem Tragen eines Strohhutes.

Geburtstag hin oder her – ich passe hier nicht hin, dachte Ricarda.

«Oh, wir haben unsere Ballkönigin!», hörte sie im selben Moment Florentine mit sich fast schon überschlagender Stimme jubilieren. «Eine Prinzessin aus Indien!»

Flora klatschte Beifall. Einige Leute taten dasselbe. Und damit war nicht mehr an unauffälliges Verschwinden zu denken!

«Du siehst wunderschön aus, Rica!», zirpte Florentine, die ihrerseits hellgolden glänzte wie eine Königin.

Ricarda konnte Floras Mischung aus Kleid, Hose und einer Art von runder Bonbonschachtel mit Federbusch auf dem Kopf nicht einordnen.

«Wie hast du das hinbekommen? Das ist umwerfend, Rica.» Das klang sogar ehrlich.

«Das ist ein Sari aus Ceylon, den mir meine Freundin Kumari letztes Ostern geschenkt hat. Sie hat ihn mir damals in Windeseile angelegt. Ich habe mit Hilfe eines der Mädchen zwei Stunden dafür gebraucht. Wir haben viel gelacht», sagte Ricarda.

Einige der Damen umringten Ricarda, befühlten den leichten Seidenstoff.

«Kumari sagt, dass man so etwas in Ceylon an jedem Tag anzieht. Deshalb werden die das schneller können als ich», scherzte sie.

«In Ceylon leben wohl nur Prinzessinnen», meinte Florentine. «Da müssen wir hinfahren!»

Sie hakte Ricarda unter und führte sie mitten hinein in den Salon. Ricarda hatte sie bei einigen ihrer Feste das Gleiche mit anderen Menschen tun sehen. Immer dann, wenn sie jemanden brauchte, mit dem sie sich schmücken wollte.

Kumari hatte ihrer Freundin Rica einen Stoff in einer Farbe ausgesucht, die perfekt zu ihrem langen dunklen Haar passte, das sie offen trug. Das satte Gold eines Sommersonnenaufgangs.

«Weißt du eigentlich, wie schön du bist?», flüsterte Florentine. Fast im selben Atemzug hob sie die Stimme: «Liebe Freunde und Freundinnen! Ricarda, Mitbewohnerin meines Hauses, die sich immer so rargemacht hat, zeigt uns, was uns Frauen ausmacht. Wir sind der Schmuck der Männer!»

Ricarda wäre ihr am liebsten an die Gurgel gegangen! Gleichzeitig lachten die Anwesenden, einige klatschten Beifall. Florentine brachte den Applaus mit einem hellen, gespielten Lachen zum Verebben.

«Zu früh gefreut, meine Lieben! Ricarda ist nicht der Schmuck der Männer, sie ist ihr eigener! Diese Frau hat ihre Doktorarbeit beendet und ist auf dem besten Weg, eine Ärztin zu werden. So wie ich. Zwei Ärztinnen, zwei Frauen in Gold!»

Die wie üblich anwesende Kapelle spielte einen Tusch.

«Gebt gut acht, meine Lieben! Ich mache eine Ankündigung: Ich schreibe ein Buch, eines, mit dem ich den Frauen unserer Generation die Augen öffnen werde. Es heißt: Die Frau als Hausärztin. Ihr seht: Wir sind aus Gold – außen und innen! Und jetzt: Champagner!»

Ein Buch? Ricarda wunderte sich. Aber warum nicht? Als Schriftstellerin konnte sie sich Florentine immer noch eher vorstellen denn als Ärztin, die sich um das Wohl ihrer Patientinnen kümmerte.

Frau Hofacher hatte das – wie Ricarda inzwischen erfahren hatte – nach New Yorker Vorbild gestaltete Buffet schon etliche Male in Eigenregie erschaffen dürfen und um Schweizer Spezialitäten ergänzt. Um sich rasch eine Kleinigkeit zu nehmen und dann in einem unbeachteten Augenblick zu verschwinden, war das Buffet optimal, fand Ricarda auch heute.

Ricarda war mit ihrem Teller schon auf dem Weg zum Treppenhaus, als sich ihr ein Herr in den Weg stellte, der in einen weißen Seidenanzug gekleidet war. Seinen Kopf zierte ein weißer Turban.

«Maharadscha Giacomo zu Ihren Diensten, *dottoressa*!», sagte er mit tiefer Verbeugung.

«Wie bitte?», fragte sie verblüfft. «Wer sind Sie?»

«Sie Maharani, ich Maharadscha. Das kann kein Zufall sein. Wir regieren Indien gemeinsam!»

Diesem Spaßvogel, der auf seltsame Weise gar nicht spaßig wirkte, war sie schon einmal begegnet.

«Das ist ein wunderbares Ansinnen, mein Herr. Aber mir steht nicht der Sinn danach», sagte sie und versuchte, an dem intensiv nach einem herb-süßlichen – allerdings nicht unangenehmen – Parfüm riechenden Mann vorbeizukommen.

«Immer treffen wir uns auf der Treppe», sagte er.

Das Puzzle aus Erinnerung und Gegenwart schob sich ineinander. Der Herr Casanova.

«Und immer sind Sie in Eile. Schreiben Sie eine zweite Doktorarbeit?»

«Die eine reicht erst mal. Noch einen schönen Abend.»

Ricarda raffte den bodenlangen Sari und eilte die Treppe hinauf, wie schon bei der letzten Begegnung einen Teller in der Hand haltend.

Leichten Schrittes ging er neben ihr her. «Sie sind eine so schöne Frau. Aber Sie behandeln Männer wie Hunde.»

«Das stimmt nicht!» Wieso provozierte sie dieser Mann jedes Mal?

«Was stimmt nicht? Dass Sie eine schöne Frau sind oder dass ich ein Hund bin?»

Ricarda hatte den Treppenabsatz erreicht, von dem es hinauf ins Dachgeschoss ging. Von da an war die Treppe eng, und es gab kaum mehr Licht. Sie blieb stehen.

«Herr Giacomo ...»

«Giacomo Cossata d'Aperi.»

«Das wollte ich sagen. Also: Sie sind gerade dabei, die Grenzen guten Benehmens zu überschreiten. Würden Sie mich bitte entschuldigen.»

«Was haben Sie gegen Männer?»

«Diese Frage stellt sich nicht. Ich bin verlobt.»

«Ich sehe aber nie einen Mann an Ihrer Seite.»

«Das müssen Sie auch nicht, weil es Sie nichts angeht.»

Eigentlich war nun alles gesagt. Sie ging langsam rückwärts zur Treppe ins Dachgeschoss.

Aus dem Ballsaal drang laute Walzermusik nach oben. Der Mann im weißen Anzug ging langsam auf sie zu, einen seltsamen Ausdruck im Gesicht.

«Gehen Sie bitte», sagte Ricarda.

Doch das tat er nicht. Instinktiv spürte sie, dass sie in Gefahr war. Sie hätte nach unten fliehen müssen, wo Florentines Gesellschaft ein Lied anstimmte. Aber das war unmöglich, weil der Mann im weißen Anzug die Treppe versperrte. Also musste sie nach oben.

Rennen. In ihr Zimmer. Die Tür verschließen.

Der eng gewickelte Sari machte das unmöglich.

Sie stolperte über die sechs Meter lange Bahn, die um ihren Körper gewickelt war und die sie wie eine Königin hatte aussehen lassen. Mit einem Satz war er bei ihr, packte sie brutal und zerfetzte ihren Sari.

«Du bist eine Frau. Ich sorge dafür, dass du dich wie eine Frau fühlst», keuchte der Mann im weißen Anzug.

Sie sah sein zu einer hässlichen Fratze verzerrtes Gesicht über sich und roch seinen nach Alkohol stinkenden Atem, während sie ein brennender Schmerz zerriss.

Was habe ich falsch gemacht? Die Frage raste in Ricardas Kopf herum wie eine Fliege, die im Sommer wie irrsinnig an die Fensterscheiben prallt, um einen Ausgang zu finden.

Der schöne Sari, sie würde ihn nie wieder anziehen können. Verschmiert mit Blut, lag er am Boden ihres Zimmers.

Sie zitterte am ganzen Leib, zog Beine und Arme an wie das Ungeborene im Leib der Mutter. Doch sie konnte nicht untätig bleiben. So schwer es ihr auch fiel, ihren schützenden Kokon aus Bett und Zimmer zu verlassen.

Zum Glück hatte die Villa auch im Dachgeschoss ein Badezimmer mit einer Wanne und einem Ofen, in dem das Personal für gewöhnlich das Wasser zuvor erhitzte. Zum einen waren die Hausmädchen mit der Party beschäftigt, zum anderen wollte Ricarda allein sein. Sie verzichtete darauf, den Ofen einzuheizen, und stieg in die Wanne, um sich mit dem eisigen Wasser gründlich zu waschen. So gründlich, wie es eben ging. Sie schrubbte schließlich ihren ganzen Körper mit Seife ab, bis er krebsrot war. Doch diesen herb-süßlichen Geruch, den konnte sie nicht abwaschen.

Vorsichtig öffnete sie die Badezimmertür, linste in den dunklen Gang, lauschte auf etwaige Schritte, falls dieses Monster ihr erneut auflauerte. Auf Zehenspitzen eilte sie schließlich in ihr Bett, häufte alles an Decken auf sich, was sie finden konnte. Das Zittern ließ sich nicht vertreiben, es kam von innen.

Ich habe ihm doch klar gesagt, dass ich verlobt bin, dachte sie. Was war denn daran falsch?

Der Ring! Wo war Siegfrieds Ring überhaupt? Sie hatte ihn nicht getragen! Seit Tagen nicht. Weil sie so viel im Labor gearbeitet hatte, um die letzten Untersuchungen für die Arbeit zu überprüfen. Reflexartig griff sie nach der Kette, an der sie ihn normalerweise trug. Da hing kein Ring. Hatte sie ihn im Labor abgenommen und einfach liegen lassen? Sie war so zerstreut in letzter Zeit. Vielleicht war darum alles so gekommen. Vielleicht hatte sie sich doch zu sehr herausgeputzt mit diesem Sari. *Ballkönigin*. So ein Unsinn! Das war sie nicht.

Sie war die graue Maus, das war ihre Rolle. Nicht der Schein, das Sein zählte! Einmal übermütig gewesen. *Sie sind eine so schöne Frau.*

Brachte man sich in Gefahr, wenn man sich schmückte? Wie musste es dann erst den anderen Frauen ergehen, die das täglich taten? War die Welt voll männlicher Gewalt? Und sie hatte nur deshalb davon nichts mitbekommen, weil sie sich in Laboren und Krankenzimmern versteckt hatte?

Nein, ich bin nicht schuld, sagte sie sich.

Aber wer wird mir glauben?

Alle hatten ihren glänzenden Auftritt erlebt. Sie hatte sich exponiert und damit das Monster auf sich aufmerksam gemacht. Das war mein Fehler, dachte sie in diesem Moment.

Sie wollte diesen Mann, den Mann im weißen Anzug, aus ihren Gedanken verbannen, die Erinnerung an dieses Ungeheuer auslöschen. Zitternd rollte sie sich zusammen und beschloss, zu verdrängen und zu vergessen.

«Ich werde Ihre Arbeit dem Herrn Professor sofort vorlegen, Fräulein Petersen», sagte der Pedell und trug die Abgabe ihrer Dissertation in ein dickes Buch ein.

Sie bedankte sich und wunderte sich, wie wenig ihr dieser für ihre Laufbahn so wichtige Moment bedeutete. Denn ihre Gedanken kreisten um etwas anders. Sie warf *diesem Mann* – sie weigerte sich, ihn anders zu benennen – vor, dass es so war. Auch das hatte er ihr genommen: die Möglichkeit, sich über ihre Leistung freuen zu können.

Ihr Verlobungsring hatte direkt neben dem Mikroskop auf sie gewartet. Sie streifte ihn über und ließ den Blick durch den Raum schweifen. Wie viele Tage und Nächte hatte sie hier verbracht! Nun war sie zurückgekommen wegen ihres

Ringes. Das kaum vorhandene Privatleben traf auf ihren Beruf. Ein seltsamer Gedanke. Doch das Herz war ihr ohnehin schwer.

Selbst wenn sie versuchte, nicht an das zu denken, was *auf der Treppe* geschehen war, so gelang ihr dies nicht. Der Moment war Tag und Nacht gegenwärtig. Ob sie wollte oder nicht, sie musste immer wieder durchleben, was geschehen war.

Der Ring an ihrem Finger fühlte sich seltsam an. Als gehörte er dort nicht mehr hin. Das Geschehnis auf der Treppe hatte sich zwischen Siegfried und sie gestellt, das fühlte sie, obwohl sie sich weigerte, es sich einzugestehen. Wie konnte sie ihm unter die Augen treten? Wie konnte sie mit ihm darüber sprechen? Wie konnte sie ihm erklären, was geschehen war?

Wenn sie doch selbst die wahren Antworten nicht finden konnte.

Während sie durch die verschneiten Straßen ging, wurde ihr bewusst, was dieser Mann noch angerichtet hatte. Er hatte eine Fremdheit in ihre reine Liebe zu Siegfried gebracht. Es gab ein dieser Liebe unwürdiges Geheimnis. Deshalb musste es ihres bleiben.

Das Laufen durch die Kälte hatte gutgetan, aber sie musste zurück in dieses Haus, das sie seit der vorherigen Nacht nur noch verabscheute. Der Vorfall hatte ihr das Gefühl genommen, sich sicher zu fühlen, wo sie wohnte. Sie warf sich vor, überhaupt zu Florentine gezogen zu sein, in ein Haus, in dem ständig Fremde ein und aus gingen. Es gab dort keine Geborgenheit, hatte es wohl auch nie gegeben, aber auch darüber hatte sie nie nachgedacht. Im Prinzip hatte sie nur ihr Zimmer gesehen und den Rest ausgeklammert.

Du lebst in deiner eigenen Welt, hatte Pauline gesagt. Das stimmte immer noch.

Mindestens zwei Monate müsste sie noch wohnen bleiben, bis ihr Promotionsverfahren mit der mündlichen Verteidigung abgeschlossen wäre. Sechzig Tage und Nächte! Und irgendwann könnte dieser Mann wieder auftauchen, er war ja ein Freund von Florentine …

Als sie die Stelle auf der Treppe passierte, an der er über sie hergefallen war, spürte sie körperliche Schmerzen, presste sich an der Wand entlang und eilte so schnell wie möglich nach oben.

Auf ihrem Schreibtisch lag ein Brief. Solche Briefe kamen viel zu selten, aber sie sahen so ungewöhnlich aus, dass Ricarda sie sofort erkannte. Sie griff reflexartig danach und riss ihn auf. Dann hielt sie inne, weil ihr Herz so raste, dass sie glaubte, gleich ohnmächtig werden zu müssen.

Erst nach ein paar Minuten hatte Ricarda die Kraft, Siegfrieds Brief zu lesen. Die vertraute Schrift, vor Monaten auf ein leicht angegilbtes Papier gebracht, das sogar ein paar Flecken hatte.

Siegfried schrieb nun aus einem Ort im westafrikanischen Kamerun, von dem er sogleich meinte, dass sie ihn auf keinem Globus finden könne, weil er von der deutschen Kolonialverwaltung gerade erst gegründet worden war.

Dies ist nun das Afrika, von dem wir beide träumen. Ein Platz an der Sonne für uns. Nach wochenlanger Expedition haben wir ihn erreicht, er liegt fernab der malariaverseuchten Sümpfe rund um die Hafenstadt auf über siebenhundert Metern Höhe. Es ist das reinste Paradies. Und es wird auch bald die Bananen in Hülle und Fülle geben, von denen Du mir so oft vorschwärmtest, denn wir haben Bananenstauden gepflanzt.

Ricarda konnte nicht weiterlesen. Von einem anderen Leben zu träumen, wagte sie nun nicht mehr.

Endlich schluckte sie ihren Kummer hinunter und ergab sich Siegfrieds Schilderung aus einer anderen Welt. Dass sie dort eine Station aufgebaut hatten. Mit einem Krankenhaus, in dem sie sogar die Einheimischen behandelten.

Hier in diesem neuen Ort namens Jaunde brauchen wir Ärzte, Rica! Vor allem weibliche Ärzte, da die Frauen der Eingeborenen sich nicht von Männern untersuchen lassen wollen.

Seitenweise machte er ihr das neue Land schmackhaft, schwärmte von rostroten Böden, grünen Schirmakazien und Elefanten, von denen es dort so viele gäbe wie im deutschen Wald Hirsche. Denn der neue Ort lag mitten im Urwald.

Der Dschungel schläft nie. Ich wache oft nachts auf und höre den fremden Geräuschen zu. Dann denke ich: Ich könnte glücklich sein, wärest Du nur bei mir.

Eine ihrer Tränen fiel auf das Papier und wischte ein paar Buchstaben fort.

MIT ALL MEINER LIEBE

März 1890

Endlich wieder Zürich, diese liebe kleine Stadt. Es war zwar noch etwas früh im Jahr, denn eigentlich genoss Henriette es, den Aufenthalt hier mit einem Ausflug in die Berge zu verbinden. Umso schöner war das, was bevorstand. Wie oft hatte sie sich diesen Tag ausgemalt! Hatte sich vorgestellt, wie Ricarda im feierlich geschmückten Auditorium maximum nach vorn zum Rektor schritt, um den Eid als Ärztin abzulegen. Und übermorgen war es nun so weit. Einen guten Teil von Ricardas Laufbahn schrieb Henriette auch ihrem Einfluss zu. Es war also an der Zeit, auch ein klein wenig auf sich selbst stolz sein zu dürfen.

«Wo ist sie denn? Siehst du sie schon?», fragte Käthe, die nach ihr aus dem Zug gestiegen war.

Es war Ehrensache, dass sie alle beide nach Zürich gekommen waren. Schließlich fand die mündliche Prüfung öffentlich statt.

«Ist sie das da nicht?», fragte Georg, der bereits einen Dienstmann organisiert hatte, um das Gepäck in Florentines Villa bringen zu lassen.

Die beiden Freundinnen hatten bei Käthes Cousin in München eine kurze Zwischenstation eingelegt, und nun begleitete er sie, weil er ohnehin Bankgeschäfte in der Stadt zu erledigen hatte. Behauptete er. Henriette glaubte ihm das nicht so recht. Zu deutlich hatte sie in Erinnerung, wie beseelt er vorletztes Silvester mit Ricarda getanzt hatte. Der Ärmste machte sich falsche Hoffnungen, davon war Henriette überzeugt.

«Ja, das ist Rica», sagte Käthe, und es klang seltsam gebremst.

Auch Henriette sah sofort, dass mit Ricarda etwas nicht stimmte. Alles Leben schien aus ihr gewichen zu sein. Gewiss, so kurz vor dem großen Tag und vor der mündlichen Verteidigung der Doktorarbeit ging jeder nervlich auf dem Zahnfleisch. Doch es waren nicht nur die Blässe und die Augenschatten, die Henriette auffielen. Es war vor allem Ricas Gang. Sie lief, als wäre sie eine alte Frau, deren Schultern immense Gewichte belasteten. Da war auch kein Lächeln bei der Begrüßung, nur eine leichte Bewegung der Mundwinkel.

Was war mit Ricarda los? Henriette wechselte einen langen fragenden Blick mit Käthe.

«Du wirkst bedrückt, Ricarda. Man kann sich um dich sorgen, wenn man dich ansieht», sagte Georg nach der ersten Begrüßung.

«Ich komme zurecht», erwiderte sie schmallippig.

Eine seltsame Antwort, dachte Henriette. In ein paar Tagen ist alles überstanden, so etwas in der Art, das wäre normal gewesen. Ihr Bauchgefühl riet ihr, den guten Georg erst mal aus dem Weg zu schaffen.

«Wir Frauen brauchen ein wenig Zeit für uns, Georg. Wir treffen uns später bei Florentine», sagte da auch schon Käthe.

Wieder einmal dachte Henriette, dass sie beide ein Gespann waren, das sich blind verstand. Georg murmelte etwas von den anstehenden Bankgeschäften und empfahl sich. Die beiden Freundinnen nahmen Ricarda in ihre Mitte und bummelten mit ihr in die Stadt. Die Verspannung ihres einstigen Schützlings war körperlich spürbar.

Es war früher Abend, und Henriette hatte Hunger, schlug also vor: «Lasst uns essen gehen! Vielleicht ein Glas Wein. Das wird deine Nervosität bezwingen, Rica.»

Henriette winkte eine Kutsche herbei und beorderte den Kutscher zu einem Restaurant, von dem sie wusste, dass es gut war. Dort hing köstlicher Essensduft in dem alten Gemäuer und versprach Rösti und Geschnetzeltes.

«Entschuldigt mich», presste Ricarda hervor und enteilte schnellstens in die Tiefe des Restaurants. Dorthin, wo ein Symbol auf die Toiletten hinwies.

«Ach du lieber Gott!», sagte Käthe im selben Moment. «Das hast du doch auch nicht gewusst, oder?»

«Was?», fragte Henriette zurück.

Sie merkte zwar, dass etwas vor sich ging, aber begriff gleichzeitig, dass sie nicht bereit war, es zu verstehen.

Käthe war totenbleich geworden. «War Siegfried denn hier?»

«Wieso? Nein. Der ist irgendwo in Afrika.»

«Wer dann?», fragte Käthe.

«Wovon sprichst du?»

«Soweit ich weiß, ist die jungfräuliche Empfängnis bislang Maria vorbehalten.»

«Käthe, du siehst Gespenster!»

Rica und schwanger – Unsinn! Rica wusste, was sie tat. *So etwas* würde ihr niemals passieren. Denn die Konsequenz war grausam und unerbittlich: Eine unverheiratete schwangere Frau ihres Standes – den sie sich mühsamst erarbeitet hatte! –

starb den gesellschaftlichen Tod. Es war undenkbar, dass sie künftig als Ärztin arbeiten konnte. Das Mädchen stünde am Abgrund.

Allerdings: Hätte Käthe recht, würde das Ricas Zustand erklären.

«Meine Damen, grüezi. Was darf ich bringen?», fragte der Ober, der an den Tisch getreten war.

«Mir ist gerade der Appetit vergangen», sagte Käthe.

Henriette überspielte die Bemerkung mit dem Lachen alten Adels, dem anerzogen worden war, Schwächen niemals vor dem Personal zu offenbaren.

«Die Menükarte, bitte.»

So etwas Peinliches! Aber das war Ricarda in letzter Zeit öfters passiert. Und es war nicht zu kontrollieren. Nur übermorgen, da durfte es auf keinen Fall geschehen. Aber wie war das zu verhindern? Sie aß ja ohnehin kaum noch etwas. Daran lag es nicht. Hatte die Schwangerschaftsübelkeit ihre Ursache in der Psyche?

Während Ricarda in das Erbrochene in der Toilettenschüssel starrte, dachte sie an die unglückliche Heidi, die mit ihrem runden Bauch gegen die Wand gerannt war. Jetzt war sie in einer ähnlichen Lage. Den Schock über die Entdeckung der Umstände, in denen sie sich befand, hatte Ricarda noch immer nicht verdaut. Und nun erwarteten sie im Restaurant zwei Ärztinnen, denen sie nichts vormachen konnte. Die waren nicht so gutgläubig wie Frau Hofacher, die angesichts von Ricardas Lebenswandel von nervlicher Überlastung ausging. Oder wie Florentine, die sich einfach nur freute, dass es der Streberin unter ihrem Dach schlecht ging, weil sie die Beste sein wollte.

Aber vielleicht ging ja alles gut, die beiden waren müde, hatten eine lange Zugfahrt hinter sich ...

Die mütterlichen Ratgeberinnen sahen ihr mit sorgenvollen Mienen entgegen.

«Geht es dir besser?», fragte Henriette.

«Ja. Viel besser. Habt ihr schon etwas gefunden, das ihr mir empfehlen könnt?»

Die drei flüchteten sich in unverfängliche Plauderei, keine wollte die Erste sein, die das heikle Thema anschnitt. Doch bei der Logik, die sie so liebte, wurde Ricarda langsam bewusst, dass die beiden es erfahren würden. Das war unumgänglich. Jeder würde es erfahren, vielleicht nicht Frau Hofacher, Florentine oder die Professoren. Denen würde sie nach der Prüfung entkommen. Nur wohin?

Nach Hause? Als gefallene Frau mit einem Bankert im Dorf?

Sie spürte, wie die Übelkeit wieder in ihr hochstieg. Es ist die Psyche, auf jeden Fall ist sie daran beteiligt, dachte sie noch und flüchtete erneut auf die Toilette. Als sie zurückkam, standen eine Flasche Rotwein und drei Gläser auf dem Tisch.

«Wir haben dir Rührei mit Spinat bestellt», sagte Henriette.

«Danke, genau das brauche ich», sagte sie und befürchtete, nichts runterzubekommen.

«Wir sollten offen miteinander sprechen, Rica. Kann es sein, dass du ein Kind erwartest?»

Käthe, natürlich ist sie es, die den Ring des Schweigens durchbricht, dachte Ricarda. Mit einer einfachen Frage, ohne Umschweife. Seltsamerweise ließ sie Ricarda an den Geburtsvorgang denken. Der Moment, in dem das Köpfchen auftaucht. Danach wird es schwierig und schmerzhaft. Aber der Anfang ist gemacht.

Ricarda nickte. «Ich ...» Sie räusperte sich, begann von vorn: «Ich wurde überfallen», sagte sie und blickte dabei auf die mit einer geblümten Decke bedeckte Tischplatte. Sie schämte sich so. Aber gleichzeitig fühlte es sich richtig an, sich endlich jemandem anzuvertrauen.

Käthe griff nach Ricardas Händen. «Oh Gott, du Arme, wie furchtbar!»

«Wer war das? Kennst du den Mann?», fragte Henriette.

«Ihr habt ihn alle beide zumindest gesehen», sagte Ricarda langsam, und jedes Wort fiel ihr schwer. «Komtess, Sie haben vorletztes Silvester mit ihm gesprochen. Der Vorname dieses Mannes lautet Giacomo, sein Nachname ist italienisch.»

«In der Hölle soll der Kerl brennen», flüsterte Käthe mit unterdrückter Wut.

«Das wird er ganz gewiss. Früher oder später», pflichtete Henriette ihr bei. Ihr Kinn zitterte ganz leicht. «Zorn ist stets etwas völlig Sinnloses. Wir müssen überlegen, wie wir dich schützen, Rica. Das ist das Wichtigste. Wer weiß von diesem Überfall?»

«Niemand.»

«Solche Kerle leugnen stets oder sagen: Du wolltest es. Wir Frauen sind in solchen Situationen immer die Schwächeren», sagte Käthe.

Ihr Tonfall ließ Ricarda aufblicken. In Käthes Augen standen Tränen, und ihre kämpferische Miene verriet, dass es Tränen der Wut waren. Wut über die gleiche, am eigenen Leib erfahrene Ungerechtigkeit? Ricarda traute sich nicht zu fragen. Aber die Komtess schien eingeweiht zu sein, denn sie griff nach der Hand der Freundin und hielt sie beruhigend fest.

«Wir drei haben uns entschieden», sagte Henriette mit fester Stimme, «uns in einer Männerwelt zu behaupten. Männer tun Frauen Gewalt an, niemand spricht darüber. Unsere Antwort kann nur heißen: Zusammenhalt. Den Männern nicht zeigen, wie verletzt wir sind. Und zurückschlagen, wenn der Moment gekommen ist.» Sie hob ihr Glas. «Auf dich, Rica. Wir lassen dich nicht allein. Jetzt erst recht nicht.»

Ricarda stieß nur an und stellte das Glas sofort ab, denn der Geruch verschlimmerte alles. Ihr war schlagartig klar, weshalb: *Dieser Mann* hatte nach Alkohol gestunken.

«Du musst alles vergessen, bis du die Prüfung abgelegt hast», meinte Henriette.

Das sagte Ricarda sich auch an jedem Tag hundertmal! «Es ist doch alles sinnlos geworden, Komtess. Was nutzt mir der Titel? Die Menschen werden in einigen Monaten meinen Bauch sehen und sich fragen: Siegfried ist fort, von wem ist also dieses Kind? Und überhaupt, was soll ich Siegfried sagen?»

Das war stets der Punkt, an dem nichts mehr weiterging, an dem alles Denken in einem tiefen schwarzen Loch verschwand.

«Nein, nein, Rica, so solltest du das nicht angehen.» Käthe widersprach leidenschaftlich. «Du wirfst zu viele Dinge in einen Topf. Lass uns versuchen, Antworten auf eine Frage nach der anderen zu finden. Bitte.»

Der Kellner servierte und verschwand schnellstens, als er die großen Gefühle in den Gesichtern der drei Damen bemerkte. Ricarda versuchte sich am Rührei, aber es war zu fett.

Nur etwas Spinat bekam sie herunter. Auch die beiden anderen stocherten lustlos in ihrem Essen.

«Verzeih, Rica, wenn ich einfach mit den Fakten beginnen möchte», sagte Käthe und schob ihren Teller sanft von sich. «In welcher Woche bist du?»

«Achte.»

«Verzeih noch einmal, wenn ich das Folgende einigermaßen direkt sage: In der achten Woche musst du das Kind nicht austragen. Du bist jung. Du kannst ein anderes Mal ein Kind bekommen.»

Ricarda schüttelte den Kopf. «Das weiß ich, Käthe, aber ich kann mein Kind nicht töten lassen.»

«So habe ich dich eingeschätzt», sagte Käthe. Es klang in Ricardas Ohren wertfrei.

«Ja, ich auch. Du warst schon immer konsequent.» Henriettes Lächeln wirkte bitter. «Dann gäbe es die Lösung, das Kind nach der Geburt wegzugeben.»

Auf diese Idee war Ricarda bislang nicht gekommen. So schlecht war der Gedanke nicht, aber sie hielt ihn für im Kern egoistisch. Er beruhigte das schlechte Gewissen der Mutter: Sie hatte sich nicht versündigt und das Kind getötet, aber sie würde es einem ungewissen Schicksal überlassen. Letztlich würde es ihrem Kind so ergehen wie dem von Wilma, die nie vergessen werden wollte. Oder wie Heidis Kind. Beide würden nie die Frage beantworten können: Wer ist meine Mutter? Woher komme ich?

Auch die Komtess hatte ihr Essen unauffällig von sich geschoben. Kerzengerade saß sie am Tisch. Ricarda sah ihr an, wie es in ihrem Kopf arbeitete.

«Mein Kind», sagte Ricarda, «entsteht in meinem Körper. Das geschieht gegen meinen Willen. Aber jetzt bin ich dafür verantwortlich. Ich habe als angehende Ärztin zu viel Leid gesehen, um das Kind, das auch meines ist, sich selbst zu überlassen. Letztlich muss ich mein Leben lang die Entscheidung rechtfertigen, die ich jetzt treffe.»

Sie atmete durch und lehnte sich zurück. Sie hatte wochenlang um diesen Standpunkt gerungen und ihn nun endlich klar ausgesprochen. Er war unbequem, dieser Standpunkt, und würde noch viel unbequemer werden. Aber sie konnte und wollte nicht anders.

«So einfach wird das nicht gehen, Rica», sagte Henriette. «Du kannst ein Kind unmöglich allein aufziehen. Das weißt du. Du dürftest es nicht einmal. Dem Kind würde ein Vormund gegeben. Man würde dich gängeln. Und als Ärztin könntest du ...»

Da fuhr Käthe ihrer Freundin über den Mund: «Halt ein, Jette. Wir finden Lösungen, wenn wir wissen, wonach wir suchen müssen. Rica will ihr Kind. Das wissen wir jetzt. Übermorgen ist die Verteidigung. Die muss Rica hinbekommen. Sonst hat der Verbrecher auch auf diesem Gebiet gewonnen. Das darf nicht geschehen. Darum: Ein Schritt nach dem anderen.»

Ricarda hätte sie umarmen können!

«Es tut mir leid», sagte Henriette und blickte Ricarda offen an. «Ich wollte dich nicht unter Druck setzen. Käthe hat vollkommen recht. Es wird sich alles fügen.»

Irgendwie. Nur nicht daran denken, wie, dachte Ricarda.

Mit Henriette, Käthe und deren Cousin Georg drei Menschen im Haus zu wissen, denen sie vertraute, machte sogar den verhassten Weg über die Treppe ins Dachgeschoss leichter. Für morgen früh hatte Ricarda sich mit ihren künftigen

Kolleginnen zu einer ausführlichen Besprechung über die Verteidigung ihrer Doktorarbeit verabredet. Die beiden würden ihr wertvolle Hinweise geben, wie sie sich verhalten müsste. Es wurde erträglicher, nur noch daran zu denken und in den nächsten Tagen alles andere auszuklammern. Außerdem hatte Käthe ihr ein Flacon mit Parfüm zugesteckt, an dem sie riechen sollte, sobald sich eine Übelkeit aufbaute.

Auf ihrem Schreibtisch fand sie Briefe von ihrer Mutter, Lore und Siegfried, die im Laufe des Tages eingetroffen waren. Normalerweise hätte Post sie glücklich gestimmt, doch jetzt bereitete sie ein schlechtes Gewissen. Denn seit Januar, seit dem Vorfall auf der Treppe, konnte sie kein Wort mehr schreiben. Sie wollte nicht schwindeln, dass alles bestens sei, und die Wahrheit war zu kompliziert und mit zu viel Scham behaftet.

Der Brief von Siegfried, bislang für den krönenden Abschluss aufgespart, war eine Kostbarkeit! Seit zwei Monaten hatte sie nichts von ihm gehört. Sie öffnete den Umschlag und zog zwei eng beschriebene Bögen hervor, die eine Fotografie umschlossen.

Das bin ich in meinem Urwald-Lager, hatte er auf die Rückseite geschrieben.

Kerzengerade, in voller Uniform, posierte er neben einem Zelt, das von fremden Pflanzen umschlossen war. Ricarda musste lachen, denn das Foto war unfreiwillig komisch. Es war unvorstellbar, dass in der Wildnis jemand auf den preußisch-korrekten Sitz einer deutschen Uniform samt Säbel – und natürlich Säbeltroddel – achtete. Doch genau das zeigte das Bild.

Da er seinen Brief über Wochen hinweg ergänzt hatte, stand die wichtigste Nachricht ganz am Ende.

Kürzlich erhielt ich einen Brief unseres Auswärtigen Amtes. Man stellt mir wegen meiner langen Dienstzeit und meiner Verdienste um die Kolonien frei, wie ich mich entscheide. Da es um unsere gemeinsame Zukunft geht, bitte ich Dich um Deinen Rat, mein Liebling. Unser Vaterland wird eine neue Kolonie gründen. Sie wird in Asien sein. Näheres darf ich leider nicht verraten. Wenn Du meinen Brief in den Händen hältst, wird Deine Dissertation abgeschlossen oder fast fertig sein. Du bist also frei für einen Neuanfang. Bist Du bereit, mich in etwa fünf Monaten in der Heimat zu heiraten und mich anschließend nach Asien zu begleiten? Dort könntest Du als Ärztin arbeiten. Sobald Du diesen Brief bekommen hast, sende bitte ein Telegramm an die gerade in Gründung befindliche Kolonialabteilung des Auswärtigen Amtes in der Wilhelmstraße in unserem Berlin. Man hat mir zugesichert, Deine Antwort unverzüglich an mich weiterzuleiten.

Wenn Du zustimmst, mein Liebling, so telegraphiere bitte schnellstens: «Ja, Herr Thomasius.» Solltest Du anderer Meinung sein ... Nun, davon gehe ich nicht aus. Denn wenn ich an Dich denke, fühle ich, dass Dein Herz wie meines schlägt.

Ich sehne den Tag unserer Vermählung herbei. Mit all meiner Liebe, Dein Siegfried

Ricarda sank auf ihr Bett. Einen Moment lang war sie noch wie betäubt, aber dann brachen alle Dämme, mit denen sie sich versucht hatte zu schützen. Eine Welle des Schmerzes stieg in ihr hoch, die sie mit sich riss und ertränkte. Sie warf sich zur Seite, verbarg den Kopf im Kissen und weinte hemmungslos.

Im Morgengrauen erwachte Ricarda auf einem vollgeweinten Kissen. Sie hatte geträumt. Von all den schönen gemeinsamen

Stunden. Das erste Treffen in der Dachwohnung im Krögel. Das gemeinsame Mikroskopieren, zu dem sie als Student verkleidet gegangen war. Hildchen, deren Leben sie auf so unvorhersehbare Weise doch noch hatte retten können. Die unvergesslichen Tage und Nächte auf dem Berg. Ihre Verlobung, bei der nur ein müder Löwe Zeuge gewesen war. Der letzte Abschied vor dem Tor des Lazaretts in Tempelhof.

Siegfrieds Brief lag neben ihr. Sie nahm ihn zur Hand, las die entscheidende Passage noch einmal.

Sie musste eine Entscheidung treffen. In fünf Monaten wäre sie hochschwanger. Sollte sie vor ihn treten mit einem dicken Bauch, in dem das Kind eines Fremden heranwuchs? Was sollte sie ihm sagen, von wem dieses Kind war? Diese Schande, diese Schmach würde ihr Glück für immer überschatten.

Käthe hatte recht: Ein Schritt nach dem anderen. Sie hatte sich für das Kind entschieden, darum musste sie Siegfried loslassen und ihr Leben neu ordnen. Er konnte kein Teil dieses neuen Lebens sein. Mit dem, was auf sie zukam, hatte er nichts zu tun.

Aber sie weinte nicht nur um eine Liebe, der die Erfüllung versagt blieb. Es war auch ein großer gemeinsamer Traum, der mit ihrer Liebe starb. Das Versprechen, das sie sich einst auf dem Berg gegeben hatten: Der *Platz an der Sonne* war zum Greifen nah gewesen.

Wie gern hätte sie ihm jetzt all das gesagt, was auf ihrer Seele brannte wie Feuer. Während er auf das scheinbar einfachste Wort der Welt wartete, das man sich gab, wenn man sich liebte, stand sie vor einem Abgrund. Und wusste nicht, wie er zu überwinden war.

Sie zog ihren Verlobungsring vorsichtig vom Finger, nahm

das Bild, das Siegfried in Afrika zeigte, und küsste sein Gesicht. Auf ihrem Nachttisch stand der kleine Engel aus Seiffen, der sie stets als Schutzengel begleitet hatte, in der Schublade lagen all seine Briefe. Sie packte alles zusammen und legte es in eine Blechschachtel, die sie mit Packpapier umwickelte und so fest mit einer Kordel verschnürte, dass nichts hinausfallen konnte, was sich darin befand. Sie legte das Päckchen ganz nach unten in ihre Reisetasche und verstaute diese im Kleiderschrank.

Wenig später stand sie vor einem Beamten am Schalter des Züricher Telegraphenamts und sagte: «An die Kolonialabteilung des Auswärtigen Amtes in Berlin.» Sie machte eine kurze Pause, sammelte all ihre Kraft, um hervorzupressen: «Die Nachricht heißt: *Nein, Herr Thomasius.*»

Meine Güte, nehmen die sich Zeit, dachte Ricarda. Das ging jetzt schon seit anderthalb Stunden! Jeden Aspekt ihrer Dissertation wollten die drei sie prüfenden Professoren noch einmal diskutieren. Dabei hatten Käthe und Henriette gemeint, das wäre gewiss alles nach einer halben Stunde ausgestanden. Wieder spürte Ricarda die Übelkeit aufsteigen und führte noch einmal das Tüchlein mit Käthes Parfüm an die Nase.

«Nun, Fräulein Petersen, lassen Sie uns noch Ihre Meinung hören zur Keimfreiheit im Genitalbereich der Gebärenden. Hier eröffnet Ihre Arbeit neue Perspektiven, die mir diskussionswürdig erscheinen», sagte Professor Wyder.

«Sehr wohl, Herr Professor», sagte sie und dachte: Menschenskind, das steht doch alles schon drin! Aber sie lächelte verhalten und führte aus: «Die Keimfreiheit der Haut bleibt gegenwärtig ein nicht zu realisierender Wunsch. Was der Geburtshelfer erreichen kann ...»

Sie musste abbrechen und hob das Tuch eilig zur Nase, spürte, wie der Schweiß ihren Rücken hinunterlief, und riss sich zusammen. Gleich war es geschafft. Hoffentlich.

«Der Geburtshelfer kann nur das in seinen Kräften Stehende erreichen. Ich möchte hier auf Ahlfelds Methode, einer Kombination aus Heißwasser, Seife und Alkohol, verweisen», sagte sie.

Sie atmete schnell und hoffte, man legte ihr das nicht als Unsicherheit aus. Welch ein Irrsinn, dachte sie, als heimlich Schwangere rede ich über Geburt. Sie merkte, dass Wyder noch etwas sagen wollte, und kam ihm zuvor.

«Zu verweisen ist auf eine neue Möglichkeit, die sich dem Arzt bietet. Gerade wenn man den von mir geschilderten Fall der Patientin Heidi betrachtet. Aus den USA wird von einer neuen Erfindung namens Gummihandschuh berichtet. Der Arzt könnte mit so etwas in kürzester Zeit die Übertragung von Keimen auf der eigenen Hand auf die Patientin verhindern.»

Heidi würde dann noch leben, setzte sie in Gedanken hinzu.

«Zurück zur Hirnhautentzündung des Neugeborenen», sagte Professor Diener. «Sie benennen die Bakterien, die diese auslösen …»

Während er sprach, ahnte sie die Frage, denn sie lag auf der Hand.

«Sie haben völlig recht, Herr Professor, wenn Sie sich fragen: Was nutzt es, die Bakterien zu kennen, wenn kein Mittel gefunden ist, das die Bakterien im kindlichen Hirn tötet? Bis dahin werden noch viele Röslis sterben. Vielleicht sitzt hier bald jemand, der diese Frage beantwortet hat. Meine Aufgabe war es, diese Frage stellen zu können.»

Diener nickte und lächelte väterlich. «Ja, und das haben Sie hervorragend gemacht, Fräulein Petersen. Und eine persönliche Bemerkung: Vertrauen Sie ganz auf Ihr Können, dann müssen Sie nicht so nervös sein.»

Ricarda zwang sich zu einem Lächeln. «Danke für Ihr Verständnis, Herr Professor.»

Erst jetzt erlaubte sich Ricarda einen Blick in die erste Zuschauerreihe, wo Henriette neben Florentine und Käthe neben Georg saß. Daneben Frau Hofacher, deren Hände zu Fäusten geballt waren, weil sie doch versprochen hatte, ganz stark die Daumen zu drücken. Die Gesichter der beiden Ärztinnen waren wie erstarrt vor Anspannung, während Florentine eher gelangweilt wirkte.

Da Ricarda als Letzte die mündliche Prüfung zu bestehen gehabt hatte, schloss sich die feierliche Verleihung der Urkunden gleich an. Nach einer langen Rede des Rektors rief der Pedell die Damen und Herren Doktoranden nacheinander nach vorn, wo sie mit ein paar salbungsvollen Worten bedacht wurden und danach den Eid ablegen mussten. Ricarda faltete das Tüchlein neu, aber sämtlicher Parfümduft schien sich inzwischen verflüchtigt zu haben. So unauffällig wie möglich applizierte sie ein paar Tropfen aus dem Flacon aufs Tuch und fühlte sich ein wenig besser. Da die Doktoranden alphabetisch aufgerufen wurden, zog sich die Prozedur für Ricarda endlos. Endlich kam sie an die Reihe!

«Fräulein Ricarda Petersen, ich beglückwünsche Sie dazu, den Doktorhut der Medizinischen Fakultät entgegennehmen zu dürfen», sagte der Rektor. «Ich gehe davon aus, dass Sie dem ärztlichen Stand alle Ehre machen werden. Ihre Arbeit hat das Prädikat *summa cum laude* erhalten. Treten Sie bitte nach vorne und leisten Sie Ihren Schwur.»

Summa cum laude! Höchstes Lob! Besser ging es nicht.

Ein kurzer Blick zu Henriette und Käthe. Henriettes Kinn zitterte vor mühevoll beherrschter Emotion, und Käthe gab sich keine Mühe, ihre Freudentränen besser als mit leichtem Betupfen der Augen zu kaschieren. Florentine blickte noch immer gelangweilt. Der Einzige, der wirklich über das ganze Gesicht strahlte, weil er sich für sie freute, war Georg. Und Frau Hofacher, die ihr dezent zuwinkte.

Ricarda legte die Hand auf das lange Zepter des Rektors, das dessen Autorität als Verleiher der Doktorwürde ausdrückte, um den Eid zu sagen: «Ich verspreche, dass ich immer meine Pflicht tun und nur das Wohl der mir anvertrauten Kranken vor Augen haben werde. So wahr mir Gott helfe.»

«Fräulein Doktor Petersen, meine aufrichtige Gratulation», sagte der Rektor und reichte ihr die Urkunde. Wie sehr hatte sie sich danach gesehnt, wie viele Jahre für diesen Tag gekämpft!

Eine erneute Welle der Übelkeit beendete den feierlichen Moment jäh. Keine Sekunde länger konnte sie es aushalten. Mit wehenden Kleidern eilte sie aus dem Audimax.

Sie hätte noch *Vielen Dank für alles* rufen mögen, aber das hätte zu einem in der Geschichte der Universität wohl noch denkwürdigeren Debakel geführt.

Ricarda atmete langsam aus und ein, während sie sich im Spiegel ansah. Vor zwei Wochen war sie siebenundzwanzig Jahre alt geworden. Und seit zwei Stunden war sie *Fräulein Doktor*. Was für ein wundervoller Tag hätte dies sein können!

Mit Siebenmeilenstiefeln war sie durch ihr Leben geeilt, und dann – aus heiterem Himmel – hatte ihr *dieser Mann* ein

Bein gestellt. Sie war noch nicht gestürzt, so weit war es noch nicht. Aber es war nur eine Frage der Zeit.

Sie strich über ihren Bauch, der unter dem schlichten schwarzen Kleid bestens verborgen war. Es würde noch eine Weile dauern, bis er sich der Welt entgegenreckte.

Gestern Vormittag, nachdem die Komtess sie in Vorbereitung für die mündliche Prüfung härter befragt hatte als die Professoren gerade eben, hatte sie ihr angeboten, in ihrer Praxis mitzuarbeiten. Ricarda hatte sich um eine klare Antwort gedrückt, was wohl als Zustimmung aufgefasst worden war.

Die Tür öffnete sich und riss Ricarda aus ihren Gedanken. Florentine, eingehüllt in eine Parfümwolke, rauschte herein.

«Was ist denn mit dir los?», fragte sie. «Wir sind hier, um deinen Erfolg zu feiern, Ricarda. Warum versteckst du dich auf der Toilette?»

Ricarda versuchte zu lächeln. Sie wollte etwas Schlaues, Kluges oder Schlagfertiges, womöglich sogar etwas Verletzendes sagen. Da sah sie die kleine Narbe über Florentines Auge, die sie immer an diesen schicksalhaften Moment auf dem Eis erinnern würde, der sie beide miteinander verband.

In der seltsamen Stimmung, in der sie war, fiel ihr die einst so geliebte Leidenschaft ein. Die Mathematik besagt, dass eins und eins zwei sind. Die kleinste Primzahl von allen. Also etwas Unteilbares. Das Schicksal hatte Florentine und sie für immer verbunden. Ob sie das wollte oder nicht. Ihre Mutter hätte das in ihrer metaphysischen Art wohl so formuliert: Wir sind alle in Gottes Hand.

«Du hast mich gesucht, Flora?», fragte sie aufgeräumt.

«Georg sagt, er würde so gern mit dir tanzen. Es wäre schön, wenn du das tätest. Weißt du, ich bin ihm sehr dankbar dafür, wie er mir geholfen hat. In Berlin mit dem Kauf des Hauses für meinen Vater und hier in Zürich. Er ist ein grundanständiger Mann.»

«Das ist er», sagte Ricarda.

Vielleicht würde ein Tanz sie auf andere Gedanken bringen. Takt und Zahlen. Daran konnte man sich orientieren. Das brauchte sie jetzt.

Sie hatte gar nicht bemerkt, dass sie mit geschlossenen Augen tanzte. Erst als Georg sagte: «Ich tanze gern mit dir», kam sie wieder zu sich und geriet prompt aus dem Takt. Sie fing sich schnell und vertraute sich Georgs Führung an. Unverfängliche Momente, die verflogen und nichts bedeuteten. Sie war *Fräulein Doktor*. Hundertmal hätte sie sich das sagen können, und es wäre eine Behauptung geblieben. Denn sie fühlte sich nicht als Fräulein Doktor, vielleicht würde das später kommen, wenn sie mit Patientinnen arbeitete.

Georg zog sie ein wenig enger an sich heran. Sie meinte, er wollte besser führen, weil sie so unkonzentriert war.

«Warum bist du ausgerechnet heute so unglücklich?», fragte er und sah sie dabei an.

Sie geriet erneut aus dem Takt, er half ihr.

«Bin ich das, deiner Meinung nach?»

«Meiner Meinung nach müsstest du glücklich sein.»

Seine Hand führte ihre in die Höhe, sie drehte sich. Und spürte, dass das Ende dieses Tanzes gekommen war. Er blieb an ihrer Seite, als sie floh, öffnete für sie die Tür zur Toilette. Als sie herauskam, stand er davor, eine Zigarre rauchend.

Der Geruch des Tabaks verströmte das Gefühl von Heimat, Ruhe, der Gelassenheit des Angekommenseins. Vermutlich war das Georgs ganzes Wesen.

«Entschuldigung», sagte sie. Meine Güte, wie peinlich

das war! «Ich fürchte, meine Prüfungsnervosität ist immer noch nicht verflogen.»

Er legte die Zigarre ab und umfasste ihre Schultern. «Ricarda, ich trage dich auf Händen, wohin immer du willst. Und wenn du lieber allein laufen willst, bin ich dein Schatten. Nur eines musst du erlauben: dass ich dich lieben darf.»

Sie wäre am liebsten im Boden versunken. Das alles war zu viel. War sie denn blind gewesen? Dass sie nicht gesehen hatte, wie verliebt Georg in sie war? Und dann hatte sie ihn wohl auch noch ermutigt, indem sie mit ihm tanzte?

Sie mochte ihm nicht weh tun. «Ich habe dich gern», sagte sie und wandte sich dem Ausgang zu.

«Aber du hast dich selbst nicht gern genug, um mich wahrhaft gernzuhaben», sagte er.

«Wie meinst du das?»

«Wir müssen reif sein für die Liebe, Ricarda», sagte Georg. «Dafür müssen wir ein Stück unseres Selbst hergeben. Zurück bekommen wir eine andere Hälfte.»

Zu welch philosophischen Gedanken er fähig war! Aber er war ja auch erheblich älter als sie. «Du sagst erstaunliche Dinge», stellte sie fest.

«Weil ich viel über dich nachdenke.»

«Weshalb? Wir kennen uns kaum.»

«Das mag so scheinen.» Sanft schob er eine ihrer Locken, die sich gelöst hatte, zur Seite. «Dies ist keine gute Gelegenheit für ein Gespräch. Darf ich hoffen, dass du dir morgen Zeit nimmst für mich?»

«Ich bin momentan nicht sehr gesellig.»

«Gerade darum sollten wir reden. Eine Kutschfahrt am See entlang. Frische Luft und warme Decken. Was hältst du davon?»

«Ich werde darüber nachdenken.»

«Morgen um elf. Laut Barometer wird es ein schöner Tag.»

Sie versuchte, in seinem Gesicht zu lesen, aber sie durchschaute ihn nicht. Er konnte nicht wissen, dass sie sich gewissermaßen entlobt hatte.

Als sie vor ihm in den Tanzsaal zurückging, wurde ihr bewusst, dass sie sich irrte: Sie trug den Verlobungsring nicht mehr. Wenn ihr etwas an Georg aufgefallen war, dann der Umstand, dass er auf solche scheinbaren Nebensächlichkeiten achtete.

Im Mittelpunkt zu stehen, war ohnehin nicht Ricardas Sache. Natürlich wurde an einem solchen Tag von ihr erwartet, sich unter die Leute zu mischen, sich feiern zu lassen. Und sich nicht *in ihre Welt* zurückzuziehen. Aber sie konnte sich nicht den Fragen stellen, die jeder an sie richtete: Was sind deine Pläne? Wie geht es weiter? Wirst du in Berlin leben?

Sie hatte sich dafür eine Formel zurechtgelegt: «Geben Sie mir noch etwas Zeit, ich kann es selbst noch nicht glauben, eine Frau Doktor zu sein.»

«Ich freue mich, dass Sie es geschafft haben, Frau Kollegin. Sie werden Großes leisten», erwiderte Marie Heim-Vögtlin, die kurz im Ballsaal des Hotels vorbeischaute.

Es gehörte zur Tradition der Fakultät, dass die einstigen Studenten sich bei dieser Gelegenheit blicken ließen, um zu gratulieren, Kontakte zu pflegen oder neue zu knüpfen.

«Sie sehen wirklich überarbeitet aus», sagte Professor Wyder, der ebenfalls gekommen war, um seine bisherigen Studenten und Studentinnen noch einmal in diesem halb privaten Rahmen zu beglückwünschen. «Machen Sie eine Pause.

Aber bitte melden Sie sich anschließend bei mir. Ich denke, ich könnte jemanden wie Sie künftig gut gebrauchen.»

Ähnliches hörte sie noch von anderen Ärzten und Dozenten, was ihre Verzweiflung nur verstärkte. Theoretisch standen ihr alle Wege offen. Und sie konnte keinen davon gehen.

Wo ist nur der Ausweg aus dieser Misere?, fragte sie sich, als sie endlich am Nachmittag allein war und an den See ging. Die weite Wasserfläche gab ihr innere Ruhe. Nun, da der Druck der Prüfung vorbei war, musste sie alles in Ruhe neu bedenken.

Doch sie kam zu demselben Schluss. Sie würde das Kind behalten, trotz aller Nachteile, die das bringen würde. Verflixte Primzahl, unteilbare Zwei – Mutter und Kind.

Ihre Gedanken drehten sich im Kreis.

In zwei Tagen beabsichtigen Käthe und Henriette, nach Berlin zurückzukehren. Sie würde sich anschließen. Ade, Zürich, dachte sie, du hast mir Glück gebracht und es mir wieder genommen.

Schon so lange hatte Ricarda sich nicht mehr die Zeit genommen, ein Buch zu lesen. Da sie wegen ihrer Verzweiflung gar nicht geschlafen hatte, war sie erst am Morgen eingedöst und dann viel zu spät aufgewacht. Nach dem Kaffee war sie in die Bibliothek gegangen und hatte ratlos vor den beiden großen Schränken gestanden, die Florentines Bücher enthielten. Obwohl sie Florentine niemals lesen sah. Sie hatte sich schließlich für Leo Tolstois *Anna Karenina* entschieden, weil sie sich daran erinnerte, dass Lore in einem Brief von dem Buch geschwärmt hatte.

Als sie nun auf die Terrasse ging und das schwere Buch trug, war ihr zwar klar, dass sie die tausend Seiten unmöglich in den nächsten zwei Tagen lesen konnte. Aber vielleicht war es eine Therapie, die eigenen Sorgen durch die großen Gefühle fremder Menschen zu vertreiben. Als sie den ersten Satz las – *Alle glücklichen Familien gleichen einander, jede unglückliche Familie ist auf ihre eigene Weise unglücklich* –, hoffte sie, vielleicht ein Stück von sich selbst in diesem Buch zu finden.

Viel weiter als über diesen vielversprechenden Beginn kam sie allerdings nicht hinaus, denn ein gut gelaunter Georg Kögler tauchte gerade jetzt neben dem Weidensessel auf, in dem sie es sich zwischen dicken Polstern gemütlich gemacht hatte.

«Ich dachte, du wolltest darüber nachdenken», sagte er.

«Worüber?»

«Es ist elf, und du hast nicht abgesagt.»

«Abgesagt?» Die Kutschfahrt! Das hatte sie vollkommen vergessen. Nun ja, vielleicht auch verdrängt.

«Gib mir keinen Korb, Ricarda. Wir haben Kaiserwetter, wie ihr Berliner sagt. Wir beide sind zwar keine Adligen, aber wir können das gute Wetter trotzdem genießen.» Er reichte ihr die Hand. «Komm. Das Buch kann warten.»

Er hatte einen schicken schwarzen Landauer mit weinroten Samtpolstern organisiert, das Verdeck war geöffnet.

«Von wegen kein Adel», sagte Ricarda. «Die Kutsche sieht sehr danach aus.»

Georg lächelte vielsagend und reichte ihr die Hand zum Einsteigen. Er war elegant gekleidet, dunkelgrauer Anzug mit grauer Weste, dazu im gleichen Ton ein neumodischer Borsalino, der ihm etwas dezent Verwegenes gab, das Ricarda stutzig werden ließ. Sie selbst hatte sich nicht herausgeputzt und fühlte sich in ihrem schlichten schwarzen Kleid neben ihm nun etwas unwohl.

Sie wollten gerade losfahren, als die Komtess und Käthe von ihrem Morgenspaziergang zurückkehrten.

«Ihr macht einen Ausflug?»

Die Komtess war davon offenbar sehr überrascht. Doch sie reagierte geistesgegenwärtig, indem sie ihre Stola abnahm und sie Ricarda um die Schultern legte. Passenderweise war das Tuch so rot wie die Polster des Landauers.

«Genieß den Tag, Rica», sagte Henriette. «Bald sind die Berge weit entfernt.»

«Wer weiß», murmelte Käthe, aber da hatte die Kutsche sich schon in Gang gesetzt.

Das noch vom Winter müde Grün der Wiesen, die jeden der schon warmen Strahlen der Mittagssonne aufsogen, das dunkle Blau des Sees und das Weiß des Winters auf dem verschneiten Panorama der Berge. Darüber ein tiefblauer Himmel. Dazu der vielstimmige, verspielte Gesang der Vögel und der milde Wind, der um ihr Gesicht spielte und nach Frühling roch, nach Neuanfang.

«Ich glaube, ich habe völlig vergessen, wie schön das Leben sein kann», sagte Ricarda.

«Das Leben kann wunderschön sein, Ricarda. Wenn du es nur zulässt.»

«Wirke ich so melancholisch?»

«Du selbst sagtest, dass du nicht gesellig bist», erwiderte Georg. «Übrigens könnte es unter diesen Umständen sein, dass *Anna Karenina* dir etwas zu düster vorkommen wird.»

«Ich brauche Düsteres», beharrte sie.

«Dazu solltest du keinen Grund haben.»

«Diese Kutschfahrt ist auf alle Fälle eine gute Idee», sagte

Ricarda resolut. Sie lächelte ihn an. «Danke. Tut mir leid, falls ich unhöflich wirke. Ich bin es eigentlich nicht.»

«Ich weiß. Du versuchst vielmehr, es möglichst vielen Menschen recht zu machen.»

Es verschlug ihr die Sprache. Wie hatte er gestern gesagt? *Ich denke viel über dich nach.*

Er schien sie gut zu kennen, während sie ihn nie sonderlich ernst genommen hatte. Er liebte sie, hatte er gesagt.

Sie blickte ihn hilflos an. «Ich weiß nicht viel über dich, Georg.»

Er lächelte nachsichtig. «Ich habe Juristerei studiert und übrigens auch mit einer Dissertation abgeschlossen.»

«Und auf deiner Kutsche in München steht *Königliche Hofbrauerei*. Und in Berlin kanntest du Herrn Bötzow, unseren Brauereikönig.» Die Erinnerung an die Zeit in der Praxis in der einstigen Brauerei in der Alten Schönhauser schmerzte ein wenig. Sie gab sich Mühe, ihre Schwermut wegzulächeln, und versuchte zu scherzen: «Ich wollte losgehen und dir Bier holen. Das war unsere erste Begegnung. Du kamst mir, entschuldige, wenn ich das so offen sage, furchtbar alt vor.»

«Und du warst furchtbar jung. Eine Rebellin, die mit dem Kopf durch die Wand wollte.»

Er hatte damals etwas gesagt, das sie geärgert hatte. Seltsamerweise fiel ihr gerade jetzt nicht ein, was es war.

Sein Blick wurde weich. «Seit dem Tag bist du mir nie mehr so ganz aus dem Kopf gegangen.»

«Für meinen jugendlichen Trotzkopf musst du mir kein Kompliment machen!» Sie lachte. «Wie alt bist du eigentlich? Ich meine: heute?»

«Neununddreißig.»

Er war also zwölf Jahre älter. Was würde sie wohl mit knapp vierzig erreicht haben? Mit einem Kind, das dann zwölf sein würde.

«Findest du das alt?», fragte Georg, der sie immer noch ansah.

«Ich dachte nur gerade daran, was sein wird.»

«Du wirst schon sehr bald eine eigene Praxis haben mit Hunderten von Patientinnen.»

«Danach sieht es im Moment nicht aus.» Das war ihr unbedacht rausgerutscht.

«Und wenn ich sie dir schenke – deine eigene Praxis?»

In diesem Augenblick rauschte der eigentlich gut gefederte Landauer in ein Schlagloch. Ricarda hielt sich zwar gerade noch fest und fiel Georg nicht in die Arme, aber ihr Magen revoltierte sofort. Der Kutscher entschuldigte sich wortreich in melodischem Schweizer Dialekt, aber das half nicht gegen das, was sich zusammenbraute.

«Halten Sie bitte», sagte Ricarda, doch der Kutscher hörte es nicht.

«Stop!», rief Georg.

Kurz darauf geschah, was Ricarda hatte verhindern wollen. Eine Dame, die sich aus einem Landauer erbrach, war wohl für den Kutscher keine alltägliche Erfahrung. Ricarda war froh, dass der gute Mann es mit seinem unachtsamen Fahrstil in Verbindung brachte. Dass Georg Kögler es ebenso sah, konnte sie nur hoffen.

«Tatsächlich? Goethe hat hier vor hundert Jahren gegessen?»

Georg hatte die Kutsche nach anderthalb Stunden Fahrt an einem bekannten Restaurant in Stäfa halten lassen. Die

Alte Krone mit ihrem niedrigen Kreuzgewölbe war ein gemütliches Dorflokal, das rustikales Essen anbot. Ricarda war ihr plötzlicher Übelkeitsanfall noch immer unangenehm, jedoch verlangte ihr Magen paradoxerweise nach Nahrung.

Der Ober servierte Rehrücken. Auf das Fleisch war Ricarda nicht erpicht, aber die *Spätzli*, die zusammen mit den Maroni und dem Rotkraut auf dem Teller lagen, ließen ihr das Wasser im Mund zusammenlaufen. Georg hatte einen zum dunklen Fleisch passenden Rotwein ausgesucht und stieß mit ihr an. Der Moment war so entspannt, dass sie nicht daran dachte, dass sie das Glas nicht in die Nähe ihrer Nase bringen durfte. Und schon rannte sie auf die Toilette.

«Tut mir leid», sagte sie bei ihrer Rückkehr.

Das klang hohl. Sie schuldete Georg zwar nichts, aber es wäre unfair gewesen, einen Mann anzulügen, der ihr seine Liebe gestand und weitreichende Pläne für sie schmiedete.

«Ich erwarte ein Kind», sagte sie geradeheraus.

«Das habe ich mir gedacht.»

«Wirklich?»

«Meine selige Frau Anna litt während ihrer Schwangerschaft unter den gleichen Problemen. Sie versteckte sich, verließ nie das Haus. Mich beeindruckt, wie du damit umgehst. Obwohl dir übel ist, machst du weiter. Das ist eine von den vielen Sachen, die ich an dir schätze. Du gibst nicht auf, sondern stellst dich dem Leben.»

«Das täuscht. Ich bin gerade am Boden.»

Er reichte ihr die Hand. «Greif zu. Ich helf dir auf!»

«Du fragst nicht, wer der Vater meines Kindes ist?»

«Wenn du es mir sagen willst, werde ich dir zuhören.»

Eine unglaubliche Vertrautheit war entstanden. Durfte sie es riskieren, diese Nähe aufs Spiel zu setzen? Aber war diese

Überlegung nicht ein Irrsinn an sich? Denn: Was hatte sie *getan*? Doch sie wollte nicht preisgeben, was geschehen war.

«Wenn ich deine Frage beantworten würde, würdest du das Kind mit anderen Augen sehen. Und mit dieser Last auf seinen Schultern müsste es leben. Das will ich ihm nicht antun. Akzeptierst du diese Antwort?»

«Ja. Denn ich werde dich in diesem Kind sehen. Du bist seine Mutter. Es wird wie du sein.»

«Warum kämpfst du so um mich, Georg?»

«Weil du es wert bist.»

Sein Kompliment machte sie verlegen. «Danke.»

«Ich kann dich nicht leiden sehen, Ricarda. Ich liebe dich, und ich möchte dich heiraten.»

Georg sah sie so intensiv an, dass ihr ganz anders wurde. Seine Entschlossenheit überrumpelte sie. Gerade erst hatte sie auf schmerzhafte Art die Verlobung mit Siegfried gelöst. Und nun sollte sie schon weitreichende Pläne mit Georg schmieden? Ihn heiraten? War das die Antwort auf ihre Sorgen?

Er würde ein Ehemann sein, auf den sie sich verlassen konnte. Und er liebte sie. Ihre eigenen Gefühle gingen momentan nicht weiter, als dass sie sagen konnte: Ich mag ihn. Reichte das, um den Bund fürs Leben zu schließen?

Und dann natürlich all die ungelösten Fragen, die sich durch die Ehe ergeben würden. Wo und wie würden sie leben? Georg würde diese Fragen wohl beantworten, daran zweifelte sie nicht. Er stand mit beiden Beinen im Leben und würde sie beschützen.

Wenn sie ihm vertraute, würde sie nicht stürzen, wie sie es am Vortag noch befürchtet hatte. Aber wollte sie es so? Fast aus dem Nichts tauchte ein Ritter in schimmernder Rüstung auf, hob sie auf sein Pferd und ritt mit ihr davon? So hatte sie nie gedacht, gefühlt, gelebt. Bisher hatte sie nur für sich selbst gekämpft und alles aus eigener Kraft erreicht. Aber vielleicht war es gut, einmal Verantwortung abzugeben, nicht allein kämpfen zu müssen.

«Du fühlst dich überrumpelt», sagte Georg.

Sie nickte. «Ich muss mich erst mal an die Vorstellung gewöhnen. Das ist alles so neu.» Sie lachte, weil ihr etwas einfiel, in dem sie eine Parallele sah. «Die Komtess hatte mich, das vierzehn Jahre alte Mädchen vom Land, gerade in die große Stadt geholt. Meine Kleidung war sehr einfach, also stattete sie mich in Gersons Basar neu aus. Die Leute sagten plötzlich zu mir: *Frollein*, so Berlinerisch. Bei jenem *Frollein* bin ich ein wenig erschrocken, weil damit nicht ich gemeint war. Es war nur meine Kleidung, die sie sahen.»

«Wie lange hat es gedauert, bis du dich an die Kleider gewöhnt hast?»

«Ein paar Tage werden es wohl gewesen sein. Vielleicht ging es auch schneller, weil ...» Sie begriff, worauf er hinauswollte. «Ich hatte so viel Neues zu meistern, dass ich gar nicht mitbekam, wie mir die fremde Hülle zur eigenen Haut wurde. Du meinst, es wird mit uns auch so sein?»

«Wir beginnen doch ganz gut, findest du nicht?»

«Eigentlich schon», gab sie zu.

«Iss ein bisschen was, Rica. Ich werde dem Kutscher einschärfen, ganz vorsichtig zu fahren.»

Sie kostete von den *Spätzli*, sie schmeckten gut, aber die Aufregung ließ sie kaum etwas hinunterbekommen.

«Im Mai können wir heiraten. Dein guter Ruf wird gewahrt bleiben», sagte Georg, als sie kurz darauf wieder im Landauer zurück nach Zürich fuhren.

«Im Mai?», fragte sie. So bald schon! Ihr wurde schwindlig.

«Ich habe eine große Verwandtschaft, die erwartet, dass ich sie einlade. Es wäre nicht klug, sie zu enttäuschen.»

Diese Begründung passt zu einem Mann wie ihm, dachte sie.

Da schob er nach, wobei er ihre Hand drückte: «Mai ist die schönste Zeit zum Heiraten, so wollte ich es sagen.»

Damit brachte er sie zum Lachen.

«Sag ja», bat er.

Plötzlich fiel ihr ein, worum es damals gegangen war, an dem Tag, als sie einander das erste Mal trafen. Die Antwort auf die Frage, was Frauen den ganzen Tag tun, hatte ihn nicht interessiert.

«Ohne meine Arbeit kann ich nicht leben, Georg. Du musst versprechen, dass ich als Ärztin arbeiten kann.»

«Aber ja! Das war ernst gemeint, als ich sagte: Ich richte dir eine Praxis ein. Natürlich sollst du dort arbeiten.» Er lächelte etwas schief. «Soweit ich weiß, gibt es in München keinen weiblichen Arzt. Du wärst die erste.»

Ricardas Blick schweifte über den See zu den mit Schnee bedeckten Berggipfeln. «Ich habe noch nie darauf geachtet», sagte sie. «Sieht man in München eigentlich auch die Berge?»

«Nur an bestimmten Tagen.» Er schüttelte schmunzelnd den Kopf. «Das heißt, du kannst mich nur heiraten, wenn dort Berge sind?»

«Nein, aber sie sind schön, die Berge.»

«Also kannst du mich heiraten?»

Da sagte sie: «Ja, ich kann dich heiraten.»

Er küsste sie zärtlich auf die Wange. «Du wirst es nicht bereuen, Rica. Das verspreche ich.»

EIN STRAUSS BLUTROTER ROSEN

April 1890

An einem sonnigen Frühlingstag Ende April traf Ricarda sich mit Lore auf der Pfaueninsel. Sie war gerade aus München gekommen, wohin sie Georg begleitet hatte, der nun geschäftlich in Berlin zu tun hatte. Danach stand ein kurzer Besuch in Freystetten an, wo Georg sich der Familie vorstellen wollte. Doch der heutige Tag gehörte nur Lore und ihr, denn es gab so viel zu erzählen.

Sie schlenderten untergehakt über die Insel, auf der der Frühling Einzug gehalten hatte. Spechte klopften gegen die Stämme alter Eichen, die ein dünnes Kleid aus zartem Grün trugen, eine Wildschweinbache führte ihre Ferkel aus, und die Pfauen stellten ihre schillernden Schwanzfedern zum Rad auf. Doch als die Freundinnen plaudernd den Sehnsuchtsort ihrer Jugend erreichten, erlebte Ricarda eine böse Überraschung.

«Wo ist das Palmenhaus?»

Lore hakte sich bei ihr ein. «Abgebrannt! Wusstest du das gar nicht? Das muss bald zehn Jahre her sein.»

«Eigentlich begann hier an deinem Geburtstag unsere Freundschaft. Ich wollte vor allem deshalb heute mit dir hierher», sagte Ricarda und blickte sich um. Nur mehr steinerne Umrisse markierten die Fundamente. «Ach», seufzte sie, «weißt du noch, wie Kumari weinte, weil sie hin- und hergerissen war, ob sie Heimweh nach Ceylon haben oder lieber Berlin schön finden sollte? Und jetzt baut sie doch tatsächlich in den Bergen von Kenia eine kleine Krankenstation für die Arbeiter in den Teeplantagen auf.»

Sie wandten sich ab, und Lore fragte: «Wie sieht es eigentlich mit deinen Plänen aus? Wirst du jetzt, wo du Fräulein Doktor bist, endlich zu Siegfried nach Afrika reisen können?»

Bislang hatte es Ricarda geschafft, auf alle möglichen anderen Themen auszuweichen, sobald die Sprache auf Siegfried kam. Und da gab es viele, weil sie sich ja so lange keine Briefe geschrieben hatten. Sie seufzte. «Siegfried und ich, das ist vorbei.»

Lore blieb wie vom Donner gerührt stehen, Tränen schossen ihr in die Augen. «Nein! Sag, dass das nicht wahr ist! Ihr wart doch füreinander wie geschaffen. Ich habe so an eure Liebe geglaubt. Warum?» Lores Tränen wollten nicht mehr aufhören.

Hundertmal hatte Ricarda sich ausgemalt, dass Lore diese Frage stellen würde. Hundert Antworten hatte sie sich zurechtgelegt und wieder verworfen. Dann hatte sie sich entschlossen, auch der besten Freundin nichts von dem Vorfall auf der Treppe und seinen Folgen zu erzählen. Nicht so sehr wegen der Scham. Es ging um das Kind, das unter ihrem Herzen wuchs. Es würde Georgs Familiennamen tragen und sollte von der Vergangenheit unbelastet aufwachsen. Je mehr Menschen wussten, was geschehen war, umso unwahrscheinlicher war es, dass ihm diese Chance gewährt wurde.

«Siegfried ist schon so lange fort. Immer noch eine neue

Aufgabe in einem neuen Land. Und Georg war für mich da», sagte sie. Das war in gewisser Weise nicht einmal gelogen.

Lore tupfte sich die Tränen aus dem Gesicht. «Georg heißt er also. Liebst du ihn?» Und schon brach sie wieder in Tränen aus.

Ricarda nahm sie in die Arme, damit sie sich beruhigte. Ricarda hätte am liebsten mitgeweint, aber sie riss sich zusammen.

«Bist du sicher, dass du die richtige Entscheidung triffst?», fragte Lore aufgebracht. «Du kannst ihn dir doch nicht einfach aus dem Herzen reißen!»

Ich werde Siegfried immer lieben. Ich habe diese Liebe nur ganz tief in mir in eine Kammer gesteckt und die Tür zugesperrt, dachte sie.

Lore und Ricarda standen vor einer aus drei Becken geformten Brunnensäule, aus der das Wasser so zart niederfiel, als wäre es nur ein Schleier. Aus ihrer Handtasche holte Ricarda das kleine, gut verschnürte Päckchen, das sie Lore reichte. «Kannst du das für mich aufbewahren?»

«Was ist darin?»

«Etwas, das ich nicht wegwerfen kann und von dem ich sonst nicht wüsste, wohin ich es tun sollte.» Sie sah Lore an, dass sie am liebsten tausend Fragen gestellt hätte. Doch die Freundin begriff, dass es ein Geheimnis bleiben sollte, was in diesem Päckchen versteckt war, und legte es in ihre Tasche.

«Drei Männer», sagte Lore. Auf Ricardas ratlosen Blick hin fuhr sie fort: «Als Kumari dir aus der Hand gelesen hat. Einer wäre ganz der falsche, hat sie gesagt. Ich hatte solche Angst um dich. Aber sie hat sich geirrt, denn nun geht ja für dich alles gut aus.»

Und drei Kinder hat sie auch geweissagt, dachte Ricarda.

Die beiden Freundinnen nahmen einander in die Arme und hielten sich fest, während das Wasser des Brunnens neben ihnen rauschte, so unentwegt und beharrlich wie auch die Zeit vergeht.

Der Tag war hektisch gewesen. Eine Patientin nach der anderen hatten Henriette und Käthe empfangen. An solchen Tagen mussten die Damen im großen Salon warten. Es war inzwischen üblich, dass er während der Sprechstunden als Wartezimmer genutzt wurde. Fand am gleichen Abend jedoch ein Salon statt, dann war Organisationstalent gefragt. Zum Glück hatten Käthe und sie gerade die letzten Patientinnen verabschiedet. Schon in einer Stunde würde es losgehen. Es war ein Abendessen geplant, bei dem Georg und Ricarda als Verlobte vorgestellt werden sollten.

Es wird schon alles gut gehen, dachte Henriette, während sie sich im *Allerheiligsten* die Hände wusch. Käthe hatte sich schon in ihre Räume zurückgezogen. Die Freundin, die so glücklich war, dass ihr Cousin ausgerechnet *ihre* Ricarda heiraten konnte, war noch nervöser als sie selbst. Manchmal hatte Henriette das Gefühl, dass sie beide um die Gunst der jungen Frau buhlten.

Aber jetzt war es an der Zeit, sich umzuziehen. Sie ging gerade den Flur entlang, als die Türglocke geschlagen wurde. «Malwine, keine weiteren Patientinnen mehr!», rief sie und inspizierte noch schnell die Tafel im Esszimmer. Zwölf Gäste, der Blumenschmuck nicht zu aufwendig.

«Wieder einmal perfekt, Malwine», lobte sie, als die Haushälterin eintrat.

«Durchlaucht, da is ein junger Herr. Er wartet im kleenen Salon und is wohl sehr uffjeregt. Er fragt nach Frollein Ricarda. Ick sagte ihm, Frollein Doktor is nich hier. Aber er lässt sich nich abweisen.»

«Kennen wir ihn?», fragte Henriette.

«Ein Stabsarzt janz offenbar. Er is jebräunt, wie wenn er zu viel Sonne bekommen hätte.»

«Ach du lieber Gott!» Henriette griff sich mit beiden Händen an die Schläfen. Das hatte noch gefehlt! Nun hatte sich doch gerade alles eingerenkt. Die Fahrt der beiden Verlobten nach Freystetten stand direkt bevor, und in München war das Aufgebot längst bestellt. Als Syndikus des Münchner Brauerbundes wollte Georg eine aufwendige Hochzeit haben. Wie wichtig ihm das war, hatte auch Käthe betont. An Ricardas Schwangerschaft wollte Henriette gar nicht erst denken!

«Durchlaucht, is Ihnen nich wohl?», erkundigte sich Frau Merger, die Henriettes Fassungslosigkeit offenbar nicht mit dem adretten Besucher im kleinen Salon in Verbindung brachte.

«Eine kleine Unpässlichkeit. Ist schon vorbei.» Sie atmete entschlossen ein und aus und machte sich auf den Weg. Mit gelöstem Lächeln betrat sie den kleinen Salon. «Herr Doktor Thomasius, welch unerwartete Überraschung!», rief sie ihm entgegen.

«Durchlaucht, guten Abend!» Siegfried verbeugte sich tief.

Henriettes Blick fiel auf den Blumenstrauß in seiner Hand. Der junge, wirklich blendend aussehende Mann konnte ihn kaum halten. Langstielige Rosen, rot wie Blut. Oder wie die Liebe, so sagte man ja wohl.

«Wo kommen Sie denn so plötzlich her?», fragte sie.

«Ich habe in Kamerun alles stehen und liegen gelassen,

Durchlaucht. War Tag und Nacht unterwegs. Wo ist Ricarda? Ich muss sie dringend sprechen. Wir wollten heiraten, aber sie hat nur Nein geschrieben. Ein Wort! Nach acht Jahren! Was ist passiert?» Offenbar bemerkte er selbst, dass er aus der Rolle fiel. «Verzeihen Sie, Durchlaucht. Ich bin sehr aufgewühlt.»

Er tat ihr auf eine gewisse Weise sogar leid. Sich diesem Gefühl auszuliefern, das hielt Henriette für völlig unangebracht. Es waren Entscheidungen getroffen worden. Der Rosenkavalier kam zu spät.

Henriette ging zum Buffet und goss einen Cognac ein. Den würde er gleich nötig haben. Und dann musste sie ihn schleunigst loswerden. Ricarda durfte ihm nicht begegnen!

Es war schön, an Georgs Arm den abendlichen Boulevard entlangzuschlendern. Ricarda begann, sich an die Geborgenheit zu gewöhnen, die er ihr gab. Selbst während ihres Aufenthalts in München hatte sie sich an seiner Seite wohlgefühlt. Um ihren guten Ruf zu wahren, hatte Georg sie dort in einem eleganten Hotel statt in seiner Villa einquartiert. In Berlin wohnten sie zwar beide im Hotel de Rome, hatten als unverheiratetes Paar jedoch getrennte Suiten.

«Liebling, das habe ich ganz vergessen, dir zu erzählen: Während du mit deiner Freundin Lore auf dieser Pfaueninsel warst, traf ein Telegramm aus Rügen ein, von deinem Vater», sagte Georg gerade. «Er ist einverstanden, sich hier in Berlin zu treffen, und kommt morgen an. Ist das nicht wunderbar? Ich werde ihn um deine Hand bitten können.»

Ricarda dachte an das letzte Mal, als ihr Vater ihretwegen in die Stadt gekommen war, und erzählte lachend: «Er wollte mich aus dem Gefängnis holen. Und ich wollte bleiben.

Ohne die vier Wochen Weibergefängnis wäre wohl nicht der Entschluss in mir gereift, Ärztin zu werden.»

Georg sah sie verliebt an. «Ich bin gespannt, was ich noch alles über dein bisheriges Leben erfahren werde.»

Sie waren inzwischen nur noch wenige Schritte vom Haus Unter den Linden entfernt, wo die Komtess sie erwartete. Dem Anlass entsprechend waren sie beide elegant gekleidet, Georg im Smoking, und Ricarda trug ein dunkelblaues Kleid, darüber ein wärmendes Cape mit Samtfütterung sowie einen Hut mit einer kleinen weißen Feder. Beides hatte sie in München gekauft. Das Hütchen machte sie damenhafter, denn sie meinte, eine kleine Extravaganz dürfte sie sich als Fräulein Doktor durchaus leisten.

«Ich bin gespannt auf den Salon der Komtess. Du bist ja gewissermaßen in diesem Ambiente herangewachsen. Was du vorhin erzähltest, klang sehr spannend», sagte Georg gerade.

Sie hatten den Hauseingang fast erreicht, als ein junger Offizier heraustrat und direkt auf sie und Georg zukam. Er hielt seine Schultern vornübergebeugt und ging sehr langsam. Ricarda spürte, wie ihr Herz erst kurz aussetzte und dann zu rasen begann.

Eine Täuschung. Eine Verwirrung. Das Licht der Straßenlaternen war nicht sehr hell.

Er kam näher, nun hob er den Kopf.

Oh Gott! Siegfried. Er war es tatsächlich. Sie meinte, die Beine würden ihr den Dienst versagen. Auch Siegfried blieb kurz stehen, fast als stolperte er, straffte seinen Körper, starrte sie sekundenlang an, als wäre sie ein Geist. Dann hob er den Arm, führte die Fingerspitzen gegen den Schirm der Mütze, neigte leicht den Kopf, um einen Gruß anzudeuten.

Und eilte wortlos weiter. An ihr vorbei. Ganz der Ehrenmann, der eine Dame nicht kompromittieren wollte.

Siegfried in Berlin! Wie war das möglich? Wie konnte er so schnell nach Berlin reisen – in so wenigen Wochen? Entscheidende Wochen, die ihr Leben vollkommen verändert hatten.

«Kannte der Offizier dich? Du hast gar nicht zurückgegrüßt», meinte Georg leise.

Schreiben Sie: Nein, Herr Thomasius, hörte sie sich dem Mann im Telegraphenamt diktieren. Wie dumm sie gewesen war! Warum hatte sie nicht einfach gesagt: *Schreiben Sie: Komm zurück.*

«Geht es dir gut, Liebling? Du bist ja ganz abwesend.» Georg hielt ihren Arm etwas fester.

Der Portier riss die Tür zum Haus Unter den Linden mit einer Verbeugung auf. «Fräulein Ricarda, schön, Sie wiederzusehen.»

An Georgs Arm ging sie die weit geschwungene Treppe hinauf. In ihr war vollkommene Leere, wie betäubt schritt sie aufwärts. Da sah sie eine einzelne rote Rose auf einer der Stufen liegen. Ihr langer Stiel war gebrochen, und sie hatte schon einige Blütenblätter verloren, die auf dem weißen Marmor wie Blutstropfen leuchteten. Sie musste einmal sehr schön gewesen sein. Wie in Trance hob Ricarda die Rose auf.

Frau Merger öffnete die Tür. «Herr Doktor! Frollein Doktor! Juten Abend. Sie sind aber pünktlich.» Malwine nahm Ricarda die zerstörte Rose ab. «Die is ja schon janz kaputt. Aber wir haben noch jenuch andere.»

Aus der Tiefe des Flurs kam Käthe ihnen strahlend entgegen. «Willkommen, ihr beiden! Jette ist gleich so weit», rief sie.

Während die mütterliche Freundin Ricarda zur Begrüßung umarmte, fiel deren Blick auf einen riesigen Strauß roter Rosen. In den tausend Facetten der Kristallvase brach sich das Licht.

Lauf ihm nach!, schrie Ricardas innere Stimme. Hol die Liebe deines Lebens zurück!

Sachte drehte Käthe Ricarda so, dass sie den Strauß nicht mehr sehen konnte. «Unsere Freundinnen Biberti und Solm kommen, Ricarda. Selbst deine alte Lehrerin Fräulein Lange. Und Georg, Herr Bötzow hat auch zugesagt. Alle freuen sich so über euer Glück!»

In diesem Moment wurde die Glocke geschlagen. Malwine eilte zur Tür, um zu öffnen.

DIE KAPITEL

ANSTELLE EINER WIDMUNG

Die Heldinnen in diesem Roman haben reale Vorbilder. Minna Cauer, Lucie Crain, Hermine Heusler-Edenhuizen, Marie Heim-Vögtlin, Helene Lange, Emilie Lehmus, Minna Popken, Franziska Tiburtius verdanken wir Frauen mehr, als wir ahnen.

H. S.

Helene Sommerfeld
Die Ärztin: Stürme des Lebens

München, 1890: Ricarda eröffnet als erste Frau eine Arztpraxis. Als sie nach einem Schicksalsschlag ihrer großen Liebe Siegfried wiederbegegnet, entschließt sie sich, mit ihm in den deutschen Kolonien zu arbeiten. In Berlin beginnt Ricardas Tochter Henny unterdessen ihr Medizinstudium – und verliebt sich in einen Mann, den ein dunkles Geheimnis umgibt. Als der Krieg ausbricht, geraten Siegfried und Ricarda am anderen Ende der Welt in japanische Gefangenschaft. Ricarda kommt frei und beginnt den Kampf um Siegfrieds Leben …

Band 2: Jahrhundertwende, Kriegsjahre und das Ende des Wilhelminischen Zeitalters.

Die packende und opulente Historiensaga in zwei Bänden um die Ärztin Dr. Ricarda Thomasius.

416 Seiten

Helene Sommerfeld

Wie man Kopfschmerzen mit dem Holzhammer vertreibt

Die kleine Hausapotheke

Leichte Schläge auf den Hinterkopf …

Wussten Sie, dass ein Schlag mit dem Holzhammer Kopfschmerzen vertreibt? Dass der Verzehr von acht Pfund Trauben täglich Körperfett verschwinden lässt? Oder was bei einer Kaffeevergiftung zu tun ist?

Bei ihrer Recherche zur zweibändigen Historiensaga «Die Ärztin» hat Helene Sommerfeld populäre, halbwissenschaftliche und wissenschaftliche Werke studiert. Was wussten die Menschen zu Kaisers Zeiten über Medizin? Wie haben sie Krankheiten geheilt? Die Ratschläge von anno dazumal klingen abenteuerlich, kurios, skurril und sind aus heutiger Sicht wahnsinnig komisch.

Ein charmantes und hochwertig ausgestattetes Geschenkbuch über das kuriose medizinische Wissen der deutschen Kaiserzeit.

80 Seiten

Weitere Informationen finden Sie unter www.rowohlt.de